伍子胥

百胜宰辅

朱秀君 ◎ 著

中国致公出版社
China Zhigong Press

十又书舍

图书在版编目（CIP）数据

百胜宰辅：伍子胥 / 朱秀君著 .
——北京：中国致公出版社 , 2016
ISBN 978-7-5145-0986-1

Ⅰ . ①百… Ⅱ . ①朱… Ⅲ . ①长篇历史小说—中国—
当代 Ⅳ . ① I247.5

中国版本图书馆 CIP 数据核字 (2016) 第 226850 号

百胜宰辅：伍子胥
朱秀君　著

责任编辑：董拯民　宋修华
责任印制：岳　珍

出版发行　中国致公出版社
　　　　　China Zhigong Press

地　　址：北京市朝阳区八里庄西里 100 号住邦 2000 商务中心 1 号楼东区 15 层
邮　　编：100025
电　　话：010-85869872（发行部）
经　　销：全国新华书店
印　　刷：北京中印联印务有限公司
开　　本：710mm×1000mm　　　1/16
印　　张：28.5
字　　数：550 千字
版　　次：2016 年 11 月第 1 版　　　2016 年 11 月第 1 次印刷

定　　价：49.90 元

序　言

文韬武略忠孝两全　流芳百世名传千古

　　他是一位文韬武略、忠孝两全、百战百胜的旷世名将。楚平王杀害了他的父亲和哥哥。他立誓要为父兄报仇，以尽人子孝道和兄弟情义。他经历九死一生，辅佐楚公子熊建逃亡郑国，又携带熊建的儿子熊胜逃到吴国。

　　他为了借助吴国的军队攻打楚国，为父兄报仇，结交吴国公子姬光。他推荐专诸刺杀吴王姬僚。他举荐要离击杀庆忌。他帮助姬光夺取了吴国的王位。

　　他为了促使吴王阖闾出兵攻打楚国，七荐孙武。他促使中国历史上产生了一位杰出的军事天才。他促使中国军事史，乃至世界军事史，产生了一部不朽的军事巨著《孙子兵法》。

　　他和孙武统帅六万大军，兵分三路攻打楚国的边境城市，蚕食楚军。他又与孙武会师大别山，集中兵力在柏举与楚军主力决战，歼灭敌军大半。他又智取麦城，攻占楚都郢城，迫使楚昭王仓惶逃奔他国。

　　他掘开楚平王地宫，鞭尸三百，实现了为父兄报仇的夙愿，成全了人子的孝道和兄弟情义。

　　他爱憎分明，重情感恩。他率兵围困郑国都城，势必攻城灭郑。当他听到渔丈人的儿子击楫号歌，毅然退兵，报答了渔丈人的救命之恩。他濑水沉金，悼念史鹣，表现了他的血肉情怀。

　　他不仅仅是一位旷世名将，还是一位忠心耿耿的辅臣。吴王阖闾一直以朋友待他，托付他辅佐夫差。他为了国家的利益，屡屡犯颜直谏，屡屡要求吴王夫差

1

杀掉勾践和范蠡。他为了吴国的安危，屡屡要求领兵出征，屡屡要求灭掉越国。然而夫差昏聩，听从伯嚭的馋言，竟然命令他自刎。

他完全可以不死。他可以听从被离和孙武的劝告，杀掉伯嚭，或投奔他国，或退隐泉林。他没有这么做。他不愿意离开他挚爱的吴国。他手握兵权。他完全可以废黜吴王夫差，另立新君。他没有这么做。他不愿意违背他对先王阖闾的承诺。他不愿意做一个不忠的臣子，留恶名于后世。

他早就料到越王勾践要报仇雪耻，要消灭吴国。他嘱咐他的家人，把他的头颅挂在城门楼上。他要亲眼看到，越国的军队是怎样开进吴国都城的。他热爱吴国的赤子情怀，使得他的敌人勾践和范蠡也肃然起敬。

这个人就是伍子胥，春秋末期吴国大夫、军事家，其影响历经千年而不衰。

他一杆大戟横扫千军，白袍银甲气吞山河。他一生百战百胜，无与伦比。管仲率领"八国联军"攻打楚国，兵压汉江，连营百里，不过是"不战而屈人之兵"。他六战入郢，首次打败了强大的楚国。他太湖一战打败勾践，攻占越都会稽，迫使越王勾践夫妇入吴为奴，书写了"尝粪问疾"和"卧薪尝胆"的故事。

他发明建造了多种船舰，使得吴国的船舰从海上进攻齐国。他创建了中国历史上第一支水师舰队，堪称中国的海军鼻祖。

他为了吴国的强盛，耗尽毕生的心血，到头来被逼自刎。他深深地挚爱着吴国。吴国的人民也深深地爱着他。人们为他立庙祭祀，香火不绝。唐代宰相狄仁杰灭佛，拆毁寺庙一千四百多座，独留"伍员祠"不毁。吴国人世代怀念他，每年的五月端午，划龙舟，把粽子撒进江里，祈求他在天平安。此事约定成俗，流传华夏，世代不辍。

这是一部以史为纲、恣肆虚构而非戏说的历史小说。本书将"伍子胥过昭关"、"专诸刺王僚"、"要离刺庆忌"、"伍子胥鸡父大战"、"孙武演阵杀姬"、伍子胥与孙武领兵伐楚"六战入郢"等耳熟能详的历史故事纵深挖掘，贯穿始终，使之生灵活现，惊天裂地。

相信这本书可以让你彻底读懂春秋百胜宰辅伍子胥的真面目、真本色、真性情。

是为序。

朱秀君

2016 年 3 月 31 日

写于北京

主要人物表

伍子胥——名员，楚国监邑（今湖北监利）人，楚太师伍奢次子。他为报父兄之仇，投奔吴国，帮助姬光夺回王位，率兵伐楚攻越，屡战屡胜。他举荐孙武，创建水师，筑造姑苏城，为吴国立下不世之功，最终却被逼自刎。

专诸——楚国棠邑西北（今南京市江北区）人，伍子胥的好友。他帮助伍子胥实现借兵报仇，刺杀王僚，被卫士剁成肉泥。

孙武——字长卿，齐国乐安（今山东惠民）人，当过兵，伤一足。他在姑苏城外种菜维生，被伍子胥推荐给吴王，率军伐楚入郢，后退隐江湖。

要离——齐国人，伍子胥的门客。他身材矮小，机智过人。他为了帮助伍子胥借兵报仇，独臂刺杀庆忌，功成自尽。

东皋公——齐国人，旅居楚国，神医扁鹊的徒弟。他巧使调包计，帮助伍子胥逃出昭关。

史鹈——楚国溧阳（今南京市溧水区）人。她救了伍子胥，被楚兵追捕，投濑溪自尽。

阖闾——吴王诸樊之子，名姬光。伍子胥帮他夺回王位，伐越受伤，临终托付伍子胥辅佐夫差。

夫差——阖闾的长子，继位为王。他无勇少智，愚而不仁，不听伍子胥忠言，亲近伯嚭，沉迷酒色，荒淫怠政，错放勾践，以致国灭身亡。

伯嚭——楚国大夫伯卻宛之子。囊瓦抄杀伯氏，他逃到吴国投奔伍子胥。他狡诈贪婪，屡受文种贿赂，促使夫差释放勾践，导致勾践灭吴。

楚平王——名熊居，荒淫好色，受费无极怂恿，霸占太子妃，杀害伍氏，导致伍子胥投吴伐楚、掘墓鞭尸。

楚昭王——平王之子，名熊轸，年轻昏庸，不能任人用将，误用囊瓦，致使楚军屡败，吴军攻陷郢都，去国逃亡。

勾践——越王允常之子，字炎执，继位为越王。他狂傲阴险，战败入吴为奴，从范蠡谋，为夫差尝粪问疾，获释回越，卧薪尝胆，灭吴复仇。

范蠡——字少伯，楚国宛（今河南南阳）人，鼓歌砭政，被楚昭王逐出国境，投奔勾践。他使勾践死里逃生，消灭吴国，功成身退。

文种——字子禽，楚国郢（今湖北江陵附近）人，越国大夫。他足智多谋，忠心耿耿，为勾践复国灭吴立下赫赫功劳，终被勾践赐死。

申包胥——又名王孙包胥，楚国监（今湖北监利）人，是伍子胥同乡好友。他千里赴秦，号哭七日，感动了秦哀公出兵营救楚国。

越后——名姒婕，勾践的夫人。她贤惠善良，留住了范蠡，在勾践绝望之时鼓励他坚强，勾践复国图强，有她的辛劳，堪称古今国母的楷模。

西施——越国苎罗（今浙江诸暨）人。她美艳绝世，被勾践送给夫差为妃，以美色迷惑夫差，保护勾践，传递情报，是中国最早的女间谍。

目 录

第一章

伍子胥方山举鼎，成为天下第一勇士

楚国的东部古城棠邑，位于江淮之间，南邻吴国，北邻齐国、鲁国，可谓是鸡鸣听二国，犬吠震三疆。南来北往的商贾，无不经由棠城济淮渡江，使得小城繁华无比。城中多有酒馆客栈，街间行人接踵，车马喧嚣。南门城楼下便是滁河，循百级石阶下到河边，便是一座以数十只木船搭成的浮桥。行人车马将由浮桥通达南岸。一有战事，撤去船只，浮桥不存，这条百寻①滁河更成了棠城的天然屏障。

这日浮桥上车马行人十分拥挤。守城的兵士手持铜戟从城楼上奔下石阶，伫立在浮桥边上怒叱。这时打桥南走来一个身长九尺的大汉，短卷不袴，跣足不冠，怀抱一柄插着草标的长剑，一边吆喝着"卖剑喽，卖剑"，一边走进棠城南门。

城中大街上突然奔来一队车马。十数名持戈荷戟的楚国兵士押着一乘槛车迎面而来。槛车中囚住一个矮壮的中年汉子。这汉子被铁链锁住手脚，一颗毛发稀疏的脑袋卡在槛笼的外面。一双喷射怒火的小眼睛不停地朝两旁的行人张望。当这汉子瞅见那个抱剑的汉子，突然发疯似地喊道："我不走！我不回吴国，要死就死在楚国。"又叫，"我要离怎做楚国鬼，不做吴国囚！"

自称叫要离的汉子一边叫喊，一边发疯似地在槛笼中挣扎，企图用脑袋去撞击槛笼，却怎么也挣不脱铁链的束缚，只得更加愤怒地狂叫："我不回吴国，我不回吴国！"

这时一乘双马轺车②由南向北驰来，正与兵士押解的槛车在城门口相遇。兵士挺戈叱咤驾车大汉。这大汉毫无惧色，拨开戟戈跳下车来。兵士们见此人身长一丈，腰阔十围，眉广盈尺，双目如炬，不由得退开来，让这大汉朝槛车走去。

大汉走近槛车，问车中囚人道："你名叫要离，是吴国人吗？"

要离道："小人要离，是齐国人，不是吴国人。"

---

① 周制，八尺为一寻。
② 一种轻便的马车。

大汉又问："他们为什么捉你去吴国？"

要离道："齐国人讨伐郑国，我父亲兄长战亡。小人逃到吴国，卖身为奴。小人受不了邑主的欺凌，杀邑宰逃到楚国。现在吴国人向楚国追捕小人，所以楚兵槛小人押往吴国问罪。小人无罪，也不甘心死在吴国！"

大汉又问："杀人偿命，你怎能说你无罪？"

要离道："你说得不对！邑宰欺男霸女，滥杀无辜。我为民除害杀了邑宰，难道有罪？大哥，你把小人杀了吧！小人宁愿死在大哥剑下，也不愿做吴国人的刀下鬼。"

大汉手握剑柄仰天大笑，对要离道："你为民除害确实没有罪。你不要急，我来救你。"转身对守城兵士叫道，"城领在吗？"

一位身穿铠褙的守城将官奔下城来，朝大汉跪下道："小官城领，谨听二爷吩咐。"

大汉道："你关闭城门，不要让这个吴国人出城。"

城领命令守城兵士下闸关闭了城门。大汉朝要离拱拱手，驱车狂奔而去。

这大汉不是别人，正是棠城邑宰伍尚的弟弟伍员，字子胥。伍尚、伍员都是楚国太师伍奢的儿子。棠邑是伍氏的封邑。伍子胥鞭马驱车，赶到伍府跳下车来，把车马交给府中家奴，直奔哥哥伍尚的书房。

伍尚正在书房临牖读简。伍子胥进门便大声责问："大哥，你为什么把齐国人要离押送给吴国？"

伍尚放下竹简道："要离是吴国的罪犯。吴国人追捕他，我怎能袒护？"

伍子胥道："要离是齐国人，今又羁居在咱们楚国，吴国凭什么在咱楚国抓人。大哥让他们把要离押去吴国，要离必死无疑。"

伍尚背着手踱步，长叹一声，说道："吴国强悍，连年侵犯我楚国边境。我棠邑与吴国土地毗连。我允许他们抓捕要离，是我不愿意得罪吴国。"

伍子胥撩开袍衫，双膝跪倒，说道："要离为民除害，是个义士。大哥把要离押送吴国，就是你杀了要离。大哥，你不怕天下人耻笑你吗？"

伍尚见伍子胥所说有理，伸手搀起伍子胥，边道："起来，起来吧。大哥听你的，这就释放要离。"

伍子胥谢过伍尚，立即让家奴去传递伍尚的命令，把要离带来。要离见伍子胥并不下跪道谢，而是微微拱手道："二爷你救要离一命。要离的性命从今天开始，就交给二爷了。要离从今往后，就是伍府的家奴，为二爷执鞭驱车。"

伍子胥大笑道："伍员一不用你做家奴，二不用你赶车。你就做我府中门客，愿意吗？"

要离十分感动，只见他双眼潮湿，突然跪倒，头颅触地咚咚有声。伍子胥慌忙双手扶起要离，感慨道："要离，你真是一个血性侠士！"

伍子胥命令家奴摆上酒菜，和要离把杯畅饮，像对待久别重逢的朋友。

要离身高仅有六尺，而且瘦弱矮矬，唯有项上那颗长了几根黄毛的脑袋出奇地硕大。伍子胥并不小看要离，经常和他同桌吃饭，像亲兄弟一样。

伍子胥有扛鼎拔山的勇武，也有经天纬地的文才。他儿时学习德、行、艺、仪及吉、凶、宾、军、嘉之五礼，后来又学习礼、乐、射、御、书、数，六艺皆精，尤喜射、御。年龄稍微长大，他对六书[①]、九数[②]不感兴趣了，反而喜欢御车射箭。据说，伍子胥出生的第三天，他的父亲伍奢就背着他举行了射仪，期望他长大成人能够保家卫国，守御四方。伍子胥果然不负父望，练就一身好武艺。

每天早晨起床，伍子胥必须练习御车射箭。要离总是相伴左右，不时为他牵马驱车立牌拣箭。要离十分钦佩伍子胥的练武精神，总在一旁偷学。

伍子胥中途小歇，接过要离递过的浆水，边喝边对要离说道："御有五御。一为'鸣和鸾'，驭车而起，能使衡上之鸾和边轼之和（铃）齐声共鸣。二为'逐曲水'，驭车循河曲折而驱，而不覆车落水。三为'过君表'，遇障无阻，迅即而驰。四为'舞交衡'，于叉道上回辕转弯，旋驰自如。五为'逐左'，征战时，能利用车辆拒挡敌兵，有利于射击。"

要离道："善甲五御之人，只有二爷你了！我也听说过，射箭也有五射，但是不知道详细。"

伍子胥说道："五射，是指白矢、参连、剡注、襄尺、井仪这五种。箭镞透靶而出，重在弓力，为白矢。参连者，就是连珠箭法，一箭射出，能接连两箭连发射中，重在速度。矢入箭靶，羽颈高，箭头低，这叫剡注，重在力猛劲锐，穿物而过。所谓襄尺，就是和国君比赛射箭的时候，臣不可以和国君平行站立，必须后退一尺，这是礼貌品德。所谓井仪，就是连射四箭，箭镞射在靶中呈'井'字形，体现准确。能够做到五射的人，是神射手。"

伍子胥要和要离比试射箭。要离只会使用长剑。要离说道："二爷你以客礼对待要离，要离不敢以门客自居。要离甘愿做二爷的家奴。家奴怎敢和主人比武。"

伍子胥再三要求与要离比试剑术。要离不敢和伍子胥比试，请求和家兵们比试。伍子胥挑选二十个家兵，持剑围攻要离。要离并不拿铜剑，只取竹枝一根，握在手中。伍子胥命令二十名家兵合力齐攻，挥剑围击要离。只见要离闪腾挪退，竹枝戳戳点点，家兵们手中长剑竟然接二连三地脱手落地。一阵叮当，地上散落了二十只长剑。那二十名家兵个个捂住受伤的右腕，呆立一边。要离抛掉竹枝，拱手一圈，连声道歉。

伍子胥一旁看得真切。要离的竹剑迅速准确地一个个击中家兵们执剑的右腕，致使兵器脱手。伍子胥心里夸赞要离神剑，庆幸自己得识要离，对待他更为亲近，把府中一名俊俏女奴许配给了要离。

这天伍子胥驱车去棠邑西北盘石山打猎。要离悬短剑随从。二人猎获一头公鹿，正要下山，只见山下走过一个腰悬长剑的大汉。那大汉短衣短裤，脚穿草鞋，边走

---

① 象形、会意、转注、处事、假借、谐声。
② 指方田、粟米、差分、少广、商功、均输、方程、赢不足、旁要之九种算术及运算方法。

边唱道：

呦呦鹿鸣，
食野之苹。
王得壮士，
鼓瑟吹笙。

呦呦鹿鸣，
食野之蒿。
王有壮士，
德者孔昭。
视民不佻，
君子是则是效。
王有旨酒，
壮士式燕以敖。

呦呦鹿鸣，
食野之芩。
王有壮士，
鼓瑟鼓琴。
鼓瑟鼓琴，
和乐且湛。
王有旨酒，
以燕乐壮士之心。

那大汉自顾唱着山歌，朝着山下湖边的小镇走去。

伍子胥眼看着消失在山道上的大汉，思念起远在楚都郢城辅佐太子熊建的父亲伍奢。要离却在一旁讷讷说道："二爷。那唱歌的汉子，他是吴国人。我敢肯定，他是一个吴国的间谍。他穿着越国人的短衣短裳，我一眼就认出他是吴国人。"

伍子胥吃了一惊，不解地反问："你怎么知道他是吴国的间谍？他跑到我们楚国的边界干什么？"

要离道："二爷，你有所不知。吴王寿梦有四个儿子——长子诸樊、次子余祭、三子余昧、四子季扎。寿梦死后，诸樊继承王位。听说不久前诸樊也死了，余祭和余昧也亡故。按照吴国王室的规定，应当由季扎继承王位。季扎不愿做国王，去游历列国。余昧的儿子姬僚登上了王位，人称吴王僚。诸樊的儿子公子姬光，会武功，吴王僚委任他为大将军。公子姬光心里不平，因按吴国王室的规矩，吴国的王位应该是由他继承。吴王僚好强勇武，他让同母兄弟掩余和烛庸掌握兵权。他的儿子庆忌，也是以一当百的勇士。公子姬光势单力薄，一时难以和吴王僚争夺王位。我听说公子姬光暗里派遣心腹，去列国寻访豪杰死士，图谋诛杀吴王僚，夺回王位。"

伍子胥听了要离的话，淡淡一笑道："你说的有些道理。不过，你我管不了吴国的事情。我饿了。我们下山去管管肚子吧。"

山下的小镇傍临湖泊，镇名"士林"，有七八百户人家。因为有通往齐、鲁、郑、楚、吴等国的交通要道，镇上居民十之八九都以商贾为业，酒馆客栈很多。伍子胥和要离进了士林镇，便见到前面围了一圈人，中间一个粗壮浓须大汉揪住一人的发髻挥拳就打。这时一个老妪打巷口蹒跚走来，一边喊道："诸儿住手，不要打人！"

只见那浓须大汉叫了一声"娘"，撒手放了那汉子，说道："我听我娘的话，今个就饶了你。下次你再欺行霸市，我揭了你的皮！"

挨打的汉子抱头鼠窜而去。那浓髯大汉自顾走向巷口的老妪，温顺得像羔羊一般，搀起老妪走进巷子深处。

伍子胥看到刚才一番情景，感慨说道："这个人是个孝子。他能屈服一人之下，将来一定在万人之上。"

要离说道："二爷你既然佩服他，为什么不结交他做个朋友呢？"

伍子胥说声"好"，让要离把车马寄存了，打听得那浓须大汉名字叫专诸，家中有个七十岁老母亲，父亲早年征伐齐国时战亡。专诸靠砍柴捕鱼打猎谋生，供养母亲。伍子胥吩咐要离买了果品，自己扛了鹿，二人来到专诸门前。

这是一座土墙草屋，屋顶长草，十分破陋。伍子胥将鹿放在院门旁，扑打扑打袍衫，恭敬地敲打木门。不一会儿，打里面走来一个大汉。伍子胥瞅见那大汉袒胸裸臂，满脸的落腮连鬓黑胡须。头发在顶上挽了个大髻，用一根竹枝别住。两条连接一字的眉毛下面，闪烁着一双奇大的眼睛。伍子胥暗自赞叹："好个壮汉猛夫！"

开门的壮汉正是专诸。专诸朝伍子胥、要离揖手行礼，说道："专诸待慢贵客，请二位爷宽宥。"

伍子胥拱手还礼，说道："专诸兄不要客气。伍员伍子胥告扰。"

伍子胥向专诸介绍要离，说道："他叫要离，是我的朋友。"

要离朝专诸施礼。专诸以礼相还。专诸礼毕，躬身站在门侧说道："请两位哥哥高抬一步，进寒舍说话。"

专诸侧行带路，把伍子胥、要离二人让进屋内。三人又重新施礼。

要离说道："子胥兄刚才在街上看到专诸兄仗义惩恶，对专诸兄孝敬母亲十分感动，所以来拜访。子胥兄是太师伍奢大人的儿子，是棠君伍尚大人的弟弟。"

专诸表情木讷，躬身替伍子胥、要离奉上浆水，说道："二位兄弟要和专诸结交，专诸是个贫贱的鲁夫。专诸不敢答应，要禀告老母亲。"说罢去内室，不一刻搀扶老母亲出来。

伍子胥、要离向专诸老母亲跪下施礼。老母亲向专诸说道："有朋友登门，为什么不置酒招待？"说完结衣绾袖，巍巍地去厨房炙鱼煮肉。

伍子胥让要离取来公鹿，送给专诸。专诸也不道谢，操刀剥皮净肉，提去厨房让老母亲炖煮。

酒肴上桌，专诸执杯说道："我专诸是山野粗人，蒙二位兄弟高看，请开怀放量畅饮。"

伍子胥说道："刚才看到专诸兄行侠仗义，不啻为豪杰，也是世间难得的孝子。伍员今天能够结交兄弟，是我的幸事。我伍员愿意与专诸兄手足相待。"

专诸见伍子胥说话诚恳，十分感动。三人尽兴饮酒，通宵达旦。第二天一大早，伍子胥、要离告辞。专诸用鹿皮包裹了两条鹿腿，给伍子胥带回去。伍子胥坚持不要。专诸老母亲也来劝说，伍子胥却跪下说道："伍员请专诸兄留下鹿肉佐酒，央求老娘留下鹿皮做褥子。这是我伍员一点孝心。"

专诸母子感激涕零，将伍子胥搀起，收下鹿肉鹿皮。伍子胥又拿出黄金一镒，趁专诸母子不注意，放在桌上，这才和要离出门上车。

老母亲见客人走远，对专诸说道："我儿，你认为伍员人品怎样？"

专诸说道："伍子胥重义疏财，交朋友不分高低贵贱，是当世豪士。"

老母亲长叹一声，说道："你看错人了！圣人说，贫不可役富，贵不可临贱，疏不可间亲。伍子胥他是太师的儿子、棠君的弟弟。你是捕鱼伐薪的草民。就像桌子和板凳高低不等，你们怎能交友？伍子胥对你恩重，以后你拿什么报答他？"

专诸呆了半天，才说道："朋友讲交情，计较那些干嘛。"

老母亲说道："你就是个呆子！你听我话，和伍子胥断交。要不然，今后你要把小命给他！"

楚平王熊居的长子熊建，字子木，是蔡国郹阳夫人亲生。熊建长大，平王立他为太子，命令连尹伍奢为太师、大夫费无极为少师、将军奋扬为东宫司马，共同辅佐熊建。费无极追随楚平王左右，纵容楚平王淫乐，并且潜杀了令尹斗成然。

太子熊建厌恶费无极卑鄙，对其行为不满，疏而远之。费无极惧怕熊建将来登上王位，必定要诛杀自己，于是一心要阴谋离间太子熊建和楚平王的父子关系。

这日，费无极见平王与嫔姬饮酒作乐，进言道："太子已经成年，大王应当让太子婚娶。"

平王问道："卿认为，哪国的女子，可以做太子妃？"

费无极说道："臣认为，大王要为太子聘婚，不如选秦国的女子。臣纵观天下形势，南有吴国，西有秦国，北有晋国，东有齐国，都是强国。吴、晋、齐三国屡犯我楚境，能对我楚国有利的，只有秦国。楚与秦联姻，两强相合，何惧他国？楚国势力强大，大王图霸中原就不难实现。"

平王不知费无极另有图谋，大声称赞。当即命令费无极出使秦国，为太子熊建聘婚。

太子熊建得知消息，担心费无极另有阴谋，去和师傅伍奢商议。伍奢思虑片刻，说道："大王要你婚聘，你不得不服从。费无极是个奸佞小人，也不得不提防。我今天写信给我的次子伍员，让他保护你去秦国求亲，防备不测。"

太子熊建道谢。伍奢即刻写信，函封了命令兵士乘快马轻车，连夜送往棠邑。

书信送到棠城，伍子胥和要离打猎未回。伍尚读了信，心急如焚，在书房焦急不安。恰好家臣禀报："大爷，二爷回来了。"

伍尚急道："你叫他快来见我！"

伍子胥衣裳未换，立即随家臣来见伍尚。

伍尚说道："父亲派人从郢城送信来，你快来看看。"

伍子胥看了信简，大笑道："太子婚聘，父亲要我跟随太子去秦国，迎娶太子妃。这是大喜之事，哥哥为何愁眉不展？"

伍尚说道："费无极是奸佞小人。这次楚王命他出使秦国迎聘，父亲又命你随从，分明是太子和父亲对费无极不放心。太子这次婚聘，是祸是福，难以预料啊。"

伍子胥大吃一惊，问道："以大哥见解，我伴随太子去秦国，如何应对？"

伍尚说道："你只知道匹夫逞勇，能有什么应对？"又说，"你们回国的途中要加倍小心，不要让太子妃有什么意外，就是万幸了。如有发生什么变故，也不是你的能力能够阻挡的。你此去郢都，禀告太子和父亲大人，等我料理完邑中事务，即将赶奔郢都，协助父亲大人辅佐太子。"

伍子胥匆匆和妻子告别，又嘱告要离说："我走后，你务必时常代我探望专诸和他的老娘，时常送些粮米，不要忘了。"伍子胥见要离答应，这才驱车登程。

伍子胥取道郑国，超近路赶往楚都郢城。这天傍晚，走到一座山下，山野荒峦无人，只见山脚林中有一座茅草屋。伍子胥人困马乏，便停车放马，让马儿在林中吃草。伍子胥感觉着腹中饥渴，便敲打木门，要讨口水喝。敲了半天，无人应答。伍子胥无奈，只得推门进入屋里。屋里空荡荡的，靠墙是一张床，床上铺草席。墙角垒有锅灶，有一个水瓮。伍子胥喝了一瓢水，这才看见石桌之上有简牍，墨迹未干，拿起阅读，大惊失色。

简上写道："兵者，国之大事，死生之地，存亡之道，不可不察也。故经之以五事，校之以计而索其情：一曰道，二曰天，三曰地，四曰将，五曰法。道者，令民与上同意，可与之死，可与之生，而不畏危矣。天者，阴阳、寒暑、时制也。地者，远近、险易、广狭、死生也。将者，智、信、仁、勇、严也。法者，曲制、官道、主用也。凡此五者，将莫不听，知之者胜，不知者不胜。故校之以计而索其情，曰：主孰有道？将孰有能？天地孰得？法令孰行？兵众孰强？士卒孰练？赏罚孰明？吾以此知胜负矣……"

伍子胥读了一篇，大喜过望，大声叫道："写此兵书者，真是天下兵圣！"

只听屋外走进来一人，大声诘问道："你是什么人，在我屋里喧哗？"

伍子胥慌忙朝来人鞠躬，说道："在下棠邑人告扰，请先生恕罪。"

来人抢前一步，拱着双手问道："壮士，你认识棠君的弟弟伍子胥吗？"

伍子胥笑道："在下正是伍员。请问先生名讳？"

来人笑道："我是齐国人，孙武。"

伍子胥惊问："先生是齐国名将田氏后人，孙长卿？"

孙武拱手道："长卿不才，有辱先人。"

伍子胥道："长卿兄不必自谦。你的兵论，我刚才拜读了，如见苍穹霹电。子胥今日有幸得识先生，可喜可贺。"

伍子胥去车中取来肉干和清酒，和孙武举杯欢饮。酒过三巡，伍子胥问道："长卿兄，你为什么不在齐国，却住在这郑国的荒山野林？"

孙武长叹一声，把陶杯墩在桌上，手拈须髯说道："我孙武，家住齐国乐安①，从小尚兵好武。先祖是陈国的公子陈完，逃难到齐国，在齐桓公手下当个工正小官，后来改姓田氏。衍到四世先祖田无宇，已经官至上大夫。七世祖田常（田成子），杀齐简公立平公，任齐国宰相。八世祖田襄子，继任齐相。我祖父田书，字子占，是曾祖父无宇的次子，被齐景公赐姓孙，从此便与陈氏分开，另立宗族。我祖父田书，是齐国名将。齐景公二十五年②，齐军征伐莒国，我祖父率齐兵夜攻纪鄣城垣。六十死士缒登中途，缒绳被莒兵斫断。我祖父随机应变，命令城下城上齐兵齐声鼓噪，虚张声势，致使莒公不知虚实，弃城而逃。纪鄣一战，我祖父攻敌不备，出其不意，兵不血刃而夺城败敌。齐景公因此把乐安封给我祖父，并且赐姓孙氏。我父讳孙凭，在我出生乱世之际，人心思定，为我取名孙武，期望我以武安邦定国。我自幼喜射御，又极喜欢兵阵击敌，苦学二十余载，却不能为国君所用。我孙武，空负大志，流浪列国，凭吊旧时战场，研辨先人战术谋略，聊以著书自娱。"

孙武说到此处，已经是悲泪横流，邀伍子胥共饮一杯，唏嘘无语。

伍子胥不知道说些什么可以减轻孙武的悲愤，便岔开话题，冲淡这尴尬的气氛。伍子胥替孙武续了酒，笑问道："令尊大人替长卿兄取名武，是包含大义。古人曾经说，善为士者不武，善战者不怒，善胜者不与，是为不争之德，是谓配天，古之极。古人撰文，止戈为武。武字含义，实是禁暴、戢兵、保大、定功、安民、和众、丰财，这是武人的七德！"

孙武听了伍子胥一番武论，神情振奋，突然撩衫离座，拱手施礼，说道："子胥兄精通武道，孙武敬佩。孙武今天得见子胥兄，实是天赐孙武的福分！"

伍子胥慌忙离席还礼，二人执杯欢饮。酒酣夜深，两位初识相知的挚友面对油灯沉默无语。许久，孙武才打破沉闷，问道："子胥兄，你不在棠邑，此行赶往何处？"

伍子胥长叹一声，说道："楚王不辨贤愚，任用佞臣费无极，戮杀令尹斗成然。

---

① 今山东惠民。

② 公元前523年。

我父亲身为太子师傅，费无极为少师，二人不和。太子熊建厌恶费无极。这次费无极进谏楚王，命令太子去秦国求婚。我父亲召我赶赴郢都，跟随太子和费无极出使秦国。我这趟差事，祸福难料！"

孙武安慰道："子胥兄不必忧虑。我观楚国大势，东敌齐国，北拒强晋，南有吴国连年侵扰，危及累卵。楚王与秦国联姻，是想借秦国之力而图自保。致于费无极有没有阴谋，不好说。我劝子胥兄，凡事多谋划。管仲说过，预则立，不预则废。"

伍子胥道："承蒙长卿兄教诲，我牢记在心里了。不知长卿兄以后有什么打算？"

孙武说道："我立志从武，可惜手上没有兵权。今生只有把前人战术写成兵书，流传给后人。这是我唯一的心愿了。我这次来郑国，就是为了探究当年郑庄公克段之战和郑国卫国的制北之战。我还要去齐国、鲁国、虞国、虢国，探究齐鲁长勺之战和晋国假途灭虢之战。再往后，我要去宋国、晋国、秦国，实地探究宋楚泓水之战、晋楚城濮之战、秦晋崤之战、晋齐鞍之战。唉，道途迢遥，我也不知道，今后落脚在哪里？"

伍子胥长叹一声，安慰道："长卿兄任重道远，千万保重。我记得，鲁国大夫穆叔说过，'太上有立德，其次有立功，其次有立言'。这是古今圣贤要做的三件不朽事业。长卿兄写兵书，是千古伟业。长卿兄胸怀绝世之才，上天庇佑，一定有用武之地。将来长卿兄辅国用兵，会成为一代良将。有机会我会向楚王推荐你。"

孙武叹息一声，说道："承蒙子胥兄不弃，结交我孙武为朋友，孙武心愿已足。入仕掌兵，应当随缘。"

伍子胥与孙武畅谈通宵。天亮，伍子胥告辞登程。伍子胥将车中肉干清酒悉数留与孙武。孙武推拒，子胥劝道："我可以在前头街镇上采买。你这里荒僻，就收下吧。"

伍子胥送给孙武酒肉，又留给孙武两镒黄金，这才上车驱马而去。孙武早被伍子胥的真诚豪爽感动得热泪盈眶，见轺车远去，竟然扶树大哭。他在这郑国的荒山中，刚刚结识了相知的朋友，就分道扬镳，天地渺渺，也不知道哪年哪月再见面？

伍子胥告别了孙武，鞭马驱车日夜趱行，恨不能一天赶到楚都郢城。因为途中突遭连阴，道途泥泞，车马不行，急走慢行，月余才到郢城。

伍子胥进城立即去拜见了太子熊建和父亲伍奢。他这才知道，秦哀公已经派遣大夫入使楚都报聘，把他的妹妹孟嬴许嫁给太子熊建。楚平王熊居，命令费无极带上金珠彩币，跟随熊建去秦国迎娶太子妃。太子熊建对伍子胥说道："我父王亲近无极，我很担忧。这次费无极随我去秦国迎亲，我放心不下。你是咱楚国的侠士。你能随我去秦国，我就放心了。"

伍子胥答应护送太子建去秦国，请太子建放心。第二天，伍子胥顶鍪贯甲，腰悬长剑，手执铁戈，跟随少师费无极，护卫太子建去秦国。路上晓行夜宿，走了几十天，才到达秦国的边境方山。碰巧，秦王哀公和十八国诸侯正在方山会盟。费无极命令车队在山下驻停，洗刷车马。第二天，费无极又命令所有车马都披覆彩帱绘帛，兵士手执旌旗，倡伎吹奏鼓乐，往方山秦王行宫进发。

秦哀公正和各国诸侯集会在盟坛上宴饮，远远看见一队车马彩旗招展，往盟坛而来，端杯笑道："不知哪国诸侯，道远来迟，盟会寡君。"

旁座吴王僚，听言一惊。吴王僚这次远赴秦国，也想和秦哀公暗结私好，以便他日吴国起兵伐楚，让秦国保持中立。吴王僚也听说楚国要和秦国联姻，对楚秦结好十分惧怕。他这次来秦国，带来胞弟掩余和公子庆忌，图谋吴国和秦国联姻，让庆忌娶秦公主为妻。

吴王僚正在焦急不安，执事内官来坛下跪报："禀报大王，楚国少师费无极，应大王报聘，奉楚王之命，前来迎亲。"

各国诸侯听到楚国迎娶秦女，都媚悦秦王，齐声高唱："恭喜大王！贺喜大王！"

秦哀公心花怒放，命令内官道："传寡人命令，请楚使登坛。其余人众，坛下摆宴款待。"

费无极抠衣提袂，在内官导引下登上盟坛，朝秦哀公下跪禀道："外臣费无极，叩见大王。"

秦哀公说道："楚使道途劳苦，请一旁入席，赐酒。"

费无极谢过秦哀公，在内官所置旁席入座。侍酒宫人持焦斗在坛中巨鼎中舀酒，给费无极及众诸侯斟酒。吴国将军掩余，手扶剑柄站在吴王僚身后，睹费无极鹰鼻猴腮，细眉鼠目，鸡膺瘦矬，低声对吴王僚说道："楚国无能人。王兄为什么不乘机让庆忌献武，威慑诸侯，污辱楚使？"

吴王僚知道儿子庆忌英勇盖世，正为显示庆忌武功苦无良策，掩余的提醒正中他下怀。吴王僚起身离座，朝秦哀公躬身行礼，说道："小君认为秦王与楚国结好，是天下大喜之盛事。今天又是大王盟会诸侯，旷古烁今，史官记载，百世流芳。小君认为，如此亘古未有之盛宴，不可不尽兴。大王怎么不命力士比武，以助诸君欢饮？"

秦哀公听了吴王僚的话，连声叫好，又说道："寡人与诸君盟会，又和楚王结姻，不宜舞刀弄剑。坛中有巨鼎，重有千钧，谁能把巨鼎举过头顶，寡人赏千两黄金。"

吴王僚听到秦哀公命令武士比试举鼎，正中下怀，正要示意身后庆忌上场，只听到秦哀公身后一个虬髯猛汉霹雳一声："末将嬴颐，遵大王之命，愿试举此鼎。"

秦哀公说声"准"。只见秦将嬴颐脱去盔甲，挽袍绾袖来到坛中。这嬴颐背阔腰圆，身长九尺，十分猛壮。嬴颐围着巨鼎转了三圈方驻足立定，一个跨马蹲裆，双膀一较力，把巨鼎双手托到膝上。嬴颐长吸一口气，发一声巨吼，起身挺臂，把大鼎举过头顶。坛上众诸侯无不瞠目结舌。秦哀公高喝一声"好"，大家这才附和叫好。

秦将嬴颐把巨鼎放下，已是汗如雨淋，气喘如牛。他蹒跚到场边，等候秦王赏赐。

这时庆忌早已按捺不住，不等吴王僚发话，挺身而出，朝秦哀公拱手说道："大王在上，吴将庆忌，请举此鼎。"

秦哀公正要赏赐嬴颐，见庆忌请求举鼎，虽然心中不悦，却不露声色。他示意嬴颐侍立一旁，朝庆忌说道："公子要举鼎，寡人准许。"

庆忌迈步走到坛中，单手抓住巨鼎晃了几晃，伸出另一只手臂抓住鼎足，双膀较力发一声狂喊，硬生生地把巨鼎举过了头顶。

吴王僚大叫一声"好"。众诸侯也叫好附和。庆忌十分得意，竟然举鼎朝前迈了三步，才踉跄立定，抛下巨鼎。那巨鼎着地生坑，一半陷入泥中，高坛微颤。秦哀公恍惚在梦中，怔了半天才叫出一声"好"。

吴王僚十分得意，举杯遥敬秦哀公，笑道："小君恭敬上王。天下勇士，唯有秦、吴二国。"

秦哀公心花怒放，举杯大笑。坛下突然有人高叫："什么人如此张狂？敢小觑我楚国无人！楚国人伍员伍子胥，愿为众位诸侯举鼎助兴。"

吴王僚正为庆忌胜过嬴颐而得意洋洋，听到伍子胥也要举鼎，吃了一惊。他抬眼望去，只见一个白袍大汉，身高一丈，腰阔十围，按剑迈上坛来。吴王僚低问身后掩余："伍子胥，什么来头？"

掩余道："回大王，他是楚国太师伍奢的小儿子。"

伍子胥来到秦哀公座前行了礼，回到坛中。只见伍子胥单手把巨鼎提出陷坑，扔到一边。他又绾起袍袖，双腿微蹲，抓住鼎足，沉身而立，轻轻将巨鼎举起。坛上坛下千百人齐声叫好，声震四野，裂石惊天。

伍子胥举着巨鼎，在众诸侯席前绕坛走了一圈，才把大鼎在坛中放下，面不改色，气不抽丝。

这里早已恼怒了庆忌，按剑出列，朝秦哀公跪下道："吴将庆忌，愿与伍子胥比武。"

秦哀公拈须笑道："寡人有言在先，今日大喜之日，不宜动用兵器。将军一边听赏。"

秦哀公见庆忌、伍子胥胜了嬴颐，心里不高兴，碍着各国诸侯，又不好发作。他有意刁难伍子胥，说道："寡人听说楚国人好勇少智。寡人有一谜，将军觿解，才能受赏。"说出谜语道，"出兔口，入鸡肠，画十圆，书十方。将军，解为何字？"

伍子胥笑道："外臣也有一谜，可辟大王之谜。"

秦哀公说道："将军请讲。"

伍子胥说道："东海有鱼，无头少尾，去脊去骨，囫囵入口^①。"

秦哀公听了畅怀大笑，拈须说道："楚国人不但冠勇，也多智！"命令内官道，"赏三位勇士黄金千金。另赏伍子胥玉璧一双、酒十壶。"

---

① 谜底是日字。

第二章

楚平王好色，霸占太子妃

　　吴王僚自从登上王位，吴国就一直处于内外交困的地步。他深知吴国的王位理应由堂兄公子姬光继承。因为公子姬光的父亲诸樊，是自己父亲余昧的长兄，按照吴国王室传统，是轮不到他继位的。公子姬光能征善战，又掌握兵权，虽然对吴王僚假意臣服，对以不择手段谋取王位的吴王僚来说，不能不对公子姬光心怀疑忌。吴王僚为了削弱公子姬光的兵权和势力，命令自己的兄弟掩余、烛庸和儿子庆忌，执掌吴国兵权，各人率领一军。

　　吴国的南方傍邻越国，北方连接齐国鲁国，西边靠近强大的楚国。吴国先王连年与齐国、楚国征战，结下不解之仇，给吴王僚种下祸根。近年来，吴国南方的邻国越国也日益强大，对吴国构成威胁。当前，对吴国最大的威胁却是楚国和齐国。如果楚国征伐吴国，齐国也必然趁机出兵侵吴，吴国就要首尾难顾，面临亡国之灾。

　　吴王僚这次率领掩余和公子庆忌会盟秦国，就是蓄意联秦抗楚。吴王僚认为国内政局已定，可以攘外了。他梦想有朝一日，使吴国成为争霸中原的大国。但他万万没有料到，公子姬光表面上忍气吞声，暗中体恤百姓，收罗死士，集蓄党羽，时刻准备着伺机诛杀吴王僚，夺回王位。

　　公子姬光府中有一个门客①名叫椒丘，是越国的土人。有一次公子姬光率兵攻打越国，在河边洗马。突然河面浮起几条长满鳞甲的怪物，那马儿惊吓得脱缰踔进水中。眼看那群怪物就要吃掉宝马，公子姬光大叫道："谁人救我宝马，赏千金！"

　　这时树丛中跑出一个人，朝河边奔来。公子姬光瞅见这人身高不到七尺，卷发虬髯，赤裸的上身和臂膀纹有蛇兽，下身也没有穿短裤，只拦腰系一条宽巾遮住下体的阳物。公子姬光眼看着这个越国人手执短剑，跃入河中与怪物激战。只见河中恶浪翻涌，越国人和怪物时而潜入水底时而浮出水面。许久，波浪平复，河面浮

---

① 贵族供养的侠士，春秋时又名舍人。

起三条鳄鱼的尸体。那个越国人牵马上岸，他已经瞎了一只眼睛。

公子姬光要奖赏越国人。越国人却说道："小人不图将军赐金，只求将军退兵，不要屠杀越国的百姓。"

公子姬光下令退兵，并且把这个越国人带回吴国。这个人就是公子姬光的门客，独眼侠士椒丘。

公子姬光把自己所佩戴的宝剑沥镂送给椒丘，命令他去列国寻访豪士，刺杀吴王僚。椒丘从吴国潜入楚国，在棠邑打听到伍子胥英勇冠世，听说伍子胥护送公子建去了秦国，他也追踪来到了秦国。

椒丘在方山看到伍子胥轻举巨鼎，力胜嬴颐、庆忌二人。他从内心里敬佩伍子胥的神勇，有心和伍子胥交个朋友，却没有机会。

秦哀公会盟结束，各国诸侯辞别回国。秦哀公率众返回秦国都城。费无极也率领迎娶人员跟随秦王车队进入雍城，安顿在秦王宫馆住下，等候安排。

这几天伍子胥清闲，一个人去雍都街上游览。迎面走来一人，披发跣足，怀抱一柄木鞘长剑，边走边叫道："卖剑，卖剑！天下奇剑，可斫金断玉，吹毫过刃，刃不沥血。"

伍子胥不知道这个人就是椒丘，就是为了寻找他才来到秦国。伍子胥和椒丘擦肩而过，自顾朝前行走。想不到椒丘竟然回转身来，跟踪讽刺道："楚人只知道举鼎，空有蛮力，不识宝剑，有眼无珠，枉自称为壮士！"

伍子胥大怒，心想这人竟敢明目张胆地嘲笑我。伍子胥正要发作，猛见到这个卖剑人似曾相识，却又一时想不起来在哪里见过。伍子胥正在发呆，椒丘已经擦身走过，朝前面叫卖去了。伍子胥见街边有个小叫花子，召了过来，给了叫花子十个铜钱，问道："你看见前面卖剑的人了吗？"

叫花子道："看见了。那个人口音是吴国人，实际他不是吴国人。"

伍子胥问道："你怎么知道他不是吴国人？"

叫花子道："那人纹身，纹蛇。只有越国人才纹身，纹蛇。"

伍子胥道："你不管他是吴国人越国人，你替我盯住他，看他住在哪里。天黑之前，我在这里等你，再给你十个钱。"

叫花子答应一声，跟踪椒丘去了。

当晚，伍子胥得到叫花子禀报，那个卖剑人住在城南良友客栈。伍子胥这才想起来，这个卖剑人就是他和要离在盘石山打猎时所遇到的唱歌人。这个人从楚国棠邑来到秦国雍城，又和自己不期相遇，并且嘲笑自己，不能说和自己无关吧。

伍子胥为了弄清卖剑人的身份，当夜来到良友客栈。摸清那人所住客房，提剑在手，推门进屋。那人仰睡在床上，毫无动静。伍子胥伸手抓住那人胸衣，怒问道："你是什么人？受谁的指使跟踪我？"

椒丘并未入睡，他看见伍子胥进门，早已暗中握住剑柄。他只等伍子胥出剑，手中的沥镂就会把伍子胥宝剑削断。

椒丘听了伍子胥问话，发出一阵狂笑，说道："我是吴国公子姬光的门客椒丘，来寻访壮士的。"

伍子胥喝问："为什么寻我？"

椒丘道："请子胥兄点灯，平身说话。"

伍子胥见椒丘全无惧色，言语中听出并无歹意，便松了手。他掏出火镰火石，擦着火煤，点着了床前的油灯。借着灯光，伍子胥看见椒丘贴身那柄闪着幽光的沥镂宝剑，倒吸了一口凉气。

椒丘一边披衣起身，一边说道："子胥兄，你要是出剑，椒丘和你同归于尽。"

伍子胥寻思自己的唐突，还剑入鞘，躬身施礼道："子胥刚才冒犯，请兄弟宽宥。"

椒丘笑道："我已经料到你今夜必定来，恭候已久了。"

椒丘请伍子胥入座，燃了火盆驱寒，又摆上酒肴，举杯相敬。二人饮罢三杯，椒丘又说道："吴王僚谋夺公子姬光的王位，喜征好战，如今吴国人怨声载道。吴王僚惧怕公子姬光夺回王位，让他弟弟掩余、烛庸和儿子庆忌手握重兵。吴王僚早晚要诛杀公子姬光。公子姬光要自保，命令我走访列国，寻找当世贤士。我在棠邑就听说子胥兄你是楚国的豪杰，没有机会相见。后来听说秦王会盟天下诸侯，我又辗转来到秦国，想不到在这里和你见面。这是缘分，也是天数。我认为，贵国的平王熊居，不恤百姓，宠信奸佞，荒淫昏聩，不是贤臣所辅佐的良君。子胥兄，你如果弃楚从吴，辅佐公子姬光复位为王，公子姬光可以和子胥兄共享荣华富贵。子胥兄，你意下如何？"

伍子胥说道："椒丘兄，你和姬光公子高看我了。我伍氏一族，是楚国的世卿。食君之饩廪，效之以性命，才是忠臣良将。我父亲是楚太子熊建的师傅，我兄长伍尚又官为邑宰，我怎能背叛楚国去投靠吴国呢。请椒丘兄转告姬光公子，恕子胥不能从命。"

椒丘见伍子胥誓死不肯弃楚从吴，心中愈加敬佩。椒丘双手奉壶，躬身为伍子胥续酒，执杯叹道："齐人管仲曾言，时不至不可强谋。椒丘刚才说的话，不合时宜，不合时宜。"

二人又喝了几杯。椒丘又说道："子胥兄大义不移，不愧是当世贤士。我离开吴国的时候，公子姬光嘱告我，适逢贤士，当以沥镂相赠。子胥兄今天不肯投靠吴国，可以做公子的朋友吧。"

椒丘说完，拿来沥镂宝剑，双手奉过头顶，跪在伍子胥面前。

伍子胥慌忙离座，把椒丘搀起，说道："公子姬光英勇善战，是当世良将，子胥仰慕已久。子胥愧受公子宝剑。请转告公子，如果哪天吴国和楚国交兵，我和公子在阵前相见，我伍子胥绝不能徇私背国。"

椒丘说道："你是公子姬光所敬重的贤士。如果子胥兄和公子姬光以后兵戈相见，各为其国，不必手下留情。"

伍子胥经椒丘劝说再三，这才收下了沥镂宝剑。伍子胥在灯下观剑，但见青光幽莹，寒气逼人，果是绝世宝物。椒丘笑道："这把剑，是越国人欧冶子锻铸，只有子胥兄你才配用。"

伍子胥从囊中取出一双玉璧，躬身递给椒丘，说道："区区玉璧，是秦王赏赐我的，请椒丘兄带给公子姬光。公子投我以木李，我报之以琼玖。"

椒丘问道："子胥兄，你想不想知道，你们这次楚秦联姻是什么结果？"

伍子胥问道："难道会有变故？"

椒丘道："我今天在市上买了一只龟。咱俩今夜寡饮无乐，不妨一卜。"说话间从床下拖出一只巨龟，以剑尖在腹甲之上钻了几个孔，又用火锤探孔烧灼。不一会儿，龟甲裂出许多奇形纹理。

椒丘和伍子胥盯住甲纹辨解，认出是归妹睽卦象。伍子胥叹道："这个卦，不吉利啊。"

椒丘说道："归妹，睽，都是六气四卦的卦象。归妹为震上兑下①，睽为离上兑下②。归妹上六之爻辞为'士刲羊无血，女承筐无贶'。象辞是'上六无实，承虚筐也'。"

伍子胥叹道："如果依照这个卦象应验，这次太子建的婚姻，有灾难了！"

二人畅谈到天亮。椒丘拜辞，回吴国去了。伍子胥回到秦国宫馆。经费无极张罗，车马仪仗已经齐备。秦姬孟嬴在宫女搀扶下登上香车。随行从媵姜妇，不下数十人，分乘温车，跟随在孟嬴香车的后面。秦哀公陪送的嫁资物品，装载有百辆马车。秦哀公命令公子蒲护送妹妹孟嬴去楚国。

公子蒲和费无极乘辎车③前行开道。伍子胥顶盔贯甲，手执长戈，乘轩车在队尾护卫。迎亲的车队，绵延数里，浩浩荡荡，自秦国经由晋国、郑国入楚。

一路上，费无极心情十分复杂。他深知太子熊建对自己有戒心。他奏请平王为太子婚娶，是讨好太子，期望缓和与太子的关系。他想不到太子熊建竟然防范自己，让伍子胥随行，明里是护卫，实际上是监视自己。伍子胥方山举鼎，威震列国，得到秦王赏赐。费无极是又嫉妒又惧畏。自己虽然与伍奢共同辅佐太子熊建，熊建却亲近伍奢一人。费无极感觉到，伍奢父子已经和熊建私结一党，如果哪一天楚平王薨，楚国就无人能与熊建为敌，熊建和伍氏父子就会诛杀自己。费无极想到这一层，如同百爪挠心，寝食不安。这一路上，又有秦公子蒲随行左右，费无极又不得不强颜欢笑。费无极感到的恐惧，如同末日来临一般。迎亲的车队离楚国愈近，他这种恐惧的心理愈加强烈。

---

① 归妹卦象为"䷵"。归妹，即嫁女。其卦象由震（上）、兑（下）二卦组成，震为长男，兑为少女。
② 睽之卦象为"䷥"，由离（上）、兑（下）二卦组成，离为中女，兑为少女。中女、少女，志不同归，故为睽。
③ 使臣乘坐的专车。

这天黄昏，车队行到郑国边境，明日将进入楚国了。刚刚下过一阵暴雨，雨后乍晴，夕阳明丽，山色如黛，阵阵山岚送来甜瓜的清甜气味。秦姬孟嬴在车中闻到诱人的气息，高声叫喊停车，命令陪侍宫女向费无极索要甜瓜。

宫女掀开车帷，叫道："少师大人，我家主子口渴，要吃甜瓜。请大人命令随从去买瓜。"

费无极吃了一惊。这时已是秋末时分，早已过了瓜季，哪里还有甜瓜。孟嬴闻到的甜瓜甜味，分明是山中雨后清甜的山草气味，哪里有什么甜瓜！

费无极躬身来到香车帘外，强颜媚笑，说道："回禀主子，小人这就命人去寻甜瓜。小人看见此地山色秀美，遍地花草如茵。主子明天就要进入咱们楚国边境了，小人恭请主子今晚歇宿这里。"

孟嬴掀帷窥视，果然是万紫千红，彩蝶和蜻蜓纷飞，远山近丘绿树葱茏，欢悦得惊叫出声。这个生长在那寸草不生的黄土沟壑上的三秦女子，从来没有看见过中原的山水风光，这一眼就迷住了。孟嬴同意在山下安帐宿歇。

孟嬴哪里知道，当她闻到甜瓜的甜味时，悲惨的命运便随后而来。沿途住宿，孟嬴不是住在馆驿，就是睡在香车上。费无极虽然是迎娶使臣，但不奉召就不能和孟嬴见面。这次宿营在郑国边境山谷，孟嬴要吃甜瓜。费无极命令侍人四处寻买，终于从佃奴家中买来几根秋后的蔬瓜。这种黄皮白肉的蔬瓜又长又粗，当地佃奴用盐腌了当菜。费无极无可奈何，也只有把蔬瓜送给孟嬴。

费无极耽心侍奉不周，得罪孟嬴，亲自送蔬瓜到孟嬴香帐。孟嬴吃瓜心切，传见费无极。

费无极看见孟嬴大吃一惊。他被孟嬴的美貌惊得目瞪口呆。这个出生在边鄙蛮荒的女子肤白如脂，蛾眉凝烟，杏目可言，楚楚动人。费无极阅人无数，暗自惊叹，自己从来没有见过如此绝世美女。

孟嬴指着宫人从费无极手中取过的蔬瓜，微启朱唇，莺语道："这就是，郑国的甜瓜？楚国的甜瓜，又是什么样子？"

费无极说道："禀主子。楚国的甜瓜，又圆又大又甜，不像这个郑国的甜瓜，又难看又酸又涩。"

孟嬴道："既然如此，这郑国的甜瓜，不吃也罢。"挥手让宫人捧走蔬瓜，又道，"听说明天就到楚国了，是真的吗？"

费无极连声应承："是，是。主子明天就进入楚国地界了。但是，到达都城，还要走几天。"

孟嬴娇笑道："既然进入楚国地界，也就是到了家了，走一程也就离郢都近了一程了。你下去吧！"

费无极离开孟嬴的香车，心里懊恼，把这样的绝世美人嫁给太子熊建，他不甘心。他明白，自己干了一件蠢事，替太子熊建娶了一位美姬，又替他拉了秦国做靠山，对自己却无半点好处。相反，太子熊建娶了孟嬴，更加稳固了太子地位，日后继承王位，他首先诛杀自己。自己这次替太子熊建迎亲，实际上是自掘坟墓。

一阵如燕如莺的笑声将费无极从沉思中惊醒。费无极抬头一看，自己恍惚间已经来到山谷的涧边。一个女子正在涧边草地上采摘野菊花。突然从花丛中蹿出一只野兔。这野兔蹦了几步，竟然不跑，回转身来直立了身子，伸出两只前掌朝着女子抓耳挠腮，扮出了逗人的憨态。那女子竟然也一手执花，一手举起来模仿兔儿的动作，一边禁不住发出一串银铃般的娇笑。

费无极看这女子身材婀娜，洋溢出一种清纯鲜活之美，比起孟嬴却有过之而无不及。

兔子瞅见费无极，一头栽入花丛，镝忽无踪。那女子回头看见费无极，慌忙低头施礼，说道："妾不知少师来到，请少师恕妾失礼之罪。"

费无极这才看清这女子面如桃花，十分娇艳，认出她是孟嬴的从媵，便问道："姑娘，你母亲是哪国的？"

女子说道："妾名苹姜，是齐国人氏。妾自幼随父亲宦秦，及笄进宫。这次妾受秦王之命，侍奉主子，从嫁太子。"

费无极心里一亮，突然想到，不如把孟嬴献给平王，把苹姜嫁给太子熊建，来个偷梁换柱，以李代桃。这么做，不仅出了自己对太子熊建的恶气，还讨了平王的欢心。如果太子熊建以后知道平王霸占了孟嬴，也怪罪不到他费无极，反而使他们父子反目成仇。自己可以乘机挑拨离间，唆使平王诛杀太子熊建，为自己消除后患。

费无极见四下无人，对苹姜说道："你陪同公主从嫁太子，就是一个奴仆。你要苦住冷宫，难得宠幸，寂寞老死。我见你貌美年少，为你可惜。难道你不想谋取富贵，而甘愿孤老在冷宫？"

苹姜道："妾听人说，贫富贵贱，命中天定，不是人人如愿以偿的。"

费无极道："命是天定，愿可以自为。我见你有富贵命相，有心帮助你，不知道你愿不愿意改变命运。"

这个突然变故，让苹姜无所适从。费无极见苹姜低头不语，又说道："我要扶持你做太子的正妃。但有一条，你必须听从我的安排。"

苹姜听了费无极的话，瞪着一双惊疑的眼睛，盯住费无极。好一会儿，她才回过神来，低头说道："妾，终身不忘少师的大恩。妾，听从少师的安排。"

费无极看了左右无人，说道："你，听我说。"便低声向苹姜吩咐一番。

几天后，迎亲车队到达了楚国都城城外。费无极命令队伍驻停，让孟嬴在馆驿住下。他自己连夜进城，进宫觐见楚平王。楚平王正在和嫔妃宴饮，见费无极回来，问道："卿道途劳苦，寡人有厚赏。卿对寡人说说，太子妃长得漂亮吗？"

费无极听到平王询问孟嬴的容貌，正中下怀，说道："臣阅人无数，从来没见过像孟嬴貌美的女子。不但楚国无人可比，就是妲己、骊姬的绝色，也不如孟嬴之美！"

楚平王是一个喜淫好色之徒，听到孟嬴有旷古绝色，面颜潮红，讷讷半天，才叹息道："寡人枉自为王，和绝世美人无缘。寡人命薄，虚度人生。"

　　费无极听了楚平王的话，窃喜，说道："臣，请大王屏退左右。臣，有要事禀报。"

　　楚平王熊居推开怀中娇姬，命令她们和内官退避屏风后面，对费无极说道："卿坐下，慢慢说。"

　　费无极谢过平王，在锦墩上侧坐，倾身说道："大王，你既然喜欢孟嬴，为什么不纳她做个嫔妃？"

　　平王叹道："孟嬴已经聘为太子妃，是寡人的儿媳。寡人纳儿媳做妃子，有碍人伦，让世人耻笑。不行，不行。"

　　费无极说道："只要大王喜欢孟嬴，臣自有办法，保管天衣无缝。"

　　平王惊喜，急问："卿有什么办法，快说说！"

　　费无极说道："臣认为，孟嬴虽然婚聘了太子，现在还住在城外馆驿。只要还没有进入东宫，就不算成婚。大王这时把孟嬴迎进内宫，天下人就没有什么话说了。"

　　平王摇头苦笑，说道："寡人可以让天下人心服，怎能让太子心服？这事，不能做！"

　　费无极又道："臣发现从媵中，有一个齐国女子苹姜，相貌比孟嬴并不逊色。臣把孟嬴暗中送进王宫，再让苹姜冒充孟嬴，送进东宫，让她和太子成婚。臣已嘱咐苹姜，不泄机密。这事太子不知，两美齐全。"

　　楚平王连声说好，命令费无极急速行事。费无极回到城外宫馆，天还没亮。他对秦公子蒲说道："我楚国婚礼，和贵国不同。新人进宫，先要拜见姑舅，然后才能和太子成婚。"

　　公子蒲说道："入乡随俗。我一切听从少师安排。"

　　费无极见秦公子蒲已经服从，唯有伍子胥碍眼，他让伍子胥先进东宫禀报太子并布置禁卫。费无极见伍子胥走后，命令随从让孟嬴及一干从媵换乘辂车[①]，直接进了王宫。费无极又让苹姜仿了孟嬴的妆扮，乘辂车进入东宫，和太子熊建行礼成婚。

　　秦哀公妹妹孟嬴，年仅十九岁。她自从许嫁给楚太子熊建为妃，一路上尽做着青春美梦。孟嬴所想象的太子熊建，也是青春年少，风流倜傥。她渴望早日进入楚国和太子成婚，香衾之中，两心相依，两情相悦，朝朝暮暮，白头偕老。孟嬴她哪里知道费无极使了调包计，已经把齐女苹姜送去东宫和太子成婚，自己却被留在了王宫，还把王宫当着东宫。

　　孟嬴在宫人侍奉下吃了饭，然后香汤沐浴。宫人取来一领薄如蝉翼的睡袍，侍奉孟嬴穿上身。孟嬴不解，问道："为什么不让我重妆？我要和太子行成婚礼。"

　　宫人说道："大王吩咐，主子旅途劳累，无须赘礼。大王命奴妾侍奉主子在王宫歇息。"

---

① 古代贵族妇女所乘带帷幔之车。

孟嬴惊疑，问道："这里不是太子的东宫吗？我嫁的是太子，大王怎么让我住在王宫？"

宫人自知说走了嘴，吓得跪在地上，也不说话，爬起来倒行着出去，只留下孟嬴一个人坐在寝室发怔。

孟嬴无声地哭泣。她感到无助的恐怖。王兄让她嫁给楚国太子，她惟命是从。今夜和她共衾而寝的男人，就要主宰她一生的命运。让她吃惊的是，这里竟然不是太子东宫，而是楚王的内宫，这让她又多了几分恐惧。过了很久，才有一个宫女进来剔蜡烛。孟嬴指着宫女大声说道："拿酒来，我口渴。"

宫女躬身说道："主子口渴，奴妾这就去取浆水。主子喝黍酏？还是喝清酒？"

孟嬴叫道："我不要黍酏！我喝清酒！"

宫女摆上酒肴，躬身侍酒。孟嬴斥退宫女，把杯独饮，只喝得大醉。楚平王熊居进来，孟嬴已经伏案昏睡。平王挥退宫女，亲自把孟嬴抱上床。

孟嬴却喃喃自语，说道："太子，太子，妾不可以侍寝。妾，还没有和太子成礼哩。"

平王一边脱衣，一边笑道："寡人，这就和你，成礼。"

平王上床，这才细看孟嬴。他被孟嬴的美貌惊呆了。他小心地替孟嬴脱了睡袍。面对孟嬴横呈的玉体，他如坠雾中，昏昏沉沉。过了许久，平王才清醒过来。他伸出手来，轻轻地抚摩着孟嬴的身子，感觉到手指颤震，感觉到自己的气血奔涌，于是扑了上去。

不知过了多久，从宫外传来几声鸡鸣，孟嬴清醒过来。接着，她又听到了宫外敲梆子的声音。孟嬴是在秦王宫中长大的，知道那是内官敲打的竹梆，通知值夜的宫人天已经亮了。果然，从寝室那一边宫人值夜的侧室内，传来一阵溪吟般的磬声。孟嬴知道，那是值夜宫人在敲击玉石，通知熟睡的君王和嫔妃们，天已经亮了。

孟嬴第一眼看见酣睡在自己身旁的楚平王。平王年过半百，肌肤松驰。她想，难道这个人就是楚国的太子？孟嬴还不知道，自己已经成了楚王的嫔妃。离这里不远的东宫，和太子成婚的却是她的媵妾苹姜。

东宫。昨晚太子熊建看到苹姜貌美娇艳，大喜过望。二人大礼过后便双双入了寝室，相拥而眠，恩爱再三。太子熊建并不知道怀中的孟嬴，是苹姜假冒。

早饭后，太子熊建携苹姜上车，来到王宫，要进内宫去拜见父王和王妃。楚平王不想让太子和孟嬴相见，担心调包的事泄露，命令门官阻挡太子，不准他进宫。费无极又假传了平王命令，说平王身子不舒服，不见任何人。

孟嬴听到太子求见，心里狐疑。孟嬴趁内宫无人，斥问随媵宫女，才知和自己睡觉的是楚王，不是太子。孟嬴憎恨平王好色乱伦，霸占了自己。现在木已成舟，她只能恨自己命苦，暗中笑泣。

楚平王熊居看见孟嬴悲戚，加倍地宠爱孟嬴。阴阳交合，昼夜轮回，转眼过了一年。孟嬴生下一个儿子。平王爱如珍宝，取名为熊轸。

孟嬴心里暗恋太子，却不怎么喜欢儿子熊轸。这一天熊轸啼哭不止，孟嬴把熊轸扔到床下。恰巧费无极奉召进宫，看见了这一幕，心中窃喜。他见左右无人，对孟嬴说道："太子知道王妃侍奉大王，十分忿怒，也很痛恨你。以后太子继承了王位，肯定要杀你母子。"

孟嬴大惊，说道："少师，是你把我接来楚国的。你一定要救救我母子。"

费无极道："大王现在宠爱你母子。王妃，你应该求大王立轸为太子。只要废了东宫，让轸当上太子，你母子就平安了。"

孟嬴按照费无极的计谋，在平王怀里假装悲泣。平王见孟嬴啼哭，问道："爱妃，你为什么啼哭？"

孟嬴不敢提太子之事，说道："妾听从兄命，嫁给大王。妾认为大王年少，妾和大王青春两相。想不到大王已经是春秋鼎盛。妾不敢抱怨大王，自悲生不逢时。"

平王宽慰道："寡人年纪大。寡人和你是前世姻缘。"

孟嬴道："妾不怨大王。妾思虑大王百年之后，妾母子无依无靠。太子建肯定容不得我母子。"

孟嬴说完，又啼哭不止。

平王心有悲怜，想了一会儿，说道："你不要悲伤了。寡人废了太子建，立轸为世子。"

孟嬴破啼为笑，当夜伺候平王百般柔情。第二天，平王召费无极进宫，商议废太子熊建，立轸为世子。

费无极道："太子邀纳人心，得到众臣拥戴，又有伍奢父子辅佐，势力很大。大王要废太子，不如先让太子离开都城，然后再下诏书，废太子。"

平王问道："这样避免动乱。让太子去哪里呢？"

费无极道："咱们楚国北方城父①，靠近中原，是大王争霸中原的基地。大王派遣太子去镇守城父，名正言顺。"

平王捋着胡须，说道："这个计谋好。太子不会打仗，让谁去带兵呢？"

费无极道："让将军奋扬带兵。"

楚平王熊居听信了费无极的诡计，命令太子熊建离开郢都，去镇守城父。又命令奋扬为城父司马，率兵车百乘，随太子熊建开往城父。

伍奢料到平王派遣太子离都，定有所图，于是连夜写信派人送往棠邑，命令伍尚赶奔城父，辅佐太子熊建。

太子熊建到达城父。伍奢建议修筑城壕，屯粮集草。太子熊建采纳，命令司马奋扬筑城。

不一日，伍尚赶到城父，对太子说道："大王派遣太子离都，必有废立。"

太子熊建如梦初醒，哭着说道："这，如何是好？"

---

① 今湖北襄樊附近。

伍奢道："这是揣测。先派遣心腹去郢都探得消息，我们再图谋。"

伍子胥说道："我府中要离，这人可用。"

伍奢让伍子胥写信，派人星夜送往棠邑，吩咐要离去郢城打探消息。

不一日，要离风尘仆仆赶到城父，禀报道："要离探得实在。太子妃不是秦王妹妹孟嬴，是齐女莘姜冒充。费无极以李代桃，把孟嬴献给大王为妃。孟嬴已经生了儿子，大王喜爱，取名熊轸。"

伍氏父子听了大惊。伍子胥说道："大王让太子镇守城父，意图要废太子，改立熊轸为太子。"

伍尚说道："这都是奸佞费无极的诡计。现在赶紧派人去郢都，杀掉费无极！"

伍奢沉思片刻，说道："平王夺媳为妃，父子仇隙已深，杀费无极无济于事。当务之急，宜图自保。孟嬴的事，暂时不要对太子说。"

伍子胥道："城父兵马仅有百乘，都在司马奋扬手中。我们要自保，需要齐国、晋国的支援。"

伍奢采纳了伍子胥的建议，劝说太子熊建访问齐国、晋国，拉上关系，希望得到帮助。

太子熊建访问齐晋的消息传到了郢城。费无极坐卧不安。他想到，太子熊建是借助齐、晋外力，巩固他的太子地位，将来登上王位，肯定要杀他。

费无极连夜进宫，觐见平王，说道："臣听说，太子听信伍奢父子，和齐国、晋国勾结，谋反叛逆之心已经昭然天下。大王，不可不防。"

平王知道太子熊建面软心慈，问道："太子素来柔顺，怎么敢谋反呢？"

费无极见平王不相信，又说道："太子因为大王霸占孟嬴，对大王仇恨。太子听从伍氏父子唆使，在城父筑城掘壕，缮甲厉兵。臣担心，不用多久，伍氏父子就要攻打邺城，扶太子登王位。大王不相信，请准许臣去别国躲避，免得被太子诛戮。"

平王被费无极说动，手拈须髯，叹道："寡人要早废太子，立轸。如今太子握兵权在外，又有伍氏父子辅佐，寡人如果废他，反而逼他谋反。"

费无极道："太子柔弱，缺少主见。主谋是伍奢父子。大王应该诏令伍奢回都，然后发兵攻打城父，祸患可除。"

平王听从费无极计谋。诏令送达城父，伍奢要奉诏回都。伍子胥劝道："父亲，不可回都。这是费无极的诡计，釜底抽薪。"

伍尚也劝道："子胥说得没错。父亲回都，凶多吉少。"

伍奢道："我要不奉诏，大王必定疑心，必定出兵攻打城父。我奉诏回都，大王顶多拿我当人质，不会杀我。"

伍奢不听伍子胥和伍尚劝告，毅然赶奔郢城。平王召见伍奢，赐坐锦墩，笑问："熊建蓄谋叛反，卿为太师，知道吗？"

伍奢勃然大怒，起身奏道："大王夺太子之妇，不知道过错，又听信谗言，疏骨肉之亲。大王于心何忍！"

平王恼羞成怒，命令卫士道："伍奢纵逆叛反，给寡人拿下！"

众卫士一拥而上，把伍奢捆绑，押入囚槛。平王连夜召费无极进宫议事。费无极道："伍奢竟敢责斥大王，说明太子对大王已有反心。大王囚禁伍奢，消息一旦传到城父，太子必定央求齐、晋二国发兵相助，讨伐大王。"

平王沉思片刻，说道："寡人意已决，派人去城父，诛杀太子。卿认为何人可去？"

费无极道："大王若遣他人去城父，太子必有戒备。臣认为，大王不如密令城父司马奋扬袭杀太子，事半功倍。"

平王采纳费无极建议，亲笔给奋扬写诏："杀太子，受厚赏。纵太子，罪当死！"

密诏送到城父，司马奋扬见诏大惊。奋扬和伍子胥交厚，即命心腹叫来伍子胥，出示密诏，说道："子胥兄，你火速护送太子，逃奔郑国。"

伍子胥道："奋扬兄，你违抗王命，死罪啊！"

奋扬道："大丈夫，恩怨分明，怎么能怕死。子胥兄，你不要管我，连夜带太子出逃。"

伍子胥告别奋扬，赶回太子宫中，叫醒太子，告与实情。太子慌乱无主。齐女苹姜生有一子，取名胜。伍子胥命令内官备好快马轩车，搀扶太子熊建和苹姜、熊胜上车。这时要离来报，司马奋扬自缚在囚车里，命令军士押往郢都去了。伍子胥命令要离护卫太子熊建连夜逃往宋国，自己和兄长伍尚留守城父，拒挡平王派兵追杀。

奋扬到了郢都，自缚见平王，说道："太子已经逃奔他国。罪臣，请大王治罪。"

平王大怒道："什么人私告太子，让他逃脱？"

奋扬道："是罪臣告诉太子的。"

平王击案吼道："你，你，你竟敢不奉寡人之命，私放太子？"

奋扬道："大王命罪臣领兵镇守城父，大王嘱臣'事太子如事寡人'。奋扬谨守大王嘱咐，对大王和太子忠心耿耿。今奋扬违抗大王命令，自缚请死。"

平王听了奋扬的话，钦佩奋扬忠诚，叹道："你既然知道是死罪，何必来见寡人！"

奋扬道："奋扬未奉王命，已经有罪。知罪不来，罪上加罪。臣知道太子没有反叛之心，臣不杀太子。太子不死，臣死无憾！"

楚平王熊居听出奋扬暗讥自己，心里惭愧，叹道："奋扬，你虽然抗命，寡人念你忠直可嘉。你，下去吧。"

平王诏命废太子熊建，改立孟嬴之子熊轸为太子，命费无极为太师。

费无极又进谏平王道："臣听说，伍奢有二子。长子名尚，为棠邑邑宰。次子员，字子胥，冠勇盖世。今熊建已逃，伍尚、伍员还在城父，如果这二人投奔他国，必成大王祸患。臣请大王，假赦伍奢，命令伍奢召伍尚伍员回都，诛杀三人，以除后患。"

平王大喜，命令兵士押伍奢进宫。平王对伍奢说道："你身为太师，纵太子谋反，罪大当诛。寡人念你伍氏三代忠良，有功于先王，不忍加罪。寡人今天赦你死罪。你写书信，让你儿子伍尚伍员回朝，寡人改封他们的爵职。"

费无极见王平说完，亲自把笔墨简编放到伍奢面前。伍奢心知平王有诈，叹息说道："忠君者，不有其家，不有其身。大王命令，臣不敢违。"

伍奢写了几个字，放下毛笔，叹道："臣的长子伍尚，心慈温厚仁孝，见信必来。臣小儿子伍员，少时习文，长习于武，文能安邦，武可定国，性豪忍辱，是成就大事的。他辅佐太子忠心不贰，见信必定不来。"

费无极不待平王发话，瞪目斥道："大王赦你不死，你安敢抗拒王命？大王命令你写信召你儿子来，你就老实地写信。他俩来和不来，大王不会怪罪你！"

伍奢长叹一声，执笔濡墨书道：

书示吾儿尚、员：父因进谏忤旨，待罪缧绁。大王念吾祖有功于前朝，恩赦一死。王命你二人即速回都，改封你等爵职。望儿见信星夜登程，万勿延宕。若抗拒王命，罪不赦。

伍奢写完信。费无极亲自取过简书，拿给平王过目。平王看后，命令内官道："封函。命左司马沈尹戌送往棠邑。"见内官持函离去，又命兵士道，"把伍奢入槛。等伍尚、伍子胥来朝，方可赦罪。"

伍奢被押出宫门，仰天大笑道："大王假赦伍奢，我儿伍尚一到，我父子二人死期也到了！惜乎，惜哉！我儿伍子胥，必定不肯来。有子胥在，楚国要大祸临头了！"

沈尹戌持信函驾驷马快车，日夜兼程，不几天赶到棠邑。伍尚、伍子胥都在城父，沈尹戌扑了个空，又星夜赶奔城父。这天天刚亮，沈尹戌到了城父宫馆，伍尚迎接，问道："司马兄自郢都来，是不是奉王命抓捕伍尚？"

沈尹戌满面笑容，拱手道："沈某给棠君道喜。"

伍尚问道："我父亲获罪大王，身陷囹圄，哪来的喜事？"

沈尹戌撒谎，说道："大王误信费无极谗言，囚槛太师。群臣奏保尊公，称君家是楚国的三世忠臣。大王惭愧，拜尊公为令尹，封棠君为鸿都侯，封赐子胥兄为盖侯。尊公初释，思见你兄弟二人，故书写信函，遣我奉迎你兄弟二人进都。"

伍尚一边接函，说道："大王赦家父无罪，大幸。我兄弟二人，怎敢贪受爵职。"

沈尹戌慌忙劝道："万望棠君，勿辞王命。"

伍尚命令侍从招待沈尹戌梳洗吃饭，拿了信函走进内室，和伍子胥商议。

伍尚把简信递给伍子胥，说道："大王赦父亲无罪，又封赐你我爵职。大王命令沈尹戌来，召你我回朝拜谢。"

伍子胥看了信简，怒道："这封信简，是父亲在大王逼迫下写的。子胥请兄长明断。大王赦父亲不死，已经是万幸，为什么还要封赐你我爵职？分明是诓你我兄弟自投罗网。你我如果回朝，必被昏王诛杀！"

伍尚接过简信又看了，说道："这信是父亲亲手书写，不假。"

伍子胥道："父亲愚忠。父亲知道我以后会报仇泄恨，所以写信让你我回朝。我们父子三人全部被杀，楚国就没有后患了。"

伍尚还有疑虑，说道："你的话，我不赞同。你我不听从父亲和楚王，就是不孝不忠。"

伍子胥火冒三丈，叫道："君欺臣，臣不从，不是不忠。父欺子，子不依，不叫不孝。"

伍尚叹道："如果你说对了，父亲有生命危险。父恩如山，我能和父亲见一面，死而无憾。"

伍子胥瞪目斥道："兄长愚鲁！昏王怕我兄弟在外，还不敢杀害父亲。你我回朝，父亲才有生命危险！"

伍尚仰天长叹，泪流满面，说道："我意已决，回都和父亲一同赴死，以尽人子孝道。"

伍子胥亦叹道："兄长要陪父亲同死，毫无道理。兄长执意要回郢都，我不能跟从。我们弟兄就此分别，子胥远走高飞。"

伍尚问道："弟弟要投奔哪里？"

伍子胥道："谁能帮我复仇，我投奔谁。"

伍尚泣道："我的才智远不如你。我以死尽孝。你要以复仇尽孝。我们兄弟今天一别，人世不再相见了！"

兄弟二人相拥大恸。伍子胥朝伍尚拜了四拜，提剑越窗逃走。伍尚见子胥逃出，擦干泪水，整顿衣衫，出来见沈尹戍，说道："我弟弟伍员，他不接受封爵，已经走了。伍尚跟随司马上路，回郢都觐见大王。"

沈尹戍感慨道："子胥是当世豪杰，沈某怎敢强他所难。"

沈尹戍和伍尚同乘轩车，直奔郢都。

伍尚觐见楚平王熊居，奏道："臣弟伍员不愿封侯，没有回都。臣，请大王赦罪。"

平王大笑道："笑话！你父子怂恿太子谋反，还敢贪图爵职？"喝令兵士将伍尚拿下，投入槛牢。

费无极让心腹去槛牢探察伍奢动静，听到伍奢自言自语："果真不出老夫所料，我儿伍子胥逃脱罗网，楚国从此以后将无宁日！"

费无极把伍奢的原话禀告平王。王平大怒，吩咐费无极立即把伍奢、伍尚处死。费无极阴狠歹毒，命令兵士杀了伍尚，又命令庖厨割伍尚身上的肉做成肉丸，给伍奢吃。伍奢不知实情，吃得很馋。

狱卒在一旁讥笑，问道："大人，肉丸味道怎样？"

伍奢道："老夫平生，还没吃过这么鲜美的肉丸！"

狱卒又问："大人，你知道这是什么肉？"

伍奢道："老夫只知道是肉。"

狱卒笑道："这是人肉。太师让庖厨从你儿子伍尚身上割下的肉！"

伍奢大惊，掀翻桌凳，号啕大哭，如疯似狂，大叫道："昏王丧绝人伦，天要灭楚了！"

伍奢披发袒衣，骂不绝口，用头颅撞击墙壁，吐血数斗，气绝而亡。

第三章

伍子胥护送太子建逃亡郑国

楚平王熊居杀了伍奢、伍尚父子，听说伍子胥出逃，十分惧怕，急召费无极问计。

费无极奏道："伍子胥家小还在棠邑。臣料，伍子胥会去棠邑携妻子逃亡他国。大王命令城父司马追杀，再派兵去棠邑抓捕，谅伍子胥插翅难逃。"

平王准奏，立刻命令奋扬追杀伍子胥，又命令大夫武尀率兵马一路，直奔棠邑抓捕。城父司马奋扬领命，取近道疾行三百余里，拦截伍子胥。远远瞅见伍子胥驱车沿山道颠簸而来。奋扬驱车塞路，横戟叫道："子胥留步。奋扬奉大王之命，恭候多时。请子胥兄自缚，随奋扬面见大王谢罪。"

伍子胥驻马停车，拍轼叫道："我和司马素无仇怨，你何故相逼？"

奋扬垂戟躬身道："奋扬和子胥兄交厚，是私情。奋扬食君俸禄，奉王命，怎能因私废公？请子胥兄弃戟自缚，不然奋扬要亲自动手！"

伍子胥哈哈大笑，一边拽弓搭箭，朝奋扬一箭射去。奋扬正自惊疑，不防备箭矢已到，躲闪不及，只听一声脆响，镞击顶盔。奋扬知道伍子胥箭不虚发，箭射头盔，顾及朋友之情。

伍子胥张弓搭箭，说道："前一箭射友，这一箭射敌。"

奋扬慌张，不等伍子胥开弓，急忙下车逃走，钻进道旁林中。伍子胥乘机打马驱车，奔南而去。

奋扬从林中出来，朝着伍子胥喊道："子胥兄，千万不要去棠邑！"

伍子胥也不答话，疾击马臀，车马绝尘狂驰。不一日来到士林镇北郊荒岗。伍子胥远远看见盘石山形如眠龙，横卧镇南。他想到专诸住在镇上，正要鞭马驱车，奔镇街里去。这时打道旁林中跑出一人。这人鹑衣破屡，拦住伍子胥道："子胥兄，停车！我是专诸酒友，等你两天了。"

那人也不等伍子胥答话，抓住马嚼，把车马拉入道旁林中，才对伍子胥说道："专诸老母，听到你家遭难，让专诸去帮助你。老母知道专诸是孝子，不肯离家，上吊死了。

专诸兄埋葬了母亲，赶到棠邑，正遇到武跖抄杀贵府。专诸兄冒死拼杀，救了你的儿子伍佷。"

伍子胥听到伍氏一族满门遭害，擂胸大哭。那人慌忙劝道："子胥兄节哀，小心路旁有耳。"

伍子胥问："专诸和我儿伍佷，现在哪里？"

那人道："说是逃走了，不知道在哪里落脚。"

伍子胥朝那人深施一礼，问道："兄长何名？"

那人道："我是山野村夫，小名仇狗儿。我自小和专诸捕鱼捉虾，伐薪屠狗，情同手足。子胥兄，我借你车马用用，去镇街打听消息。"

仇狗儿不等伍子胥答允，上车鞭马，直奔镇街去了。伍子胥等到日落，也不见仇狗儿回来。伍子胥心中疑惑，这仇狗儿是不是骗了我的马车，又向里司报信，抓捕我领赏？伍子胥正在烦恼，只见仇狗儿背着包袱，缩头探脑地徒步走来，不见了马车。

伍子胥问道："狗儿兄，我的马车呢？"

仇狗儿道："马车卖了。"见子胥愠怒，又道，"路上兵丁盘查很严，我虑你乘车多有不便，帮你卖了马车。"说着解开包袱，露出金钱和酒肉食物。

伍子胥拿出一块金币给仇狗儿。仇狗儿道："我仇狗儿帮朋友，不图金钱。这些钱和酒肉，你路上慢用。狗儿告辞，有缘以后相见。"

仇狗儿趿拉着草鞋，边歌边去。伍子胥听得仇狗儿唱道：

老妪自缢兮全子高义，
壮士喋血兮一命酬友。
杀来杀去兮你争我夺，
千秋恩怨兮谁与评说？

伍子胥突然想到，这仇狗儿绝不是捕鱼屠狗之辈，倒像是蛰居遁世的高人。伍子胥怔了半天，才背起包袱上路。

伍子胥思虑太子熊建在宋国，自己只有投奔宋国。他一路往北走，这天深夜走到临淮关，听到守关兵卒议论，费无极向平王献计，已经把他的画影张榜在各处关卡街道，遍告全国。凡是缉拿伍子胥者，赏粟米五万石；收留放纵者，全家处斩。费无极又命令使臣照会列国，不准收留伍子胥。楚平王熊居又派遣左司马沈尹戌，率士兵三千，沿淮河堵截搜捕。

伍子胥见临淮关盘查很严，很难蒙混过关，心生一计。他把白袍挂在河边柳树上，又把麻鞋丢在河边，朝关卡高声喊道："有人渡河喽！"

守关左司马沈尹戌听到喊声，率兵沿河搜拿，找到了伍子胥的衣袍和鞋子，命令士兵乘木船在河面搜捕。伍子胥趁机钻出芦苇，混过了关卡。他在上游游上对岸，避开通衢大道，择荒僻小路昼伏夜行，径奔宋都睢阳。

这天伍子胥走到一座山前，迎面山口突然开来一队车马。伍子胥认为是追兵拦截，慌忙躲进道旁林中。那车队中间有乘辎车，车中人是伍子胥的好朋友申包胥。申包胥掀开车帷，欣赏山色景物，看见一人缩头探脑，躲进道旁林中，很是可疑。

申包胥命令士兵："那人鬼鬼祟祟，把他捉来，我要问话！"

士兵围住树林。伍子胥无处可藏，拔剑准备拼杀。一个士兵说道："大人传你问话，没有恶意，你不要紧张。"

伍子胥问道："你家大人是什么人？"

士兵道："我家大人是楚大夫申包胥，出使齐国路过这里。"

伍子胥还剑入鞘，大笑道："包胥是我好友，我会会他。"

伍子胥来到辎车跟前。申包胥在车中看见来人是好友伍子胥，大吃一惊，慌忙下车，施礼道："子胥，你怎么如此狼狈？你，这是去哪里？"

伍子胥道："大王听信费无极谗言，杀我父亲和兄长，抄斩我伍氏满门。"

伍子胥说完痛哭流涕。申包胥也动容，潸然泪下。申包胥问道："子胥兄，楚国是不容你了。你有什么打算？"

伍子胥道："父兄之仇，不共戴天。费无极谗言昏王，画影图形，悬赏粟米五万石，海捕我，又照会各国，不准收留我。眼下太子在宋国，我去宋国投奔太子。我要借兵伐楚，誓戮昏王和费无极，以报杀父屠家之仇。"

申包胥拈须叹道："楚王杀尊公和棠君，听信了费无极谗言。王虽昏，君也。你伍氏世食王禄，臣也。包胥未听，自古泊今有臣子仇君。"

伍子胥道："臣杀桀纣，桀纣无道，不是臣不忠。昏王夺太子妃占为己有，信谗佞，戮忠良，是罪恶滔天。子胥借兵攻楚，除昏王佞臣，不仅是替父兄报仇，也是替老百姓除害。子胥如果不能灭楚，誓不为人！"

申包胥听了伍子胥的话，长叹道："我要是帮助你灭楚复仇，是为不忠。我如果劝你弃仇不报，是陷你于不孝。我你朋友之谊是私情。我申包胥不能恤私叛国。子胥，你如果灭楚，包胥我，力当存楚。包胥望子胥兄不要怪罪。"

伍子胥笑道："人各有志，我不怪你。"

申包胥取来葛衣一称①和肉干食物金钱，送给伍子胥。伍子胥收下，装入布袋，择小道走进林中。

申包胥目送伍子胥在林中消失，长叹一声，说道："楚国从今往后，永无宁日了！"

伍子胥来到宋国都城睢阳。正要进城，城墙边蹿过一人，抓住伍子胥袍袂。伍子胥正要发作，见来人竟然是要离。要离低声说道："二爷，我等你几天了。二爷，你随我来。"

① 上下内外衣全套为一称。

要离把伍子胥带进城中，择僻街陋巷，拐弯磨角，来到一处龌龊的馆栈。要离见伍子胥狐疑，低声道："太子，就住在这里。"

伍子胥吃惊，问道："太子怎么不去见宋公，为什么住这个小客栈？"

要离道："宋国君臣内讧。楚王派使臣知会宋国，不准收留太子和二爷。太子不敢去投奔宋公，临时住在这里。"

要离和伍子胥进了馆栈后进一处宅院。这是一所单门独院，院角有花木树丛，有一井。一妇人正在井边棰衣，见人来，慌忙躲到树后。伍子胥心里一阵凄凉。这个妇人正是太子妃苹姜。

伍子胥进门，见一人蹲在火盆前张手缩颈。伍子胥见那人须发乱如蒿草，身上的葛袍污秽不堪，认出是太子熊建，紧走几步，叫道："太子，子胥来迟了。"

熊建见来人是伍子胥，慌乱中踢翻了火盆，抱住伍子胥嚎啕大哭。熊建自从逃奔宋国，正碰上宋国内乱，不敢去投靠宋公，羁居在下等馆栈。身上金钱用尽，全靠要离在外边张罗度日。熊建见到伍子胥，好比见到了救星。

要离买来酒菜，为伍子胥洗尘。熊建自打落魄，也不顾太子身份了，吩咐要离同桌吃酒。三人喝干一坛酒，才说到宋国的事情。

宋国先君平公，听信寺人伊戾的谗言，杀了太子痤，更立他的嬖妾儿子佐。宋平公死后，佐继承君位，就是宋元公。元公貌丑性柔，自私无信，惧畏宋世卿华氏一族的势力强盛，暗里和公子寅、公子御戎、向胜、向行谋划，要除掉华氏。哪知道谋事不秘，被华亥识破了。华亥要自保，谎称生病，让士兵埋伏在屏风后面。这天宋元公派公子寅、公子御戎、向胜、向行到华府慰问，华亥命令伏兵杀了公子寅和御戎，把向胜、向行囚禁在仓库。

宋元公急驾大辂，到华府要人。华亥见元公亲自来，跪道："不是臣犯上作乱，是臣惧怕佞臣乱国，屈杀忠良。臣请求君，拿君的亲人做人质，臣才能释放向胜、向行二位公子。"

宋元公无奈，叹道："寡人服从你。寡人把儿子给你当人质。你也要拿儿子，给寡人当人质。"

华亥把儿子无戚等三人，送去公所。宋元公也把世子栾、同母弟弟辰、公子地，三个人留在华府。华亥这才放了向胜、向行。

宋元公和夫人很爱世子栾，每天都去华府探望栾。华亥感动，对宋元公道："臣扣押世子，罪大了。君明天不要来了，臣释放世子回宫。"

华亥的弟弟华宁，听说兄长要释放世子栾，劝道："兄质押世子，是惧怕元公无信。兄如果释放栾，大祸就要来了。"

华亥被华宁提醒，不再释放世子栾。宋元公见华亥出尔反尔，怒发冲冠，急召大司马华费和将军华甲，命令二人领兵攻打华府。司马华费谏道："公子栾关押在华府，如果发兵攻打，恐怕华亥会杀世子。"

宋元公叹道："世子生死由命。寡人不杀华亥，难忍其耻。"

华费见元公意志坚决，说道："君意既决，臣不敢违命。但，老臣不知道华将军意下如何？"

将军华甲慌忙跪奏："司马大义灭亲，臣怎敢庇护私族违抗君命？"

华费、华甲二人领兵，先把华亥的儿子无戚等三人斩杀，然后包围了华府。华亥率领家兵抗击，打不过华费、华甲，败退到后宅。

华亥的弟弟华宁要杀世子栾，华亥拦住道："我已经获罪国君，怎么能再杀世子，让世人唾骂！"

华亥下令释放人质，率领家族人众逃奔陈国。

华费有三个儿子，依次是华貙、华獠、华豹，兄弟三人平常不和睦。华獠想陷害华貙，他借华氏之乱向宋元公告密，说道："华貙是华亥的死党。最近华亥从陈国派人潜回宋国，私下会见了华貙。臣怀疑华亥和华貙勾结，阴谋叛乱。"

宋元公将信将疑，召来司马华费询问。

华费奏道："这是孽子华獠谮言造谣。君怀疑貙，可以驱逐华貙出境。"

华貙门客张匄气愤，要杀华獠，华貙阻止道："兄弟相残，怎能自立在世？我不忍心杀弟，会伤了父心。獠既然恨我，我让他罢了。"

华貙让张匄驭车，离开睢阳，到华氏封邑南里住下。华獠见华貙出逃，怕他以后报复，率家兵数百人包围了南里。华貙、张匄率领南里家兵在土城内抗击，华獠一时攻打不下。华亥得知消息，带兵从陈国杀奔南里，救了华貙。

宋元公听到华亥与华貙合兵一处，怕有谋反，派大将乐大新率兵车百乘，攻打南里。华亥知道乐大新兵多，南里粮草不多，派人连夜去楚国搬兵。楚平王熊居派大将武阝率兵车百乘，杀奔宋国。

要离得知楚兵伐宋的消息，报告太子熊建。熊建泣道："楚兵一到，我命完了！"

伍子胥劝道："宋国动乱，太子不如趁楚兵未到，咱们投奔郑国。"

熊建听从了伍子胥。伍子胥吩咐要离雇来两乘车马。太子和太子妃苹姜及儿子熊胜坐辇车，要离驭车上路。伍子胥独自驭驾辂车，手握大戟在后面护卫，出了睢阳西门，直奔郑国而去。

不一日，众人来到郑都新郑，在馆驿住下。伍子胥来到郑国王宫，请门官报知郑定公，楚太子熊建求见。门官进宫禀报，郑定公正因为上卿公孙侨①病逝哀痛不已。他听说楚太子熊建和伍子胥已到郑都，不太相信。当时郑国背楚联晋，和楚平王熊居仇恨很深，太子熊建投靠郑国，有利于郑国。郑定公大喜，命令内官把太子熊建迎进宫馆，送厚礼一牢②。郑大夫游慈对郑定公说道："楚太子熊建和伍子胥投奔主公，是嫁祸与主公。臣料定，二人会向主公借兵伐楚。主公如果借兵，胜负都对郑不利。主公最好推托，让他们向晋国借兵攻楚。主公养精蓄锐，坐山观虎斗。"

---

① 即郑国重臣子产。
② 牛、猪、羊各一头为一牢。

第二天，郑定公召见太子熊建和伍子胥。熊建哭诉冤情。伍子胥说道："子胥请借兵车三百乘，誓攻郢都。"

郑定公阴笑，说道："郑国地处中原要冲，楚来齐往，连年侵扰，国贫民穷，兵微将寡。寡君不是不助你们复仇，是无力相助。子胥要复仇，可以向晋国借兵啊。"

伍子胥见郑定公推诿，愤怒起身，不辞而出。伍子胥对太子熊建道："郑君虚伪，不能依靠。"

太子熊建道："为今之计，只有求助晋国了。"

太子熊建让伍子胥、要离和儿子熊胜留在郑国，自己和苹姜去晋都绛城，求见晋顷公。顷公柔弱少智，把太子熊建安排在馆舍住下，密召晋大夫荀寅问计。

荀寅奏道："郑定公不借兵给熊建，让熊建来晋国借兵，可见郑君阴险。郑国过去朝齐暮楚，今天又朝晋暮齐，是无信之辈，不可交。"

晋顷公倾身问道："楚太子熊建，求寡人借兵伐楚，借是不借？"

荀寅道："郑君是让熊建借晋祸楚，主公可以说服熊建回郑国做内应。主公起兵灭郑国，把郑国封给熊建，然后联合伐楚，这是上策。"

晋顷公采纳荀寅计谋，让熊建回郑国做内应，出兵灭郑。熊建把晋顷公让他做内应、灭郑国后把郑国给他一事告诉伍子胥。伍子胥大惊，劝道："郑君虽然不借兵，对我们招待优厚。郑国以忠信对我，我等怎能做晋国帮凶？万一事败，我等连栖身之处都没有了。这事，不能干！"

熊建一心想得到郑国，说道："我已经应允晋公，不能失信。"

伍子胥耐心劝道："太子和子胥投奔郑国，为了求助郑国，就要以信义为本！太子不做晋国的卧底，还不失信。如果做晋国的卧底，失去信义，郑国怎么会帮助我们？太子不如静观局势变化，等待时机，寻求晋、郑、齐等国助我伐楚，大事能成。太子如果助晋国打郑国，后果不堪设想。"

太子熊建不听伍子胥的劝告，用晋顷公资助的钱财招兵买马，又贿赂郑国官员，结党营私。熊建背着伍子胥在城外买下一处私宅，暗藏兵马。这天晋顷公暗派间谍潜入郑国，和熊建约订暴动日期。熊建为显示势力，把晋国间谍带到城外私宅，炫耀兵马，又大排宴席，招待兵士和间谍畅饮。酒喝到半醉，熊建又叫来苹姜斟酒。

苹姜打扮得十分妖艳，拿着酒壶给兵士倒酒。有一个士兵名叫廖吉，是卫国的亡命之徒。

廖吉好色，曾调戏一个叫劳氏的妇女。劳氏见廖吉风流倜傥，又经不住引诱，说道："我丈夫明天出远门。上灯的时候，你来我家。"

第二天晚上，廖吉来到劳氏门外，大门紧闭，屋里不亮灯，正在犹豫，听到窗户响，原来劳氏在屋里早已看见廖吉，敲窗户召唤。劳氏开了门，拉廖吉进屋，也不点灯，二人脱衣上床。这劳氏年有三十，丈夫多病，很久没有房事了，哪里经得住廖吉的花样百出。

劳氏丈夫的弟弟从窗前经过，听见劳氏的声音，知道嫂嫂和人通奸。第二天晚上来看，见到廖吉进了嫂子屋里，又闻到酒肉的香味，明白奸夫淫妇在喝酒。偷听了一会儿，听见屋里床板响，又听到劳氏的声音。劳氏夫弟怒不可遏，想捉奸，又怕势孤力弱。思考半天，才心生一计。他把劳氏大门锁上，又抓来一只羊羔吊在门上，让羊羔的四只蹄子不停地敲打门板。他自己揭了一片瓦，守在窗外。屋里廖吉和劳氏玩得正欢，猛听得敲门声响，劳氏吃惊，说道："有人来了。你快跳窗。"

廖吉暗中摸过短裤穿上，急忙之中摸不到裤带，只把裤腰折了一个结系住。廖吉怕窗外有人，先扔出一条木凳。窗外劳氏夫弟看见飞出东西，急忙躲开。廖吉乘机钻出窗外，落荒而逃。廖吉跑了数十步，短裤落下绊住腿脚，一跤栽倒。劳氏夫弟几步撵上，举瓦狠砸廖吉头颅。廖吉血流满面，爬不起来。劳氏夫弟捆了廖吉，押去里所。里正罚廖吉十金，才给释放。廖吉要报仇雪恨，杀了劳氏夫弟，逃奔郑国，正巧太子熊建招兵，于是报名入伍。

廖吉见苹姜美艳，动了色心。恰巧苹姜倒酒走到廖吉跟前，厅外刮进大风，吹灭灯火。廖吉酒壮色胆，借机搂过苹姜摸捏。苹姜一边挣扎，一边伸手摘下廖吉的盔缨。这时灯烛点亮，廖吉松开苹姜，却不知道自己丢了盔缨。

苹姜把熊建拉到屏风后面，递上盔缨，说这人猥亵她。熊建回来，看到廖吉头盔上无缨，拍案叫道："廖吉，你知罪吗？"

廖吉搪塞道："太子醉了吧？我能有什么罪？"

熊建大怒，斥道："我问你！你盔缨哪里去了？"

廖吉脱下头盔，果然没有盔缨，一时不知所措。熊建喝令士兵道："给我拿下，往死里打！"

兵士把廖吉脱去铠甲袍衫，打得皮开肉绽。熊建见廖吉气息奄奄，才让兵士把他扔出门外。廖吉缓过气来，连夜跑进王宫，向郑定公告密。

郑定公听说楚太子熊建做晋国的内应，里应外合攻打郑国，紧急传令内官，召大夫游基连夜进宫商议。

游基奏道："楚太子熊建，背叛楚国，出卖郑国，可杀不可留。"

郑定公听从游基计谋，第二天请熊建游园。熊建带士兵数人进宫，被门官挡住。门官道："主公请太子游园，有酒席招待，旁人不准进入。"

熊建不知道有诈，命令士兵留在宫外，独自随门官进园。郑定公在王宫后园亭中摆一桌酒席，招待熊建。酒过三巡，郑定公笑问道："寡人好意收留太子，不敢怠慢。太子为什么帮助晋国暗算寡人？"

熊建听了大吃一惊，强作镇静道："我怎么会帮晋国人，没有的事。谣言！"

郑定公一招手，亭外卫士推过一人，跪伏于地。郑定公笑问："太子，你可认识他？"

熊建细看那人正是廖吉，惊出一身冷汗。卫士押走廖吉。郑定公举杯对熊建道："太子慌什么？请太子喝干这杯酒。寡人准许你离开郑国。"

熊建慌忙鞠躬，连声道歉。郑定公喝干一杯，把酒杯扔碎，喝叫道："来人！把这个负义的楚夷，拖去杀了！"

第四章

东皋公出谋，伍子胥易容过昭关

伍子胥料到太子熊建不听劝告，大祸来临，吩咐要离带着熊胜住到城外，准备好逃亡的衣裳和干粮。伍子胥又贿赂郑定公近臣易烺，打探宫中消息。接连几天，伍子胥到处寻找太子熊建，不见人影，只打听到熊建有处宅院，在招兵买马。伍子胥预料大祸临头，一步也不敢离开宫馆。

这晚。易烺慌忙来见伍子胥，惊道："二爷，你还在这里等死？郑君已经杀了熊建，马上就来抓你！"

易烺说完扭头走了。伍子胥不慌不忙，拿笔写下一封信：

外臣伍员百拜郑君。太子从晋祸郑，其行未张，诛之已过。我闻贤君不趁人之危而赶尽杀绝。子胥请贤君网开一面，当有后报。

伍子胥驾车来到城外，接了熊胜、要离，往陈国逃奔。

郑定公命令士兵抄了熊建私宅，将二十余名兵勇全部斩杀。定公又命令士兵捉拿伍子胥。士兵抄了宫馆，伍子胥早已逃遁，留下一封信。郑定公看了信，叹道："伍子胥，果真是豪杰。"

游悐在一旁说道："伍子胥刚刚出郭，还在甸内①，主公赶紧派兵追杀。"

定公道："寡人放他走，何必追杀。"

游悐道："主公今天不杀伍子胥，郑国以后有大祸。"

定公笑道："楚王杀伍氏满门，伍子胥立志复仇灭楚。我不杀子胥，让楚国以后有大祸。"

伍子胥让要离抱着公子熊胜坐在车里，亲自驾车朝大路狂奔。要离担心郑兵追杀，在车里喊道："二爷，不如下车，我们从小路步行，郑国的兵车不能行驶。"

伍子胥不理睬，一个劲地鞭马赶车。狂奔百十余里，才停车。伍子胥命令要离

---

① 郭，即城。城外百里之内为郊，郊外百里之内为甸。

背公子熊胜下车，拔出沥镂剑杀了马匹，把马尸和车扔在山崖下。伍子胥朝要离叫道："你背公子在前走，我断后。走僻静山路。"

要离问道："后面没有追兵，你怎么毁了马车？"

伍子胥道："甭废话，追兵快来了。"

三人刚进山脚林中，就听身后马嘶人喊。要离回头看见车尘弥天，惊道："二爷料事如神，追兵来了。"

郑定公柔弱无信，起初见伍子胥的信，不忍心追杀。不一会儿他就反悔了，命令游基率兵追杀伍子胥和公子熊胜。游基率兵来到山前，看见地上鲜血一汪，山崖下有马尸和破车，认为伍子胥车毁人亡，退兵回城，禀报郑定公。

伍子胥、要离带着公子熊胜，千辛万苦逃到陈国边境，守关将军不许过境，说道："陈国是小国，不是不收留你们，是不敢得罪楚国。"

郑国追杀，陈国不留，伍子胥走投无路。他想到伍氏满门遭杀，想到父兄惨死，想到大仇难以图报，顿足捶胸号啕大哭。公子熊胜人小胆怯，被子胥的悲愤吓得啼叫不止。要离见伍子胥拔剑要自刎，慌忙拦住道："二爷，你大仇未报就自尽，是不孝不义！"

伍子胥道："山穷水尽怎能自保，生命不保怎能报仇！子胥只有自刎。"

要离劝道："二爷的宝剑名叫沥镂，是吴国公子姬光送二爷的。二爷，你为什么不带我们去投奔吴国？"

伍子胥听要离提醒，放下沥镂剑，仰天大笑道："天不绝我伍子胥。我们去吴国，投奔公子姬光。"

要离道："要离愿为二爷死，就怕吴国不容我。"

伍子胥道："公子姬光要和吴王僚争王位，密派椒丘去列国寻访侠士。公子姬光正要利用你我，不会不容你。"

三人寻到山下人家，买了些干粮肉干，绕开陈国，往南直奔吴国。走了几天，来到一座山前，问了砍柴人，知道这山叫小岘山。

伍子胥对要离道："我们快到楚国了。这岘山西边，两山相对，中间有出口。先王熊赀在这里设关，名叫昭关[1]。过了昭关，就是楚国地界。我想昏王肯定命令关兵缉拿我们。我们不能着急过关，先看看形势。"

伍子胥让要离背起公子胜，自己持剑断后，三人躲进密林中。

昭关原来的守将是楚国名将蓬射，因为养病回都，楚平王熊居派大将武跻接替守关。武跻是费无极心腹。费无极奏请平王，要赏武跻抄斩伍氏满门的功劳。正好越国进贡美女数十人，平王赏赐武跻两名越女。武跻带着二女住在关上，不忌讳日月阴晴，淫乐不止。日子长了，武跻得了怪病，见二女如见魑魅魍魉，惊叫吓人。副将宓濊听说附近有名医叫东皋公，请来给武跻医治。这东皋公有八十岁，身长八尺，

---

[1] 今安徽凤阳附近。

33

胡须遮脸，只露出眼睛和鹰鼻。这人医术高明，能剖胸去堵，开颅取涎，自称是齐国神医扁鹊的徒弟。

东皋公观察武骀，说道："将军的病，能治。此病因是房事过度，心病，心里疑惑，不是鬼怪作祟，也不是饮食不调。"

武骀惊问道："女色不能爱吗？"

东皋公道："女可爱，要节制。圣人发明音乐，不是悦耳，是以乐节制百事，所以有宫、商、角、徵、羽五声，快、慢、生、次相互调和。五声要和谐，中和之声宜降。五声既然降，不能再弹！如果再弹，就是淫声，脏耳，惑心，蛊智，不是君子所做的。男女性事，也像奏乐，要有节制，快乐就停止。不制不止，怎能无病？君子爱琴瑟，有仪有节，不能迷惑。天有六气①，降生五味②，发为五色③，征为五声。所以，淫欲过度要生六疾④。阴阳分四时⑤，序为五节⑥，过度就成灾祸。阴淫太过，容易生寒疾。阳淫太过，容易生热疾。风淫太过，容易患生末疾⑦。雨淫太过，容易生腹疾。晦淫太过，容易生惑疾。明淫太过，容易生心疾。女是阴物而晦时⑧，淫过则生内热惑蛊之疾。将军淫女不节不时⑨，怎能不生病？"

东皋公说完，给武骀开了药方，嘱咐道："服这药，要戒愤。不然，病不好。"

东皋公告辞回家，经过关卡，见关门墙上挂有帛画，许多路人围观，走近了才看清是楚王捉拿伍子胥的画像。有人议论，捉到这人，楚王赏粟米五万石。东皋公讥笑道："昏王无道，屈杀伍奢、伍尚。楚人心脏，只知粟米不知义，可悲，可恨！"

东皋公家住关北历阳山中，离昭关六十余里。走到傍晚，才到山前。东皋公进了林中，想休息一会儿，猛见一人相貌魁伟，面相像关上画像。东皋公朝那人问道："壮士不要躲避。壮士是棠邑伍子胥吧？"

那人正是伍子胥，来山前探听消息，上前行礼道："在下伍员。老丈怎会认识我？"

东皋公道："我是扁鹊的徒弟东皋公，游医列国，隐居在这里。关领武骀将军有病，老夫前去医治，看见关上挂有壮士画像，所以认识你。老夫敬重令尊和棠君，壮士不要怕。老夫家离这不远，请壮士到我家歇息。"

伍子胥见东皋公诚恳，拱手道："我还有同伴二人，等我叫来同去。"

伍子胥叫出要离和公子熊胜，跟随东皋公，顺小道走三五里，有一土墙庄院。东皋公站在院门旁，让伍子胥等人先进。院里一排数间草屋，两厢茅屋是车库马厩。进了草屋，伍子胥跪倒拜谢东皋公。东皋公连忙扶起，说道："壮士不要多礼。这

---

① 指自然界中的阴、阳、风、雨、晦、明六种气象。
② 甘、辛、咸、酸、苦。
③ 赤、青、黄、白、黑。
④ 寒、热、末、腹、惑、心疾。
⑤ 有二说。其一：春温、夏热、秋凉、冬寒；其二：朝、昼、夕、夜。
⑥ 五行之节，为春木、夏火、秋金、冬水，土主四季之末各十八日，或主长夏。
⑦ 指四末，即四肢疾病。
⑧ 女是阳物之附属物，宜夜合。晦，夜也。
⑨ 不按时。指不分白天黑夜。

里还不是安全的地方，请跟我来。"

东皋公把伍子胥等人带到后院，进了小笆门，有一竹园，园后又有茅屋三间，屋门很矮。众人低头进屋。屋里有床铺桌凳，左右开小窗透亮。

东皋公请伍子胥上座。伍子胥指着熊胜，说道："有小主人在，子胥不能坐。"

东皋公惊问："他是什么人？"

伍子胥道："他是楚太子熊建的儿子，名胜。先生是长者，子胥不敢隐瞒。太子建被郑公杀害。子胥带公子胜奔陈国，陈国不许入境。子胥走投无路，才取道昭关，要南下投奔吴国。"又指要离道，"他叫要离，齐国人，侠士，我的朋友。"

东皋公朝要离行礼，笑道："老夫也是齐国人，和侠士同乡。"

东皋公请公子熊胜上座，自己和伍子胥东西相对，要离座南居下。仆人摆上酒菜，三巡已过，东皋公道："我师傅秦越，外号扁鹊，是勃海郡莫县人。师傅少年时当过舍长①。有个叫长桑的人，长住客栈。我师傅觉得长桑是奇人，招待他周到，相处十多年。有一天，长桑对师傅说：'我有禁方②。我老了，带着无用。今天传给你，要保密。'他从怀里掏出禁方给师傅，吩咐道：'用甘露，服方中的药，三十天后，你能看到别人看不到的。'我师傅用长桑药方，吃药三十天，双眼奇亮，能看到墙那边的东西。我师傅后来学医看病，双眼可以看清内脏。师傅行医在齐国，有时去赵国。在赵国名叫扁鹊。"

东皋公说这些题外话，缓和伍子胥等人的紧张情绪。他见子胥、要离心情平静了，又说道："老夫遵守师嘱，行医救人，不能有害人之心。伍壮士是楚王要犯，关卡挂有图形，悬赏粟米五万石。昭关关领武阝生病，副将宓滠恪尽职守，盘查甚严。老夫想到你等过关困难。老夫这里荒僻，你们住上一年半载，也无人知道。你们不想住下，就等待机会，老夫送你们出关。"

伍子胥想到一时难以过关，心急如焚，朝东皋公拱手道："子胥大仇未报，度日如年。先生助我等急速出关，子胥一定重谢。"

东皋公叹道："壮士要报父兄之仇，老夫理解。壮士安心住几天，让老夫想个主意，送你们出关。"

伍子胥无可奈何，只得和要离、公子熊胜在茅屋住下。每天三顿饭，都有酒肉，都是东皋公徒弟奎愍送来。伍子胥一连六天不见东皋公来，询问奎愍。奎愍道："师傅行医，还没回来。他让我小心侍候，不让你们出去。"

第七天夜里，伍子胥不吃不喝，把自己关在茅屋，迷糊中做了一梦。梦中有山有水，河边一个美丽女子在俳徊，四野回响着野鸡啼叫和雁鸣。伍子胥看见那女子十分面熟，又一时想不起是谁。只听那女子唱道：

> 匏有枯叶兮济有深涉，

---

① 年青时被人雇为客馆主管。

② 不可公开传授的方术。

深则湿衣兮浅则抠裳。
白水洓洓兮野鸣呦呦，
济盈不濡兮雉鸣求牡。

伍子胥上前行礼，说道：“媭媭[1]，你是等我的吗？”

那女子瞪住伍子胥，娇叫道：“你是个不孝不义的人，妾为什么要等你！”

女子说完朝伍子胥回眸一笑，低头沿着河边奔去。伍子胥纳闷，要追赶那女子询问。这时伍尚从身后拉住伍子胥，说道：“子胥你哪来的闲情？父亲生命危险，还不去救？”

伍子胥大惊，问道：“父亲在哪里？”

伍尚指着前面河滩草地，说道：“那人，就是父亲！”

伍子胥抬头，看见草地上有个老人正在呕吐。走到跟前，老人正是父亲伍奢。伍奢衣衫褴褛，发结如草，还在呕吐。伍子胥问道：“父亲，你为什么呕吐？病了？”

伍奢道：“我没病。昏王杀你大哥伍尚。费无极用你大哥的肉做肉丸骗我吃，我怎能不吐。”说完大呕，竟然吐出一只白兔，在草滩上蹦跳戏耍。

伍子胥惊疑，再看，父亲没有了踪影，只有白兔朝他抓耳挠腮。恍惚之间，白兔又变成了先前的白衣女子。伍子胥奇怪，上前扯住那女子裙子，问道：“媭媭，你看见我父亲了吗？”

那女子娇嗔，笑道：“你父亲是谁呀？”

伍子胥不知所措。伍尚又突然出现，怒斥道：“杀父戮兄大仇你不报，却和媭媭调情。你这个不孝无义之人，不该立在人世！”说完把伍子胥推下河里。

伍子胥大叫一声，从梦中醒来，衣衫汗湿如淋。隔壁公子熊胜听见伍子胥狂吼，吓得啼哭不止。要离敲击柴门问道：“二爷，二爷，你怎么啦？”

伍子胥道：“我没事。你侍奉公子，不要扰我。”

伍子胥想到梦中情景，十分悲愤，以头撞地，咬牙哭泣。如今昭关难过，东皋公又几天不见，万一被武趵捕捉，生死事小，伍氏冤沉海底，屠家杀父之仇今世报不成了。伍子胥身如芒刺之中，彻夜绕室游走，时而愁肠百结，时而激愤狂歌，时而敲打剑鞘。

东皋公七天来一直游走周边镇市村庄，访寻貌像伍子胥的人。这第七天中午，东皋公身背药囊，走到昭关西南七十里处的龙洞山。山下有一村庄，有数十户人家。其间一家大院富户，屋里传出妇人啼哭。东皋公敲门询问，这家主人复姓皇甫，名讷，儿子暴病死亡。皇甫讷的妻子在啼哭。

东皋公在门外徘徊。门里出来一个医巫。东皋公拱手问道：“请问，皇甫讷的儿子是什么病？”

① 楚国人对未婚或成年女子的称呼，等同于姐姐、大姐。

医巫见东皋公背着药囊，看出是同行，说道："皇甫讷的儿子血气不时①，邪气交错而不得泄，是以阳缓而阴急，故暴厥而死。"

东皋公又问："死有几时？"

医巫道："鸡鸣到今，有半天了。"

东皋公再问："收殓了吗？"

医巫道："没有。"

东皋公道："既然未殓，老夫看看。"

医巫笑道："人死了，扁鹊在世，也活不回来。你看也白看。"

东皋公道："扁鹊是我师傅。只要不当死，我自有办法让他活回来。"

东皋公直进门里，去见皇甫讷。只见皇甫讷身高九尺，长髯及胸，眉宽八寸，形貌和伍子胥有七分相像。东皋公惊喜，笑道："老夫找你好苦！"

皇甫讷惊诧，揖礼道："皋公，什么事找我？"

东皋公还礼道："先不谈事。老夫听说贵子生病，快让我看看。"

皇甫讷叹道："犬子皇甫胥短命，已经死了。先生有回天之术，也救不了。"

东皋公道："死马当活马医，让我看看无妨。"

皇甫讷带领东皋公进内室。东皋公见皇甫胥尸体放在床上，面色酱紫。东皋公摸尸体，凉而不僵，面有喜色，对皇甫讷道："贵子大幸，我让他活。"

皇甫讷摇头，叹道："先生荒诞。我听说上古名医俞跗，医疾不用汤药、酒剂、石针、导引、按摩、药敷等术。他察知疾病部位，割肌疏脉，连筋结腱，按脑治髓，触肓理膈，洗涤脏器，以至修炼精气，改变形体。先生如果有俞跗医术，犬子生还有望。"

东皋公笑道："老夫没有俞跗医术。以老夫见识，俞跗医术，不过是望管窥天。我师傅扁鹊说过，医者良方，不待切脉、望色、听声、写形②而说病疾所在。闻病之阳，论得其阴③，闻病之阴，论得其阳，便知疾病。老夫把贵子救活，你怎样报答我？"

皇甫讷道："先生能救活犬子，要什么我给什么。我不信，死人能活。"

东皋公道："你不信，请听贵子耳朵，看他鼻子，摸他屁股，就知道了。"

皇甫讷到床前，和皇甫胥贴耳，果然听到皇甫胥耳朵里有些微的鸣响。再看鼻子，鼻孔里的塞毛有些微的搧动。皇甫讷大惊，抖颤着手摸拭皇甫胥的股沟，觉着阴底温热。皇甫讷抬起头来，双眼惊呆得眨动不得，说不出话来，只是痴痴地看东皋公为儿子针灸。半天，只见儿子瘀血已化，面色微红，竟然呼吸自如。

皇甫讷见皇甫胥已活，再拜东皋公，说道："先生救犬子一命，皇甫讷以命相谢，请先生吩咐。"

东皋公笑道："老夫不要你命，求你相助，救老夫朋友一命。"

皇甫讷道："先生是不是要救伍员伍子胥？"

---

① 血气运行不正常。
② 审察病人的体态。
③ 诊察病人外表症状，推知其内在病机。

东皋公惊问："你怎么知道？"

皇甫讷道："昭关挂有伍子胥画像，村人都说我貌像伍子胥。先生让我救你朋友，所以猜疑。"

东皋公道："你说的不错，就是为了救伍子胥。我要你扮伍子胥，让伍子胥出关。老夫和武阳将军有交情，再去保释你。"

皇甫讷慷慨答应。东皋公配了草药，吩咐皇甫家的奴仆煎煮给皇甫胥吃，背了药囊和皇甫讷离开龙洞山庄，奔历阳山来。二人到家天晚。东皋公见伍子胥头发胡须都白，惊道："七天没见，子胥头发胡须白了？是愁思过度啊！"

伍子胥不信，拿铜镜照，见镜中自己胡须头发眉毛都白如霜雪，扔了镜子，嚎啕哭道："子胥大仇没报，须发已白，苍天不佑我！"

东皋公一旁劝道："子胥不要悲。这是苍天保佑你，吉兆。"

伍子胥止哭，问道："这是吉兆？"

东皋公道："楚王要捉你，画影图像挂遍关卡，行人都认识你相貌。你今天胡须头发都白，和画像不同，容易过关。老夫出山七天，为找一个相貌像你的人，扮做壮士，你扮做仆人，蒙混过关。"

伍子胥道："计是好计，貌似我的人世间少见。"

东皋公道："我已经找到了。"击掌三声，皇甫讷自门外进屋。

东皋公介绍道："他是老夫新结识的朋友皇甫讷。这位，他是伍员伍子胥。"

伍子胥和皇甫讷行礼，见皇甫讷身高九尺，眉广八寸，须髯及胸，果真和自己貌似。

东皋公问道："子胥，你见皇甫弟相貌怎样？"

伍子胥叹道："先生好计。只是，让皇甫兄扮作子胥，万一被捉，连累皇甫兄，子胥不安！"

皇甫讷道："皋公救犬子一命，我已承诺，以命酬友。今天假扮足下，是我情愿，子胥兄不要在意。"

东皋公道："老夫思考再三，只有此计能帮子胥过昭关。万一皇甫弟被关兵捕捉，子胥你等只管出关门。皇甫弟，自有老夫解救。"

商议停当。东皋公用药水替伍子胥洗脸，子胥脸色突然间变得紫黑。伍子胥见自己白发乌面，心中又起悲凉。东皋公劝慰道："老夫汤药无毒害。十天之后，自然色褪还原。"

东皋公命奎怹置酒席，为公子熊胜、伍子胥和要离三人钱行，皇甫讷侧座陪饮。饮到深夜，才各自休息。天亮，东皋公见众人吃了早饭，让伍子胥脱下衣服给皇甫讷穿上。东皋公让奎怹取来一套葛布衣裳，让伍子胥穿上，让要离扮做担柴卖薪的农民，让公子熊胜扮做农家小儿。东皋公见众人装扮完毕，送出庄。走到庄口，伍子胥率公子熊胜、要离跪拜东皋公。

伍子胥道："先生救助之恩，子胥终身不忘。他日如有出头，定以重报！"

东皋公道："老夫痛恨昏王和费无极残杀忠良，同情你伍氏一家蒙冤，因此相助，没有图报之心。子胥以后复仇，可记住老夫的话，楚国老百姓和你无仇。"

伍子胥伏地朝东皋公拜了四拜，才起身随皇甫讷往昭关而去。

昭关守将武趵经东皋公医治，病虽渐愈，但四肢无力，头缠白布，卧床不起。这天武趵接楚平王诏书，命他严守昭关，盘诘行人，务必缉拿伍子胥。又命令，凡是关守放逃伍子胥，守将一律罢官削职，押解郢都问罪。武趵不敢大意，急命间谍四处打听伍子胥和公子熊胜行踪，一边督促副将宓滠严守关防。这天晨起，越女煎熬汤药给武趵喝。间谍在门外求见，越女娇喝道："将军有病，不理军务。有事报告副将宓滠。"

武趵大怒，打落越女汤药，骂道："贱妾怎敢扰我军务？"对门外道，"速报我！"

间谍进门跪下。武趵见间谍胡须眉毛染白霜，憷憷发抖，口唇乌紫不能说话，命越女道："给他醴酒一碗。"

间谍喝干酒，才镇定了禀道："小人已经探明，郑定公诛杀太子熊建。伍子胥和卫士要离带着太子熊建的儿子熊胜，逃出郑国，被郑将游基追杀，车毁人亡。"

武趵听说伍子胥已死，在床上仰头大笑道："伍子胥一死，了我心腹之患。"

间谍刚刚退下，又来一间谍禀报道："小人探知伍子胥未死。伍子胥一行三人出郑国投奔陈国，被陈国守境军兵阻挡。伍子胥等人转道往昭关来了！"

武趵大惊，急问："真的假的？"

间谍道："小人怎敢欺骗将军。"

武趵如遭雷击，蒙了半天，才挥手让跪伏的间谍起身，命令道："你传宓滠将军速来见我。"

宓滠先祖是晋国人。晋楚邲之战，他祖父投降楚国。宓滠自幼练习驾车射箭，作战骁勇，屡获楚王赏赐。宓滠对武趵屠戮伍氏一族颇有微辞，厌恶武趵贪淫好色。然而宓滠身为副将，惟武趵之命是从。

宓滠来到武趵床前，礼毕道："将军面有喜色，病好了。"

武趵嗔道："伍子胥已奔昭关来，何喜之有？"

宓滠道："伍子胥来，拿住诛之，无忧。"

武趵叹道："你无忧，我忧。我杀伍子胥满门，此仇伍子胥怎能不报。万一伍子胥逃出昭关，我武趵今后再无宁日。请将军严守昭关，凡是北方人南行出关，务要对照画像查验。"

宓滠道："请将军放心养病。昭关水泄不通，鸟飞不过，伍子胥怎能过关！"

武趵道："要这样，我放心了。我有病，不能亲临关口，拜托将军劳神。我的命，交给将军了。"

武趵在床上要欠身施礼，宓滠慌忙扶住劝道："将军不必多礼。末将尽职守关，誓拿伍子胥，为将军除去心病。"

昭关两山夹峙。关门两旁石壁上凿有槽穴。关门原木做成,又以木杠卡入两边石槽孔穴,十分坚牢。沿关门两壁,又倚山凿石室数间,兵丁日夜驻守。日上三竿,关前出关人众排了长队,候着关领开关。有担柴的山民哀告守兵道:"天已近晌,我们要去镇市卖柴。行个好,开关放我等出关。"

兵丁挥戈斥道:"开关门要将军下令,我们无权开关。"

装扮成佃农的要离,担着高高的两摞柴草,也挤在等候出关的人群里。要离的身后,就是扮做伍子胥的皇甫讷。皇甫讷身着素袍十分显眼,故意躲在柴担后面,侧向关门。仆从打扮的伍子胥,怀抱着公子熊胜,站在皇甫讷身后。

伍子胥见候关人众和守兵吵嚷,示意要离。要离会意,将担着的柴草歇下地,朝关兵叫道:"已过了开关时间,你们为何还不开关!楚王是当世贤君,要是知道你们不恤百姓,要拿你等问罪!"

候关人众听要离说话,都激愤嚷叫。这时守关副将宓澉手握剑柄大步走来,一边朝众人叫道:"什么人喧哗滋事?本将军问你等一个妨碍公务之罪,治你不吃不拉!"又朝守关兵丁命令道,"开门,通关!凡出关之人,要察照画像仔细辨认。和伍子胥状貌相似的,统统与我拿下!"

守关兵丁齐声回应"遵命",开门撤杠,关门轰轰隆隆好一阵如雷巨响,方拉开一个口。兵丁们执戟持戈排立门前,吆喝出关行人依次验身。有的兵丁朝拥挤的人挥舞戟戈抽打,怒声斥骂。拥挤人众方安静下来,依次受验出关。

宓澉站在一旁监督验关,看见皇甫讷垂头遮脸,躲在人群背后朝关门拥挤。宓澉见皇甫讷有惊悸情状,便来到关门近前,喝令兵丁道:"把那个素衣人,拉来验身!"

几名守关兵丁揪住皇甫讷,拖到挂在关墙上的伍子胥图像前验身。见皇甫讷与画像模样一致,兵丁大声禀报:"禀报将军,这人正是伍员伍子胥。"

兵丁们齐声呼喝:"伍子胥,抓到啦!"

皇甫讷一边挣扎,一边大声辩解道:"我不是伍子胥。我叫皇甫讷!你们抓错人了。"

兵丁们不容皇甫讷分辩,一边用戈杆抽打,一边喝骂着把他拉到宓澉近前。出关百姓看见捉了伍子胥,也挤在关兵身后争相观看。伍子胥和要离抱着公子熊胜,趁机溜出关口,落荒而去。

宓澉见了皇甫讷,哈哈大笑道:"子胥兄,别来无恙?想不到,你我在昭关见面。"

皇甫讷道:"我不认识你。我不是伍子胥。我叫皇甫讷。"

宓澉冷笑道:"子胥不识我宓澉,不会不认识楚王吧。"喝令兵丁,"押下,囚槛。"

关兵把皇甫讷押去关前石牢囚监。宓澉立即赶到武跈屋里禀报道:"将军大喜。伍员伍子胥,刚才已被捕获。"

武跈听言大惊,自床上坐起身问:"伍子胥拿获了?他在哪里!"

宓澉道:"末将已经命令关兵将他囚槛,等候将军发落。"

武跬精神一振，慌忙下床，一边穿衣一边道："命人押来，我要亲自查验。"

宓濈领命去押解皇甫讷。武跬穿戴盔甲，腰悬宝剑，在士兵拥护下来到关防公所。宓濈已率关兵押皇甫讷等候。

武跬盯住皇甫讷细辨，认出果真是伍子胥，仰天大笑道："伍子胥，伍子胥！天下大道千万条，你非要走昭关！今天你落在我武跬之手，是你的命数，休怪我武跬！"

皇甫讷道："你们有眼无珠，抓错人了！我不是伍子胥。"

宓濈从关兵手中取来图像，说道："你的相貌和画像无二，怎敢抵赖。"又喝令兵士道，"给我拷打，让他招供！"

武跬在郢都见过伍子胥，今天见皇甫讷貌似伍子胥，声音不对。武跬心里纳闷，坐在一旁观看兵丁拷打皇甫讷。

兵士们把皇甫讷吊起，拿藤条抽打。皇甫讷大声喊叫道："我供，我供，别打了！"

武跬挥手，止住兵丁拷打。宓濈道："你老实招供！你是不是伍子胥？熊胜在哪里？"

皇甫讷道："我不是伍子胥，更不知道熊胜。我是皇甫讷。"

宓濈示意兵士抽打皇甫讷，武跬伸手制住，对皇甫讷道："你说你不是伍子胥，怎么和画像相像？"

皇甫讷道："将军错了！天下相像的人多哩。如果有人貌似将军，能冒允将军吗？我是龙洞山土人皇甫讷。我和友人东皋公有约，今天一同出关东游。我在关前等候我友，不料关兵把我当成伍子胥，抓我。将军不相信，可叫村长查对。"

武跬见皇甫讷确实不像伍子胥，挥手道："押下，囚槛。"见兵士押走皇甫讷，才叹口气道，"我去年见过伍子胥。伍子胥双目如电，声若洪钟。这人声音细小，虽貌似，却神不似。"

武跬正在怀疑，兵士报告道："东皋公求见将军。"

武跬一惊，心想所捉之人说和东皋公相约出关共游，莫非真的抓错。武跬看着宓濈。宓濈目瞪口呆。

武跬对兵士道："传见。"

东皋公拜见武跬，说道："贺喜将军，恭喜将军。老夫正要出关东游，听说将军抓获伍子胥，特来祝贺。"

武跬揖礼道："武跬谢先生致贺。不过，关兵所捕一人貌似伍子胥，还未确认。"

东皋公惊道："怎么貌似？"

武跬道："我看这人虽然貌似，眼小声细，不像伍子胥。"

东皋公道："老夫当年见过伍子胥。将军把这人带来，老夫便识真假。"

武跬应允，命令士兵传带皇甫讷。皇甫讷被捆缚押进，见东皋公大呼道："先生约我一同出关游玩，为什么迟迟不来？关兵把我当成伍子胥，打我，污辱我。"

东皋公一见皇甫讷，便开怀大笑，朝武跀道："将军抓错人了！他不是伍子胥，是老夫朋友皇甫讷。我和他相约出关东游，定在关前会面，不料他先走一步，被你们误抓。将军不信，老夫过关文书在这，能辨真伪。"

武跀接过关书查看，果真是历阳邑宰书具东皋公、皇甫讷二人出关东游的关券。武跀还给了东皋公关券，拱手道："先生朋友貌像伍子胥，关兵错拿，望先生谅解。"说完亲自给皇甫讷松绑，让兵士拿酒给皇甫讷压惊。

武跀向皇甫讷揖礼道："武某不知先生是皋公朋友，抱歉！"

皇甫讷也揖礼道："将军为楚王执法。我辈草民，应该守法。"

武跀感到东皋公为他治病，又对皇甫讷遭受误拿拷打过意不去，拿来铜钱助二人游资。东皋公和皇甫讷接受道谢，告辞出关而去。武跀见宓滠站立一旁，怒问道："关门禁了没有？"

宓滠道："刚才守兵捕捉皇甫讷，误当伍子胥，关门开放多时！"

武跀大吃一惊，一阵晕眩，踉跄几步才扶案站稳，朝宓滠吼道："关门不禁，伍子胥早已逃出昭关了。"

武跀心中热血翻涌，扶案垂头，大口吐血不止。宓滠慌忙扶住武跀道："东皋公嘱告将军戒忿，忿则病垂，无药医治。"

武跀哭号道："天灭我武跀。我杀伍氏一族，伍子胥怎能饶我？楚王有令，使伍子胥出逃者，灭族。大王得知伍子胥从昭关出逃，又怎能赦我？我武跀不死于病，也死于楚王和伍子胥之手！"

武跀说完仰面长嚎，喷血如泉，倒地死亡。

宓滠见武跀已死，吓得悲叫道："武将军，你死了百了，大王要怪罪我了。"嚎了几声停住，眼露凶光，拔剑朝兵士们喝道，"伍子胥出关，还没走远。你们备车，跟我去追杀。"

关兵们遵命牵马驾车，驱车随宓滠出关，奔大道往南追杀。

伍子胥和要离背着公子熊胜出关南走二十余里，伍子胥突然停住，拉要离藏进道旁林中。要离正要疑惑，只见林外大道上驰来一乘车马，车上人朝林中喊道："林中人，是伍子胥伍二爷吗？我是城父人氏左诚，曾经跟随二爷射猎。二爷，你为什么避而不见？"

伍子胥看见那人真是左诚。左诚原是城父太子宫馆车夫，不知道为什么来到这里，又碰巧相遇。伍子胥有心不见，不料左诚直呼他姓名，又不好不见，便出了树林，行礼道："左兄，你怎么也到这里？"

左诚道："自从二爷追随太子逃亡，我在城父也丢了差事。后来宓滠将军提携，我在昭关做个打更小吏。前几天告假回家探望老母，这才回关，不想在这里遇见二爷。我听说大王遍令关卡，张挂二爷画像，悬赏粟米五万石捉拿二爷，不知二爷如何出了昭关？"

伍子胥谎道："楚王海捕子胥，周边各国不收留子胥，子胥已向昭关守领武阝
将军自投。大王知道我有夜明珠一颗，命令我带上宝珠同解都城。因为宝珠藏在别处，
武将军放我出关取宝珠。"

左诚道："楚王有命令，谁放过二爷，全家处斩。左诚看不见二爷，也就罢了。
今天见着二爷，我左诚便有灭门之罪。不是我左诚不认旧交，实为畏罪畏死。请二
爷跟我回关，问明武将军，二爷再行，和左诚无关了。"

伍子胥手握剑柄，有心杀左诚，又不忍下手。伍子胥正在犹豫，只见要离从林
中走出。左诚看见要离，问道："你是，什么人？"

要离怒道："我，是你祖宗！"话落剑起，杀了左诚，见伍子胥摇头叹息，又道，
"左诚骗你，贪图赏粟五万石。他是见利忘义的小人，该杀！"

伍子胥道："他不是有心出卖我，是畏罪自保。"

要离道："人已死，后悔没有用。我料这时武阝知道皇甫讷假冒二爷，必派兵
车追杀。我们快带公子上车，从大道南行，两天就能渡江。过了长江，再走几天，
就到吴国了。"

伍子胥道："不可，不可！我们不能乘车走大道。从这里往西北走山野小道，
不远就到郑国边境。我们从郑国进楚国，再渡江南行，才能平安无事。"

要离觉着伍子胥讲的有理，杀了左诚的马，砍下两条马腿，跟伍子胥钻进树林。
二人背了公子熊胜，蹚着林中的荆棘，直奔西北方向。走到傍晚，才靠近了郑国边境。
一条大河东西流过，南岸是楚国，北岸是郑国，两岸都无守境兵丁。三人走到山脚，
面南遥望，一条大河自西向东滔滔奔流，拦住去路。伍子胥神色黯然，回头看一眼
背后的大山，对要离道："天已快晚，我们饥疲不堪。今夜不如住宿这里，明天再
渡河南下。"

要离道："这里是郑国和楚国以河为界，双方都无兵丁守境，住宿这里安全。"

伍子胥让要离砍树搭建窝棚，手按剑柄登上山崖观望。山下郑国境内有条小道
直通山下。伍子胥目测，这小道原来是废弃的车道，战车还能驱驰。正在寻思，只
见小道尽头约数里处，腾起一片尘雾，遮住了西坠的太阳。伍子胥大惊，断定是车尘，
有一队兵车正朝这里驰来。

伍子胥急忙奔下山崖，朝要离和公子熊胜藏身之处奔跑。

要离伐木搭屋，刚砍几棵树，公子熊胜在一旁啼哭。要离提剑回来，问道："公
子哭什么？"

公子熊胜泣道："我饿，又口渴。"

要离用宝剑割了一片血淋淋的马肉，递给公子熊胜道："公子吃马肉，止饥解渴。"

公子熊胜怒斥道："匹夫你污辱我！我是楚国公子，怎能吃生马肉！你替我烤熟。"

要离心想，这个逃命的公子，还丢不掉臭架子。要离有碍伍子胥的情面，又不

能越礼和公子熊胜争执，就去垒灶，捡柴，掏出火镰火石①擦火，燃木烤肉。恰巧伍子胥跑下山来，见要离生火，火气大发。伍子胥踏灭柴火，说道："郑国兵马来了，点火会暴露我们。"

要离委屈，辩道："公子要吃烤肉。"

伍子胥道："吃烤肉？马上就吃人肉了！快，快躲藏。"

要离一把抱起公子熊胜，钻入密林。伍子胥拖来树枝，盖覆住灰灶，也躲到道旁的树后，盯着山道观瞧。

不一刻，一队兵车沿山道驰来。伍子胥远远看见前头战车上的执戟人，正是郑国将军游基。游基战车行到山脚林边，乱石嶙峋，已无车道。游基命令停车，下车探路。兵士持戈沿林边小道走了一程，返回禀报游基道："回禀将军，前头没车路，兵车不能走。没有村庄，不见人烟。前边有大河阻隔，河中没有船。"

游基一手持戟，一手扶着车杠，眺望着山下的大河，说道："我听说伍子胥已出昭关。关领武阝暴死，副将苃濊追杀无功。我预料伍子胥不会南下，一定躲藏在郑国边境。奇怪，怎么不见踪迹？"

郑兵道："这里是边界。郑楚二国以河为界，无兵把守，无船可渡。小人认为，伍子胥如果隐藏在这里，不但过不了河，饿也饿死了。"

游基道："伍子胥不但神勇过人，也有计谋，行踪诡秘。你传我命令，守边将军率三百兵士，在河北岸往来巡察，昼夜不停！"

郑国兵士领命驾车而去。游基眺望一阵，也率兵从来路回返。伍子胥等郑兵走远，才从树后出来，叫来要离道："郑兵要在河岸巡查，我们不能在这里住了。你背上公子，我们去河边找船渡河。"

要离背了公子熊胜，紧跟伍子胥穿过树林奔向河边。离河边半里地，就是长满芦苇的滩地。芦苇高过人头，三人朝河边摸索。到了河边，一眼望去白水滔天，这大河竟然有一里之宽。河面不但无船，连水鸟也没有一只。

天色已晚。夜风吹动芦叶发出哗哗啦啦的响声，十分凄凉。伍子胥站在河边，呆呆地凝视大河上下，希望有一只小船出现，却是白浪滔天，空空无船。要离背着公子熊胜，嘴里含着一片芦叶，也面对大河发呆。公子熊胜在要离的背上耷拉着脑袋睡熟了，嘴角流淌着涎水。河的上流隐约传来一阵吆喝声。伍子胥判断那是郑国守境兵丁在上游巡查，那里离这里有十来里路程。

"今夜渡不了河，明天凶多吉少。"伍子胥心里暗想，"这黑夜荒江，河面无船，又怎样渡河？难道天要灭我吗！难道我和要离、公子熊胜，命该死在这里？难道杀害父兄灭门之仇，我伍子胥今生难报？"泪水无声地在伍子胥脸颊流淌。他朝前走了几步，双手捂面，单膝跪在河滩上，凝神听着四野的动静。这时，他听到远处传来咿咿呀呀的声音。伍子胥神精一振，手扶剑柄站起身来朝河面看，终于见到河的

---

① 状如月牙形的鹅卵石，互相摩擦，产生火星点燃柴草，是古人取火的原始工具。

下游漂浮着一个黑点。那咿呀之声随着黑影的逐渐变大而清晰悦耳。要离也听到了，低声惊呼道：“二爷，有船！”

伍子胥颤声道：“是船，是船，是船浆的声音。”

果然有一叶渔船自下游逆流而上。船上一老渔翁一边摇动船浆，一边吟唱道：

> 江汉浮浮，
> 武夫滔滔，
> 匪安匪游，
> 淮夷来求①。
> 既出我车，
> 既设我旐②，
> 匪安匪舒，
> 淮夷来铺③。
>
> 江汉汤汤，
> 武夫洸洸④，
> 经营四方，
> 告成于王。
> 四方既平，
> 王国庶定。
> 时靡有争，
> 王心载宁
> ……

那渔人歌唱着，渔船离北岸渐近。渔人发现岸边有人，歌声停止。伍子胥双掌合在唇边，朝河中低声叫道：“渔丈人，渔丈人！”

那渔人听到喊声把渔舟摇了过来，靠岸朝伍子胥问道：“呼我渡河吗？”

伍子胥行礼道：“是的。”

渔人道：“我刚才停船芦苇中，做一梦，有人求我渡河。我所以溯水而上，唱歌呼叫。果然，梦不骗我。你求渡，请上船吧。”

伍子胥道：“我还有二人，能不能一同上船。”回头叫出要离和公子熊胜，对渔人道，“请丈人渡我三人，多给船钱。”

---

① 淮上夷族之后，后属楚国。
② 古代军旗，上画鸟隼，进军时用。
③ 陈设。指陈兵讨伐。
④ 勇武之貌。

渔人道："金钱虽好，无奈渔船太小。"指着要离和公子熊胜道，"这二人身材瘦小，你身躯伟岸。我渡他二人就不能渡你，渡你就不可渡他二人。请你们商量决定，不要耽搁。"

伍子胥道："就依丈人，先渡他二人吧！"

渔人笑问："郑国兵士沿河搜捕私渡的人。我渡他二人，把你丢下，你不怕死吗？"

伍子胥拱手道："拜托丈人把他二人送到南岸，我虽死无憾。"说完命令要离和公子熊胜上船。

要离推脱，要让伍子胥先渡。伍子胥拉过要离附耳嘱道："你带小主人先渡。过了河，不要等我，你二人直奔吴国。我随后去吴国找你们。"

要离背起公子熊胜，洒泪上船。伍子胥见小船离岸数丈，将装有铜钱和马肉的皮袋奋力扔到船上。要离接着，哭叫道："二爷，你一个钱不留，怎么活命啊？"

渔人一边摇桨，一边笑道："他是要死的人，要钱有什么用？"

要离大怒，拔剑要杀渔人。伍子胥在岸上看见，惊叫道："要离，不要错杀恩人！"

渔人见要离还剑入鞘，一阵大笑。笑完，才朝伍子胥叫道："你等候在芦苇里，我回来渡你。"

老渔人载着要离、公子熊胜二人，朝河中摇去。小渔船吃不住重压，浪涛拍打着船帮。伍子胥心想，这老渔人没有骗他。这小船，确实不能承载三人。

伍子胥在芦苇丛中坐下来，耐心地等候着渔人的回返。大河很阔，水急浪涌，小船往返最快也要两个时辰。伍子胥等着等着就觉着饥渴难忍，想到从早上在东皋公家中吃饭到现在，已经整整一天没食没喝了。他走到河边，蹲下身来捧水狂饮一气，才觉着有了些气力。他直起身来，就感到一阵头晕目眩，踉跄着挪入芦苇丛中，便一头栽倒地上，昏迷过去。

伍子胥昏迷中梦见自己恍恍惚惚地回到棠邑伍府。府门紧闭，粗大的铁链上锁着大铜锁。他绕到后院，从倒坍的墙洞钻进院里。院里蒿草齐腰高，狐奔兔逐，白森森的枯骨遍地都是。伍子胥脚下一软，低头看见自己踩着了一只白兔。伍子胥松开脚，那兔儿不跑，痛苦地伸伸腿，然后抬头，瞪着大眼睛竟然说道："我是太师的儿子，和你是兄弟，你为什么踩我？"

伍子胥大惊，问道："我父亲怎么会生你？你分明是只兔子，怎敢和我称兄道弟！"说完拔出宝剑，要斩白兔。

白兔朝前蹦了两蹦，说道："二爷，二爷你不要杀我。我知道，你这沥镂宝剑能斩金刹玉。你有本事，为什么不杀了昏王和费无极？他们杀了老太师和棠君，还杀了你的妻子和家人。伍子胥，伍二爷！你有本事，去找平王报仇，找费无极报仇，杀我算啥英雄！"

白兔说完，瘸着一条腿钻进了草丛。伍子胥还剑入鞘，不知所措，突然眼前一亮，不远处出现一星火光。他揉眼细看，脑袋轰轰地听到人声喊叫："伍子胥在这里！

伍子胥在这里！"就见着无数的兵士举着无数的灯球火把围住了他。楚平王站在屋顶上冷笑道："伍子胥，你还敢逃奔吴国，借兵灭楚吗？"

伍子胥要拔宝剑，感觉手臂无力，使出吃奶的劲也拔不出剑来。费无极抱着一个三岁的孩子，跳上屋脊，朝伍子胥冷笑道："伍子胥，你看清了，这是你的儿子。今天，我费无极奉大王命令，灭你伍氏满门。"费无极举起孩子要摔。伍子胥想救儿子，双腿却无力动弹，也喊不出声。正在焦急，只见一人飞身上房，从费无极手中抢过孩子越脊而去。伍子胥看见那人正是专诸。又有仇狗儿飞上屋脊，手捧一巨盆，朝屋下泼洒。只见一阵大雨，将无数的灯球火把浇灭。伍子胥擦干眼睛上的水珠，睁眼一看，自己却在芦苇丛里。定睛观看，天地四方一片漆黑，头顶上落下星星点点的水滴，下雨了。

伍子胥从地上爬起来，感觉到头大如斗，一阵晕眩，又跌倒在地。伸手触摸额头，如火烧般灼烫，他支撑着朝河边爬去，爬不远便又昏厥过去。他迷怔中，耳畔听到河中船浆划水声音，又听到老渔人的声声呼唤："芦中人，芦中人！我来渡你，芦中人！"

伍子胥猛然清醒，从地上艰难地爬起身。他拄着剑，朝河边踉跄奔去。

第五章

史鹅营救伍子胥，投水自尽

伍子胥躺在船中，听着船浆上的皮索咬叫和浪涛拍击船帮的声响，昏昏沉沉地睡去了。

老渔人把渔船摇到南岸，寻一僻静的芦苇滩边泊住。他见伍子胥昏睡不醒，知是饥疲所致，轻唤道："芦中人，芦中人，你醒醒。你在船上不要走，我进村拿东西给你吃。"

老渔人的话伍子胥听见了，好像从很远的地方传来。他微睁眼睛，看见渔丈人在暗中摸到陶壶，提了上岸。伍子胥感觉到渔船轻微的震荡，感觉到渔丈人把陶壶墩在岸上，将小船系在岸边的树上。

伍子胥心智清醒，只是四肢绵软，不听使唤。他觉着脑颅昏晕，一阵阵裂痛，明白自己生了疾病。他同时感觉饥饿，感觉口渴，感觉到心里烧着火。他等待着老渔人送东西来，让他吃饱喝足，等了约有一个时辰，还不见渔丈人回来。伍子胥心想，这渔丈人是什么人？他是不是贪图楚王奖赏，出卖了要离和公子熊胜，又把他骗在船里，借口去报信给楚兵。俗话说害人之心不可有，防人之心不可无，人心难测，怎知他不是去领兵抓我？伍子胥想到这里，也不知哪来的力气，竟然从船中一跃而起，挂剑登岸，隐伏在芦苇丛中。

老渔人摸黑来到村头，碰见村长领着一伙兵士挨户搜查。原来守境将军得到间谍禀报，伍子胥逃出昭关，奔入楚境，下令沿河缉捕。渔丈人藏在村口柴垛里，等搜兵走后才去家里。渔丈人盛了一罐麦饭、一壶水、几条咸鱼干。他来到船上，却不见了伍子胥。渔丈人转身朝岸边的芦苇丛低声呼唤道："芦中人，芦中人，我给你拿来麦饭。你出来，吃完再走。"见无动静，又呼道，"芦中人，我渔丈人不是渔人之利！我见你饥困，为你取食物。因为村长领兵搜查，所以来迟。芦中人，你不要怀疑我，不要躲避我。"

伍子胥听得清楚，见渔丈人言语诚恳，心有惭愧，出来行礼道："我是楚王缉捕的罪臣伍员伍子胥。子胥性命由天，今由渔丈人。因为子胥连日亡命奔逃，惶惶如惊弓之鸟，不得不躲藏，怎能怀疑恩人。"

渔丈人道："我早就认出你了。别说了，二爷，请上船吃饭。"

伍子胥谢过渔丈人，上船吃饭。吃完，伍子胥朝渔丈人拱手问道："敢问渔丈人，你怎么知道我是伍子胥？"

渔丈人笑道："二爷画像挂遍关卡，楚国人老小尽识，怎么我不识？"见伍子胥垂首叹息，又道，"楚国人都尊敬伍氏三代忠臣，恨费无极妖言惑君。二爷，你不必忧愁。天下之大，会有二爷容身之地。我听说，齐、晋、鲁等国，是周室血亲。楚国先祖，随武王伐纣建有小功，武王于是封子爵在熊绎。楚国地僻荒莽。楚国强大，全靠楚国的百姓，并不靠天子的恩德。吴国和越国的强盛，也是靠他们的百姓。天下没有万世不易之主。君要用民，必先爱民，是圣人的话。我知道二爷将来要灭楚复仇，今天大胆劝你，楚国的百姓和伍氏无仇，二爷不要忘记。"

伍子胥说道："恩人的话，子胥不敢忘记。古人说，抚我则恩，虐我则仇。楚国百姓对我有恩，仇我者是昏王佞臣。"

渔丈人赞道："二爷爱憎分明，是大丈夫。"

伍子胥瞅住渔丈人忠厚的面容，问道；"子胥不知恩人名姓，家在哪里？请丈人告知。"

渔丈长叹一声，道："我原来是楚国人，从前跟随令尊征伐郑国，被郑兵俘掳，留在郑国。这河北傍郑国，南靠楚国，我在河里捕鱼，住在这两国中间。今天二爷逃难，我渡楚犯，相逢在河岸，是缘分啊，何必问询名姓。郑国已故宰相子产铸刑鼎，纵犯私渡要被杀头，我是不能回郑国了。我放了二爷，我也成了楚王的罪民，楚国也不能去了。从此以后，我要以船为家，以河为国了。以后能和二爷重逢，我就叫二爷'芦中人'，二爷叫我'渔丈人'，可以记住今天的事了。"

伍子胥十分感动，解下沥镂宝剑，双手献给渔丈人道："子胥身无分文，唯有此剑，送给丈人，答谢你的救助。"

渔丈人讥笑道："二爷宝剑，值多少钱？"

伍子胥道："这剑名沥镂，是越人欧冶子铸造，利可吹毫过刃，坚可斩金断玉。此剑是绝世宝物，金钱买不到的。"

渔丈人说道："二爷当我什么人了？楚王有令，抓捕二爷，赏粟米五万石，赐官上大夫。我连上卿之赏都不屑，怎能贪图二爷宝剑？古人说'君子无剑而不游'，这剑二爷应当佩在身边，以后有用。"

伍子胥感激涕零，朝渔丈人拜了四拜，离船上岸，直往东南方向逃奔。

楚平王熊居得知昭关守将武赟暴死，伍子胥已经逃出昭关，心忧如焚，对费无极道："伍子胥出昭关南逃，肯定投奔吴国。吴国过去是小国，兵士不会驾驶战车，不能自保。楚国叛臣屈巫投降吴国，教会吴兵驾车射箭，致使吴国兵强好勇，和寡人为敌。近年吴国不断骚扰我楚国，如果伍子胥再被吴国重用，实是寡人心腹大患。"

费无极道："大王不要忧怨。臣料想伍子胥没到吴国。伍子胥逃出昭关，守将武赟、宓湿罪不可赦。武赟已死，大王怎么不责命宓湿率兵追捕伍子胥，将功补过。大王赏罚分明，兵将贪功怕罪，又有厚赏，伍子胥就是肋生双翅，也难逃脱。"

楚平王采纳费无极建议，诏令宓湿率兵开进楚国和吴国边境，缉捕伍子胥。宓湿怕罪，日夜守边，并在所有关隘道口驻兵盘查。边境官员也命令乡兵挨村挨户，访拿过境行人盘问。一时间，闹得边境乡民惶惶度日，远见行人，如见虎狼大兽。

伍子胥自从出了昭关，渡楚河，过固城，又冒死游过长江，来到了江南溧阳地界。伍子胥身无分文，又不能进村乞讨，只能射杀飞鸟野兔，勉强充饥。进入溧阳地界，再往南走三五天，就进入吴国。伍子胥听见村庄镇市锣梆嘈杂，看到过境守兵巡逻如梭，知道这里危险，于是昼伏夜行，远避人烟。

这天伍子胥来到一座山前，见山脚有残碑，上书"牙山"二字。伍子胥见天已快亮，就躲进牙山密林中歇息。伍子胥已经七天没吃粟米熟食，饥饿难忍，不等天黑就下山寻食。恰巧宓湿率一队兵士从山下经过，伍子胥慌张躲入小道，朝林密处奔逃。伍子胥衣衫褴褛，须发如草，前面兵车上兵士猛见伍子胥形貌吃了一惊，大呼"野人"，一边朝伍子胥背影射箭。这一箭正射在伍子胥右臀尖。伍子胥不顾疼痛，拔去箭镞，朝山上狂奔。跑到半山腰，伍子胥晕倒在地。

山下兵士都认为伍子胥是野人，不敢追赶。后面驰来一乘兵车，正是守边将领宓湿，问清原由，大怒道："这山哪有野人出没，肯定是伍子胥，赶快追杀！"

山坡怪石嶙峋，遍地荆棘，战车无法通行。宓湿下车执戟，率兵士追上山来。

这时天已傍晚，突然狂风大起，乌云密布，昏天地暗，飞沙走石。追兵们无处避风，都抱树站立。过了一会儿风小了，但大雨倾盆。原先箭射伍子胥的那个兵士对宓滠道："小人听说野人有山神保佑。刚才小人射野人一箭，得罪了山神，狂风大雨是山神发怒了。"

宓滠半信半疑，领兵退下山去。他不放心，又命令兵士道："楚王有令，放走伍子胥抄杀满门。刚才那野人，说不定是伍子胥。我们不能走远，要在附近村庄道途严加巡查。"随即带领兵士，去山下村庄驻扎。

伍子胥醒来时已经是雨住天晴，天空中月朗星稀。他脱掉袍衫挤去湿水，又包扎伤口。半夜，伍子胥寻思不能在山上久待，天亮楚兵定会搜山，自己再不吃东西，就要饿死。他大仇没报，不能死。他砍了一根树枝，挂着一瘸一跛地摸下山来。

山下有条小河，名叫濑溪。伍子胥就沿着河埂往南走，希望见到一处人家，冒死去乞讨吃食。伍子胥没走半里，因为饥疲过度，昏倒在河边。

濑溪边上的傍山林中，住有一户人家。一挨排数间茅草土墙房屋，房前屋后辟有菜园禾田。这户人家姓史，男人几年前随楚王与晋兵交战，战死在异乡，留下孤女寡母，相依为命。老母已过六旬，女儿名叫史鶒。史鶒为赡养老母，三十不嫁，种菜种田，闲时替村长家浣纱。这晚守边楚兵呼喝连天，不时有巡捕兵车从村头大道驱驰往返，闹得周围村邻鸡犬不宁。史母有哮喘病，睡眠不好，史鶒熬了汤药，端给母亲喝。史母喝了，叹口气道："王无道，国不靖。国不靖，民不安。兵车隆隆，楚国又要打仗了。"

史鶒道："娘不要怕。这是守兵在抓捕逃犯伍子胥。"

史母问："伍子胥是什么人？"

史鶒道："伍子胥是太师伍奢的小儿子，棠君伍尚的弟弟。楚王杀了太师和棠君，伍子胥从城父逃奔郑国，后来又逃出昭关，往南去投奔吴国。"

史母道："太师伍奢是好人。那年你父亲随太师伐晋战亡，太师差人送来粮米铜钱，才使我们修了茅屋，就地安身。伍氏是楚国的忠臣。楚王听信奸臣费无极坏话，陷害忠良，楚国要有灾祸了。"

史母说了一阵，又咳喘起来，史鶒慌忙替娘抚胸捶背，一边劝道："娘，你安心养病，别瞎想。我们平民百姓，哪能管得了那些。"

史母道："说得也是。老百姓管不了国事，但是老百姓巴望太平日月。鶒儿，娘病重，活不了许多。只愁丢下你一个人，往后无人照管，娘死不瞑目。"

史母说着流下泪来。史鶒笑慰道："娘，我是三十岁的人了，能养活自己，哪要别人照管？娘，你甭苦思乱想。你的病，不碍事的。我听说昭关北六十里有一历阳山，住一神医名东皋公，是扁鹊徒弟。那人医术高明，能剖胸去堵，开颅取涎。等过了这一阵兵慌马乱，女儿去请东皋公替娘医病，保娘长命百岁。"

史鶒说得史母破涕而乐，笑道："娘也不贪生怕死，也不贪图长命百岁，只想无灾无病地陪我鹣儿多活几年。娘能亲眼看到我儿嫁户良善人家，娘死也合眼了。"

史鹣听到娘又说婚嫁，羞得面颊彤红。史鹣想到前天村长家中的家臣葛哥，趁工坊无人，竟然色胆包天，对她动手动脚调戏。葛哥年过半百，又矬又胖，家中妻妾成群，还时常奸淫佃奴。史鹣对葛哥十分厌恶，去工坊浣纱，身上藏一把剪刀。一天葛哥见坊里没人，抱住史鹣求欢，淫语不堪入耳。史鹣极力挣脱，那畜牲竟然脱光衣衫，拦住史鹣不放。史鹣一咬牙，掏出剪刀要剪葛哥的祸根，才免遭污辱。

史鹣想到葛哥，就想到还要浣纱，明天下晌要去交纱。邻近村邻传来犬吠人声，临窗见着天色快亮。史鹣替熟睡的老娘披了被子，提了纱去濑溪洗浣，才到河边，看见一人衣衫褴褛，乱发如草，躺倒在地上。史鹣吃了一惊，站在旁边不知如何是好。她心想，这是什么人，倒在这里？她怔了一会儿，壮了胆子细看，大吃一惊。这人长相和村口悬挂的逃犯伍子胥画像一模一样，可能是楚王悬赏抓捕的伍子胥。

史鹣听娘说过，伍子胥一家是楚国忠臣，被费无极陷害才奔命逃亡。史鹣很是敬重忠良，眼见好人危难，怎么能见死不救。史鹣把纱箕墩在地上，低声叫道："壮士，醒醒。壮士，醒醒！"

伍子胥昏迷中听到有人呼唤，吃力地睁开浮肿的双眼，看见面前婷立一个俊俏妇人。伍子胥艰难地咽了咽喉咙，哀求道："婆婆，请你，给我吃的。"

史鹣见伍子胥奄奄一息，慌忙去家里拿来麦饭米汤，给伍子胥吃。伍子胥吃了饭，脸上有了血色，朝史鹣拱手道谢，说道："婆婆恩德，子胥不忘。请问婆婆名姓。"

史鹣道："见人危难，怎能旁观。妾是浣纱妇，壮士不要在意。"

伍子胥稍有气力，支撑着拄棍站立。他感觉着箭伤疼痛，已经行走不得，仰天长叹道："天绝我了。血海深仇，今世难报！"

史鹣听了大吃一惊。她看见伍子胥相貌魁伟，和村口挂的画像无二，这人确实就是伍子胥。眼看天色大亮，史鹣怕被路上行人看见，四处张望。

伍子胥看出史鹣担忧，淡淡笑问："请问，婆婆家还有什么人？"

史鹣道："我父亲从前跟随伍太师伍奢征伐晋国，战亡异乡。家中只有一老娘。"

伍子胥苦笑道："好，好！"又道，"婆婆，你知道我是谁吗？"

史鹣道："边关路口都张挂将军画像，妾早已认出将军了。"

伍子胥一阵大笑，对史鹣道："我现在身有箭伤，又饥疲无力，难逃一死了。昏王悬赏，凡是捉我的人，赏粟五万石，官封上大夫。我吃你一罐饭，没有什么报答你，请婆婆把我捆绑，献给守兵吧。"

史鹣听了娇颜变色，低头想了一刻，抬头笑道："将军果真是天下豪士，妾今天从你意愿，领你去自首。将军有伤，不必绑缚，请跟我走吧。"

伍子胥感激史鹣给饭，又听说史父曾随父亲从征战亡异乡，心想自己受伤难逃缉捕，让史鹣绑缚去自首，好让史鹣母女得些奖赏。哪知史鹣并不绑缚伍子胥，而是搀扶着他，从一条林中小路爬上山来。

伍子胥惊愕，问史鹉道："我让婆婆领我去自首，婆婆为什么带我上山？"

史鹉见四下无人，说道："我为什么要带你自首。我是在救你。将军不要多想，只管跟我走。"

伍子胥不再说话，由着史鹉连拖带拉地带进密林中的一处山洞。史鹉找来枯草，在洞里铺了软铺，扶伍子胥躺卧了，说道："天亮了，我要下山，替将军采些草药敷伤。将军在洞中歇息。这山洞没人知道，你放心。"

伍子胥十分感动，只朝史鹉拱手点头。史鹉又找来枯枝败叶，堵塞了洞口，只才下山去濑溪边上，浣了纱赶回家去。史母已经起床，见女儿回来，低声问道："鹉儿给谁送饭？"

史鹉不敢隐瞒，就把救助伍子胥的事说给老娘。史母道："伍子胥是忠良后代，蒙此冤难，应当救助。他既然有伤，你应该用草药敷他伤口。救人要紧，不要害羞。"

史鹉道："女儿救伍子胥，冒杀头灭门大罪，顾不了羞耻。女儿只怕万一泄露，连累母亲。"

史母道："我已经是当死的人了，还怕什么罪？鹉儿谨慎，不要泄露。人善自有神祐，吉人自有天相。"

史鹉采了草药，舂成药糊用瓦罐装了，等到天黑，提了麦饭和药罐来到山洞。伍子胥因为连日饥饿，吃饱喝足后在洞里草铺上一觉酣睡。直到史鹉拨动洞口树枝，他才惊醒过来，手握沥镂剑低声问道："什么人？"

史鹉在洞口娇声应道："将军，是我。"

史鹉进洞，拿出麦饭。伍子胥这才觉着饥饿，也不道谢，一扫而光。史鹉打开药罐，对子胥道："将军脱衣，我替你伤口敷药。"

伍子胥听史鹉让他脱衣上药，脸色羞红，说道："伤在屁股上，不便。"

史鹉佯怒，说道："我救将军，生死度外，还怕什么羞耻？"见子胥低头，温柔劝道，"将军箭伤不治，哪天逃脱险境？杀害父兄大仇哪天得报！"

伍子胥敬重史鹉大义，顺从地脱去袍衫，背对史鹉趴在草铺上。史鹉出娘胎，从来没有和男人肌肤相触。今天给伍子胥敷药疗伤，又羞又怕，手指不住地颤抖。伍子胥感觉到史鹉害羞，大为感动，默默地流下泪来。

史鹉发觉伍子胥流泪，心里倒是平静了，一边敷药一边柔声劝慰道："将军箭伤没有伤筋动骨，无碍。"又叹道，"妾痴长三十，未近男子，今天和将军私会，又肌肤相触，是败义堕节，自失妇贞。将军伤好，自奔前程，妾从此不嫁人了。"

史鹉虽是温言软语，字字好比重锤击心，使伍子胥灵魂震荡。伍子胥穿起袍衫，端坐草铺正色说道："我伍子胥蒙难，得到婆婆舍命相救，这是高义大节。婆婆如果因为和我相交，而失去妇人的贞洁，我的罪过大了。我大仇没报，还在逃亡，生死未卜，不能带婆婆走。婆婆不嫌弃我，我以后娶你为妻，你看行不行？"

史鹉听到伍子胥应允以后娶她为妻，心里欢喜，一时含羞无语。伍子胥见史鹉不表态，叹口气说道："婆婆不愿意，我也只好另图厚报了。"

史鹇慌忙抬头，朝伍子胥看了一眼，低头低声道："妾，愿意。妾，等候将军。"

伍子胥和史鹇在牙山山洞结交的患难情义，两心相依，少了拘谨。史鹇为自己能为伍子胥喜爱，芳心大悦，一腔的甜情蜜意，都倾注在对伍子胥的关照之中。伍子胥却为自己身在险境，前程未卜而心烦意乱。他想趁夜南行，早一天逃到吴国，图谋报仇。他在这里多留一个时辰，都会给史鹇母女带来危险。史鹇却不然，她忘记了楚兵对伍子胥的抓捕，忘记了他们身在险境，忘记了随时被抓被杀。她倒是希望伍子胥在山洞里多住几天，她能给他送饭敷药。她不奢望以后做夫妻，倒是珍惜眼前的相逢相识。

天已晚，洞中一片黑暗。伍子胥和史鹇二人都看不清对方的脸面，只感觉到对方的鼻息。他们相对无话，似乎又在倾心交谈。过了很久，伍子胥开口说道："天黑了，你下山吧。"

史鹇听到伍子胥要她下山，听到伍子胥没有称她"婆婆"，心里一阵惊喜。但她很快镇定了，对伍子胥说道："你，今夜不许走！"

伍子胥说道："不，我今夜要走！"

二人沉默。史鹇知道伍子胥主意既定，万难挽留，便说道："我下山，给你拿些衣裳和吃食。你等我，不要走。"

史鹇听到伍子胥答应，这才出洞下山。她回到家里，见老娘已经气息奄奄，床下吐了一滩血。史母见女儿回来，叫到床前，嘱告道："刚才村长的家臣葛胥来过，看到药碴和麦饭，怀疑你私藏逃犯。葛胥刚走，他肯定去报官了。你快去，让那人逃跑。"

史母说完，又吐血不止。史鹇娇容失色，手足无措。史母说道："我不行了。你不要管我。你快让那人离开，我们才不会被牵连。"

史鹇含泪点头，顾不得老娘死活，找出父亲的旧衫旧袍，又装了一罐麦饭，摸黑上山。史鹇见山下四处没有动静，才进洞见伍子胥。史鹇帮子胥换下破衣血裳，说道："你即刻下山，走小路往东南逃。"

史鹇把麦饭用巾帕包了，塞进子胥的背囊，背在肩上。伍子胥一手拄杖，一手提剑，由史鹇搀扶着送到山下小路。只见山下村庄灯火晃动，人喊马嘶，二人知道是官兵在挨门挨户搜查。有灯笼火把沿着濑溪正朝山下来，史鹇松开子胥，吩咐道："将军往东南走，一路保重！"

伍子胥朝史鹇深施一礼，扭身往东南方向一瘸一拐地走去。

史鹇目送伍子胥在黑暗中消失，担心那边的搜捕官兵觉察，便壮了胆迎着灯笼火把走去。

前面一队打着灯笼火把的兵士，正是葛胥领来搜捕的楚兵。葛胥对史鹇心存歹意，几天不见史鹇去工坊，心里躁闷得慌。今天傍晚，葛胥就鬼使神差地去了史家。进门不见史鹇，史母病卧床上。

葛哥无话找话，说道："老太太，你女儿不来工坊交纱，她去哪了？"

史母道："葛大人请坐，小女很快回来。"

葛哥东张西望，看见石臼中有残药，细辨是治红伤的草药，心生怀疑。又见锅里剩有麦饭，诈问史母道："你家，有客人来？"

史母道："老妇孤儿寡母，人鬼都不登门，哪有什么客人？"

葛哥又问："没有客，锅里怎会剩下许多麦饭？这个治红伤的药，又是医治什么人的伤？是不是你母女藏了逃犯伍子胥？"

史母又惊又怒，大口吐血不止，说道："你满口胡言，想陷害我母女吗？你走，快走！"

葛哥猜到史鹅母女藏匿了伍子胥，猜想伍子胥就藏在附近不远。葛哥去守兵营帐报告宓溇，只说看见有陌生人藏匿在山溪附近，不提史氏母女。

宓溇大惊，急忙穿戴盔甲，手执长戟，命令兵士打起灯笼火把，跟随葛哥沿山溪搜查。走到山前，发现河边有人影，宓溇喝令追捕。那人影正是史鹅。她见追兵快到，不愿被抓，怀抱伍子胥衣袍，纵身跳进濑溪。

第六章

行乞梅里，伍子胥和专诸、孙武、要离团聚

要离带着公子熊胜一路平安，逃到吴国都城梅里。二人盘缠富足，一路没吃辛苦。到达梅里，要离便在城外馆栈租下客房，安顿熊胜住下。为俭省花销，要离亲自下厨起灶，和公子熊胜自炊自食。

这天要离去街市上采买肉食菜蔬，看见一个卖肉的屠夫，很是面熟。要离细看，惊喜叫道："专诸。"

专诸见是要离，扔下剁肉的劈刀，一把把要离拉到背静处，急问道："快说，二爷在哪里？"

要离长叹一声，说道："一言难尽。这里不是说话地方，找个背静地方告诉你。"

专诸收了肉摊，把要离拉进一家酒馆，在角落里坐下，要了酒菜，边吃边谈。

专诸听完要离叙说了经过，知道伍子胥被楚兵追捕，还没有逃出罗网，急得跺足揎胸。

要离安慰道："专诸兄不要替二爷担心。二爷是当世豪杰，定能化险为夷，早晚会来吴国，和你我相聚。"说罢又问，"专诸兄，你怎么干起杀猪卖肉的行当？"

专诸叹口气道："我得知武玢要抄杀伍府，赶去杀进府里，只救出伍俍一人。我老母已经去世。我无牵无挂，就带着伍俍逃来梅里。我二人全靠过去二爷送我的金钱度日，花一钱少一钱，总不能坐吃山空，我就在城外买了房屋，干起杀猪卖肉的营生。你说，我要是不干这个买卖，今天能和你见面？"

二人说了开怀大笑，举杯欢饮。这时店堂里已经是座无虚席。门外走进一个跛足大汉，朝店伙计高喉亮嗓叫道："店家，给我牛酒！"

店伙计迎上前，笑道："对不起，客官。小店只有牛肉，黄酒，没有牛酒。"

那大汉脸色酡红，斥道："少罗嗦，我就要牛酒！"

店伙计为难道："好，好。牛酒，牛酒，牛肉黄酒。只是客官你看，堂里座无虚席，请你稍候。"

那大汉看见专诸、要离二人独占一桌，便走过去，行礼道："二位兄弟，能不能让我侧坐？"

专诸不悦，正要动怒，要离连忙按住。要离见大汉身背皮囊，腰悬长剑，一手拄拐，又操齐国人口音，知道是个远游的侠士，离座拱手，说道："同为异乡客，不必客气。兄弟，请入席共饮。"

大汉放下行囊，道谢入座。专诸很是不悦，见要离邀请了，只好在一旁生闷气。要离替大汉斟了酒，问道："请问兄弟，家住齐国哪里？"

大汉吃了一惊，问道："兄弟，你怎知我是齐国人？"

要离道："我是齐国人，乡音难忘。"

大汉大喜，起身施礼道："在下乐安孙氏，名武。"

要离、专诸都大吃一惊，二人慌忙起身还礼。

专诸道："你就是，齐国将门之后，孙长卿孙武？专诸失敬了！"

要离道："长卿兄，请坐。"

三人归座，举杯共饮。酒过三巡，要离道："我听二爷伍子胥说过，他在郑国和长卿兄见过一面。长卿兄，你怎么会来吴国？"

孙武叹道："我从秦国、晋国归来，途经楚国。得知子胥兄一家遭楚王杀害，只有子胥幸免。我想子胥必定投奔吴国。我思念子胥，就来吴国了。"

要离把随同伍子胥如何逃出郑国，东皋公、皇甫讷如何相助混出昭关，楚河夜渡等筹情由简略叙说。孙武、专诸听了，感叹不已。要离又把专诸介绍给孙武，二人相敬三杯酒，皆大欢喜。

专诸听说孙武没有落脚之地，说道："我在城郊有房屋几间，长卿兄不嫌弃，和我们同住吧。"

要离道："这个主意好！二爷儿子伍很在专诸兄家中，雇有奴仆服侍，没有人教习文武，长卿兄可以做伍很师傅。"

孙武拱手谢道："孙武，多谢专诸兄。"

专诸笑道："咱们不说讨扰！我不让你白吃白住。我每天杀猪，你得帮我拖猪腿！"

孙武尴尬道："好，好，我拖猪腿。"

三人开怀大笑，举杯畅饮，直到尽兴。临别，孙武对要离道："我想，子胥兄早晚要到吴国。梅里是吴国都城，人多地广，他不容易找到我们。你要常去街上走动，迎寻二爷才好。"

要离第二天就去走街窜巷，早出晚归，接连十几天，也没有见到伍子胥。这天要离傍黑回家，顺路去看望专诸、孙武。进院门，就见伍很在草屋里读书。要离不打扰，招手叫来专诸的女仆阿香，询问孙武的住处。阿香躬身垂手，领了要离去了后院草屋，到了门前，让到一边站立。要离挥手让阿香离去，见孙武正在写书，干咳一声。孙武头也不抬，边写边说道："是要离兄吗？请进！"

要离进门，惊问道："你怎么知道是我？"

孙武放下笔，行礼道："要离兄人没到，足声先到。"

阿香提陶壶进来，替二人倒了浆水，抠衣退出门去。要离看一眼案上的简编，见是孙武写的兵法，感叹道："长卿兄料事如神，知道二爷这几天到吴国。我在街上走了十几天，也没有迎到？"

孙武道："梅里地方大，你来我往，怎能碰到？你想想，子胥兄来吴国，会去见谁？"

要离经孙武点拨，突然省悟，说道："我听二爷说过，二爷跟随费无极去秦国迎亲，遇见吴国公子姬光的门客椒丘，两人交上朋友了。"

孙武道："子胥投奔吴国，是要借吴国的兵力，伐楚报仇。你明天去公子姬光府门外守候，必定能见到子胥。"

伍子胥果真如孙武预料，在十天前就来到吴国都城梅里了。他从牙山脱逃，沿途讨饭，露宿荒野，到了梅里就打听到公子姬光府第。他央求门官通报，要见椒丘。门官见伍子胥是一个沿街乞讨的叫花子，怒斥道："去，去，去！这里是公子府宅，不是你要饭的地方！"

伍子胥道："我不要饭，要见朋友。"

门官讥讽道："你一个穷叫花子，敢和公子府上攀亲叙友？你是屎壳螂打喷嚏，好大口气。去，去，去，甭在门前显眼！"

伍子胥心想，果真是虎落平川被犬欺，狗眼看人低！子胥无奈，拱手揖礼道："我没有骗你。我朋友就是公子府上的门客椒丘。"

门官听了好一阵大笑，说道："椒丘死了多天，你去阴间会他吧！"

伍子胥大惊，问道："请问大人，椒丘怎么死了？"

门官道："看来你这人还讲义气，椒丘交你这个朋友还行。实话说给你。椒丘前天去越国探望老母，渡河时被鳄鱼咬死了。"

伍子胥好像被当头一棒，怔了半天，才叹出一口气来，自语道："椒丘当年杀鳄鱼夺战马，想不到又死在鳄鱼嘴上。椒丘会算卦占卜，怎么没有算到呢？"

椒丘死了，伍子胥又不愿意去求见公子姬光，就离开了公子姬光府门。要离一连几天守候在公子姬光府前，没能见到伍子胥踪影。

伍子胥沿街乞讨，想到千辛万苦逃到吴国，椒丘又死了，投靠无门，要离、专诸又无处寻找，心生悲凉，手抚沥镂宝剑，沿街敲击剑铗唱道：

> 伍子胥兮伍子胥，
> 千辛万苦逃吴都，
> 父仇不得报，
> 长铗长铗兮几时归？

> 伍子胥兮伍子胥，
> 千惊万恐奔吴都，
> 兄仇不得报，
> 长铗长铗兮几时归？

> 伍子胥兮伍子胥，
> 千生万死投吴都，
> 家仇不得报，
> 长铗长铗兮几时归？

街上行人听了伍子胥歌声悲凄，都掏出铜钱给他。伍子胥接连几天走街串巷，击铗悲歌，消息传到公子姬光耳朵里。

公子姬光叫来心腹门客被离，问道："我父王去世，后来王叔余祭、余昧也去世了。我吴国王室规定，应当由叔父季札继承王位。但是王叔不肯当王，喜欢周游列国。依照王室传统，应当由我继承王位，想不到余昧儿子姬僚争贪王位。吴王僚用同母弟弟掩余、烛庸和儿子庆忌，执掌吴国兵权。他把我当眼中刺，早晚要杀我。我要自保，曾经派椒丘拿沥镂剑遍访列国，寻找当世豪杰辅助我。椒丘在秦国看到楚国人伍子胥力举巨鼎，挫败嬴颐、庆忌，就以沥镂相赠，期望他为我所用。现在椒丘死了，没有人和伍子胥联系了。"

被离听了公子姬光的话，说道："公子不要愁。公子把沥镂剑送给伍子胥，他早晚会来投奔公子。伍子胥是当世豪杰，出生在楚国世卿贵族，只怕他不能屈身求人。我会伺机和他结纳，再引荐给公子。"

公子姬光叹道："我也知道欲速则不达。伍子胥投奔吴国，是要借吴国兵力为他伐楚报仇。我公子姬光无兵助他,伍子胥怎会贸然投靠我?你和他结纳,应当谨慎。"

被离装扮成占卦相命的卜者,尾随伍子胥走街窜巷。这天傍晚,伍子胥行乞来到梅里奴市①。这奴市就在梅里城墙根,有佃奴②自卖的,也有邑主出卖奴客③的,人群菌集。伍子胥内急,要找一处茅茨小便。伍子胥向一个奴客问询,奴客笑道:"你不是吴国人。吴国人只知道筑造耸宫邃室,从来不建茅茨。你要小便,朝墙可以。"

伍子胥朝城墙根看去,果然有许多男人面墙站立,各自手扶尘柄击墙扫射。沿墙远望,那墙上漫漶无数的尿迹,宛如一幅无边无际的神图怪画。又看见几个女奴提裙罩地,低头在人群中小便,或啸或吟,裙下边小溪漫流。又有穿短裙女奴,面墙蹲着,白屁股裸露着小便。伍子胥自语道:"只听说吴国强盛,却不知道有这等情景。人为了活命,顾不上羞丑耻辱了!"

奴市上有一群人在哄闹。伍子胥走近前观看。有一个家臣买奴,让一个男奴张嘴,察看牙口,问道:"你牙口,还行。一天能吃多少?"

那男奴道:"黍米三升。"

家臣拍打那男奴身板,讥道:"你能吃未必能干。你这鸡胸蛇腰,我看不上。"

那家臣扭头瞅见伍子胥,惊道:"这人身高过丈,肩宽腰乍,有神力。"摇头叹道,"可惜了!胡子头发都白了,老喽。"

伍子胥听那家臣说他年老,心中凄凉,心想:"我伍子胥才过四十岁,已经老了吗?世上有谁人知道,我伍子胥在昭关七天,愁白了胡须头发!"

伍子胥转身走到一旁,又见一个锦衣白胖男子调戏一个女奴,问道:"我要买你,奶我小儿。你有奶吗?"

那女奴含羞,低头低声道:"妾原来是家生奴,善春善酉④。妾没有嫁人,嫁人就能生养,生养就有奶了。"

那白胖子淫笑,说道:"你没有嫁?让我检查。"说完伸手去捏女奴的胸部。

女奴慌忙双手护胸。胖子又撩起女奴的短裙。女奴惊怕,夹紧双腿躬身哀求道:"老爷饶妾。老爷饶妾。"

那胖子不罢手,一手抓住女奴,强行猥亵。伍子胥一旁勃然大怒,伸手把胖子拉到一边,责斥道:"你这人,怎能这样无礼?"

胖子怒骂道:"你这个死叫花子,也配说礼!你瞧我,老爷礼来了!"

胖子挥拳朝伍子胥打来。伍子胥伸手抓住胖子胳膊,一脚把他踢得四脚朝天,引来人群一阵哄笑。那胖子打不过伍子胥,爬起来指戳道:"死叫花子,有种你不要走。"

伍子胥知道他去呼叫打手,拍剑笑道:"我等候你。你要多带些兵马来!"

胖子刚走,城门里果然开来一队兵马。前头戟戈开道。中间一乘轩车挂有车帏,

① 买卖奴隶的市场。
② 耕种公田的自由人。
③ 贵族的私家奴隶。
④ 春为舂米。酉是酿酒。

58

不知道什么人乘坐。伍子胥暗想，周王礼仪规定，诸侯出巡单戟开道。如今一个小小官吏出行，竟然也戟戈如林，横行霸道，叹道："礼崩乐坏，世乱已堪了！"

女奴看见伍子胥和那胖子交手，见胖子去纠合帮凶，拉住伍子胥袍袖，说道："恩人，你不要在这里等他了。快，跟我走。"

女奴拉住伍子胥不松手。伍子胥只有随她沿城墙西行二三里才站住。靠着城墙根，是一排人字形趴地窝棚，都是竹木做屋梁，用稻草披了遮风挡雨。这种草棚，齐国人叫"马架子"，吴国人和楚国人叫做"滚地龙"。

女奴领着伍子胥来到"滚地龙"门前，撩开草帘，请伍子胥进屋。屋里靠墙有草铺草席，粗布被褥整齐洁净。另一边有泥灶，锅碗瓢勺也很齐全。伍子胥寻思，这个女奴是个勤劳的女人。

女奴舀了一碗酒，让伍子胥喝，说道："这是我酿的清酒，请恩人解渴。"

伍子胥双手接过，说道："谢谢婆婆。"

女奴听到伍子胥称她"婆婆"，问道："恩人也是楚国人吗？"见伍子胥点头，惊喜道，"恩公和我是同乡。"

伍子胥问道："婆婆为什么来到吴国？为什么要插标卖身？"

女奴道："我父母替宗主春、酉，战乱中死亡。我跟随姐妹们逃奔到吴国，没有生计，只能卖身做奴。"

伍子胥对女奴的身世和遭遇很同情，自己也是流浪异国的苦命人，问道："请问婆婆，叫什么名字？"

女奴道："我叫甘嬷。"

伍子胥一乐，笑道："婆婆名字丑，人俊俏。"说得甘嬷害羞，一边偷笑。

甘嬷见伍子胥豪爽豁达，少了拘束，大了胆儿问："恩公尊姓大名？为什么也来吴国？"

伍子胥长叹一声，说道："不说，不说了！"

这时，外面人声嘈杂。甘嬷撂下门帘，钻出屋外观看了一会儿，惊慌回来，对伍子胥道："我给恩公惹祸了。刚才撒野的白胖子，纠合一帮无赖，正在寻找恩公报仇。恩公不要走，天晚了，就住这里。我有个姐妹阿香，在屠户专诸家帮工。我去阿香那里住一宿。"

伍子胥听到专诸名字，猛然站起，头顶撞了梁，草屋颤晃，着急问道："专诸？他是不是楚国人？"

甘嬷道："专诸是楚国棠邑人。他为了救伍子胥的儿子伍佷，逃到吴国来的！"

伍子胥急道："我就是伍子胥。快，快，领我去见专诸！"

甘嬷吓了一惊，问道："你真是，伍二爷？"

伍子胥道："我真是伍子胥！请婆婆，带我去见专诸。"

甘嬷犹豫道："门外那伙歹人找你打架，怎么办？"

伍子胥道："不用怕！"

伍子胥拉着甘嫫，出了茅屋。甘嫫头前带路，二人沿城墙根西行四五里，到一座宅院门前。甘嫫进门便嚷道："专诸大哥。你看看，什么人来啦！"

专诸手提水桶从门里出来，见着甘嫫身后的伍子胥，把水桶扔了，奔上前抱住伍子胥，大叫道："二爷，你来了！你啊，想死专诸了！"

伍子胥也流下眼泪，拍着专诸道："我来了，一切都会好起来！"

专诸朝门里大叫道："伍佷，伍佷，你父亲来了！"

伍佷奔出，搂住伍子胥双腿嚎啕。伍子胥抱起伍佷，父子泪流满面。

孙武听见院里嘈杂，走出门来见是伍子胥，张开双臂，大叫道："子胥，子胥！"

伍子胥见是孙武，放下伍佷奔上前去，二人相抱大哭。专诸、甘嫫、阿香也站在一旁流泪。

专诸刚要请伍子胥进屋，院外一人边哭边叫道："二爷，二爷，要离找你找得好苦哇！"要离又抱着伍子胥大哭一通。

孙武一边劝道："都别哭了。劫后重逢，大喜事。快请二爷进家。"

专诸、要离破涕为笑，众星捧月般簇拥着伍子胥进屋。阿香、甘嫫摆上酒菜。伍子胥、孙武、要离、专诸入席欢饮。伍子胥叙述了渔丈人仗义偷渡，牙山遇险史鹨救助等情形，众人都感叹不已。

孙武叹道："子胥兄，你魔难已了，苦尽甘来。"

专诸说道："史鹨婆婆，女中丈夫。可敬，可敬！"

要离道："史姑娘舍命救我二爷，二爷也答应娶她，我去溧阳走一趟，把史姑娘接来吴国。"

伍子胥摇头，叹道："史鹨三十不嫁，侍奉母亲。眼下我刚到吴国，大仇未图，怎能儿女情长？等以后事情顺当再说吧。"

孙武道："二爷有公子姬光的宝剑，怎么不去投奔公子姬光？"

伍子胥："椒丘死了，无人引荐。我如果贸然去投靠，他会小看我。我想吴国大政，都掌握在吴王僚手中。公子姬光虽然善战骁勇，暗中图王，可是朝中大臣都倾向吴王僚，姬光独木难支。姬光没有兵权，不能助我复仇。吴国能助我的，只有吴王僚。"

孙武问道："子胥兄，你有什么打算？"

伍子胥道："我如果现在去投靠吴王僚，吴王僚会用我，必然得罪公子姬光，不是万全之策！我去秦国迎聘太子妃，曾经和吴王僚的儿子庆忌比试举鼎，吴王僚不会忘记。我往后还去梅里街道叫唱，不愁吴王僚不知道！"

孙武拍掌道："好！货物离开家乡，宝贵。人离开家乡，不值钱。你让吴王僚主动请你，是上策。"

众人直到夜半才散。要离牵挂公子熊胜，要回去。伍子胥要见小主人熊胜，带着伍佷和要离上车。孙武也要去，专诸叫道："长卿，你别走！你一走，明天没人帮我拽猪腿了。"

专诸的话逗得众人大笑。两个女人笑得玉树临风。甘嫫更是楚楚动人。伍子胥招呼甘嫫道："甘嫫，你上车，随我去伺候小主人。"

甘嫫为伍子胥豪骨英风所倾倒，正愁今天分别，担心缘尽。甘嫫听到伍子胥要她上车，连忙答应。

伍子胥问道："别急，你要多少身价？"

甘嫫道："我不要钱，只要管吃管住。"

专诸道："甘嫫你去吧，二爷不会亏待你。"

甘嫫朝专诸、孙武行礼，又和阿香告别，跟随伍子胥、要离上车去了。

伍子胥逃到吴国都城梅里的消息，已经传进了吴王宫中。伍子胥那天在奴市和人打斗，正被路过的掩余在车中看见。掩余见伍子胥相貌魁伟，挥手把白汉子打倒。掩余赞叹道："这个叫花子，好神力！"

车夫道："将军，这个叫花子，有来头。"

掩余问："他是什么来头？"

车夫道："这个叫花子，沿街吹箫唱歌要饭，十多天了，梅里城里无人不知。他说他是楚国人，叫什么，伍子胥？"

掩余大惊，自语道："他是，伍子胥？快，快去王宫！"

掩余进宫觐见吴王僚，奏道："奏报大王，楚国人伍子胥，已经逃到梅里。"

吴王僚笑道："伍子胥沿街讨饭，寡人早有耳听。王弟为什么惊愕？"

掩余道："伍子胥在秦国举鼎，力败庆忌、嬴颐二人，王兄你亲眼所见。如今楚王亲近奸臣费无极，杀害伍子胥满门，伍子胥誓与楚平王不共戴天。这几年，吴国和楚国连年交战，互有胜败。现在伍子胥投奔吴国，要借吴国之力，为他报仇。王兄为什么不利用伍子胥，实现灭楚图霸？"

吴王僚振奋，说道："王弟说得好。你派人召伍子胥进宫，寡人和他谈。"见掩余要走，又道，"这事要保密，不要张扬，不要让姬光知道。"

第七章

功建伟业，姬光和伍子胥结交盟誓

吴国偏南靠海，四季多雨。梅里城里河溪纵横，青砖瓦屋，街道傍河。行人走在街上，或越桥步行，或坐船过市。凡是小贩叫卖，在船上敲梆吆喝。老妇少女或主或奴，推开窗户，用绳索自窗口吊下竹篮。小贩拿了篮中铜钱，把货物放在篮子里。买主把篮子提上。

梅里西门，是水陆闹市。一边是平场阔地，窄巷密宅；一边是河湾阔港，船帆如林。河窄处有石桥，形如弓月，拱在河上。

这天伍子胥经过梅里西门外桥头。他一边弹铗悲歌，一边缓缓自桥堍朝桥上拾级而上。对面桥堍也走上来一位占卜的先生，正是被离装扮。

被离听见对面桥坡伍子胥唱歌，摇动手中的卜幌，一边拾级登阶，一边高叫道："文王造易，周公代卜，晋献向聘，辞卜可禳也①。要知福祸凶吉、贵贱寿夭、穷达兴衰、先知生死，问我相者！"

伍子胥和被离在桥顶相遇，正要擦肩走过，被被离拦住去路。被离对伍子胥行礼，说道："将军是当世豪杰，相者被离，有礼了。"

伍子胥大惊，一边避让，一边说道："我是乞丐。先生笑话我了。"

被离道："将军虽为乞丐，破衣难挡傲骨英风。乱发遮脸，难挡二目如炬。古人说，得遇高人不可错过。被离请将军小酌一杯，不要推辞。"

伍子胥推辞道："先生错爱。我是穷叫花子。"

被离道："将军不必过谦，请随我来。"

伍子胥被被离拉进桥头酒馆，在临河窗前坐下。被离朝伍子胥道："这家酒馆，鳝糊、河蟹、鲈鱼、焖肉，遐迩闻名。"

伍子胥拱手道："我是穷叫花子，怎敢挑剔。先生随便。"

---

① 周文王发明了"易"，又写下了"辞"、"卜"二书。周武王疾，周公旦卜得吉卦，武王遂愈。晋献公要娶骊姬，卜得凶卦，果然后祸。周公和献公所卜，皆以"辞"、"卜"二书禳解。

被离叫过店伙，要了炒鳝糊、蒸蟹、熏鲈鱼、红焖肉。店伙道："小店刚进新莼，可做鲜汤。"被离大喜，又要了莼菜鸭蹼汤和一坛黄酒。

二人饮酒三杯，被离说道："听说楚国忠臣伍奢满门被害，只有次子伍子胥出逃。我看将军相貌，敢问将军是伍子胥吗？"

伍子胥笑道："敢问先生，你听过我唱的歌吗？"

二人开怀大笑，又饮几杯，子胥才说了逃奔吴国的经过。被离感叹道："我相人许多，没见将军如此相貌。将军以后大业，旷古铄今。"

伍子胥长叹一声，说道："先生这话，叫子胥惭愧。子胥父兄大仇未报，流浪吴国，哪有前程大业。"

被离道："我为将军卜一卦。"

伍子胥问道："无龟不卜，无蓍不筮①。先生龟蓍都没有，怎么卜？"

被离笑道："卜筮事倍。越国人用鸡卜②，又用蠡卜③。晋国人用虎卜④，樗蒲卜⑤，牛蹄卜⑥。楚国人常用竹卜。将军是楚国人，我用竹卜！"

被离拿了两根竹筷，对子胥道："将军看清了，青为阳，黄为阴。"就把竹筷朝空中抛去。竹筷落地，二人观看，真是一青一黄。

被离笑道："这是一仰一俯大吉之卜。将军以后要当宰相，功建伟业，名彪千古。"

被离见伍子胥惊愕，便道："实不相瞒，我是公子姬光的门客被离，受公子吩咐，来寻访将军。吴国的王位，应当公子姬光继承。吴王僚是余昧儿子，窃占王位，让他同母弟弟掩余、烛庸掌握兵权。吴王僚儿子庆忌，曾经和将军举鼎，他虽不如将军冠勇盖世，也是当世勇士。朝中权贵，都是吴王僚亲信故旧。公子姬光势孤力薄，要夺回王位困难。如果不杀吴王僚，公子姬光早迟被吴王僚诛杀。公子姬光让椒丘携沥镂宝剑游访天下勇士，有幸结识将军。今天公子姬光听说将军已到梅里，命令我邀迎将军进府。"

伍子胥听罢被离一番话，正在思虑。店门外有一队士兵持戟奔跑而来，把酒馆围了个水泄不通。伍子胥、被离惊愕，门外走进一人。伍子胥见这人身高八尺，体壮如牛，阔口浓须，穿戴盔甲，手按剑柄四处顾盼。被离对伍子胥低语道："这人就是掩余。"

伍子胥道："我看面熟，原来是他。"

掩余看见伍子胥，慌忙抱拳行礼道："将军是伍子胥吗？"

伍子胥离座还礼道："在下正是。你是掩余将军。我和你在秦国有一面之缘。"

掩余笑道："伍将军举鼎，冠勇盖世，气吞山河，掩余敬佩。大王听说将军来到吴国，

---

① 卜用龟甲，筮用蓍草。
② 类似甲骨卜。
③ 用贝壳为卜具。
④ 以虎爪在地上印下的奇数偶数为卜。
⑤ 类似掷骰子。
⑥ 出兵屠牛为祭，以牛蹄分合为卜。分为凶，合为吉。

命令末将迎接将军进宫。"

伍子胥听了掩余的话，心里暗喜。他已经熟虑，公子姬光虽然贤勇过人，却手无兵权，不能助自己报仇。自己要借兵伐楚，不依靠吴王僚不行。伍子胥不愿意得罪公子姬光，朝被离拱手低语道："请兄弟代我转告公子。公子情分，子胥厚报。"

伍子胥辞别被离，跟随掩余上车，进宫觐见吴王僚。进了王宫，掩余安顿伍子胥先在宫馆住下，又命令宫奴伺候子胥沐浴更衣，酒宴款待。掩余去回奏吴王僚。

第二天，吴王僚召见伍子胥。礼毕，王僚赐座。吴王僚在秦国看过伍子胥举鼎，十分敬佩。传言伍子胥雄勇冠世，武可定国，文能安邦，但不知虚实，他问道："寡人知你贤能，是当世豪杰。寡人听说伍氏三世忠臣，有大功于楚国。寡人小国，偏鄙东南，想要图强自保，你认为寡人应当怎么干？"

伍子胥道："吴国虽小，少遇战祸，今天大王图治，百姓富足。亡臣看当今大势，大王北和齐国、鲁国结仇，南和越国为敌，这是祸患。臣认为，吴国目前最大仇敌，就是楚国。大王和先王，和楚国征战不下数十次，未决胜败。楚国地广人多，国富兵强，晋、齐、鲁诸国多次伐楚不胜。臣认为，吴国西邻强楚，是吴国的心腹之患！吴国如果不打败楚国，楚国肯定要灭掉吴国。"

吴王僚听了伍子胥一番话，仰头大笑，问道："我听说你投奔吴国，想借寡人手，替你伐楚报仇，是吗？"

伍子胥道："是的！楚王杀我满门，此仇不报，我誓不为人。我投奔大王，因为大王是楚王的仇敌。我助大王报仇，我也报了仇。求大王成全。"伍子胥声泪俱下，离座跪倒，头颅触地有声。

吴王僚慌忙离座，扶起伍子胥道："子胥不要悲伤。寡人伺机出兵，为你报仇。"

吴王僚设宴，和伍子胥共饮。席间谈到诸国国政军事，子胥都有见解。王僚愈加敬重，拜伍子胥大夫官职。

有一天，吴王僚问伍子胥道："寡人要出兵伐楚，替你报仇，只是寡人内忧未解，所以不敢举兵向外。"

伍子胥惊问："大王有什么内患？"

吴王僚叹息道："公子姬光，算计寡人王位，蓄谋很久了。寡人要除掉他，你看行不行？"

伍子胥心里大惊，镇定了说道："不行，不行。公子姬光是先王儿子，传言他有心争夺王位，没有行动。大王杀他，会遭到臣民埋怨。今天吴国兵权，都掌在大王手中，又有将军掩余、烛庸、公子庆忌，都是万夫不敌，怎怕一个匹夫之勇。等到公子姬光谋反坐实，大王再杀不迟。"

吴王僚听伍子胥的话合情合理，愈加敬重。

公子姬光听到伍子胥被王僚接进王宫，拜为大夫，心中恼火，和被离商议道："伍子胥不为我用，以后必为我敌，怎么办？"

被离道："伍子胥投奔吴国，是借吴兵报仇。伍子胥依附吴王僚，因为吴王僚有兵。公子要得到伍子胥，不用离间计不行。"

公子姬光用被离计谋，进宫见吴王僚，奏道："光听说楚国伍子胥投奔大王，王兄认为其人如何？"

王僚甚为不悦，说道："其人冠勇盖世，吴国无二。寡人知道他文武奇才，堪称大贤。伍子胥为报父兄之仇，历千辛万苦投奔寡人，求寡人出兵相助，大孝。齐国人管仲说，人子不孝，不为贤臣。寡人用伍子胥，爱他贤孝。"

公子姬光问道："大王答应帮他报仇了吗？"

吴王僚道："寡人怜他悲伤，答应了。"

公子姬光听到吴王答应出兵伐楚，替伍子胥报仇，如果实现，伍子胥必为吴王僚所用，自己夺位无望。公子姬光强压心头怒火，进谏道："臣认为，近年吴楚交兵已久，未有大胜。楚国地广兵强，我吴国国力远不如楚国。大王为伍子胥泄恨而举兵攻楚，胜则释匹夫之恨，败则蒙大王之辱。臣认为，大王应当恤民养兵，等候时机谋霸，不要为伍子胥私仇兴师动众！"

吴王僚见公子姬光言语实在，说道："你话有理，寡人暂不出兵了。"

公子姬光告退。吴王僚对伍子胥道："寡人兵器缺乏，国库没钱，伐楚之事，以后再说吧。"

伍子胥见吴王僚出尔反尔，不肯出兵伐楚，心中恼怒，又不便发作。伍子胥道："子胥是一勇之夫，不足大王所用，请辞大夫官职。"

吴王僚知道伍子胥怨恨，心有内疚，便道："寡人准辞。寡人赐你阳山之田百亩，你自耕足食。以后寡人伐楚，召你带兵。"又赐黄金百斤。

伍子胥谢恩辞退，回到梅里西郊阳山之麓。子胥让要离把公子熊胜、儿子伍俍接来阳山同住，由甘媬侍候起居饮食。又要接专诸、孙武，只接来孙武一人。专诸居住城西，杀猪为业，由阿香侍候。伍子胥让要离去奴市买来壮奴数人，由要离率领耕种。孙武一边著述兵书，一边教习熊胜、伍俍二人学业。

孙武道："乐而不淫，哀而不伤。"

熊胜、伍俍道："乐而不淫，哀而不伤。"

孙武道："惟仁者能好人，亦能恶人。"

熊胜、伍俍道："惟仁者能好人，亦能恶人。"

孙武道："人之有过，各有其党。观其过，知其仁。"

熊胜、伍俍道："人之有过，各有其党。观其过，知其仁。"

孙武道："君子怀德，小人怀土。君子怀刑，小人怀惠。"

熊胜、伍俍道："君子怀德，小人怀土。君子怀刑，小人怀惠。"

孙武道："君子喻于义，小人喻于利。"

熊胜、伍俍道："君子喻于义，小人喻于利。"

这时甘嬷满面汗水进了书房，对孙武躬身道："日已过午，二爷饥饿。妾请先生给二爷送饭食。"

孙武道："好，好，我去送饭食。"对熊胜、伍俍道，"你们也随我去，和二爷等人在田间吃饭。"

熊胜、伍俍欢呼雀跃。甘嬷把烙饼、浆水装进竹筐，孙武担了，领了熊胜、伍俍朝村外田野走去。

伍子胥头戴草帽，正和要离率家奴锄禾。日已近午，赤日炎炎。伍子胥汗流浃背，直起身来一边擦汗，一边仰对天空。空中正飞过一只孤鸟，独自盘旋，却不着落。伍子胥想起自己从楚国逃到吴国，已有几年，报仇无望，潸然泪下。他记起管仲所歌，想自己虽然未困于槛笼，也好比黄鹄絷足，于是仰天悲歌道：

> 黄鹄黄鹄，
> 戢其翼，絷其足，
> 不飞不鸣兮笼中伏。
> 高天何跼兮厚地何蹐！
> 丁阳九兮逢百六。
> 引颈长呼兮继之以哭
> ……

伍子胥唱得涕泪横流。要离劝道："圣人说，有大志的人，必有过人的智慧，过人的忍耐，还有过人的心狠。二爷眼下情况，要忍。吴王僚知进不知退，知安不知危，恃勇不仁，恃亲贵不恤百姓，恃骄宠不听良言，贪利无义，难以长居王位。二爷不靠吴王，不是祸是福。公子姬光劝王僚不助二爷伐楚报仇，是不愿王僚得到二爷，想二爷为他所用。我想公子姬光，他不久要请二爷出山了。"

伍子胥经过要离一番言语劝慰，如风扫浮云，心胸豁然开朗，笑道："你话当真，我报仇有希望。"看见家奴们挥汗如雨，又道，"你让他们到树荫下歇歇，等会儿甘嬷送午饭来了。"

要离叫道："你们都听着。二爷让你们上来歇息，等会儿吃午饭。"

这时孙武领着熊胜、伍俍送饭来。孙武老远叫道："午饭来了！烙饼一人一块。江米浆汤随意喝，管够。"

家奴们挤作一团，席地而坐。要离分给他们每人一块饼。这边孙武又把烙饼递给伍子胥、要离，又给了熊胜、伍俍每人半块，自己拿了一块掰开吃着，说道："今年雨水充沛，庄稼疯长，吴国又是一个好年成！"

伍子胥道："年成是好年成，吴王税赋繁重，老百姓日子并不好过。"

要离道："吴王僚黩武好战，大臣敢怒不敢言，老百姓背地里怨骂。失民心者失天下，吴国易主换王不远了。"

孙武一边捧倒浆水，一边道："我听说公子姬光在封邑减免税赋，那里的老百姓都颂他好。"

伍子胥叹道："如此看来，我辞了大夫是做对了。公子姬光登上王位，能不能助我，也不好说。"

孙武道："公子姬光赠你沥镂剑，便是有意结交。他见吴王僚拜你为大夫，怕你为吴王僚所用，离间吴王僚和你。我想，公子姬光早晚必来找你。"

正说着，甘嬷慌忙地奔来，喘着气叫道："二爷，家中来客人了。来了两人，要见你。"

伍子胥朝孙武、要离打了招呼，跟随甘嬷回庄院，边走边问道："什么样客人？"

甘嬷道："不熟识。一高一矮，高俊矮丑，都是三十来岁的汉子。我见他们虽然穿的是葛衫布袍，却不像平常之人。"

伍子胥被甘嬷的话逗得噗嗤一乐，笑道："啥不像平常之人，都是两条腿的人。"

甘嬷娇嗔道："那你还问？"

伍子胥尴尬道："你说的有理，算我贫话唠叨。"

甘嬷佯怒道："你是说我哩！是我贫嘴。我是奴才，不该贫嘴。"

伍子胥道："你咋说你咋有理。从今往后，你甭拿我当二爷了。"

甘嬷问："当啥子？"

伍子胥气道："当啥子？当奴才！"

甘嬷道："这是你说的，我可不敢。"

二人边说边走近院前。院门旁停了一乘马车。伍子胥见这车是辒车[1]，吃了惊。心想，难道果真应了孙武预测，公子姬光来了！

来客正是公子姬光和被离。

被离见吴王僚准伍子胥辞大夫官职，赐阳山之田，伍子胥买奴耕种，便对公子姬光道："公子离间之计已成。公子应当结交伍子胥了，迟则结怨！"

公子姬光让被离装载了一车米粟布帛，和被离都穿布衣葛衫，不带随从兵士，轻车简从，来阳山拜访伍子胥。

伍子胥进了院门，就见院中堆了一堆米粟布帛，被离和一高大男子正站在一旁。那男子见伍子胥相貌伟岸，慌忙躬身揖礼道："久听将军大名，无缘谋面，姬光今天拜访将军，有礼了！"

伍子胥吃一惊，慌忙揖礼道："子胥劳累公子跑来，罪大了。请公子进屋。"

伍子胥请公子姬光、被离进屋落座。甘嬷跪奉浆水。

被离见伍子胥、公子姬光二人相对无语，便道："公子知道将军辞大夫之职，回阳山田耕，今特载米粟布帛，探望将军。"

伍子胥道："我是楚国亡臣，怎敢愧受公子厚赠？子胥自保不力，怎能报答公

---

① 贵族乘坐的马车。

子情分。"

公子姬光拱手道："将军不要见外。将军文才武略，冠勇于世，我钦佩。楚王杀害将军父兄，我也愤恨。将军千辛万苦奔吴，要借力报仇，我十分同情赞赏。吴王僚性贪多忌，不是将军依靠之人，我所以离间。"

伍子胥不等公子姬光说完，一掌击案，陶碗落地粉碎。甘嬷慌忙进来，重倒浆水。

伍子胥叹道："公子命椒丘送我宝剑，我不敢忘记公子情谊。我投吴王僚，没有背叛公子心意，只是为了借兵伐楚报仇。公子劝吴王僚罢兵，使我大仇不得报。我血海深仇，寝食难安，公子知道吗？"

公子姬光长叹一声，说道："将军之情之心，光何尝不知？光之处境，恐将军不知。我父王诸樊，是先王梦寿之长子，次子余祭，三子余昧，四子季札。鲁襄公十二年，先王病重，嘱四子依序承位，违命不孝。先王死，我父诸樊承位。鲁襄公二十五年，我父王率兵伐楚，被楚将巢牛射死。我王叔余祭依序继位四年，又被门客谋杀。其后三叔余昧继位，四年后亦死。四叔季札不受王位，逃居延陵。按序当我继承王位。吴王僚是我三叔之子，好权逐利，争夺了王位。僚穷兵黩武，不恤百姓，吴国百姓苦不堪言。光有志图王，是遵祖训。今吴王僚使兵权掌在他同母弟弟掩余、烛庸及其子庆忌手中，光是一勇之夫，早晚有被杀之祸。光离间将军和吴王僚，不是不让将军报仇，要结交将军，要将军助我复位。将军若能助我，我誓和将军共国。我若失信，人神共诛！"

公子姬光说完跪地，大哭不止。伍子胥慌忙跪伏相搀，劝道："公子不悲。子胥愿助公子复位，但公子应当助子胥报仇。"

公子姬光破涕笑道："楚国和我也有杀父之仇，我怎能不报！"

伍子胥送公子姬光出村，正巧孙武从田间归来，看见公子姬光之貌，对子胥道："这人燕颔虎头，飞而食肉，是王侯之相。"

公子姬光和伍子胥自此结纳交往，常接伍子胥前往府中摆宴相饮，畅谈兵政诸事。公子姬光也时常来阳山看望伍子胥，每来必送金帛粟米。

伍子胥也时常去看望专诸。他见专诸和阿香性情相投，就做媒主婚，撮合二人结为夫妻。

伍子胥有心撮合要离和甘嬷也结成一对，遭到甘嬷的拒绝。甘嬷说道："二爷为主，妾为奴，奴怎敢违背主命。二爷命妾奴嫁给要离，妾心不愿意。"

伍子胥道："我要你嫁给要离，要你二人两情相依，两心相系，不是捆绑悖情。你不愿意，我怎能强迫你？"

甘嬷掩面泣道："妾父母死亡，流落梅里。自从结识二爷，才觉着活得舒畅。二爷从来不把妾妇当奴，妾敬重二爷。妾心里只有二爷，容不下旁人。妾要嫁只嫁二爷，今生今世不嫁旁人了。"

甘嬷一番直白，使伍子胥如听惊雷。他心想，原来甘嬷情钟自己。伍子胥被甘媄真心感动，却十分为难。他想到溧阳牙山，史鹈冒死相救，不避男女肌肤相亲，自己许诺要娶她为妻。今天说服甘媄嫁给要离，想不到甘媄要嫁自己。伍子胥沉思好久，对甘媄道："不是我不想娶你，另有隐情。"于是把史鹈的事，对甘媄说了一遍。

甘媄边泣边道："妾奴敬重史家婆婆。等二爷和史家婆婆成婚，妾奴甘愿侍候二爷和史家婆婆一生一世。"说完跪伏叩头。

伍子胥又不好搀扶，大声道："起来，起身！"

甘媄爬起身，额头已烂，鲜血涂面。甘媄一头奔出门去，却撞倒一人。那人正是要离。

要离听见伍子胥劝甘媄嫁给他，深敬伍子胥大义，又为甘媄的痴情感动。第二天要离不告而辞，偷偷去了楚国溧阳。他去接史鹈母女来吴国，让史鹈和伍子胥团聚。到了溧阳才知道，史鹈送伍子胥下山出逃，遭遇楚兵追捕，怀抱伍子胥衣袍投水而死。史母病重，又受惊吓，当天也死了。

这天伍子胥正为要离出走烦恼。孙武、专诸一旁相劝。甘媄躬身侧立，一旁侍酒。伍俍跑进来道："父亲，要离叔叔回来了。要离叔叔还带来一个女人。"

伍子胥、孙武、专诸三人都一惊，要起身迎接，要离进了门。伍子胥见要离衣衫褴褛，发结如草，悲从心来，上前抱住要离道："兄弟，你让我们为你牵心了！"

要离嚎啕大哭，说道："二爷，我没能接回史鹈。史鹈帮助你逃走，她把追兵引到濑溪。她，她，她投水死了！"

伍子胥顿觉天昏地暗，踉跄要倒，专诸、孙武慌忙扶住。伍俍抱住子胥双腿哭叫，一片惊呼之声。

第八章

鸡父决战，伍子胥力斩三国诸侯

楚国都城郢城的夏天，要比吴都梅里晴朗，没有无尽无休的绵绵雨水，却是异常的干热。这天天亮，城门守将屈蹈下令起闸开城。门兵数十人合力吊起闸杠，如雷鸣般地推开城门。城外远远车尘大起，漫天的尘土把东天染成了一片昏黄。屈踏跛足登上城头，朝车尘弥漫处观望一阵，突然大声命令守兵道："关门，关门！东边有战车百乘，浩荡开来，不知是哪国之兵？速速紧闭城门！"

守门兵士们慌忙起来，手忙脚乱地关闭城门。

一队兵车自东而来，到城门下。屈踏在城楼上才看清，前面兵车之上的大将，正是楚将奋扬。奋扬兵车之后跟着一乘槛车，栅笼中囚有一人。

奋扬在城外叫道："开城。我是奋扬！"

屈踏在城上问："奋扬将军，你所囚之人，是伍子胥吗？"

奋扬道："不是。我奉大王之命，囚宓湿回都问罪。"

屈踏不知是喜是忧，嘟哝道："没有抓住伍子胥，却捉了个宓湿。"没好气地命令守门兵士道，"开门，开门，放他们进城！"

奋扬驱车领先进了城门。槛车随后进入，宓湿却在槛内大呼道："门将屈踏在吗？你从前是我的偏将，为什么不来见我？"听不到应声，在槛车中披发狂叫，"大王怪罪我追捕伍子胥无功，我死在眉睫。屈踏你是我宓湿旧部，为什么不拿清酒祭我！"

奋扬回车，用戟敲击槛车道："匹夫找死吗？你再喊叫，我先杀你，然后向大王请罪。"

屈踏跛着一足，手捧一壶醴酒走下城头，朝奋扬道："奋扬将军辛苦。我是宓湿将军旧部。我要尽尽私义，请将军方便。"

奋扬道："你祭他酒，不许多话。"说完驱车先行。

屈踏来到槛车旁，对宓湿道："将军一错再错，自获其罪。伍子胥过昭关，渡楚河，过濑溪，都是将军防范过失。大王怪罪，将军不得活。我用醴酒一壶，活祭将军了。"

宓湿不答话，双手从槛栅中伸出，捧了酒壶伸头狂饮。宓湿喝了一气，问屈踏道："大王怎样？"

屈踏低声道："大王病重。"

宓湿道："你去见太师，说我可医大王病。我保大王不死，大王必不杀我。"说罢掷壶在地，骂屈踏道，"你真不讲交情，竟然用浆水当酒骗我。我宓湿来世做人，绝不交你这种朋友！"

屈踏是宓湿过命的好友。当年楚、吴交战，屈踏被吴将掩余一戟刺穿小腿，栽下战车。掩余举戟再刺，恰好宓湿驱车赶到，隔开掩余大戟，救下屈踏一命。屈踏见宓湿的槛车夹在兵车中间，朝城里远去，叹口气吩咐门兵备车，驾车去太师府。

费无极新买一个蔡国女子，缠绵不休，天天迟起。蔡女娇小善媚，很得费无极欢心。每天鸡鸣之后，远听宫中传来梆磬报晓，费无极要起床不行。蔡女如青藤绕树，双臂缠抱，双腿相压，愿是让费无极动弹不得。近来楚王病重，费无极就由着蔡女，每天懒睡迟起。这天日上三竿，费无极起床。梳洗完，门官禀报，门将屈踏求见。费无极惊诧道："屈踏？是不是那个跛足的城门大阍？让他来见我。"

费无极端坐在锦墩之上，一边品尝越国使臣赠送的米酒，一边等候屈蹃。

屈蹃一手抱一坛酒，一手拄剑，一瘸一拐来到太师府门前。门兵喝住道："太师有令，凡来者不得持械。请寄下佩剑。"

屈蹃讥笑道："太师畏刀避剑。寄械可以，你扶我，做我拐杖。"

门兵无奈，只得搀扶着屈蹃，送进太师府大厅。屈蹃见费无极脸朝门坐，笑道："屈蹃怀抱酒坛，一足不稳，请太师宽宥屈蹃无礼。"

费无极道："罢了。屈蹃，你有什么事？"

屈蹃道："我刚才活祭了宓湿，又来祭奠太师！"

费无极大怒，拍案喝道："匹夫大胆！竟敢当面诅咒老夫，不怕死吗？"

屈蹃毫无惧色，开了酒坛，抱着喝了一口道："好酒，好酒。"咂了嘴，以袍袖抹了抹胡须上的酒水道，"大王病重要死，太师还能活吗？"

费无极怒道："大王死，我立太子熊轸为楚王，我怎会死？"

屈蹃笑道："大王一死，伍子胥率兵伐楚，立太子熊胜。天无二日，国无二主。伍子胥和太师有杀父杀兄灭族大仇，能让太师活在人世吗？我今天见太师，要让大王不死，让太师也不死！"

费无极听屈蹃有话，命奴仆取锦墩让屈蹃坐。屈蹃落座道："宓湿虽然守边渎职，罪不当死。我听说宓湿和扁鹊徒弟东皋公有交往。他守昭关时，武玏病重，宓湿请东皋公治愈。后来武玏听到伍子胥出关，怕伍子胥以后复仇，未遵东皋公所嘱，愤极心崩，咯血而死。今太师能赦宓湿不死，大王不死，太师也不死。"

费无极被屈蹃说动，传命奋扬释放宓湿，让他去请东皋公为楚平王医病。又命令奋扬囚宓湿家小，宓湿逾期不归，杀他满门。

楚平王熊居的病，一者是纵淫过度，再者是因伍子胥逃奔吴国，惊悸过度。熊居四肢绵软无力，食不甘味，寝不安枕。每每合眼，便看见伍子胥执剑追杀，而他却腿不能迈，口不能呼，惊恐万状。醒来身如出浴，衾枕湿透。这天费无极进宫问候，平王熊居正命令卜官取宫里守龟卜疾。费无极侧立一旁，躬身观看。

卜官卜得一巽上艮下的蛊卦。卜官和费无极都大吃一惊。费无极略知卦辞，巽为女、为风，艮为男、为山。运卦含意，是平王和秦姬孟嬴不正当配偶，导致女惑男，男如草木被风吹落。这是大大不吉利卦象。太卜看着费无极，哀求助解。费无极目示卜官重卜，卜官又卜得无妄之卦。

楚平王熊居躺在宝榻上，见久卜未果，问道："卜得什么卦？报来！"

卜官跪禀道："恭喜大王，臣卜得无妄卦，大吉卦象。大王的病，快好了。"

楚王问："什么是无妄卦，太师知道吗？"

费无极道："臣略知卦辞。无妄卦，辞云'无妄之疾，勿药有喜'。臣让宓湿去历阳山，寻请扁鹊徒弟东皋公，来给大王治病，这几天就到。"

宓湿赶到历阳山，恰巧东皋公外出刚回。东皋公笑问："将军守关，怎么有空来这里？"

宓滽礼毕，把伍子胥出昭关渡楚河逃奔吴国、楚王囚他赴都问罪、屈踏求情等情况叙说一通，又道："太师因我家小做人质，命令我寻请先生给大王医病。我请不到先生，我家小性命不保。请先生屈驾下山，救我一家老小。"

　　宓滽长跪不起。东皋公搀扶道："将军请起。我随将军去。老夫谨遵师训，医人者，救人行善，不问病人贵贱善恶。"

　　东皋公跟随宓滽来到楚都郢城，进宫为楚平王熊居诊治。东皋公认真诊视了熊居的面色和脉相，笑道："大王阳劳过度，不需医药，节欲静养，即愈。"

　　平王想到卜官无妄之卦，笑道："先生果真神医。"又问道，"寡人听说先生先师是扁鹊。先生有治不好的病吗？"

　　东皋公道："先师医术名闻天下。先师过邯郸，听说妇人病多，就做带下医①。先师过洛阳，听说周人敬老，就做耳目痹医。先师入咸阳，听说秦人爱小儿，就做小儿医。医术者，随俗而变。秦太医令李醯，自知技不如先师扁鹊，让人刺杀先师。天下诊脉者，无不循先师之术。先师曾言，天下之病，有六病不医。疾者骄横放纵，不明道理，不医；轻身重财者，不医；衣食不适者②，不医；阴阳并③，藏气不定④，不医；形羸不能用药⑤，不医；信巫不信医者，不医。以上六不医的病，神人治不好。"

　　楚平王大为赞叹，酒宴款待，又赐东皋公重金。平王又赦宓滽罪，命他率兵守边，防备吴兵入侵。熊居病渐好，对费无极道："从前齐侯小白说，人有千年之食，而无千年之寿。小白死后，诸子争位，尸骨不殓，蛆虫出户。寡人不可学小白。"

　　费无极道："大王所忧极是。大王可命奋扬替大王筑寝宫，以备百年安息。再者，熊建虽死，熊胜有伍子胥辅佐在吴国，是太子的祸根。臣知道熊建母亲住郧⑥地，她以后会做伍子胥内应，必立熊胜为王。大王应当派人杀掉她。"

　　楚平王思虑很久，不忍下手，说道："筑寝造陵事，命令奋扬去做。杀熊建母亲，以后再说。"

　　平王宫奴劳婳，是楚夫人旧奴，得知平王要杀楚夫人，偷偷跑到郧城，密报夫人。楚夫人在郧城坐卧不宁。劳婳道："伍子胥辅佐公子熊胜在吴国。夫人为什么不派人去吴国求救？"

　　楚夫人叹息道："只是没有人能去。"

　　劳婳道："妾奴私逃出宫，也不能长在夫人身边。妾奴愿去吴国见伍子胥，传达夫人请求。妾奴听说伍子胥和吴王僚、公子姬光有交情，让他请求吴王出兵来接夫人。"

　　劳婳女扮男装，带一名男仆驾车，赶奔吴都梅里。劳婳几经周折，寻到阳山，

---

① 即妇科医生。
② 穿衣吃饭不能调节，生活无规律。
③ 阴阳交会，血气混乱。
④ 脏腑精气不知，失去正常功能。
⑤ 形体瘦弱，不能服药。
⑥ 今湖北襄樊附近。

向伍子胥哭诉了楚平王要杀楚夫人。劳娜传达夫人请求，求伍子胥借兵入郧，救迎夫人。伍子胥连夜赶奔公子姬光府中，对公子姬光道："公子熊胜祖母住郧地，楚王要杀她。楚夫人要我借兵救她逃来吴国。子胥请公子相助。"

公子姬光沉思很久，叹道："不是我不助，我无力帮助你。吴国兵权，都在掩余、烛庸、庆忌三人手中。"又道，"你和庆忌在秦国举鼎较技，有一面之缘。庆忌这人虽然持勇骄狂，却佩服勇士。我要向吴王建议出兵迎救楚夫人，吴王肯定猜疑。庆忌如果建议，吴王肯定同意。"

伍子胥去见公子庆忌。庆忌和伍子胥礼毕，大笑道："子胥此来，和我较勇吗？"

伍子胥拱手道："子胥当年和公子较力，承公子礼让，今天特来谢罪！子胥是楚国亡臣，仰慕公子神勇，愿和公子为友，岂敢较勇。"

公子庆忌被伍子胥一番恭维，说得心花怒放，摆上酒宴，款待伍子胥。酒过三杯，庆忌问："我父王封你大夫之职，你为什么辞官田耕？"

伍子胥叹道："大王答应替子胥出兵伐楚报仇，因为公子姬光劝阻作罢。子胥不愿为难大王，辞官归田。"

庆忌大怒，拍案道："公子姬光恃勇忌能，子胥不要和他交往。子胥你是我朋友，有事我自当助你。"

伍子胥暗自好笑，庆忌果然是一勇之夫，全无心计，便道："已故楚太子熊建母亲住郧城，楚王要杀她。楚夫人派人来吴国，要我请吴王出兵，接夫人来吴国避难。子胥来请公子奏请吴王出兵，如果接夫人来吴国，以后子胥伐楚，立公子熊胜为王，楚、吴永世相亲，不交兵戈。"子胥说完，离席倒身下拜，泣道，"子胥和楚昏王不共戴天，誓杀昏王和费无极，为父兄报仇。公子帮助子胥，大恩子胥不敢忘。"

庆忌慌忙挽起伍子胥，说道："将军请稍候。我即刻面见父王，为将军请兵。"

庆忌随即进宫，奏请吴王僚出兵。吴王僚犹豫不决。掩余也不赞成出兵。庆忌一旁着急，便道："伍子胥投奔父王，借兵伐楚报仇。子胥和楚国为敌，是为父王效力。今天子胥借兵接楚夫人来吴国，为了将来更立楚公子熊胜为楚王。熊胜今在吴国，屡得父王资助，以后他当楚王，会不忘吴国恩情。父王今天借兵给子胥，对吴国有利无害。"

庆忌一边说一边目瞪掩余。掩余不愿意得罪庆忌，于是一旁奏道："大王可以借兵给伍子胥。为防备他有变化，可以让他把楚公子熊胜和他儿子，送来做人质。"

吴王僚觉得掩余说的有理，借兵车二百乘给伍子胥。伍子胥把熊胜、伍俍送到公子庆忌府中当人质，甘嫚跟随侍候。吴王僚对伍子胥还不放心，又派掩余跟随伍子胥一同率兵入楚。伍子胥奏请吴王僚道："臣此番入楚，兵少将微，要有大战恶战。大王派掩余将军随臣入楚，凡事当由臣遣调。臣以楚公子和儿子当人质，不敢掉以轻心。"

吴王僚命令掩余，入楚后凡事听令于伍子胥。掩余答应了。伍子胥和掩余各率兵车百乘，前往楚国郧城接公子熊胜祖母。大军走到钟吾 [①]，遭遇楚将宓湤率军阻截，双方军队安营扎寨。宓湤一边备战，一边派快马轻车飞奔郢都，奏报楚王熊居。楚平王拜令尹阳匄为大将，并征召陈、蔡、胡、沈、许、顿六国之兵，赶奔钟吾增援。阳匄命令宓湤军队居中，胡、沈、陈三国军队居右，许、蔡、顿三国之师在左，三方呈犄角形势，各安营寨。

伍子胥派人飞报吴王僚。吴王僚命令庆忌率大军一万，罪囚三千，开到楚国边境城市鸡父下寨，支援伍子胥。庆忌、掩余二人到伍子胥大帐商议军事，间谍禀报，楚令尹阳匄突患暴病死于军中，楚将宓湤统领三军。

伍子胥听到阳匄病死，仰天大笑道："宓湤过去跟从武夼，杀我伍氏满门。武夼已死，憾未能亲斩他。今天宓湤和我对阵，正好杀他泄恨！"

庆忌道："父王嘱我，军前听将军调遣。将军发令，庆忌没有不从。"

掩余说道："今天吴、楚两军对峙，胜负各具其一。掩余愿听将军命令。"

伍子胥感动，抱拳朝掩余、庆忌施礼，礼毕道："楚令尹阳匄病死，楚军未战先亡大将，其斗志已丧失！诸侯军队虽多，都是临时纠合。而且沈、胡军队战斗力弱，陈、蔡、许三国军队也不肯为楚国卖命。楚军七国之众，同战不同心。楚帅宓湤位卑无威不服众，此战必败。我军以左军击楚师陈、胡、沈三国右军，击他溃败，楚军必大乱，乘胜掩杀，可获全胜。"

掩余、庆忌都赞同伍子胥计谋。伍子胥命令庆忌率左军，掩余率右军，自己率中军。又命三军将士饱食待战。这天正是晦日，又逢天阴，四野漆黑。伍子胥登高远眺，不见山形，但见楚军营盘内灯火闪烁。楚营正面用兵车筑城，背倚山崖。等到夜半，伍子胥命令三千罪囚，攀崖杀进楚军右营。楚军右营是陈、胡、沈三国军队，兵士正在酣睡，怎经得罪囚拼命砍杀。顿时楚营内哭爹叫娘，喊杀之声震天撼地。

伍子胥趁机命令庆忌率吴军左军，从正面杀进楚军右营。陈国君王只穿一件短裤，赤裸上身，提戟上车要突出营门，正遇着庆忌驱车赶来，被庆忌只一戟挑死车下。沈、胡二国国君逃出营门，夜暗中慌不择路，误把掩余左军当作楚军左营，被掩余走车活擒。

伍子胥命令掩余率兵埋伏在楚国左军出山路口，等到敌军出援，趁机击杀夺营。伍子胥亲率中军扎在楚军中营三里之外，要和宓湤决一死战。庆忌在楚军右营杀到天晓，活擒陈、胡、沈三国兵士八百余人。营盘内尸横遍地，鲜血流满山下的沟溪。

伍子胥下令把沈、胡二君斩首，又命令庆忌把俘虏的陈、沈、胡三国八百兵士，全部释放，让他们投奔楚军左营。败兵逃归敌营，许、蔡、顿三国将士听到吴军血洗陈、沈、胡三军右营，三国君王都死了，吓得胆战心惊，兵士出营四处奔逃，不听号令。伍子胥命令庆忌、掩余合左右二军，进攻楚军左营，亲率中军杀向楚军大寨。

楚帅宓湤听说右营已破，吴军合攻许、蔡、顿营盘，急忙披挂上车，号令军士

① 今江苏宿迁市东北。

驾车列阵。刚好列阵，伍子胥率兵杀到。伍子胥命令三百死囚，赤裸上身，挥舞砍刀，直冲楚阵。楚兵丧胆，怯阵后退。伍子胥趁机挥师赶杀，楚军大溃。宓㵙回辕要走，伍子胥喝叫道："匹夫休走！你随武玚杀我一家老小性命，今天我讨债来了！"

伍子胥挺戟朝宓㵙猛刺。宓㵙怕伍子胥神勇，挥戟打马，驱车疾逃。伍子胥一戟刺空，深深扎入辂车车毂。宓㵙趁机跳下车逃走。伍子胥率军追杀，五十里外才停。

宓㵙收拾残兵，仅存半数，休兵三天，命令间谍探到伍子胥率一军亲赴郧阳接楚夫人。宓㵙率兵赶奔郧阳阻截。宓㵙兵到郧阳，伍子胥早已接走楚夫人，班师回吴国了。宓㵙仰天长叹道："我守关失责，纵逃伍子胥已获死罪。今天又败给伍子胥，既丧七国之师，又失楚夫人，死罪难赦了。我有什么面目去见楚王。"宓㵙畏罪，自刎而死。

吴王僚得报伍子胥大败七国之师，大捷于鸡父，亲自出梅里西门迎接。伍子胥随吴王僚进宫。吴王僚排盛宴贺捷。伍子胥喝得酩酊大醉。吴王僚早已离席，只剩下掩余做陪。伍子胥猛然想起楚夫人，便问掩余道："楚夫人，安置在哪里？"

掩余道："庆忌命令用辁车送进后宫了。"

伍子胥大惊，直奔庆忌府中，责问道："将军为什么不送楚夫人去阳山？"

庆忌道："楚夫人是吴国的贵客，不住王宫住哪里？我父王出兵数万，就是为了楚夫人！"

伍子胥怒道："吴王要把楚夫人当人质吗？"

庆忌笑道："我父王让楚夫人和楚公子熊胜住王宫，以客礼招待。令子伍俍，已被要离领回阳山了。子胥不要恼火，你先回阳山耕田，等待伐楚报仇。"

伍子胥这才如梦方醒，自己出生入死率兵攻楚，鸡父一役打败七国之兵，救回楚夫人却被吴王当人质。他回到阳山，看见伍俍、甘媟都平安，心里有了安慰。厅堂内坐满了人，孙武、要离、专诸都在，一一和子胥行礼。要离吩咐阿香、甘媟道："摆宴，为二爷贺喜！"

伍子胥御下盔甲，苦笑道："哪来的喜啊？"

孙武道："鸡父一役，打败七国之师，出其不意，攻其不备之举。我的兵书，又添新内容了。大喜事，当贺，当贺！"

伍子胥叹道："鸡父一役虽胜，劳而无功。"

要离惊问道："我去庆忌府中接少主人和伍俍。庆忌扣留少主人不放，说是楚夫人和少主人住在王宫。那个宫奴劳娜，拉了公子熊胜，跟随庆忌去了吴王后宫。我只接回了伍俍一个人。"

孙武道："吴王僚借子胥兄之手，接回楚夫人，扣为人质了。"

专诸拍案骂道："吴王僚这狗王，老子宰了他！"

孙武道："专诸兄息怒。子胥兄也不要恼火。吴王僚扣留楚夫人和熊胜，和楚王结仇结深了。子胥兄要借吴王僚之力伐楚报仇，正有利。"

要离也劝道："二爷应当忍。"

伍子胥叹道："你以前劝我的话，我没有忘记。图大志，当有过人之忍，过人之狠。什么是忍？心上插把刀！"

专诸道："甭说了，甭说了。我是浑人，越听越糊涂。喝酒。"扭头对要离道，"要离兄前次去溧阳，路上捡了个会唱歌的妹子，叫啥名儿？请她唱一曲，给二爷解闷！"

要离叫道："卞圩。快来唱一曲，让二爷听听。"

一个瘦弱苗条女子，从阿香、甘嬷身后垂首含羞走出，双手抠衣拽裙，朝众人行了跪礼。她然后起身站一旁，睁着一双黑亮的眼睛，胆怯地望着伍子胥。

伍子胥问道："你叫卞圩？是哪里人？"

卞圩道："妾是蔡国人，自幼丧母，父兄死在战场。妾无处谋生，插标自卖为奴，被要离大哥买来，做，做……"

卞圩说了几个做，说不下去，羞得满脸彤红，垂下头去。甘嬷一旁笑问："做啥？你说给二爷听听！"

阿香说道："我替你说了吧！二爷，卞圩是被要离大哥买来做妻的。二爷你让要离大哥娶甘嬷，甘嬷不愿意，要离大哥也不愿意。要离大哥去溧阳寻找史鹈婆婆，在小镇上看见卞圩卖身为奴，就带了回来，正要请二爷做媒哩！"

伍子胥大喜，笑道："好，好！这个媒我做。要离、卞圩，你俩也不要拘礼。我们流落异乡，万事从简。你俩喝个交杯酒，就算完婚。"

众人欢呼叫好。要离、卞圩在众人喧闹中喝了交杯酒。众人尽兴散席，各回房间歇息。

伍子胥多喝几杯酒，回到房间呕吐不止。甘嬷打扫了秽物，见伍子胥衣裳脏了，扶他躺下，脱下衣裳。伍子胥酒醉心明，想起史鹈替他脱衣治伤，酿成一件今世难还的情债，说道："不脱，不可，万万不可！"

甘嬷气得娇容变色，床前说道："有什么不可？我知道你不愿意娶我。你心里放不下史鹈。现在史鹈已经死了，你还顾虑什么？你说你大仇没报，不得娶妻纳妾。娶妻纳妾和报仇有妨害吗？二爷，你不要我，我是奴，你是主，我认命了。二爷，我甘愿终身侍候你。甘嬷什么都不图，只要能终身侍候二爷你。"

甘嬷伤心大哭，一头扑到床上，抱住了伍子胥。

第九章

阿香劝专诸成大义，自缢身死

吴王僚派伍子胥、掩余领兵入楚迎接楚夫人，又派公子庆忌率兵入楚增援，不但不用公子姬光，而且吴王僚和烛庸手握重兵不出都城。公子姬光心里明白，吴王僚已经对他心生猜忌，暗中防备，迟早要对他动手。公子姬光听说伍子胥指挥吴军和楚军在鸡父会战，一举击溃七国联军，迎回楚夫人，又喜又忧。喜的是，欣佩伍子胥是当世骁将，名不虚传。忧的是，万一伍子胥被吴王僚利用，他公子姬光想夺回王位就毫无希望了。

伍子胥班师凯旋，吴王僚亲率吴国群臣出梅里西门迎接。公子姬光托病没去，在宫中踅来踅去，哀声叹息，愁眉不展。他打发被离去打探消息，直到天黑，被离还没有回来。宫奴要明火亮烛。公子姬光挥手赶走宫奴，黑暗中抽出一柄短剑把玩。这剑出鞘，闪出一道莹光。青幽幽的精光如同冷月一般，照得大厅一片明亮。这短剑名叫"鱼肠"，和他赠给伍子胥的沥镂剑，都是越国铸剑名匠欧冶子铸锻，当年越王进献给公子姬光的父王诸樊，如今传到了他的手中。

公子姬光把玩着鱼肠剑，心中生出刺杀吴王僚的念头来。他想，伸颈待戮，倒不如先下手为强。能够伺机刺死吴王僚，自己虽死，也无憾恨。

公子姬光正在思索，被离来了。被离见公子姬光手拿鱼肠剑，大吃一惊，低声道："公子，你要干什么？"

公子姬光长吐一口气，说道："这剑渴了。我要让它喝血了。"又问，"王宫盛宴怎样？"

被离道："吴王把楚夫人和楚公子熊胜扣留在后宫。伍子胥带他儿子伍俍回阳山耕田。"

公子姬光吃一惊，急问："大王没有封伍子胥官职？"

被离道："没封。我看伍子胥出宫上车，脸有怒气。"

公子姬光笑道："好，好啊！昏王没封伍子胥，忌伍子胥才能。他又质押楚夫人和熊胜，已经得罪伍子胥。伍子胥必为我用！"

被离道："鸡父大捷，是伍子胥的功劳。吴王装聋装瞎。庆忌、掩余狂妄自大，自认为功高盖世。吴王眼中只有庆忌、掩余、烛庸三人，天下再无英雄了。"

公子姬光亲自关上门窗，低声对被离道："昏王见鸡父一役大败七国联军，今又扣押楚夫人和熊胜。他要起兵伐楚。我祸患来了。"

被离惊问："公子，哪来祸患？"

公子姬光道："昏王怕我夺位，不用我领兵。昏王一旦伐楚，必忧内患，肯定先杀我然后用兵。"

被离道："公子快联络伍子胥，先对昏王下手。圣人说，先下手为强，后下手遭殃！"

公子姬光道："我担心伍子胥被昏王利用，不想昏王让他归田。你明天如此这般。"

公子姬光和被离耳语一阵，自各回寝室安歇。第二天被离吃了早饭，穿了葛衫布服，从后院角门溜出王宫。被离寻背街僻巷走了一阵，回头四顾无人，雇了一乘马车，直奔城外阳山驰去。

伍子胥前夜醉酒大呕，神志不清。甘媭替他脱净，温水擦体。甘媭对伍子胥很是钟情，伍子胥又不愿娶她，又恼又恨。她见伍子胥体貌伟壮，春心荡漾，息了烛火，脱光了钻进被窝，抱着伍子胥睡了。

伍子胥夜里做梦，梦见要离从溧阳接来史鹣。当晚孙武、专诸、要离等人为他和史鹣拜堂成婚。伍子胥高兴，放量豪饮，醉酒大呕。史鹣扶他进洞房，为他脱衣洗浴。伍子胥道："不要婆婆劳累，我自己来。"

史鹣笑道："你看你烂醉如泥，能行吗？"

伍子胥道："我这丑陋身子，不能脏了婆婆的双眼。"

史鹣说道："你怕脏我眼，阳山治伤怎么不说？妾今天是你妻子，你又为什么用羞丑拒绝我！"

伍子胥不再推辞，任由史鹣把他脱光了身子洗擦。他四肢绵柔无力，只微睁双眼盯住史鹣含羞的娇容。他看见史鹣吹息了烛火，听到一阵窸窣之声，想到是史鹣脱衣。后来感觉到史鹣掀了被子，小心地挨着他睡下。他嗅到了女人的体香，触觉到史鹣冰凉细腻如脂玉般滑溜的肌肤。他感觉到自己的体肤如火一般地灼热，温暖着史鹣。史鹣如冰块一样，慢慢地融化了，四肢复苏，猛地抱住伍子胥，咬住了他的肩头。伍子胥被疼痛激醒，翻过身来，紧紧搂住史鹣的娇体。他听到史鹣娇声求告道："夫君轻点儿，我怕。"

伍子胥于是轻轻地拥抱着史鹣，脸儿相偎，身儿相压，一会儿如抚琴瑟，一会儿拉弓劲射，极尽夫妻恩爱。

伍子胥天亮醒来，见一娇美女子赤裸着睡在身旁，大吃一惊。拍拍昏沉的脑门想了想昨夜所梦，更是百思不解。难道昨夜所梦非梦？难道这女人正是史鹣？这女子秀发如云，遮盖着脖颈后如玉般洁白的肌肤，脸面侧向一边，吐气如兰。

伍子胥一时惊慌得不知所措，半天才伸手拿了衣衫要穿。这时那女子翻过身来，伸了玉臂搂住他，把脸面埋在他的腋窝下，抬了腿在被中压上他的身子。伍子胥一阵激颤，吓得大气不出，又过半天，才大了胆去撩开女子脸上的乌发，一瞅惊叫道："甘嫫，甘嫫！你，你，你怎么这样？"

甘嫫醒来，睡眼惺忪地看住伍子胥，问道："二爷，我怎么啦？"

伍子胥怒斥道："你怎么睡在这里？"

甘嫫含羞，笑道："二爷，这要问你。你昨夜酒醉，呕吐得上下污秽。妾奴替你擦洗，你搂住妾奴不放，直叫唤妾奴啥子史鹣婆婆。妾奴是二爷的奴婢，怎敢抗拒，就顺从二爷，在这里一同睡了。"

伍子胥听了，直拍脑袋，愤道："酒后失德，酒后失德。我伍子胥堂堂汉子，如此荒唐？甘嫫，我对不住你。"

甘嫫笑道："二爷是主子，甘嫫是奴，二爷怎能说这样话哩！甘嫫一心想嫁二爷，一是甘嫫出身卑贱，二是二爷难忘史鹣婆婆，甘嫫命薄。昨夜之事，不怪二爷，是甘嫫自愿。甘嫫求二爷不要怪罪妾奴，妾奴愿一生一世侍候二爷。"说罢跪伏在地，潸然泪下。

伍子胥慌忙伸手搀起甘嫫，说道："我不怪你，你快起身。"又道，"我不嫌你出身，只是我家仇未报，无心娶妻纳妾。你情系于我，又以身侍奉，我伍子胥对不住你。"

甘嫫一边擦泪，正要劝慰，要离进门道："二爷，有客人来了！"

伍子胥正要询问来者何人，被离进来施礼道："被离，给二爷行礼。"

伍子胥还礼，一边命甘嫫道："恰好，我还没用早饭，你替我们张罗饭食。"

甘嫫躬身退去，去厨下传命奴仆做饭。伍子胥请被离、要离一边落座，问被离道："先生一早到此，有什么吩咐子胥？"

被离笑道："二爷客气了。被离是个门客，替公子姬光张罗鞍低镫短，跑腿传讯，怎敢吩咐二爷。"又低声道，"公子请二爷跟随我前去，他有要事和你相商。"

伍子胥也不多问，和众人吃了早饭，跟随被离坐车离了阳山宅院。车夫赶着轩车上了大道，却不往梅里城里，径奔西边郊区而去。伍子胥也不多问，在车里半卧半眠。许久，又听车夫喝住车马，被离对伍子胥低声道："请二爷，下车上船。"

伍子胥撩开车帏，只见来到太湖边上，一望无际的湖水在阳光下眩目生晕。伍子胥跳下车来，跟随被离走到湖边上船。小篷船如箭一般驶向茫茫的湖心。约半个时辰，前面出现一洲，自洲旁摇过一只篷船。两船贴近，被离道："二爷，请换船。"

伍子胥见那摇船之人，身高八尺，头戴一顶竹笠，朝他微笑点头。伍子胥跳到那人船上，被离已把来船划向湖边去了。

伍子胥见船仓里无人，小桌上摆放了数碟佳肴，一坛黄酒，两只杯，两双筷，却无人。子胥正自纳闷，只见那船夫钻进仓来，朝伍子胥拱手道："将军久候，姬光失礼了。"

伍子胥见船夫摘去竹笠，才识出是公子姬光。伍子胥慌忙行礼，因身高头撞到船顶，小船摇荡。公子姬光道："船小仓窄，二爷不必多礼。请入座共饮。"

伍子胥和公子姬光各自盘膝，对面坐在仓板之上。公子姬光先为伍子胥斟酒，后为自己斟。二人三杯酒过，公子姬光才说道："姬光请将军船中说话，为避王僚耳目。王僚已经猜忌我，早晚必要杀我。我请将军助我避祸，我以后如果登上王位，誓和将军共国。我如果失信，人神共诛。"

伍子胥被公子姬光单刀直入的坦诚惊得一时无语。半天，伍子胥说道："公子遣椒丘赠子胥沥镂之剑，子胥不敢忘记。子胥逃命投奔吴国，是投奔公子的。无奈子胥报仇心切，不得不放弃公子，要借吴王兵力伐楚。王僚失信，子胥又不得不辞官归耕。吴王借兵让我奔楚国迎救楚夫人，想不到吴王僚竟然阴险多疑，把楚夫人和公子熊胜囚在后宫为人质。子胥已识吴王僚阴恶，不可以和他共事。吴王僚兵权在握，王位又是夺公子的，他要杀公子是早晚的事。公子要想避祸，必须杀吴王僚。"

公子姬光叹道："我是一勇之夫，不如将军武可定国，文能安邦。我今天请将军商议，要将军教我计谋。"

伍子胥道："公子要避祸，必须夺王位。夺王位，必须先杀吴王僚。杀吴王僚，必须得有真勇士。"

公子姬光叹道："可惜，椒丘死了。"

伍子胥道："椒丘虽勇，难敌庆忌、掩余、烛庸其中一人。"

公子姬光道："除了椒丘，天下还有勇士吗？"

伍子胥笑道："公子没听说闹市隐圣贤，山野埋麒麟？"又道，"我有一个朋友，名叫专诸，是当世真勇士。"

公子姬光道："公子庆忌铁骨铜筋，万夫莫当。掩余可手擒飞鸟，步斗猛兽。烛庸也有擒龙搏虎之勇。将军朋友专诸，能打胜其中一人吗？"

伍子胥笑道："专诸能力分二牛，庆忌等人怎能是对手。公子要杀王僚，不可斗勇，当用智取为上策。干大事轻举则无功，必求万全。鱼在深渊，要得到鱼，必用诱饵。公子要刺吴王僚，必投其所好，才能走近他身边，方便行刺。不知道吴王僚有什么爱好？"

公子姬光道："吴王僚好美食，尤其馋炙鱼。"

伍子胥道："子胥请公子不要忧愁，让我想个万全之策。"

伍子胥和公子姬光尽兴饮酒，日落湖西，才弃舟上车。伍子胥回到阳山，第二天就去面见专诸。专诸嘱阿香烹肴治酒，和伍子胥饮。席间伍子胥对专诸道："我奔吴国，不是贪图自保，是要借吴王之兵，伐楚报仇。我见吴王僚不会帮我，只有帮助公子姬光夺得王位，我大仇才能图报。我听说吴王僚馋炙鱼，要请贤兄去学炙鱼，方便贴近吴王僚刺杀他。不知道你能不能办到？"

专诸见伍子胥要他去刺杀吴王僚，脸有怒色，摇头道："不是我不愿，这事不仁义。

公子姬光要得王位，为什么不劝谏吴王僚遵循祖命，退位让贤？为什么要私下暗杀，伤先王之德？"

伍子胥道："吴王僚贪权恃力，知进不退，恃勇不仁，恃尊不恤民，恃骄不纳谏，嗜利无义，群臣怕他残暴不敢违反。公子姬光要劝他退位，定招迫害。吴王僚有公子庆忌和掩余、烛庸掌握兵权，公子姬光势孤力弱，难用武力争夺，只能用勇士刺杀吴王僚夺位。我帮助公子姬光夺王位，是为我伐楚报仇着想。专诸兄不愿干，子胥怎能强求。"伍子胥说完，泪如泉涌，放下酒杯，长叹而去。

伍子胥和专诸交谈，阿香在一旁字字听清。阿香见伍子胥悲愤离去，对专诸说道："妾听说，做儿子应当尽孝，做朋友应当尽义。二爷要刺杀吴王僚，助公子姬光夺位，为了伐楚报仇，是孝义之举。夫君是二爷朋友，袖手旁观，是大不义。妾嫁夫君，是敬佩夫君侠义，哪知道夫君这么怕死。"

专诸叹道："不是我专诸贪生怕死，也不是不义不友。我如果去刺杀吴王僚，成败都难逃一死。我所以犹豫，是不愿丢下你一个人孤苦。"

阿香说道："大丈夫应当视死如归，不要儿女情长。"

阿香拿酒壶给专诸倒酒，也给自己斟了一杯，举杯敬专诸道："夫君不必因为我辜负朋友。妾用这杯酒，祝夫君成功！"

阿香和专诸共饮一杯，然后朝专诸行了跪礼，躬身抠衣退去。专诸酒酣，不觉得阿香举止反常，又独饮数杯。专诸不见阿香回来，跟跄进入卧室探视，只见阿香已经悬梁自缢。专诸抱下阿香，已经是香消玉殒。专诸捶胸恸哭，涕泗滂沱。

专诸哭罢，给阿香换了一身新衣，拿被子盖了，供奉三天才安葬。专诸葬了阿香，卖了宅院，背了行李离开住了几年的草屋。

伍子胥自从和专诸不欢而散，回到阳山一直忐忑不安。子胥把和专诸争执的事说给甘嫫，甘嫫道："专诸和阿香结婚三年，没有子女。专诸不是怕死，是不忍心丢下阿香。"

伍子胥听甘嫫说的合情合理，感觉自己误会专诸，心里疚愧。伍子胥要去向专诸陪罪，甘嫫道："专诸和你是生死之交，他不会怨你。你去登门谢罪，倒是显得生分了。不如由妾奴做一桌酒席，你让人请专诸、阿香来这里团聚，胜过道歉。"

伍子胥称赞甘嫫好主意，让要离去请专诸、阿香夫妇。要离驾车赶到专诸草屋，拍打门环，半天才来人开门，却是生人。那人道："先生，你找谁？"

要离道："请我好友，专诸。"

那人道："这草屋原先的主人是专诸，现如今已经卖给我了。"

要离吃了一惊，拱手又问道："请问先生，你知道专诸现在住哪里？"

那人道："听说他新近丧妻，所以卖了房屋。先生问他去向，我哪里知道！"

伍子胥听了要离叙述，吃不下睡不着，整天哀声叹气。甘嫫安慰道："你不吃不喝也无济于事。不如派人去梅里周围打听，专诸救了伍佷逃来吴国，他绝不会丢下二爷回楚国去。"

伍子胥说道："专诸是血性汉子，我也料他不会不辞而去。我知道他肯定去投师学炙鱼了。要不了多久，专诸会来见我。"

伍子胥虽然深知专诸早晚会回来，还是派庄中家奴四下寻找，只在太湖边上找到阿香孤坟一丘。专诸和阿香没有子女，伍子胥让伍俍当专诸儿子，戴孝三年。伍俍为母亲戴孝三年刚满，孝衣已烂。甘媜含泪秉烛，为伍俍缝了一身粗麻孝服。伍子胥让要离不要惊动孙武，带了要离、伍俍、甘媜、卞玕，前往阿香坟前祭吊。

一晃数月过去，这天恰逢鬼节。伍子胥命伍俍备下火纸果品，前去阿香坟上祭奠。伍俍自从亲娘故去，被专诸救来吴国，一直被专诸、阿香呵护，对阿香感情很深。伍俍跪伏阿香坟前，不由想到自己的生母，想到阿香慈爱温柔，感觉这世上对他最亲最好的两个女人已经永远离去，尤其是阿香就埋在面前的这丘土下，不由得悲痛欲绝，嚎啕痛哭。

一个身穿葛衫、头戴竹笠的大汉站在不远处的树下，看着啼哭的伍俍伤神。等伍俍走后，大汉才到阿香墓前。大汉摘去竹笠，露出头脸，正是专诸。

专诸伫立墓前，垂泪不语。许久，专诸才对着坟墓说道："阿香，我已经学会炙鱼了，能为二爷实现计划了。你说的好啊，士为知己者死。我专诸，草民一个。二爷高看我，以兄弟待我。二爷大恩，专诸没有东西报答，只有这条命了。以前我不答应，是不忍心把你一个人丢在世上。你为了保全我孝义，竟然自尽。专诸如果偷生惜命，以后没有脸面和你在九泉相会。你等着，我很快就去找你，和你永远相伴，不离不弃。"

专诸朝阿香坟墓磕头，又捧起一抔泥土，撒在坟头上。他围着坟墓左右各转行了三圈，才扭身离去。

伍子胥见专诸从太湖学会炙鱼回来，万分高兴。要离买来几尾大鱼，让专诸下厨炙鱼。专诸将鱼剖干净，用许多佐料调和了酱汁，浸了个把时辰。捞出来晾了半干，丢进沸油锅略炸，放进佐料酱汁烹煮。煮到汤汁要干，起了鱼。在汤汁中又加了若干佐料，熬成糊状，浇在炙鱼之上。炙鱼上席，满屋鲜香，美味不可形容，众人大声夸赞。专诸一旁搓手，呵笑傻乐。

专诸对伍子胥道："我已经学成炙鱼，二爷可以进谏吴王，给他炙鱼了！"

伍子胥赶奔公子姬光府中，说专诸已经学会炙鱼。伍子胥道："专诸在太湖学炙鱼二个月，我吃了他的炙鱼，美味无穷。"

姬光道："专诸虽会炙鱼，却也无法靠近吴王。"

伍子胥道："吴王僚所以不能靠近，是公子庆忌和掩余、烛庸三人不离左右。公子要杀吴王僚，要先除掉这三人，然后大事可图。不然，杀了吴王僚，公子也难以夺取王位。"

姬光沉思好久，才有省悟，抬头说道："你先回阳山。我听从将军建议，除掉这三个人。"

伍子胥回到阳山田庄。想着要诛吴王僚的事，想不出好计策。要离、专诸都跟随奴人去田园劳作，庄院内只有鸡犬奔跑，并无人迹。子胥闲步走进厨房，见甘嬷、卞玕正指使几个女奴蒸米酿酒。甘嬷见伍子胥来，从馏口处接了一瓢清酒道："二爷，你尝尝这头泡酒。"见子胥接了喝，又笑问，"酒劲味道怎么样？"

伍子胥道："甘醇爽口，好酒，好酒！"见甘嬷、卞玕一旁乐，又道，"你们装一坛，给孙武先生送去。"

甘嬷装了一坛清酒，吩咐卞玕送去孙武房间。伍子胥一旁无事，便道："你们都在忙活，我倒是闲人了。这酒，还是我送吧！"

伍子胥抱了坛酒来孙武房间。孙武正在写书，头也不抬，边写边道："子胥你自己坐。你等我写完这篇煞笔。"

伍子胥放下酒坛，轻取简编观看，尽是兵法精论。子胥凝神逐篇粗读，都是计、战、谋攻、形、势、虚实、地形、军争、九地、九变、行军、火攻、四变、地形二、黄帝伐赤帝、用间等，有八十二篇。

伍子胥深为孙武的兵论所折服。他抬头看孙武，依然执笔凝神写书，衣衫袖口已经磨烂不堪。子胥摇头叹息，想劝孙武停笔小歇，又不忍出声。子胥看见带来的酒坛，心生一计。他打开坛盖，酒气顿时弥散，满屋酒香。孙武打了个喷嚏，停笔问道："哪里来的酒味？"见子胥扶坛偷笑，说道，"子胥，你诱我酒虫了！"

孙武抱过酒坛，口套口猛饮一通，咂嘴赞道："美酒，美酒。"又道，"这么好的美酒，肯定是美女甘嬷、卞玕酿的。"

伍子胥笑道："你为什么不在兵书中，续一篇美女酿酒？"

孙武道："子胥，你笑话我！我这是兵书，不是酒经。"又道，"子胥，你来得正巧。我这兵书刚刚结尾，没有书名。你就给我这部兵书，题个书名吧。"

伍子胥略作思索，抬头说道："古有医书，书名'黄帝内经'。前人管仲著有兵论，篇名'兵法'、'七法'、'九变'、'九守'、'势'、'地图'、'参患'、'制分'等，分篇谋题，没有书名。你这部兵书，不如叫'兵法内经'，或者叫'孙子兵法内经'。这两个，你挑一个吧。"

孙武思虑片刻，濡笔在简编起头处写了"孙子兵法"四字。写完弃笔，手抚酒坛道："子胥兄，你亲自来，不是专门送酒给我的吧？"

伍子胥笑道："长卿不愧为兵家，果然料事如神。长卿兄，你猜猜，我有什么事求教你？"

孙武道："我不巫不卜，怎知道你有啥事？我既不知事，就不能谋。子胥兄在鸡父用两万之兵，大败楚军等七国十二万之师，如果不会用兵，怎么能打胜仗？"

伍子胥叹道："从这件事上说，长卿兄，你我都不是神仙。"又道，"我要帮助姬光刺杀吴王僚夺王位，担心有庆忌、掩余、烛庸三人不离吴王僚左右，难以下手。如果迟疑不决，又怕吴王僚先下手杀害姬光。我因为此事，束手无策。"

孙武道："兵论说，攻人用谋不用力，用兵斗智不斗多。又说，时机不到，不能强谋。我想，姬光是先君诸樊儿子，又有季札在外，吴王僚一时还不敢杀害姬光。子胥兄既然要助姬光夺位，宜静制动，观察局势，然后趁机行动，可保万全。"

伍子胥叹道："长卿兄说的有道理。我是当局者迷，你是旁观者清。"

孙武又道："吴王僚要杀姬光，必用庆忌等心腹，未动手必先有迹象。如果认真防备，必能安全。"

伍子胥道："好，好！要打人一拳，必须先防人一脚。"

伍子胥和姬光商议，让姬光派心腹门客潜伏在吴王僚内宫，监视吴王僚的一举一动。

第十章

绝地逢生，皇甫胥侥幸逃出王陵

楚平王熊居听到伍子胥率二万之兵，在鸡父一仗击溃楚、蔡、陈、胡、沈、许、顿七国十二万联军，心生恐惧，心病复发，吐血不止。熊居只要一合眼，就梦见伍子胥执剑追杀他。他惨呼救命，喊声凄厉瘆人，叫得内宫嬖臣和宫奴丧胆失魄。

费无极派人四处寻找东皋公，给楚王治病，无奈东皋公闲云野鹤，行踪不定，多方寻找，不知道他的去向。

这天熊居稍有清醒，唤费无极在锦榻前问道："寡人听说伍子胥接夫人奔吴国，吴国人不久要卷兵打来。阳匄病死，武跃也病死，宓湿畏罪自杀，楚国无帅了。奋扬、沈尹戌，能当元帅吗？"

费无极平素和沈尹戌不投缘，便说道："沈尹戌虽有擒龙搏虎之勇，鬼神不测之谋，但是他骄狂自大。大王用他为令尹，怎能管事？凡是古今良帅，都胜谋不胜勇。臣认为，将军囊瓦工计善谋，而且忠心于大王，可当元帅。"

楚平王熊居采纳费无极建议，任用囊瓦为令尹，取代阳匄元帅之位。囊瓦献计给熊居道："臣认为郢都城城墙狭小，一旦吴兵围攻，难以坚守。大王应当筑大城为新都，广囤粮草。再在新都附近筑一护城，与旧都形成两翼，可保大王无忧。"

楚王准许囊瓦所奏，命令他筑城。囊瓦就从奋扬筑陵奴工中抽调十万人，在郢城之东筑一大城，比旧都高七尺，阔二十余里。新城名叫郢都，旧郢城位于纪山之南，更名为纪南城。新郢都筑成，楚平王熊居命令卜官择吉日，迁徙新都居住。

　　囊瓦又在新都郢城之西再筑一大城，为郢都之右臂，名叫麦城。麦城筑就，和郢都、纪南城成品字之势。熊居、费无极都夸囊瓦功高。楚将沈尹戍却讥讽道："囊瓦不替大王务修德政，劳民伤财，大兴土木。如果伍子胥率吴兵打来，纵有高城万座，又怎能阻挡戟锋！"

　　楚平王熊居病重，担忧早晚性命不保，命令沈尹戍快速筑陵墓。沈尹戍择郢都东门外百数里处的台山为陵址。这台山高耸数十丈，左右有小山两条脉延，形成双龙朝珠之势。山下南临寥台湖，山青水秀。熊居在费无极随从下，亲自到台山察看陵寝。沈尹戍奏道："臣为大王择此陵寝，因为此山之阴藏金，山之阳多玉，寥台湖可聚王气，台山二龙盘绕，气象万千。"

　　费无极也趁机献媚道："此地峰峦蠢拥，众水环绕，叠嶂层层，龙脉抱卫，献奇在后，是罕有之寝宫。"

　　熊居在嬖臣搀扶下，南眺寥台湖。他想到自己死后，伍子胥定会掘墓毁陵，思虑半天，说道："寡人的寝宫，适宜建在湖之下。这台陵，可以做为疑冢。"

　　楚平王熊居在费无极、沈尹戍随从下，视察了地宫、下宫、上宫、宫城的构造。上宫占地一百二十亩，由神台、神门、神道组成。宫城四周筑有神墙、神门。城内有祭殿、神台。地宫建在神台之下，深达数十丈。神门之后筑后陵和下宫，设正殿、影殿、斋殿。正殿做为供奉楚王灵柩。影殿位于正殿之北，供奉楚王画像。斋殿在最后，是祭堂。上宫和宫城两侧，筑有守陵官员、卫兵和宫奴的住所。

　　楚平王熊居看过陵寝，又嘱咐道："这陵做疑冢。快把真陵筑在湖下。地宫规模和疑宫的寝宫相同。"

　　熊居起驾回都时，又命令沈尹戍加速筑陵，务必在三月内竣工。沈尹戍奏道："臣手下筑陵奴工，计二十万人，日前被令尹抽调半数去郢都筑城。大王限期三月完工，臣人力不够。"

　　费无极趁机进言道："大王怎么不命令奋扬征集奴工十万人，交给沈司马遣用。"

　　楚平王熊居采纳费无极所谏，立即诏令奋扬从各地征集奴役十万，协同沈尹戍在寥台湖之下，掘穴修筑陵墓。

　　熊居回到郢都，看见囊瓦率十万奴役辟筑麦城，对囊瓦道；"寡人听沈尹戍说，城高万丈，挡不住伍子胥戟矛！令尹筑城拒敌，为什么不练兵耀武，以雪鸡父之耻？"

　　囊瓦遵照熊居命令，命令工匠大造船舰，演练水军。造成大小兵船二百余只，练成水兵数万人。囊瓦亲率楚军水师入江，顺水东下，直逼吴国边境。

　　公子姬光听到楚军舟师犯境，连夜进宫，觐见吴王僚，请命率兵拒敌。王僚冷笑道："寡人有掩余、烛庸、庆忌。这三人，有一人足败囊瓦，不劳你操心劳碌了。

你回府安歇，坐候捷报。"

公子姬光见吴王僚不让他带兵，深知吴王僚对自己戒备很深，叹息回府。姬光对吴王僚仇恨更深，命令府中内官紧闭宫门，整日徘徊在宫内，思谋诛杀吴王僚的计策。

吴王僚等姬光走后，即刻召见庆忌、掩余、烛庸三人。命令庆忌，率吴军水师溯江迎敌。掩余率兵三万，由陆路配合庆忌，进击楚军。吴王僚又命令烛庸调集两万精兵，守卫王宫。又派遣间谍，暗中监视姬光宫中动静，防备姬光叛乱。

庆忌、掩余二人率吴军水陆之师，星夜赶到边境的时候，囊瓦已经率领楚军水师，耀武扬威地还师。

庆忌对掩余道："囊瓦兴兵示威，扬威而返，他的边境守兵必定麻痹不备。我吴军已到楚境，不如攻他边城。王叔，你看怎样？"

掩余道："贤侄所言极是。你率水师直击楚国巢邑，我率兵自陆路攻打钟吾，胜即收兵。"

庆忌听从掩余计谋，率水师溯江直上，一举攻占了巢邑。掩余率吴军陆路之师直入楚境，沿途毫无拒挡。楚军钟吾守兵听到吴兵杀来，弃城逃跑。掩余兵不血刃，拿下钟吾。庆忌、掩余二人各留兵镇守巢邑、钟吾二城，率得胜之师高奏凯歌，回到吴都梅里。

楚平王熊居从台山寝陵回都，然后又视察麦城，连日颠簸劳累，以致病危，卧床不起。这天听报吴军攻占巢城、钟吾二城，惊恐万状，吐血数斗。费无极命令官中医师抢救。熊居自知命在早晚，紧急召见费无极，说道："你推荐囊瓦为元帅，这人自傲无才，不能当令尹。"

费无极道："臣遵大王命令，罢他官职，改任鄢将师当令尹。"

熊居叹息道："这事不宜急。当缓办，当秘密办，急则生乱。"

熊居又命令内官召来太子熊轸，公子熊西、熊申进宫觐见。费无极躬身侧立楚王床旁，太子熊轸，公子熊西、熊申跪在熊居床前。

熊居哮喘，断断续续说道："寡人命令太师扶立太子继位。你们辅佐太子。"说完大口吐血，咽气。

囊瓦得知楚王临终召见费无极，托嘱他扶立太子熊轸继位，很不高兴，私下和大夫伯郤宛商议道："太子熊轸的母亲孟嬴，是太子熊建的妃子，被大王夺占，后来立为夫人，不是光明正大。而且，熊轸年幼，他继承王位，大权必定落在费无极手中。"

伯郤宛问道："令尹，你打算怎么办？"

囊瓦道："我认为公子熊西年长性善，立长则名顺，择善则国治。如果立熊西为楚王，楚国强盛有望！"

伯郤宛知道囊瓦和费无极有仇，对这二人都不亲近。伯郤宛听了囊瓦的话，没有主张，就去公子熊申宫中，把囊瓦的话告诉熊申。熊申怒道："囊瓦要废太子，违反父王遗嘱，张扬君王秽行。太子母亲秦姬孟嬴，已被先君立为夫人，太子怎能不是嫡嗣？如果听从囊瓦胡言，废立太子，必然得罪秦国。楚国失去秦国援助，南有吴国，北有晋国，东有齐国、鲁国，都是楚国的强敌，楚国就有内忧外患了。囊瓦更立，实是祸我楚国。谁要更立，我必杀他！"

伯郤宛把熊申的话告诉囊瓦。囊瓦不敢反叛。费无极拥护熊轸主丧即位。费无极召回奋扬、沈尹戍，以辒车载平王熊居棺椁，又载宫中器物百车，趁夜驰往台陵安葬。费无极为了遮人耳目，当夜用七十三乘辒车，载着同样的棺椁，从郢都各门同时出城，分别葬到预定的地点。只有两乘辒车在士兵护卫下，秘密运到台陵。一具疑棺葬在台陵寝宫。另一具殓楚平王熊居遗体的棺椁，被隐秘地葬进寥台湖下的地宫内。费无极和沈尹戍、奋扬，为安葬熊居煞费苦心，目的就是防备伍子胥将来掘陵毁墓。

费无极作为楚平王熊居临终前口嘱太子继位的辅臣，在台陵召见奋扬、沈尹戍道："先王身前命令造寥台湖地宫，是为防备伍子胥掘陵毁墓。凡是造陵工匠，都在台陵赐死，不许漏掉一人活口。寥台湖地宫工匠，也要活殉在先王寝宫。"

奋扬、沈尹戍二人领命，就把寥台湖寝宫和台陵工匠及奴役数万人集中赐宴，用药酒毒死，在台陵附近山谷掘坑埋葬。

寥台湖寝宫安葬着熊居的棺椁。陵内地宫留有宫奴、工匠数十人，料理地宫封门，奋扬亲自指挥监督。这批工匠当中有皇甫讷父子。皇甫讷儿子皇甫胥看见士兵把一桶桶油烛运进寝宫，十分惊诧。皇甫胥趁没人时抹了油烛，给皇甫讷看。皇甫讷说道："这种油烛，是人鱼之膏①。"低声对儿子道，"我预料，地宫就要封口了。"

皇甫胥惊问："父亲，我们死期到了吗？"

皇甫讷道："是呀，出地宫是死，不出地宫也是死。费无极是不会留一个活口的。他防备伍子胥掘陵毁棺。"

皇甫胥吓得毛骨悚然，口齿不清地泣道，"父亲，我不要死，我怕。我要活着出去。"

皇甫讷抚摸着儿子的头颅道："儿子，甭怕。你东皋公大伯说过，你是长寿相。"见四处无人，把皇甫胥的头搂进怀中，低声道，"他们封宫时，地宫里要留人。你随我留在地宫里。记住了，留下来。"

皇甫胥仰起脸问："留下来出不去，不是死？"

皇甫讷道："出去的一个也活不了，不是杀，便是赐饮毒酒。你听我的，留下来还有活路。"

父子俩正在商议，监工举了皮鞭赶来抽打，一边喝斥道："封宫了，还躲懒！快，快去封宫！"

皇甫讷拉住皇甫胥，随着一群衣衫褴褛的工匠和宫奴在监工的驱赶下来到地宫门洞口。将军奋扬手握剑柄，站在洞口指挥奴役将一块块巨石朝地宫洞口处拖运。

---

① 即江豚，俗名江猪。以其油制烛，燃于地宫中耗氧，一者是致殉葬者速死，再者为防腐。

洞外，数百只洪炉烈焰升腾，熔炼着封洞的铜汁。

奋扬瞅见地宫内一群工奴朝洞口处涌来，扬手斥道："洞内的人不要出来，就在宫里封穴。敢违令者，立斩！"

皇甫讷听见暗自欢喜，拉了儿子一把，挤进拖拉石块的人群。随着一块块巨石在洞口垒起，地宫与外面逐渐隔绝。地宫内的宫奴和工匠们几乎全都瘫倒在地。洞口上端只剩下一块巨石的空隙，只要将这块石头填上去，地宫就封口了，地宫里的人也就永远留在里面。只见监工的脑袋出现在洞口上，朝地宫内说道："地宫里的人听着。地宫里有饮食，你们自己吃吧。你们把地宫里的油烛都点燃，十日后开门放你们出地宫。违令者，抄家灭门，斩不赦！"

一声巨响，最后一隙光明消失。地宫封住了，地宫内一片黑暗。有人擦击火石，点燃了地宫的油烛。奴工们惊惧，叫嚷着把所有的油烛全点了。皇甫讷慌忙阻挡，劝说道："不可都点，不可。"

一个工匠发疯似地推开皇甫讷，叫道："不可点？咋不可点！我们都成了活鬼了。我们出不去了。陪了大王活葬。"

皇甫讷拉过皇甫胥，找寻了食物，席地而坐，与儿子一同饮食。地宫里数百支鱼油巨烛哔哔烘燃，烛光、油烟使人头晕目眩。工匠、宫奴们都不思饮食，坐在地面等死。有油烛烬熄，就有人默默地取来鱼油烛重新点上。

地宫中无昼夜之分，无日月短长，殉葬的工奴们随着一支支鱼油烛的烬灭，一步步跟随棺椁之中的楚平王而去。空气逾来逾混浊，刺鼻的鱼腥味逾来逾浓，熏得人昏沉欲睡，半醒半昏。皇甫胥一直倚偎在皇甫讷的怀中沉睡。皇甫讷没有睡，他一直清醒着，等待着活殉的工奴全都昏睡了，再把儿子送到预先发现的出口。

十天前，皇甫讷修筑地宫西壁发现泥土坍塌，现出一个洞口。他看见四处无人，朝洞里张望，探知此洞很深，通达地面。皇甫讷不放心，抓一把尘土朝洞口扬去，那尘土如烟一般地吸入洞内。皇甫讷大喜，这是一个活洞。他慌忙用砌壁专用的玉石在洞口垒平，垒得与周围宫墙平复一致，毫无破绽。只是在这块玉石上暗自做下记号。皇甫讷又趁工奴们不注意，偷偷地将一把铁锤和一把石錾子藏在地宫的殉葬物之中。皇甫讷深知，出去的宫奴和工匠都要被斩杀和毒死灭口。封在地宫的工奴就是活殉，他在等待油烛熄灭，活殉的人也就不再醒来。他也想过打开洞门，让活殉的工奴随他逃出地宫，但是不能。出了地宫就是寥台湖岸上的台陵，那里有奋扬的守陵士兵巡守。这么多的人一旦被守兵发觉，一个甭活。如果这样，不如让儿子活着，将来为这些活殉的工奴报仇。

地宫中的空气逾来逾稀薄，鱼油烛已经没有了哔哔的叫嚣声，火苗逾来逾小。地宫四周贴近宫壁的几只油烛爆了几爆，竟然中途熄灭了。这是危险的预兆，是死亡的预兆。皇甫讷摸过身边的一罐浆水，自己喝了几口，摇醒怀中的皇甫胥，让儿子喝。皇甫胥喝了半罐，问道："浆水还有吗？"

皇甫讷道："傻儿子！地宫中的油烛和浆食，都为我们活死人准备的，到死都吃不完。喝，喝完我有话说。"

皇甫胥年轻，体质好，喝了一罐浆水头脑清醒了，问道："父亲，我们就这么死了，为大王殉葬？"指着又有几支要熄的油烛道，"地宫缺少空气，烛都灭了，人也不行了。你看看，他们都睡死了。"

皇甫讷叹道："睡死好。睡死无忧。"

又有几支油烛熄灭了，只有几十支放在低处的油烛在燃烧。地宫中迷罩着半层烟雾，吸进口中的空气辛辣异常。皇甫胥瞅见四周半死半睡的宫奴和工匠们十分恐怖，一边搂住皇甫讷哭道："父亲，我不想死。我不要死！我要出去，我要出去！"

皇甫讷见儿子神智不清，伸手打了皇甫胥一个嘴巴。皇甫胥镇定了，问道："父亲，你为啥打我？"

皇甫讷搂过皇甫胥，低声道："你听我说，听清楚，我们等会逃出去，时机还不到。你先吃喝，养精蓄锐。"

皇甫胥道："这地宫铜墙铁壁，洞口巨石封门，又浇了万千斤的铜水铁汁，宫顶离地面也有数十丈。我们死定了，逃不出去了。"

皇甫胥说完抱着皇甫讷痛哭。皇甫讷贴着皇甫胥耳朵说道："甭哭甭哭，我有法儿出去。你如此这般，叫我如何带你逃生？"

地宫内的油烛，又有数支熄灭，剩下的亦如鬼火般地摇曳着忽明勿灭。油烟秽雾自地宫顶部向地面沉重地压下来。躺卧地上的宫奴工匠都半死不活，只有少数的人还在残喘呻吟。皇甫胥已经不哭了。皇甫讷见时机已到，取来锤子和石錾，拉了皇甫胥贴着地面爬到地宫西壁。

皇甫讷摸到封住洞口的那块玉石，挥起锤子击打石錾，一錾一錾地凿削玉石。皇甫胥见父亲累了，便替换了击凿。许久，终于使玉石活动了，父子二人将它搬下来。洞口现出来，地宫内的烟雾立时朝洞内涌。皇甫讷道："不好！洞外卫兵发现烟雾，便会封洞。儿子，你快逃，我封洞。"

皇甫胥道："父亲，我们一同逃。"

皇甫讷道："不可！你快走，不要顾我！"

皇甫讷把皇甫胥推进洞口，嘱道："将来伍子胥伐楚，你要他替我报仇！"

皇甫讷不听皇甫胥在洞内哭号，奋力搬起玉石堵住洞口。他担心烟雾外泄，又脱下衣衫，用石錾将衣衫塞了石缝。一切完毕，皇甫讷完全虚脱，瘫倒在地宫壁下。这时，地宫内的最后一支油烛已经熄灭。

吴都梅里街间，一乘轩车驰入吴王宫阙。

吴王僚听报郑国使臣觐见，临朝高踞。掩余、烛庸、公子庆忌、公子姬光等一帮文武朝臣分立两旁。游綦提袍徐步登殿，行了礼，奏道："外臣游綦，奉郑君之命，恭颂吴王高寿。"

吴王僚一向小觑郑国，对郑国昔日朝齐暮楚，今日又朝楚暮晋，认为卑鄙，尤其对郑定公诛杀楚公子熊建十分不满。吴王僚瞪一眼游惎问道："大夫来吴国，是向寡人索要楚公子熊胜和伍子胥吗？"

游惎见吴王僚面呈怒容，伏地跪下道："外臣不敢。郑君诛杀楚公子熊建，又使外臣追缉公子熊胜和伍子胥，实属无奈。如今楚平王熊居已死，寡君恐罪及楚夫人和公子熊胜，特遣外臣赴贵国谢罪。"

吴王僚和吴国众臣听说楚平王已死，都吃一惊。吴王僚直立俯身问道："熊居患什么病死的，葬了吗？"

游惎道："熊居夜梦伍子胥追杀不停，患了心病，咯血而死。传说楚王葬在台陵。楚王归寝时，楚都多门同时出殡，计有辒车七十余乘，台陵是疑冢。"

吴王僚又问："楚国什么人继位？"

游惎道："外臣听说，楚平王死前，命令太师费无极辅太子熊轸主丧登位，称为楚昭王。囊瓦仍当令尹。任命伯郤宛当左尹，鄢将师当右尹，和费无极同执国政。"

吴王僚让郑国使者回宫馆歇息。游惎辞别吴王僚出宫，带上珍宝去后宫，拜见楚夫人和楚公子熊胜，并且谢罪。

吴王僚命令群臣散朝，留下掩余、烛庸、庆忌、姬光四人议事。吴王僚道："寡人认为楚国新丧，楚昭王年幼，国政未稳。寡人要出兵伐楚，你等认为如何？"

掩余道："臣弟认为乘人之危，伐之不义。大王此时举兵，必被天下诸侯不齿。"

庆忌道："楚昭王虽然年幼，有费无极辅政，又有囊瓦、伯郤宛、鄢将师一帮重臣，楚国势力未损。"

烛庸也说道："楚国新丧，人心必齐，贸然讨伐，胜负难料。"

吴王僚问姬光道："你怎么，不说话？"

公子姬光道："请大王让臣思考。"

吴王僚见商议没有结果，命令退殿，改日再议。公子姬光出了王宫，命令被离驾车直奔阳山田庄。姬光见了伍子胥，把楚平王熊居已死、楚昭王继位等事细说。伍子胥听到熊居已死，擂胸大恸，泪雨滂沱。

姬光见伍子胥痛哭不止，十分惊诧，就问道："楚王是你的仇人，他死你应当高兴，为什么痛哭呢？"

伍子胥泣道："子胥不是哭熊居。我哭我不能亲自割他的头，以雪诛父杀兄灭族之仇！"

伍子胥悲啼很久，才抬头对姬光道："公子要图大业，这是千载难逢的机会。"

姬光神情一振，俯身问道："姬光愿听详细。"

伍子胥道："今楚国幼王新立，国政未稳。公子为什么不奏请吴王举兵伐楚，就便趁机夺回王位？"

姬光见子胥要他奏请吴王僚伐楚，笑道："吴王已要举兵，无奈掩余、烛庸、庆忌三人都说趁丧伐之不义。吴王没有下决心。"

伍子胥愤道:"公子如果不趁机让吴王出兵,想夺回王位,今后就没有机会了!"

姬光道:"伐楚之事已经议过,我不好再提。"

伍子胥道:"你明早奏请吴王,就说乘楚国国丧而讨伐,可以图霸。吴王必信,必然出兵入楚。公子可以趁梅里空虚,夺回王位。"

姬光沉思一会儿,叹道:"此计虽好,如果王兄派我率兵入楚,怎么办呢?"

伍子胥笑道:"这事简单。公子为什么不假装脚伤呢?吴王见你脚伤,不会派你为将。公子可以献计给吴王,让掩余、烛庸二人率兵一路攻楚,再让庆忌联结郑国、卫国之兵,另一路入楚。吴王如果用公子计谋,便可一网打尽吴王的三员大将。我听你说吴王僚好美食,尤其喜欢吃炙鱼,力士专诸已学成炙鱼。吴王僚的死期到了。"

姬光听说不住点头,叹道:"这计策虽然可以夺回王位,但是我王叔季札还在都城,他能让我篡夺王位吗?"

伍子胥道:"这事也好办。吴王僚如果从计伐楚,公子可以进谏吴王僚,说晋国一直想攻打楚国,让季札出使晋国,观察晋国动静。吴王僚自傲又粗心大意,必定会听从。如果季札出使晋国,等他回到吴国,公子早已登上王位,他能把你废了吗?"

公子姬光听完伍子胥计谋,大声叫好,深深鞠躬,说道:"上天可怜姬光。我得子胥,是上天使子胥赐我王位!"

姬光回到宫中,拿铜杵狠击右脚踝,打得筋肉受伤,红肿高大。第二天,姬光进宫觐见吴王僚,车到宫门,姬光趁下车故意失足,从车上跌倒在地,大声呼叫:"我脚已伤,痛啊!痛死我了!"

门官进去禀报吴僚,说姬光进宫觐见,在宫门跌落车下,伤了右脚。吴王僚吃一惊,就命令宫内卫士去宫门搀扶姬光上朝。姬光被扶到朝堂,吴王僚亲自察看脚伤,看见姬光右脚踝青紫肿大,劝慰道:"王弟伤脚,寡人命令兵士送你回宫养息。"

姬光慌忙奏道:"臣有要事,奏请大王。脚伤是小病,无性命之忧。"

吴王僚命令嬖臣搬来锦墩,扶姬光坐下。

姬光侧身坐下,奏道:"昨天大王问臣,能不能出兵伐楚之事,臣昨夜思之再三。臣思谋,大王出兵伐楚,有三利。楚平王熊居身前穷兵黩武,诸侯屡被遣用,怨恨极深,其是一利。晋、齐诸国早有伐楚之心,如果大王举兵先攻,齐、晋必然不会进兵。大王一举攻克楚国,霸业成功。这是二利。前次伍子胥率二万之兵,击溃楚国联军十万之众,楚军惧畏吴军胆裂,而且楚国令尹囊瓦狂傲疏才,又和左、右尹伯郤宛、沈尹戍不睦。楚王熊轸年幼,费无极执掌国政,臣民怨恨。楚国上有朝臣不和,下有民心不稳,这是大王伐楚的三利!"

吴王僚听了姬光的话,极为兴奋,俯身问道:"依你之意,寡人怎么进攻楚国较为妥善?"

姬光用伍子胥之计,对吴王僚道:"臣认为,大王当以两路出兵,一路出使,为上上策。大王可以派遣掩余和烛庸率师一路攻楚，再让庆忌率一师联合郑、卫二国之兵，另一路攻楚。这是两路出兵。臣虑晋国有攻楚之心，大王可以派遣王叔季札出使绛城通知晋侯，吴国已经出兵伐楚，一边留意晋国动静。大王如果按计行事，楚国必定拿下。臣脚伤难行，可惜不能担当伐楚的前锋了。"

吴王僚听了兴奋不安，立即命令掩余、烛庸率兵攻楚，命令季札出使晋国，只是不派遣庆忌，命令他留守。吴王僚劝慰姬光道："王弟安心养伤，和寡人坐等捷报。"

第十一章

赤胆忠义，专诸献鱼刺杀吴王僚

吴国大将掩余、烛庸各率领水陆之师二万余众，一路乘船朔江而上，一路循江边陆路进发，直攻楚国潜城。潜城守兵坚守不战，烛庸命令吴军围困潜城。潜城守将司马鄢焘命令间谍深夜坠城而下，直奔楚都郢城求援。

楚昭王熊轸年幼无知，费无极不懂军事，听到吴兵围困潜城，幼主谗臣慌急无措。公子熊申出班奏道："吴师乘我楚国国丧，进兵来犯，如果不出兵迎敌，显得我楚国懦弱。依臣愚见，当遣派右尹鄢将师率陆军二万，直奔潜城救援。另派遣左尹伯郤宛率水师二万，沿淮河顺流东下，堵截吴军后路，使吴军首尾受敌，此役可胜。"

楚昭王听了熊申的建议大喜，命令伯郤宛、鄢将师各率水陆之师，分道迎敌。

潜城坚固高大，易守难攻。城下有护城沟壕，阔数丈，壕内水深有一丈。鄢焘率城中楚兵在城墙上堆瓦石灰罐，又布置硬弓，吴兵近前都被楚军击退，掉进壕沟的淹死无数。烛庸亲率吴军兵士攻城数次，都大败而退。正值手足无措之际，掩余率水师到达。烛庸把掩余迎进中军大帐，商议攻城之事。

烛庸道："潜城城墙高峻，壕阔池深，一时难以攻破。"

掩余笑道："这有何难。我料城里粮草不多，我军只围不战，等楚军粮尽，此城不攻自破。"

烛庸依照掩余主张，下令吴军水陆两军只围不战，要困死城中楚军。一连几天，烛庸和掩余在帐中饮酒作乐。吴军在城下团团安下营寨，作久困之计。远近楚国商人，都来城外吴营附近买卖经商，生意十分红火。经营皮肉生意的妓女还在吴营附近开起了一家家妓馆。草棚妓馆门前悬吊着红灯笼，妓女浓妆艳抹站在路旁，有撩裙泄春，也有掷飞吻勾魂，施尽招数，招引吴兵宿妓嫖娼。掩余、烛庸也掳来数名楚女，留在帐中淫乐，对兵士就不加管束。潜城城外，吴国军营周边，一夜之间兴起了数百家妓馆、酒店。这些临时搭建的草棚儿酒店妓馆，绵延数里，形成了一座新开发的繁华的街市，昼夜喧嚣不息，热闹非凡。

这天鄢将师率兵来解潜城之围。兵距潜城五十里，鄢将师听间谍禀报，吴军散不成军，都在城外市中饮酒嫖娼。鄢将师听报大喜。当时楚军已经下栅建营，兵士正埋锅造饭。鄢将师下令拔除营寨，踢坍锅灶，率军杀奔潜城西门。城外吴军见楚兵杀来，毫无戒备，一时无力抵抗，被杀得弃阵而逃。鄢将师夺得吴军大营，命令楚军驻扎，守备城外。城中守将鄢泰见援兵到来，下令悬起吊桥，开闸启门，迎接鄢将师进城。鄢将师进城后，命令守军坚壁不战，在城墙之上堆积砖石灰罐，布置强弓硬弩，和城外援军共守潜城。

烛庸和掩余在帐中一边饮酒，一边欣赏楚伎歌舞。突然兵士来报，楚右尹鄢将师率援兵杀到潜城西门，夺取了吴军西门外大营，大惊失色。烛庸斥退歌伎，亲自和掩余披甲出帐巡营。看见东门外兵营周围都是酒肆妓馆，掩余大怒，喝令兵士将草棚全部推倒，驱逐商人妓女。烛庸又下令，凡是嫖娼饮酒官兵，立斩。间谍又来禀报："楚左尹伯郤宛率水师沿淮河东下，现在已经堵塞了入江水道。"

掩余大惊，叹道："伯郤宛断我水军退路。如果鄢将师率城外楚军联合潜城守军出战，我军腹背受敌。这，如何是好。"

烛庸道："我你现已进退两难，不如分兵作犄角之势，和楚军相抗，一面派人速去梅里求救。"

掩余赞同，立即率领所部水师在江口扎营，防备伯郤宛西进。烛庸则一边命令围困潜城吴兵退后三十里，集中一处下寨，和城内楚军相恃；一边遣派心腹副将星夜赶奔吴都求援。

吴王僚听报吴军深入楚境，腹背受敌，十分惊骇，立即召见公子姬光商议。姬光由被离搀扶坐车进宫。君臣礼毕，吴王僚赐座。姬光侧坐，听吴王僚说罢吴军处境，沉思半天，说道："臣观天下大势，向来晋楚争霸，吴为属国。今天晋国已衰，而楚国四面用兵，屡战屡败。诸侯和晋楚离心，各自保守，南北之政，将归于东。这次大王出兵伐楚，如果此役得胜，大王霸业已成。依臣之见，大王不如派遣公子庆忌，去征集郑、卫二国之兵，并力攻楚，不但潜城可得，楚将沈尹戌、伯郤宛二人也可擒获。"

吴王僚立即依照姬光建议，命令公子庆忌率吴兵一万，前往郑、卫二国请兵击楚，以解烛庸、掩余之危。

公子姬光建议吴王僚派遣烛庸、掩余、庆忌三人伐楚，是实现伍子胥除掉吴王三翼之计。姬光见庆忌率兵离都，就布衣轻车赶奔梅里西郊阳山田庄见伍子胥。二人礼毕，姬光道："庆忌已离开都城，将军除三翼之计成功。不知将军下面用什么计策刺杀吴王僚？"

伍子胥笑道："大事已成。当喜，当贺。"不再说杀吴王僚事，对甘媺道，"传我话给庖厨，为公子炙鱼。"

甘媺会意，含笑不语，抠衣躬身退出。半天，甘媺和卞玕亲来摆宴，摆上数盘佳肴，都是鱼。伍子胥亲替姬光斟酒，请他逐样品尝。姬光见这几种鱼肴色泽各异，美味诱馋，或是糖醋红烹，或是姜葱清蒸，或是油炙酒渍，入口鲜美不可胜言。姬光赞道："将军有此鱼肴，怎怕吴王僚不上钩！"停筷又道，"我能见见炙鱼人吗？"

伍子胥笑道："可以！"就朝门外击掌三响，一大汉应声进来，垂手侧立一旁。

公子姬光举目观瞧，见这大汉身高九尺，虎背熊腰，满脸胡须，只露两只眼睛明亮如炬。再细看，见大汉头大如斗，拳大如钵，不由惊叹道："真是神人！"

伍子胥笑道："他是我的义弟，炙鱼人专诸。"扭头对专诸道，"这是公子姬光。专诸兄，你过来行礼。"

专诸伏地跪拜，形如山倒岳崩。姬光慌忙离席，也倒身跪拜还礼。伍子胥哈哈大乐，离席将二人搀起道："今天朋友相聚，不拘君臣之礼。子胥请二位入座。"

伍子胥要为专诸斟酒，姬光不让，亲自替专诸斟酒。姬光双手捧杯，跪敬专诸道："壮士，请饮这杯酒。"

专诸慌忙离座跪倒，推辞道："君臣之分，不可悖礼。专诸不敢受。"

姬光见专诸不受，跪下不起，泣道："吴王僚夺我王位，早晚要杀我姬光。蒙子胥兄相荐，请壮士为我诛杀吴王僚，救姬光于危厄。壮士明日之举，是冒死行刺，姬光应当行大礼。壮士不受，姬光宁死不起来。"

专诸十分为难，扭头看伍子胥，伍子胥拈着胡须沉思，平静如水。专诸见姬光跪在地上哭泣，情景悲哀，叫道："我喝这杯酒，公子请起。"

专诸从姬光手中接过酒杯，单手扶姬光起身入座。专诸举杯道："古人说，士为知己者死。我专诸是一介野夫，蒙子胥兄以兄弟相待。子胥兄一家为楚王所杀，逃亡吴国，要借吴兵伐楚复仇。今天专诸愿为公子血溅吴王僚，公子他日得王位，必须帮助子胥兄出兵伐楚。若公子不答应，这酒专诸不喝！"

姬光起身道："姬光今天对天盟誓，如果他日不助子胥伐楚复仇，不得善终。"誓毕，双手举杯遥敬专诸。

伍子胥和姬光、专诸三人开怀畅饮，席间再不谈刺吴王僚之事。直到酒酣尽兴，姬光要告辞回宫，伍子胥说道："我已经为公子请来专诸刺杀吴王僚，请公子善待。"

姬光默默行礼，也不说话。专诸和伍子胥礼毕，也不作声，扭身随姬光同车离去，再不回头。伍子胥望着马车在大道上越行越远，想到和专诸这一别，也许今生今世再难相见，不觉悲愤泪下。

伍子胥一夜不眠。他对姬光刺杀吴王僚之事不放心。吴王僚虽然身边没有了庆忌、掩余、烛庸三人，但他一直对姬光深怀戒备，左右不离卫士。万一此举不成，不但白送专诸性命，姬光生命也不保，自己借兵伐楚复仇便也成为泡影。他想和要离、孙武商议，思前想后还是作罢。他放不下架子，想他伍子胥自幼习文练武，立志上事君王，下劳百姓，志在安邦立国。如果连这一件小事都办不好，往后怎么和楚国兴兵动武？

甘嬷自从和伍子胥有过一夜相欢，因为她爱慕伍子胥，又自卑出身贫贱，不敢强求子胥娶她为妻妾，只能以身相待。伍子胥不忍伤害甘嬷之情，也不以奴仆相待，让她侍寝。甘嬷躺在伍子胥身边，听子胥长吁短叹，辗转不眠，明知不便询问，但是她不忍心子胥忧虑不堪，就开口问道："二爷为何事烦恼？"

伍子胥知道甘嬷为自己分忧，又不好向她直言，只是长叹不语。

甘嬷白天传菜递酒，已经听到专诸帮助公子姬光刺杀吴王僚之事，心想二爷莫不是担心成败？甘嬷也忧虑了一会儿，还是忍不住说道："妾奴自知不宜过问二爷大事，实不忍二爷忧愁。妾听土人言，要吃龙肉，就要亲自下海。二爷如果对事情不放心，为什么不亲自去办？"

甘嬷一句话，正合伍子胥心意。第二天大早，伍子胥便装扮成卖柴的山人，和要离装载一车柴草，送进公子姬光府中。姬光见伍子胥来到，又惊又喜，慌忙迎进密室，和专诸相见。

三人行完礼，伍子胥落座，问道："公子大计，落实得怎样了？"

公子姬光道："我明天请吴王僚来我宫中吃鱼，专诸献鱼，乘机杀他。"

伍子胥沉思半天，说道："吴王僚对公子戒备很深。他前来赴宴，必带卫士。专诸兄献鱼，卫士必会搜身。手无利刃，如何击杀吴王僚？再者，如果吴王僚内穿铠甲，专诸兄既有利刃，也难以一击致死。"

姬光一笑，扭身从壁上摘下短剑一把，对伍子胥、专诸二人道："这剑名叫鱼肠，和将军所佩沥镂剑，同是越国人欧冶子所铸。"边说边抽剑出鞘，只见青光一闪，满室寒气逼人。伍子胥、专诸都惊叫出声。

姬光持剑，照准案上一只金杯劈去，剑落无声，金杯立分两半，铿锵着地。姬光道："甭看此剑短小，可藏在鱼腹之中。其利，可穿世间宝甲。"

伍子胥又问道："利刃已有，后事怎样料理？"

姬光道："我厅后有密室，可藏卫士数十。吴王僚来到，我借故脚痛离开，专诸趁机献鱼行刺。我命令卫士杀出，援助专诸。"

伍子胥道："凡事不怕一万，就怕万一。明天我料定吴王僚必带卫士护卫。怕有疏漏，一失足成千古恨，我今晚不走了，留在公子宫中。明天我亲自率领卫士击敌。"

姬光、专诸听到伍子胥要亲自率领卫士藏在密室，伺机援助专诸行刺，十分欢喜。姬光命令宫奴摆酒宴，三人尽兴而饮。

当晚，姬光进宫请王僚明天赴宴。吴王僚听说姬光宫中庖人会炙鱼，所烹之鱼鲜美绝伦，钦然应允。姬光回到自己宫中，告知伍子胥、专诸，吴王僚应允明天赴宴，就安下心来思量准备。伍子胥没带铠甲来，就向姬光要了软甲一副，挑了铁戟一杆，当夜就宿在密室。专诸也把鱼肠剑带在身边，独自歇在厨屋。

吴王僚对公子姬光请他赴宴，心生狐疑，对他母亲道："姬光摆宴请我，不知道有没有图谋？"

僚母道："我看姬光心气怏怏，必有憎恨，对你夺他王位不满意。他邀请你赴宴，不怀好意，你为什么不推辞？"

吴王僚想了一会儿，叹道："难啊！推辞就生分了，反而被他小看我。我多带卫士，严加防备，还怕他谋反吗？"

僚母道："我听说先王有一件猰㺄软甲，藏在府库，你拿来穿在袍内，可以防备利刃。"

吴王僚大喜，立即命令内官取来宝甲，穿在身上，外穿锦袍。快到中午，吴王僚率数百名卫士来到姬光宫中赴宴。姬光见吴王僚驾到，亲自到宫门迎候，侧身导引，把吴王僚请进大厅落座。

吴王僚带来的卫士，在姬光宫外围了宫墙。又在宫门到大厅，分成两队排列，个个顶盔穿甲，人人手持戟戈，鹰瞵鹗视，凶神恶煞。

公子姬光传命庖奴传菜肴摆酒宴。庖奴传菜肴到大厅门外，就被吴王僚卫兵喝止，剥去衣衫，裸身换上短裤。庖奴双手捧菜肴，从戟戈夹峙的甬道进入大厅。然后将肴盘奉过头顶，膝行摆放在案上。摆酒宴完毕，又膝行退出门外。

公子姬光侧身站立在席案左旁，双手拿壶，躬身替吴王僚斟酒。吴王僚嬖臣站立在右侧，躬身持筷，逐样尝验席上的菜肴。姬光斟酒时，故意踉跄要跌倒，面装痛苦之状，呼道："痛死我了！"

吴王僚惊问："王弟脚伤，还没好吗？"

姬光躬身道："臣脚伤溃烂，痛彻心髓。臣请王兄许臣避退，缠裹止痛，再来侍候王兄。"

吴王僚不知是计，说道："王弟请自行方便。寡人且宽坐，等候王弟来同饮。"

姬光朝吴王僚俯身道："臣谢王兄。王兄先自饮，臣弟去去就来。"回头又朝厅外呼叫道，"命庖厨，上炙鱼，请大王品尝！"

姬光一步一拐走进厅后。他见无人跟踪监视，就潜进密室里。伍子胥穿戴盔甲，手持长戟。子胥身后，数十名卫士都手持戟戈，等待命令。伍子胥见姬光到，轻声问道："昏王喝酒了吗？"

姬光道："刚喝。我已经命令专诸上鱼了。"

伍子胥立刻把姬光拉到身后，持戟跃在密室门边。他又回头招手，示意卫士们紧随其后。

专诸在厨房早把鱼肠剑藏在鱼肚子里面。他把这条红烧大鲤装进巨盘。听见姬光在厅内呼唤上鱼，专诸托起大盘出了厨房。走到宫门，专诸停下更衣，只穿了一件遮裆的短裤，端盘膝行到吴王僚席前。吴王僚很馋鱼，专诸进厅，他双眼如猫地盯住盘中大鲤，鼻子已嗅到美味。吴王僚正在馋涎欲滴，想不到专诸一手托盘放到席案，另一只手疾速地从鱼肚里抽出一柄短剑，直接刺向吴王僚心腹。吴王僚躲闪不及，专诸手执鱼肠利剑直穿吴王僚袍内三层铠甲，剑透后背而出。

吴王僚惨叫一声，仰面栽倒。周围卫士纷纷挥戟朝专诸砍来。专诸也不顾安危，生怕吴王僚不死，踢翻席案，跳到吴王僚近前，又刺了吴王僚一剑，穿胸洞心。吴王僚哀叫气绝。卫士戟戈如雨般砍下，专诸顿时被砍做肉泥。

伍子胥听到吴王僚哀号，挺戟蹿出密室，率卫士杀奔前厅。吴王僚所率卫士，见吴王僚已死，锐气已减。伍子胥见专诸死了，悲愤万分，挥戟狂杀，力杀十数人。厅内护卫，被子胥和姬光家兵砍杀大半，其余纷纷朝宫门外溃逃。伍子胥杀散宫门军卫，弃戟回来，跪在专诸尸前嚎啕痛哭。公子姬光也面朝专诸长跪悲泣，哀恸不已。

被离一旁劝道："公子、将军，节哀顺便吧。吴王僚已死，当图登位，不可耽误大事。"

姬光擦泪起身，命令家兵收殓吴王僚、专诸二人尸体。伍子胥也抹泪止悲，换去血染的袍衫，随公子姬光坐车赶往王宫，召集群臣议事。公子姬光面对吴国众臣道："我今天诛杀吴王僚，并非贪图王位。吴王僚违背先王之约，自立为王，是吴国的罪人，应当诛之以正王法。僚既然死，国不可一日无君。光权且代掌国政，等光的王叔季札回国，应当奉王叔登位。"

群臣见吴王僚已死，姬光又说代管国政，要奉季札为王，也就无话可说。姬光按王礼殡葬王僚，让吴王僚之母仍旧居住后宫，供奉如常。姬光又厚殓专诸。伍子胥把专诸棺椁运到太湖之滨，亲穿孝衣，率领伍恨按楚国礼仪亲挽辒车。孙武、要离、甘媸、卞玕也参加葬仪。伍子胥在专诸、阿香墓前，拜请孙武、要离为证，把伍恨改名叫专毅，承祭专诸香火。公子姬光也改装布衣，趁黄昏无人，在被离陪伴下来到专诸、阿香墓前，跪拜祭奠。姬光挥泪问被离道："专诸、阿香，是哪里的人？他们家里还有什么人？"

被离泣告道："专诸是楚国棠邑西北士林镇人，和伍子胥是同乡。子胥打猎在士林，见专诸和恶少撕斗。专诸母责斥，专诸罢手垂头回家。子胥赞叹专诸'夫屈一人之下，必申万人之上，天下难得孝义之士'，就和专诸结为好友。专诸母认为贵贱不相交，劝专诸疏远伍子胥。专诸什么事都听老母，唯有和子胥相交一事，不听母言。后来楚平王杀伍奢、伍尚，子胥出逃。费无极派遣楚将武玓赴棠邑抄杀伍氏满门。专诸母听讯，要专诸跟随子胥共患难。专诸不忍心丢下老母。专诸母动怒，进屋里不出。专诸进屋探视，老母已经自缢。专诸葬了老母，赶奔棠邑，只身杀进伍府，力毙数十人，救出伍子胥儿子伍恨，逃到梅里杀猪卖肉糊口。专诸知道刺杀吴王僚自己必死，拒绝伍子胥请求。阿香大义相劝，自缢而死，绝了专诸后顾之忧，专诸才去太湖学习炙鱼。专诸刺吴王僚，一是为公子夺王位，二是为伍子胥酬义！"

公子姬光已是嚎啕不止，头击墓碑，其声如磬。姬光手抚专诸墓碑，辨识有"不孝子专毅泣立"数字，惊问被离道："你听说，专诸有儿子吗？"

被离道："专诸没有儿子。专毅，是伍子胥儿子伍俍。伍子胥念专诸大义，将伍俍承嗣专诸，改名专毅。"

姬光大为震撼，感叹道："棠邑多义士，愧煞吴国人。伍子胥无愧当世豪杰。"又朝专诸、阿香二墓跪拜，嘱咐被离道，"姬光请先生往后提醒，不忘专诸、子胥！"

在楚国通往吴国的边境山道上，一位穿着布衣草鞋的老人，拄长剑当拐杖，边走边唱道：

> 莽野衰草兮萧萧，
> 陌上白骨兮森森。
> 烟墩狼火几时休？
> 黝黝长夜乎悠悠。
>
> 前有三皇五帝，
> 后有夏后三周。
> 多少豪杰争春秋，
> 转眼兴亡过手。
>
> 青史几人留名？
> 荒岗无数坟丘。
> 前人筑路后人走，
> 昊昊乾坤无尽头。

这位边唱边行的老者年过五旬，身材高瘦，略显佝偻，三缕胡须飘散前胸如乱草临风。这人正是吴国王爷季札。季札出使晋国回来，途中听说姬光诛杀了吴王僚，很为哀痛。吴王僚和姬光都是他的侄儿，为争夺王位自相杀戮，使季札伤心不已。季札一边悲歌，一边走到吴国的边境。守境关兵见一布衣老者进关，横戟拦道："你是什么人？请出示关券，才准入境！"

季札道："我是吴国人。我这张老脸，就是关券。"边说边用佩剑拨开关兵的大戟，闯进关门。

关兵一拥而上，擒住季札，斥骂道："你这个老匹夫，竟敢闯关！"

另一个关兵骂道："这个老不死的东西，如此大胆，莫不是楚国的间谍？捉了向关将报功。"

季札道："你们有眼无珠。我是吴国的使臣，出使晋国回来了。"

关兵讥讽道："你是使臣？哈哈，吴国哪有你这样的使臣！使臣乘轺车，卫士护卫，持杖节，威风百里。你诳称使臣，分明是个疯子乞丐。"

另一个关兵道："甭跟他白话。他是楚国间谍，捉去见关将领赏去。"

季札长叹道："你们这就是吴国的关兵？这就是吴王僚调教的兵士？吴国有你们这样的兵，这样的国君，怎么会没有祸患呢！"

关兵听了季札的话大怒，斥道："你这大胆狂徒，竟敢谤君砭政！瞧我削你。"挥拳要打，恰好关将盖贺正从关所下来，喝斥关兵道："休得胡为！你们抓了什么人？"

关兵道："禀报将军。这人是楚国间谍，竟敢口吐狂言，辱骂君王。"

盖贺近前一看季札，吓得双腿一哆嗦，就势跪在地上，磕头说道："小将不知王爷驾临，死罪，死罪啊！"抬头喝斥关兵道，"还不放了王爷？给王爷请罪！"

关兵听说捉了王爷，吓得跪倒一片。盖贺面色如土，只顾磕头谢罪，头盔已落，头发上沾满泥土草屑。季札等他们折腾够了，才一手拈须，一手拿剑杖拨弄盖贺道："头已磕得够数了。你起来，老夫饥渴，给我弄吃的去。"

盖贺慌忙谢恩，捡了头盔爬起，躬身侧身引道："王爷请进关所，末将给你弄吃喝。"

季札一边朝关所走，一边道："不必铺张。老夫不喜杀生，有蔬肴黍醴①足够！"

盖贺把季札请进关所，亲自端水给季札洗脸，又取一称新衣，请王爷更换。季札不换，问道："将军可有衰服？"

盖贺惊吓如痴，不知所措，口中却连声道："有，有，有。"

盖贺命令关兵驾快车，从临近的边镇买来麻鞋衰袍，季札才换了鹑衣烂履。

边境守兵生活清苦，盖贺还是命令关兵在附近佃农家买来一只鸡炖了，又做了几样蔬菜，沽一坛清酒，置了席。盖贺请季札上首坐了，自己在下首侍酒。季札见席上有鸡，黯然伤神，叹道："老夫当年要是继承王位，吴王僚何至于死！"于是低头吃蔬，目不视鸡。

季札吃完，说道："老夫急要返都，请将军借我车马用用，行不行？"

盖贺道："末将派关兵二十人，护卫王爷起驾回都。"

季札笑道："不要，不要，不要。老夫一贯独来独往，只要将军借我驽马蓬车，行了！"

盖贺不敢违背，备轩车劲马相赠。季札也不道谢，上车扬鞭策马，驱车出关而去。盖贺见季札远去，急命关兵驱双马快车，飞驰梅里奏报公子姬光。

姬光听说王叔季札归来，身穿衰服，率百官亲出梅里西门接驾。从早等到晚，不见季札车驾。姬光沉思很久，突然对被离道："王叔莫不是避我不见，从别处城门进城了？"

被离道："王爷是不是，去了吴王僚陵墓！"

姬光大悟，急忙上车，命令被离驾车驰奔僚陵。

---

① 用黍酿制的低度酒。

梅里东山之麓的吴王僚陵前，季札手捧一抔黄土撒向墓丘，叹道："姬僚，你好权喜威，贪享富贵，可知道都是过眼烟云？你要是不图王位，怎会有今天！你得意之时痴如梦，死后翻悟梦已迟。王啊？权啊？天啊？命啊？"

姬光车近僚陵，挑帏看见季札正站在吴王僚墓前，急忙喝斥驻车。他跳下大辂，蹑足禁声走近季札，行礼道："罪臣姬光，叩请王叔治罪。"

姬光不见季札说话，只见季札背他而立，双肩颤抖，瘦弱高大的躯体如风中枯草，心生悲哀，于是哭道："吴王僚不遵祖训，夺王叔的王位。姬光杀他，是正国法，不是图王位。今天王叔归来，姬光请王叔登王位。这不仅是姬光一人之愿，也是祖父和诸王叔的愿望，更是吴国臣民的愿望。"

季札冷冷问道："何为祖愿、王愿、臣愿、民愿？"季札见姬光不答，仰天大笑，笑了又哭，老泪纵横。许久，季札才平静下来，长叹一声道，"你谋而得之，得之不易，何必再让我登王位！"

季札俯身捡起倚靠在墓碑上的宝剑，一脸茫然地离开僚陵。姬光膝行呼叫道："王叔，王叔，你去哪里？"

季札稍停，叹道："我不愿再见到，为夺王位兄弟残杀。这是吴国的耻辱。我要老死延陵，终身不回梅里了！"

姬光听了季札的话，大声哭叫道："王叔，王叔！你不能走，吴国离不开你。"

季札朝前走了一程，终于回头说道："自古洎今，国无废祀，民无废主。你要善待你的臣民，治理好吴国，季札尊你为君主。"说完，头也不回地往西北方向走去。

第十二章

鄢将师用离间计，杀害伯郤宛

公子姬光登上吴国的王位，自号阖闾。吴王阖闾不忘专诸之恩，封专诸继子专毅为上卿之爵，封被离为大夫。阖闾迟久不封伍子胥爵职，被离奏问道："大王，为什么不封伍子胥官爵？"

阖闾叹道："子胥是寡人的朋友。他投奔吴国并无他求，是要借寡人的军队去伐楚报仇。寡人如果封他爵职，怕授人以话柄。"

被离道："大王错了。大王的王位，是伍子胥舍命夺得，怎么能不封他爵职？秦穆公爵虞国人百里奚，齐桓公爵卫国人宁戚，都是外臣呀。大王爵伍子胥，有什么话柄？"

阖闾思虑再三，才说道："寡人采纳你的建议，封伍子胥行人①。可以了吧？"

阖闾见被离跪着不起，还要进言，便挥动袍袖道："卿请起。寡人爵子胥官职行人，是以客礼待子胥的。子胥要为寡人出使诸侯，专管外交事宜，责任重大。寡人立国，不立宰相，子胥可以权行宰相之实。"

被离听阖闾说到这个地步，就不敢再强谏了。

阖闾心忧掩余、烛庸、庆忌三人拥兵在外，召见伍子胥问道："寡人担忧掩余、烛庸、庆忌三人率兵在外。他们如果率兵回攻梅里，寡人怎么办呢？"

伍子胥道："大王不要担忧。掩余、烛庸二人兵困潜城，潜城司马鄢鬲和楚右尹沈尹戍，决不能放他们逃脱。庆忌所率军队，也遭到了伯郤宛堵截。以臣之见，用不了多久，他们就会不战自溃。"

阖闾听了伍子胥的话，面有喜色，笑道："寡人有你在，没有可担忧的了！"

伍子胥又道："无虑必有忧。大王可以命令被离调梅里军队，驻防西门和北门城墙，以防外患。大王你亲自率领军队，进入楚国讨伐庆忌。楚将伯郤宛知道大王兵到，必然攻打庆忌，庆忌必败。"

阖闾采纳伍子胥建议，派使节出访中原诸国，告以定位；命令被离和梅里城领椒勇，集中三万士兵，分守梅里西门、北门。阖闾亲率一万士兵，进入楚国边境，讨伐庆忌。

时值四月方末，江淮地方连日阴雨。庆忌所率郑、卫、吴三国之兵驻在江口，被楚将伯郤宛率师堵截，进退不能。军中粮草快完，兵士先吃马料，后杀马吃肉。郑国、卫国的士兵想家，各自撤军回国，只留下庆忌率领的一万多名吴兵，坚守大营。

这一天雨停，庆忌命令间谍前往附近打探，哪里囤积有粮草，打算派兵去抢粮。一间谍走到边境，远远看见数百乘兵车在泥泞中奋勇西进，车上打着吴国的旗帜。间谍认为是本国的援兵开来，回头飞报庆忌。庆忌大喜，亲自驾车前去迎接。庆忌扶着车前横梁，扬鞭策马，刚接近吴兵，只见一辆大辂中出现阖闾，一箭朝庆忌射来。庆忌大惊，回辕便走。阖闾命令兵士驾车，紧追不停。

庆忌见阖闾一箭射来，侧身躲过，驱赶战车往江滩奔逃。江边石多无路，战车走不动，庆忌下车步跑。阖闾见战车不能行，挥剑割断后鞧，飞身跃上马背，骑马追杀庆忌。庆忌扔了长戟，抽出宝剑，在江滩乱石中疾走如飞。阖闾骑马追赶不上，回头命令士兵用劲弓集矢，射杀庆忌。庆忌边跑边用宝剑拨打箭矢，无一射中。庆忌跳进江中，击水顺流远去。

---

① 执掌朝觐聘问和补交的最高长官。

阖闾抓不到庆忌，领兵回转，攻打庆忌大营。叛兵见吴王阖闾到，全部弃械归顺。阖闾命令吴兵起营回国，恰巧被离率领一万人马张扬而来，禀道："臣禀大王。臣奉伍子胥之命，率师前来接应大王。"

阖闾大喜，问道："子胥有什么话吗？"

被离道："子胥要我转告大王，请大王不要和楚兵交战。大王要乘胜进攻掩余、烛庸，消除后患。"

阖闾赞道："子胥所计，正合寡人意。"即命合兵一处，总计三万余众，沿江西进。大军正自水陆并进，一乘驷马快车飞驰阖闾大辂之前，车上兵士飞身下车跪禀道："奏禀大王。伍行人有信，呈请大王启阅。"

阖闾撩开车帏道："呈上，寡人看。"

兵士双手呈上信，阖闾启信展读，见信上书道：

臣伍子胥拜奏大王。大王统兵伐庆忌，逐之为胜。大王不可纵兵攻潜。若攻潜必迫掩余、烛庸降楚，致楚师集众伐吴，其势难挡。大王宜屯兵边境，迫使楚军攻掩余、烛庸，大王坐收渔利。

阖闾读罢信，立即命令大军退守吴楚边境驻扎。掩余、烛庸所遣间谍探得公子姬光杀吴王僚夺位称王，率兵击败庆忌，屯兵楚境，星夜奔回潜城郊区禀报。掩余、烛庸听到吴王僚已死，庆忌溃逃，二人嚎啕大哭。哭罢，掩余道："姬光弑主夺位，又逼走庆忌，必不容你我二人。他屯兵楚吴边境，是要灭你我。如今前有楚兵，后有姬光，你我进退无路，正是有家难投，有国难奔。这，这如何是好？"

烛庸思虑半天，愤道："事已至此，你我走投无路，不如投降楚军！"

掩余叹道："我们伐楚而来，从前和楚军多番交战，仇隙很深。我你投楚，不但楚人不信，必以杀之而图后快。"

烛庸又道："今前有楚军，后有吴兵，久困于此，不战自死。我你只有逃奔他国，以图后举。"

掩余摇头道："先不说姬光重兵压境，楚军前后围裹，你我如笼中之鸟，如何逃脱？"

烛庸沉默好久，心生一计，说道："你我传令两寨将士，诈称明天和楚兵交战。等到半夜，你我改装弃寨逃走，兵将们不会疑心。"

掩余听从烛庸计谋。二人命令两寨叛兵检车秣马，等候天亮布阵。是夜，潜城南郊两寨军营火烛通明，人喊马嘶。掩余和烛庸带领心腹数人，扮成哨兵从后营出逃。奔到郊区岔道，掩余和烛庸分道逃走。掩余往北逃往徐国，烛庸往东北投奔钟吾小国。

楚兵哨兵探知吴军两寨嚣闹不休，报告右尹鄢将师。鄢将师大惊，即刻顶盔贯甲，提戟随卫士登高瞭望。只见吴兵营寨烛火燎天，人马喧嚣，很是怀疑。

伯郤宛守扼江口，截获庆忌败兵很多装备，率部趁夜和潜城郊外楚军会合。伯郤宛见吴营动静异常，思虑有变，就对右尹鄢将师道："我认为吴军粮草尽绝，军营喧闹不眠，是作撤退准备。"

鄢将师拈须笑道："将军所虑不错。吴军要退兵了。到口之肉，我怎能不吃？将军和我分兵进击吴军二营，军机不可错失！"

鄢将师、伯郤宛各率本部兵马趁夜攻击吴营。潜城司马鄢焘，也率守城之兵杀出城来。吴军叛兵正埋锅造饭，杀马烹肉，突见楚兵杀进大营，又无主将拒敌，四散奔逃，被楚军杀戮无数。趁乱逃脱的数千叛兵也被边境吴军收容。鄢将师、伯郤宛不费吹灰之力，得获吴军叛兵营寨，掳获兵车二百余乘。伯郤宛对鄢将师道："令尹为什么不挥师乘胜伐吴，一决可胜，以雪前耻。"

鄢将师赞同，立即命令合兵一处，向吴国边境进发。大军刚到楚吴边境，只见边境上重兵列阵以待，吴兵盔明甲亮，旗帜飘扬，正中大营竖一大旗，上书"阖闾"二字。伯郤宛驾战车到鄢将师大辂前说道："我听说吴公子姬光弑吴王僚自立，自号阖闾。他亲率大军压境，是有备而来。"

鄢将师命楚军后退十里下寨，亲自出营瞭望吴营。只见吴军兵营在楚吴边境连络数十里，寨栅齐整，营内巡哨兵伍威严整肃。鄢将师不禁叹道："素闻姬光骁勇，实是治军良将。"

伯郤宛一旁道："我听说伍子胥助他夺位，谁知道伍子胥在不在吴营？"

鄢将师听到伍子胥三字，倒吸一口凉气，许久才叹道："吴军如虎，又有伍子胥参谋，这仗不好打。"

伯郤宛问道："右尹想退兵，不讨伐吴国了？"

鄢将师听到伯郤宛所问十分不悦。伯郤宛身为左尹，不拿主见，分明推脱责任。鄢将师反问道："吴王僚趁我先王新丧，伐楚不义。我今趁吴王僚新丧而伐吴，这不是学他不义吗？"见伯郤宛无话，正色对伯郤宛道，"将军身为左尹，为什么不下令班师回都？"

伯郤宛也不想冒险，见好就收，和右尹鄢将师合兵一处，回师郢都。

伯郤宛回到郢都，就把缴获珍宝异玩载满一车，送到宫中献给楚昭王熊轸。熊轸年少无知，见许多宝物欣喜若狂，命费无极搬锦墩赐伯郤宛坐。伯郤宛喝了昭王赐酒三杯，已微醉。伯郤宛一向厌恶费无极所为，今见楚王命他搬墩赐座，十分开心。费无极不愿搬墩，迟疑不前，伯郤宛讥道："太师不听大王命令，不给我搬是吗？"

费无极无奈，不敢违抗王命，只得搬动锦墩。想不到费无极心慌意乱，扳翻玉石锦墩，压伤左足，痛彻心腑，只是龇牙咧嘴不敢哭叫，十分难堪。昭王熊轸见了大笑。伯郤宛也随着昭王畅怀大笑。费无极难忍羞辱，于是怀恨在心，要迫害伯郤宛。

第二天早朝。楚昭王熊轸表彰伯郤宛战功，把他所缴获的物资半数赐他。昭王对右尹鄢将师战功，只字不提。费无极见鄢将师面色微怒，知道他对伯郤宛不满，便趁机道："老夫听说右尹大破吴军掩余、烛庸二营，这次伐吴救潜，是右尹的首功。

左尹伯郤宛，不过是趁吴王阖闾击溃庆忌，从中捡了便宜。"

鄢将师也是一向瞧不起费无极，反讥道："太师既知，为什么不对大王说明白？"

费无极见鄢将师已被激怒，心中好不快活，跛着脚追赶，一边说道："不是老夫不对大王说，是不方便说。昨夜伯郤宛进宫，献给大王一车珍宝。大王赐酒，又赐座。伯郤宛不知天高地厚，仗大王宠他，竟然让老夫替他搬墩。将军可见老夫脚跛，就是搬墩砸伤的！"

鄢将师见费无极果真脚跛，所说不假，更加厌恶伯郤宛，心中竟然对费无极有了几分同情，就对费无极拱手道："刚才我气愤乱意，说话不恭，望太师原谅。"

费无极慌忙微笑还礼道："老夫和右尹同殿称臣，何必见外。将军今天心情不畅，老夫请将军驾下敝舍，喝酒娱乐，不知将军能不能赏光？"

鄢将师正在烦恼，见费无极邀请极诚，拒之不义，就和他同车前往。到太师府，费无极命令家臣下厨监理庖厨烹肴。不一刻，酒肴上席，香气诱人，色泽艳丽，鄢将师大喜。肴有清蒸鲋鱼、莼菜鸡丝、清炖鱼丸、水晶肴蹄、红焖牛脯等。费无极指点菜肴道："这清蒸鲫鱼，就是棠邑鲫鱼。"

鄢将师答问："太师吃棠邑鲫鱼，是不忘记伍子胥吗？"

费无极道："知我者，右尹也。我听说伍子胥和他的朋友专诸，用炙鱼为饵，诱杀了吴王姬僚。"

鄢将师一惊，问道："太师今天以鲫鱼为饵，要诱杀什么人？"

费无极见鄢将师误会，大笑道："右尹多疑。老夫要用伯郤宛做鱼饵，诱囊瓦杀他伯郤宛。"说完朝鄢将师低语一阵。

鄢将师听了费无极计谋，离座揖礼道："我是一介鲁夫，刚才误会太师了，有罪，有罪！"

费无极连忙拉鄢将师入座，举杯敬道："右尹今天不要多礼。面对美酒不饮，大罪，大罪！"和鄢将师同尽一杯，一边续酒，一边道，"这道红焖牛脯，也是棠邑的美肴。棠邑人杰地灵，出伍子胥、专诸，也有佳肴美食。刚才将军所言不假，老夫每天必吃棠邑之肴，是不敢忘记伍子胥要报仇。伍子胥将来伐楚，肯定要吃老夫的肉。"

鄢将师已经酒高，有九成醉，厚颜谄媚道："太师何必担忧。伍子胥如果借兵伐楚，我鄢将师肝脑涂地，要为太师去拼杀伍子胥。"

费无极道："有右尹这句话，老夫一定要杀伯郤宛，泄右尹之愤。"说完和鄢将师碰杯起誓。

几天后，费无极去会见令尹囊瓦。二人寒暄后，费无极道："老夫日前见到左尹伯郤宛。他掳有吴国庖厨，善饪佳肴。我去他府中喝酒，炙鱼味最美。左尹要请令尹去喝酒，不知道令尹肯不肯去，托老夫探听令尹意愿。"

囊瓦蛮夫少智，听到伯郤宛府中有吴厨善饪，口流馋涎，说道："伯郤宛设宴请我，我怎能不去？"

费无极见囊瓦答应，就去对伯郤宛道：“令尹对老夫说，要来你左尹府中喝酒，不知道左尹你愿不愿意接待他。令尹托老夫探问左尹。”

伯郤宛这次出兵大捷，又得到楚昭王赏赐，得意忘形。伯郤宛听了费无极的话，不知道是计，认为令尹囊瓦无功自愧，有意巴结他，于是拈须笑道：“我位居下官，令尹是我的上司。令尹有意来我府上，是我伯郤宛的荣幸。我伯郤宛烦请太师致意令尹，我明天准备酒宴恭候。”

费无极见伯郤宛上钩，心中暗喜，不露声色地问道：“左尹宴请令尹，不知道你怎么布置？”

伯郤宛问道：“我不知道令尹喜欢什么东西？请太师指点。”

费无极道：“老夫所知，令尹喜欢盔甲兵器。老夫听说将军这次和吴军交战，缴获坚甲利械很多，而且大王拿半数赐给将军。令尹要到将军府中宴饮，不是贪吃酒肉，想观看楚王赐给你的坚甲利器。”

伯郤宛命令家臣将楚王所赐和家藏宝甲，以及吴越宝剑、戟、戈尽数搬出，让费无极欣赏。费无极一边啧啧称赞，一边选择铠甲利器五十件，对伯郤宛道：“有这些足够了。将军可以在厅堂设帏，将宝甲利器放在帏后。令尹来，将军可以让他看。令尹如果亲自抚摸，必爱其物，将军可以赠送他。令尹只爱盔甲兵器，别无所好。”

伯郤宛哪里知道这是费无极奸计，竟然信以为真，命令家臣设帏帐，陈列宝甲兵械，又盛布筵席，请费无极邀请令尹囊瓦。费无极乘车到达令尹府中，告以左尹已办酒宴，恭候囊瓦赴宴。囊瓦高兴，急要坐车赴宴。费无极说道：“令尹留步。老夫认为人心叵测，害人之心不可有，防人之心不可无。老夫先去，看看他家情况，令尹再去不迟。”

囊瓦同意。费无极出了令尹府门，在街上驾车转了一圈，回来见囊瓦，装做惊恐，喘吁道：“老夫，几乎害了令尹性命！”

囊瓦大惊，问道：“太师，此话怎讲？”

费无极道：“老夫刚才去左尹府中探视，看见他家帏帐背后藏有坚甲利械数百。伯郤宛这次宴请令尹，不怀好意。令尹要去赴宴，必遭杀害。”

囊瓦大惊失色，嗳嚅道：“我和伯郤宛无仇无怨，他为什么要杀害我？”

费无极叹道：“令尹你心善，怎么知道恶人之心！伯郤宛自恃征战功高，楚王又宠他，要杀你取代你当令尹。老夫听说，伯郤宛私通吴国。这次救潜之役，右尹鄢将师要乘胜伐吴，伯郤宛收受吴国人贿赂，说伐吴不义，强迫右尹鄢将军班师回都。吴兵乘楚丧来伐，我乘吴丧伐之，正好相报，怎么不义之有！他如果不受吴国贿赂，为什么违众退兵？老夫深忧，如果容忍伯郤宛小人得志，令尹你危险了，楚国危险了！”费无极见囊瓦狐疑不决，又道，“令尹如果不信老夫话，为什么不派人去探察？老夫告辞。”

费无极拱手告别。囊瓦怔了半天，还不敢相信，立即派心腹家兵去伯郤宛府中探视。家兵回来报告说，左尹府中厅堂设酒宴，厅旁帷中埋伏有士兵。囊瓦又惊又怒，又派家兵请右尹鄢将师来商议。鄢将师到，囊瓦告知伯郤宛宴请，在厅旁设伏士兵，要杀害他。鄢将师知费无极离间计已成，装作惊讶，说谎道："伯郤宛结党营私，要杀令尹取而代之！"

囊瓦大怒，挥拳击案，木碎纷崩，愤道："我即刻进宫，奏请楚王。不杀伯郤宛，我誓不为人！"

鄢将师一旁道："楚王年幼，宠信伯郤宛。令尹为国诛奸，可以先杀后奏！"

囊瓦道："将军说的对。不知将军，是否愿意随我杀贼？"

鄢将师道："我是令尹部下，怎敢不从命令？"

囊瓦穿戴盔甲，和鄢将师率领士兵五千人，围攻伯府。

伯郤宛置酒宴等候囊瓦赴宴，久等不到。伯郤宛正在烦躁，儿子伯嚭来到。伯嚭看见厅旁帷后设置甲兵利械很多，惊问道："父亲设宴招待令尹，为什么要摆放甲器？"

伯郤宛道："太师说，令尹喜欢兵器盔甲，所以摆放这里，让他观赏。"

伯嚭着急，说道："父亲，你中了费无极老贼奸计了！不一会儿，囊瓦肯定率兵杀来，伯氏有灭门之灾。父亲，你快跟我逃命。"

伯郤宛被伯嚭一语点醒，惊出一身冷汗来，叹道："我伯郤宛，忠心楚王，却遭到奸贼谋害。"

伯嚭劝道："父亲，现在后悔晚了，快随儿子逃命要紧。"

伯郤宛道："囊瓦、费无极、沈尹戌三人，合谋杀我，我怎能逃脱？你快去吴国投奔伍子胥，将来为我报仇！"

伯嚭见父亲不肯出逃，跪倒拜了几拜，从帷后拿了宝甲利剑，从后门逃出府去。

伯嚭刚逃，囊瓦、鄢将师率兵围住了伯府，和伯府家兵厮杀相拼。伯郤宛情知难敌，仰面叹道："楚国奸贼当道，忠臣受害，亡国不晚了！"说完拔剑，自刎而死。

囊瓦、鄢将师站在兵车之上，观看兵士与伯府家兵厮杀。伯府家兵渐败，尽被屠杀，府门内外尸横遍地，血流成溪。街上围观百姓中，有一人头戴竹笠，身着破衣，高喊一声道："世人不要学伯郤宛，忠臣遭害，奸贼得意，楚国无君了！"

鄢将师听到大怒，手按剑柄，斥道："什么人敢说伯郤宛是忠臣，我必杀你！"

囊瓦也大笑道："好，好，好啊！你们都说伯郤宛是忠臣，今天老夫命你们火焚忠臣。"命令兵士道，"让他们焚烧伯府！不听命令，一律砍头！"

兵士们挥舞戟戈，驱赶围观百姓取柴点火。百姓同情伯郤宛忠臣遭戮，不忍焚烧伯府，又被囊瓦、鄢将师威逼不过，于是在兵士驱赶下各取禾藁一把，依次投在伯府门外。沈尹戌命令亲信家兵点火焚烧，把左尹府宅连同伯郤宛和家族之尸，都焚为灰烬。

这天囊瓦心绪烦躁，趁月登城，见城下有烂衣破笠之人高歌道：

伍太师、伯大夫，

忠见诛，尸无余。

楚兮楚兮国无君，

费鄢奸佞执国柄。

可惜令尹少才德，

为人作茧枉自得。

苍天有目识善恶，

善善恶恶终显报。

囊瓦听歌大怒，命令卫士道："给我把这狂夫擒来斥问！"

卫士奔下城垣，那狂歌之人已无踪影。囊瓦游兴索然，信步下了城垣，沿城墙根一路南行。拐弯处突见那烂衣破笠之人一闪即逝，囊瓦吃一惊，命令卫士道："随我追缉那人！"

卫士簇拥囊瓦追捕那狂歌之人，跑了一里多，还不见踪影。看见城墙下有一草棚，人影绰绰。近前，就见男女老小，进进出出。这草棚原来是一神庙，倚壁朝南的土台上供奉着三尊泥像。台下有一巨炉，炉里香火正炽。不时有人进来，靠前面人跪拜，拜完依次退出，再进前焚香祭礼。囊瓦十分惊诧，暗想此处供奉哪路神仙，不由得挤近观瞧。瞧清了泥台上三尊泥人，两旧一新，旧的被香火熏得黢黑发亮，另一尊新的却泥湿未干。囊瓦又挤近盯目细瞅，就见那两尊黑像竟是伍奢、伍尚。再瞅那尊湿泥捏就的神像，竟然是今天刚刚死去的伯郤宛。

囊瓦退出神庙，问一老者道："你们，奉敬什么人？"

老者道："我们为楚国忠臣伍奢、伍尚、伯郤宛，上诉天神！"

囊瓦又问："上诉什么？"

老者道："人世奸忠颠倒，有钱无法，滥杀无辜，无处可诉。我等祈告天神，惩罚奸人佞臣。"

囊瓦闻听老者之言，突觉恶心，血往上涌。他踉跄几步，扶住棚壁，张口喷血如泉，大叫一声昏厥不醒。卫士大惊，慌忙奔过来把囊瓦抬回府中，请王宫医师诊治。

这天囊瓦病稍好，公子熊申前来探望。囊瓦要起床行礼，熊申伸手扶囊瓦躺下，说道："令尹有病，不要拘礼。"

囊瓦叹道："我这病，人难医！"

熊申笑道："令尹之病，要神医吗？"见囊瓦惊诧，又道，"令尹不要神医，自医就行。"

囊瓦又叹道："我这病，公子怎么知道！"

熊申又笑道："令尹病，就是误杀伯郤宛的心病。我已查侦，伯郤宛并无通吴之事，是费无极和鄢将师合谋诬谄。费、鄢二人借令尹之手，诛杀了伯氏。"

囊瓦听了熊申的话，挥拳击头，后悔不已，泣道："老夫误杀忠良，对不起伯郤宛！"

熊申又道："令尹既知伯氏有冤，为什么不为他昭雪？如果替他昭雪，令尹病就好了。"

熊申说完，拱手告辞。

囊瓦等熊申走后，深思自己中了费无极、鄢将师圈套。伯郤宛已死，费无极和右尹鄢将师勾结成党，自己也危在旦夕，怎能替伯郤宛雪仇泄愤。囊瓦苦思很久，想起自己的心腹爱将鄢泰，立即命令家臣星夜赶奔潜城，召鄢泰秘密赶回楚都。

鄢泰一向和伯郤宛交情深厚，对伯氏遭害十分痛楚。他回到郢都就四下打探，把费无极和鄢将师联谋借囊瓦之手诛杀伯氏一事，查得水落石出。这晚鄢泰微服来见囊瓦，礼毕说道："楚国人怨声载道，令尹没有听到吗？"

囊瓦惊问道："将军听到了什么？"

鄢泰道："费无极是国之祸害。他教唆先王做灭伦之事，又逼迫太子熊建身亡异国。前有冤杀伍奢父子，今有诬诛左尹伯氏。费无极和鄢将师狼狈为奸，楚国人恨这二人，已入骨髓。末将听说，令尹不明忠奸，纵二人为恶，怨詈咒诅，遍于朝野。末将听说，杀人以掩谤，仁者犹不为，何况杀人以兴谤？你身为令尹，主掌国政大权，而纵谗慝以失民心。如果国家危难，兵患兴于外，国人叛于内，令尹何罪？以末将之见，令尹与其信谗以自危，不如除谗以自安！"

囊瓦听了鄢泰一番话，惊出通体大汗，顿觉病愈，从床上一跃而起，朝鄢泰倒身跪拜，说道："谢司马赐教，囊瓦知罪了！请将军助我一臂之力，杀费无极、鄢将师二贼！"

鄢泰慌忙搀扶起囊瓦，说道："这是国家和百姓之福，鄢泰敢不从命？"

是夜。鄢泰受囊瓦之命，率一万士兵攻克费无极、鄢将师二府，把二人斩首在街市。楚国人无不拍手称快。郢都百姓，张灯结彩，大加庆贺。

第十三章

干将铸剑，莫邪献身跳进洪炉

吴王阖闾大捷回来，亲自去阳山见伍子胥。听说伍子胥去太湖钓鱼，阖闾又驱车前往。伍子胥面对湖面，佯装不知吴王到来。阖闾对伍子胥的傲慢很为不满，但又不得不折服伍子胥的才华。他由伍子胥设计，荐专诸刺杀吴王僚，才夺取王位，今天虽然驱逐了掩余、烛庸、庆忌，但是三人还在异邦，将来还有借兵伐吴之忧。尤其是吴国内政不稳，百姓都暗骂他弑兄夺位。朝臣之中，十有八九是吴王僚旧臣，对他阖闾心存疑忌。这都是阖闾面临的棘手难题。他这次微服轻车，就是要虚心求教伍子胥。

阖闾站在伍子胥身后，躬身施礼道："寡人在这里候卿。卿为什么一言不发？"

伍子胥面对太湖，面沉似水，朗朗道："大王如果问民事，可学管仲。管仲说，君要用民，必先爱民。"

阖闾大悦，喜道："寡人就听你的，薄赋省刑，立乡制，让吴国的百姓选择贤者，担任乡长。"又问道，"民事解决，朝政怎么办？"

伍子胥道："大王要施仁政，任用旧臣。学唐尧、虞舜、商汤、周武，内政可以解决。"

阖闾又问道："内政解决，军事怎么办？"

伍子胥答道："过去吴国士兵熟水战，不会车战。后有楚国人巫臣，教会吴国人车战。臣认为，车战也有缺点。管仲随齐桓公伐戎，见戎人骑马，没有路也能走，齐兵驾车，没有路不能走。所以，兵车不如骑马便利。大王要想吴兵强大，应当编作三军。一军水战，一军车战，另一军马步兼行。大王有此三军，可以横行天下，图霸中国！"

伍子胥说到这里，渔浮一动，提竿收钓，钩起大鲤鱼一条。大鲤鱼金鳞耀眼，在空中扑腾。吴王阖闾双手把大鲤鱼抱入怀中，欢呼道："钓着了，钓着了！"

伍子胥起身，施礼道："臣没有什么奉献，这鲤鱼赠给大王了。"

阖闾叹道："寡人自从专诸死后，已经不吃鱼了。"

吴王阖闾依照伍子胥建议，施行薄赋省刑，鼓励农耕。又把吴国过去的地方行政邑制，划为乡制，诏令各地佃农择贤举荐乡长里正；对吴王僚的旧臣，凡是无大恶或有小过，一概不究，袭爵任职；又把吴国的军队编为水军、车军、陵军三军，各由司马统帅。吴国的内政趋于稳定。原先一些讥谤阖闾弑兄夺位的臣民，看到阖闾的仁政，优于吴王僚的暴政，也都心悦诚服。

伍子胥促使阖闾强盛吴国，是为了自己实现伐楚复仇的愿望。虽然楚平王和费无极已死，他还有先父的遗愿，要拥护太子熊建的儿子熊胜当上楚王。他明白，只有吴国强大了，他才能伐征楚国。伍子胥明白，阖闾封他行人官职，是以客卿对待他。所以他仍旧在阳山种田，不奉诏不理国政。专毅年幼，还在跟孙武习学六艺，虽然封了上卿爵位，只是食俸禄而已。

伍子胥对吴国的政局很为关心。他趁农闲之时四出巡察，了解各乡的吏政民情。这天伍子胥刚回阳山，大夫被离奉吴王之命，来接伍子胥进宫。阖闾在宫中摆盛筵，等候伍子胥。伍子胥和阖闾礼毕，和被离在吴王左右入座。三杯酒过，阖闾说道："寡人采纳卿建议，仿效管仲之法，把吴国划为乡制。命司马扩编水师、车师、骑师三军，大量制造甲械、兵车、战船，一旦时机成熟，寡人兑现前诺，助卿灭楚。寡人也趁时雄临诸侯，称霸中原。"

伍子胥道："臣认为，图霸必先固本。大王必先富民，民富可致国强。臣近日巡察各地，看到许多乡里富豪恶吏，出钱贿选。凡是佃民选举他当乡长，投他一票，获钱千百。有某乡长，贿票达到四十万钱。还有一个阜兴乡，贿票十一万钱，未能当上乡长。此人一怒之下，唆使家奴，把用十二万钱贿得乡长的人活活打死。"

吴王阖闾大吃一惊，嗫嚅道："竟然有这样的怪事！"

被离道："大王听到的，都是下臣的假话谎话。如今的满朝文武官员，没有一个说真话的了。"

阖闾不愿听被离牢骚，怒斥道："你闭嘴！寡人愿听子胥说话。"

伍子胥又道："大王这次改革乡治，是富民强国之政。如果任用贪官旧吏出钱贿选，吴国要亡！"

阖闾大惊，瞪着双眼问道："你不是危言耸听吓唬寡人吧？"

伍子胥长叹一声，说道："大王三思，这些乡长出钱数十万，图什么？还不是当了乡长大肆搜刮民财，百倍获利吗？他们不为钱当官，为什么拿钱贿选求官？"

阖闾道："被离大夫，明天传寡人诏令，凡是贿选官员，一律罢黜不用，永为庶民。"

被离应道："臣，遵命。"

伍子胥叹道："大王修内政，是安民自固。大王还要遣使外邦，北联齐国、鲁国，西和陈国、楚国、秦国，中和郑国、晋国，让他们和吴国友好。大王外政稳固，才好修好内政。"

阖闾问道："寡人听不明白，子胥志在灭楚，为什么让寡人和楚国友好？"

伍子胥道："吴国的国力虽然能和楚国对抗，但要灭楚国，力量还不足。楚国地大兵多，和吴国仇怨很深，时刻担心大王进攻，所以楚国也时刻准备和吴国开战。大王如果暂时和楚国通好，免除吴、楚兵扰，大王全力以图内政。等吴国民富兵强，再计划伐楚不迟。"

阖闾听了伍子胥一番话，犹如醍醐灌顶，茅塞顿开，喜笑颜开说道："寡人得子胥，天赐吴国之福。寡人爵子胥行人之职，是寡人以朋友相待，请子胥不嫌爵微而不为。子胥应当给寡人参谋，实是吴国的宰相啊。寡人听卿的话，派遣大夫华元为使节和诸侯通好。但是寡人忧虑内政。寡人听说，要胜人，必先自固，必先自保。寡人都城梅里，城市窄小，不如中原诸侯的都城雄伟庞大。怎么办呢？"

伍子胥道："臣认为治民之道，首要是安居。大王所虑极是。霸王之业，从近制远。立国必先立城市，立家必先立住所。大王立城市，设守备，实仓廪，治兵革，对内可守，对外可以应敌，这是图霸的基地。子胥不才，愿意为大王筑建都城。"

阖闾见伍子胥应允为他筑建新都，乐得慌忙离席跪拜。伍子胥见吴王行大礼，惊得倒身回拜。二人头颅相碰，拥抱大笑。

伍子胥勘探吴国新都城址，在姑苏山东北三十里，见地貌很好，于是圈垣四十七里造城。城内河溪纵横，利通兵船。筑陆地城门八座，水门八座。征役十万余众，分两班筑城。伍子胥不许动用周围山石，造城筑桥的石料，都命令兵船从外地运来。

城墙造了一半，华元从齐、鲁回国，奏禀吴王阖闾，齐侯要和吴国结好，嫁女儿给吴公子姬山。阖闾大喜，忧虑没有合适的人去齐国迎亲。华元道："臣在齐都临淄时，蒙齐大夫鲍牧盛情款待。鲍牧是齐侯宠臣，是鲍叔牙后代。鲍牧和臣闲谈时，多次问到伍子胥，他对子胥颇为仰慕。大王为什么不派伍子胥去齐国，迎接齐女偲姜？"

阖闾摇头道："子胥替寡人筑造都城，废寝忘食，寡人不忍心再劳碌他。"

被离一旁说道："臣见新都工程近半，只要命人监管，照图施工就行了。大王让子胥出使齐国，可以让子胥得到休息。臣不才，愿代子胥指挥工程。"

阖闾大喜，立即诏命伍子胥去齐国迎接偲姜。被离暂任新都总管，等伍子胥回国再行交接。伍子胥受命出使齐国，乘坐吴王阖闾所赐大辂，在士兵仪仗簇拥下直奔临淄。沿途之中，伍子胥除了饥食渴饮，都睡卧在车中，浑身酥软，他感觉到从未有过的疲惫。从吴都梅里到齐都临淄，行程一月有余，伍子胥整整睡了三十几天。在这三十几天里，伍子胥做了许多杂七杂八不长不短的梦。在梦中，他几乎把他五十年来的人生经历，又重新经历了一番。当车队快到临淄了，伍子胥才回到现实。他才想到这一生头等大事未了。他必须尽快促使吴国强大，尽快地借兵伐楚，推翻楚昭王熊轸，拥立公子熊胜为楚国君王。

车队到达临淄南门十里，就见一队车马列于道路两旁。齐国大夫鲍牧亲自出城迎接伍子胥。伍子胥下了大辂，和鲍牧相互行礼。礼毕，伍子胥见鲍牧身长九尺，满面虬髯，赞叹道："鲍兄，你果真是英雄之后！"

鲍牧也说道："我听说，子胥兄是当世豪杰，今天见面，三生有幸。"

二人携手，同登大辂入城。齐国宰相晏婴，听说伍子胥冠勇盖世，怀疑子胥有勇无谋，密令鲍牧送子胥一行人住进城中陋驿。伍子胥率车队来到驿馆，见馆门窄小，车不能进，随从为难。伍子胥大怒，命令随从道："齐国人小看我吴国使臣，故意刁难。你们给我推倒馆墙，开进车马。"

从人听令，推墙进车。鲍牧笑道："这是宰相考究使臣谋略。这个馆驿简陋，不是使臣住所。请子胥兄跟随鲍牧，移驾齐侯宫馆。"

当晚，鲍牧在宫馆大摆盛宴，欢迎伍子胥。第二天，齐景公也在王宫宴请伍子胥。伍子胥在齐都临淄十多天，和鲍牧形影不离，二人志趣相合，情如兄弟。

伍子胥择吉日迎齐女偲姜返回吴国。鲍牧领齐侯之命，送伍子胥出齐国边境。分别之时，伍子胥朝鲍牧拱手道："外臣伍子胥，请兄代奏齐侯，愿吴、齐二国，世代修好。"

鲍牧拱手道："鲍牧愿和子胥兄，世代结好。子胥兄如果将来遇到危难，不要忘记齐国有鲍牧。"

伍子胥被鲍牧的诚意感动得潸然泪下。子胥挥泪上车，率领迎亲仪仗队伍，奔南而行。不一天，渡淮河登岸，过盱城，越一山，突遇大雨倾盆。日已近晚，周围不见人烟，山溪水瀑，道途无路。伍子胥正在为难，抬头见山脚绿树浓荫之中有座庄园，就命令众人拽马拖车，前去借宿。

待到近前，伍子胥大吃一惊。这座庄园有十余亩广阔，周围一圈高墙，都是乱石垒砌。墙内房屋计有三进两厢，也是石墙瓦顶。伍子胥见庄园墙垣乱石成片状，都是褚红颜色。这才发现，脚下的山石，都是褚红。不禁赞叹自然美妙，世外仙居。

伍子胥一行人才到庄前，庄门就吱呀洞开。一个大汉身披草衣，头戴破笠，手中拿着一顶芦笠，朝伍子胥迎来。伍子胥撩帘下车，那大汉便递过芦笠，躬身道："请先生遮雨。"

伍子胥一边戴了芦笠，一边拱手道："途中遇雨，特来贵庄告扰。"

大汉拱手道："先生不要客气，快请进庄。"

庄里出来几名女奴，迎了軿车，把偲姜接进内宅。所有车马，都有庄奴接进厢房厩舍。进了客厅，大汉让家奴奉水，让伍子胥洗脸，取干爽袍衫让子胥换了湿衣，二人这才又行主客之礼。

伍子胥见大汉身高近丈，三缕美须，飘洒胸前，一派仙风傲骨。堂前悬一副对联，白帛书成。伍子胥识得："颍阳绵世泽，丹墀表直臣。"中间悬一幅绣像，是一美髯方脸老者。伍子胥见了慌忙起身，掸衣跪倒，朝绣像叩拜。

那美髯大汉，也侧跪一旁回拜。伍子胥拜完，起身问大汉道："敢问先生，是仲父什么人？"

那大汉垂首，回道："我名叫管鹄，是先贤不孝子孙。"

伍子胥重新施礼，说道："失敬，失敬。伍子胥失礼了。"

管鹄命令家奴置便宴，款待伍子胥一行人；又命令庖奴另置一席，和伍子胥共饮。酒过三巡，伍子胥问道："管兄是名相之后，才学超群，怎么不做官？"

管鹄笑道："做官为什么？为辅君？为立国？为民命？天有日月，地有阴阳，世事盛衰，不为人为。鹄无先祖之才，更无先祖之德，何须滥厕冠裳。祖父置此山庄，是赐后人之福。我辈惟遵祖训，躬耕以自食，商贾以备侈，别无所求。"

第二天天晴，管鹄把伍子胥一行送出山庄，拱手而别。下得山来，伍子胥撩帘回头，才看见庄门上有巨匾，上镌"古桑"二字。伍子胥感叹不已，想到自己以后志成思退，如果有这样一处栖隐住处，可以抚慰平生疲劳了。

伍子胥迎接偬姜到了梅里，让她和吴太子姬山成婚。当时吴国新都城墙已经竣工。伍子胥巡视新都八门，命东门为"娄门"、"匠门"，意思是娄江经过，匠工劳苦。盘城城内有水道可以通行兵船，有河流盘曲，位在城南，子胥命名为"盘门"。南门另有一门，正对越国。越国人崇蛇如神，子胥命匠人刻木蛇悬在门上，蛇头向内，寓意越国臣服于吴王。子胥所以命这个门叫"蛇门"。北有二门，子胥命名一为"平门"。伍子胥走到另一门，看见一女子沿车道登城，面北远眺。近前，伍子胥见那女子正是太子妃齐女偬姜。偬姜和伍子胥见礼，说道："妾思乡亲。妾登城，远望齐国，好像回家了。"

伍子胥想到自己也是异国之人，在这北门城头北望，也可以见到心中的故乡棠邑。伍子胥对偬姜思乡之情很是同情，命令司空道："在这门上建一城楼，遮蔽风雨。"又道，"把这楼，命名为'望齐楼'。城门叫望齐门。"

太子妃偬姜听到伍子胥为她建城楼望乡，又命名城门为"望齐门"，感动得热泪横流，抠衣朝伍子胥一躬到地。

伍子胥巡视到西城。司空禀报道："新都八门，就剩下这二门无名。请将军命名。"

伍子胥伫立城垣之上远眺，拈须说道："这门西向，将来我当灭楚兴吴。这门当纳闾阖之气，就叫'阊门'吧。"

司空又道："请将军为另一门命名。"

伍子胥正在思索，城下传来吴王阖闾声音，说道："这一个门，留给寡人命名了。"

伍子胥见阖闾正在登上城墙，连忙迎接施礼。吴王阖闾还礼，携伍子胥站在城陴远眺，说道："子胥为寡人筑建新都，可有城名吗？"

伍子胥道："新都傍姑苏之山，城名叫姑苏吧。"

阖闾喜道："好，好！姑苏，好。"又道，"子胥建姑苏新城，是建寡人千秋大业。这个城门，寡人命名'胥门'，以彰子胥劳苦。"

伍子胥很为感动，伏地谢恩。阖闾连忙俯身搀起，携伍子胥手道："太子妃早晚思念齐国，卿建望齐门城楼，让她高兴。寡人内疚，不忘助卿复仇的诺言。"

伍子胥伫立城头，风吹白发，瑟如萧藁。阖闾见状，悲愤泪下，泣道："子胥为寡人，为吴国，沤心沥血，白发如雪了。"

伍子胥劝道："大王不要悲伤，子胥没老。大王宜择吉日迁都。臣在新都左近另筑一城，为新都之卫城。"

伍子胥在凤凰山南边另筑一城，取名"南武城"，防御越国人攻犯。吴王阖闾命令卜官卜得吉日，把都城从梅里迁到姑苏。

这晚吴王阖闾在新都姑苏王宫里整理宝藏，手捧鱼肠剑黯然伤神。公子夫差进来，见阖闾悲戚，劝道："父王为什么睹物思人？父王认为这鱼肠剑不吉祥，不如赐给儿臣。"

阖闾叹道："越国人欧冶子，为越王铸五剑，名曰湛卢、巨阙、胜邪、鱼肠、纯钧。这鱼肠是过去越王赠送先王的。你王叔死在此剑，专诸也因为此剑而死。此剑伤大命。你为国储，将来要当君王，怎能佩这不祥之剑！"

阖闾说完，让人用石函封存了鱼肠剑，让被离埋在姑苏城外海涌山下。阖闾听说欧冶子的师弟干将，和欧冶子共同为楚王铸三剑，名叫龙渊、泰阿、工布。阖闾听说干将已经到了吴国，命令被离四处打探干将行踪，没有消息。被离找来工匠数十人，在牛首山筑建冶城，铸利剑数千把。吴王阖闾为剑取名叫"扁诸"，怀念专诸。

这天被离访到干将和妻子莫邪住在梅里，禀报吴王阖闾。阖闾听到干将在吴国，大喜道："寡人听说干将和欧冶子同师，二人曾为楚王铸三剑。他今在吴国，大夫快请他为寡人铸剑。"

被离带重礼到梅里，把干将、莫邪夫妇请到牛首山，为吴王阖闾铸剑。干将挑选青年男女三百人，筑洪炉[1]，制橐籥[2]。采五山之铁石，搜六合之石英，聚炭如丘，点火鼓橐[3]。被离亲率兵士三千，围山警卫。阖闾也派人每天送来粮米牛羊，物资供应不绝。

干将炼炉三个月，炉里精铁不化，男女轮番挤压牛皮巨橐，吹风进炉，声如雷鸣。干将从风口探视炉膛，只见炉火黑白变化无常，炉里铁凝如冰，很是忧虑。莫邪见丈夫愁眉不展，问道："妾闻剑者，是天地之精，合人气而成。夫君铸剑三个月不成，是人气不成吗？"

干将叹道："剑是凶器，是杀人饮血的神物。从前师兄欧冶子为越王铸五剑，有一把鱼肠剑，越王赠给吴王诸樊，后来传给公子姬光，姬光让专诸用鱼肠剑刺杀吴王僚，又断送了专诸的性命。吴王这次要我二人铸剑，不知道又要杀什么人了。"

莫邪说道："我们炼炉三个月，炉里铁结如冰，是不是天神震怒？夫君不如和妾逃离吴国，永不铸剑。"

恰巧吴公子夫概来观看干将铸剑，听到莫邪劝丈夫逃跑，勃然大怒，命令兵士道：

---

① 炼铁的炉子。
② 皮制人工挤压鼓风器。
③ 鼓风。

"这妖女亵渎神灵，招惹天怒，使精铁不化，杀她祭天！"

几名兵士如狼似虎地扑向莫邪。干将上前阻挡，被兵士推倒在地。莫邪绕炉奔跑，无处可逃，情急之下纵身跳进洪炉。干将见妻子自焚在炉中，悲恸号嚎。突然间洪炉中烈焰升腾，雷鸣之声也随之辄止，炉口金液喷泻而出。干将慌忙爬起身来，取了炭勺，接满金液浇入剑模中，铸成剑坯二件。

干将对被离道："今天剑坯铸成，还要'了冷'[①]，才能成剑。"

被离问道："什么叫'了冷'？"

干将道："'了冷'，就是冷作。常言道，三分洪炉，七分冷作。'了冷'最关键的是'蘸火'。请选择千年不竭的甘泉，为此剑'蘸火'，才成天下之利剑。"

被离把干将的话奏报阖闾。阖闾派人四下寻找甘泉，都无获而归。伍子胥对吴王阖闾说道："臣建新都姑苏城墙，曾经踏勘四方，看见城外海涌山有一眼妙泉。泉水细流如丝，隐藏山隙，不为人知。臣见山下有石窟，积有泉水，冬天水沸可熟鸡卵，夏天凝如坚冰。传说樵人看见有巨蟒盘在窟上。这不是神泉是什么呢？大王为什么不让干将亲自去探望？"

阖闾说道："寡人请你带领干将去看。"

伍子胥、被离带领干将到海涌山，在一块巨石之下，伍子胥命令兵士挖去浮土碎石，现出一条石隙，形扁，容一人匍匐进入。隙内有石窟，阔一丈，容三人。窟中有石槽，形如大锅，灵泉从石隙缓注槽中，竟然久注不满，也不知渗漏哪里。三人观看，都说奇怪。当时是八月，泉水不寒不温。干将掬之辨色，又喝一口品尝，说是甘甜，让伍子胥、被离也喝。伍子胥喝后顿觉神清气爽，惊喜说道："真是神泉。"又对干将道，"这泉，是不是先生要造神剑的泉水？"

干将道："过去我师兄欧冶子，在越国铸剑，是用龙泉溪水蘸火，才使宝剑锋利天下。今天将军给我这海涌之泉，宝剑将是天下无敌！"

伍子胥让被离率兵士包围海涌山，日夜守卫。又命令兵士在神泉近旁建庐舍数间，派奴仆庖厨数人，侍候干将饮食起居。伍子胥临别，问干将道："先生有什么要求，请对我说。"

干将说道："将军赐干将神泉，干将别无所求。请将军遣散工奴，留干将一人了冷。"又道，"请将军奏请吴王，三个月内不要干扰我，给我饮食行了。"

伍子胥道："先生宽心铸剑。子胥当奏请大王，满足先生要求。"

干将又道："请将军，为这二剑命名。"

伍子胥略一思索，说道："就用你夫妻之名命名，叫'干将'、'莫邪'吧。"

干将见伍子胥佩剑，又道："干将请观将军佩剑。"

伍子胥解下佩剑，递给干将。干将抽剑出鞘，看了笑道："将军这剑，名叫沥镂，是我师兄欧冶子初年所铸，是越王献给吴王的。"

---

① 做成剑坯后，锉磨加工，称做冷作，又叫了冷。

115

伍子胥问道："这剑怎样？"

干将道："这剑不在五剑之列，因它火候不到。将军把剑留下，我用神泉淬火。"又说道，"三个月后朔日之夜，请将军来，不要对外人说！"

伍子胥留下沥镂，点头应允，下山回阳山而去。第二天进宫，把干将所求奏禀吴王。阖闾也应允，下令被离守护海涌山，不奉诏令任何人不得上山。

三月后朔日傍晚，月黑星稀。伍子胥让要离驾车奔海涌山，赴干将约会。被离在山下迎接伍子胥，行礼笑道："将军，你持有大王诏命吗？"

伍子胥笑问道："大夫要阻挡我吗？"

被离笑道："大王和将军是朋友，被离也是将军友人。大王命令，将军可不受。被离请将军自便。"

伍子胥叹道："干将，是天下奇才。被离兄，你也是天下豪士。"

被离道："被离知道将军主意了。请子胥兄好自为之。我被离，今天什么也没有看见。"

伍子胥和被离一阵大笑。被离走后，伍子胥让要离在山下看守车马，独自上山寻找干将。干将正在洞口等候伍子胥。二人礼过，干将带领伍子胥下到石窟。伍子胥看见窟壁置一炉，炉火正旺。炉火之上煨有三把剑，子胥认得其中一剑是沥镂。三剑在炉火之中显现出胭脂红色，艳丽绚目。只见干将伸出双臂用力挤压皮囊，一阵烈焰喷射，吹去剑身的胭脂之色，曝出刺眼的白光。干将趁机将三剑逐一抛入神泉之中。随着三声雷鸣般的炸响，泉水如万花飞絮，漫洒石窟。不一会儿，一切归静，唯有炉火映照二人身影映上窟壁。干将俯身从石槽里捞出三剑。伍子胥看见三把宝剑莹光耀眼，寒气侵体，惊问道："成了吗？"

干将道："成了。"弹击剑脊，声如龙吟，又道，"剑虽成，我命不成了。请将军救我。"说完跪倒，悲泣不起。

伍子胥扶起干将，问道："先生请起。先生有什么要求，子胥助你。"

干将把沥镂剑还给伍子胥，说道："将军沥镂剑，经过回炉淬火，锋利不在'干将'、'莫邪'之下。天下利器，也难和沥镂匹敌。"

伍子胥接剑，施礼道："谢先生再造之功。"

干将道："干将不敢居功，请求将军救我一命。"见伍子胥不开口，又跪求道，"剑铸成，吴王肯定杀我。这二剑，熔我妻妇莫邪血汁。我要带上一把剑，逃往他乡。"

伍子胥搀起干将，说道："先生要求，子胥怎敢不允。我已经为先生备好车马，请先生随我下山。"

干将把"莫邪"剑留在石窟，把"干将"剑系在肋下，跟随伍子胥出洞下山。

到了山下，伍子胥让要离把干将送出望齐门，由他自去。伍子胥又让被离进宫奏禀阖闾，剑已铸成，干将逃跑。阖闾乘车跟随被离来到海涌山，见伍子胥在山下守候，怒道："子胥在这里，怎能让干将匹夫逃跑？"

伍子胥躬身劝道："大王得到一把天下利剑，还在乎一个匠人吗？"

阖闾道："寡人要天下无利剑，所以要杀他。"

伍子胥奏道："天下要杀干将的，不是大王一人。越王和楚王也要天下无利器，都要杀干将。臣料干将必隐匿山野，永不出世。大王得一宝剑，天下无敌了。"

阖闾问道："宝剑在哪里？"

伍子胥道："剑在泉池。臣请大王，登山试剑。"

阖闾在伍子胥、被离陪同下登上海涌山。被离进石窟取来宝剑，递给吴王。阖闾接剑在手，就觉着寒气凛冽，森森侵肤，大赞好剑。伍子胥看见近旁有巨石一块，约三尺厚阔，奏道："大王，怎么不用此石试剑？"

阖闾双手紧握剑柄，举过头顶，奋力劈石。剑落竟然轻如忽搧，阖闾感觉奇怪，只听伍子胥、被离惊呼"石开了"！再看巨石，已生生被宝剑一劈为两半。阖闾又惊又喜，细看剑脊，见上面有阴文"莫邪"二字，叹道："寡人听说干将铸剑有两把。这剑叫'莫邪'，那一把剑应当是'干将'了。今'莫邪'在，'干将'去哪儿了呢？"

第十四章

吴王用伯嚭，被离退隐江湖

要离把干将送出姑苏望齐门外十里处，拱手告别。临别时，要离问道："先生，你去哪里安身？"

干将叹道："不知道去哪里。我干将，此生不再铸剑，只求寻一僻静处，田耕养老。"

要离道："先生如果无去处，可去楚国古桑，投奔管仲后人管鹄，也可以去齐国投奔鲍牧。这二人，都是我家二爷的挚友，会善待先生。"

干将摇头道："我被伍将军救命，怎能再去麻烦将军的朋友呢。天下广阔，怎会没有我干将的容身之地？"

干将说完，大步往北方奔走。路上饥食渴饮，不一天来到楚国边境。但见山峦层叠，林莽如海，数十里不见人烟。干将饥渴难忍，就钻进树林寻觅野果充饥。刚进林内，只见一个人正骑在一株梨树上吃梨。干将不会攀树，对树上那人道："请兄长，给我一个梨吃。"

树上那人正是伯嚭。伯嚭逃出郢都，路上盘资用尽，攀树摘梨充饥。伯嚭见树下有一瘦长黑汉子讨梨，讥笑道："你要吃梨，爬树摘。大丈夫，怎么能乞讨？"

干将被伯嚭讥讽得脸红，就去拾地上的落果，抹净泥土啃吃。林中风起，一声虎啸吓得伯嚭从树上摔跌在地。伯嚭也顾不得疼痛，撒脚往林外奔逃。干将拔出'干将'，那头牛犊般的大虎，迈着四蹄，却缓缓往林密处钻去。

干将抱住树干用力摇晃，树上熟梨纷纷坠落。突然，从树上落下一个包袱。干将用剑鞘挑开，里面是几件锦衣绣袍。干将知道是刚才逃奔那人丢下的衣物，心想这人出身不凡，一边吃梨，一边等候伯嚭回来寻包袱。

伯嚭逃出数里，见老虎没追，这才停步。他想起自己的包袱还挂在树上，后悔不迭，又壮了胆子前来寻找。进了林，见那黑瘦大汉坐在地上吃梨，地上散落一地的熟梨，还有自己的包袱。伯嚭捡起包袱，背上肩头，朝干将拱手道："请问贤兄，高名大姓，从哪里来，往哪里去？"

干将鄙夷伯嚭，自顾吃梨，一边冷冷答道："我是野夫，名姓不显，不说也罢。我你陌路相逢，不要问来问去。"

伯嚭知道这一带多大兽，想和干将结伴同行，脸上带笑说道："贤兄吃梨可以消渴，不压饥饿。距这里八九里，下山有一小镇，我请贤兄喝酒吃肉，行吗？"

干将心想这人胆小奸诈，怕被虎伤，拉他作伴。干将也不言语，拾了一堆熟梨拿长衫包了，装进包袱，背上肩头蹽脚就走。伯嚭也背了包袱，紧紧跟着干将。干将故意吓唬伯嚭，手指树林惊道："不好，虎来了！"

伯嚭大惊失色，慌张奔跑。跑出半里，见干将不急不忙朝山下大道走，并无虎出。伯嚭骂道："不是我怕虎，我杀你这匹夫！"

伯嚭知道干将要甩掉他，不愿和他同行。伯嚭撵上干将，讨好地说出自己的身份："我是楚国左尹伯郤宛儿子。我父被奸臣费无极杀害。我逃奔吴国，投奔伍子胥，吴王阖闾定会封我官职。贤兄和我同去吴都姑苏，富贵同享，怎么样？"

干将不理睬伯嚭，心中又想，这人要投奔伍子胥，肯定和伍将军有交往，伍子胥怎么结交这种宵小之辈？伯嚭认为干将是个江湖怪人，对干将冷淡反感，因怕猛兽，不得不和干将结伴同行。二人一路无话，走到天晚，才到山下小镇。二人从山坡朝山下看，只见一条明晃晃河流贴住山脚，绕小镇周匝一圈，朝东南流去。小镇有七八百户人家，呈丁字形长街，倚山傍水，远听市声嘈杂，极是繁华。二人下山进镇，许多人家刚刚张灯点烛，光华泄牖，使异乡游子备觉温馨。然而干将、伯嚭二人，新丧亲人，却不由得各自潸然泪下。

干将怕吴王阖闾派兵追捕，不敢去市中，就在镇边僻静处一家栈店住下。伯嚭也怕楚兵追杀，也随同干将住进小店。干将号了房间，店家误认为二人是同伴，收了干将的住店钱，和伯嚭分在两屋各住。伯嚭洗浴了，因无饭钱，提了包袱来到干将房间，拱手道："伯嚭和兄长同道做伴，是前世的缘分。伯嚭遭遇困厄，囊空如囊。请兄长给伯嚭一顿饭钱，以后富贵，我有厚报。"

干将见伯嚭很是可怜，又想他既是投奔恩人伍子胥，自己明天和他分道扬镳，供他一顿饭算不得大事。干将叫来店伙，问道："贵店有什么好吃食，尽弄来。你看这位先生，几天没吃饭了！"

伯嚭不等店伙答话，说道："有酒肉最好。多多拿来，不少你饭钱。"

店伙也鄙夷伯嚭，只朝干将躬身回道："小店没有现成的肉食。先生要吃，只有素菜烙饼。"

干将道："请把素菜烙饼送来，最好能有浆水。"

店伙道："浆水有，黍浆。"

伯嚭听说没有肉食，怒道："你这啥子破店？连现成的肉食都没有！明天一早我们赶路，你今夜替我二人准备肉食。如果明早无肉，我们不给你饭钱！"

店伙见伯嚭动怒，赔笑道："今夜一定给二位客官备下肉食。如果明早无肉，退还二位宿金。"

不一刻店伙送上几碟菜肴，又上烙饼、黍浆。干将饥渴，吃得香。伯嚭惯于锦衣玉食，虽然饥饿，却吃得乏味，边吃边叹道："伯嚭落魄。曹刿食藿。"

是夜，干将酣睡。伯嚭却睡不踏实。因为此地归属楚国管辖，未出楚境，他时刻提防楚兵缉捕。伯嚭在床上展转反侧，忽眠忽醒。直到鸡鸣，突然听见院里有数人奔跑，有人惊呼道："快，快快抓住伯嚭，抓住伯嚭！"

伯嚭吓得从床上跳下地，慌忙推醒干将道："不好了！有追兵来了。"

干将也吃一惊，怀疑是阖闾派兵缉捕他。干将于是也穿衣穿鞋，背了包袱，随伯嚭提剑出门。伯嚭进入后院，见人便杀，将店主店伙计了七八人。时已天亮，干将见伯嚭杀的没有一个是兵，怒道："你滥杀无辜，追兵何处来了？"

伯嚭辩道："我听他们呼喝'抓住伯嚭'，定是他们要捉我领赏。"

二人寻到厨房，要拿些食物离开。干将见柱上吊着两只家兔，一只兔皮刚刚剥了一半。干将顿足叹道："你错杀好人了！人家捉兔，给我二人烹煮肉食，叫喊'抓住剥皮'，你误当'抓住伯嚭'了。"

伯嚭却笑道："错就错吧！人死不能复生，后悔有用吗？"就不理干将，拿了许多烙饼，连同两只死兔，装进背囊。

干将见伯嚭杀了店主店伙，担心被人发现报案，不能脱身，也不顾伯嚭，独自从后院跳墙而去。伯嚭个矮，难过高墙，左转右转，寻到院门才出去。远远看见干将跑向镇郊山道，伯嚭怕大兽，拼命追上干将，喊道："先生等等我？"见干将不答，又道，"先生不如跟随我去吴国，富贵同享。"

干将对伯嚭恨之入骨，见他纠缠难脱，拔剑斥道："你要阴魂缠腿，别怪我剑下无情！"

伯嚭也红了眼，心想这大汉好不懂事，我有心抬举他，他却出剑动武。我今天已经错杀多人，又不多你一个人。伯嚭想到这里，拔剑在手，冷笑道："你剑下无情，我剑也无情。你既然出剑，我你恩断义绝。别怪我伯嚭翻脸无情！"

伯嚭说完，果真挥剑朝干将砍去。干将是铸剑名家，看见伯嚭剑光一闪，知道是一柄宝剑，正想一试"干将"的锋刃，一剑奔伯嚭宝剑削去。听得铿锵响亮，伯嚭宝剑已被"干将"削去半截。伯嚭大惊失色，握住半截残剑，仓皇逃去。

干将正为"干将"的锋利惊奇，不防路旁林中钻出一人，朝着伯嚭的背影叹道："可怜伯郤宛英雄一世，却养了这么一个没出息的儿子！"

干将见有人到，吃了一惊。看见来人须发散结如草，满脸皱纹堆垒，身着烂衣破鞋，背负破旧的皮囊，手拄一棍。干将问道："你是什么人？"

来人笑道："老夫是江湖游丐，叫花子，小名仇狗儿就是。"见干将发怔，讥道，"手拿稀世利刃，却不识恶人杀之，有这宝剑何用！"仇狗儿说完，趿着破鞋长笑而去。干将还剑入鞘，看了一眼东天日曙，蹽脚朝西北方向走去。

伯嚭走出楚、吴边境山区，一路乞讨南行，快到吴都姑苏，已是衣衫褴褛，足趾开裂。他身上早无一钱，几件锦衣也在途中变卖吃尽。伯嚭拦住一个老者，躬身问道："请问老丈，知道伍员伍子胥这个人吗？"

老者连连摇头，伯嚭很是失望。近旁一汉子笑道："他是一个聋人，怎么听见你问？伍子胥，吴国人无不知晓。你去阳山就寻见他了。"

伯嚭诧异，又问："伍子胥，怎么住在阳山？"

那人道："耕田呗。"

伯嚭仰天叹道："子胥投奔吴国，做一农夫。我伯嚭投他，有什么用处！"

那人笑道："你是伍子胥什么人？敢小看！伍子胥帮吴王定位有功，官爵行人。伍子胥虽住阳山田耕，吴王有国事难解，亲自去求他哩。"

伯嚭听到伍子胥有用于吴王阖闾，放声大哭，随后大笑，狂奔于市。刚才那答话的汉子觉着晦气，朝地上唾了一口，骂道："疯子，疯子！"

伯嚭找到阳山田庄，要离见伯嚭衣衫褴褛，认为是乞丐，对奴人道："去厨房，取两块烙饼给他。"

伯嚭拱手道："我不要烙饼。"

要离问："你不要烙饼，要什么？"

伯嚭道："我要拜见伍员伍子胥。"

要离一惊，仔细打量伯嚭，见这人尖脑猴腮，鹰鼻鼠目，唇上两撇狸子胡须，说话豺声，就问："你是什么人，要见二爷？"

伯嚭道："我从楚国来。你通报伍子胥，说楚国左尹伯郤宛儿子，伯嚭求见。"

伍子胥正在读书，听说伯嚭从楚国来，赤脚出迎。伯嚭见到伍子胥，伏地悲哭。伍子胥想到故去的父亲和兄长伍尚，涕泪流下。伍子胥把伯嚭请进屋内，命奴仆奉上浆水给伯嚭喝。伯嚭喝了，就把费无极和鄢将师设计，借囊瓦之手杀害伯氏满门，叙述一遍。伯嚭说完，又大哭。伍子胥劝道："不要悲伤。我听说费无极、鄢将师二人已死，令尊九泉之下，安慰了。"

伯嚭道："费无极、鄢将师二人虽死，囊瓦还在。我伯嚭不灭楚诛贼，誓不为人！"

伍子胥问道："伯嚭兄来吴国，有什么办法灭楚诛贼？"

伯嚭道："子胥兄和楚国有杀父诛兄灭族之仇。子胥奔吴国，辅吴王登位，是要借吴国之兵，伐楚复仇。伯嚭也要效仿子胥兄，恳请子胥兄推荐我给吴王。如果我伯嚭能被吴王任用，应当和子胥兄同心同德，同仇敌忾，灭楚复仇！"

伍子胥见伯嚭和自己同是楚国亡臣，因为同病相怜，就收留了伯嚭。他命奴仆侍侯伯嚭洗浴更衣，酒宴款待。第二天，伍子胥备马驾车，载伯嚭觐见吴王阖闾。伍子胥奏道："臣有同乡伯嚭，他父亲是楚国左尹伯郤宛，被费无极、囊瓦等奸臣谋杀，只身逃亡吴国。今伯嚭在宫门外，叩求大王召见。"

阖闾道："卿请起身。伯嚭既是卿的同乡，寡人应当召见。"朝内官道，"给伍行人赐座。召见伯嚭。"

内官一边搬过锦墩，让伍子胥坐下，一边朝宫门外喝叫："大王召伯嚭觐见！"

伯嚭提衫躬身进入，离吴王阖闾数丈，就伏地磕头，说道："亡臣伯嚭，拜见大王。祈祝大王高寿。"

阖闾见伯嚭矮矬，瘦小干枯，鹰鼻鼠目，两绺狸子胡须，心想这人怎么这般滑稽模样，很是开心。阖闾拈须道："你就是，楚国左尹伯郤宛的儿子？"

伯嚭道："臣仆正是。"

阖闾问道："寡人听说，费无极和鄢将师合谋诛杀伯氏满门，你是怎么逃脱的？"

伯嚭道："臣仆见我父亲在帐内陈列盔甲兵器，料知是费无极奸计，必遭灭族之祸。臣仆劝父亲逃奔，父不逃，臣仆自己逃了。"

阖闾开怀大笑，说道："你丢下父亲，自顾逃跑，这么不孝之人，有什么脸面求见寡人！"

伯嚭以头击地，泣道："伯嚭并非贪生怕死，是不愿从父被杀，为了为父复仇。"

阖闾又笑道；"你倒会辩解。寡人问你，寡人吴国僻处东海，你千里投奔寡人，有什么才能效力寡人。"

伯嚭道："臣的祖父，效命楚国二世了。臣父无罪，却横遭杀害，臣侥幸得脱。听说大王高义，所以千里来投靠。臣无德才，惟效命于大王，置生死于度外。"

阖闾见伯嚭边哭边诉，很是同情，封伯嚭为大夫，和伍子胥同商国事。阖闾赐伯嚭馆宅一处，奴仆数十人，另赠车马、粮米、布帛若干。

这天被离轻车简从，来到阳山田庄见伍子胥。二人礼毕，被离问道："子胥兄，你和伯嚭有交情吗？"

伍子胥见问惊诧，回道："没有。"

被离又问道："子胥和伯嚭既无旧交，为什么信任他，还推荐给吴王？"

伍子胥捋须叹道："伯嚭的父亲和我的父兄同被楚贼费无极追害。我和楚国之仇，和伯嚭相同。兄不听土人说，同病相怜，同忧相慰？惊弓之鸟，还能相伴飞翔，何况人呢？我荐伯嚭，兄见怪吗？"

被离捋须长叹一声，说道："我只知道子胥英勇豪义，却不知子胥心慈面软。子胥兄只知道伯嚭外表，不知道他人品性。我看他这人，鹰视狸步，性残贪佞，图功擅杀，是不可亲近的小人。子胥今天荐他，让大王重用他，他今后必会害你！"

伍子胥听被离的话淡淡一笑，说道："被离兄以外相论人，这不是屈杀真人了！"

被离起身出门，一边朝马车走去，一边叹道："这是命数啊！我被离的善意，怎能改变？我今天是一厢情愿，枉自劳趾。"

伍子胥送到车旁，揖礼挽留被离，说道："大夫为什么不在敝庄小酌？"

被离上车，说道："油盐不进，吃也无味，不吃也罢！"放下车帏，喝令车夫驱车离去。

马车颠簸上路，丢下伍子胥怔怔地站在村口。车夫回头，问车里被离道："大夫知道伯嚭奸佞，为什么不劝吴王赶他走？"

被离叹道："吴王是我的主人。子胥是我的友人。他俩一荐一用，我如果劝赶，就是负主背友，不忠不义了。"在车里又长叹一声，说道，"吴国有伯嚭，灾祸不远了。伍子胥留伯嚭，不得善终了。"

被离想到黔娄曾经嘱咐他，十二年后应当退归林泉，暗自算来，恰好一十二年，叹道："看来吴国，我是不能久留，不如归耕故里。"

被离回到吴都姑苏，不久就称病，辞了大夫官职，回归家乡田耕终老。这天走到楚国边境，见一城垣坚巨。城下有河，阔有百丈，河中用扁舟横链，上铺木板，做成一座浮在水面的活桥。被离命令从奴停车驻马，站在桥南观瞧。但见沿堤翠柳凝烟，堤下沿河船桅如林。桥上往来行人，摩肩接踵。再看对岸桥头，有百级蹬石通达城门。城楼飞檐翘翅。墙城石隙间，生出许多的杂木虬枝。古藤青蔓，攀缘女墙。瓜蒌坠果，艳若灯笼，好一派悦目风景。

被离捋须大乐，问仆奴道："这城，叫什么名字？如此壮观！"

仆奴道："这是楚国东边古城，叫棠邑。"

被离惊道："棠邑？莫不是伍子胥家乡，棠邑！"

仆奴道："正是。奴才听说，伍子胥兄长伍尚，曾是棠邑的邑宰，楚国人称他棠君。"

被离道："我们进城，歇息一天，明天再走。"

被离提袍步行，走下石阶，登上晃晃悠悠的浮桥，一步一晃地朝对岸城门走去。奴仆拽马牵车，紧随其后。走到河岸台阶，但见百级高磴两旁，都是卖石籽的小贩，或铺陈在地，或放在水盆陶盂，颗颗奇石五色斑斓，绚胜云霞。被离蹲身细看，只见石润如玉，多有艳彩，或山或林，如鸡如狗，十分奇妙，问道："这是什么石籽，含五彩之画！"

石贩道："这是雨花石。"

被离又问："雨花石，比玛瑙如何？"

石贩道："客官有所不知。这雨花石，就是花玛瑙。它和玛瑙一样坚硬，色彩比玛瑙丽艳。本地靠江边有地名'玛瑙涧'，地下遍生这石籽，因和别处玛瑙不同，别名就叫雨花石。"

被离又问："这雨花石，除了贵邑有，别处也有吗？"

石贩道："小人曾听说，从前齐相管仲伐戎，见令支有这种石籽。据小人所知，华夏万国，没有出雨花石的，只有咱棠邑有。"

被离再问道："你贩石几年？"

石贩道："小人痴长五十。小人自幼随祖父贩石，已数十年了。"

被离命奴仆取过铜钱，买了石贩许多的雨花奇石，手中攥住几粒，一边拾级登阶朝城里走，一边不住地玩赏，却和一个烂衣破笠的乞丐撞了个满怀。被离连声道歉道："对不起，对不起，撞到你了！"

那乞丐正是仇狗儿，笑道："老爷是外地人吧？眼睛只顾观赏手里的石籽儿，就不顾硌脚。"

被离笑道："我只顾玩这奇石，不觉踩了先生脚，罪过了。请问先生，棠邑除这奇石，还有奇物吗？"

仇狗儿笑道："棠邑奇物多了。不知客官问人呢？问物呢？"

被离问道："人有什么奇？物有什么奇？"

仇狗儿道："人奇，棠邑多忠臣孝子义士。客官没听说楚太师伍奢、棠君伍尚？算是忠臣孝子吧？伍子胥和专诸，也是棠邑人，算是当世义士吧？"

被离叹道："先生说的极是，棠邑忠臣孝子义士倍出，世人瞩目，鄙人崇敬。先生请说奇物。"

仇狗儿道："棠邑奇物很多！先生手中雨花石，小人不说。先生请看！"仇狗儿手指城墙。被离朝城墙看去，但见藤蔓攀城而上，蔓间悬挂无数拳大的红果，绚丽夺目。

被离惊问道："这是什么果实，爱煞人了！"

仇狗儿道："这叫瓜蒌，良药。这物只在棠邑野生，算奇物吗？"

被离叹道："奇物，奇物。"

仇狗儿又道："本地山野，遍生野果棠梨，可消食生津，这城故名棠邑。棠梨大如树，小如荆草，开花结果时，上栖小虫，体通红，有双翼，形如小蝉，又如蜂鸟，山人叫它'红娘子'。这物属虫鸟之间，形体艳绝，毒大胜过鸩鸟。先生你说，是不是奇物？"

被离感叹道："奇物，奇物。鄙人行游列国，未听说有毒胜鸩鸟的。棠邑有鸩鸟吗？"

仇狗儿道："这可让先生问着了。棠邑植水稻，田中水湿多蛇虫。田中常栖一鸟，吃蛇。这鸟叫声如雷鸣，出没稻秧田中，形如鸡，土人叫它'秧鸡'，没有人知道是鸩鸟。"

被离听了仇狗儿一番话，叹道："棠邑，真是奇地，人杰地灵啊！"

仇狗儿道："我为先生唠叨半天，先生赏饭吗？"

被离笑道："当然，当然。恰巧我们也饿了，就烦劳先生带路，择城里饭馆吃饭去。"

仇狗儿把被离一行带进城里一家"龙池酒馆"。堂倌高声唱喏，把几人请进店里坐下，先给每人倒了一碗浆水，再奉上菜牌。被离把菜牌递给仇狗儿，说道："我不知贵地佳肴，还是烦劳先生代点。"

仇狗儿也不推让，取过来看也不看，把菜牌扔到一边，开口对堂倌说道："这位老爷，是过路的贵客。你对庖厨说，菜肴不可马虎。"

堂倌躬身道："当然，当然！请你老点菜。"

仇狗儿道："你记下了。就要红烧龙池鲋，要夹胹醢。再来一盘吊炉烤鹅，一碟盐水鸭，一盘酱牛脯，一钵红烧狮子头。记住，狮子头用砂锅焖，用青菜垫底。再来一份汤，就用萝卜炖鸭杂。酒，就喝棠邑土烧龙池酒。"

不一刻，堂倌把仇狗儿所点佳肴摆上桌面，色香味俱佳，惊得被离击掌叫好。被离在吴国多年，自认为吃遍吴国的佳肴，天下再无美味。哪知到了棠邑，才知天外有天。被离逐样品尝，美不胜收，赞不绝口。仇狗儿："棠邑在楚国东边，北邻齐国、鲁国，南近吴国、越国，夹在江淮之间。棠邑饮食，有别于中原，也有别于吴、越，独树一帜。"

被离让堂倌照样另置一席，让随行奴仆们饮食。自己和仇狗儿举杯邀饮，大快朵颐，大吃大嚼，只吃得通体流汗，酣畅淋漓。吃完，被离结了饭钱，又取碎金一坨，递给仇狗儿道："这点金钱，请先生收下，买酒喝吧。"

仇狗儿怒道："我要金钱有什么用？我今天酒足饭饱，不虑明天。不要，不要。你给我金钱，是害我今夜睡不着觉！"说完，扬长而去。

被离望着仇狗儿跟跄远去，才记起不知这人叫什么名姓，朗朗自语道："真是奇人！"又道，"这楚国棠邑，果真人杰地灵！"

是夜，被离和奴仆宿在棠邑城中的江淮客栈。被离在床上翻来覆去，难以入眠。他想起自己自辅佐公子姬光到姬光登王位，已十数春秋。他为阖闾夺王位，荐伍子胥，才有专诸刺吴王僚。今伍子胥不听忠言，竟然推荐小人伯嚭给阖闾。被离劝谏吴王不用伯嚭，阖闾喜欢伯嚭，竟然不听老臣之谏。被离心灰意冷，才辞官归田。今夜宿在伍子胥故乡，思虑伍子胥将来定遭伯嚭谗言暗算，被离心乱如麻，感慨万千。这时从院里传来女子啼哭声，被离就走出房间，站在院里。哭声从厢房传出，仔细听见有男子斥骂，继而是笞击之声。被离年逾五旬，还未婚娶，一向对女子很是怜悯，听见那男子殴打女子，怒火由心而起。他也顾不得许多，一脚踹开木门，迈进房间。

房内的人见突然有人闯进，都吃了一惊。被离见打人的男子正是店主，被殴的女子却是一个二十五六岁的少妇，就责斥道："你们半夜殴打啼哭，我们宿客，怎能安眠？"

那店主是个五十来岁的矮矬胖子，连忙哈腰施礼道："这死妮子不听使唤，所以教训她，不想惊扰了老爷。小人赔礼，请老爷恕罪。"

被离见那女子跪在地上，身上葛袍已被竹片抽坏，正在掩面饮泣，就问店主道："这女子是你什么人，这么笞打？"

店主道："这女子是小人几天前从奴市买来的奴妓。小店地僻，营生淡泊，要招徕宿客，小人让她娱乐客人。刚才有一客官要出高价，要她陪睡过夜。这贱奴死活不从，小人所以教训她。"

被离感到惊诧，这女子既为奴妓，为什么不愿接客侍寝，就问女子道："你既被店主买来，身为妓女，为什么拒客？"

那女子抬头看一眼被离，垂头道："妾奴不是妓女。妾奴和店主有约，卖给店主为奴，并不侍客卖身。妾奴白天洗涮浆洗，夜里店主又强逼侍客，妾奴宁死不从。"

被离见这女子眉清目秀，体态娇美，而且言语间显现出志气倔犟，就生出几分敬意。被离扭头对店主道："她既然和你有约，何必强迫她侍客？"

店主道："老爷从吴国来，不知楚国事。敝邑过去棠君在，世道太平。自从棠君被楚王诛杀，换了邑宰。城里馆栈，十有八九都是官营，都有妓女娱客。小人一向守礼，可是生意每况愈下，门可罗雀。小人一家老小十余口，牙齿敲下来有一箢，怎么活命？"

被离道："你为你一家老小活命，也不能不顾这女子的活命。"

店主见被离多管闲事，不高兴，说道："这贱奴是小人花了一千钱买来，楚国有法律，主杀奴，官不究。"

被离有心救这女子，就又对那女奴说道："你既卖身为奴，当遵主命，主命不遵，死而无怨！"

那女奴道："妾奴愿当牛做马，只不能接客陪睡。妾奴以后要嫁人，要为夫君守节保身。"

被离被这女奴贞烈感动，又问道："你既守身悖主，你主人要赐你死，你不要后悔。"

女奴道："妾唯死，无悔。"

被离大声道："好，好！老夫成全你。"就抽出长剑，铛锒一声，掷在女奴面前。

第十五章

阖闾要除庆忌，伍子胥举荐要离

那女奴见被离掷剑在地，伸手抓起宝剑要自刎。被离拦住道："慢！等老夫问店主一句，你再自尽不迟。"

被离扭头问店主道："你逼奴自尽，楚国法律不究。但是，你赔大发了。"

店主哭道："是啊，她死事小，我那买她的一千个铜钱，扔水里了。老爷，我是人财两空了！这如何是好，这如何是好！"

被离道："她要死，你要钱。我看这样，我给你一千个钱，她死不死和你无关，如何？"

店主拱手道："老爷给小人一千个钱，这贱奴就归老爷。她死活，小人不管。"

被离让随从给过店主一千个钱，才对那女奴笑道："你自由了。"俯身从女奴手中接过长剑，插入鞘内。见店主还在一旁，被离怒斥道，"你还不滚开？还要打她？"

店主一边躬身后退，一边嗫嚅道："小人不敢。小人这就滚，就滚。"说着退出门去。

女奴见店主去了，伏地给被离行了跪礼，说道："妾奴谢主子救命之恩。主子替妾奴赎了身子，妾奴就是主子的奴妇。妾奴从今往后，甘愿主子使唤。"

被离笑道："行义于人，不望图报，才是侠义。我今天救你，不是买你。你如今自由，今夜在这里歇息，明天你回家去吧。"

女奴泣道："妾奴无家可回了。妾奴父母早亡，兄弟也随左尹伯郤宛和吴兵交战，死在边境。妾奴孤身未嫁，被强豪抢掳，要奸污妾奴，奴至死不从。强豪才把妾奴拐到奴市，卖给店主。承蒙恩人给妾奴赎身，今天脱得虎穴，明天又难逃狼爪。请恩人借妾奴宝剑，妾奴一死无忧。"

被离感叹道："真是贞烈奇女！"又对那女奴道，"我既然救你，就救彻底。你无去处，愿跟随我吗？"

那女奴一听被离要收留她，慌忙又伏地叩头，被离伸手拉住道："有话请讲，不要多礼！"

那女奴道："恩人是大丈夫。恩人救奴留奴，是奴的福分。奴随恩人，愿终身侍候恩人。"

被离见那女奴恳切，很为感动。又见女子身貌娇好，年轻性善，心里想娶她为妻，又不知她是不是愿意。想了一会儿，才开口问道："我名叫被离，曾经辅佐吴王，官爵大夫。今天辞官归隐，田耕终老。我年过五旬，未婚娶。今见你年轻貌好，心慈性善，要娶你为妻，又怕我树老藤枯，委屈你了。我先说明白，你不愿意，当做笑话吧。"

女奴道："妾名叫佫裳，孤苦伶仃，恩人娶佫裳为妻妾，是佫裳三生之幸。恩人春秋鼎盛，如日中天，怎能自叹年老。佫裳愿为恩人终身执箕帚，请恩人择日成礼，妾惟夫君之命是从。"

被离见佫裳应允，开怀大笑，又道："择日不如撞日，今宵就是良辰吉日。我和你请天地为媒妁，成礼。怎么样？"

佫裳羞得面红，举袖半掩脸面，低声道："妾依夫君之愿。"

被离让随侍的奴仆在馆舍里燃起牛油烛火，又让去厨房拾当些许菜肴，简简单单地置了一桌酒席。被离性豪，命令奴仆退去，和佫裳双双跪倒，拜了天地。二人携手而起，举杯邀饮。被离述说自身经历，佫裳听了或喜或忧，如同自身坎坷。听完被离诉说，佫裳又诉说自己的经历，说道："妾自从兄弟战亡，逃奔艾城当富人奴仆，谋以粗食，勉强度日。不想吴公子庆忌也逃到艾城，招兵买马，积草屯粮，谋图蓄力伐吴夺位。这庆忌把艾城周边划为乡制①，凡是轨长、游宗、里正②、乡长，都标价卖官。艾城地方，一个里正，竟然行贿三十五万钱。里正花了巨资买官，就变着法儿加倍敛财，出卖土地山林，连里所里丁③每人也要向里正行贿三万钱。这些里丁，都是地方流氓地痞，敲诈勒索无所不为。妾就是被里丁绑架到棠邑拐卖的！"

被离听到庆忌在艾城招兵买马，意图伐吴，大吃一惊，连忙问佫裳道："你先细说，庆忌在艾城如何招兵买马？"

佫裳道："庆忌按齐国前代故相管仲办法，每五户为一轨，出战车一辆。每户凡有人丁五人，即出一人为士兵。庆忌把卖官所得金钱，全用在制造舟船水军。"

被离又问道："你可知道，庆忌兵马有多少？"

佫裳道："妾不知实数，据人传言，要有数万之众。"又问道，"夫君问这些，干什么？"

被离叹道："这事关系吴王大业。我为吴王旧臣，虽然辞官归隐，良臣应当不忘旧主。新婚之夜，我当陪伴你，无奈此事关系重大，我要给吴王写信。你自己休息吧。"

被离剪烛挑灯，写信给吴王阖闾，把佫裳所说庆忌招兵图反一一报禀。写好封函，天色已亮。被离唤来随行奴仆，命令他驾车去吴都姑苏，把信函呈献给吴王阖闾。

① 乡的行政建制，为管仲发明，相当现代的省市。
② 轨相当现代的村民小组，游宗相当于村长，里正相当于现代的乡长。
③ 里所相当于现代的乡政府治安联防办公室。

127

吴王阖闾自从被离辞官离都，连日来闷闷不乐，寝不安枕，食不甘味。公子夫概一旁劝道："被离不为王兄所用，王兄当初怎么不杀他？如果被离被别国重用，王兄不是害了自己！"

阖闾怒道："满口胡言！被离忠臣，怎么会投奔别主！他辞官，是见寡人亲近伯嚭。寡人失被离，国有难事问谁呢？"

夫概又道："王兄文有伯嚭，武有伍子胥，何愁失一被离。臣唯恐被离投奔别国，有害吴国！"

阖闾击案斥道："寡人不愿听这话！你给寡人退下。"

夫概见阖闾动怒，只得躬身退出。内官跪禀阖闾道："辞爵大夫被离，命人奉信函致大王。"

阖闾喜道："呈上来，寡人阅。"

内官呈上信函，阖闾展读大惊，击案道："被离果然不负寡人。"又道，"庆忌在艾城集兵，要伐寡人，速传伍子胥进宫。"

阖闾见内官应命要退，又道："不妥，不妥。你去备车，寡人亲自去阳山。"

阖闾乘车才到宫门，见夫概伫立一旁，挑衅问道："你不回你宫中，在这里干什么？"

夫概行礼道："臣有话，禀奏王兄。"

阖闾不耐烦，怒道："有话快说，寡人要去阳山，见伍子胥。"

夫概奏道："臣认为，王兄既然用伍子胥，应当重用他。王兄封伍子胥行人之职，是以客礼待他。故而伍子胥还在阳山种田。臣认为，王兄如果不用伍子胥，不如杀他。"

阖闾大怒，探出身来，夺过车夫马鞭，朝夫概狠抽一鞭，怒道："寡人打你这个无义之人！伍子胥为寡人定国，立下汗马功劳，寡人曾经许诺，和他共国。你怎能让我杀他？"

夫概跪地强谏道："王兄既知伍子胥功高，怎么不拜他为相？"

阖闾弃鞭，斥道："寡人之事，不由你操心！"放下车帏，命令车夫驱车出宫。

阖闾来到阳山田庄，听到庄奴跪报，伍子胥在田中劳作未回。阖闾歇在庄外树下，命令奴仆去叫伍子胥来。伍子胥布衫草鞋，满身泥水，气喘吁吁赶奔庄院。看见阖闾站在树下，子胥行礼道："臣不知大王驾临敝庄，让大王久候，臣罪人。"

阖闾连忙搀起伍子胥，见他一身泥水，叹道："子胥何苦？寡人送你宫馆你不住，还住这僻庄草房，和奴仆为伍，亲自种田耕地。你如果不愿住在闹市宫室，寡人命工匠在阳山为你筑一宫馆，行吗？"

伍子胥一边侧身引领阖闾进院，一边说道："大王盛情，臣心领了。大王所赐丰厚，臣不愁冻饿。草屋虽然简陋，可避风寒，子胥是逃亡之人，居安思危。"

阖闾叹道："子胥田耕在野，居住草屋，寡人无颜面对世人。寡人曾经说过，得到王位，和你共国。寡人今为吴王，你却与奴同耕。你为寡人筑造新都姑苏，自己却居住阳山草屋。寡人知你大仇未报，不住宏宫邃室。世人不知你的志愿，会骂寡人无义。"阖闾十分动情，唏嘘泪下。

伍子胥劝慰阖闾道："大王不要以臣居陋而愧疚。臣一日不报杀父诛兄灭门之仇，纵有华室美肴，又怎能安寝开味。"

君臣边言边行，入草屋落座。伍子胥命家奴摆宴，亲执陶壶和阖闾共饮。阖闾和伍子胥酒尽三杯，拈须叹道："寡人早要出兵伐楚，给卿复仇，让楚公子熊胜继登楚国王位。无奈寡人立位不久，内政未稳。而且又有掩余、烛庸逃亡别国，阴谋伐吴夺位。寡人听说庆忌在艾城招兵买马，建造兵舟，图谋举兵攻吴。庆忌一日不诛，寡人怎能安寝？"

阖闾说完，偷眼看了沉默的伍子胥，又叹道："专诸要活着，寡人还怕庆忌吗！"

伍子胥一直在沉思中。他想到吴王阖闾这次亲到阳山，是和他图谋诛杀庆忌。庆忌是世间罕有之勇士，除专诸、要离二人，天下无人能敌。专诸已死，今天推荐要离去杀庆忌，无非致使要离步专诸后尘。伍子胥为了吴王阖闾，也为了自己借吴伐楚，已经死了一位过命朋友，实在不愿再失去要离。

吴王阖闾说的不是假话。从吴国的内外形势上看，的确不是出兵伐楚的良机。但是阖闾封伍子胥行人官职，以客礼待他，这是伍子胥和阖闾心存芥蒂之处。伍子胥听到阖闾伤感专诸，抬头说道："为臣子者，不忠不行。臣过去和大王图谋吴王僚，用专诸杀他，使大王立位定国。今天子胥又和大王谋杀吴王僚儿子，臣怕不但天意难容，吴国的臣民也有詈怨了。"

阖闾愤道："从前周武王诛纣，又杀武庚，周人都不认为不义。寡人认为，皇天民愿，是顺时而行。今天不诛庆忌，犹如暴君吴王僚未死，吴国百姓大难不远。寡人和你成败与共，怎能以小不忍而酿大患？你结交俊杰很广，寡人求你更得一个如专诸的人。寡人代吴国臣民谢你了！"阖闾说罢离座，撩衣跪伏在地，叩拜伍子胥。

伍子胥见阖闾跪伏，慌忙离席跪伏，泣道："大王礼重，折杀臣了。大王请起，臣和大王诛庆忌！"

阖闾见伍子胥应允，抱住子胥，君臣相拥痛哭。

伍子胥搀起阖闾归座，举杯重饮。伍子胥劝慰阖闾道："大王宽怀畅饮，诛庆忌之事，容臣缓图。"又命家奴道，"请要离，为大王舞剑娱乐！"

家奴让要离来到。要离站在堂下，朝吴王跪伏颂安。伍子胥道："这是臣的门客要离，善剑，请给大王舞剑。"

阖闾见要离高仅五尺，腰围一束，尖嘴猴腮，鹰鼻鸡目，形容丑陋，就不再看要离，端杯问伍子胥道："要离善剑吗？"

要离见吴王小看他，勃然动怒，在堂下斥道："臣力不如专诸，勇不如庆忌，如果论剑，臣可天下无敌！"

阖闾大吃一惊，拈须大笑道："寡人醉了。刚才戏言，壮士请宽宥。壮士既善剑，请用寡人宝剑舞之，寡人和子胥为壮士击杯。"说完亲解所佩"莫邪"，递给要离。

要离谢过吴王阖闾，在堂下脱去长衫，只穿短裤，拔剑起舞。阖闾起初还见要离如旋风疾转，剑光如泼水一般照映堂前。尔后人剑都看不见，只见一团白光旋舞在堂下，感觉到阵阵寒气凛凛袭来，耳畔冷风凄凄。

要离舞完剑，收招定式，还剑入鞘，跪还吴王。阖闾接剑如冰，再看堂上堂下，遍地银霜。阖闾大惊，连声赞叹道："好剑，好剑，好剑！"

要离站在堂下，瞪圆鸡目怒问道："臣不知大王所赞，是剑好？还是技好？"

阖闾拈须笑道："都好，都好。寡人赐卿三杯。"

要离饮罢三杯，谢恩退下。伍子胥有心荐要离给阖闾，让他诛杀庆忌。又见阖闾小觑要离，便打消念头，举杯劝饮，君臣大醉方休。

阖闾回到王宫，一连几天郁郁不乐。遣往艾城的间谍回返姑苏奏报，庆忌制造兵舟，建水军一万余众，又集战车二百乘，很快举兵伐吴。阖闾听报胆颤心惊，寝食不安，惶惶不可终日。夜间常有噩梦，合眼就见吴王僚披发跣足，追他索命。又梦见庆忌手托巨鼎，追他击杀。阖闾惨嚎怪叫，宫人听到毛骨悚然，肝胆俱颤。公子夫差进宫问安，奏道："儿臣听说'莫邪'是神剑，父王怎么不让它伴眠，以辟梦魇。"

阖闾信他话，抱剑而眠，才安。第二天起床，宫女替阖闾梳洗。内官入奏道："有一老者，要献神戟给大王。大王是否召见？"

阖闾听说有人献奉神戟，大喜道："既有神物，寡人怎能不见。召见，召见！"

内官领一老者到。老者朝吴王下跪。阖闾见老者布袍芒履，须发如草，疑是疯人，问道："你说有神戟献给寡人，真的吗？"

老者道："小人姓董名珥，祖上善铸戟。小人听说越国人欧冶子，还有干将，善铸利刃宝剑，名噪万国。我也要铸宝戟，显名于世。"

阖闾问道："你铸成了吗？"

董珥道："小人托大王之福，铸成了。"

阖闾又问："你是怎么铸成的？"

董珥道："小人杀二子。以儿子之血，衅以金，铸成二戟。今小人携二戟，献给大王。"

阖闾惊奇，说道："拿来，寡人观瞧。"

内官把董珥所献短戟二支，呈给阖闾。阖闾持戟观看，见其戟并无特异，和常戟一般相似，命内官道："取内宫府库短戟五十，和它比校。"

内官命令兵士抱来短戟五十支，放在吴王座前。阖闾择府库短戟和董珥短戟比较，长短形制一致，并无二样。阖闾叹息一声，把二戟扔进戟堆，乱在一处。阖闾以足踢拥短戟，对内官道："这二戟，已经混杂其中，卿能认识？"

内官近前跪伏辨戟，果然不能认识，抬头禀道："臣不能认识。这二戟，和别戟无不同之处。"

阖闾仰面大笑，问董珥道："你认为你的二戟是神物，能给寡人辨识吗？"

董珥跪下道："大王，小人请求察看。"

董珥匍匐戟前，许久不能辨识二戟。阖闾冷笑道："你说二戟是神物，怎么不能择辨？你是不是欺骗寡人？"

董珥听到吴王责罪，吓得冷汗披淋，磕头道："大王，请准许小人呼叫二戟。"

阖闾讥道："戟是死物，怎能呼应？你是疯人，又在哄骗寡人。寡人不加罪，你呼叫吧。"

董珥谢过吴王，手指点戳戟堆，厉声呼道："我儿吴鸿、扈稽！老父在此，你二人怎么不显灵在大王面前？"

董珥呼声才停，只听戟堆铿锵乱响，两支短戟突然飞出，贴到董珥胸前。阖闾看到大惊，起身赞道："你说的不错。这二戟果真是神物。"回头命令内官道，"赐给董珥，黄金百斤。"

董珥领了赏赐退下。阖闾把一戟悬在床头，一戟和'莫邪'共佩身傍，心方稍安。阖闾对夫概道："伍子胥答应帮寡人杀庆忌，几天不见动静。庆忌早晚举兵，寡人王位不稳。你可去阳山见伍子胥，问他准备得怎么样了。"

伍子胥对是否要推荐要离去刺杀庆忌，还在犹豫不决。公子夫概来到阳山田庄，说了吴王阖闾心忧庆忌伐吴，夜不能寐，日不甘味。伍子胥已经知道吴王的心思，就对公子夫概说道："臣听说，君忧臣耻，君辱臣死。大王忧虑庆忌，早晚不宁，是我伍子胥之耻。请公子回奏大王，我很快推荐一个勇士，以实现大王的使命。"

伍子胥等夫概走后，就对要离道："我你投奔吴国，转眼间将近十数年。如今楚平王和奸贼费无极都死了，我却大仇未报。我原认为刺杀了吴王僚，替姬光夺回王位，吴国可以出兵为我伐楚复仇。却不曾想，庆忌现在艾城招兵造船，早晚起兵伐吴。掩余、烛庸也要率领诸侯之兵，攻击姑苏。如此一来，吴王阖闾的王位不稳。我伍子胥大仇，今生今世难报了。"

伍子胥说到这里，声泪俱下。要离劝慰道："二爷不要悲伤。前几天吴王到阳山，二爷让要离舞剑，要离已经明了二爷心思了。二爷无非要用要离效仿专诸，去艾城刺杀庆忌。不是我要离忘恩负义，也不是要离贪生怕死。生死攸关，请二爷让我三思。"

要离快人快语，一口气说出伍子胥难言之隐。伍子胥怔怔地看着要离躬身退出，心中不由一阵凄凉。这种感觉，他当年送专诸进宫刺杀吴王僚时有过，难道是不吉之兆？

庆忌冠勇盖世，要离身纤力薄，纵能杀得庆忌，此去万无生还之理。这就是伍子胥心生凄凉的原因。专诸已死，要离再死，伍子胥一生两个过命的朋友都要失去，永远不可复得。他伍子胥为报自己的家仇，而断送两位当世侠士的性命，将终身负疚。伍子胥想到这里，真心希望要离能拒绝他的请求。

要离并不怕死。他自从在棠邑被伍子胥所救，就立下誓愿，今生今世用生命酬

131

谢知己。当他揣知伍子胥要他替吴王阖闾刺杀庆忌，就想到庆忌骁勇难敌。自己要胜庆忌，不近身搏斗而不能胜。要近身搏斗庆忌，必须要庆忌信任自己而无防备。要使庆忌信任自己，必须要使吴王行苦肉之计，杀自己妻子，伤残自己的身体。要离想到要让吴王杀死卞玕，他犹豫了。卞玕是无辜的，她谁也不欠谁的，毫无理由让她去死。这就是要离十分为难，恳求伍子胥让他三思的原因。

伍子胥自从要离与卞玕成婚，便让家奴另筑土垣草屋，让二人独居。甘嬺又派女奴二人，供卞玕使唤。要离的住宅距离伍子胥的阳山田庄不到二里，一圈土垣庄墙，围住七八间草屋，荫在山坡树林之中。要离回到家里，不见卞玕，便问女奴阿畔道："阿畔，你玕姨怎么不在家？"

阿畔躬身曲膝道："回主子。玕姨随嬺姨率奴仆，上山采摘茜草，傍晚才回来哩。"

要离不理解，嘟哝道："采啥子茜草？瓮中粮足，园中有蔬，圈中鸡猪成群，茜草美味吗？"

阿畔掩口窃笑。要离斥道："笑什么笑？"

阿畔道："主子，茜草不是吃物，是染布染衣裳的草。"

要离没好气地道："衣裳，衣裳，你们女人只知道衣裳！"

阿畔辩道："女人生来，就是男人的衣裳。"

要离见阿畔出屋，见桌上堆有几件卞玕的衣衫。这些由阿畔洗涤干净的絧裙裤袴，都得由卞玕亲自过浆，才能上身。要离心绪烦燥，无所事事，便取了浆水在卞玕的衣物逐一喷洒。又把浆过的湿衣折叠齐整，用一块石板压了半天，逐一晾干。诸事完毕，天色已晚，阿畔进家张灯明烛，见着浆过的衣裳，大惊道："主子，这可不是你干的活计。"

要离嗔道："我要离，除了你们女人生孩子的活计干不来，啥活干不了？"说完大笑不止。

阿畔臊得面红耳赤，正不知答对，卞玕归来，笑问道："你们主奴二人，说什么趣事，恁这热闹？"

阿畔慌忙答道："主子把你的衣裳浆过了，正在自夸。玕姨，你得好好夸夸主子了。"说完了一边出门而去。

卞玕取来晾干的衣物观瞧，喜笑眉开地夸道："果真是浆得服贴，平展。想不到，你这个老爷子干起女人的活，恁好恁细微！"

要离一边发呆，一边叹息。卞玕朝门外叫道："阿畔，让庖厨多做几个菜，取一坛酒来，犒劳你家主子！"

不一刻，阿畔托来酒肴，布了酒席，拿壶要替要离、卞玕斟酒。卞玕接过陶壶道："你下去，我来斟酒。"替要离和自己斟酒，举杯道，"妾与夫君婚后几年，夫君为妾浆衣裳，妾有福气。今天妾与夫君侍酒，尽醉方休。来，干！"说着举酒杯和要离碰了一下，铿锵悦耳。

夫妻二人三杯已过，卞玗见丈夫只饮不语，面色冷峻，已经猜出要离的心思。卞玗把酒续满，举杯道："来，来！妾再敬你一杯。"

要离笑道："吴王和二爷饮酒，从不过三杯相敬。三杯完，各自随量自饮。你今天三杯敬完，怎么又敬四杯？"

卞玗笑道："刚才三杯是妾敬夫君。这一杯，算妾罚夫君，不是敬酒。"

要离笑道："我有什么过错，你罚我酒？"

卞玗道："夫君只惜儿女私情，不惜大义，当罚不当罚？"

要离苦笑道："当罚。"双手举杯而饮，饮完叹道，"不是我畏刀避剑，实在不忍心离开你！"

卞玗一边替要离斟酒，一边道："妾听说，士为知己者死，才是豪侠。专诸老母要专诸行义，自缢而死。阿香为断专诸情恋，也自尽了。专诸老母和阿香，不是烈士吗？二爷待夫君亲如手足，而且对夫君有再造之恩，你怎能见二爷危难而缩颈不助？濑水之女史媦，和二爷素不相识，还能救二爷于危难，投水自死。夫君堂堂男子，怎么不如一女子！妾听圣人言，志事者不惜早死，无图者枉活百岁。夫君如果从义，妾应当先死，在地下等你。"

要离泣道："不是我不义，不忍心丢下你。你既然愿意先死，我的大义能成了。人的生死，不能回头，你不要后悔。"

卞玗把一杯酒饮尽，抿嘴道："妾是一个家生奴，嫁给夫君，福足了。妾今天随夫君，为吴王死，为二爷死，会青史留名，万世流芳。妾虽死，犹长生，何悔之有！"

要离大为感动，亲与卞玗斟酒，二人相敬饮，尽兴方休。是夜，夫妻相偎而眠，百般恩爱。卞玗搂住要离温柔绵绵，叹道："妾罪大啊！妾未能替夫君生一男半子，对不住夫君。"

要离劝慰道："无后无牵挂，好走得洒脱。"

夫妻相拥大哭。哭了又要，要了又哭，直到天亮。

第二天，要离随伍子胥进宫觐见吴王阖闾。君臣礼毕，伍子胥指着要离对阖闾道："大王命臣寻找刺杀庆忌的勇士，臣找到了。这位要离先生，是天下少有的勇士。"

阖闾见伍子胥推荐的勇士，原来是日前在阳山为他舞剑的要离，大失所望，问要离道："子胥也是当世豪杰，他居然称你为勇士。子胥当年和庆忌在秦国较鼎，力胜嬴颐、庆忌二人！先生，你怎样？"

要离知道阖闾小看自己，不卑不亢道："臣身高不过五尺，腰粗不过一束，躯单力薄，迎风则倒，负风则僵，何勇之有。臣遵大王之命，不敢不尽其力。"

阖闾听了要离的话，闭目不语。伍子胥已经猜测到吴王之意，一旁奏道："臣听说，良马不在躯高体巨，贵在力能任重，足可致远。要离形貌虽陋，他胆识勇气过人，庆忌等匹夫不能胜他。大王如果不用要离，天下无人能杀庆忌了。"

阖闾问要离道："庆忌铁骨铜筋，力有千钧，万夫莫当。他步走如飞马，矫捷如神，

133

寡人怕你不是他的对手，白送性命。"

要离已被阖闾激怒，厉声奏道："臣认为，善杀人的人，用智而不用其力。臣有办法接近庆忌，杀他如杀鸡。"

阖闾大笑，摇头叹道："寡人知庆忌，他不是傻瓜。庆忌在艾城招兵造船，意图早晚举兵伐吴。你是吴国人，庆忌怎能相信你？"

要离道："臣听说，庆忌正在招纳四方死士，要起兵反吴。臣请大王治臣罪，刜臣右手，杀臣之妻。臣诈逃，去投奔庆忌，庆忌必定不疑。臣潜伏在庆忌身边，早晚伺机杀他。"

吴王阖闾、伍子胥听了要离的话，都很震惊。阖闾叹道："卿无罪，卿妻也无罪，寡人怎能加罪加杀？"

要离道："臣听圣人说，臣子爱国不贪恋家庭，忠君的人敢于献身。只顾安享妻妇之乐，不帮君王解忧，是不忠。心怀家室之爱，不为君王献身，是不义。臣愿意以忠义成名，举家就死，虽死犹生！"

阖闾大为感动，低头愀然落泪。伍子胥一旁劝道："要离为国而弃家，事主而献身，是千古壮举，真豪杰。大王可以在他功成之后，表彰要离功劳，旌表他的妻子，不没其绩，让他扬名后世。"

阖闾泣道："寡人为国为民，罪卿深了。"说完起身，拉住要离的手，说道，"请随寡人进后宫。寡人摆酒宴，和子胥为卿饯行。"

第十六章

要离独臂持短戟，船头顺风刺庆忌

第二天早上，吴王阖闾临朝。满堂文武大臣分两班站定。大殿外边甬道两旁，卫士如林，都是穿戴盔甲，手执戟戈，鹰瞵鹗视。

伍子胥抱笏出班，奏道："臣听说楚国内乱不休，楚昭王年幼无知，令尹囊瓦专权，奸贼费无极和鄢将师已死。臣举荐一个勇士，名叫要离，可以率领吴军伐楚，一举得胜。"

阖闾道："传要离，觐见。"

要离提袂躬身而进，下跪道："臣要离，叩见大王。"

阖闾扶案倾身瞅要离，大笑不止。阖闾笑完，对伍子胥道："卿所荐这个勇士要离，不如一个小儿，怎能率兵为将？况且寡人国事粗定，伐楚是大事，怎能轻易用兵？"

要离奏道："臣认为，大王所说不仁！伍子胥为大王定位立国，功高盖世。大王怎能不为子胥出兵报仇？大王过去曾经许诺和子胥共国，今天登王位，竟失前言。大王知耻吗？"要离故做激愤，竟举右手朝阖闾点点戳戳，极不恭敬。

阖闾听到要离当堂讥讽，勃然大怒，责斥道："寡人国家大事，怎有你野人谈论？大胆匹夫，竟敢当堂辱骂寡人！"喝斥卫士道，"来人！给寡人砍下这匹夫右臂，囚在狱中。"

兵士纷纷拥上，把要离拖出殿外，要离边走边骂道："弑兄夺位的昏君，庆忌攻伐吴国，绝不饶你。"

兵士把要离摁于殿外，砍下右手，囚在大狱。阖闾原要依照要离的话，杀其妻妇，又不忍心下手。

卞氓知道要离计谋成功一半，怕半途而废，第二天进监狱探视要离，撞墙自尽。伍子胥密令狱卒放松看守，让要离趁夜越狱出逃。阖闾听说要离逃跑，卞氓已死，命人把卞氓尸体抬到姑苏街头焚烧。吴国臣民不知底细，都暗地里议论阖闾残忍。

要离逃出大狱，一路讨饭，直奔吴国边境。出了边境，打听到庆忌正在卫国，又取道径奔卫国。要离衣衫褴褛，披发赤脚，行乞在卫都街上，击缶高歌道：

要离要离，
献计阖闾，
自荐为将，
起兵伐楚。

阖闾阖闾，
讥我侏儒，
砍我之躯，
焚我之妻。

复仇复仇，
昏王当诛，
何人助我，
杀奔姑苏？

庆忌住在卫国都城馆驿。他这次来卫国，是联络卫国人出兵讨伐吴国。这天庆忌刚要乘车进宫见卫侯，门客来报："馆外有一乞丐，自称名叫要离，从吴国来，要见公子。"

庆忌一怔，问道："这人，为什么要见我？"

门客道："这人沿途乞讨，悲歌闹市，说他献计伐楚，吴王不从，砍断他右臂，烧死他妻妇。他来投奔公子，要随公子伐吴复仇！"

庆忌将信将疑，命令门客召要离来见。要离进门，和庆忌行礼，泣道："昏王阖闾无道，不纳忠言，残我躯体，焚我妻尸。此仇不报，我要离誓不为人。"

庆忌道："你要报仇，去找阖闾拼命，投奔我有什么用？"

要离道："公子，你把我当成诈骗吗？"脱衣袒身，显露断臂，又道，"要离是一个废人了。要离千里行乞，投奔公子，是要依仗公子之力，为要离一泄私愤。"

庆忌命令从人带要离在另室居住，让他沐浴更衣，酒食款待。庆忌一边又派人前往吴国，打听要离所说虚实。不一天，间谍赶回卫国，禀报庆忌道："要离是伍子胥的门客。他劝阖闾发兵进攻楚国，自荐为将，要为伍子胥复仇泄愤。阖闾不从，要离当众讥讽，阖闾大怒，砍断要离右臂，下狱。要离妻子卞玕，撞墙而死。要离越狱逃跑。要离的事，吴国人没有不知道的，都骂阖闾残忍。"

庆忌听了间谍禀报，开始相信要离，命人置酒宴，请要离饮。席间，庆忌问要离道："我听说，阖闾用伍子胥、伯嚭谋大政，兵强将勇，国中大治。我今逃亡在外邦，兵微力薄，怎能伐吴而泄愤？"

要离道："伯嚭是个无谋之徒，不足忧虑。吴国群臣，只有伍子胥智勇足备。然而，伍子胥是我的主人，阖闾伤害我要离，如同伤害伍子胥。阖闾不准起兵伐楚，不给伍子胥复仇，又残害伍子胥门客，请公子细想，伍子胥怎能和阖闾同心？"

庆忌端杯叹道："伍子胥是阖闾的恩人，怎么能因为一件事不如意，会产生仇恨呢？"

要离道："公子离开吴国许久，又远在异邦，对吴国的事情，只知其一，不知其二。伍子胥所以尽心阖闾，是要借兵伐楚，报他父兄之仇。如今楚平王已死，费无极也死了，阖闾得到王位，安于富贵，不想为伍子胥报仇了。我为伍子胥进言，惹动阖闾恼怒，加害于我，是伤伍子胥的心。我能脱逃，是伍子胥密令狱吏松懈。我逃走前，伍子胥嘱我，'你去一定要见公子，看他志向如何。如果公子愿意帮我伍子胥报仇，我就做公子内应，赎以前密室同谋之罪。'伍子胥的意思，是帮公子夺王位。公子如果不趁此良机举兵伐吴，等阖闾和伍子胥君臣和好，小人和公子的大仇，今世再也没有机会报了！"要离说到这里，放声大哭，用头撞柱，想要自尽。

庆忌见要离自杀，慌忙拉住，劝道："我听从壮士，备军进攻吴国。壮士不要悲伤，跟随我回艾城治军。"

庆忌和要离从卫国回到艾城，训练军队，修整战车、船舰，积囤粮草。三个月后，大事完备，庆忌亲统大兵二万余众，沿江水陆并进，往吴国边境进发。庆忌和要离同乘巨舰，指挥水陆之军顺流而下。庆忌坐在船仓，临窗观看陆路兵车和江中舟舰，笑对要离道："我的大军这次伐吴，只要子胥内应不误，吴国无人能够阻挡我了。我大军到达姑苏之日，就是阖闾寿终之时。我和你的大仇，到时得报了。"说完，仰头狂笑。

要离道："但愿先王佑公子，此举一战而得姑苏。公子荣登王位，要离别无所求，惟亲戮阖闾为快。"

大军顺江东下，到中途，突降暴雨，霹雳大作。一会儿，雨停风起。庆忌挑帘看见岸上兵车在泥泞中行如蜗牛，兵士萎靡不振。江中舟舰也散乱无序，首尾不能相连，大怒道："大军如此散乱无序，未到吴境，便自溃如此。如此军队，怎能一战！"

要离道："公子怎么不亲伫船头，执军旗，戒饬兵士，以振军威？"

庆忌顿时豪性勃发，御去铠甲头盔，着短裤赤脚，站在船头迎风舞动军旗，大声呼号。要离手执短矛，站在庆忌身傍。这时江面突起怪风，庆忌手持大旗难抵风力，脚下踉跄不稳。要离连忙移步道："我来给公子挡风！"

要离边说边持短矛走上上风。庆忌已经站稳，摇晃军旗朝水陆大军发号。要离见时机已到，单手持矛，借着风势，猛力刺向庆忌。这一矛人借风力，好不厉害，庆忌又无铠甲，矛尖直透心窝，穿背而过。

庆忌大叫一声，扔掉大旗，扑向要离。要离躲闪不及，被庆忌提起，摔在船头，抬脚踏住，笑道："你敢刺杀我庆忌，不愧是天下真勇士！"

卫士晁豹持戟呼道："杀了他，杀了他！"

庆忌摇头道："怎能一天，同死天下两个勇士？"抬脚把要离踢进船仓，对卫士晁豹道，"我死后，你不要杀要离。放他回吴国吧。"

庆忌说完，抽出胸上短矛，血如喷泉。庆忌呼叫而死，形如山崩。晁豹对要离道："公子已死，你回姑苏吧。吴王必定赏你爵禄。"

要离仰面大笑，正色道："我不贪家室性命，怎会贪图爵禄？我有三不容世，当死！"

晁豹问道："什么三不容世？"

要离叹道："我害了我妻子自尽，图功于吴王，不仁。我为新君，杀故君儿子庆忌，不义。我为成人之事，而不顾残身灭家，不智。要离有这三不容世，有什么脸面活在世人眼前！"说完，夺下晁豹佩剑，自刎而死。

庆忌水陆之军听到主帅庆忌已死，正在慌乱无主，突然江面数百船舰溯流而上。当先巨舰之上站立一员白须白盔白袍将军，手执长戟，威风凛凛。庆忌部下有人认识，那位白袍将军正是伍子胥。

江边陆路也有数百乘兵车，迎面阻挡庆忌军队。领先辂车，正是公子夫概。只见伍子胥站在舰头，朝江面和陆地庆忌军队高声喊道："庆忌有罪，你们无罪。我和夫概公子领吴王命令，迎接你们回吴国，和家人团聚！"

庆忌的士兵都放下兵器欢呼。庆忌卫士晃豹，朝伍子胥喊道："伍将军，庆忌已被要离刺死。请将军登舰验看。"

伍子胥命巨舰傍靠庆忌舟舰，纵身上舰，见庆忌果然横尸船头，问晃豹道："要离在哪里？"

晃豹道："要离不肯生还姑苏，自刎而死。"

伍子胥大惊，进入仓内，见要离头已断，躺卧在仓板上。伍子胥抚尸大哭，哭道："你为什么自责自刎。你杀庆忌，不是为我伍子胥一个人。你是为吴国消除内战，为吴国百姓除害。"

伍子胥哭了好一会儿，才命令兵士用棺椁盛殓要离。又命令把庆忌尸体，也用棺木装载，运回姑苏。三军将士都穿着衰服，舟舰和兵车，也悬挂白幡，举哀回师。

阖闾听到禀报，亲率百官迎到阊门城外，盛陈路宴，祭奠要离。阖闾命令把要离葬在阊门城下，抚棺泣道："卿是盖世勇士。寡人葬卿在阊门，让你为寡人守城门。"又道，"寡人要旌表卿妻卞玕，让吴国人不忘她的忠烈。寡人也要为你立庙，让吴国人为你和专诸岁祀。"

阖闾葬了要离，又命令以公子之礼，把庆忌葬在吴王僚墓傍。丧事完毕，吴王大宴群臣。酒过三杯，伍子胥奏道："大王祸患已除。臣请大王出兵伐楚，以报臣之父兄大仇。"

伯嚭也出班，跪奏道："臣也请大王举兵攻楚，以报杀父灭门之仇。"

阖闾道："二卿请起。伐楚之事，让寡人三思。"

第二天，伍子胥和伯嚭一同进宫，奏请吴王阖闾，出兵伐楚。阖闾不愿出兵伐楚，推诿道："不是寡人不愿出兵为二卿报仇，实是吴国无人为将军。"

伍子胥道："大王出兵，子胥愿为将军。"

伯嚭也挺胸扩肚，说道："伯嚭不才，愿为先锋。"

阖闾见伍子胥和伯嚭争相领兵为将，心里十分不情愿，离座在宫中踱了几步，回头叹道："不是寡人不用二卿为将军，实是将之无名。寡人出兵伐楚，是两国交兵。二卿是楚国旧臣。寡人用二卿为将军，是兵报私仇，天下诸侯要讥讽寡人。寡人深知，'得士则昌，失士则亡。'寡人四海招纳才俊，虽有宋国华元来投靠，但他也不是将才。"

伍子胥听到阖闾推诿，奏道："臣保举一人担当将军，肯定战胜楚国！"

阖闾问道："卿保举什么人？"

伍子胥道："这人姓孙，名武，字长卿，文可安邦，武可定国。大王如果用孙武，如同周武用姜尚，商汤用伊尹，齐桓公用管仲，伐楚谋霸，平定四海，横扫中原，所向披靡！"

阖闾听到一笑，摇头说道："吴国能有这样的人？寡人怎么没有听说过？"

伍子胥道："孙武不是吴国人，是齐国将门之后。"

阖闾不耐烦，挥手道："寡人不认识孙武。寡人只知道你伍子胥龙韬虎略，是当世罕有之将才。"

伍子胥正要细说孙武，阖闾连连挥手，打了个哈欠道："寡人倦了。伐楚之事，等明天再议。"说完由嬖臣搀扶，径往后宫而去。

伯嚭问伍子胥道："子胥过去荐专诸、荐要离，大王手舞足蹈。荐孙武，他为什么充耳不听？"

伍子胥叹道："我荐专诸，为大王谋夺王位。后来荐要离，为大王保王位。大王怎能不乐？今天荐孙武，起兵进攻楚国，是为我二人报私仇，所以大王不高兴。"

伯嚭愤道："早知如此，我伯嚭干吗要投奔吴国？"

伍子胥劝慰道："你不要烦恼。你我寄人篱下，能不俯躯垂首？你等我明天再谏吴王。"

伯嚭仰天长叹道："这昏王言而无信，难以与谋！你为他夺王位，诛杀吴王僚、庆忌，安邦定国，功高日月。他只给了你一个行人的闲官，一直以客礼待之，分明是拿你当外人。这无义昏王，连你的话也不听，保他有什么用？"

第二天早朝，伯嚭告病不上朝。阖闾见伍子胥抱笏要奏，皱眉道："子胥，你又要推荐孙武吗？"

伍子胥出班奏道："臣，推荐孙武。"

阖闾挥手道："寡人有恙。寡人一听孙武，头痛。"说完拂袖而去。夫概纵声大笑，大臣们也随之放肆大笑，气得伍子胥面红耳赤，须发戟张。

夫概进了后宫，问阖闾道："王兄为什么失信于伍子胥，不用孙武，不出兵伐楚？"

阖闾叹道："不是寡人失信，是寡人不愿意失去伍子胥！"

夫概不解，又问："王兄此话怎讲？"

阖闾道："如果子胥、孙武领兵攻克楚国，肯定立熊胜为楚王，子胥怎能返回吴国？寡人将来的霸业，依靠谁呀？"

第三天，吴王阖闾称病不朝。群臣散班。伍子胥怒气冲天，直闯后宫要见阖闾。夫概挡住道："王兄有命，凡是推荐孙武的人，一概不见！"

伍子胥颓靡而返。第四天他又进宫诘问吴王，都遭到夫概和嬖臣阻拦，传谕"言孙武者勿入"。一连五天，都是如此。

伍子胥对阖闾大失所望，心灰意冷，有了放弃吴国投奔齐国的念头。他命令随从驱车去了阊门，在要离的墓前吊祭一番，又去太湖边上的专诸、阿香墓上祭拜。伍子胥泪水长流。他不甘心如此离开吴国。这十多年来他沤心沥血，为了自己的复仇大计，扶助阖闾夺位定国，把两个好友的性命也搭上了。他如果就此罢手而去，对不起死去的专诸、要离，还有史鹣、阿香、卞玕、专母、史母，这些直接或间接为他献出生命的人们。

伍子胥上车，让车夫驾车径往罗浮山而去。孙武自从要离与卞玕成婚，就把家眷从齐国接到吴国，在罗浮山隐贤庄居住。伍子胥来到隐贤庄，见孙武正在菜园里担水浇菜，那满园果蔬绿绿莹莹。伍子胥揖礼道："天下有你这个农夫，却少了一个兵家！"

孙武笑道："孙武究兵，是指望天下无兵。"

伍子胥道："天下果如长卿所愿，诸侯止戈，我伍子胥也来种菜浇园了。然而，当今天下，诸侯万国，或争权于内，或夺利于外，征战不休，战而无义。"

孙武放下水舀，洗了手，邀请伍子胥进屋，边走边道："诸侯无义之战，谁责其过啊。胜者王，败者寇，到头来，空有其名，一岗荒坟。"

奴仆送上浆水，二人坐定，伍子胥才说道："要离、卞玘，去世了。"

孙武叹道："我知道了。吴国人都称赞卞玘之贞、要离之烈。这夫妇二人，是世间少有的烈士贞妇。"

伍子胥叹道："二人之死，我罪难逭。"

孙武安慰道："子胥何须自责，箭在弦不得不放。我近日琢磨要离刺庆忌，颇有感悟。吴王派要离刺庆忌，是良将所为。百战百胜，非善之善者，不战而屈人之兵，是善之善者。上兵伐谋，其次伐交，其次伐兵，其下攻城。阖闾用一勇之夫，刺杀庆忌，挫庆忌二万之兵，是上策。由此可见，阖闾是通解兵法的。"

伍子胥这次来罗浮山，是劝说孙武出山，领兵伐楚，于是趁机说道："长卿所著兵法，是研究前人战术成败，融和你的感悟。长卿如果能够亲自率军，实战应用，鉴证于实践，岂不大善！"

孙武叹道："我何尝不想率兵实战，验证兵法。子胥你笑话我孙武了。孙武是一个跛足农夫，谁能授兵符给我？"

伍子胥笑道："长卿兄如果不领兵验证你所著兵法，难免有人讥讽长卿笔墨谈兵！长卿兄如果肯出山，还怕手上无兵？"

孙武听出伍子胥话中有话，忙问道："是不是吴王答应出兵，助你攻伐楚国了？"

伍子胥道："你猜测不错。吴王答应出兵伐楚，但他对我和伯嚭放心不下，不想把兵权交给我和伯嚭。"

孙武瞪大双眼，说道："阖闾这人，不但骁勇善战，心智也狡猾。我揣他顾虑有二。你攻楚若胜，他怕你回头再进攻吴国，使他王位不保。这是其一。其二，既使你不攻吴，也应当立公子熊胜为楚王，你不会再回吴国了。阖闾要仰仗你辅他谋霸，失去你，他霸业难成。你是楚国旧臣，虽然对吴国功高日月，阖闾迟迟不封你为宰相，防备你早晚回楚国。"

伍子胥长叹一声，泣道："我父兄之仇，今世难报了！"见孙武垂头不语，又道，"长卿你要肯出山，领兵为将，阖闾一定会出兵。不知长卿你能不能助我？"

孙武道："专诸、要离、阿香、卞玘，都能为你赴死。我孙武，不如专诸、要离，还能不如妇人吗？我猜测，只怕我纵然出山，阖闾也不会采纳你的举荐。"

伍子胥对孙武的猜测并不惊奇，说道："我已经对吴王举荐你六次了。阖闾命令夫概和嬖臣守候宫门，挡我在门外，说是举荐孙武者不见。吴王不采纳我的举荐，是不知道你的人品才能。如果阖闾看到你的兵书，知道你是当世奇将，他得一孙武，又怎怕失去一个伍子胥呢？"

孙武沉思半天，才抬起头来，问道："子胥你这次亲自到罗浮山，是取我兵书的吧？"

伍子胥道："是的。"

孙武低头不语。伍子胥盯住孙武，目不转睛。许久，才见孙武艰难地扶案站立，跛着右足，走到竹架前，取下一卷竹简放在伍子胥面前说道："我的'兵法内经'，已经写到八十余篇，这卷是前十三篇。阖闾懂兵法，读了就知道我孙武。他要不是贤君，读多了有害无益。"

伍子胥潸然泪下，朝孙武伏地跪下。孙武慌忙搀扶道："你我是过命的交情，这样干嘛！"

伍子胥也不言语，双手捧着兵书出门上车。孙武跛足送到车下，说道："我孙武有言在先。我可以代你领兵伐楚，但不会在吴国做官。伐楚功成之日，孙武要退归林泉，望子胥兄放行。"

伍子胥已经是泣不成声，哽不能言，指天戳地，朝孙武郑重点头。孙武目送伍子胥乘车远去，才跛足回到庄园。一个奴仆躬身问道："老爷，你还浇园吗？"

孙武大笑，涕泗滂沱，叫道："取我戟来！"

奴仆从屋里扛来一杆大戟。孙武持戟狂舞，仰面长啸，吼道："孙武，孙武，研兵究武，天下何必知我！"

伍子胥驱车直奔王宫。大夫华元站在宫门，迎接伍子胥道："将军有事吗？"

伍子胥拱手道："我要见大王。大王在宫中吗？"

华元道："大王有命，只要子胥兄不提孙武，随时可以见大王。"

伍子胥摇头，叹道："我为了推荐孙武给大王，来七次了。大王既然不愿提孙武，不见也罢。"把兵书递给华元，说道，"这是兵书，请大夫呈上大王一阅，子胥拜谢。"

华元接过兵书，笑道："子胥命令，华元敢不服从吗？举手之劳，何必道谢。"

伍子胥见华元进宫，又叫住道："大夫留步。"

华元回头问："将军还有嘱咐？"

伍子胥道："大王阅这兵书，如果问大夫，大夫可以说，大王不采纳子胥推荐，伍子胥要把孙武推荐给别国了。"

华元郑重答道："华元，悉听尊命。"说完径往内宫而去。

华元来到内宫，不见吴王阖闾，问内官道："大王在哪里？"

内官道："大王在花园击剑。"

华元又转到花园，见阖闾正在亭下击剑，便站在一旁观看。阖闾收招定式，转身一边用帛帕拭剑，一边问华元道："大夫见到子胥来吗？"

华元躬身道："子胥来过，没有说话，走了。"

阖闾一怔，笑道："这老儿生性倔犟，几次推荐孙武为将，连寡人托病不朝，他也不放过寡人。今天他不说话离去，奇怪，奇怪！这不是子胥性格！"

华元道："子胥留书在此，请大王亲阅。"

阖闾惊奇，一边把剑放在石桌，坐在亭中道："什么书？拿来，寡人看看。"

华元呈上简编。阖闾接过展简粗读，惊喜道："这是兵书！子胥写的吗？"

华元道："这兵书，是孙武写的。"

阖闾深深被兵书上的文字吸引，不禁念出声道："凡先处战地而待敌者佚，后处战地而趋战者劳。故善战者，致人而不致于人。能使敌人自到者，利之也。能使敌人不得到者，害之也。故敌佚能劳之，饱能饥之，安能动之。出其所不趋，趋其所不意。行千里而不劳者，行于无人之地也。攻而必取者，攻其所不守也。守而必固者，守其所不攻也。"读到这里，拍剑叫道，"好，好！如此兵书，千古圣言！"

阖闾从卷头细读，把"兵法内经"一十三篇，一口气读完，才合卷叹道："千古奇书，千古奇书！"抬头见华元躬立一旁，吃惊问道，"你还没走？什么时辰了？"

华元道："回大王，已过午时。"

阖闾笑道："寡人为兵书所迷，已忘饥渴。速速传命摆宴，寡人饿了。"

阖闾见华元传命内官摆酒宴，又问道："子胥送书来，有话吗？"

华元道："子胥有话。子胥说，大王阅兵书，不用孙武，子胥和孙武就要投奔他国了。"

阖闾听了大吃一惊，说道："子胥和齐大夫鲍牧交厚，他和孙武是不是要投奔齐国？齐国有贤相晏婴，再有子胥和孙武，如虎添双翼了！快，召子胥进宫，寡人请他喝酒！"

华元领命而去。不一会儿，酒宴摆上。阖闾命嬖臣温酒，子胥还不到，嬖臣道："子胥不到，酒已凉了。大王怎么不先饮？"

阖闾道："子胥未到，寡人独饮无味。酒凉，你重温。"

嬖臣遵命温酒，于是三番，伍子胥才到。阖闾见伍子胥下跪，伸手拉住道："寡人为你温酒三番了。卿再多礼，酒又凉了。"

酒过三杯，阖闾问道："卿所呈兵书，真是孙武写的吗？"

伍子胥道："是。大王认为怎样？"

阖闾道："寡人先不说他兵书。请卿说说孙武其人。"

伍子胥道："孙武是臣之挚友，齐国人。孙武先祖是陈国公子陈完，逃奔齐国，被齐桓公用做小吏工正，改姓田氏。田氏四世孙田无宇，弟弟田书，是孙武的祖父。齐景公二十五年，田书率兵攻打莒国纪鄣城垣，命兵士夜缒登城，上去六十人，绳断。田书命令城上城下兵士鼓噪，以张声势，吓得莒共公弃城而逃。齐景公赏田书伐莒之功，把乐安封赐给他为采邑，并赐孙姓。从那以后，孙氏与田氏分开，另立宗族。”

阖闾神情大振，插话道：“寡人听说，齐国名将司马穰苴也是田姓。那人辕门立表，斩杀监军，治军严厉，屡立战功。田穰苴，和孙武同宗吗？”

伍子胥道：“田穰苴和田无宇的父亲田须无，是叔伯兄弟，田穰苴应当是孙武的曾祖父。孙武生性喜武，六艺之中，驾车射箭最好。他父亲孙凭，为他取名孙武，希望他能安邦定国。孙武喜欢研究兵阵，尤其喜欢研究前人征战胜负缘由。他得到田穰苴指点，周游列国，遍访古战场，写出兵论几十篇。大王你读的兵论十三篇，是其中一卷。”

伍子胥见阖闾低头不语，又说道：“孙武当过兵，打仗时右脚受伤。孙武精通韬略，有神鬼不测之机，识天地包藏之妙。可惜，世人不知道他的才能。臣以前在郑国和他相遇，结成好友。孙武知臣投奔大王，他也到了吴国，住在罗浮山写书，种菜园。”

阖闾抬头，叹道：“天地不公，屈杀圣贤！寡人得孙武为将军，天下无敌，还怕打不败楚国吗？卿明天为寡人，召孙武进宫。”

伍子胥道：“臣听说，当年鲍叔牙劝齐桓公用管仲，说‘臣轻则君轻’。孙武不愿做官，不同常人，大王必须以礼聘请，才能出山。”

阖闾听从伍子胥建议，第二天命令伍子胥、华元，公子姬山、姬波、夫差和公子夫概，带上黄金美璧，驾驷马大辂，士兵仪仗，前往罗浮山隐贤庄，迎接孙武。

第十七章

孙武演兵，怒斩吴王爱姬

伍子胥率领华元、姬波等人，接孙武进宫。吴王阖闾降阶迎接。阖闾设大宴，招待孙武和伍子胥。宴后，阖闾问孙武道：“寡人读先生的‘兵法内经’一十三篇，真是通天彻地，亘古未有之奇书！但寡人有不解之结，要求先生赐教。”

孙武道：“臣请大王提示。”

阖闾道：“孤军出境，陷于重围，六合都险，难逃，怎么办？”

孙武道：“明以深壁高垒，示敌以固守。暗把牛马尽杀，饱餐兵士，烧毁剩余粮草。

命令兵士分两路拼死突围，先出者击敌之后，助后出者出。兵法云'困而不谋者穷，穷而不战者亡'，就是这个意思。"

阖闾狡黠一笑，又问："如困敌者是寡人，又用什么办法攻击？"

孙武笑道："敌受困在重围，周围峻壁险谷，难以逾越，实是穷寇。大王宜潜兵不攻，不要激怒敌人拼命，虚给敌军逃跑之生路，丧其斗志。以后，大王再断敌军粮道，迫其突围。先在敌军突围之处设伏，张网以待，可胜。"

阖闾又问道："如果敌军踞险固守，粮草充足，守险不战，怎么办？"

孙武道："其一，分兵坚守要隘，不让敌出。其二，严防敌军间谍刺探我方军情，使敌军消息闭塞，久之必定恐慌。其三，命令间谍刺探敌军守备情况，以供谋攻。其四，用小利诱敌出击，极力歼灭。凡两兵交战，千奇万变，难以预谋。良将者，当临战随机而谋，才能打胜。"

阖闾听了频频点头，再问道："先生兵书说，'途由所不由，军有所不击，城有所不攻，地有所不争，君命有所不受'。寡人不太明白，请先生细说。"

孙武道："孤军出境，浅不到目的，深不利接应，或有被围之灾，如此道路可以不走。两军对阵，虽然拼死可能打胜，但伤亡惨重，良将者可以不战，退兵另想胜敌的办法。这就是，军有所不击。被困之城，攻打费力，占领无益，不攻不占也无害，这属于不攻之城。荒野草泽，不是陈兵的地方，可以不和敌军争夺。兵出境，为将者以战事为重，凡是君命不利于作战，将军可以不受。"

阖闾听了孙武一番兵论，心悦诚服。回到后宫，阖闾对公子夫概道："寡人听孙武论兵，如拨九重迷雾。寡人得孙武、子胥二人，霸业不愁！"

夫概道："臣听孙武纵道谈兵，有些怀疑。臣认为，临阵对敌，戟戈相拼，不是坐以论道，以口舌决胜负。孙武要无实才，嘴上谈兵，难任大将。王兄如果不考试他才能，臣怕满朝文武，难以信服。"

阖闾觉得夫概说的有理，有心试一试孙武的才能，却想不出好办法。阖闾有两位爱姬，一个名叫好姬，一个名叫邹姬。这二人见阖闾愁眉不展，沉默寡语，就媚笑作态，上前劝解。

好姬道："大王日理朝政，把心思都交给了大臣和国家。大王的白天，交给了国家和臣民。大王的夜晚，应当交给臣妾了。"

好姬边说，边搂住阖闾的脖颈。邹姬见了心生妒忌，一屁股坐在阖闾的膝上，偎入吴王怀中道："妾愿做大王的日，大王日日不离妾！"

阖闾又揽过好姬，让二人坐在双膝之上，说道："你二人能给寡人解忧，寡人做你二人之日。"

好姬道："妾就是给大王解忧的。妾身有一物，名曰'无忧'，妾请大王猜？"

邹姬对好姬的骚情很是嫌恶，手抚阖闾的胡须道："妾给大王分忧，大王今夜能驾幸妾宫吗？"

阖闾道："谁先解寡人之忧，寡人幸谁。"

好姬说道："妾先解。大王为孙武论兵之事忧虑，对吧？大王不想让孙武当将军，怎么不杀他？"

邹姬道："大王是不相信孙武才能，对吧？大王怎么不试试他？妾有主意。"

阖闾听了邹姬话，心头一喜，连忙亲了邹姬一口，说道："爱姬有高见，说给寡人。"

邹姬道："妾听鲁国使臣说，鲁国有位狂妄的年轻人，姓孔名丘，他说'唯小人与女人难养也'。既然孙武会用兵，大王怎么不令宫中女子为伍，由孙武训练成军，试他真才实学。"

阖闾大喜，夸赞邹姬高智，当夜命她侍寝。第二天，阖闾对孙武道："寡人昨天听先生高论，又读先生兵法，千古奇妙，但不知施行怎么样？"

孙武道："臣之'兵法'，不但可以用卒伍，就是妇人女子，听我军令，也可以驱之行用。"

阖闾听了正中下怀，击掌道："好，好啊！天下未听有女子操戈习战。寡人命令宫女三百，让先生操练，怎么样？"

孙武道："大王如果认为臣迂腐，臣就遵命用宫女操练。如果军令不行，臣甘当欺君之罪。"

阖闾听到孙武从命，即召宫女三百人，令孙武操演。孙武见宫女到齐，奏吴王道："臣要用大王宠姬二人，任为左右队长，听从号令。"

阖闾命内官叫来邹姬、好姬，对孙武道："这二人是寡人的爱姬邹姬、好姬，可以任队长吗？"

孙武道："可以。不过，军旅之事，先严号令，次行赏罚，虽是演阵，不能当儿戏。臣请立一人当执法官，二人当军吏，执行传令。再用二人执枹鼓。再用兵士数人，执斧锧刀戟，列在阵旁，以壮军威。"

阖闾道："先生所需，可以在军中挑选。"

孙武就在吴王卫兵中选一个人当执法官，二人当传令官，二人司鼓，兵士三十人执械戒严。又命令宫女排成左右二队，邹姬率左队，好姬率右队，各穿军装，右手持剑，左手拿盾牌。孙武穿戴盔甲，腰悬宝剑，站在队前，宣布道："今天练阵，一不许队伍混乱，二不许说话喧哗，三不许违反军令。"

孙武宣布完毕，亲自用绳墨画好场地，把队伍布成阵式。又命令传令官把两面黄旗授给邹姬、好姬，命令二人执旗，为各队的领头队长。命令众宫女跟随队长身后，五人为一伍，十人为一总，各要步伐相继，随鼓声进退有序，左右回旋，寸步不乱。

传令官宣布完毕，孙武命令道："听鼓声一通，两队齐起。听鼓声二通，左队右旋。右队左旋；听鼓声三通，各挺剑为战争之势。听鸣锣，然后左右队各归原地。"

孙武令罢，目令司鼓。鼓吏击鼓，禀道："鸣鼓一通。"众宫女或起或坐，莺语燕声，嬉笑不止。

孙武斥道："约束不明，申令不行，是将军过错。传令官，重申军令！"

传令官面对宫女宣道："听鼓一通，两队齐起。听鼓二通，左队右旋，右队左旋。听鼓三通，各挺剑为战斗之势。听鸣锣，两队各归原地！"

孙武厉声道："众人听清，凡是不从军令者，按军法，斩首！"

鼓史击鼓。宫女们听鼓起立，却东倒西歪，嬉笑如故。孙武又重申军令，揎起双袖，接过鼓史枹槌，亲自击鼓。

左右队长邹姬、好姬各看台上阖闾，秋波送媚。阖闾在高台之上，遥对二姬以目传情。宫女们见二姬妖媚之态，都大笑不止。孙武见状大怒，两眼喷火，发上冲冠，厉声喝道："法官，在吗？"

执法官伏地下跪道："下官在此，候将军命令。"

孙武道："约束不明，申令不行，将军过错。既然约束再三，而兵士还不从命令，是兵士过错！兵士不听命令，依军法，怎么办？"

执法官道："当斩！"

孙武道："兵士不能都杀，罪在队长。请按军法，将左右队长，斩首示众！"

执法官道："遵命！"扭头命令兵士，把邹姬、好姬二人捆缚，押到队前。执法官抽出宝剑，准备行刑。

邹姬、好姬吓得娇容失色，大声呼唤道："大王救命！大王救命！"

阖闾高坐台上，原认为孙武演阵是虚拟形势，看到要斩二姬，惊出一身冷汗，慌忙对身后伯嚭道："卿，速传寡人命令，请孙武赦二姬不死。"

伯嚭疾下高台，走到孙武近前，说道："大王请将军赦二姬不死。"见孙武充耳不听，又低声道，"大王，已经知道将军用兵才能了。这二姬，侍奉大王巾栉，是大王的宠姬。大王如果失此二姬，夜不能寝，食不甘味。伯嚭请将军遵从大王命令，赦此二姬。"

孙武道："军中无戏言。孙武已受大王命令为将军，将在军，虽有君命可以不受。大夫想想，将军如果徇君命而释有罪，怎能服众？怎能治军？又怎能战胜敌人？"

伯嚭哑然失色，转身去回禀吴王。孙武喝令执法官道："速斩左右队长！"

执法官斩了邹姬、好姬，提头颁示众道："有违军令者，就像这左右队长，斩！"

众宫女见状，个个震惊，人人肃然。孙武在队中择二人，任为左右队长。再令鼓史击鼓。宫女听鼓声都起动，二鼓旋行转侧，三鼓二队合战，听锣声收队归阵。左右进退，回旋往来，都顺着绳墨，毫发不差。自始到终，井然有序，肃穆无声。

孙武命执法官道："命令你奏报大王，兵已整肃，请大王观看。"

执法官来到台上，跪奏阖闾道："将军整伍已就，虽使赴汤蹈火，也不可退避。将军请大王观察，惟王所命。"

阖闾因为邹姬、好姬被斩，心中不快，但又不便发作，强忍怒气道："传寡人话，将军劳苦，可以回宫馆歇息了。寡人也没有心思观阵了。"

伍子胥一旁谏道："臣听说，军纪是治军要术。军无纪好比大厦无梁柱。孙武受大王命令治军，申军纪斩二姬，是为大王治不败之军。大王虽失爱姬，却有不败之军，近可守土保国，远可击敌，谋霸中原，是失私情而成大业。臣请大王明察。"

阖闾听了伍子胥的话，顿时面红耳赤。他率领公子夫概、姬山、姬波、夫差、大夫华元、伯嚭和文武众臣，在伍子胥侧行导引下走下高台，来到校场，观看孙武训兵演阵。

看完演兵，阖闾对孙武道："寡人看了先生治军，钦佩之极。先生无愧当世良将。"

孙武躬身道："孙武斩杀大王爱姬，罪大了。孙武请大王治罪。"

阖闾苦笑道："先生受寡人命令治军，将在军君命有所有受，你没有罪。寡人累次率兵征伐，也懂治军之道。令行禁止，赏罚分明，是兵家要法。将军治军，用众以威，责令以严，三兵如一，才能克敌。"

阖闾设酒宴款待孙武，命伍子胥、公子夫概作陪，自己推脱有病，回内宫歇息。伍子胥知道吴王因失二姬，有心不用孙武，宴完就去内宫探望。阖闾仰卧床上，面容哀戚，见伍子胥到，说道："子胥不要多礼。请坐寡人近旁。"

伍子胥搬过锦墩，在吴王床边侧身坐下，轻声问道："大王，身体怎样？"

阖闾叹道："寡人无病，心里不痛快。"

伍子胥劝道："大王得到孙武，可与天下人为敌，大王还怕没有美姬吗？"见阖闾低眉不语，又道，"大王要征伐楚国，要称霸天下，没有孙武这样的将军，谁能涉江渡淮，千里远征？美色易得，良将难求，大王如果为了二姬而失去一个良将，好比惜莠草而弃嘉禾！"

阖闾猛然省悟，朝伍子胥拱手道："寡人不听子胥话，险误大事了。"

阖闾厚葬邹姬、好姬在姑苏郊外横山，立神祠祭祀。择卜吉日，拜孙武为上将军，号称军师，命令孙武准备战车，调集士兵，准备伐楚。

阖闾又在内宫召见伍子胥，嘱告道：卿此番征楚，不但复仇，也是寡人谋霸要举。卿是寡人之辅臣，负宰相之责，卿随大将军伐楚，代寡人监军。寡人虽钦孙武将才，但知之不深。卿文武韬略，寡人熟知。卿随军，务须谨慎，胜则胜，不胜退兵，寡人不怪罪。"

伍子胥见吴王诚恳，十分感动，说道："军旅和征战大策，当由大将军定夺。臣不负大王重托，助大将军以良谋。臣请大王宽心。"

吴王阖闾第二天拜伍子胥、伯嚭为副将，和孙武领兵五万，沿江淮西进伐楚。兵未出境，伍子胥问孙武道："将军要兵进哪里？"

孙武道："凡是行兵远征，必先安内患，才能外征。我听说王僚弟弟掩余、烛庸二人，集兵在钟吾和徐淮一带，伺机进攻吴国。如果不除这二人，他们必乘我等伐楚，率兵南下攻伐吴国。"

伍子胥道："不过徐国和钟吾，都是小国，不需大兵团作战。我们不如大兵压境，然后派人去二国追捕掩余、烛庸二人。大兵压境，谅他们不敢不从。"

孙武笑道："子胥用兵，是上兵。谋善而胜，兵不血刃，上策。"

孙武率大军北渡长江，直逼淮泗。伍子胥写书两封，从军中挑能言善辩的二人，持信分别去钟吾和徐国，索要烛庸、掩余。不一天，二人回到大营，禀报道："徐国君王，让人暗告掩余，让他私逃。烛庸也从钟吾逃出，途中遇到掩余，二人商议后就一同去投奔楚国。楚昭王要利用掩余、烛庸，以后进攻吴国，收留二人，安顿在舒城，让他们招兵训练，抵御将军率兵攻楚。"

伍子胥听了怒发冲冠，和孙武商议进兵。孙武和伍子胥分兵北上，一人攻钟吾，一人攻徐国。徐国都城高峻，城里粮草充足，一时急攻难下。伍子胥趁夜在城外山丘巡察地形，见城北数里外有一山，山上有溪水流下。伍子胥命令间谍溯溪探源，间谍回报，山溪来自泗水。伍子胥便下令，大军围城不战，命令军士在北山堆土筑坝蓄水。几天后，坝中水满，伍子胥命令军士毁坝淹城。只半天，徐国都城成了汪洋水泽。徐国君王弃城奔楚，城里守军开城投降。伍子胥又命令筑坝拦水，在城外疏流导洪，抢救城中百姓。

伍子胥灭掉徐国，把土地划归吴国，留下官吏和军队镇守，挥师南下，援助孙武攻击钟吾。伍子胥率军才到，孙武也攻下了钟吾。伍子胥和孙武合兵一处，杀牛宰马，犒劳兵士。

伍子胥对楚昭王收留掩余、烛庸，十分恼火，对孙武道："楚昭王收留掩余、烛庸，让二人在舒城招兵练勇，如果不消灭他们，必为吴国大患。我和将军，不如率得胜之师，乘勇进攻舒城，杀掩余、烛庸，然后攻击楚都郢城。"

孙武沉思一会儿，说道："我军出征日久，刚灭钟吾、徐二国，兵士疲劳。而且大年将到，兵士思亲想家。大将军要爱惜兵士，不能过劳用兵。"

伍子胥同意孙武班师回国，留下一支军队，驻守淮泗，守卫收归吴国的原钟吾、徐国二国土地。

大军凯旋，阖闾亲率朝中百官出姑苏阊门外迎接。阖闾有一个小女儿名叫胜玉，芳龄十八，和夫差、姬波、姬山是异母兄妹。这胜玉娇宠任性，也乘坐辇车，出城观看吴军回师。吴王阖闾一手携孙武，一手携伍子胥，同乘大辂回宫，大排盛宴，和百官同贺大捷。胜玉却没有回宫。胜玉见父王回宫，就带了贴身宫女，去了阊门外的专诸祠。胜玉性烈，十分欣佩侠士义举，尤其崇拜专诸。

胜玉在宫女的搀扶下走进专诸祠，看见许多善男慈女在专诸像前焚香跪拜，就让宫女去买些香来祭拜。胜玉焚了香，插入香炉，却见着一双又白又大的手也在插香。她偷眼察看，竟是一个俊俏的青年男子。这男子身穿葛袍，脚穿麻鞋，腰悬长剑，身长八尺，面如冠玉。胜玉朝专诸像下跪，那男子也在她身边倒身跪拜。胜玉起初听见那男子头颅触地之声十分悦意，后来闻到阵阵汗酸臭味，就有嫌恶。胜玉琢磨，这俊美男子怎么会有汗酸味？肯定是远途而来，没有洗浴？胜玉再闻着那男子的汗臭，不再嫌恶，竟然感觉到男人的特殊气息。

胜玉拜完,从地上爬起身来。宫女掏出一方绣帕递给胜玉擦手。胜玉擦了脏手,正要把绣帕扔掉,看见那男子正要用袍衫擦手,就把绣帕递给那男子。男子吃一惊,慌忙躬身施礼,一边接了绣帕,一边嗫嚅道:"多谢婆婆。"

胜玉听见这男子口音是楚国人,顿时变了脸,斥问道:"你是楚国人?"

那男子道:"刚才婆婆跪拜的专诸,还有刚刚凯旋归来的伍子胥,不也是楚国人吗?"

那男子说完,朝胜玉深施一礼,飘然而去。胜玉看那男子被风吹拂的袍衫,和摇晃在肋下的长剑,一时竟然失神,不知所措。

胜玉回到王宫,庖厨奉吴王之命,送炙鱼给胜玉。胜玉喜欢吃炙鱼,今天却如同嚼蜡,满脑子都是那个腰悬长剑的楚国男子。

那个楚国美貌男子不是旁人,正是鸡父一役被伍子胥打败的宓湿的儿子宓尉。宓尉自从父亲宓湿自尽,发誓要杀伍子胥雪耻。他千里跑来吴国,就是来刺杀伍子胥的。宓尉得知伍子胥和孙武灭钟离、徐二国,凯旋归来,就在阊门外人群中伺机下手。只见吴兵戒备森严。吴王阖闾率吴臣数百人出阊门迎接。围观百姓被兵士驱赶到道路两旁,不能近前。

宓尉远见伍子胥从战车下来,被吴王搀进大辂。伍子胥身高近丈,叉肩阔背,虽然年过半百,勇武不减当年。宓尉自愧不是敌手,感叹自己无专诸之力,又无要离之勇。

吴兵进城,看热闹的人散了。宓尉没有地方去,随意溜达,走到专诸祠来。宓尉一向崇敬专诸、要离,就入祠祭拜,不想巧遇胜玉。宓尉憎恨吴国人,却对胜玉产生爱慕。这也许是胜玉那一方绣帕,使他这个漂泊异国的浪人,寻觅到亲情的欢乐。

宓尉心情愉悦,就在店铺买了一块卤肉、几块软饼、一坛黄酒,回到城墙根下的神祠里。这座草顶土墙的祠庙,是附近居民祭祀城神的旧祠,早已废弃。宓尉进来,躺在墙角草铺上的老叫花子骨碌爬起,拈着胡须上的草屑叫道:"宓尉少爷,你这时辰才回?我老叫花子饿了。"

宓尉笑道:"仇大伯,你今天怎么不去王宫乞讨?吴王盛排酒宴,犒劳孙武、伍子胥大捷归来,残酒剩肉想必不少。"

那老叫花子正是仇狗儿,笑道:"吴王的酒肉是人血做成的,我仇狗儿怎能享用?少费话,老夫已经闻到卤肉黄酒的香味了。肚子里馋虫叫了!"

宓尉把荷叶包裹的卤肉、软饼打开,又把酒斟了两碗。仇狗儿也不客气,抓了一张饼夹了肉,大嚼大喝。宓尉吃了一张饼夹肉,喝了两碗黄酒,不想吃了。他满脑子全是胜玉的情影。他想那女子华服高贵,气质娴雅,容颜娇丽,绝不是平常女子,就掏出那一方绣帕欣赏。

绣帕上绣着一枝梅花,也不知用什么香料熏沐,散发出浓烈的花香。仇狗儿响亮地打了个喷嚏,问道:"你这绣帕,从哪里得来?这是王宫的东西。"

宓矞大惊，问道："老伯，你怎么知道？"

仇狗儿道："你先说说，它是什么人给你的？"

宓矞也不隐瞒，就把在专诸祠进香，胜玉给他绣帕细说一遍。

仇狗儿笑道："想不到，你这个穷小子，还有艳遇。那女子，不是平凡女子！"

宓矞问道："老伯，你怎么能这么说？"

仇狗儿说道："老夫看在今天你孝敬我酒肉，不卖关子，对你说实话。"又喝了一碗酒，示意宓矞将碗斟满，又说道，"这绣帕，是用千年梅树蓓蕾熏沐，才有此奇香。老夫听说，吴王梅里故宫，曾有老梅一株。伍子胥替吴王筑造新都姑苏，吴王阖闾命人把那千年梅树移来姑苏王宫。所以，老夫断言，你这绣帕，是王宫佳人的东西。那位给你绣帕的小姐，肯定是吴王宫里的。"

宓矞听了仇狗儿话，陷入沉思，想起胜玉容颜举止，恰如梦中见过的仙女，却不知她叫什么，是吴王宫中的什么人。他想到自己千里漂泊，为父雪耻，面对强敌伍子胥，自己性命难保，现在有了艳遇，着实可笑。宓矞长叹一声，捧了酒坛，一气长饮。

仇狗儿慌忙劝阻道："哎，哎，哎！留点酒，给我！"伸手夺过酒坛，紧抱怀中道，"你有佳人绣帕，夜有好梦。这酒，归我！"

宓矞泣道；"老伯，你羞辱宓矞！"

仇狗儿道："少爷，你供我酒肉，我仇狗儿不是狼心狗肺，干吗羞辱你？"

宓矞叹道："圣人说，杀父之仇，不共戴天。我千里来到吴国，是找伍子胥报仇的，怎能被红颜迷惑。"

仇狗儿仰天大笑道："不对！放屁！你老子在鸡父一仗，败给了伍子胥。他没脸去见楚王，自寻短见。伍子胥没有杀你老子，你和他有屁仇？你要替你老子雪耻，跟伍子胥对阵交兵，干一仗，算你有种。你要做不轨事，被天下人耻笑！"

宓矞哀声道："我父已死，我不承父爵，手无兵权，怎能和伍子胥对阵交兵？不是我要行不轨，我要学专诸、要离。"

仇狗儿大怒，吼道："放屁，放毒臭屁！一派胡言！专诸、伍子胥是我仇狗儿好友。你宓矞给我酒肉，也算得半个朋友。我仇狗儿一碗水端平，向理不向人。专诸刺吴王僚，是义举。要离刺庆忌，也是义举。吴王僚是暴君。庆忌谋逆反吴，是魔鬼。伍子胥是当世英雄。你杀英雄是卑鄙小人，怎能和专诸、要离并论。再说，你能不能打过伍子胥，还不好说。"

宓矞听了大哭，跪伏在地道："宓矞难雪父耻，只有死路一条了！"

仇狗儿道："罢，罢，罢！谁让我嘴馋贪吃你酒肉。吃人嘴短，拿人手短，我替你出个主意。你赶紧回郢都，求楚王让你承继父职，让你领兵伐吴，和伍子胥一见高低。就是打不胜，也抚慰了你父亲的亡魂，不被天下人耻笑。"

宓矞听了仇狗儿的话，如霜打一般，低头叹道："你这是什么馊主意？楚王怎能让我承继父职？决不可能！"

仇狗儿骂道："你的脑子，不是人脑子，是猪脑子。我听说楚昭王年少喜武，喜好宝剑。当年越国人欧冶子和他师弟干将替楚王铸有三剑，名叫'龙渊'、'泰阿'、'工布'。楚平王死后，三剑下落不明。昭王悬重赏找剑，找不到。我听说，欧冶子还替越王铸五剑，名曰'湛卢'、'巨阙'、'胜邪'、'鱼肠'、'纯钩'。后来越王允常把'湛卢'、'巨阙'、'鱼肠'三剑献给吴王诸樊。阖闾把'鱼肠'给专诸刺杀吴王僚，然后把'鱼肠'埋了。阖闾又让干将铸剑，铸了'莫邪'。据我推测，现在吴王宫中，还有'湛卢'、'巨阙'、'莫邪'三剑。这三把宝剑，你得到一把，献给楚昭王，还愁得不到官职吗？"

必嚭沉思半天，才悠悠叹道："你计虽好，只可惜我难进吴王内宫，怎能盗到宝剑？"

仇狗儿讥笑道："我说你是猪脑子，一点不冤你！你既有绣帕，还愁不进王宫？我听说，明天伍子胥水军进驻盘城，吴王阖闾率百官都去观看。那个给你绣帕的女子，应当是吴王宫里的人，她既然去阊门观兵，岂有不去盘城观舰？你明天雇条船，泊在盘城桥头，说不准又遇到那女子。你央求她带你进宫，伺机偷盗宝剑，大事准成。"

必嚭又问："我怎样央求她带我进宫？又怎样去偷盗宝剑？"

仇狗儿不再理睬必嚭，倒身在草铺上睡去，一会儿就鼾声如雷。必嚭手抚香帕，却无睡意，寻思明天怎能见着胜玉，又如何进宫盗剑。

第二天，必嚭雇了一只乌篷小船，让船娘顺着河溪经过王宫附近，往盘城悠荡着划去。必嚭对能不能遇见胜玉并无把握。他端坐船头，有意无意地观看两岸的石墙瓦屋，仰视头顶的拱桥虹藤以及往返在石桥上的红男绿女，企盼人群中出现胜玉。乌篷船穿过桥洞，必嚭才省悟，胜玉是宫中之人，出宫必乘辇车或是游舫，绝不会挤在人群之中的。必嚭叹息一阵，留心河道上往来船只。

乌篷船靠近盘城，必嚭有些失望了，让船娘把小船泊在岸边，站在船头朝岸上呆望。这时从后面摇过一只乌篷船，和必嚭的船擦舷要过，却从那船上传来一女子的惊呼声。必嚭听声吃一惊，扭着头看见船舱里有一个男子，探头正朝他微笑。

必嚭看出那男子是女扮的男装，正是给他绣帕的那个女子，怎能放她错过，便叫道："贤弟稍候，愚兄这边有礼！"

必嚭在船头朝胜玉抱拳施礼，一不小心掉进河里。胜玉和官女巧娥惊得娇叫。必嚭爬上胜玉的小船。胜玉命令船娘在僻静处泊了，请必嚭进舱。扮做男装的宫女巧娥，看见必嚭落汤鸡一般，冻得悚悚地抖，一旁窃笑。胜玉瞪了一眼巧娥，对船娘道："前边桥头有家客栈，赶紧过去泊住！"又朝必嚭道，"先去馆栈换了衣裳，过一个时辰，我们再回来。"

必嚭很是感激，躬身作揖。小船泊了岸，胜玉和巧娥送必嚭进了客栈。胜玉替必嚭交了宿金，又让巧娥去成衣铺买了棉袍布衫和短褐内衣，让必嚭换了湿衣。胜玉又让店伙上了一桌酒席，请宓嶭相见。

宓嶭换了干爽新崭的衣裳，人也倍觉精神。胜玉见宓嶭面如白玉，眉分八彩，一个风流倜傥的美男子，心中暗生爱慕。宓嶭揖礼道："小人宓嶭，拜见婆婆。"

胜玉脸一红，赶紧让巧蛾关紧了房门，指着桌上热气腾腾酒肴道："我为少爷置了酒肴，压惊驱寒。请少爷入席，边饮边说。"

宓嶭道："宓嶭前几天得到婆婆绣帕，今天买舟随流，要寻找婆婆。我想这姑苏太大，怕是今生再难和婆婆相见了。正迟怔间，便见婆婆船到。宓嶭和婆婆素不相识，得婆婆相助，羞死人了。"

胜玉见宓嶭知礼知情，心里喜悦，举杯道："相逢是缘。来，来，来，饮罢三杯再说！"

巧蛾站在一旁持壶侍酒。胜玉和宓嶭喝过三杯，指点菜肴道："少爷多吃菜。这都是些山肴野蔌，不知合不合少爷口味？"

宓嶭又饮了几杯，他想到还不知道胜玉的姓名和身份，慌忙离席，躬身施礼道："请婆婆，赐告名姓？"

胜玉说出身份，吓得宓嶭跪伏在地，磕头如同小鸡啄米。

第十八章

宓嶭盗剑，欺骗胜玉爱情

胜玉听宓嶭问及她的姓氏，觉得无须隐瞒，便道："妾是吴王之女胜玉。"

宓嶭听到胜玉是吴王女儿，吓得面无人色，慌忙离席下跪道："小人失礼，请婆婆责罪。"

胜玉笑道："少爷请起，请起。我与少爷相逢相识，是前世之缘。朋友相交，何罪之有？"

胜玉邀宓嶭归座，亲自捧壶替宓嶭斟酒，问道："少爷从楚国来吴国，是投亲还是访友？"

宓嶭叹道："宓嶭父母双亡，是个无牵无挂随处漂泊的浪子。昨天我去专诸祠，因为仰慕专诸、要离，前往祭拜，想不到巧遇婆婆。几天来，宓嶭把婆婆的香帕带在身上，夜不安寝，要痴要癫。我想今生今世见不到婆婆了，想不到今天见到了，这是宓嚠福分。"

胜玉被宓嚠说得动情，二人又举杯欢饮。酒到半酣，胜玉才问道："少爷今后去哪里？"

宓嚠叹道："唉，我也不知道去哪里？"

胜玉又问："少爷难道不想成亲生子，承祀宗族香火？"

宓嚠叹道："宓嚠是落魄之人，怎敢奢想。"

胜玉趁酒后胆壮，问道："如果我留少爷，少爷能听我安排吗？"

宓嚠正想利用胜玉，好进宫盗剑，见到胜玉痴情自己，正中下怀，离席揖礼道："婆婆看顾宓嚠，怎敢不听从安排？"

二人同船回到王宫。当夜胜玉留宓嚠睡在闺闱，二人同盖锦被，癫狂万状，云雨反复。直到天亮，二人疲惫，裸身相抱，情意绵绵。胜玉道："我已经委身少爷了。少爷你先住在城里客栈，等我禀请父王恩准，嫁给少爷。"

宓嚠对一夜艳遇心惊肉跳，无所适从，只得不住地点头虚以应付。胜玉见宓嚠只点头不说话，就又说道："少爷要敢丢弃我，我追到天涯海角，杀你雪恨。我的话，不是玩笑，你谨记！"

临别，胜玉给宓嚠百两黄金，又让宫奴巧蛾取过金牌，递给宓嚠道："少爷想我，拿这金牌随时进宫，无人阻挡。"

宓嚠得到金牌，当夜进宫盗走吴王府库里的"湛卢"宝剑，逃出姑苏，直奔楚国而去。胜玉一连几天不见宓嚠进宫，让巧蛾去城里客栈寻找，得知宓嚠早已离去。王宫府库丢失"湛卢"宝剑，吴王阖闾下令追查，毫无结果。胜玉却大病一场，后悔自己轻浮，受了宓嚠的欺骗。胜玉揣测盗剑之人，必定是宓嚠，因为宓嚠持有进宫的金牌。胜玉发誓，一定要亲杀宓嚠，以洗雪失身之辱。

宓嚠得"湛卢"宝剑，直奔楚都郢城，求见楚昭王熊轸献剑。熊轸听说宓嚠献宝剑，即命内官传见。宓嚠跪奉宝剑道："臣宓嚠，听说大王喜好宝剑，冒死夜入吴王内宫，盗得此剑。今宝剑在此，请大王观赏。"

熊轸命内宫传过剑来，拔剑出鞘，顿时寒光四溢，冷气侵肤。熊轸又惊又喜，问道："此剑如此奇洌，叫什么名字？"

宓嚠道："臣听说，越国人欧冶子，为越王铸五剑，名为'湛卢'、'巨阙'、'胜邪'、'鱼肠'、'纯钧'。越王赠'湛卢'、'鱼肠'给吴王诸樊。后来阖闾用'鱼肠'付专诸杀吴王僚，认为不祥，于是封埋函葬。臣所得此剑，是'湛卢'。"

楚昭王熊轸持"湛卢"爱不释手，半天才对宓嚠道："你为寡人冒死得获此剑，寡人不知怎样赏赐你。你有所求，寡人答允。"

宓嚠下跪道："臣是潜城司马宓濊之子宓嚠。臣先父在鸡父一役，败给伍子胥，愧而自死。臣寝食不安，誓和伍子胥一较胜负，以雪父耻。臣请大王爵臣父职，率军和吴兵厮杀在疆场。"

楚昭王赞道："卿是血性之士。卿之求是孝义之举，寡人能不准吗？"诏命宓嶡子爵父职，仍旧担任潜城司马，统兵镇守楚国边境。

吴王阖闾失去"湛卢"，命令间谍四处探寻，得知被宓濒之子宓嶡盗献楚王。不久，阖闾又得知宓嶡是从胜玉处得取金牌，进宫盗剑。阖闾大怒，就把庖厨呈上的炙鱼，挟去鱼头，命夫差道："你妹妹喜欢吃鱼，把寡人的残鱼，赐给她。"

夫差把无头残鱼送到胜玉宫中。胜玉见了无头鱼，泣道："父王知我性烈，这是羞辱我，要我自杀。我有誓言，宓嶡负我，我必亲自杀他而后死。这鱼，我吃。"

阖闾听说胜玉不肯死，迁怒宓嶡，命令武士潜入楚国，刺杀宓嶡。宓嶡担任潜城司马，府中卫兵如云，武士不得近身，回来禀报吴王。阖闾怒气难消，急召孙武、伍子胥，问道："寡人要兴兵伐楚，二卿认为行不行？"

伍子胥道："春耕刚完，眼看就要夏收秋种，这时用兵，对国民无利。大王要伐楚，等秋后用兵适宜。"

孙武道："大王要伐楚，可以请越国出一师，吴国出一师，这样不伤百姓。"

阖闾依照孙武建议，派遣使臣联越伐楚。越王允常亲近楚国，借故不肯发兵。阖闾大怒，亲率大军二万伐越，在越境樵李①大败越军，屠杀越人数万，抢掠大批粮食、马匹凯旋。阖闾在王宫盛排酒宴，群臣贺捷。宴散，孙武和伍子胥走出宫门。孙武见左右无人，问伍子胥道："子胥认为，大王这一仗，打得怎么样？"

伍子胥摇头，叹道："大王这一仗，杀人太多，吴国和越国仇恨太深，从此不可和解了。"

孙武也叹道："以我的预见，数年之后，应当是越国强大，吴国灭亡！"

二人施礼告别，各自上车回府。

宓濒手下的副将符岵，十分鄙视前司马宓濒之子宓嶡。自从宓嶡到潜城掌兵，符岵就告病不出，在府内整日饮酒不问军务。宓嶡知道符岵小觑自己，因他是先父部将，自己又要倚仗于他，只得忍气吞声，送礼问疾。

符岵见宓嶡到，一手举杯，一手支撑于地，却爬不起来，嘟哝道："司马来了。司马和末将共饮。"

宓嶡见符岵烂醉之态，想起自己亡故的父亲，不由得心生怜悯，叹道："符将军，为什么要这样？"

符岵问道："我不这样，谁人这样？"见宓嶡无话，又道，"你逍遥在外，如神仙一般快乐。你为什么贪你先父爵职，又来做这潜城司马？你知道，这潜城，是什么城吗？"

宓嶡怒从中来，喝问道："你说，这潜城，是什么城！"

符岵仰头大笑，又尽饮一杯，拭去胡须上的酒水，说道："潜城傍近吴国边境，

---

① 今浙江省嘉兴市南。

屡为吴侵，不久前又被伍子胥攻破。潜城，祸城啊。少爷今为祸城司马，灾祸不远了。"

宓尉怒火难遏，击案吼道："我今为潜城司马，就要和伍子胥一较高下，以雪我先父鸡父兵败之耻。你这酒鬼，只知有祸，不知有福！"

符岵似乎酒醒，端杯叹道："你有父之勇，而无父之智，这是灾祸之源。我欣你之勇，只担心伍子胥小觑你。你又有什么能耐？"

宓尉大笑道："我今天是一城司马，还怕他伍子胥不来受死！"

宓尉不再任用符岵，任他装病饮酒，自行整肃军伍，囤积粮草，准备和吴兵交战。副将符岵还是劝阻道："少爷，能不能听老夫一句话？"

宓尉不快，怒道："我是司马，不是少爷。军中无私，有话请讲。"

符岵叹息一声，说道："这几年，吴楚两国屡有交战，楚国败多胜少。吴国自从阖闾登位，国力强盛，又有伍子胥、孙武为辅，诸侯不敌。大王命司马镇守潜城，司马担保边鄙无事即有功劳。末将听说司马要举兵犯吴，这是引火烧身。末将为司马担忧。"

宓尉道："圣人说，杀父之仇，不共戴天！我父死在伍子胥，我当寻伍子胥复仇。父仇不报，枉为人子，怎能站在天地间？"

符岵叹道："司马错了。前司马宓澉将军，不是伍子胥所杀，是他愧于鸡父战败，无脸面见大王，自刎而死。你寻伍子胥复仇，是无义之举。"

宓尉恼羞成怒，喝斥道："我的事，不用你指责。你回府饮酒，军中之事，不用你过问！"

符岵踉跄几步，出得司马府，仰天叹道："宓尉不知天高地厚，潜城不保了！"回到府中，打发家眷，搬回故里，对夫人说道，"潜城难保了。我如果不死，应当回故里做一个农人。"

楚国边境小城潜城，和吴国边境小镇军仆相距十里。小镇原先只有百十户人家，有河环绕，春汛街人出行不便。当年伍子胥领兵入楚，迎楚夫人经过此镇，亲率兵士在河上筑桥，又疏通河道，使兵船自楚入吴，顺流无阻。鸡父大捷，吴军缴获的大批物品，都经过此镇入吴。此后，楚、吴商贾也取此水陆之道，小镇日趋繁华，人口骤增。镇人为感怀伍子胥筑桥通河，把此镇命名为"军仆镇"。军仆镇成了吴、楚两国的边贸城镇，不少楚民也在镇郊楚境一边建屋居住，成了三里长街。由此军仆镇成了两国之镇，河西镇属楚国，河东镇属吴国，太平年月，桥上无兵戒守，边民往来自由。

宓尉担任潜城司马的这年秋天，军仆镇吴、楚两国的边民，发生一起械斗，导引了一场吴、楚两国的战争。这场战争，也正是宓尉期盼已久的。

军仆镇北郊，河坝之上是一片乱葬岗，草埋着鸡父之役吴、楚双方数千名兵士尸体。因为傍河，便成了蛇虫小兽的家园。河西镇上有个痞子，名叫陶保，二十来岁，楚国人。陶保无业，戒赌自残，剁了右手三指，缺钱花便去乱葬岗寻些破铜烂铁，

卖得一系半朋 ①。

河东镇也有一痞子，名叫二甩，姓铫，比陶保年长十岁。铫二甩以捕鱼为业，胆大出奇。一天见河西岸边泊一浮尸，拖到滩边，脚踩尸腹，使尸中白鳝蹿出百十，捉了去市上卖了。陶保得知，起早把浮尸移去，脱得精光，用污泥抹了头脸，躺在浮尸处。铫二甩天亮背了鱼篓，又把浮尸拖去旱滩，刚踩尸肚，只见浮尸翘头斥道："哥哥，轻点儿行吗？"

铫二甩不愧是大胆，骂道："狗日你陶保，赔我白鳝！"二人就在河滩上打做一团。

陶保道："你狗日大胆，有种夜里去岗子上，给那里厝尸喂馒头。你敢去，我输你一坛龙池醴酒。"

铫二甩是酒鬼，听到陶保拿酒打赌，便松开手道："说话算数？"

陶保道："我陶保说话不算数，给你当孙子，行吧？"

铫二甩笑道："我不稀罕你这个孙子。我只要酒，要你们楚国棠邑造的龙池醴酒。"

乱葬岗正有一个芒席卷起的厝尸。陶保趁黑夜把尸体拖移别处，自己钻进了席筒。候到鸡叫，果然见到铫二甩披雾来到，蹲在席筒前，说道："我铫二甩，和狗日的陶保打赌，来喂你馒头吃。你吃馒头，我赢酒喝。"

铫二甩把馒头掰成两半，一半喂那尸首。那尸首竟然张开嘴，吞了半个馒头。铫二甩吓出一身冷汗，不知所措。哪知那死尸，竟然从席筒里伸出一只手来，讨铫二甩手中的那半个馒头。铫二甩阴笑，把那半个馒头朝身后短裤里擦了擦，塞进死尸手中道："兄弟，这馒头蘸了大酱，小心噎着！"

陶保见铫二甩喂馒头，果真大胆，伸手索要，要吓他一吓。哪知铫二甩不怕，又递半个馒头来。陶保接过咬了一口，吃到屎臭，跳出席筒，骂道："我日你祖宗铫二甩子，让老子吃屎？"

铫二甩子笑道："甭急，甭急，来一坛酒！"

陶保输铫二甩一坛酒，二人结下仇隙。这年秋后，雨水流沛，乱葬岗蒿草及顶，白日里狐奔兔逐。陶保捏一柄猎叉，在岗上寻觅。突见草中起风，蒿草如波浪一般水分二边，十分蹊跷。陶保定睛一看，大吃一惊，哪里是风，明明是条丈八长的乌稍大蛇，在草稍尖上游来。那蛇身粗如蒜钵，头小，阳光下有莹光眩目。再细看，看见那蛇的头颈竟然套了一只玉璧。想是这蛇幼时食噬腐尸，头颈误穿玉璧，长大后身粗颈细。陶保知道这玉璧价值千金，钱壮人胆，抖擞一叉戳去。哪知那蛇竟然性强，佗叉而逃，蹿往镇东吴国境内。

陶保追到镇东，才知那蛇已经被铫二甩猎获。铫二甩得到玉璧，吃了蛇肉。陶保向铫二甩索讨玉璧，二人发生械斗。陶保头破血流，回到镇西楚境，纠合百二十少豪，持棍棒锸耙打入吴境。铫二甩不甘示弱，也纠合数百少豪，和对方交战。陶保这一边不敌，死伤数十人，大败而归。

① 楚国货币铜贝，又称"蚁鼻钱"或"鬼脸钱"，钱上端有小孔。以绳串之，五枚一串为"一系"；两系相结，十枚为"一朋"。

156

宓尉获悉楚、吴边民械斗，楚民死伤人多。宓尉就率兵士二千人，血洗军仆镇，杀死吴民数百，抢夺财货无数。宓尉派兵镇守，把军仆东镇收归楚国。消息传到姑苏，吴王阖闾大怒，连夜召伍子胥、孙武、伯嚭进宫议事。

阖闾道："寡人听说楚国潜城司马，出兵侵扰我吴境，戮民数百，夺寡人疆土。卿等有什么办法克敌？"

伍子胥道："臣听说潜城司马宓尉，是宓潆儿子。宓潆鸡父战败，自刎而死。宓尉要寻臣复仇，盗大王'湛卢'剑，献给楚昭王，封爵潜城司马。宓尉侵犯吴境，矛头是指向臣。臣愿领一军入楚，和宓尉一较高下，请大王准许。"

阖闾问孙武、伯嚭道："二卿认为行不行？"

伯嚭道："大王不如动用全部军队，一举伐楚，以绝后患。"

孙武道："楚国地广兵众，现有精兵二十万。大王出兵伐楚，久战难胜，而且国内空虚，南有越国觊觎，有危险！大王不如命令子胥率一师入楚，小胜就回。"

吴王阖闾允准伍子胥请求，命令他统兵一万，入楚攻伐潜城。胜玉听说伍子胥领兵入楚，连夜到伍子胥府中造访。宾主礼过，胜玉道："妾听将军入楚，有一事相求。将军答允，妾才能说。"

伍子胥笑道："老夫和你父王，是君臣关系，又是朋友交情。你有什么事，老夫没有不答允的。"

胜玉泣道："妾和楚将潜城司马宓尉，有一段孽缘。宓尉负妾，盗剑而逃，陷妾于不孝不义，苟且偷生。妾曾和他立誓，他如果背叛妾，妾当亲自杀他。妾求将军不要杀宓尉，生擒给妾，成全妾的誓言。"

胜玉泣不成声，倒身下拜。伍子胥虚扶胜玉起身，说道："老夫从你所愿，不杀宓尉。如果抓到他，押来姑苏，交给你处置。"

伍子胥率水陆之师一万，火速渡过江淮，直抵边境。宓尉听说伍子胥率兵前来，就把驻守军仆镇二千兵士撤回潜城，闭门不出。伍子胥也不急于攻城，让大军距潜城之东五里安营扎寨。伍子胥长子伍佁过继给专诸，更名专毅，吴王阖闾让他辅佐公子姬波。伍子胥后来娶甘嬷为妾，生了一个儿子名叫伍封，年五岁，当时也在军中。伍封问伍子胥道："父亲，你今夜用兵吗？"

伍子胥惊诧，问道："你怎么知道，我要用兵？"

伍封道："父亲安营在城下，呈兵在敌前，是诱敌劫营啊。"

伍子胥大笑，问伍封道："你怎么知道我的意图？"

伍封道："儿听孙武伯伯说，屯兵立营，让敌人难知地形。父亲今天屯兵在楚军眼皮子底下，是故意做诱饵。"

伍子胥命令兵士饱餐，天晚营内灭灯熄火。伍子胥又密令吴兵分兵两路，蹑足潜踪，移伏大营两边的山丘林下，看见大营火光，就合击冲杀。

宓尉听说伍子胥屯兵城外，登城观看，看见吴兵连营数里，夹在两山之间。营内兵士往来行走，历历在目。宓尉笑道："伍子胥城下屯兵，是小看我宓尉了！"

当夜宓尉择精兵二千，饱餐战饭，随他出城劫营。副将符岵劝阻道："伍子胥是当世名将，呈兵在城下，是诱你出城。"

宓尉将信将疑，重登城头观看吴军大营。但见营中熄灯灭火，兵士都睡了，仅有值夜兵丁在营中往返走动。宓尉大喜，提戈上了战车，率兵冲出城门。刚近吴兵大营，突然营门大开，营内火光大发。两旁山丘林中，各冲出数千吴兵，将楚兵团团围住厮杀。

宓尉左冲右突，才趁乱逃出重围，绕到潜城北门。符岵在城楼上看见宓尉败回，命兵士开了城门，放他进城。宓尉所率二千人马，全部覆没。

第二天，伍子胥命令吴军另辟营寨。一处扎在潜河之滨，扼断潜城楚军粮道。另一处后退五里，驻扎在山下，卡住楚军退路。

宓尉见粮道被吴军堵死，伍子胥兵临城下，围而不战，城内粮草眼看不济。宓尉命令间谍装扮山民樵夫，出城打探吴军消息。间谍禀报，吴军粮草都用舟舰由水道运到军仆镇，又用车辆装载，每天都有百十辆辎重粮车，趁夜经山道运到吴军大营。

宓尉听报大喜，取了潜邑地图查看。见吴军粮道在两山夹峙的沟谷，十数里都是荒山密林，正是劫粮之地。宓尉又择精兵三千，要趁黑潜出城外，伺机劫夺吴军粮草。符岵来劝，宓尉怒道："前几天劫营，都是因为你言语不吉，坏我大事。今夜我劫夺吴军粮草，请你不要胡言乱语，扰我军心！"

宓尉不听符岵忠告，率兵出城。符岵扼腕叹道："伍子胥是文武冠世，他能不知道克敌之道，狠毒不过劫粮？宓尉自作聪明，潜城今夜不保了！"命令兵士搬过石墩，端坐城头道，"我观今夜，伍子胥是怎样攻进城门的。"

宓尉率领三千人马，从山道绕到吴军运粮所经山谷。远远见着吴军数百辆辎重拥挤在狭窄山谷之中。兵士手举火把，挥鞭策马驱车，人喊马嘶之声震荡不绝。宓尉在战车上挥戈大喝一声，率领楚军冲下山谷。吴军押运粮草的兵丁，都是老弱病残，看见楚兵杀来，全都抛弃车马粮草，攀崖逃跑。楚兵毫不费力夺得吴军辎重，转头要运出山谷，回师潜城。

突然山崖火光大起，喊杀声震天撼地，无数吴兵手举火把，持戈从两边山崖冲杀下来。楚军被堵在山谷中间，进退不得，被吴军杀得尸横遍地，血流成溪。宓尉情知中了伍子胥的埋伏，率领数十名卫士左冲右突，好容易冲到谷口，抬头一看，大吃一惊。宓尉只见火光中映照一人，站在战车之上，白袍银须，手持大戟，正是吴将伍子胥。宓尉鞭马回辕，往山林逃窜。

伍子胥见宓尉逃跑，大笑道："宓尉小儿。你早晚寻找伍某复仇，今天相见，为什么不战而走？"边说边张弓搭箭，一箭射中宓尉右臀。宓尉栽下车来，吴兵拥上去捆了个结结实实，提到伍子胥车前。

伍子胥看了宓尉一眼，说道："你父亲宓澨，兵败自刎，不是我所杀，伍某和你有什么仇？我今天不杀你，有人和你算账。"命令兵士把宓尉用槛车囚了，押回大营。

伍子胥命令吴兵剥下楚兵的衣衫穿上，押解辎重，趁月色昏暗，来到潜城南门城下。又让一人声貌近似宓尉的，朝城上诈呼道："我是司马宓尉。我劫粮回来，速速开城！"

城上半天不见动静。伍子胥又让兵士呼叫。只见城头暴出一阵大笑，笑声未落，亮起一片灯球火把。城上士兵持戟戈傍陴肃立，中间一个浓须黑面大汉正是符岵。符岵穿戴盔甲，一手按压剑柄，一手扶堞，朝城下叫道："请伍子胥将军，出来答话。"

伍子胥在城下听得明白，驱车上前，顿戟问道："我是伍员、伍子胥！你是什么人？"

符岵拱手道："某，潜城副将，符岵。"

伍子胥喝道："符岵，宓尉已被老夫擒获，你尚不开城受缚，还要让我攻城吗？"

符岵又一阵大笑，叹道："伍将军。符岵自知难敌伍将军，潜城早晚得破。符岵今有一事相求，不知伍将军能不能答应？"

伍子胥道："你说，伍某准许。"

符岵道："伍将军是楚国旧臣，世食楚禄。将军仇恨楚国，是楚国先君和佞臣。楚国士民和将军无仇。符岵所求，是请将军刀下留情，不杀潜城百姓。将军准许吗？"

伍子胥抱拳答道："谢将军良言。楚国百姓是子胥父老乡亲，子胥怎能加害！"

符岵在城上抱拳道："符岵代潜城百姓，谢谢将军了！"说完，铿啷抽出宝剑，命令守城楚兵大开城门，又朝城下伍子胥道，"伍将军，符岵和将军来世相见了！"

符岵横剑自刎。

伍子胥神色黯然，回头对吴兵厉声命令道："众兵将听令！凡是进城侵扰士民百姓的，戮杀降者的，立斩！"

伍子胥率领吴军开进潜城，秋毫无犯。伍子胥欣佩符岵英烈，用棺椁收殓，葬在城南山丘。伍子胥命令兵士休整几天，把潜城交由楚鄩邑宰，领兵押解宓尉回师吴都。到了姑苏，伍子胥立即命令士兵，把宓尉用槛车送往后宫，让公子夫差交由胜玉处置。

胜玉自从宓尉骗取金牌，盗剑逃跑，心存弃世之念。胜玉不死，是不忘和宓尉的誓言。胜玉听说宓尉已经押到，从床上强起，命令巧蛾侍她更衣梳妆。又命令宫中男仆，让宓尉沐浴更衣。天晚，置一桌酒席，邀宓尉饮酒。

宓尉带到，并不行跪礼，只拱手说道："宓尉知罪，请公主责罚，万死不辞！"

胜玉冷冷道："你为父亲报仇，没有罪。妾略备山肴野蔌，请君垫饥，然后饮酒。"

胜玉看着宓尉狼吞虎咽，时而哀怜，时而愤恨。

胜玉见宓尉吃饱，长叹一声，命令巧蛾道："拿我酒来！"

巧蛾拿来一坛醴酒。胜玉又对巧蛾道："再拿一个酒杯来。"

巧蛾道："已有两个杯子，干吗要三个酒杯？"

胜玉斥道："叫你拿，你就拿来，哪来的多话？"

巧蛾不敢违命，又拿来一只金杯，墩在胜玉面前。胜玉把三只金杯一字儿排开，依次斟满。然后将酒坛放到宓蔚面前，笑道："妾饮这三杯。这坛中酒，请少爷自饮。"

宓蔚双手捧坛要喝，胜玉道："慢！我有话，边说边喝。我喝完，你再喝不迟。"

胜玉喝干一杯，说道："这杯酒，为我和少爷在专诸祠相遇。"

胜玉又喝干一杯，说道，"这杯酒，为我和少爷在宫中盟誓。"

胜玉手举第三杯酒，瞪着宓蔚，问道："少爷，你还记得，我和你的誓约吗？"见宓蔚面已变色，颤抖不已，嗫嚅无声，就笑道，"土人说，一夜夫妻百日恩，你为什么如此薄情？"

胜玉泪如雨下，双手举杯，仰头喝尽。

胜玉见宓蔚低头不语，拭泪叹道："我不惜以王女之身委于你，你却骗我，盗剑而去。你是无情无义的小人。我和你肌肤相亲，相拥盟誓，你要弃我，我必杀你，不是玩笑。你忘了吗？"

宓蔚听了大惊，连连点头，顿足搥胸，涕泗滂沱。

胜玉似醉似病，脸有痛苦之状，紧咬玉齿，半天才启唇哀道："我不忍杀你，又不忍背誓。这坛中之酒，是鸩羽浸泡。我已经先喝了。要是怕死，你逃生去吧。"

宓蔚听了胜玉饮了鸩毒，劝自己逃生，就双膝跪伏道："公主何必自死？宓蔚罪大，来世也难赎了。"说完，把一坛毒酒喝个干净。

胜玉见宓蔚喝干鸩酒，惨叫一声"夫君"，扑奔过去，抱紧宓蔚大哭。宓蔚一边替胜玉擦泪，一边轻唤"胜玉"。不一会儿，二人相拥而倒，昏厥不省人事。

吴王阖闾正在和伍子胥议事，听到胜玉和宓蔚饮鸩自杀，急忙奔到后宫。伍子胥见二人体肤温热，对夫差道："快，杀一只羊，用羊血灌他俩。"

夫差亲自杀羊，拿热羊血灌胜玉、宓蔚二人。有一会儿，只见宓蔚鼻息徐徐，胜玉体肤如冰。胜玉先喝毒酒，毒深难救，已经死了。

阖闾悲伤，在阊门郊外为胜玉筑墓，掘土成湖，当地老百姓叫"女坟湖"。阖闾顾及胜玉痴情宓蔚，不杀宓蔚，命令卫士把他赶出王宫。宓蔚找到胜玉墓前，头撞墓碑，颅裂而死。

第十九章

囊瓦贪图宝鼎，领兵攻打蔡国

伯嚭投奔吴王阖闾，本意是借吴国兵力攻楚复仇。前次伍子胥、孙武举兵灭掉钟吾国、徐国，这次伍子胥孤军攻陷楚国边境潜城。伯嚭认为兴兵伐楚的时机已到，奏请吴王道："臣思，楚王熊轸年少无知，令尹囊瓦是狂妄无能之辈。前次我吴师连灭徐、钟二国，这次子胥又夺楚邑潜城，楚军无力还击。臣认为，大王举兵伐楚之机已经成熟。大王可起倾国之兵，克楚图霸。"

阖闾被伯嚭说得心动，笑问伍子胥、孙武道："卿等认为，伯嚭的建议，行吗？"

伍子胥抱笏出班，奏道："臣认为，此时举兵伐楚，胜负难料。楚国君幼无主，除令尹囊瓦外，不缺良臣。楚国地大人众，府库和百姓，瓮藏丰足。吴国近年南征越，北伐楚，士民疲惫。楚国现有精兵二十余万，纵然大王起倾国之兵，既使打胜，也是两败俱伤。再有，吴国南邻越国，越国亲楚仇吴已久。如果越国趁我攻楚，举兵伐吴，大王胜不顾家，后果不堪设想。"

阖闾听了伍子胥的话，如醍醐灌顶，怔了半天才嗫嚅道："依卿所说，寡人怎么办呢？"

伍子胥又道："臣听说，昔年齐桓公要伐楚，采纳管仲之计，让齐国百姓每家收藏五年粮食，休兵五年。大王伐楚，应当学管仲善修内政，省刑罚，轻税赋，休兵三年，然后举兵伐楚，有望打胜。"

孙武也出班奏道："臣认为，伍将军说得好。大王登位以来，连年征战，民已疲惫。臣听说，初飞之鸟不可拔其羽，初植之树不可撼其根，应当养而生息之。大王应当采纳子胥建议，休兵三年，再图谋攻楚不迟。"

阖闾道："休兵三年，可以。然而，兵不可废，卿等怎样为寡人治军？"

伍子胥道："臣曾经奏请大王，改建军伍。臣经过几次和楚兵交战，深得体会。战车打仗，有道路限制，山途河泽丘陵不能前进，不如步兵方便快速。臣认为，应当改车战为步战或马战。车辆从军，为运输粮草辎重可以。大王要攻克楚国，应当扩充舟舰，训练水军，至关重要。吴、越多河渠，兵行不便，只有舟舰无阻。大王伐楚，军队要涉江渡淮，没有水军是不能打胜的。"

阖闾道："寡人听从你的建议。孙武将军训练步兵骑兵。你替寡人督造舟舰，演练水军。三年以后，寡人派遣水陆之师攻楚。"

散朝之后，伍子胥刚回到府中，伯嚭前来拜访。二人礼过，伯嚭泣道："子胥兄，你为什么要劝大王休兵？我的杀父灭族大仇，什么时候能报？子胥兄，你的仇，也不想报了？"

伍子胥道："我和大夫，今天都是吴臣，应当为吴国的兴衰大局着想，怎么能耿耿私仇？"

伯嚭怒道："你的仇人，昏君和费无极都死了。我的仇家，囊瓦还活着，现在是楚国令尹。你的仇，不必耿耿。我的仇，耿耿不忘！"

伍子胥劝道："熊居、费无极虽死，然而楚昭王熊轸在位。公子熊胜逃亡在吴国。我一天不辅佐熊胜登上楚国王位，也耿耿不忘。吴、楚之战，是百年大事，时机不到，怎么能强谋？"

伍子胥上前携伯嚭之手，说道："你来吴国有些天了，没有觐见公子。我和你去拜见楚夫人和公子。"

伍子胥和伯嚭同乘轩车，到了吴王宫馆，觐见郧夫人和公子熊胜。郧夫人说到楚国来人传信，蔡侯、唐侯很快去楚都郢城，祝贺昭王熊轸得"湛卢"宝剑。伍子胥听了叹道："如果不出我所料，蔡唐二国，就要成为楚国的属国了。"

通往楚都郢城的大道上，车尘弥天。数十乘车马，首尾相接，向南疾驰。打头一乘辎车之中，卧者正是蔡侯。他身穿银色貂鼠裘袍，手中把玩着一只羊脂玉珮。

蔡侯掀开车帷远眺，突然看见前方岔道尘头大起，一队车马正朝着大道奔来。蔡侯对车夫道："停住，停住！看看左旁所来车马，是什么人！"

车夫停住车马，后面的车马也依次停住，链接在道途之中。车夫探知左边所来车马是唐侯车队，禀报道："小人探知，所来车马，是唐侯。"

蔡侯听说唐侯也去楚国，喜道："寡人去郢都，有伴了。快扶寡人下车，和唐侯见礼。"

唐侯唐成公也去郢都朝贺楚王，乘轩车，驾双马。蔡侯远远见唐成公车马，讥笑道："唐侯小气鬼，哭屁穷。堂堂一国君主，朝觐大国君王，只乘双马轩车？"

车夫一旁道："主公请细看，唐侯双马奇怪。"

蔡侯凝神再看，果然看见唐侯双马腾跃若雁，毛色洁白，驰在道途形如白练。近前，才见这二马殊别，颈脖硕长，头颅高峻，蔡侯叹道："果真是神马。"

唐成公在车中瞅见道途有人停车迎候，命令车夫停下车来，掀帷落地，抬头朝蔡侯揖礼，笑道："小君不知蔡侯驻跸，以为是什么人，觊觎我的宝马哩。"

蔡侯也拱手还礼，说道："寡君看见贤君的宝骏，如银龙白练，疑是神仙驾临，在此恭候。"

唐成公看见蔡侯身穿银裘，绅系玉珮，夸道："贤君此裘和玉珮，是世间罕有宝物。贤君以此裘玉珮，献给楚王吗？"

蔡侯道："是啊。"

唐成公啧啧赞道："贤君貂裘美玉，小君未见世上有双。贤君为什么不留以自用？"

蔡侯笑道："世间无双宝物，怎能舍弃？我有此裘两件，玉珮一双，故用其一，献给楚王。不知贤君，献给楚王什么宝贝？"

唐成公莞尔一笑，手指二马道："我这二马，名叫骕骦。因为遍体皆白，颈高如雁，故名。我用其中一匹，献给楚王，怎么样？"

蔡侯笑道："贤君用宝马献礼，楚王怎么会不高兴呢？"

唐成公大乐，携蔡侯之手，同车来到郢都。二人朝拜楚昭王熊轸。唐成公献上宝马骕骦一匹。蔡侯献貂裘一件和白玉珮一只。熊轸大喜，命令内官送二君住在宫馆，上宾款待。

楚国令尹囊瓦，听到唐成公还有骕骦一匹，蔡侯也有貂裘一件和白玉珮一只，爱这三物世间罕有，派家臣去宫馆讨要。蔡、唐二君都不肯给。囊瓦恼羞成怒，进宫奏禀昭王道："臣听说，蔡、唐二君私通吴国，他们来贺大王得剑，实是探听楚国军情，向吴国提供情报。大王千万不能放走他们。"

昭王年少无主见，问囊瓦道："果真如此，寡人怎么办？杀他们行吗？"

囊瓦道："这二人是小国君主，前来朝贺大王，又献有厚礼，杀之不义，会招来诸侯讥谤。大王不如权先把他们扣留，不让他们回去。"

楚昭王允准囊瓦建议，扣留蔡侯、唐侯在馆驿。囊瓦防备二人逃跑，派士兵千人，驻扎馆驿四周，名为护卫，实为监押。

蔡侯的家臣会下棋，下了三年，蔡侯从来没有赢过。这一天，蔡侯赢了家臣一子。家臣叹道："主公棋技进步，天下少有敌手了！"

家臣不再和蔡侯下棋了。蔡侯感觉无聊，来到唐侯房间。刚到门口，听唐成公高声吟诵道："大壮，利贞。象曰，大壮，大壮者也。刚以动，故壮。大壮利贞，大者正也。正大而天地之情可见矣。"

蔡侯抬脚进门，见唐侯手捧简编展读。蔡侯听说唐成公闭户不出，三年读《易》已痴。蔡侯不信，今天见唐侯顾简不顾客，才知道传言不假，叹道："易为何物，竟然致使贤人痴废！"

唐成公须发散披在前胸后背，看不清脸面口鼻，只见二目炯然，怒斥道："易是一阴一阳，圣贤用它治天下，推天道以明人事。你辈俗人，怎么能够窥天道之妙！"

蔡侯笑道："贤君讥笑我不懂易经吗？易是伏羲氏所作，文王姬昌因而演易，作卦卜之辞也。乾以易知，坤以简能，易则易知，简则易从。贤君，你听我说的不对吗？"

唐成公瞪目怒视蔡侯，说道："我听说，贤君学棋三年有成，棋也易吗？"

蔡侯大笑，说道："易和天地准，所以能弥纶天地之道。仰以观于天文，俯以察于地理，是故知明幽之故。原始反终，故知生死之说。精气为物，游魂为变，是故知鬼神之情状。与天地相似，故不违。这话，是文王说的吧？"

唐成公听蔡侯的话，扔下简编大哭，说道："小君学习三年易经，不如贤君三年学棋，惭愧！"

蔡侯道："贤君不要悲伤。寡君和贤君被囚禁，不知吉凶，贤君怎么不卜一卦呢？"

唐成公叹道："剽易卜卦者，是下流的游戏，贤君怎能相信。"

蔡侯道："既然是游戏，就有快乐，为什么不卜一卦，开心一乐呢？"

唐成公道："刚才我已经卜一卦，是乾下震上，雷天大壮之卦象。"拾起地上的简编，递给蔡侯道，"贤君，你请看看。"

蔡侯展开简编，见是：

象曰：雷天在上，大壮。君子以非礼弗履。

初九：壮于趾，征凶，有孚。

象曰：壮于趾，其孚穷也。

九二：贞吉。

象曰：九二贞吉，以中也。

九三：小人用壮，君子用罔，贞厉。羝羊触藩，羸其角。

象曰：小人用壮，君子罔也。

九四：贞吉悔亡，藩决不羸，壮于大舆之輹。

象曰：藩决不羸，尚往也。

六五：丧羊于易，无悔。

象曰：丧羊于易，位不当也。

上六：羝羊触藩，不能退，不能遂，无攸利。艰则吉。

象曰：不能退，不能遂意，不详也。艰则吉，咎不长也。

蔡侯看完象辞，仰天大笑。唐成公吃惊。问道："贤君，你为什么笑？"

蔡侯道："贤君这一卦，显示你我二人，大吉！"

唐成公道："请贤君，说详细。"

蔡侯拈着胡须，说道："楚国令尹囊瓦，勒索你的宝马和我的裘珮。他得不到，囚禁我二人。我二人好比羊关在藩篱里。卦曰'艰则吉，咎不长也'。以此看来，我你二人不久就要脱藩篱了！"

唐成公儿子姬傲，见父亲去楚国，很久不回国，急召大夫公孙哲，说道："君父去楚国朝贺，因不给囊瓦宝马，和蔡侯同囚郢都。请大夫去楚国，见机行事，解救君父回国。"

公孙哲道："君忧臣耻，君辱臣死。公子吩咐，我公孙哲万死不辞。"

公孙哲从唐国都城驾车去楚国，日夜兼程，来到郢都。公孙哲贿通守将，进入馆驿拜见唐成公。他见唐侯容颜憔悴，须发如草，号啕大哭。

唐成公怒斥道："寡人没有死，你来郢都号什么丧？你快回去，辅佐公子治理国事！"

公孙哲下跪道："公子让我营救主公回国。主公不回，臣只有死在楚国了。"又问道，"囊瓦勒索骕骦，主公为什么不给他？"

唐成公愤道："我堂堂一国君主，怎能受他囊瓦匹夫敲诈？"

公孙哲道："臣请主公酌量，宝马和国家比较，孰轻孰重？"

唐成叹道："寡人的骕骦，是稀世珍宝。献给楚王我还不愿意哩，怎能再给囊瓦？囊瓦是小人，用武力劫持寡人，寡人如果屈服他，还有尊严吗？"

公孙哲听了唐侯说得理凿，无话反驳，长叹而出。公孙哲走到马厩，看见马伕正给骕骦洗刷，叹道："骕骦，骕骦，我主爱你，胜过爱国家。"

马伕道："大夫怎么不劝劝主公，为什么要重畜牲而轻国家？主公舍不得一匹马，连累我一同被囚禁。我思念父母妻子了。"

公孙哲笑问道："你愿意随我回国吗？"

马伕道："我恨不能肋生双翅，现在就回国。"

公孙哲道："你要真想回国，你今夜把骕骦偷给我。我明天就带你和主公回国。"

马伕吓了一惊，嗫嚅道："大夫要小人偷马，小人不敢。主公怪罪，小人要遭受灭门之灾。"

公孙哲笑道："你偷马是为了救主公回国，是立功，有什么罪？大王要责怪，由我承担。"见马伕犹豫，又道，"如果不把这匹马献给囊瓦，大王和你，都活不长了。"

马伕心一横，说道："小人宁愿跟从主公死，不敢听从大夫的话。"

公孙哲见马伕抗拒命令，大怒，拔出佩剑，斥道："我执行公子命令，来楚国解救主公。你不听我的命令，应当斩首！"

马伕吓得跪伏在地，泣道："大夫不要发怒，小人依你，今夜偷马。"

马伕趁唐成公深夜入睡，偷出骕骦。公孙哲把骕骦献给囊瓦，说道："我主公尊敬令尹德高望重，命令我献宝马骕骦，以供令尹驱驰，万请令尹笑纳。"

囊瓦得到宝马，朝公孙哲拱手，笑道："唐国有你们这样的贤君贤臣，国家不应当灭亡。我明天早朝奏请楚王，放你君臣回国。"

第二天早朝，囊瓦抱笏出班奏道："大王扣留唐侯，唐侯没有怨言。臣认为，唐国地褊兵微，不足以让大王担忧。如果长期扣留唐侯，臣担心诸侯谤议。大王不如放唐侯回国。"

楚昭王熊轸准奏，释放唐成公。公孙哲听说楚王释放唐侯回国，命令车夫把自己捆绑了，跪在唐成公寝室门外。唐侯起床，看见公孙哲缚跪门前，惊问道："你，你这是干什么？快起来！"

公孙哲奏道："臣偷了主公的宝马，已经献给楚国令尹囊瓦了。臣有罪，请主公处置。"

唐成公慌忙把公孙哲扶起，一边松绑，一边说道："你昨天劝谏，寡人省悟了。你不献宝马给贪官，寡人不能回国，误国误民是寡人的罪过。寡人今天就随你回国。"

唐成公命令随从擦车喂马，向蔡侯辞行，上车离去。

蔡侯见到唐侯获释，也把貂裘玉珮献给了囊瓦。囊瓦奏请楚昭王，又释放了蔡侯。蔡侯率领随从出了楚都郢城，走到汉江岸边，喝令停车。蔡侯掀开车帏，回头朝看郢都城墙，切齿骂道："囊瓦匹夫，你欺寡人太甚！"摘下腰带上白璧，扔进滔滔汉江，发誓道，"寡人如果不能举兵伐楚，报仇雪辱，就像这只玉璧。"

蔡侯返回国都，立即命令使臣带上公子子元，去晋都绛城，向晋定公借兵伐楚，用子元为人质，押在晋国。晋定公听了蔡国使臣的哭诉，深恨囊瓦贪婪，说道："使臣不要悲伤，先在馆驿歇息。寡人即日奏请天子伐楚，如果奉周王命令，联合诸侯，还怕他楚夷吗？"

晋定公第二天果然派遣使臣去周都洛阳，把楚国欺辱蔡、唐之事奏告天子。周敬王大怒，命令士卿刘卷率王师一万，助晋伐楚。晋定公获得周王命令，传檄遍告诸侯。宋、齐、鲁、卫、陈、郑、许、曹、莒、邾、顿、胡、滕、薛、杞、小邾及蔡国，共计十七国诸侯，全都痛恨楚国恃强凌弱，出兵跟从晋国攻伐楚国。

周敬王十四年春三月，晋定公拜士鞅为大将，荀寅为副将，统大军三万南下伐楚。二人率兵会合王师和十七国之兵，集中在召陵，却遇大雨连绵，道途泥泞，兵车不能前进。晋军和诸侯之兵粮草供应不足，天气久阴不晴，都有厌战回师的意愿。

蔡侯担心晋军回师，楚兵伐蔡，在帐中置酒宴邀请大将军士鞅和副将荀寅饮酒。士鞅进帐，向蔡侯施礼，说道："外臣寸功未获，怎敢贪扰贤君赐饮？"

蔡侯道："二位将军统率十八国联军，功高旷古铄今。小君微置薄醪，以示犒劳。"

士鞅谦让一番，方才入座。荀寅板着面孔，不言不语，视蔡侯于不见，自顾入座而饮。蔡侯厌恶荀寅狂妄自大，又不敢得罪他，只得强压怒火，媚笑陪饮。

帐外大雨哗哗地倾注，水流平地，水滴溅起了无数的汽泡此起彼灭。不一会儿，远处山麓传来低沉的雷鸣，如海潮摧堤般的轰鸣声音由远及近地传来。后来，雨越疾越大，如倾盆而泻。

荀寅离席，走到帐门口张望，只见雨雾腾腾，如云如浪，就长叹一声，说道："十八国联军，二十万人集聚召陵，因雨受阻，进退不得。军中缺少粮草，雨再不停，如何是好？"

士鞅已醉，摇着酒壶，笑道："壶中无酒，难留客了。"

蔡侯笑道："有酒有酒，二位将军放开量喝。"命令侍从搬来几坛醴酒，一边替士鞅、荀寅斟酒，一边道，"敝邑美酒，不敢和天降雨水相比，但是倒进池中，也够将军洗澡了。"

荀寅大怒,拍案说道:"蔡侯用貂裘玉珮,献媚楚君臣,又用我诸侯之师,泄你私愤,居心何在?"

蔡侯大惊,笑道:"寡人恨楚人贪婪无厌,才弃楚从晋。将军为什么这么说话?"

荀寅道:"你既然用裘珮送楚王,今天我们率诸侯之师为你雪耻,你拿什么犒劳我们?"

蔡侯见荀寅索贿,拱手道:"寡人弃楚从晋,晋公会诸侯伐楚,是尽盟主之义。将军今率大军灭强楚以扶小国,就要获得荆襄之地五千里,这个犒师之物,将军满足吗?"

荀寅语塞无言。主将士鞅见荀寅敲诈无获,蔡侯是铁鸡不拔一毫,推杯叹道:"末将醉了。谢蔡侯赐酒。"扶荀寅冒雨离去。

大雨一连下了个把月,联军被阻在召陵进退不得,粮草俱尽。痢疾在军中流行,兵士染疾者十有一二。荀寅听说王师刘卷也染痢疾,忧心忡忡,对主将士鞅道:"军中流行痢疾,兵士染疾者十之一二。今天王师主将刘卷也染上痢疾了。天气阴雨不晴,联军粮草已尽,怎么办呀?"

士鞅知道荀寅没有得到蔡侯贿赂,不愿意进兵。自己也憎恨蔡侯小器,身为主将不便直言,笑问荀寅道:"将军身为联军副将,联军今天陷于困地,将军如何处置?"

荀寅道:"昔年五霸之魁齐桓公,拜齐相管仲为大将军,统率诸侯八国联军也驻在召陵,却未战而返。先君文公,周襄王二十年率兵在城濮[1]和楚军会战。楚军强大,文公对城濮之役犹豫不决。文公昔年流亡在楚国,得楚王款待,楚有恩于晋。文公得一梦,梦见楚王和他拼斗,楚王吃他脑子。文公要罢战。后经诸臣劝谏,才下决心。文公用强兵打击楚军的右军陈、蔡之师,让他们溃败。又命令栾枝在晋军阵后,用战车拖薪奔驰。楚军见晋军阵后车尘弥天,认为退兵,便出兵追击,遭到晋军截击而大败。先君城濮之战,是晋军战胜楚军的惟一战役,以后不再举兵攻楚。这次我和将军率兵伐楚,遭遇阴雨大疫,是天灾人祸。今天联军已陷入困境,进则难胜,退则有被楚军追击的危险。何去何从,主将不可不考虑。"

士鞅对蔡侯也心怀不满,不愿意为他拼命伐楚。听到荀寅有罢战之意,就写信派人送往绛城,向晋定公请求退兵。晋定公听说联军困在召陵,军中流行痢疫,于是下令退兵。又遣人送回蔡侯之子子元,退还人质。士鞅、荀寅得到晋侯命令,下令班师。众诸侯军队,也各自回国。

蔡国的军队驻扎在联军右军队末,在右翼山麓独建营寨。联军撤退,蔡侯正在帐中怀拥美姬而眠。公子子元被荀寅送回,听说晋侯命令晋军班师,各路诸侯纷纷撤退,惊恐万状。子元拼命往蔡营奔跑,因为夜路不明,沿途数跌,赤脚行走,衣袍都被荆棘划烂。跑到蔡军大营,子元脚趾开裂,鲜血淋漓。

---

[1] 今山东郓城西南。

子元踉跄扑进蔡侯寝帐。嬖臣拦住道："主公正在睡觉，公子不能进去。"

子元一把推开嬖臣，吼道："刀已在颈，还能睡大觉？"

蔡侯听声，慌忙披衣起床，怒斥道："什么人大胆，惊扰寡人！"看见子元散发披肩，衣衫褴褛，惊问，"子元，你怎么回来了？"

子元跪禀道："晋侯送儿臣回国，已经命令士鞅、荀寅率兵班师了。"

蔡侯听了半天无话，搀起子元道："诸侯军队，怎么样？"

子元道："儿臣途中看见诸侯军队纷纷拔营起寨，班师回国了。"

蔡侯顿足擂胸，号啕道："晋人无信，晋人无信啊！"

公子元见蔡侯哀痛无主，说道："父亲再不退兵，楚军闻讯杀来，岂不全军覆没？"

蔡侯如梦方醒，即刻下令弃寨班师回国。大军沿大道北上，沿途均见诸侯之军所弃破车废锅，蔡侯哀叹道："这次伐楚，会集十八国之兵，直捣荆襄其力有余，竟然不战自退。今天不灭楚，以后必被楚国灭我！"

蔡军途经一城，蔡侯手指城碑，问子元道："这座城，是哪个国家的？"

子元道："这城，是沈国都城舆城 ①。"

蔡侯怒道："沈君和寡人交情不薄，这次伐楚，竟然不助寡人。他无情，休怪我不义了。"于是下令蔡军攻城。

子元劝谏道："沈国是小国。沈君不从父亲伐楚，是不敢得罪楚国，力弱而图自保。父亲如果攻打沈国，诸侯要讥谤父亲怕大国欺小国！"

蔡侯斥道："毛贼进屋还不空手过哩，何况乎寡人举兵伐楚，怎能空手回国！"不听子元所劝，责令大军，急速攻城。

沈君姬嘉穿戴盔甲，亲自和军民守城。姬嘉在城上手扶城堞，观望城下蔡兵攻城凶猛，叹道："蔡侯怕楚国如鼠，欺小国如虎啊。"转身对大夫杜介道，"舆城不保了。你速取府库殷鼎，出城投奔楚国，请求楚国令尹囊瓦，给寡人报灭国之仇。"

杜介道："殷鼎是沈国镇国之宝，主公怎么能忍心放弃？"

姬嘉怒斥道："国要亡，寡人命都不保，留个死物给匪人吗？寡人听说囊瓦贪婪，他得我宝鼎，必定为我复仇。"

杜介打开府库，见有殷文宝鼎一双，拿了一个，趁夜坠城而下，直奔楚都郢城。天亮，蔡侯攻陷沈都舆城，杀姬嘉以泄愤。蔡侯尽掳沈国府库，得宝鼎一只，凯歌而还。

杜介走到中途，听到蔡侯灭了沈国，国君姬嘉被蔡侯杀害。杜介悲愤号啕，沿途乞讨，月余才到郢都。他来到令尹府门，士兵看见一个鹑衣烂履的乞丐，横戟驱赶。杜介掏出荣牌，说道："我是沈国大夫杜介，有宝物献给令尹，烦请通报。"

兵士见荣牌不假，禀报囊瓦。囊瓦听说沈国大夫杜介献宝，立即命令传见。杜介行礼，并不出示殷鼎。囊瓦问道："大夫有什么宝物，能不能让我一饱眼福？"

杜介道："我这个宝贝，是沈国的传国宝鼎。今天蔡侯已经灭了我沈国，杀我主公。

① 沈国都城，今河南平舆北。

168

令尹如果出兵，为臣仆主公报仇，臣仆才能献鼎。"

囊瓦笑道："俗话说，吃人之食嘴软，拿人之物手软，得人宝贝，应当效劳。我既然得到贵国宝鼎，自当出兵伐蔡，替沈君雪辱。"

杜介见囊瓦答允出兵伐蔡，才把殷鼎献给囊瓦。囊瓦让人安置杜介宿在馆驿，每天酒肉款待，又赠新衣三套，黄金百斤。杜介在馆驿一住几天，不见囊瓦发兵征蔡，又去令尹府拜见囊瓦，催他起兵。

囊瓦道："我听说沈国已灭，沈君已死，你不如留在楚国。明天我奏请楚王，封你官职，行吗？"

杜介泣道："臣仆灭国亡君之仇未报，怎敢贪图官职？"他心恨囊瓦贪婪，庆幸自己留下一鼎在舆城，又道，"臣仆所献宝鼎，原是一双成对。令尹所得之鼎，只是其中一个。"

囊瓦惊起，俯身问道："还有一鼎，现在哪里？"

杜介心中窃笑，说道："还有一鼎，存放在沈国府库里。先君期待令尹伐蔡，亲自献给令尹的。如今我沈国被蔡侯灭了，宝鼎已经被蔡侯掳走了。"

杜介见囊瓦懊丧不语，又道："这个宝鼎是前朝圣物，得双者吉，得单者凶。"

囊瓦要夺蔡侯宝鼎，起兵五万伐蔡。大军越境而出，直达蔡都城下，安营扎寨，绵延数十里。

蔡侯在城上目睹楚军将都城团团围住，哀叹道："前几天，寡人围舆灭沈。今天，寡人要步沈君后尘吗？"

公子元道："父亲怎么不借兵抗楚？"

蔡侯道："士鞅、荀寅贪婪，不贿赂他二人宝物，怎能让晋国出兵？"

公子元道："晋侯无信，不能依靠。父亲如果要救蔡国，不如东行求吴国救助。儿臣听说伍子胥、伯嚭都和楚国有仇。父亲派遣使臣去求救，必能出力。"

蔡侯问道："什么人能当使臣，替寡人去吴国？"

子元道："儿臣可以出使吴国。然而儿臣一人难成，必须和唐侯使臣一同前往，事有可成。"

蔡侯道："楚军并未侵犯唐国，唐侯怎能去求吴国而得罪楚国？"

子元笑道："儿臣自当劝告唐侯，不要忘记昔年晋献公借途伐虢，不要忘记唇亡齿寒。"

蔡侯于是命令公子元秘密逃出城外，去拜见唐侯。

第二十章

伍子胥火攻养邑，箭射掩余、烛庸

蔡公子子元逃奔唐国，拜见唐成公，晓以唇亡齿寒。唐侯担心楚国灭蔡国，随后灭唐国，命令公孙哲和公子元一同前往吴都姑苏求救。二人来到姑苏，先在馆驿住下。公子元年少，和诸侯少有交往，请教公孙哲道："子元随大夫来吴国，不知大夫有什么谋略，能求吴王发兵？"

公孙哲道："我二人觐见吴王，吴王答允出兵便罢。一旦拒绝，事情就没有回旋余地了。我听说伍子胥是吴王重臣，和吴王阖闾有患难之交，权力很大。你我不如先去拜访伍子胥，征得他的同情。伍子胥在吴王面前一言九鼎，还怕吴王不出兵救蔡、唐二国吗？"

公子元派人去伍子胥府上打探，得报伍子胥正在江口训练水师，未回姑苏。二人又耐心等待，每天派人去伍府打探消息。这天子元和公孙哲正在馆驿下棋，听报伍子胥已从江口回来，二人立刻赶奔伍府。

伍子胥在太湖和江口两地训练吴军水师，奔波于两地，没有大事不回姑苏。这天听到甘嬿患病，急急从江口赶回探视。恰好专毅听说甘娘有病，也来探视。伍子胥幼子伍封，亲守床前侍奉母亲。甘嬿听门外脚步声，对伍封、专毅道："快迎，你们父亲来了！"

二子朝门口望去，伍子胥身穿铠甲，大步流星而来。伍封、专毅慌忙跪伏，口称："孩儿迎接父亲大人。"

伍子胥拉起伍封，又一手拉起专毅，说道："毅儿，你官为上卿，又奉吴王命令辅佐公子姬波，今后在朝堂或外人面前，你不能叫我父亲。你记住，你是专诸的儿子，专诸是你的父亲。"

专毅泣道："儿子记住了。儿子有两个父亲，一个是生父，一个是嗣父。"

伍封不解，问甘嬿道："娘，咱哥有两个父亲，我咋就一个？"

伍封的问话引得甘嬿、伍子胥、专毅三人开怀大笑。伍子胥拍拍伍封道："你去，让你大哥教你射箭。我跟你娘说话。"

伍封拉了专毅出了内室。伍子胥坐近床前，握住甘嬎的手，问道："你得的什么病？吃了什么药？好些了吗？"

甘嬎一笑，说道："妾偶感风寒，吴王遣宫中医师诊视，服药几剂，已经好多了。你怎么得知我生病了？"

伍子胥道："前阵子连日阴雨，军中流行痢疾，吴王派医师去江口替兵士医疾，说你生病了。我牵挂你，寝食不安。这不，赶回来看你。"

甘嬎道："夫君对妾牵挂不下，怎能统兵远征？"

伍子胥笑道："这有什么难的。我备轺车一乘，你随我从征。"

甘嬎伸出手指，在伍子胥鼻梁上轻刮一下，嗔道："老不正经！你想学齐相管仲，携妾从征。我没有叶婧的才能，也没有她美貌。"

夫妇二人正在说话，专毅站在门外，说道："父亲。蔡国公子子元、唐国使臣公孙哲，求见。"

伍子胥道："你引他二人客厅稍候。我即刻便去。"又对甘嬎道，"你躺着，我一刻就来陪你。"

甘嬎痛爱地抚摸着伍子胥的铠甲，泣道："你铠甲未卸，匆匆赶回来看妾，难为你了。客人等你，你去吧。"

伍子胥替甘嬎掖了被子，俯身道："我去去就回。"

甘嬎道："妾见到夫君，病已经好了八分。夫君当以国事为重，不要儿女情长。"

伍子胥笑道："谨记，谨记！"又俯身伸手指，在甘嬎的鼻子上轻刮一下，方才离去。

伍子胥接见蔡公子子元、唐使公孙哲，听了二人诉说楚令尹囊瓦率大军围蔡，蔡都破在早晚。公孙哲也说，楚军破蔡，继后要灭唐，恳求伍子胥说服吴王出兵，解蔡、唐之危。伍子胥领二人进宫，觐见吴王阖闾。阖闾见蔡、唐二国求救，和伍子胥、孙武、伯嚭商议举兵救蔡之事。

阖闾道："寡人采纳子胥建议，善政养民。今内政有治，民有余粮，水陆之兵已训练有素，举兵伐楚时机已经成熟。寡人听说，这几年间楚国帮助徐君章禹夺回夷城，复立徐国。楚国又帮助掩余、烛庸，和寡人为敌，赐给二人大片土地，让他们住在养邑，筑城做为基地。楚昭王又把养东、城父和胡国部分土地赐给他们，让他们厉兵秣马，对抗寡人。现今蔡、唐求寡人出兵伐楚，卿等认为能不能出兵？"

伍子胥道："楚昭王年少无知，楚令尹囊瓦专权，诸侯都背楚向晋。今天蔡、唐求助于大王，是厌恶晋国无信义，心向吴国。大王此时出兵，不但破楚利厚，而且扬名于诸侯。"

孙武也说道："臣认为，以往楚国难攻，是他的属国较多。今天人心背楚，晋侯振臂一呼，竟然有十八国诸侯响应。今天楚国势力孤单，正是大王举兵之时。"

阖闾问道："寡人举兵救蔡，卿等认为兵进何处为好？"

伍子胥道："如果举兵救蔡，兵到蔡国时蔡国已经被楚国灭掉了。臣认为，大王救蔡，不如先伐徐国。我军围困徐国，楚军必弃蔡而救徐，蔡围自解。"

孙武道："子胥此计很好。我军不等楚军弃蔡而来，火速攻下徐国，然后挥师直指豫章，寻机攻克养邑，除掩余、烛庸之患。"

阖闾依照伍子胥、孙武谋略，拜孙武为大将军，伍子胥、伯嚭为副将军。又命令夫概为先锋，专毅为副先锋。命令孙武领兵六万，号称十万雄师，开入楚境，直指徐国都城夷泗。

吴军围了夷泗，并不攻城，派出间谍打探蔡都消息。很快间谍回报，楚军已经撤离上蔡，来救夷泗。伍子胥对孙武道："救蔡之计已经成功了。我大军不可以为争夺夷泗死战。此城可泗水淹之，不战可胜。将军怎么不分兵三路，一路由将军自率攻打徐国。一路由伯嚭率领，前去迎击囊瓦。另一路由我率领，前去伺机夺取养邑。长卿兄，你认为怎么样？"

孙武听伍子胥言，击案叫好，说道："伯嚭兄领兵二万，和夫概迎击囊瓦。你们只打他前部，挫他即走，奔豫章和伍将军成犄角之势，伺机会战。子胥兄领兵二万攻养邑。我这里灭了徐国，也去豫章和你们二路兵马汇合。楚国地大兵强，我们兵微将少，又是远征，不可陷进楚国腹地。我们只有在楚国北部边境，和楚军会战。豫章之地，有大别山、小别山，地形复杂，对我军十分有利。"

伍子胥、伯嚭各领兵二万，兵分两路，一路沿淮河西进养邑，一路沿陆路去蔡国迎击楚军。孙武统兵二万围困徐都夷泗，几天后听报伍子胥已率师西进。伯嚭、夫概一路已经进入蔡国边境。孙武对专毅道："我们攻打夷泗，是时候了！"

孙武和专毅登上夷泗城北山坡，但见西北都是高山峻岭，夷泗城却在山脚盆地之中。孙武笑道："怪不得昔日你父亲灭徐国，不用一兵哩。"

山岭中有一条河从西北流来，流到山下的夷泗城弯道而去，南折入淮。孙武问专毅道："这河叫什么名字？"

专毅道："我听父亲说过，叫沱河。"

孙武道："我要掘沱河之水，灌淹夷泗，还要兵士攻城吗？"

孙武立即命令兵士凿山开渠，水淹夷泗。渠开半途，孙武突然下令停凿。专毅不解，问道："将军为什么下令停凿？夷泗城固，城里有粮草可用一年。不灌水淹城，夷泗久围难下，囊瓦领兵很快来到，那时我军腹背受敌。"

孙武叹道："我认为，会用兵者，屈人之兵而不战，拔人之城而不攻。水淹夷泗，城可破，城中百姓遭殃了。我要派一人进城，向徐君章禹晓以利害，劝他献城投降。他若执迷不悟，再引水灌城不迟。"

专毅道："末将愿请命进城，劝说章禹投降。"

孙武见专毅请命，准许。专毅驱车来到城下，朝城上守兵喊道："我是吴国将军专毅，受大将军孙武命令，要进城会见徐君。请你等禀报徐君，开城迎我进城！"

徐君章禹听到吴军凿山开渠，要引水淹城，十分恐慌。守兵城领禀报，吴军派遣军使进城。章禹命令道："既是军使，寡人以礼相待。只许他一人进城，不准带兵。"

城领从城上坠下一个大筐，让专毅坐在筐中，提上城来。专毅见徐君章禹，说道："我奉孙武将军之命，请你开城投降。"

章禹问道："你吴军，为什么伐我？"

专毅道："昔年你降服我吴国，后来又弃吴投楚。吴王不忍此辱，所以进兵灭你。今天我军已凿山开渠，用沱河水淹城，你不投降，就要葬身鱼腹！而且我军已分兵迎击楚军，夷泗孤城没有救了。"

章禹听专毅说完，长叹一声道："请将军禀告孙将军，我愿意献城。"

第二天，徐君章禹断发涂面，命令兵士开城投降。章禹携夫人跪伏在城门旁边，迎接孙武进城。孙武命令押解章禹去吴都姑苏，交给吴王处置。又在城内悬榜安民，命令吴兵仍旧驻扎城外，一边派遣间谍前去打探伍子胥、伯嚭两路人马消息。

伍子胥率二万人马长驱五百里，到达淮河边上。伍子胥命令兵士登上舟舰，西进楚国边境潜、六地区。突然风向转逆，舟舰顶风溯流，行驶缓慢。伍子胥下令兵士弃舟登岸，从陆路朝潜、六疾进。

楚昭王听说囊瓦率兵入蔡，久攻上蔡不下，吴军已经进入淮泗，命令左司马沈尹戍率兵三万往潜、六迎击吴军。沈尹戍率兵火速东进，想不到晚了一步。伍子胥已经攻破潜城，见楚军要到，并不与之交战，率军而走，丢下破城一座。

沈尹戍率楚军驻扎潜城，派遣间谍四处打探吴军消息，却传来伍子胥围困楚国要邑弦城。伍子胥在沈尹戍率师朝潜城扑来之际，已经率领吴军疾行百里，又命令水军溯淮西上，围困了弦城，摆出了夺取弦城要邑的架式。

沈尹戍听报大惊，说道："弦邑失守，楚国东部不保了！"即刻率楚军弃城而去，疾行驰援弦城。

沈尹戍率师赶到弦城，已经不见伍子胥踪影。吴军早已放弃弦城离去。沈尹戍拍戟怒道："伍子胥，伍子胥。你引我数番扑空，不和我战，玩的是什么战术？！"

楚军被伍子胥牵引千里，人马疲惫不堪，将士沮丧，士气极是低落。沈尹戍无奈，不得不下令楚军在弦邑休整。

伯嚭和夫概率领二万吴兵刚进蔡国边境，即和楚军相遇。囊瓦率楚军五万，弃蔡救徐，命令公子熊申率兵一万为前锋。夫概听间谍禀报，楚军前锋熊申率兵一万开来，就和伯嚭商议道："我军先到，已熟地理，楚军前锋未到，地陌不熟。此地两山夹一洼，正好伏击。将军率兵伏在两旁，等我率兵五千，上前把楚军引来，合而歼之，一仗可胜。"

伯嚭听从夫概计谋，命令军士在道旁山林中埋伏。夫概领兵五千，迎击公子熊申。二人站在战车之上，来往战了十数回合。夫概佯败，回辕便走。熊申见吴军败走，率楚军前锋一万之众紧紧追赶。军队刚刚进入洼谷，突然前面夫概回车杀来。只见两旁山林喊杀声大起，吴兵从山林中排山倒海般地杀出。楚兵陷入包围，手足无措，只被吴军杀得丢盔弃甲，尸横遍野。熊申冒死突围，收拾残兵，已经不到两千。等到囊瓦大军到来，吴军已经撤退无影无踪。

伯嚭见杀败熊申，知道仇人囊瓦随后就到，命令兵士阻击。夫概劝道："孙将军有令，我等小胜即可，应当往豫章进发，和伍子胥会合。"

伯嚭道："我仇人囊瓦，随后就到了。我投奔吴王，就是为了今天雪耻报仇。今天仇家囊瓦就到，我怎能放弃而走？"

夫概道："临行大将军有命，你我小胜即走，赶奔豫章和伍子胥将军汇合。你身为副将，怎能为了私仇而违军令？"

伯嚭被夫概说得理屈辞穷，只得下令吴军撤出山谷，星夜兼程，直奔豫章山区。

孙武在夷泗得知伯嚭、夫概挫败楚军前锋的消息，立即传令全军饱餐，取水陆两路往豫章开拔。专毅不解，问道："将军为什么弃城而走？"

孙武笑道："毅儿，你是将门之后，又是专诸继子，将来必被吴王重用。你谨记。他日你要率军，千万不能为了一城一地的得失累及用兵。良将者，应当善于自保。保住自己，才能消灭敌人。"

吴军灭徐缴获很多，孙武命令把夷泗府库财货和粮草，用舟舰装载，运往豫章以供军需。又命令专毅率水师押运，溯淮西进。孙武统帅步军，由陆路沿淮而上，与水师呼应。

伍子胥把沈尹戌大军丢在弦城，率吴军二万星夜奔往养邑。养邑高城巨阙，易守难攻。掩余、烛庸预谋进攻吴国，城里积藏粮草很多。掩余、烛庸依仗城堞坚巨，粮草够用一年，守城不战。

伍子胥趁夜登高，巡视城内，看见城上士兵巡逻不辍，到处是营盘兵寨。伍子胥命令找来附近土人讯问，城里没有多少百姓，都是烛庸、掩余招募的兵勇。伍子胥叹道："养邑城，兵城啊。"

伍子胥观察养邑四门，只有北门近山。伍子胥思谋良久，心生一计，命令兵士围住养邑三门，只留北门不围。又命令兵士伐木，在东、南、西三门，靠近城墙高搭木楼。又命令兵士从附近百姓家买来雄鸡数百，饲养备用。

掩余、烛庸二人在城头瞅见城外吴兵高筑木楼，不知其意。掩余道："伍子胥筑木楼于城外，不知何用？"

烛庸笑道："伍子胥儿戏耳，无非攻城放箭。彼木楼距城甚远，矢入城内无力。"

掩余又问道："其围三门，惟此门不困，何意？"

烛庸又笑道："伍子胥惧我二人神勇，惟留北门是驱我二人弃城。"遂命守兵城领道，"命令守陴兵士皆着铠襦软甲，以防吴兵射箭。"

是夜，伍子胥命令吴兵饱餐战饭。遣精兵三千，在养邑北门外山上设伏。命令兵士但见掩余、烛庸开北门逃出，尽用强弓射之。俟鸡鸣之时，大风突起。伍子胥命令兵士登上木楼，将所饲之鸡尾缚上油棉，点着火朝城内投掷。火鸡随风飞扑入城，到处乱蹿。城内倾刻间骤起大火，风火燎天，晃若白昼。叛兵鬼哭神嚎，四处奔跑，乱作一团。伍子胥命令吴兵在木楼上居高临下，朝城内放箭。箭矢随风如雨倾入城内，叛兵死伤无数。

掩余、烛庸见城内已成一片火海，二人慌忙驱车弃城出北门逃跑。刚出城半里，突听两边山头喊声大作，箭如飞蝗骤雨般狂泻而下。掩余、烛庸虽身穿铠甲，脸上连中数箭，顿时毙命。所有叛兵，都被乱箭射死，无一幸免。

天亮，伍子胥辨明掩余、烛庸尸体，抽出沥镂宝剑，割下二人首级，命令士兵用木匣装了，送往姑苏报捷。

养邑大火接连烧了几天，已成一片废墟。伍子胥率兵开进豫章大别山，派人打探孙武、伯嚭两路大军消息。很快，孙武、伯嚭两支兵马也开到豫章，和伍子胥在大别山麓会合。三路兵马分三处安营下寨，成犄角之势。孙武命令宰牛杀马，犒劳三军。又在中军大帐，盛排酒宴，和诸将庆贺初战告捷。

公子夫概持杯敬孙武、伍子胥道："潜六和弦邑之役，伍将军疲敌而击，令楚军不拒，是兵史所不见。火攻养邑，兵不血刃，全歼掩余、烛庸叛军，也是旷古未有。末将谨以此杯，代王兄敬二位将军。"

伍子胥喝干酒杯，笑道："潜六和养邑一役，不足贺。豫章之役刚刚开始，这是孙武将军所谋略的旷世之役。诸位和子胥有幸身历此役，当贺当庆。"

伯嚭道："二位将军，怎么不趁此役胜利，起兵长驱直入，一举攻陷楚都郢城？"

孙武道："楚军虽败，兵力未损。我军六万之师，离境远征，怎能轻敌冒进？为将者，未料胜，当料败；未思进，当思退。我军只有依据豫章地形，和楚军周旋，让他疲惫不堪，再伺机打击。有待消损楚军大部分兵力，我们才能进兵郢都。"

吴军在大别山下的庆功酒宴，成了豫章战役的军事会议。伍子胥等孙武说完，起身离座说道："豫章之地，西屏大、小别山，东临江、淮，守之有障，退之利于舟舰，是我吴军和楚军交战的最佳战场。豫章地区的潜、六、舒、桐等诸侯小国，都是楚国的附庸，屡受楚国驱使，对楚国早存厌怨。这些小国，对我吴军伐楚，幸灾乐祸。如果把他们分化瓦解，受我利用，对歼灭楚军有益。"

孙武道："楚昭王派遣沈尹戍，率兵三万开进潜、六、弦邑地区，表明了对令尹囊瓦的不信任。沈尹戍之师还在弦邑。囊瓦之师也扎在夷泗，估计要开往弦邑和沈尹戍会师。我军如果能分别消灭这两路楚军，就为进兵郢都创造了条件。"

夫概道："我认为，当前之要，如何使沈尹戍、囊瓦这两路楚军受我驱使，让他们开来豫章，而且又不是一同开来。"

伯嚭道："刚才子胥兄说到舒、桐等小国。据我所知，舒鸠人对楚国最为仇恨，对我吴军伐楚，极为赞赏。桐国也对楚国不满，一直寻找报仇雪恨机会。我们若能利用群舒和桐国，让他背楚向吴，对我吴军豫章之战，大有利益。"

孙武沉思一会儿，对伍子胥道："伯将军说的不错。若使舒、桐反间，诱楚军开拔到豫章，此役才有胜数。"

伍子胥道："长卿兄和伯嚭兄两路兵马，可以驻守豫章，等待楚军会战。我这路兵马，去引诱沈尹戍、囊瓦进入豫章，牵其一部歼灭之。"

伍子胥和孙武、伯嚭、夫概又商量了详细方案，第二天便兵分三路。孙武、伯嚭两路兵马，隐伏在大别山、小别山。伍子胥带了夫概、专毅，率领本部二万人马先后进入舒、桐二国边境集结。又命令夫概率水师舟舰泊在桐国的江面，摆出一副进攻桐国的态势。

舒、桐二国国君见伍子胥大兵压境，大为惊恐，命令士兵把粮食猪羊送到吴营犒军。舒、桐二君又相约，一同前来吴军大营，拜见伍子胥。伍子胥盛排酒宴，款待舒、桐二国君主。

席间，伍子胥举杯道："二君屡遭楚国祸害，忍气吞声。我伍子胥今天兵发豫章，不伤二国，要帮二君泄愤。子胥立誓灭楚，望二君和子胥同心。"

桐君道："伍将军率仁义之师，伐楚孽，立不世之功。将军但有驱使，小君怎么会不服从呢？"

舒君也说道："敝邑国小兵微，也愿意听从伍将军指挥。"

伍子胥见舒、桐二君应允相助，就请二君进内帐密谈。继后又饮酒，尽兴方休。

囊瓦率兵赶到夷泗，吴兵已经不见其踪。休整几天，得悉楚昭王已命令沈尹戍率兵三万来援，兵驻弦邑。囊瓦于是命令楚军往弦邑开拔，和沈尹戍会师，寻找吴军会战。

囊瓦赶到弦邑，被沈尹戍迎进大帐，置宴洗尘。二人正在喝酒，门将来报，桐国使臣求见。囊瓦以令尹自居，反客为主，命令带使臣进来相见。

桐使下跪，礼毕说道："外臣奉寡君命令，向令尹求救。伍子胥兵压敝邑边境，很快就伐我桐国了。"

沈尹戍吃了一惊，愤道："伍子胥引我在潜、六和弦邑之地周旋，忽然隐藏踪迹。孰料如今兵压桐境，意要灭桐！"

囊瓦问桐使道："吴兵的情况怎样？"

桐使道："眼下时已入冬，吴兵还穿着单衣。吴军缺粮断草，军需不给，如果令尹驱大军攻击，吴兵不战自溃。"

囊瓦道："你先回国，转告你君王，桐国是我楚国属国，怎么能让吴军消灭。我大军很快就到，和伍子胥一决雌雄。"

桐使刚走，舒国使臣又到。舒使告道："下臣受君王之命，禀报令尹大人。现有吴军大将军孙武、伯嚭，率兵数万，驻扎在大、小别山。近日吴军因军需不给，兵士难御风寒，军中流行疾病，疾毙无数。活着的都倒伏不起，气息奄奄。"

囊瓦、沈尹戍听了大喜过望。囊瓦强抑喜悦，正色问道："有这种事？不是讹传吧？"

舒使道："这是大事，怎能有假！"

囊瓦让舒使回国，仰面笑道："吴军染疾，军无斗志，天助我啊！"

囊瓦于是命令沈尹戌率兵赴桐境，击杀伍子胥之师。自领本部五万人马赶往豫章，去和孙武、伯嚭交战。

沈尹戌嫉妒囊瓦贪功，又不敢违令，只得率领本部三万人马沿江往西开拔，直奔桐国边境。刚到桐国东境，只见江边吴军水师纷乱起锚张帆，舟舰顺流东下，仓皇逃去。

沈尹戌登上楼车眺望，又见桐境吴军旗帜不整，兵士个个短衣褴褛，盔歪甲斜，如大水决堤般沿江边陆路往西溃逃。沈尹戌大喜，笑道："人说伍子胥文武全才，骁勇冠世，今天才知道是谬传。"于是命令楚军，往西追击。

伍子胥率领吴兵引诱楚军西进。到天黑，间谍探得楚军安营下寨，伍子胥才命令吴军驻扎。第二天早上，他命令兵士饱餐，每人携带两天干粮。等到日落驻扎，伍子胥命令兵士垒灶减半，半数士兵吃干粮。他又命令兵士把破衣烂鞋，沿途丢弃。

沈尹戌率兵追击吴军三天，看见吴军营地土灶已经锐减半数，途中屡见逃兵所弃衣物，心中大喜。

当天天黑，沈尹戌见吴军扎营在江边，笑道："伍子胥，伍子胥，你徒有虚名。今天就是你的末日了！"

沈尹戌密令楚兵饱餐战饭，夜里劫营。到半夜，沈尹戌率领楚兵悄悄靠近吴军大营。派遣的间谍禀报，吴营兵士息灯安睡，只有百十名士兵在营中巡逻。沈尹戌听报大喜，铿锵抽出宝剑，在大辂之上发一声喊，声如雷霆震吼。楚军听到主帅发令，全部驱赶战车，呐喊着朝吴营里冲杀。

楚兵冲进吴军营盘，不遇吴兵抗击，营帐里也空无一人。担任巡逻的百十名吴兵，看见楚军杀进大营，齐声呐喊道："楚军劫营，楚兵劫营了！"纷纷朝营后江边奔跑，全都跳进江中，泅水而走。

沈尹戌情知上当，急令楚军撤退。哪知楚军拥挤在营盘里，战车辚辕相击，进退不灵，人喊马嘶，乱做一团。沈尹戌正在手足无措，只见身后山坡火把通明，数万名吴兵喊声震天撼地，从三面潮水般杀奔过来。楚兵闻风丧胆，斗志尽丧，被吴军杀得尸积如山。三万楚兵只剩下一万余人，也被吴军如同撵鸭子般地赶下江去。

这时江上突然出现数百艘舟舰，从下流溯江而上，正是夫概所率吴军水师，奉伍子胥的命令伏击楚军。夫概命令吴军水兵，朝逃入江中的楚兵放箭射杀。顿时江面浮尸如同腐叶败草，漫江飘流。

沈尹戌拼命冲杀，只到天晓，才突出重围。他收拾残兵败将，已经不足五千人马。

第二十一章

孙武、伍子胥、伯嚭，三路大军攻打豫章

楚国令尹囊瓦率五万兵马，每天行军百里，疲于奔命，赶往豫章却找不到吴军踪影。囊瓦见楚兵连日行军，疲惫不堪，如果吴军突袭，胜负难料，只得命令兵马驻扎巢城城下，一边遣出间谍，深入大、小别山，打探吴军藏身之处。

巢城守将楚公子熊繁迎出城外，把囊瓦接进城中，盛排酒宴款待。熊繁又命令把大批牛羊粮黍送到城外大营，犒劳楚军。楚兵们垒灶生火造饭，巢城郊外顿时烟雾弥漫。兵士奔忙嘈嚷，乱成一团。这时突然四面车尘大起，喊杀声如狂风暴雨般地由远及近。孙武、伯嚭率领两路人马，从四面八方杀奔过来。楚军忙于造饭，全无防备，被吴军杀得手足无措，在营中狐逐兔奔，自相践踏，死伤无数。

囊瓦正在城中饮酒，听报吴军杀进城外楚军大营，吓得面无人色，金杯落地，口不能语。囊瓦怔了一刻，立即振作精神，率领卫士杀出城外。楚公子熊繁登城观战，见城外吴军人山人海，杀声撼天裂石。楚兵全无斗志，如蝇四处奔逃。熊繁见楚军大败，巢城不保，就带了家小上车，弃城而走。熊繁刚出城外数里，就被吴兵捉住。

吴军消灭城外楚军，攻入巢城。兵士押上熊繁。伯嚭拔剑，笑道："今日未捉囊瓦，我先杀你，替我父和伯氏一族雪耻！"

伯嚭刚要落剑，孙武进了大厅，叫道："将军剑下留人！"

伯嚭眼红如狼，吼道："我伯氏千余口，都死在昏主佞臣之手。今天伐楚，伯嚭复仇来的。"

孙武道："你现为吴军副将、吴王臣子，怎能以私仇而废吴王大业？"命令吴兵把楚公子熊繁用槛车囚禁，解往吴都姑苏，做为人质。

孙武命令吴军在巢城休整，派人打探伍子胥消息。第二天得悉，伍子胥打败沈尹戍，继后驱兵东进，攻克楚地潜、六、弦三邑。孙武派人传令伍子胥，取陆路直趋汉阳江北岸。又命令夫概，率水师留守淮汭①。又遣人传告蔡、唐二国，让他们出兵，

---

① 今安徽省凤台附近，另说今河南省潢川西北。

协助吴军水师守扼淮汭。

孙武命令把巢城之役所缴获的财货粮草，用舟舰运往淮汭，命令大军沿江北陆路走章山，奔汉阳，和伍子胥会合。

楚国令尹囊瓦率领败兵一万余人，退守汉阳下寨。很快鄢涑也率五千人马退回汉阳。楚军刚建营立寨，听报吴军已到江北。囊瓦惊慌，问沈尹戍道："吴军怎么如此神速，岂非自天而降？"

沈尹戍叹道："伍子胥骁勇多谋，神鬼不测。孙武用兵也不循常理，竟然弃舟从陆路趋奔汉阳，故而神速。"

囊瓦叹道："我率五万之众，今天仅剩一万余人。你率三万大军，今天也剩数千残兵。吴兵号称十万大军，屯集江北，其势正盛。他们渡江而攻，汉阳难守啊！"

沈尹戍道："吴军习惯舟楫。伍子胥重建水师，让他利于水战。今天吴军舟师未到，还不能渡江，令尹怎么不趁机奏请楚王增兵派将？大王若不增兵，汉阳失守，郢都不保了！"

囊瓦依沈尹戍建议，即刻写信，奏请楚王增兵。命令士兵持信，驾劲马轺传，连夜送往郢都。

楚昭王熊轸阅了信，雷霆震怒，弃信于地，说道："囊瓦匹夫，贪图宝鼎，率五万兵马伐蔡，引吴军入楚。如今五万人马仅剩万余，还有脸面求寡人增兵？"

熊轸怒气难遏，离座在宫里徘徊，骂道："沈尹戍这厮，也是无能之辈！平日自恃才高，只一战就被伍子胥杀得全军覆没。如此丧师辱国败将，怎么不死在江口，还有脸皮逃回汉阳。寡人不派兵，决不派兵，让伍子胥代寡人手刃这二匹夫！"

大夫武黑城奏道："这次吴王阖闾拜孙武为大将军，伍子胥、伯嚭二人为副将，统兵六万，号称十万。吴军名曰救解蔡、唐，实则趁机伐楚。况且伍子胥、伯嚭二人和楚为仇，怎能善罢干休？臣请大王派兵遣将，拒挡吴人渡江，相机逐之歼灭，可保我楚国无忧。"

大夫史皇也奏道："吴军一旦攻陷汉阳，很快就要戟指郢都。大王不可以小愤而乱大谋，应当以社稷为重。"

熊轸知道武黑城、史皇二人是令尹囊瓦的心腹爱将，不听他们的话。公子熊申一旁奏道："臣认为，吴军离境远征，军需无继，必不能久持。大王不如增兵，命令囊瓦拒守汉阳，不让吴军渡江。"

熊轸采纳熊申建议，命令武黑城、史皇二人道："寡人依王叔谋略，命令你二人率兵五万，和囊瓦死守汉阳。你二人传寡人话给令尹，汉阳失守，他就不要来见寡人了！"

武黑城、史皇二人领兵来到汉阳，囊瓦、沈尹戍迎进大寨。武黑城问道："吴军屯在江北，从什么地方开来？"

囊瓦道："江北吴军集三路人马。其二路是孙武、伯嚭，弃舟淮汭，取陆路从豫章到此。其一路为伍子胥，舍舟江下，自潜、六到此。”

史皇道："人说孙武、伍子胥都善于用兵，今见他们弃水师而从陆路进兵，万一水师失利，其大军已断退路啦！"

囊瓦叹道："先不说吴军水师。只说吴国大军六万余众，屯在江北，戟指汉阳，无计可破啊。"

沈尹戍道："令尹何故惧怕孙武、伍子胥至此？我有计可以破吴军。"

囊瓦连忙俯身，问道："将军何计，可破吴军？"

沈尹戍道："令尹可以搜尽沿江舟船，不让吴军有船渡江。再派遣一军直奔淮汭，消灭吴军水师，掠其所囤财货粮草，焚其舟舰。继后，倾汉阳之兵渡江，攻吴军江北大营，使淮汭之兵回头断吴军后路。吴军腹背受敌，进退无路，必致全军覆没！"

众将听了沈尹戍的话，都说是好计谋。

囊瓦对沈尹戍道："我分兵三万给将军，将军可取新息之径，直趋淮汭。将军击灭吴军水师，再塞其汉东隘道，断吴军退路。然后将军回师，从后背攻击吴军江北大营。我率汉阳之兵渡江，从正面进攻。这一仗，吴军可灭！"

沈尹戍领命，即点三万大军，取新息捷道开往淮汭。囊瓦又把汉阳之兵分做三拨，由武黑城率一万人马驻扎汉阳之东，搜掠沿江船只。命大夫史皇率一万人马驻汉阳之西，日夜巡梭，使吴军不得掠舟渡江。囊瓦亲率一万六千人马，驻扎汉阳城外，居中协调诸军。

时令将近初冬。汉江百里方圆突降大雨，时而如天漏倾泻，电闪雷鸣；时而细雨如梳，淅沥不辍。这天清早，孙武、伍子胥、伯嚭在吴军江北大营商议军事。

孙武道："前番豫章之役，谋图调动楚军，分而灭之，已经初见成效。我计算，眼下楚兵四倍于我，进攻郢都时机未到。我军弃舟速进汉阳江北，给楚军造成兵进汉阳的假象，逼迫楚王增兵汉阳，造成郢都兵力空虚。今据间谍所报，楚昭王命大将武黑城和史皇，率兵五万，增援汉阳。沈尹戍率兵三万开往淮汭，去袭击我军水师。以我之见，汉阳和淮汭这两仗，就在这早晚了。"

伯嚭欢喜，笑道："汉阳一仗打胜之后，可以进兵郢都了。"

专毅问道："如果以豫章、汉阳这两仗打胜计算，楚兵已经消耗十万。但是楚国北部边境方城①，仍然有重兵七八万之众，又在我军侧背，不能不防备啊。"

孙武道："专毅顾虑极是。但是目前方城之兵，还不为忧。楚国不到万不得已之时，不敢妄动方城之兵。其原因有二：一是防御晋国的攻伐，二是受我军淮汭水师和蔡、唐之兵的威胁牵制。夫概已经禀报，蔡、唐二国发兵三万，到达淮汭了。我眼下所考虑的，已经不是汉阳之役和淮汭之役了，而是这二役之后，我吴军从哪路进兵郢都？"

伍子胥一直在沉思，这时睁开眼睛看了众人一眼，说道："从地理上思虑，吴

---

① 今河南方城附近。

180

军进攻郢都有三条途径：水路一条，陆路两条。其一，以舟师溯江北进，可直逼郢都。但是长江水道太远，况且我军水师和蔡、唐之兵，还有军需给养，都远在淮汭，行军不便，不可取。其二，取道淮水北岸，陆路沿陈、蔡二国边境北上，攻取方城要塞，经由缯关①、申邑、吕邑、鸡父、雩娄②，西越大别山，过隘门关直达柏举③。再经过郧邑渡清发水④和汉水，抵达郢都。这一条陆路途径，由于方城之役会对我军消耗太大，而且翻山越岭，疲兵旷时，也不可取。只有第三条途径，以舟师溯淮河西进，经由黄邑⑤，弦邑，弃舟登陆，沿桐柏山与大别山之间的山谷大隧、冥厄、直辕⑥三处隘口，进入楚国腹地，渡清发水、越雍澨、渡汉水，直取郢都。这条路途南避长江及大别山之屏障，北避方城楚军主力，应当是最佳进军路线。目前，我军水师和蔡、唐之兵，已控制淮汭地区。关键在于，淮汭之役只能胜，不可败。"

孙武沉思片刻，说道："第三条路线，好。淮汭之役十分紧要。专毅，你率一万兵马，取捷径日夜赶往淮汭驰援。你传我军令给夫概，淮汭之役，只许胜，不许败！"

专毅挺胸碘肚，起立道："专毅遵命！"

伍子胥目送专毅离开军帐，消失在雨雾之中，才回头对孙武、伯嚭道："眼下汉阳之役，关键在于汉阳楚军能否渡江和我军决战。我们必须把汉阳楚军调离汉阳，最好引到汉水以东，大别山之西的柏举一带歼灭。"

伯嚭道："柏举地形复杂，有利作战。"

孙武道："如果在柏举会战，会造成楚军失去郢都和方城两方的援助。当前，我们尽力迫使楚军在江北会战。"

帐外大雨倾盆，霹雳大作，撕天裂地。伍子胥冲出帐外，要给专毅送行。专毅已经领兵开拔。伍子胥怔怔地盯住战车碾成绵长的沟辙，盯住它们刹时被雨水冲刷抹平，一片汪洋之上有无数的水泡此生彼灭。伍子胥手握剑柄，登上土坡，仰头北望。他仰头喊道："毅儿，你承祀专氏的香烟。善克敌之将，当善于自保。孩子，千万保重！"

伍子胥才张开嘴巴，从头盔上冲刷而下的雨水便流过他那刚毅的脸庞，封住了他的嘴巴，循着银白的胡须流淌，如瀑布般地悬挂在前胸。他扭转身躯，面朝雨雾蒸腾的滔滔汉江，眺望着印象中的楚军汉阳大营，焦急地期望楚军即刻渡江作战。他希望在江北一役全歼楚军，然后挥师北上淮汭，援助夫概，援助专毅。夫概和专毅的担子太重。他们面对英勇善战的楚国名将沈尹戌和他的三万精锐楚兵，而唯一的增援只是蔡、唐二国的军队，况且蔡、唐之兵是不堪依赖的军队。眼下，唯一的希望是囊瓦早日发起进攻。囊瓦能够提前进攻江北吗？如果囊瓦按兵不动，等待沈尹戌淮汭之役胜利回师再攻江北，那样吴军将面临被动局面。

---

① 今河南方城县东。
② 今河南商城县东。
③ 今湖北麻城东北。另说今湖北汉川之北。
④ 今涢水。
⑤ 今河南黄川县。
⑥ 三隘皆于今河南信阳境内。

淮汭之役，楚军是不可能获胜的。伍子胥信任夫概和专毅。

吴、楚汉阳之战的局势，终于朝着有利于吴军的战略发生了变化。

楚军自从沈尹成领兵淮汭，一直按兵汉江南岸和吴军相恃。武黑城、史皇二人受楚昭王之命援助囊瓦，心忌沈尹成，万一沈尹成淮汭之役获胜，二人惧怕无脸面见楚王。因此，武黑城和史皇二人私下商议，怂恿囊瓦起兵进攻江北吴军。二人认为吴军利水战而无舟师，而且连日阴雨，粮草不给，兵无斗志。楚军倾兵渡江，一战可获大捷。

武黑城对囊瓦道："吴军舍舟从陆，兵扎江北，不识地理。而且相持几天，不能渡江，又遭淫雨，军需不给，吴兵斗志已怠。令尹趁机发兵攻之，一战可胜。"

囊瓦不为所动，笑道："我和司马有约，等他淮汭获捷回师，才能起兵渡江。"

史皇摇头叹道："令尹错了！楚国人都说司马沈尹成英武善战，称赞令尹的人少，赞司马的人多。沈尹成前次豫章之役，被伍子胥打败。这次淮汭之役必会拼命，一胜而雪耻。如果他破吴军水师，焚吴舟，塞隘道，其功大了。令尹官高名重，和吴军交战屡屡受挫，今天又以大功让给沈尹成，令尹今后能站在百官之上吗？如果令尹汉江之役再败给吴军，令尹之职，当由沈尹成担任了。我和黑城将军都是令尹属僚，和令尹一荣俱荣，一耻俱耻。令尹为什么不从黑城建议，挥师渡江，和吴军决一胜负哩。"

囊瓦深思武黑城、史皇二人所言有理，惧怕沈尹成获胜得功，夺自己令尹官职，于是就放弃了既定战略。第二天，雨止天晴，囊瓦号令汉阳三军，抢渡汉江。

孙武听到报告楚军渡江，在大帐中倒剪双臂，徘徊思索。好一会儿，孙武对伍子胥、伯嚭道："楚军渡江，我的目的已经达到了。我意图兵退柏举，诱楚军追而疲之，然后歼灭他。你二人，认为怎么样？"

伯嚭道："楚军既然渡江，如果趁他半渡，举兵攻击，一战可胜。长卿为什么要退兵柏举？"

伍子胥沉思好久，才抬头道："楚军渡江，和我军在江北会战，他们士气正盛，志在必得。我军如果和楚军相拼，双方伤亡惨重。楚军伤损，可从郢都和方城增兵。我军远征千里，无兵可增。以此而论，汉江之役，对我军不利。为将者，当效商贾，无利之战，不如不战。我赞成长卿之见，兵退柏举。"

孙武得到伍子胥的支持，即刻下令三军，收拾车马，依序退兵。命令兵士人马不得喧哗，违令者立斩。军令下达，吴军数万人马悄无声息，撤离汉江北岸，取僻静小道开往柏举。

囊瓦和武黑城、史皇三部人马登上汉江北岸，不见吴军一兵一卒，只见留有空营数处。囊瓦大笑道："果然不出我所料，吴军全无斗志。他们见我大军渡江，丧胆了。"

武黑城道："吴军弃寨而退，令尹追而击之，可获大胜。"

史皇道："孙武、伍子胥二人善于用兵。他们既然退兵，岂有不防备我军追击？

如果吴兵设伏，我军已疲，胜负难料。"

囊瓦道："我军刚渡过汉江，兵士疲惫，先安营歇息，明天追之未晚。吴军已成我瓮中之鳖，何必计较得之早晚。"

囊瓦下令三军在吴军旧营下寨。第二天，楚军三万六千余众在囊瓦指挥下开往柏举。这是冬十一月初，大别山天气十分寒冷。好在楚兵都穿着棉衣，不畏严寒。囊瓦见沿途吴军所弃的破衣烂鞋破锅烂灶以及剥除皮肉的马骨，笑道："吴兵还穿单衣短裤，怎能耐得大别山寒冷。孙武、伍子胥等人逃往柏举，是取道淮汭和其水师汇合，要东逃回国了。"

囊瓦误认为吴军取柏举一路循淮水东逃，便命令楚军日夜兼程，三天内赶上吴军。到第三天天晚，果然在大别山麓赶上了吴军。囊瓦命令楚军在柏举西南列成阵营，誓和吴军决一死战。

孙武登高眺望，看见楚军摆下阵营，就对伍子胥笑道："囊瓦上当了。他认为吴军已经疲劳，认为我们在逃跑。他摆下阵势，要和我们一战见输赢。"

伍子胥笑道："囊瓦无谋，贪功冒进。但是楚军兵力和我军相等，这头一阵，必须打伤楚军士气，才对我有利。这头一阵，我打了！"

伍子胥从军中挑选身高体巨的士兵三百人，组建一支敢死队。让文员记下每个人的姓氏家籍，战后不论生死，都要奏请吴王赐他百户之邑。三百勇士都欢欣踊跃，立誓阵前拼杀。

楚将史皇贪功心切，领本部一万人马出营挑战。伍子胥率五千兵马，和楚军相对立阵。史皇不等吴军立阵，奋戟驱车，率领楚军冲入吴军阵中。哪知伍子胥挥动旗帜，吴军如潮水般分涌两边，让楚军入阵。伍子胥又挥旗摇帜，只见吴军中冲出数百徒人[1]，全是赤裸上身，只穿短裤麻鞋，手挥大棒，冲入楚军之中奋棒狠砸。这三百名勇士，只打得楚兵脑崩颅裂，奔逃如兽。伍子胥号令两边吴军奋力冲杀。楚军被杀得晕头转向，四处奔逃。大别山麓顿时尸横遍野，血流成溪。山坡之上，遍地都是楚兵抛弃的车马器械，甲襦旗帜。

史皇首战告败，一万人马损失十之有二。所剩人马盔歪甲斜，旗帜不整。史皇逃回楚军大营，令尹囊瓦怒道："你唆使我渡江和吴军交战，又说吴军俱无斗志，一战可胜。今天你自告奋勇，请命出战，刚与交兵，就大败而归。你有何面目见我？"

史皇躬身道："末将死罪。末将愿意冒死将功补过。"见囊瓦无动于衷，又道，"我听说，战不斩将，攻不擒帅，不显将军大勇。我今天看见吴军扎营在大别山下，末将请命率本部人马，趁吴军小胜麻痹，夜往劫营。"

囊瓦被史皇说得心动，问武黑城道："他，还要去劫营。劫营能胜吗？"

武黑城道："我见吴兵衣衫单褐，面有饥色，兵退柏举，人心思归。今天白天小胜，是伍子胥用敢死队冲阵，吴兵两面冲撞，造成我军混乱。今夜要劫营，吏皇将军一

---

① 跟随战车徒步作战的兵士。

支人马恐怕难成功。令尹如果下令全军出动，一战可灭吴军！"

囊瓦听武黑城建议，信心十足，命令史皇率所剩八千人马为劫营先锋。让他趁天黑择山间僻道，绕到吴军大营侧背潜伏，听号令杀出。又命令武黑城本部一万人马饱餐战饭，披甲衔枚，趁夜进攻吴军大营。囊瓦亲率兵马，随后增援。

伍子胥首战得胜，孙武、伯嚭都去祝贺。伍子胥道："楚军小挫，未有大损，不足贺。我料囊瓦史皇都是斗筲之辈，今夜必来偷袭我大营，贪功补过。不论他来与不来，我们不得不防。"

孙武对伍子胥胜而不骄，冷静料敌，心中十分欣佩。即令伯嚭率一万人马埋伏在营寨左右山中，听哨角为号，才许杀出。让伍子胥一万人马抄出小别山，反袭囊瓦大营。孙武自率一万人马，两边接应。吴军大营，仅留数百名老弱残兵，值掌灯火旗帜，迷惑敌军。

当夜月黑星稀。史皇听得武黑城号角，率兵自吴营后山奔出，杀进吴营。但见营中寂静无声，突然有数百兵卒齐声狂喊，朝左右冲出，直奔山岗。史皇正值无措，恰见迎面一队人马杀奔吴营。史皇以为是吴军伏兵，率领本部兵马杀上前去。两拨人马在暗夜中杀做一团，许久才辨出对方是武黑城所部，惊呼上当。史皇、武黑城刚要退兵，又听号角四起，吴营左右山头杀出两路人马，把史皇、武黑城紧紧围住。

史皇、武黑城率领楚军拼命抵抗，期待令尹囊瓦率兵增援。无奈吴军骁勇，喊杀声穿云裂地，在山谷中震荡不息。楚兵肝胆俱裂，逃命无路，自相践踏，乱作一团。

囊瓦留下六千兵马看守楚军大寨，亲率一万人马赶往柏举增援。走到中途，被孙武率兵截住厮杀。囊瓦发现吴军有备，料到史皇、武黑城劫营告败，指挥楚军奋力往西南冲杀，要杀回楚军大营。楚兵左冲右杀，直到天亮才冲出重围。

囊瓦带领三千残兵败将，弃车乘马，取山间窄道逃奔西南。中途听报，楚军大营已被伍子胥率兵攻占。史皇、武黑城也劫营大败，二将生死不明。囊瓦听讯心胆俱裂，险些栽下马来，仰面朝天悲怆嚎道："天灭我囊瓦吗？天灭楚国吗？"

囊瓦不能回归大营，只得把残兵驻扎在山麓平地，派人四处寻找史皇、武黑城，收集败兵。直到晌午，史皇才引领败兵寻来。武黑城也相继赶到。囊瓦把三处人马合并一处，计点所剩不到一万，安营驻扎。

武黑城见囊瓦沮丧，劝道："孙武用兵，神机莫测，又有伍子胥骁勇善战，我军受挫，当在情理。如今兵马三分已去其二，难敌吴军。不如弃战，退归汉江南岸，向郢都、方城请兵调将，再和吴军交战。"

囊瓦垂头不语。史皇道："此时退归汉阳，为时太早了。令尹应当派人前往淮汭，探知沈尹戌所战如何。沈尹戌淮汭打胜，他率大军回师柏举，令尹还可以和吴军一较雌雄。"

武黑城又道："据末将所知，淮汭吴军水师统帅夫概，能征善战。而且孙武又派伍子胥之子专毅，领一万人马前往增援。淮汭吴军兵力达二万之众，加之蔡、唐二国三万之兵，实力已超沈尹戍所部半数。沈尹戍远道奔袭，吴师以逸待劳，胜负之势之定。令尹宜下令回师汉阳，不要再犹豫了！"

囊瓦愁眉苦脸，仰面长叹，说道："楚王命令我率大兵五万伐蔡驱吴，又派你二人增兵五万。十万大军今存不到半数。沈尹戍所部三万兵马存亡未卜。我今有一万残兵，怎能和吴军对敌？如果弃战而归，吴军定会抢渡汉江，长驱攻打郢都，我囊瓦怎能逃脱兵败大罪？不如依史皇之见，暂且扎营休战，一边静候淮汭战况，一边派人往郢都、方城调兵。武将军，你不要再提退兵了。老夫当今之计，只有和吴军尽力一战，就是死在阵上，也留个香名于世。"

三人正在商议派人调兵，有营官来报囊瓦，楚王从郢都派遣一军人马前来增援，已到柏举。囊瓦、武黑城、史皇大喜，各登战车，率士兵卫队上路迎接。出营到山下五里，突见一新建营寨，都树着楚军旗帜。令尹囊瓦不悦，怒道："此军什么人为将军？兵到柏举，竟然不先达大营见我令尹，自立营寨？！"

武黑城冷笑道："令尹虽然是令尹，能不知道凤凰落毛不如鸡吗？令尹和我等，都是败兵之将喽，不被世人崇敬了。"

史皇道："令尹是楚国掌兵统帅，什么人敢不听从命令！我去看看，这个率兵将军是个什么人？胆敢藐视令尹！"

史皇说罢，愤怒扬鞭驱车，直奔山下楚军新营。囊瓦、武黑城也驱车相随，来到大寨门前。史皇要进营内，被守营士兵横戟挡住。正在吵嚷，见囊瓦下车，走上前来。史皇怒道："你们将军是什么人？敢拒令尹于营门之外？"

守营将领道："将军有命令，非本部兵将，不经主将许可，不得进营。末将惟军令是从，请将军和令尹大人恕罪。末将已差人禀报主将，请几位稍候。"

史皇正要牢骚，只见营里走出一员大将。其人身高九尺，盔明甲亮。身后紧随一个白袍小将，银盔银甲，面如白玉，眉分八彩。史皇大吃一惊，认出这人正是楚国名将蓮射，身后小将是其子蓮延。蓮射是楚平王爱将，归养封邑多年，他的战功和资历，都在囊瓦之上。

囊瓦看见来将正是蓮射，强颜欢笑，迎上前去，笑道："囊瓦不知将军驾临，迎接迟了。恕罪，恕罪。"

蓮射朝令尹拱手行礼，躬身说道："末将奉大王命令，驰援令尹。营寨刚立，要往大营向令尹报号，不料令尹降驾敝营。令尹言重，罪在末将。"

蓮射又和史皇、武黑城二人见礼，就把囊瓦一行请进营中大帐，盛排宴筵款待。蓮射父子举杯劝酒，春风满面。囊瓦见席上美肴丰盛，蓮射兵将衣履簇新，想到自己残兵败将，衣不蔽体，食不果腹，叹道："将军大营，锦衣玉食，玉液琼浆。老夫残兵败将，饮血止饥啊！"

蓮射对蓮延道："命令士兵，押解辎重，送往令尹大营！"

蓮延领令而去。囊瓦问蓮射道："将军解何辎重，往我大营？"

蓬射笑道:"蓬某深知令尹远征在外,军需不给,特把肉干、布帛、醴酒等军需物品,装车百辆。刚才命犬子,解往令尹大营了。"

囊瓦、史皇、武黑城三人听了大喜,起身举杯道谢。蓬射又道:"大王听说吴军势大,恐令尹难以取胜,特派末将率兵一万,听从令尹驱使。"

囊瓦抑郁道:"将军自立营寨,能助我于万一,老夫感激不尽了。将军何言驱使?"

蓬射心中冷笑,询问囊瓦柏举之役如何受挫。囊瓦面有愧色,还是把柏举交战之况备细详述。蓬射听罢仰面大笑,冷冷说道:"令尹如果按原定谋略,等待司马沈尹戍从淮汭回师,再和吴军交战,何至惨败如此!"

囊瓦听蓬射言语讥讽,气得面暴青筋,弃杯在地。史皇、武黑城也勃然动怒,铛啷一声,双双拔出长剑。

第二十二章

吴军会战柏举,专毅阵亡淮汭

蓬射面对史皇、武黑城两柄长剑毫无惧色,纵声大笑。帐外士兵听变,挥戟戈冲入。蓬射挥退士兵,对囊瓦道:"令尹大人。你的爱将和吴国人作战,熊包一个。和楚国人斗勇,为什么如此尿性?"又道,"蓬某率师援助令尹拒挡吴军,离都之时受大王命令,蓬某惟大王军令是从,不受令尹约束。令尹大人,怎么不教诲部将如何对吴国人用剑?"

囊瓦十分难堪,目睛史皇、武黑城,命令二人收剑入鞘,退到一旁。

蓬射又道:"这次吴军远征,志在豫章灭我楚军,然后驱兵直取郢都,灭我楚国。令尹大人可曾想过,豫章一役战败,后果怎样?"停顿一刻,朝囊瓦冷笑道,"伍子胥和楚国为仇,戟指楚王。伯嚭和楚国为仇,可是要杀你令尹的呀。"

囊瓦深知伯嚭投靠吴国,就是要借吴国之兵,伐楚复仇。伯却宛一家千余口,都死在他囊瓦刀下,伯嚭怎能放过他囊瓦。囊瓦率大军渡汉江,北征豫章,抗击吴军,保楚也自保。今天豫章初战,楚军失利,兵力大损,不依赖蓬射不可扭转战局。囊瓦想到吴军豫章之役获胜,自己的头颅就要落地了。想到这里,囊瓦不由得冷汗淋漓,嗫嚅道："常言道，国难思良将。大王召将军出山，是望将军扶楚国于危厄。豫章之役，应当仰仗将军了。不知道将军用什么办法，打败吴军？"

蒍射笑问道："蒍射刚到，不知军情。令尹和吴军交兵已久，有什么好的经验吗？"

囊瓦道："我前次因轻敌劫营，反被孙武合击，大营也被伍子胥攻占。如果两军对阵厮杀，楚军怎会弱于吴军！今天将军率师初到，士气正锐，宜乘勇和吴军决一死战。"

蒍射正色道："以蒍某之见，为今之计，当深沟高垒，不和吴军开战。一面派人往方城调兵，一边等候左尹沈尹成从淮汭回师，然后三方合击吴军。"

囊瓦见蒍射持勇自傲，欺侮他无能，就起身告辞。囊瓦走出蒍射大营，叹道："蒍射以楚王命令自居，小觑我囊瓦了。"

史皇道："蒍射不敬令尹官高位尊，令尹难以和他共谋了。"

武黑城道："令尹怎么不再派人赶奔淮汭，催促司马沈尹成回师豫章。有司马三万人马，再调方城兵马，可以在豫章一举歼灭吴军。令尹何必仰蒍射之鼻息？"

囊瓦从武黑城建议，返回大营，即写信函，派人分别送往方城、淮汭。

淮汭是吴军豫章之役和进攻郢都的后方军需基地。孙武和伍子胥合谋，调动楚军到豫章作战之前，就把淮汭作为吴军的后方大营，命令夫概率吴军水师镇守。淮汭屯集吴军大批财货、粮草。这些物品，都是孙武、伍子胥从夷泗、巢城、潜邑、六邑、弦邑等地缴获，用水师舟舰运到淮汭储藏的。囊瓦和孙武都心知肚明，淮汭的得失，关乎豫章之役双方的胜负。囊瓦派沈尹成进攻淮汭，孙武派专毅率兵一万增援夫概，双方战略意图，一目了然。

楚将司马沈尹成当然也明白淮汭的战略位置。他更明白，如果能在淮汭之役中取胜，不但可以一雪日前败于伍子胥之耻，还可以为楚国立下不世之功。但是，等他率领三万大军取新息捷道日夜兼程赶到淮汭时，见到吴军的援兵竟然从江汉先他而到。

沈尹成瞅见吴公子夫概所率水师扎营在淮河北岸，吴军援兵傍水师在陆地扎营，就问家臣句卑道："吴军从汉江开来的援军统领，是什么人？"

句卑道："听说此人名叫专毅，爵上卿之职。年少有为，今方二十二岁。"

沈尹成吃一惊，再问道："如此年少，却是爵高位尊，他是什么人的儿子？"

句卑道："末将所知，专毅是伍子胥儿子伍悢。幼时师从孙武学习文武，后来承嗣给专诸，更名叫专毅。吴王阖闾念专诸诛王僚之功，爵他高职。"

沈尹成叹道："我以为是什么神人，有此能为，率师冒雨在泥泞中千里奔驰，后发先到。专毅虽然年少，实在有为。这人有伍子胥、专诸二人为父，将门豪杰之后，兵家之徒，不能轻视他了。"

沈尹成见吴军水陆之师相互倚托，又有唐、蔡二国之兵屯在左近，顾虑自己兵微将寡，不敢贸然攻击。沈尹成命令楚军远远安下营寨，和吴军相恃。

专毅考虑到豫章之役急需增援，恨不能一战击败沈尹戍所部，率兵赶赴豫章。专毅对夫概道："沈尹戍老谋深算，不急于交战。意图在于持久抗衡，等待我军麻痹，伺机进攻。我们如果等待楚军决战，不知何年何月。现在豫章之役吃紧，我军兵力和楚军虽然不相上下，久战不决，楚军必从郢都、方城两边调兵增援，对我军十分不利。淮汭之战，不若我你联合蔡、唐之兵，和楚军速决胜负，也好早日增兵豫章。"

夫概摇头道："不可，不可！淮汭所囤财货粮草，是我军豫章之役以及进攻郢都的后方保障。我你只有二万之兵，和沈尹戍相比，彼众我寡，怎能轻敌。蔡、唐二国虽有三万之众，但他们仅能摇旗助威，万一交战，不堪一击。蔡、唐之兵不可依赖。我们粮草充足，又先据地利。楚军远道而来，军需不给，必不能相持长久。楚军不急于战，我军为什么要急于交战呢？"

专毅主张速战，见夫概异议，又道："公子明天佯率水师舟舰班师。我和唐、蔡之师立阵掩护，引诱楚军出战。楚军一旦出营，公子立即回军，一战可胜。"

夫概思考专毅计谋可行，第二天天亮，便率水师出了大营，顺流而下。专毅见夫概已行，立即命令所部一万将士顶盔贯甲，在营外立阵。又命令蔡、唐之兵在营寨左右立成阵势。

楚国左尹沈尹戍听报，在营中登上楼车观看，只见吴军和蔡、唐之兵都立阵以待，笑道："吴军要速战了。传我军令，不许出战。敌军近前，用强弓射杀。"

沈尹戍下了楼车，回到帐中饮酒。部将句卑放心不下，登楼车眺望。只见吴军舟舰从水师大寨开出，百余只战船顺水东下。句卑惊慌禀报沈尹戍。沈尹戍道："吴军水师班师。吴军陵军怕我攻击水师，所以列阵防备。"

句卑道："将军怎么不趁虚攻击吴军水寨？"

沈尹戍大喜，推杯命令道："传我军令，命一路人马攻蔡、唐之兵，另一路人马拒挡专毅所部。余下人马，随我劫掠吴军水师大寨。"

句卑领命而去，率一万兵马前去袭击专毅大营。副将葛霸也率一万兵马杀奔蔡、唐大寨。专毅蓄意引诱楚军会战，让水师佯退，命令所部人马和蔡、唐之兵在营外立阵，孰料楚军当真攻来。吴军久已渴望战斗，见楚军未到，就蜂捅上前截住厮杀。

那边蔡、唐之兵列阵已久，未听号令，正自疑惑，就见一路楚兵杀到。蔡、唐之兵依仗人多势众，围住楚兵杀作一团。沈尹戍见两路人马均已交战，就亲率一万人马，直趋河岸，扑奔吴军水师大寨。哪知刚到河边，吴军水师舟舰已溯水而归。当头舰头站立一员大将，正是吴公子夫概。

夫概率水师舟舰方出水寨，远远看见专毅和蔡、唐之兵都在营外立阵，按剑赞道："专毅无愧于将门豪杰之子，无愧于孙武之徒，无愧于上卿之爵。料敌在先，未胜思败，是大将风范！"

夫概率领水师行到下流十里停住，派人扮作渔夫，探知楚军已经出营，即令水师返寨。刚到水寨，就见沈尹戍率兵攻进吴军水师大寨，留守吴兵正和楚兵浴血混战。

夫概大惊，急令水师杀回大寨，与楚军争夺。

岸上的战局也发生了变化。专毅的一万人马和句卑的一万楚兵相战不久，就占了上风。楚军眼看处于败势，力不久支。但是蔡、唐之兵三万余众，却被葛霸人马杀得丢盔弃甲，弃营而走。葛霸也不追赶，率部增援句卑。两万楚军围住专毅所部厮杀。专毅性烈如火，原想杀退楚军增援夫概抢夺水寨，不料蔡、唐之兵溃败。专毅已身中数戟，血湿甲襦，仍然边杀边高声呼喝，鼓舞吴兵斗志。吴兵见主将英勇，人人争先，个个向前，和楚军杀得难分难解。

夫概率水师和沈尹戍也杀得胶着。夫概目睹岸上战况，见楚兵如蚁压向专毅大营，情知蔡、唐之军已败。夫概深为专毅担忧，却无力分兵援助。沈尹戍率领楚兵拼命抵抗，不肯放弃所占的吴军水师大营。夫概率水师急攻难下，正自危急，突然东边有数百艘舟舰溯流而上。迎头巨舰大旆之上有斗大"吴"字，正是吴王阖闾亲率大军来援。

吴军水师士兵看到吴王亲抵淮汭，顿时欢声雷动，奋勇向前，杀得楚军溃不成军。沈尹戍率领残兵，登岸而逃。

专毅和部将弘淝，也率兵杀退句卑、葛霸两路人马，并且夺得楚军大营。专毅挥剑砍倒楚军大旗，终因伤重力竭，咯血数斗而亡。兵士见主将瘁死，都跪地嚎啕恸哭。

吴王阖闾、公子夫概弃舟登岸，见岸上尸横遍地，血流成溪。阖闾惊问："专毅在哪里？专毅没事吧？"

弘淝从血泊中抬头，奏道："禀大王，专毅将军，率兵攻占楚军大营去了。"

阖闾和夫概赶到楚军大营，见到新竖吴军大旗下众兵跪哭，惊向道："什么事？为什么哭？"

吴兵见吴王到，呼叫大王，哭号震天。阖闾见大旗之下倒卧一人，血湿战袍，已死。阖闾近前，认出是专毅，大惊大恸，单膝跪地，把专毅抱负怀中，哭道："专毅，专毅，你是为寡人战死。专毅，专毅，我生不能面见伍子胥，死不能面见专诸，你让寡人两难喽！"

阖闾命令夫概用棺椁盛殓专毅，差人用舟舰送往姑苏，葬在专诸墓侧。又命令吴军休整几天，留下一万人马镇守淮汭。招回蔡、唐之兵，和余下人马尽随吴王阖闾、公子夫概，开往豫章增援。

楚左尹沈尹戍淮汭兵败，收集败兵一万二千多人，星夜逃奔豫章。囊瓦知道沈尹戍兵败，心中暗自欢喜，一边好言安慰，让他所率人马另筑营寨，仍旧由沈尹戍统辖。恰好方城也增派二万人马，囊瓦命令立营。

吴王阖闾、公子夫概率两万人马水陆并进，很快抵达豫章。伍子胥、孙武听到专毅阵亡，悲泪长流。阖闾一边陪泪，一边好言抚慰。

当晚，阖闾和孙武、伍子胥、伯嚭、夫概商议军事。阖闾听到楚军援兵已到，担心吴军久战，兵士疲惫，战之难胜，主张兵退柏举。

孙武道："引诱楚军从郢都、方城调兵增援柏举，是我军的目的。如今敌军增援已到，正是我军歼敌的战机。"

吴王阖闾道："寡人认为，楚将薳射所部和方城援兵，都是楚国精锐之师。我军久战未休，况且楚军兵力强于我，寡人唯恐战之难胜。"

伍子胥道："楚军现驻柏举兵马，总计约有六万之众，和我军力量相等。但是我军屡战屡捷，士气高涨，而且远离家乡而战，兵将同仇敌忾。这是我军优于敌军之处。楚军囊瓦、沈尹戍近三万残兵，士气不振。薳射和方城援兵，狂妄自大，轻视我军，又与囊瓦、沈尹戍不和。楚军现状，不战已处于败势。我军全歼楚军柏举之兵，良机已到。"

阖闾见孙武、伍子胥二人力主进攻，就问道："大将军认为，什么时候进攻楚军？"

孙武道："明天。"

阖闾又问道："明天何日？"

孙武道："冬月十九日。"

阖闾命令卜官道："取寡人所带府库守龟，卜明天之战，吉凶如何？"

卜官取来一只盆大巨龟，让它腹甲朝天，手持火钎，要裂甲文，卜其卦象。孙武十分着急，心想万一卜得凶卜，这次柏举之役将半途而废，失去全歼楚军的良机。伍子胥也明白卜卦所带来的结果，担心失去战机，眼见卜官持钎求卜，气得怒发冲冠。伍子胥伸手把卜官拨倒在地，一脚把巨龟踢出帐外，吼道："战之凶吉，胜负在兵，何须问神？"

阖闾见伍子胥发怒，笑道："卿既不信卜，寡人就不卜了。寡人依大将军之言，明天举兵攻楚。"说完打了个哈欠，回寝帐歇息。

孙武、伍子胥、夫概、伯嚭四人，商议明天分兵攻楚。决定由夫概率兵一万和蔡、唐之兵计四万余人，攻击楚军囊瓦大营。由伯嚭领兵一万，攻打楚军薳射大营。由伍子胥率兵一万，攻打楚军方城援兵大营。吴王阖闾和大将军孙武率三万后备大军，留守大寨，相机增援各路兵马。商议完毕，各归营寨。准备第二天军事。伯嚭担忧，问伍子胥道："我吴军六万之众，只用半数和蔡、唐之兵攻楚。怎么不倾兵而投入？"

伍子胥叹道："长卿兄用兵，一向谨慎。用兵力如同用人力，不可倾之而使，使之力竭。"

第二天天不亮，吴军三路人马全部饱餐战饭，兵分三路，分别扑奔囊瓦、薳射、方城援兵三处楚军大营。夫概所率一万人马和蔡、唐之军，冲入囊瓦大营，楚军正在吃饭，丢弃饭钵，不及应战，被杀得营内乱蹿。武黑城、史皇操戈率兵，敌住夫概厮杀。楚兵见吴兵杀入营寨，后退无路，拼命抗击吴军。顿时双方杀得难分高下，伤亡惨重。

囊瓦率众敌住蔡、唐之兵。蔡侯高声叫道："囊瓦匹夫，还我裘佩！"

唐成公也高声断喝："囊瓦老贼，还我骕骦，饶你不死！"

囊瓦也挥戟高叫："楚军兵将，今天不胜决无生路。如若被戮，不如战死！"

楚军将士听见令尹鼓动，奋力死拼，只杀得蔡、唐之兵尸横遍地，溃如洪水决堤。夫概一边和武黑城拼杀，耳听蔡、唐之兵溃败，正愁无力分兵增援。恰好孙武派来三千精兵赶到，挡住囊瓦厮杀。

伍子胥领一万人马杀进楚军方城援兵大营，楚军毫不提防，被杀得措手不及，弃寨而逃。伍子胥挥师围住山口，斩首万余，生擒数千。伍子胥留下二千人马看押俘虏，率领余下人马驰援伯嚭，杀奔薳射大寨。

薳射无愧是荆楚骁将，年高六旬，站在辂车之上挥戟砍杀，气不抽丝，面不改色。其子薳延身高八尺，手持长锬无人能近其身。但凡吴兵近前，死伤一片。薳射所率三万楚兵，舍生忘死，奋力拼斗。伯嚭一万人马立时被楚军分割数块，围在营中，眼看处于败势。

吴军正在危难，伍子胥率领八千人马蜂拥杀来。伯嚭衣袍都被血水染湿，身上已中数箭，一边站在战车之上和薳射拼打，一边高呼："子胥兄，你在哪里？快来助我伯嚭！"

伍子胥用长戟击马驱车，冲杀向前，一边高喊道："伯嚭兄勿忧，伍子胥来了！"

薳延见伍子胥杀到，惧怕父亲有失，一边高叫道："父亲勿忧，儿薳延来了！"一边杀出一条血路，冲向伍子胥。

薳射见大势已去，奋力一戟将伯嚭扫在车下，高声命道："延儿随父撤退，勿与再战！"

薳延不敢违抗军令，手挥长锬断后，掩护薳射率领楚兵冲出重围，弃营奔山道而走。伍子胥怕有闪失，不叫吴军追击。命令兵士把伯嚭送回大营医治，亲自率人马赶往囊瓦大寨增援。

伯嚭被兵士抬上轩车，硬是从车中爬出，高叫道："我不回大营！我要手刃囊瓦，亲报杀父灭族之仇！"兵士们不理睬伯嚭叫骂，强拉硬扯，把他抬上战车，驰往吴军大营。

伍子胥登高观望，见囊瓦大营依旧车尘弥天，杀声震地，于是率兵马杀进楚军大寨。夫概得到孙武派遣的三千援兵，已经敌住楚军反扑。被囊瓦杀退的蔡、唐之兵，也在蔡侯、唐成公率领下重新回归战团。

正在双方相持阶段，在后山驻扎的楚将沈尹戍得到吴军进攻消息，急率自淮汭退到柏举的一万二千兵马来增援。沈尹戍一加入战团，战局立起变化，吴军被楚军分割成数片，层层围住厮杀。

吴军伤亡惨重，正处于败势，伍子胥率兵杀来。伍子胥挥舞大戟，驱车直奔沈尹戍杀去。沈尹戍和伍子胥战无十合，难挡伍子胥勇猛，回辕驱车而走。伍子胥也不追赶，驱车直取囊瓦。囊瓦远远瞅见伍子胥血人一般杀来，吓得从辂车上跌下，步奔而逃。伍子胥张弓搭箭，一箭射中囊瓦肩胛。恰巧史皇赶到，把囊瓦拉上战车，说道："令尹先走，末将拼死拒挡。"

囊瓦见败局已定，就卸下袍甲，驾车取山间小道，落荒而逃。囊瓦兵败畏罪，不敢回郢都面见楚王，径直逃往郑国避难而去。

沈尹戌见史皇敌住伍子胥，也回车杀到。二人喝令楚兵，把伍子胥战车团团围住。伍子胥痛恨沈尹戌，愤他在淮汭致使专毅战死，极力要手刃沈尹戌，挥大戟奋命砍杀，一口气力斩楚军二百余人。伍子胥白袍全被血肉浸湿，染成了红袍，头盔、胡须都沾满敌兵肉碴。楚兵惧怕伍子胥凶勇，胆怯后退。沈尹戌、史皇持戟戈高声喝令："后退者，立斩。"楚军重新合拢，把伍子胥围在核心厮杀。

夫概看见伍子胥一个人敌住沈尹戌、史皇，囊瓦已经逃遁，抖动大戟朝武黑城边砍边道："令尹老贼囊瓦逃跑，薳射父子兵败，匹夫你不怕死吗？"

武黑城听了一怔神，夫概趁空一戟扎去，生生穿腹而过，把武黑城钉在车上。这边史皇听到武黑城惨嗥而死，也慌了手脚，被伍子胥一戟挑下战车，被车马碾踏成泥。沈尹戌见大势已去，慌忙率领残兵败将奔逃而去。

柏举一役吴军大胜，歼灭楚军四万余众，仅余薳射、沈尹戌两路逃兵，也总计不到二万。吴军将士，个个都杀成了血人。伯嚭听说囊瓦未死，逃奔郑国，迁怒于伍子胥追杀不力，放逃了杀父灭族仇人囊瓦、沈尹戌，对吴王阖闾道："伍子胥只要灭楚而雪私仇，全不顾大王霸业。"

阖闾道："子胥为寡人浴血而战，你怎么说他有私心呢？"

伯嚭又挑唆道："伍子胥当众脚踢大王守龟，不尊大王。大王为什么不治他犯上之罪？"

恰好孙武进帐，听见伯嚭谗言，对阖闾道："孙武请大王恕子胥之罪。子胥奔吴十数年，等待伐楚复仇，须发尽白。他的朋友专诸、要离，以及史鱄母女，阿香、卞玕，都为此献身纳命。大王你都知道的。还有，专毅也在淮汭战死。专毅是子胥亲儿子伍倗。专诸死后，子胥让伍倗承嗣于专诸。昨天子胥脚踢守龟，是顾虑卜之不吉，误失战机。今天柏举之役大捷，是子胥的不世之功。大王千万不可因为一个爬物，而失去一个良友贤臣。"

阖闾听了孙武的话，大为感动，泪水涓涓，叹道："我怎么会怪罪子胥？正如卿言，子胥是寡人良友贤臣。子胥为吴国，为寡人舍亲撇子，浴血而战，功高日月。"又怒视伯嚭道，"往后你敢进子胥谗言，寡人决不容情！"

吴王阖闾喜悦柏举大捷，命令在王帐盛排酒宴，犒劳众将。伍子胥进谏道："今有楚国左尹沈尹戌、薳射两支人马在逃，主公怎么不等待擒其二人，再贺捷不晚。"

夫概也说道："王兄怎么不发命令，大军直取郢都，在楚王内宫排宴贺捷，岂不壮举！"

阖闾挥手道："楚军实力竭，郢城、方城还有重兵，让寡人缓图。楚将沈尹戌、薳射，是寡人囊中之物，跑不掉。寡人学长卿兵法，穷寇莫追。"

孙武听吴王引他兵论，也不好出言辩驳。夫概和伍子胥退归宴席。夫概低声对伍子胥道："我王兄，未饮已醉。"

伍子胥垂头不语，闷闷饮酒。席散，夫概对伍子胥道："君行其令，臣行其志。臣行正，勿拘君令。我明天自率人马追击楚军，请将军在大王、大将军面前良言开脱。"

伍子胥点头答允。夫概拱手回营。第二天天色未亮，夫概亲率五千人马，离营而去。阖闾、孙武听报吃惊。伍子胥身穿铠甲，闯入王帐，奏道："夫概仅领五千人马追击楚兵，臣恐他有失，请大王准臣率兵驰援夫概。"

阖闾一时主意不定，扭头问孙武道："长卿认为如何？"

孙武道："夫概勇有余，谋不足。有子胥驰援，没有危险。"又对伍子胥道，"将军带五千精兵先行，我率大军随后援助。"

伍子胥立即率领五千兵马，直追夫概。追出百里开外，才赶上夫概。夫概笑道："将军怎么来得这么火速？"手指前方山坳道，"那处楚军，正是蓮射所部，都在歇息。我和将军前后合击，一战可胜。"

伍子胥道："不可，不可。楚军士气未竭，我兵长途追击，已力衰气疲，战之无利。应当追而使之疲劳，方可打击。"

蓮射所率之兵损失不大，沿途又收罗逃散楚兵，总计有二万余人，昨夜在山坳筑营过宿。吴军追到，蓮射全然无料，命令兵士埋锅造饭，准备吃了饭再向楚都郢城开拔。

夫概在密林中窥见楚军营地烟火蒸腾，对伍子胥道："楚兵正在烧饭。将军再不下令出击，还要等待何时？"

伍子胥笑道："饭还没有熟，公子你急什么？"

伍子胥估计楚兵饭已烧熟，命令吴军齐声呐喊，从四面八方杀向山坳。楚军饭熟没有吃，只见吴兵从天而降，四面杀来，顿时惊慌无措。蓮射不知吴兵实力，即命令楚兵退逃，命令蓮延断后掩护。

吴军追到楚军营地，伍子胥下令停止追击，让兵士们拿楚兵熟饭吃喝。吴兵吃得开心大悦，都称赞伍子胥神谋，让楚军为吴军烧饭。

伍子胥见兵士吃饱，命令吴兵分成两拨人马，一拨在前追赶，一拨在后缓行。待到楚军驻停，吴军前拨人马替换后拨人马继续追赶。如此追出三百余里，楚军已经疲惫不堪，吴军却毫无疲怠。

却是前面山前有一条大河，拦住了楚军逃路。万余楚兵拥挤在山下河滩，进退不能。楚将蓮射正在指挥楚兵渡河。伍子胥率领吴军追到山前，远远看见楚军待渡，立即命令吴军兵士隐伏在山林中休息，严禁喧哗。

夫概率领后拨人马赶上，看见楚军正要渡河，对伍子胥道："将军怎么不趁此良机下令击杀？"

伍子胥笑道："此河是清发水，有一丈多深，兵马难渡。这时楚军还没有渡河，我若攻击，使楚军身临绝境，必然拼命作困兽之斗，对我军不利！不如稍等片刻，等他们渡了一半，一举击之，可获大胜。"

夫概感慨道："我王兄称赞将军谋勇过人，不逊孙武，果然不假。夫概心悦诚服。"

楚军渡河已过了十分之三，到达清发水对岸的楚兵，都席地而卧，乱不成军。没有渡河的楚兵，拥挤在河滩，有的坐在地上，有的脱了盔甲，混乱如同蚂蚁。伍子胥见时机已到，下令吴军两拨人马奋力冲杀。

吴军一万人马居高临下，如山洪溃堤般杀奔清发水边。杀声震天撼地。楚兵慌乱无主，到处乱蹿，被吴军杀得漫山遍野都是尸体。血水如溪，流入清发水中，河水由青变红。无数的楚兵尸体，如腐叶败草一般，在清发水河面上漂浮。

清发水对岸，楚将薳射顿足擂胸，嚎啕哭叫道："伍子胥，伍子胥啊！你是楚国的旧臣啊。你为什么如此仇恨楚国！"

第二十三章

血战雍澨，歼灭楚军六万

清发水一役楚军大败，兵马损失了一大半。薳射父子率领残兵取山道往西逃窜。

夫概被流箭击伤。伍子胥命令夫概率老弱伤兵守住渡口，等候孙武率大军渡河，自己率领五千人马追击楚军。

夫概在清发水等候了几天，没有等来孙武率领大军，只等来吴王阖闾率领一支人马开来。夫概这才知道，孙武率领一路兵马取道大、小别山追杀楚左尹沈尹戍，然后直奔郢都了。夫概由吴王统领，取道清发水、雍澨①一路，进攻郢都。

楚将薳射率领数千残兵逃到雍澨，兵马疲惫不堪，兵士瘫卧不起。薳射挥鞭抽打兵士，喝令驱车西行。这边的兵士被驱赶起身，那边的兵士又在路旁躺倒。薳射打了那边，这儿刚起的兵士又躺倒。薳射气得暴跳如雷，骂不绝口。

薳延劝道："父亲息怒。我们自从渡过清发水，经大、小别山西行近千里，前面离郢都不远了。儿料吴军未必千里奔波，胆敢深入楚地。儿以为，不如在这里设营造饭，让兵士歇息。父亲可以派人赴郢都禀报楚王，请命撤回郢都，固守都城。"

---

① 今湖北京山西南。

蓮射叹道："世人都知道孙武用兵如神，却不知道伍子胥用兵不逊孙武。为父不是不恤兵士，是怕伍子胥万一领兵杀到，生死事小，有辱楚王之命啊。"

蓮延又道："我军已经疲不能行。吴军也是血肉之躯，他们紧追不舍，也疲惫了。伍子胥如果真的追到，我父子和他殊死一战。"

蓮射经不住蓮延的劝说，就命令兵士在山下歇息，埋锅造饭。楚兵们疲劳至极，也不搭营帐，把戟戈插在地上，铺上战袍铠襦，随地躺卧，有的干脆就睡在旗帜之下，战车之上。饥饿的兵士们却顾不得歇息，垒灶伐薪，生火造饭。一时间炊烟升腾，弥漫了山谷。

伍子胥率领吴军先头部队五千士兵咬住楚军，紧追不舍。楚军歇息，伍子胥就命令兵士歇息。楚军西逃，伍子胥就命令吴军西进。伍子胥始终让兵士们不急不忙地行军，始终和蓮射的楚军保持一段距离。伍子胥故意使楚军心存生还的希望，使他们既不敢回头和吴军决战，又不敢放心大胆地长时间宿营歇息，只有疲于奔命地西逃。

楚军正在雍澨山谷歇息造饭，伍子胥率领吴兵已经追到了雍澨。吴兵们看见楚兵在山坡上随处倒卧，有的在烧火造饭，整个山谷都被炊烟弥漫了。兵士们向伍子胥请战："将军请下命令。趁楚兵无备，把他们全都歼灭！"

伍子胥道："甭急，甭急。等他们饭烧熟了，正要吃饭的时候，打他个措手不及。"

伍子胥命令兵士趁着烟雾的掩护，悄悄地朝楚军营地靠近。这时楚军喧嚷起来，隐伏周围的吴兵也闻到了米饭的香味。伍子胥听到楚军吹响了开饭的号角，命令吴兵冲杀。楚军全无防备，被潮水般的吴兵杀得哭爹叫娘，漫山遍野地抱头鼠窜。蓮射父子见大势已去，只带了几名家兵，往脾泄①落荒而逃。

吴军很快消灭了大部分楚兵，只有少数的逃命。伍子胥见吴兵正要拔去楚军的旗帜，高声叫道："都不用管它。楚兵为我们煮熟了米饭，大家快吃。再不吃，饭都凉了。"

兵士们个个兴高采烈，围着一个个楚军留下的灶锅席地而坐。一个老兵装了一碗米饭，端给伍子胥道："这碗饭，请将军先吃。"

伍子胥笑问道："我伍某一向和兵士同甘共苦，为什么给我先吃？"

老兵道："我是伙夫，随将军渡清发水以来，将军几乎都让楚军替我造饭。老伙夫感谢将军，请将军先吃。"

伍子胥端着饭碗，问兵士们道："这饭，是谁烧的？"

兵士们答道："楚军！"

伍子胥道："那就让我们感谢楚军，为我们造饭。把他们的饭，全都吃完。开饭！"

伍子胥命令兵士在雍澨伐薪凿石，建造大营，等候吴王大军到来。不几天，吴王阖闾、公子夫概、伯嚭率大军到了雍澨，驻扎歇息。伍子胥派人和孙武联络。孙

---

① 今湖北江陵。

武率一路兵马追杀沈尹戍。沈尹戍率一万多残余楚兵，逃奔方城。不几天，方城主帅接到楚昭王诏旨，拨给沈尹戍三万人马，命令他回师守卫郢都。沈尹戍不敢拒命，就把方城所拨人马和本部之兵合并一处，收集柏举之役的败兵，计有四万多人，朝郢都开拔。孙武得到消息，立即率领本部兵马，取道大、小别山开往雍澨，和阖闾、伍子胥会合。孙武要说服阖闾，促使吴军抢在沈尹戍之前到达郢都。

在孙武率领吴军朝雍澨开拔的同时，楚左尹沈尹戍也率四万人马，取另一条山道也朝雍澨方向开拔。更令孙武难料的是，吴军驻在雍澨的兵马已不到三万，大部兵马已随夫概回师姑苏。

吴王阖闾、公子夫概到达雍澨的第二天，就从姑苏传来消息。越国要报复前仇，趁吴王倾兵伐楚，国内空虚，正在搜兵检乘，企图进攻吴都姑苏。阖闾和伍子胥商议，采纳伍子胥的建议，命令夫概率领三万人马和部分水师船舰，兼程回国，防备越国的进攻。

孙武率部到达雍澨的当天，就接到间谍禀报，沈尹戍四万楚兵已经到达雍澨，并且从脾泄召回蔿射父子，要和吴军在雍澨决一死战。从楚军方城大营传来谍报，方城楚军也将要抵达雍澨，增援沈尹戍和吴军决战。消息传到，吴王阖闾和众将军大惊。

这天，吴王阖闾正在帐中剪背徘徊，嬖臣禀道："启奏大王，帐外有岑胜、曾策、黄栋、董焕、郭获五位将军求见。"

阖闾摆手道："请进大帐。"

岑胜、曾策、黄栋、董焕、郭获五位将领进入大帐，一字儿排开朝阖闾行礼。阖闾道："卿等来劝寡人退兵罢战吗？卿等有什么理由，请直言给寡人。"

董焕道："大王，我军已临绝境了。我军现有三万余人，连续作战，兵士身心俱疲。楚左尹沈尹戍率四万之众，驻扎左近，又从脾泄召回蔿射父子，誓和我军在雍澨决一死战。据间谍探知，楚军方城大营数万人马，正日夜兼程，往雍澨开拔。届时我军将被楚军层层围在雍澨，其势危险！"

阖闾冷笑，问道："以你说的，敌众我寡，就危险了吗？伍子胥将军率五千之兵，把楚兵数万之众杀得丢盔弃甲，大败而溃，有危险了吗？"

岑胜是阖闾一向敬重的老将，曾跟随阖闾讨越征楚，南征北战，见董焕被吴王驳得哑口无言，就奏道："老臣以为雍澨决战，对我吴军不利。我军远涉千里，进入楚国腹地，远离国都，补给不足。日前大王又分兵回师姑苏，防备越人乘虚攻我都城。今天我军三万之师，陷在雍澨，背有清发水，西有汉江，南临溾江，北面大山阻隔，鸟雀难飞。大王请三思，我吴军地处三面环水，一面险峰，这是死地啊。"

曾策见吴王被岑胜说动沉思不语，于是趁热打铁，进谏道："臣，斗胆问大王。大王这次兴千里之师，兵进楚国腹地，将士们浴血冒死，为了什么？"

阖闾从沉思中惊醒，怒道："寡人举兵伐楚，孩童都知道。你身为将军，无悟寡人兵伐之意，怎能当将军？"

曾策是一名鲁武之将，而且是王僚旧属，他不怕吴王发怒，又道："主公举兵，明为伐楚，实为报答伍子胥帮助大王刺王夺位之恩。请大王答臣所问，是不是的？"

阖闾仰面大笑，冷言道："是的，卿还有什么话说？"

曾策深知阖闾居心险恶叵测，担心自己得罪吴王，心生畏怕，一时语塞。

又一位粗鲁将军郭获，早已按捺不住。郭获听了阖闾的话气得胡须颤抖，嗷嗷叫道："曾将军不敢说，末将代他说。"

阖闾道："郭将军不要急躁，请尽管说，寡人恭听。"

郭获怒道："大王举倾国之师，劳民伤财，实为伍子胥报仇。臣问大王，大王为什么不惜一国之师，而图一人之私仇？"

黄栋不等阖闾开口，谏道："臣请大王三思。楚国地广人众，既便大王攻下郢都，也难灭楚国。退一步说，既便大王灭了楚国，吴军也没有足够的兵力镇守楚国的疆土。吴军入楚作战，到今天已经消灭楚军数万人马。大王如果见好便收，班师回国，就是得胜凯旋了。大王使楚国知道吴国的强大，这就足够了，为什么还要去攻打楚国的都城？现在我们被困在雍澨死地，前有沈尹戌四万之师，后有楚军方城劲旅。雍澨一役如果打败，吴国就要灭亡了。臣斗胆请大王，下令班师。"

阖闾听了大怒，咆哮如雷，吼道："胡言，一派胡言！何为生地？何为死地？你们说，你们给寡人说清楚！你等身为率士之将，不读兵书，不谙兵法，还侈谈生地死地！'圮地无舍，衢地合交，绝地无留，围地则谋，死地则战。'这是什么人的话？诸位说给寡人！'投之亡地然后存，陷于死地然后生'，这又是什么人说的？谅你辈无知。这话，是大将军孙武的兵论！你等要好生学学！"停顿一刻，和缓了道，"你等都责备寡人为伍子胥私仇而出兵伐楚，寡人有错吗？有罪吗？伍子胥有大恩于寡人，有大功于吴国。伍子胥是寡人至交挚友。寡人没有子胥，就没有今天的王位，没有今天的吴国。寡人爵子胥为行人，是以客卿之礼待之，以友待之。你等怎么会知道，寡人为什么不设宰相官职？不知！寡人视子胥为吴国的宰相，寡人的首辅宰相！"

阖闾说到这里，火气消了一半。他剪背而踱，瞥一眼如五根铁柱一般的将军，又道："庶人还说，士为知己者死，况乎寡人为一国之君。你们身为将军，不知替君主分忧，不谋克敌之策，还要强谏寡人退兵罢战。你们说说，你们有何德何能当寡人的率兵之将？"

郭获忍受不了吴王的讥讽，怒道："大王不进臣建议，臣等只有自死而已！"

阖闾听到郭获以死相逼，气得须发乱颤，一阵冷笑，指戳郭获等人道："你，你，你们竟敢以死相逼，胁迫寡人退兵。大胆，反了，反了！你们死，死，都死！寡人没有你们，不会打败仗！寡人照样打败楚军，进兵郢都！"

郭获性烈如火，听了阖闾的话，气得嗷嗷怪叫道："昏君，昏君！将可死，不可辱！"说完铛啷一声拔出佩剑，伏剑自刎。董焕、岑胜、曾策、黄栋四人见郭获已死，也都横剑刎颈。五位将军立时尸陈在地。

阖闾惊得目瞪口呆，怔了片刻，仰面长笑，声震大帐，凄厉瘆人。嬖臣和卫士都吓得抖如筛糠，跪伏一地，听候发落。

阖闾笑罢，指着五人尸体道："把他们拖出去，埋掉！"

孙武、伍子胥来见吴王，走到大帐门外，正遇见士兵抬出郭获等五人尸体，都吃一惊。吴王阖闾见孙武、伍子胥来到，示意二人坐下，叹息一声道："郭获五人，以死强谏寡人退兵，好糊涂，好糊涂！"

伍子胥道："大王说的极是。吴军面临的形势，进则生，退则亡。"

阖闾道："子胥和寡人同心。寡人心慰了。"又问孙武道，"长卿以为，应当怎么办？"

孙武道："臣以为，善用兵者，当以迂为直，以患为利。我军目前形势，面临沈尹戌四万大军，北负方城楚军，稍一后退，即致全军覆没。子胥说的极好，进可生，退则亡。为今之计，应当君臣同心，兵将同心，击败雍澨之敌，进兵郢都！"

阖闾听了，频频点头。

伍子胥又道："郭获等五位将领的悲观情绪，在广大士兵中也有影响。眼下要紧事，应当鼓舞全体将士勇往直前，树立必胜的信心。"

阖闾瞪大双眼，问伍子胥道："卿请细说，寡人应当怎么做？"

伍子胥道："大王可以彰军令，凡是主张后退者斩首。"沉思半天，又道，"臣听说，蔡、唐之师得知楚军将要合围雍澨，竟然望风丧胆。蔡、唐二君不辞而别，率师回国。大王攻楚之后，务必惩罚蔡、唐。否则，大王难以在诸侯之中树立威信了！"

孙武又道："大王可以号令三军将士，誓攻郢都，灭蔡、唐，士气可胜。"

孙武又建议吴王，命令吴军在方城楚军未到之前，向楚军发动进攻。阖闾采纳了孙武的意见，召见全军将士，鼓动道："三军将士们，你等随孙武、伍子胥将军远离家园，千里入楚，转战潜、六、弦，灭徐救蔡。然后又陷巢城，攻养邑，诛杀掩余、烛庸，以六万之师击溃楚军十万大军，取得淮汭、豫章、柏举三大战役的胜利。这是众位将士所创下的不世之功，必将旷古铄今，彪秉史册。你等，是天下无敌之师！"

伍子胥趁机举剑呼道："一如既往，勇往直前！"

三万吴兵将士全都高举戟戈刀剑，振臂高呼道："一如既往，勇往直前！"

喊声震天撼地，在山谷中回响不息。

吴王阖闾又道："寡人有你等这样不畏艰险、勇于胜利的兵士，有旷世将军孙武，有冠勇当世的骁将伍子胥，寡人无忧了，吴国无忧了。寡人誓和你等浴血同战，打败雍澨之敌，进兵郢都，剿灭蔡、唐！"

吴王阖闾的话，如同点燃了干柴，在三万吴兵心中燃起了熊熊烈火。兵士们齐声高呼道："进兵郢都，剿灭蔡、唐！"

伯嚭箭伤未愈，被兵士抬到现场。伯嚭听到吴王阖闾表彰孙武、伍子胥，一句不提公子夫概和自己，于是对伍子胥、孙武心生忌恨。

孙武和伍子胥详细谋划了和楚军决战的战略方案，决定在距离楚国都城五十里的雍澨地区，和沈尹戍所部会战。伍子胥提出吴军要保留一万兵力作为后备，说道："我方三万人马，务要保留三分之一兵力作为后备。其一，双方战斗最后阶段，敌我双方都处于疲惫状态，或者是楚军处于胜势，我军必须投入后备兵力之一半，扭转局势。其二，万一我军失利或有利，都得投入一半后备兵力阻击楚军，掩护撤退；或者加速歼灭楚军，早定胜局。"

孙武道："子胥兄的策略好极了。打仗主要在于合理用兵，先谋败，后谋胜。"

孙武和伍子胥最后决定，面对沈尹戍的四万楚军，吴军先投入五千精兵冲杀。战役胶着以后，再逐步增加兵力，迫使沈尹戍投入全部兵力，要求吴军在决战中做到疲劳楚军，然后重创楚军，直到歼灭楚军。说到这里，伍子胥又道："会战开始，我军不能局限于和楚纠缠在狭窄地带拼斗。因为敌军人多密集，集中厮杀，对我军不利。"

孙武听了大喜，击掌道："好，好，很好。我们要晓谕将士，一旦和楚兵交战，立即撤开来，把战场扩大，不和楚军胶着拼斗，灵活机动打击对方，把雍澨之役的战场扩大到周围五十里范围。"

吴军在雍澨地区向楚军发动攻击的时候，楚左尹沈尹戍一直都以为吴军在做退兵的掩护，根本没有意识到一场空前绝后的吴楚大战已经揭开了帷幕。

沈尹戍根本不想和吴军决战，所以就没有打算把全部兵力投入战斗。他只想拖住吴军，牢牢地缠住吴军，使吴军不能脱身，等待方城方面增援的楚军精锐抵达雍澨，一举把吴军三万人马合围歼灭。而且，沈尹戍根本不担心吴军能逃脱。他十分自信，对蒍射、蒍延父子道："吴军想逃，所以用一部分兵力扰我，我怎能上孙武、伍子胥的当？"

蒍射是位老将，说道："孙武、伍子胥都是当世善谋之将。老夫料想吴军的进攻，是和我楚军一决生死之斗。老夫请左尹大人慎重。"

沈尹戍笑道："将军多虑了。越国人趁吴国空虚，要倾兵伐吴。阖闾惊恐无状，已经命令他弟弟公子夫概率领三万人马先期回国了。眼下雍澨的吴军，仅仅有三万老小病残，况且离家日久，思归心切，已经无心恋战了。吴军这次进攻，是想退兵了。将军父子领兵一万，去和他们交战，不要让他们脱逃。"

蒍射道："左尹大人，这次会战，只投入一万人马，是不是太少了！"

沈尹戍冷笑道："少吗？不少了！这次吴军已经不是柏举之战的吴军了。将军不是老虎也是猫吧。将军，你这次就做做猫戏老鼠的游戏吧。"

蒍延听沈尹戍的话对他父亲不恭，手按剑柄，面起怒色。沈尹戍拍拍蒍延肩膀说道："少将军有勇气，可以在阵前和孙武、伍子胥一较高低嘛。"

蒍射拉了蒍延出营，仰天叹道："沈尹戍贪功自傲，其祸不远了。"

蒍延问道："父亲，你为什么说这种话？"

蒍射道："我听孙武说，无虑而轻敌者，必擒于人。沈尹戌不戒前败，轻视吴军。他误断军机，而且蓄意保存兵力，依赖方城援兵，贪谋令尹官职，这样怎么能不败？"

　　蒍射举目眺望山下列阵以待的吴军，过了一会儿又道："孙武、伍子胥难道不知道身陷雍澨是死地吗？难道不知道只有拼死一战求生？此雍澨一役，老夫已料到楚国就要葬送在沈尹戌匹夫之手了。延儿，你卸甲返家，侍奉母亲。为父身为楚将，受大王重托，应当以身殉国了。"

　　蒍延泣道："恶战当前，儿怎能丢下父亲离去？儿应当奋勇当先，浴血奋战，死而后已。"

　　蒍射老泪纵横，叹道："天命不可违，君命不可违，父命不可违。延儿你只遵君命，不从父命了。天啊，天啊！"

　　蒍射率领一万兵马开出楚军大营，来到吴军阵前。蒍射远远看见伍子胥手持大戟站在战车之上，白袍银甲，胡须如雪，飘拂前胸，感慨道："子胥也老了！"

　　蒍射命令驭卒驱车来到近前，拱手施礼道："子胥兄，别来无恙？"

　　伍子胥也还礼道："子胥托兄长福，三餐饭尚饱，只有杀父戮兄屠家之仇未报，寝食难安啊！"

　　蒍射道："先王听信奸佞费无极谗言，杀害太师和令兄伍尚，蒍射也怆然。然而今天，先王早薨，费无极已经死亡，子胥兄为什么还耿耿于怀？子胥兄也是楚国的旧臣，今天若能弃吴从楚，某当奏请楚王，恤太师、令兄伍氏一族，立庙祀之，爵兄以高位，行吗？"

　　伍子胥道："子胥今天已经不是楚国人了，是吴国的臣子了。再者，我父辅太子熊建，建死，其子胜还在。要想我伍子胥回到楚国，就让我立公子熊胜为王。蒍射兄，你敢立公子熊胜为王吗？"

　　蒍射苦笑道："子胥，你难为蒍射了。我和子胥兄往日无仇，近日无怨，今天为什么要戟戈相见？"

　　伍子胥笑道："子胥和蒍射兄各事其主，各为其国，怎能恤私而废公？兄既念旧情，子胥怎能忘义。我现在退兵五里，再和兄战，前情尽了。"

　　伍子胥说罢，大戟一挥，吴军左右二军朝后退去。然后退中军，秩序井然，阵容不乱。蒍延见吴军后退，对蒍射道："父亲怎么不趁吴兵后退未阵，挥师追杀，一击可得。"

　　蒍射指点吴军，对蒍延道："你看不见吗？你没看吴军左右先退，中军然后，退而不乱，攻防有备？伍子胥既念旧情，我蒍射怎能忘义，被世人耻笑？"

　　蒍射不理睬蒍延，见吴军果然退后五里立成阵势，挥戟率领楚兵杀去。哪知吴国巍然不动，只用强弓硬弩对楚军一阵猛射。楚军冲击不利，又退后再冲。只见伍子胥大戟两边挥动，吴军左右二军如潮水一般朝楚军两边包抄过去。伍子胥舞动大戟，率领中军一千精兵直接冲入楚军阵中，猛砍猛杀。吴军左右两军又从楚军两边分割杀人，只杀得一万楚军七零八落，死伤无数。

蒍射用大戟拍击甲马，驱车向前，要和伍子胥交手，哪知被战车颠簸跌落车下，被吴军徒人一戈刺死。

蒍延见父亲战亡，一边号哭，一边冲杀，无奈楚军已被吴兵砍杀大半。蒍延被吴兵层层围住，左冲右突，难出重围。

沈尹戍在楚军大营，远远看见楚军已败，即命一万兵马出营增援。吴军五千人马已经杀败楚军万人，使得吴军将士大为振奋。一旁候战的吴兵早已按捺不住，纷纷向大将军请命参战。孙武见沈尹戍又增派一万援兵，便命令吴军一万人马截住楚军拼杀。孙武又命令吹响号角，摇动军旗，将先期出战的五千兵士招回休整。

伍子胥率领五千兵士应令而回。孙武又命号令，一万吴军听令突然弃战后退。沈尹戍看得清楚，以为吴兵力疲怯战，又增派五千楚兵杀出营去。哪知吴军退出十数里，几千人结集一团，分开和楚兵拼杀。方圆数十里山谷平川，成了吴楚交战的广阔战场。杀声穿云裂石，车尘弥天，天昏地暗，人喊马嘶，震耳欲聋。从天亮杀到天晚，楚军大败。

双方收兵罢战。沈尹戍招回楚兵，二万人马所剩不到五千。老将蒍射战亡。此战吴军只投入一万五千人马，轮番作战，伤亡很小。

第二天，孙武、伍子胥各领五千人马立阵挑战。沈尹戍深知今天雍澨战役，决定生死存亡，便穿戴盔甲，手执大戟，亲自率领楚军所剩二万五千人马，杀出大营。

孙武、伍子胥各率所部，和楚军只接杀了一会儿，伍子胥便率一万人马退去。孙武见伍子胥已退，下令吴兵且战且退。沈尹戍思虑吴军故伎重演，诱引楚军进入开阔地带分割击之，就命令楚军咬住孙武所部不放。

沈尹戍命驱卒把辂车驻在高坡，观望战况，远远看见蒍延左冲右杀，力竭不支，命令兵士把蒍延唤回。

蒍延征袍都被血肉染红，见了左尹问道："左尹为什么召我？"

沈尹戍道："你父亲已经殉国，你不能再死。我命你速回郢都，奏请楚王，谋保郢都之计。"

蒍延道："我愿死阵前，请左尹另派旁人。"

沈尹戍勃然动怒，喝道："你敢违我军令吗？"

蒍延跪道："我不敢违令。我祝愿左尹雍澨一役得胜，奏凯还郢。"说完又行礼，起身挥泪登车，取道奔郢都而去。

沈尹戍望着蒍延驱车远去，捋须叹道："我让蒍射得祀香火，九泉相见无愧了。"又对家臣句卑道，"囊瓦贪功，不听我计，是致楚军在淮汭、豫章、柏举战役大败，楚军十万之师所剩无几。今天雍澨一役，我应当和孙武、伍子胥一搏生死了。如果打胜，吴兵不能入郢，是楚国的福气。我万一战败，你把我的头颅带回郢都，向楚王请罪。"

沈尹戍抱定以身殉国的决心。他御去铠甲，赤裸上身，手持大戟驱动战车，从山坡上冲杀而下。楚军见令尹身先士卒，都大受鼓舞，勇气立时倍增，嗷嗷喊叫着恶狠狠地朝吴军猛扑过去。方圆数十里的雍澨之地，又掀起了一阵杀潮。吴楚两军混战成数处，个个杀红了眼睛，人人不知饥疲。

时到傍晚，吴楚双方已经激战了三个时辰。楚军在沈尹戌的率领下，进行了殊死的抵抗。这是吴军入楚以来，遭遇楚军真正顽强的抵抗。楚军士兵看见将领沈尹戌赤裸的上身鲜血淋漓，拼命厮杀，宁死也不后退一步。

虽然楚兵死伤无数，但是吴军投入的一万兵力也受到了重创，伤亡也十分惨重。天晚之前，双方兵士都力疲不支，仍然在拼杀。个别战团眼看吴军招架不住。伍子胥见状朝孙武大呼道："长卿，最后一击，还要待到何时？"

孙武被伍子胥猛然提醒，立即命令后备一万人马投入决战。这些早已求战若渴的吴军将士，如猛虎下山般地呐喊着投入了广阔的雍澨战场，使原先沉闷得只有兵戈击碰之声的山谷，暴发出一阵又一阵山呼海啸般的喊杀声。

吴军兵士在孙武、伍子胥的率领下，一阵又一阵猛冲狠杀，终于使楚军失去了最后的抵抗能力，如溃堤之水般地漫山遍野地败逃。吴军战士骑卒列队横扫过去，如狂风卷叶般地一杀一大片。整个雍澨山谷数十里方圆，尸横盖地，堆积了吴楚双方数万战亡士兵。

沈尹戌身受重伤，体无完肤，刚要横剑刎颈，被句卑夺下佩剑，劝道："主将为什么要这样？两军交战，胜负各一，如阴阳交移，日月轮番。"

句卑把沈尹戌扶上一乘战车，拔弃旗帜，驱马沿小道奔逃。这时从侧边山道也驰来一乘辂车。车上持戟将军正是吴军副将伍子胥。只听伍子胥叫道："沈尹戌，你还认识我伍员吗？"

第二十四章

攻占郢都，伍子胥射杀沈尹戌

沈尹戌听到伍子胥问话，手拉车轼，探身要答话，不防伍子胥喝道："还我儿专毅命来！"一箭射来，正中沈尹戌咽喉。沈尹戌仰面倒进车中。

句卑打马狂驰，见伍子胥未追，驻车探视沈尹戍。沈尹戍对句卑道："我活不长了。你割下我的头，提去见楚王！"说完伸手拔箭，裂眦巨吼而亡。

句卑跪泣半天，才割下沈尹戍的头颅，又用剑挖土，埋了沈尹戍尸体。句卑脱下战袍，包裹了沈尹戍的头颅，驼负身后，断鞘解辕，骑马取僻道逃往郢都而去。

楚将蘧延逃回郢都，觐见楚昭王熊轸，哭诉雍澨兵败，其父蘧射战亡，令尹囊瓦在柏举兵败逃奔郑国等情形。熊轸听到大惊，半天口不能言。随后，左尹沈尹戍家臣句卑也进了宫，把沈尹戍头颅呈给熊轸看，也哭诉了豫章、淮汭、柏举、雍澨诸役兵败情形。句卑诉完又奏道："吴军早晚就要进攻都城，请大王早定保郢之计才好。"

楚昭王慌张无主，哭道："孤有眼不识贤臣，错用奸小囊瓦，以致兵败国危。楚都早晚不保，国之危亡，是孤一人之罪啊。"

楚昭王熊轸召见沈尹戍之子沈诸梁，命令他领回父亲头颅安葬，又命内官取府库上好棺椁及瘗藏之物赐之。沈诸梁行礼号咷，听到昭王封他叶公，又破啼为笑，谢恩而去。

天晚，宫内早已点起牛油烛火，明如白昼。内官请熊轸吃饭，见楚王点头，就小声命令宫女、宫奴传飧。宫奴排起四张巨案，铺锦帛，百十名男女宫奴蹑足轻踵，双手奉肴及顶，依次鱼贯出入。一会儿，四张巨案上堆满了山珍海味，各类佳肴数百种之多。熊轸木人般地坐在案前，瞅住面前的几样菜肴，执箸拨弄了几下轻叹一声，弃箸而泣。这时有宫女入奏道："禀大王，夫人赐大王肴。"

熊轸点了点头，木然地瞅住宫女们把楚夫人孟嬴所赐美肴，罗列了满席。熊轸头脑中不时浮现出蘧射战亡的情景，浮现出漂满楚军士兵尸体的汉江。他茫然地面对着美味佳肴，却看见了被尸体壅塞了的汉江，血水漫过江堤流入楚都郢城，流入王宫。举目都是血水泛滥，一片汪洋。他惊恐地揉了揉双眼，却把案上的酒坛看成了血淋淋的人头，看成了沈尹戍的头颅。

楚昭王大叫道："尸体？尸积如山？尸塞江河？血水，血水漫进了郢都，漫进了王宫！不好，不好了！"

嬖臣慌忙过来，扶住熊轸，泣道："大王，大王你咋啦？你是梦魇，还是发烧？要不要，叫宫里的医师？"

楚昭王熊轸推开嬖臣，叫道："孤无恙。"指着案上的酒坛问嬖臣道，"你看见他吗？你告诉孤，认识他是什么人？"

嬖臣道："大王，这是一坛酒，是夫人赐给大王的醴酒。"

熊轸跺脚哮道："不是酒，它是人头，是左尹沈尹戍的头颅。"指戳酒坛道，"你还不回去？你丢失了淮汭、豫章、柏举、雍澨，还向孤讨功？孤赐你棺椁，赐你诸多宫中府库里的瘗藏之物，赐你的儿子沈诸梁为叶公，你还嫌不够？你还要什么？吴军来了，伍子胥来了，血水漫进了郢都，漫进了王宫。孤一无所有，一无所有了！"

熊轸大喊大叫，发疯般地掀翻席案。美酒佳肴倾泻一地，碟飞壶碎，满目狼藉。

宫女、宫奴惊恐万状。几名楚夫人派来传肴的宫女，慌慌张张奔往后宫，禀报楚夫人孟嬴道："夫人，不好了！大王发怒，把席案酒肴全都掀翻了。"

孟嬴听说大惊，慌忙赶到昭王内宫，怒斥熊轸道："你身为楚国君王，应当天崩地裂而不惊，才堪为大国之王。眼下吴军未到郢都，你就吓得疑神叫鬼，还怎么像个君王？"

熊轸嗫嚅道："娘，娘，我怕，我怕。吴军要杀进郢都了。伍子胥，他报仇来了。他们要杀我！他们要杀王夺国！"

孟嬴一阵大笑，命令宫女道："来人，重新置席。拿酒来，我给大王压惊。"宫人呈上酒肴。孟嬴亲斟一杯，递给熊轸道，"轸儿喝尽一杯，娘有话说。"

熊轸饮尽一杯醴酒，情绪才镇定下来。孟嬴道："伍子胥不会杀你的。他要报先王之仇，要灭楚国。他不是灭你。"

熊轸道："不，不，灭楚就是灭我。"

孟嬴叹息一声说道："你甭慌张，平心静气，听娘说。"见熊轸平静了，又缓缓说道，"你的王位并不是你的。你娘我，本来也不该是先王的夫人。你的王位，本该是你的兄长太子建的。娘原来是你兄长太子建的妃子。费无极、伍子胥奉你父王之命，去秦国为太子建婚聘，把娘迎娶到楚国。那老贼为了离间你父王和太子父子关系，就把娘留在王宫，做了你父王的嫔妃。把一个齐国的从媵，送进东宫冒充娘，和太子建成婚。老贼费无极担心太师伍奢和他的两个儿子伍尚、伍子胥识破调包计，就向你父王进谗言，杀了伍奢和伍尚。伍子胥护卫太子建逃奔郑国，后被郑人所杀。伍子胥携太子建儿子熊胜逃奔吴国，立誓借兵灭楚，报杀父戮兄灭门之仇。一晃近二十年了，你父王弃世也十一年了。如今费无极早已死了，伍子胥伐楚无非泄愤，夺你王位立熊胜为楚王，除此别无所图了。"

熊轸焦躁地说道："天无二日，国无二王。伍子胥既立熊胜，就要杀我。"

孟嬴道："你如果放弃王位，学吴国的季札，伍子胥为什么还要杀你？"

熊轸道："我不愿，我不愿放弃王位。我是楚王，楚昭王熊轸。我为什么要放弃王位？"

孟嬴道："娘已经说过了，娘原本应该是太子建的妃子。你的王位，原本应该是太子熊建的。你今天逊位，把楚国还给太子建的儿子熊胜，是物归原主。儿子，听娘的话，让出王位。你跟娘回秦国去。强大的秦国是娘的母国。你的舅舅们会痛爱你的。"

熊轸道："不，不，不！我不去秦国，我不去，我哪儿也不去。我要在楚国，做我的楚王。"

孟嬴见说服不了熊轸，仰面叹道："釜不平，人概之。人不平，天概之。既然你不听娘的劝告，那就尽人事，而听天命吧。"

熊轸慌忙走到孟嬴近前，拉住孟嬴的裙袂哀求道："娘，娘，你要帮助儿保住楚国，保住儿的王位。娘，你让秦国发兵救楚国，让秦国发兵！"

孟嬴摇头道："秦国距离楚国道途迢遥，吴兵现在攻到雍澨，距郢都五十余里。我的儿子，即便娘写信求援，派往秦国的使臣出郢都不远，伍子胥就兵临城下了。儿子，你赶快召见你的臣子们，商议怎么保住郢都，商议退敌之策吧。"

楚昭王熊轸被楚夫人孟嬴一番训斥，冷静下来。他见母亲离去，便朝嬖臣命令道："速召子西、子期，进宫。"

嬖臣退出宫门，朝宫外传谕道："大王召子西、子期，进宫觐见！"

不一会儿，楚公子熊西、熊期来到内宫。君臣礼毕，楚昭王熊轸道："吴军在雍澨大败楚军，所恃汉江之险已无，郢都旦夕不保。寡人不想被伍子胥擒拿，要奔走外地，二位王兄以为怎么样？"

熊西听到楚王要弃都而走，泣道："社稷陵寝都在郢都，大王要弃都而走，以后不可能再回来了。"

熊期道："郢都城内壮男也有数万，大王可以命令他们坚守城堞。大王再派使臣去汉东诸国，传令调兵驰援。臣料吴兵远离其国，深入我楚国腹地，粮饷不继，不能久困郢都。"

楚王道："吴军在豫章、淮汭、柏举、雍澨诸役俱胜，所获不赀，怎愁粮饷？眼下吴兵将围楚都，危亡在即，寡人即使传令诸侯出兵援助，然而人心离背，敢有背吴而向楚的吗？郢都不能久待了。"

熊西又道："大王不要忧愁。臣等率领郢都之兵拒敌，如果战而不胜，大王再走也不晚。"

熊轸叹道："楚国存亡，都靠二位王兄了。二兄当行则行，寡人不能和你等共谋了。"说完流泪不语，挥手命熊西、熊期退下。

熊西、熊期出了王宫，回到自己宫里商议守郢之策。二人命令大将斗巢领兵五千，和麦城守兵一同坚守麦城，拒挡吴军从北路进攻郢都；又命令大将宋木领兵五千，驻守纪南城，防备吴军从西北进攻。分派完毕，熊西对熊期道："我亲自率领一万人马，在鲁洑江扎营，扼守吴军东渡之路。余下西路川江，南路湘江，不是吴军入郢之道，不必派兵防守。你只可率领王孙繇于、王孙圉、钟建、申包胥等人，守卫郢城。"

商议完毕，熊期率领一万楚兵赶赴鲁洑江扎营，拒挡吴军进攻。这边熊西召集申包胥等人，集合郢都剩余之兵，招募壮男壮女，让他们都持戟执矛，日夜巡守城陴。

楚军方城援兵开到半途，听说楚军在雍澨全军覆没，怕被吴军围歼，又退回了方城。吴王阖闾听说方城楚军已退，便命令吴师在雍澨休整。吴军杀牛宰羊，庆贺雍澨大捷。全军将士喜气洋洋，斗志昂扬，盼望早日进攻郢都。

吴王阖闾召集孙武、伍子胥、伯嚭等众将，商议进兵郢都，说道："卿等率六万之师，入楚作战，历经豫章、淮汭、柏举诸役，消耗楚军半数兵力。日前又以三万之师，在雍澨全歼楚军四万余众，寡人有幸随卿等同役此空前绝后旷世大战，荣幸之极。昔年齐桓公率八国之师，拜宰相管仲为大将军，兵屯汉江，连营数百里，未战而退。寡人今率三万之师，直捣楚都郢城，是天赐良机。今天寡人召众卿问计，哪天起兵？怎么进兵？"

伍子胥道："如今楚军兵力已经被我军消灭大半。方城所剩几万兵力，听说我军在雍澨全歼沈尹戍之师，怕被我围歼，已经退回方城了。楚都郢城兵力不具防备能力了。但是，我军西去要途经鲁洑江，楚军必会倾兵把守。我以为，我军不必取道鲁洑江，可以兵取北路。我军分兵三军。一军攻打麦城，一军攻打纪南城。大王亲率一军，攻打郢都。三军齐战，使楚军顾此失彼，迅雷不及掩耳。如果麦城、纪南城攻破，郢都不攻自破了。"

阖闾听了伍子胥的话，频频点头，就笑问孙武道："大将军，你以为怎么样？"

孙武道："子胥之计很好。"

阖闾道："那就请大将军颁令吧！"

孙武下达了进军郢都军令。命伍子胥和公子姬山、姬乾率一万人马，攻打麦城。孙武自率一万人马，攻打纪南城。余下兵力，由吴王阖闾亲自率领，攻打郢都，伯嚭随之。

三路兵马各自登程。伍子胥率兵北行几天，间谍禀报道："禀报将军，此距麦城仅有一舍①之地了。"

伍子胥跳下辂车，命令道："传我军令，大军在这里驻马歇息。"

伍子胥见军马屯住，就卸了盔甲战袍，换了布衫便服。又命两名卫士，也作土人装扮，步行出营，观察麦城郊郭地形。

卫士弘浬，原来是专毅的卫士。专毅在淮汭战亡，伍子胥把弘浬收留在身边。弘浬见主将便服步行，担心伍子胥的安危，劝道："将军不要前行了。如果要察知楚军和地形，可以派间谍前往侦察。"

伍子胥道："兵因敌而制胜，水因地而制行。当将军的，应当熟知地形。"瞅了弘浬又道，"如果你以后当将军，切记知彼知己，胜是不殆。知天知地，胜是可全。你能领悟这句话的妙处，就成为当世良将了。"

弘浬道："将军教诲，弘浬铭刻肺腑，终身不忘。"

伍子胥边行边连声说好。将士三人走进一处村舍。伍子胥看见一个村夫牵驴磨麦，以概击驴，驴围磨走，磨随驴旋，麦粉纷纷泻下。伍子胥怔怔地观看，过了一会儿，自语道："我有计谋，能破麦城了。"回头命弘浬道，"回大营！"

伍子胥回到大营，下达密令。他命令兵士每人准备一条布袋，各装一袋士，备草一束，第二天五鼓交纳，无者立斩。第二天五更，伍子胥又下一道命令，每乘战车，须载乱石若干，违令者斩。

---

① 一舍为三十里。

伍子胥见军士把土袋、草束、乱石准备就绪，命令全军饱餐战饭，分军二队。命令公子姬山率一军往麦城东门，公子姬乾率一军往麦城西门，各将所带土石草束筑造小城，以为营垒。伍子胥往返两处督促，军士十分出力，不到半天两城筑成。东城狭长，似象驴形，名叫"驴城"。西城圆形，象磨，名叫"磨城"。公子姬山不解其意，问道："将军筑这二城，有什么用处？"

伍子胥笑道："东驴西磨，我还致'麦'之不下吗？"

麦城守将斗巢，是楚国名将斗廉的后代。这天斗巢在城内府中饮酒，城领入报："报将军大人。吴军在城外东西两边，垒石堆土筑城，伍子胥亲自督察，不知道是什么意图。"

斗巢听说大惊，慌忙弃杯而起，穿戴盔甲，登城巡视，只见吴军已在城外筑就东西二城，怒道："伍子胥在我城下筑城，真是小觑我斗巢了！"

斗巢醉熏熏提戟登车，率兵出了麦城，要攻打吴军新城。刚到东城，抬头见城上吴军旗旌招展，城内兵士歌唱。斗巢大怒，命令楚兵战车列成阵势，要攻打土城。

这时吴军土城城门突然大开，奔出一队人马，沿着城墙排开阵势。领先战车之上是员少年小将。斗巢抬眼观瞧，见吴军小将年约二十，面如白玉，眉分八彩，目如朗星，唇红齿白，喝问道："你那吴军娃娃，姓甚名谁？"

对面小将道："我是吴王之子姬山。将军要战便战，问姓名有什么用！"

斗巢在车上打了个酒嗝，戟指姬山道："孺子你不是我敌手，快快叫伍子胥来，和我决一生死！"

姬山笑道："伍将军已经去取你的麦城了。他稍后再取你的首级。"

斗巢大怒，骂道："小子乳臭未干，竟敢污辱我！我今天先杀你，再杀伍子胥不迟！"说完挺直长戟，直取姬山。姬山也驱车挺戟相迎，两下战在一处。

斗巢和姬山斗约二十个回合，不分胜负。斗巢急要取胜，却难以得手，正急得嗷嗷怪叫，恰有楚军城领飞马来报："禀报将军，伍子胥指挥兵马，攻打麦城。请将军速速回城防守。"

斗巢恐怕麦城有失，不敢恋战，下令回师麦城。姬山见楚军罢战回城，趁机领兵咬住楚军队尾一阵赶杀，小胜回城。

斗巢领兵回到城下，正遇见伍子胥指挥吴军兵马围城。斗巢把大戟横架在车上，抱拳拱手道："子胥兄，一别十数载，可好吗？"

伍子胥也在车上还礼道："子胥托将军之福，还好。将军一向可好？"

斗巢又道："子胥领兵进攻故国，是雪先世冤仇吗？"

伍子胥横眉怒目，答道："不错！"

斗巢笑道："足下先父及令兄之死，都由奸贼费无极之故。如今费无极已死，足下领兵伐楚，还报什么仇？伍氏是楚国忠臣，受国君三世之恩，子胥怎能因一奸贼而灭掉故国吗？"

伍子胥拍戟怒道："我伍氏先人有大功于楚国，楚王不念，冤杀父兄，灭我伍氏满门，又追杀于我。幸蒙苍天有眼，佑子胥幸脱于难。十九年来，子胥时刻未忘报仇。我今天奉吴王之命，率三万之师，屡战屡捷，大败楚师，灭敌十万之众，是苍天佑我。我今天兵临郢都，不灭楚国，决不休兵。你若知好歹，宜弃城而走，我饶你不死！"

斗巢仰天大笑道："伍子胥，你把我斗巢看成什么人了？我斗巢也是楚国的名将之后，怎能见国危而畏死避战吗？来来来，我斗巢今天如果死在你伍子胥的戟下，也算是当世豪杰！"

斗巢说完，驱车来战伍子胥。伍子胥也急驱战车来迎。二人战不到十数回合，斗巢酒涌力衰，伍子胥一戟杆到，斗巢躲避不及，伏在车轼之上叫道："子胥可杀我，不要戮我君，不要戮百姓！"瞑目待戮。

伍子胥缩回大戟，叹道："斗巢，你今天酒醉力竭，我胜你不武。你先回城歇息，明天你我再决死战。"说罢回辕收兵而去。

斗巢也收兵回归麦城。大阍见主将回城，喝令守门士兵大开城门，把斗巢所率人马放进城内。斗巢哪里知晓，随他入城的兵士中混有二百来名楚军降卒，受到伍子胥的命令装扮楚兵混进麦城。这批吴军埋伏在僻处，等到夜半，在城墙上放下长索，把城下吴军吊上城来。等到守城楚兵发觉，进城吴军已经有了数百人之多。进城的吴兵冲下城门，砍杀守门楚兵，夺开城门，大声呐喊道："吴兵进城了！伍子胥进城了！"

城外吴军如潮水般涌进麦城，遇见楚兵奋命砍杀，很快攻占城头。城内楚兵听说吴兵杀进城中，到处乱窜，被吴军砍杀大半。斗巢骑马率领卫士招集楚兵抵抗，楚兵已乱，不听指挥。斗巢见大势已去，望空叹道："伍子胥不但英武，也善谋略。麦城已失，我不走更待受擒吗？"就乘了轺车，出麦城北门而逃。

弘滀听说斗巢从北门逃走，来禀报伍子胥。伍子胥道："斗巢是名将之后，这人不恶，不要追了！"伍子胥就命令吴兵守住麦城四门，下令不许扰民。凡抢掳百姓财物或奸淫民女者，立斩。一时吴军纪律森严，各自尽职守陴。

孙武率领一万人马开到纪南城下，命令吴兵在城外高岗之坡安营扎寨。孙武率卫士数人趁薄暮之时观察纪南城郊地形。他看见城北有一条河，大浪滔滔，询知是漳江。孙武站在高丘，见城低江高，城西有湖名叫赤湖，通由纪南城，连通郢都城下。孙武拈须笑道："昔日伍子胥水淹潜城，火烧养邑，这是以火佐攻者明，以水佐攻者强。我今天破纪南之城，应当学习子胥的办法了！"

孙武立刻命令兵士开渠，引漳江之水灌赤湖，亲自操锸掘土。众兵士见大将军身先士卒，全都出力，一夜渠成。又在赤湖筑起高坝，拦住江水，致使水入赤湖无泄，高数丈，随风吹浪，涌灌进纪南城里。

纪南城守将宋木，站在城头看见洪水灌入城里，街衢通流，楚兵和百姓都如鱼鳖。宋木大惊失色，连呼道："这是冬月，哪来这样大的洪水？纪南城不保了。是天要灭楚国吗？"

宋木见城陴不守，率领楚兵退逃郢都。城内百姓也随楚兵纷纷涌入郢都城内避难。

楚昭王熊轸听说纪南城被大水沦陷，率领众将登城观看。只见纪南城已经是一片汪洋，洪水滔滔而泻，直淹郢都，郢城四外已经是一片平湖。

熊轸叹道："郢都不保了，怎么办？"

宋木道："刚才间谍来报，孙武命令吴军于山上砍竹为筏，将乘筏攻城了。此水是吴军决漳江而灌。"

熊期急道："大王这时不走，便走不脱了。"扭头命令城领道，"速备船舰于西门，护送大王出城。"

楚昭王早已魂飞魄散，也不顾他母亲楚夫人孟赢的安危，在百官簇拥下赶到郢都西门。西门正是吴军伯嚭大营。楚昭王见吴营旌旗招展，兵士盔明甲亮，仰头叹道："天灭寡人了。"

公子熊期问宋木道："吴营主将，是什么人？"

宋木愤道："还有什么人？是楚国叛臣伯嚭。"

熊期道："伯嚭无能，大王有救了。"又命令宋木道，"大夫快回宫中，把越国人所贡献的大象，尽数驱来。"

宋木领命率卫士返回楚宫，把越王所贡的十数头大象驱到西门。子期命令兵士在象尾巴缚上棉团，浇以牛油，燃着火驱象群冲入吴兵军营。大象被火灼痛，在吴营直冲乱踏。公子熊期乘机拉着楚昭王，在宋木等人护卫下闯出了西门。

孙武率领吴军乘竹筏进入纪南城。刚站在城头，吴兵来报："禀报大将军。伍子胥将军已经攻占了麦城。郢都已经沦入大水。楚王率百官弃城而逃。"

孙武大喜，命道："速请吴王入郢。再告伍子胥将军，请他速来郢城。"扭头笑对身边将士道，"走，我们也去郢都！"

孙武乘筏来到郢都城下，见吴王阖闾和伯嚭也乘船舰来到，在筏上施礼道："臣，请大王入郢了！"

阖闾笑道："将军效子胥水淹潜城，兵不血刃，逐走楚王，得纪南、郢都二城，是千古奇迹啊。"

伯嚭也道："将军淹城，城内大水白浪，人如鱼鳖。将军何不泄水，再请大王进城？"

孙武听了省悟，笑道："孙武失误，失误了！"回头命令兵士道，"传我军令，掘开堤坝，放水归江！"

纪南城、郢城水泄。吴王阖闾进入郢都，登上楚昭王王宫宝殿。吴军将领都来祝贺，只有伍子胥迟迟未到。阖闾高踞宝座，问道："伍子胥将军，为什么未到？"

孙武道："子胥先克麦城。我已命人传他来郢。"

公子姬山道："伍将军已经入郢了。"

阖闾愠道："子胥既入郢，为什么不见寡人？"

公子姬乾道："伍将军刚才在纪南城安抚百姓，又到郢城督察吴兵，不许扰民。"

伯嚭问阖闾道："奉大王之命，庆功筵宴齐备。臣请大王宴饮。"

阖闾道："子胥未到，寡人不饮了！"

这时嬖臣奏报："启禀大王，伍子胥将军到。"

伍子胥匆匆进殿，朝阖闾行礼道："臣来迟了，请大王治罪。"

阖闾见伍子胥衣袍沾满血迹泥浆，慌忙离座，俯身搀扶，边道："卿功高日月，怎么能说有罪。城中安民之事，可命他人去做，你何须事必躬亲？"

伍子胥道："臣原为楚王旧臣，今随大王伐楚，攻陷郢都。如果兵士约束不严，扰祸于民，楚国人都要唾骂臣了。"

阖闾盛赞了伍子胥，就率领众臣入宴。阖闾执杯。百官举杯贺饮。伍子胥道："大王今天入郢，是千古大事，不可不记。"

阖闾说好，即唤史官。史官捧简执笔。阖闾述道："敬王十三年十一月二十九日，吴姬光、孙武、伍子胥、伯嚭等人，率师三万，克郢都，逐楚昭王熊轸。"

史官记完，当廷朗颂。百官山呼万岁，争相庆贺。

孙武举杯对阖闾道："楚昭王熊轸未擒，臣不敢居功受贺。孙武此杯为大王寿。请大王饮后允孙武离席，谋追熊轸。"

阖闾应允。孙武尽饮一杯，行礼退下。伯嚭命令楚宫倡优奏乐献舞。吴王和群臣举杯遥贺，兴高采烈。突然大厅中传出恸哭之声。阖闾大惊，向嬖臣道："是什么人号啕？"

嬖臣道："是伍将军悲啼。"

阖闾果然见着伍子胥在席间大哭，慌忙斥退乐工，问伍子胥道："寡人和卿率兵攻楚克郢，众人都悦，卿为什么悲伤？"

伍子胥道："臣的仇人是平王、费无极、昭王。平王、费无极已死，昭王又逃，臣父兄大仇不得报了。臣因此思而悲啼。"

阖闾甚为同情，叹道："这怎么是好？卿怎么做可以泄愤，寡人应允。"

伍子胥泣道："臣，请大王准臣掘平王坟墓，开棺割首，以泄臣的仇恨。"

阖闾笑道："卿有德有功于寡人多了。寡人怎能惜护平王枯骨，不以慰卿之私呢？"

阖闾允许了伍子胥的要求。

第二十五章

伍子胥掘墓鞭尸，楚昭王仓皇逃命

吴王阖闾在楚昭王宫中盛排筵宴，庆贺攻克郢都，君臣尽兴方休。阖闾坐在楚昭王的宝座上，笑问伯嚭道："寡人自吴入郢，是客人。卿是楚国人，今天应当为主。寡人不知道主人今夜让客人寝在哪里？"

伯嚭媚道："臣已有安排，不知大王允许不允许？"

阖闾道："寡人刚才说了，寡人和卿今天以主客相待。俗话说，客随主便。不知道伯将军今宵安排寡人和众卿宿在哪里？"

伯嚭道："臣早有安排了。今晚臣请大王和诸位大夫各居其所。"

阖闾问道："寡人不知道，什么是各居其所？"

伯嚭道："君王居在君室，大夫居在大夫家，将军居在将军家。从大王到百官，都是以班处宫？"

阖闾大喜，就命令吴臣按官职居住在楚国逃亡的百官府宅，自己居住在楚昭王内宫。公子姬山已经酒醉，笑问伯嚭道："伯将军安排我等君臣，君住在君室，大夫住在大夫室。如果室内有楚大夫妻妾，怎么居住？"

伯嚭淫笑道："楚国已经被我等攻占了，为什么不能占有他们的妻妾？"

众臣听了都浪笑不止，就各自出宫，寻找逃亡的楚臣府宅，拥其妻妾而寝。阖闾寝在楚王内宫，嬖臣寻来楚王嫔妃数人待寝。阖闾酒后不力，发怒。嬖臣告诉伯嚭。伯嚭在楚宫内府寻得春酒一坛，劝阖闾饮用。阖闾看见坛中有龟、蛤蚧数尾，恶心，骇怕而拒饮。

阖闾怒道："这是什么酒？里面有诸多瘆怪之物。你要害寡人吗？"

伯嚭吓得双膝一软，行礼道："臣怎敢害大王？此酒是楚王宫中春酒。酒中龟、蛤蚧是世间壮阳强性之胜物。"

阖闾虚扶伯嚭道："卿请起。卿说给寡人，龟、蛤蚧怎能壮阳强性？"

伯嚭道："龟是长寿之物，可活千百年不老。雄龟阳具较人、兽、虫物为最长，可达其体长度四股其一。龟性也长，雄雌性后，可续交两个时辰不分离。蛤蚧性长，相交可以连体几天而不分。雄者名蛤，皮粗口大，身小尾短。雌者名蚧，皮细口尖，身大尾小。此物补肾肺，益精助阳。"

阖闾再问："这龟、蛤蚧春酒，是什么人配制？"

伯嚭道："臣听说，昔年楚平王日御嫔妃十数人，血竭气衰，难以行房。后得沈尹戌寻得神医扁鹊之徒东皋公，配制此酒。平王饮后方愈，日御十女而不疲。"

阖闾相信了，饮一杯顿感全身火热难耐，然后就寝楚王锦床

阖闾听说孟嬴美貌绝世，命令嬖臣传楚夫人孟嬴侍寝。孟嬴正在内宫沐浴。她已经知道儿子楚昭王熊轸逃出了郢都，生死未卜。更知道吴王阖闾正寝在楚王内宫，而且就要传她去侍寝。她身为秦王的妹妹、楚平王的妻子、楚昭王的母亲，怎能让吴王奸污。她预感到末日的来临，要把自己洗浴洁净，去地下陪伴已薨的夫君。

宫女白豆正俯身挑拨油盏中的灯草，听到孟嬴呼唤"白豆"，慌忙蹑足碎步，奔到浴室门外，躬身应道："夫人，白豆恭候夫人吩咐。"

浴室里死寂，半天才传出孟嬴的一声叹息。白豆听到夫人自语道："大王已薨九年了。日月如轮，光阴真快啊。"

白豆在门外应道："是的，夫人。大王大行在敬王四年，到今天正好九年。"

孟嬴在浴室里悲泣道："九啊，九啊？吉吗？祸吗？"

白豆道："夫人。九是极数，应当是吉数。"

孟嬴在室内怒道："吴人犯楚，攻占郢都。吴王这时正在奸淫楚王嫔妃，何吉之有？贱奴，自笞！"

白豆吓得跪伏在地，伸出双掌左右抽打自己的面颊。白豆边打边哀求道："白豆有罪，白豆该死。"

孟嬴长叹一声道："甭打了，你把雀膏、雀珠取来。"

白豆行礼道："谢夫人。"爬起身来，去妆台上取来两只玉瓶，跪在门外递给了孟嬴。

孟嬴从一只玉瓶中倾出几粒白色的鸟粪，用水在掌心里化开来，仔细地在肌肤上轻盈地搓揉，欣赏着光洁和柔嫩。孟嬴边搓揉边道："二十年前，神医扁鹊的高徒东皋公，到秦都雍城。我王兄在王宫赐筵给东皋公，问他世间可有不老之术。东皋公道，'不谙生死者不老'。我王兄说，傻子当然不老。东皋公又道，世间无不老之术，有不老之容。王兄问何为不老之容。东皋公道，用黄鸟之粪洗浴，其肌肤不老。用黄鸟之睾配蜂蜜制丸服食，其性不老。那时我王兄当作酒话笑谈，说给我兄妹。我嫁给楚王，就用东皋公之术护肤养性，效果胜极。大王每次出猎，总是不忘为我亲捡鸟粪，亲射黄鸟。回宫取雄鸟之睾，命医师焙干研末，以熟蜜制丸。大王还亲自取名，一叫'雀珠'，一叫'雀膏'。你听说过吗？"

白豆俯首道："奴婢知道。奴婢曾听夫人说过。"

孟嬴悲哀地叹息道："你，不知道！"又道，"我应该是太子熊建的妃子。大

王贪我美貌，占儿媳为夫人。我企盼容颜不衰，企盼平王早薨，太子熊建继位，我成为太子的妃子。不曾想，太子为郑国人所杀，平王又弃我而去。如今，我命中的两个男人，都候我在地下了。我又怎么能够去陪一个征占楚国的外邦之君睡觉？"

白豆听了吓得抖索成一团，连连行礼道："奴婢不知，奴婢不知说些什么，能使夫人开心。"

孟赢打开另一只玉瓶，两只玉指拈住一粒蜜丸，投进殷红的口中，抿了抿道："你啥也甭说，该来扶我出去了。"

孟赢出浴，袭一领轻纱在温室梳妆，白豆侍之。妆完，孟赢顾盼镜中身影，哀叹连声。这时室外有人敲窗户，孟赢愠怒。白豆斥道："什么人大胆，夜半敢击夫人窗户？"

窗外吴王阖闾道："寡人听说夫人美貌绝世，特来相见，以消渴思。"

孟赢大怒，从壁上抽出宝剑，以剑磕窗道："阖闾听着，你身为国君，是人中之王，民之表率。明君当循王礼，坐不共席，食不同器。今天你夺人疆土，占人国都，又淫人妻女，置王礼于不顾，传恶名于天下，怎能为君？怎能为万民之王？阖闾，我孟赢为你羞愧。我今天伏剑而死，也决不受你淫辱！"

阖闾在窗外听斥大惭，躬身面窗道："阖闾一向敬慕夫人美德，只想一睹芳容，怎敢心存不轨之念？阖闾惊扰夫人了，请夫人宽宥。请夫人歇息。"

孟赢听见吴王脚步声橐橐远去，才长叹一声，筋骨酥软，弃剑跌坐在地。白豆慌忙搀扶，边劝道："吴王已经走了。夫人不要惊怕。"

孟赢又叹道："吴王阖闾是色狼。避了朔日，难避望日了。"低头饮泣，半天又对白豆道，"你明天派人打探伍子胥行踪。我料他必会掘先王之陵，以泄父兄仇怨。"

白豆领命，第二天命令一个马夫，站在伍子胥宫馆门外监视。

伯嚭的仇人囊瓦逃亡到郑国，沈尹戍又在雍澨自刭。一死一逃，伯嚭大仇未报利索。伯嚭对楚国仇深恨大，进谗于吴王阖闾，使他淫楚昭王妻妃十数人，又使吴国百官都住在楚国逃亡的百官家中，淫其妻女。伯嚭还不解恨，又进谗于吴王道："大王既进郢都，应当灭楚国。灭楚国，应当把楚国宗庙毁掉。"

阖闾正在犹豫不决，孙武进言道："伯嚭的话不可听。臣以为，兵以义动，方为有名。楚平王任用谗贪，内戮忠良，外征诸侯，废太子熊建而立孟赢之子熊轸，因此招致内政腐败，民心不归，士气不振，而使大王数万之师直取郢都。今大王既破郢都，当效齐桓公图霸天下，扶危救亡，更不可毁楚国宗庙。楚国地大人众，不可以灭。大王宜召楚太子熊建儿子熊胜，立他为君，使主宗庙，以更楚昭王熊轸之位。楚人怜故太子无辜，必将安定。楚国君臣，也会感激大王匡助之德。臣以为，大王存楚国，胜得楚国。"

伯嚭又道："大王今天已经取得楚国了，得而弃之，楚国人以后必然报复。今天大王既占楚都，逐走楚王，为什么不废楚归吴？"

吴王阖闾贪于灭楚，使吴国称霸诸侯，就不听孙武的话，纳伯嚭谗言，下令尽毁楚王宗庙。

伍子胥多方打探，无法得知楚平王熊居葬在哪里。正自焦急，弘涅赶回宫馆禀报道："禀报将军。现查明，楚平王熊居死后，费无极为了不使将军掘陵发墓，出葬棺椁计有七十三口，只有一具棺椁是真的。"

伍子胥焦躁地斥道："废话！当然真棺只有一具。你说说，熊居究竟葬在哪里？"

弘涅道："那七十二处疑冢，我命令兵士发掘，都是空棺。只有台陵，还没挖掘。"

伍子胥神情大振，操起一柄竹节铜鞭，说道："备车，去台陵！"

伍子胥乘轩车领先。弘涅率领五百名兵士，都着铠甲，持戟戈驱战车随后。一队人马，浩浩荡荡出了郢都东门，开到台陵。伍子胥下了轩车，手执铜鞭，观望宏伟壮观的台陵。弘涅一旁道："这台陵，是沈尹戍和司马奋扬亲自率领数十万奴工筑造。整个宫城分上宫、下宫，占地一百二十亩。宫城四周有神墙、神门。由神门、神道通达城内的祭殿和神台。神台之后筑有后陵和下宫，设正殿、影殿、斋殿。正殿供奉一具棺椁，我以为应当是楚平王熊居的灵柩。影殿位于正殿之北，供奉有熊居的画像。斋殿在最后，为祭堂。上宫的宫城两侧，都是守陵官员和卫兵住所。"

伍子胥道："我们去正殿。"

伍子胥和兵士们来到台陵下宫正殿，命令弘涅带领兵士撬开棺椁，里面竟然没有尸身，仅有楚平王一袭衣冠。

弘涅道："这是楚王衣冠柩。熊居真柩应当在地宫。但是，不知道地宫在哪里？"

伍子胥用铜鞭敲打着空棺，思索了一会儿，突然叫道："地宫应当在神台下面。快，去神台！"

伍子胥命令兵士推倒神台，果然现出地宫入口。伍子胥随同兵士下到地宫。弘涅命人点燃牛油烛火，照见地宫中央供有一具楠木巨椁。撬开椁，清除瘗藏之物，再打开棺盖，众人又傻了眼，只见棺中是一堆烂石，并无楚王尸体。

伍子胥出了地宫，来到台陵之外。他面朝烟波森森的寥台湖，跺脚擂胸，恸哭道："天啊，天啊！你为什么不让子胥报父兄之怨啊？"

弘涅躬身道："弘涅请将军节哀。"又道，"有一个山野之夫，求见将军。"

伍子胥重新振作起来，说道："他既来求见，应当有要事。引他见我。"

不一会儿，弘涅领着一个鹑衣破笠的汉子，来到伍子胥面前。那汉子见到伍子胥，连忙跪伏在地，一边不住地以头触地，一边悲声嚎哭。

伍子胥虚扶道："子请起。子是什么人？有什么悲？可诉于老夫。"

那人饮泣道："我是龙洞山人，复姓皇甫，名胥。"

伍子胥大惊，就问道："你是龙洞山人氏，姓皇甫？你可认识皇甫讷？"

皇甫胥又跪伏，哭道："正是家父。"

伍子胥连忙俯身，把皇甫胥搀起，问道："你父亲，他在哪里？"

皇甫胥道："我和父亲被奋扬、沈尹戍捉来，替楚王筑墓。墓成，沈尹戍命人封穴，父亲和工奴都死在墓中。只有我有幸逃生。父死前，嘱咐我以后找到将军，掘楚王坟墓，为我父亲和死亡的奴工泄怨。"

伍子胥急切问道："我自然应当为你父亲和冤死奴工泄愤。你快快告诉我，昏王灵柩葬在哪里？"

皇甫胥道："昏王棺椁不在台陵。台陵上宫下宫和地宫，都是疑冢。昏王怕将军掘墓毁尸，命令奴工在寥台湖掘地宫，深数丈。地宫中央供有昏王棺椁。我父亲在筑地宫石壁时，看见一处地隙通向外面，等待守陵兵士封穴，父亲命我从地隙逃出。我刚入地隙，地宫穴壁已经坍塌，父亲死在穴内了。"

伍子胥道："你既然从地隙逃出，应当知道地隙出处。孩儿，你快领我去。"

皇甫胥把伍子胥等人带到数里外的一处山洞。兵士用绳索相牵，跟随皇甫胥进洞，刚行十数丈，已经无路可行。洞内已坍，都被巨石封死。

皇甫胥叹道："这洞通到湖下地宫，却已坍塌，进不去了。"

弘涅道："掘洞进宫，工程浩大，没有十几天完不成，怎么办？"

伍子胥登高眺望寥台湖，问皇甫胥道："我如果尽泄湖水，能挖到地宫吗？"

皇甫胥惊喜道："尽泄湖水？能挖到，能挖到，当然能挖到！"

伍子胥大喜，立即命令兵士开坝，泄尽湖水。而后伍子胥命人在湖中间挖掘地道数处，果然有一处出现地宫石壁。伍子胥刚要命令兵士凿壁进宫，皇甫胥道："将军不可莽入。这地宫有数百根鱼油巨烛，内有麻药，燃后致人昏死不省。封穴时，地宫内有数十个奴工，都被烛烟熏昏致死了。将军可以命令兵士凿壁开洞，放出地宫毒气，才可以进去。"

伍子胥说好，命令兵士依言而行。兵士开壁，果然有乌黑烟气团团涌出。有几个兵士躲避不及，被熏倒昏迷。伍子胥命人把昏迷兵士抬到高坎通风处，好一会儿才苏醒。

伍子胥率领众人进入了地宫，果然看见宫里地上蜷曲数十具奴工尸骸。皇甫胥在地宫坍壁处扒出皇甫讷尸体，抱住嚎啕。伍子胥安慰道："你不要悲伤。我掘昏王尸体，为你泄愤。"

伍子胥命令弘涅等人凿开地宫中央棺椁。只见棺内一堆金铁，都吃一惊。皇甫胥道："这是疑棺。真棺必定在这椁的下面。"

伍子胥命令兵士移开疑椁，果然见着下面有一具石椁。橇开椁板，见椁里四周肚槽，灌满了水银，一具金丝楠木棺柩浸在水银之中。撬开棺盖，只见内里一具尸体外裹金缕玉衣，仰卧在棺中。伍子胥命令兵士用铁钩把平王尸体钩出，毁掉玉衣，熊居尸体的肌肤还没有腐烂。

伍子胥看见熊居尸身，顿时怒发冲冠，手执铜鞭道："我要为我父兄及冤死奴工和楚国百姓，惩罚你这个昏王，笞你三百。"说完，挥舞铜鞭抽打楚平王熊居尸身，三百而止，是致尸身骨碎肉烂。伍子胥仍不解恨，拿剑割断熊居头颅，挖出眼珠，怒道："你生时不识忠奸，杀戮忠良，残害百姓。今天我挖你二目，以示天下昏王之诫！"

伍子胥又命令兵士引水倒灌寥台湖，使鱼鳖吃昏王余尸。伍子胥对皇甫胥道："你父亲对我有救命之恩。你父已死，我应当把你当成我的儿子。你愿意跟随我回吴国吗？"

皇甫胥听了，连连行礼嚎啕，抱住伍子胥双腿，大叫道："二爷，我愿意。"

白豆探得伍子胥掘墓毁尸，报告楚夫人孟嬴。孟嬴叹道："釜不平，人概之。人不平，天概之。这是大王造孽，今天得到报应了。"哭泣了一会儿，又道，"伍子胥既毁大王尸身，又怎能饶我存活在世？"

孟嬴取白帛缚颈，要自毙。白豆跪抱孟嬴，哭劝道："楚王还在，楚国未灭。夫人为什么要弃世？"

孟嬴放弃短念，拥住白豆恸哭，声甚悲哀。

楚昭王熊轸出逃郢都时未带妻妃，却没有忘记带上他心爱的小妹熊季。熊轸在王孙繇于的护卫下，乘船西涉沮水，然后又南渡大江，来到云梦泽之中。熊轸倚着熊季昏睡刚醒，看见船只泊在滩岸，四野的芦苇在寒水中嗾嗾啾啾，凄凉万状。

熊轸惊悸，叫道："王孙繇于，你在哪里？"

王孙繇于正在岸上。他在用泥块垒起的泥灶上炊饭，听到呼唤，跑到船头跪禀道："大王，臣在炊饭。大王唤臣有何事？"

熊轸打了个哈欠，问道："孤王这是在哪里？"

王孙繇于道："这里仍是大王的疆土，云梦泽。"

熊轸在船头站起，眺望着无边的水泊和无垠的苇滩，叹道："寡人的疆土？寡人的臣民在哪里了！这鬼地方，除了鱼鳖，连野兽也没有。王孙繇于，你说对不对？"

王孙繇于躬身道："大王所说，对，也不对。"

熊轸手指戳住王孙繇于，怒问道："大胆！你说，寡人说的怎么不对？"

熊季在仓内惊醒，慵懒地说道："因为，今天，这云梦泽中除了鱼鳖，还有楚王，还有王妹熊季。当然，还有楚臣王孙繇于啊。"

熊轸拍掌道："对，对，季妹说得真对。"又对船下的王孙繇于道，"王孙繇于？"

王孙繇于低头道："臣在。"

熊轸道："小妹说的对。今天若大的云梦泽，除了水里的鱼鳖，只有我们君臣三个人了。今天，你把米饭弄到仓里来，我们三人共器吃饭。"

王孙繇于道："臣，不敢越礼。"

熊轸不悦，挥手道："罢，罢，罢！逃亡之君，逃亡之臣，何谓有礼？快去，把饭送到船中，甭让寡人爱妹不悦。"

王孙繇于把米饭用瓦碗盛了，送进船里，跪在仓中小桌之旁，把米饭分盛两只玉碗，双手奉到熊轸、熊季面前。待二人吃完，王孙繇于才把吃剩的米饭撤下，兑了河水，自己蹲在船头吃尽。

当晚，熊轸和熊季寝在船中。王孙繇于则在岸上河滩覆草而卧。夜中，河滩上突然拥来草寇百十来人，抢劫楚王船只。匪首拿戈击船，叫道："快把金银宝物，尽数拿来，可免你等一死！"

楚昭王熊轸一边护住熊季，一边怒斥道："你等匪寇，大胆。我是楚王，还不退去！"

匪首仰头笑道："我辈匪寇，只识财宝，不识楚王。当今楚国，上到令尹，下到镇长游宗，无不贪贿纳赃，横征暴敛，卖官鬻爵，敲骨吸髓，残害百姓。楚国亡在楚王，不是亡在吴王。我辈虽然是匪，匪也有道，只劫贪官恶吏，不劫百姓，胜过官爷百倍。"扭头命令匪徒道，"弟兄们，上船，搜金钱宝货。"

熊轸张开双臂拦住匪徒道："我是楚王！你们胆敢劫王，不怕死罪？"

匪首讥讽道："楚王不拒挡吴人，还拒挡匪人？"命匪徒道，"拉他下船，不要伤他性命。"

熊轸拥住熊季，不肯下船。匪首怒道："原来是舍不得怀中香软之物。好，我成全你！"说罢朝楚昭王熊轸头颅一戈击去。

王孙繇于突然发疯般地冲上船去，一边喊叫"不要伤我大王"，一边用身体护住熊轸。匪首铜戈落下，击中王孙繇于额头，顿时血流至踵，昏死在船头。

匪寇吵嚷着要杀上船去。匪首叫道："慢！这家伙看样儿果真是楚王。你等不可造次！"

一匪徒叫道："管他是楚王逼王！老子一刀砍了，抛进江里，一样地喂鱼鳖！"

匪首道："不可，不可。我们只劫财物，凡是无力抗拒者，不夺他性命。你把他们拉下船来，搜刮财物，焚烧木船！"

匪徒把楚昭王硬是拉下船来。熊季被匪徒抱住狎戏，娇声哀叫道："王兄救我，王兄救我啊！"

熊轸被几名匪徒揪住，动弹不得，急得大叫道："王孙繇于，还不为寡人护持爱妹，不要让她受辱！"

昏迷船头的王孙繇于一跃而起，推开匪徒，背负熊季跳下船来，拉了熊轸逃进荒滩芦苇丛中。熊轸不肯前行，回头望着匪徒们点火焚烧木船，大声悲呼道："他们烧了寡人的木船，劫了寡人的财宝！我的船啊？我的宝啊？"

王孙繇于劝道："大王，逃命要紧。船和财宝是身外之物，以后大王可以复得。"

熊季也劝道："王兄失国无悲，何悲木船财物？王兄不走，难道要把妾妹也送给匪人吗？"

熊轸急道："不，不！我不能舍弃爱妹。王孙繇于，我们走！"

王孙繇于背佗熊季，手搀楚王，走走歇歇，歇歇走走，走到天亮才走出十数里地。刚出苇荡，又见前面来了一伙人，都是身佩长剑。楚昭王熊轸吓得双膝一软，瘫在地上不起来。王孙繇于慌忙背着熊季，拖拉楚王，避入苇丛，还是被道上行人发现了。

道上有人喊问："那处苇丛，什么人藏匿？再不出声，我发射箭镞了！"

王孙繇于听见发话人声音甚熟，抬头看见那人正是大夫钟建，喊道："我是王孙繇于。不要发箭！大王在这里，何不见驾？"

钟建等人正在沿江寻找楚王，听说熊轸在这里，都慌忙奔来，跪伏一片。楚昭王熊轸抬头看见是大夫钟建、大夫箴尹固、公子熊期、宋木、斗辛、斗巢诸臣。熊轸这才平安地舒出一口气来，问道："这是哪里？寡人饥渴了。"

斗辛道："臣家在郧，距这里不到四十里。臣请大王暂忍饥渴，到臣家当奉饮食。"

楚昭王无奈，只得应允。众人轮流背负熊轸、熊季，一路沿江前行。突见江中飘来一叶小船。楚昭王叫道："有船，有船。船可以载寡人，也有寡人的饮食了。"

斗辛慌忙奔到江边拦船，朝船上喊道："什么人驶船？"

只见船中有男女数人，嘻戏连声。一个男子闻声伸出头来。斗辛见船中伸出的脑袋，正是大夫蓝亹。斗辛又呼道："原来是蓝亹大夫！蓝亹大夫载家小去哪里？大王在这里，请大夫载之。"

蓝亹冷笑道："亡国君王，我为什么载他？"就命船夫摇桨，顺流而去。

斗辛骂道："贼臣，贼臣！社稷太平，食君王之禄，爵之高位，富贵荣华，好不威风！国难当头，不思报效君王，竟弃大王而庇妻小。贼臣，贼臣。"

斗辛在岸边等候，过了一会儿，才候来一只小渔船。斗辛道："老丈。楚王在这里，请用船载到郧地。"

渔夫道："老夫野人，出力谋食。老夫不管他是啥王，给我衣食者，当效之以力。"

斗辛无奈，脱下长袍，扔给渔夫道："这件衣袍，可够资质？"

渔夫笑道："足够。客官请登船。"

楚昭王熊轸携爱妹熊季，在众臣护卫下乘渔船到了郧地。斗辛原是郧地邑宰，府宅在郧。斗辛把楚王和随从大臣们引入府宅，命令他弟弟斗怀治烹，款待楚王和臣子。席间，斗怀向熊轸进肉敬酒，目露凶色。

宴散，斗辛送楚王进内室安寝，又对族弟斗巢道："先王曾经杀了我父亲。我弟弟斗怀记仇不忘。今天席间他怒视大王，我疑怀他要行不轨。今夜我你二人要轮流守夜，行吗？"

斗巢应允道："当然。"二人就轮番坐在楚昭王寝室门外，一会儿不离。

楚昭王熊轸酒足饭饱，又加上香汤沐浴，饥疲已释。熊轸怀拥熊季，便思淫欲，言语挑逗得熊季不能自己，趁机一翻身，把熊季压在身下。

斗辛坐在楚王寝室门外打盹。熊季一声杀猪般地喊叫，把斗辛惊醒。

第二十六章

柳桡感恩救郑国，击楫号歌退吴兵

从吴国的东鄙升起的太阳，这时也照亮了楚都郢城，照醒了睡在楚王锦床上的吴王。

阖闾从几条玉腿的羁绊中挣扎出来，披了衣袍，唤来宫奴梳洗。梳洗完毕，阖闾穿衣出了寝宫。嬖臣跪奏道："大夫伯嚭，求见大王。"

阖闾道："准见。"

不一刻，伯嚭随嬖臣入内。伯嚭行礼道："臣，伯嚭，恭请大王安乐。"

阖闾道："卿请起，请坐。"见伯嚭在锦墩上落坐，又道，"卿和众大夫，在郢城安乐吗？"

伯嚭道："托大王洪福，众大夫全都欢愉。他们分别住在那些跟随楚王逃亡的楚国大夫府中，搂着他们的妻妾同眠，个个都在梦中笑醒了。"

阖闾问道："是笑醒，不是惊醒吧？"又问，"卿居住在何宅？是什么人妻妾侍寝？"

伯嚭离座，俯身道："臣住在楚令尹囊瓦府中。臣和囊瓦有杀父灭族之仇，臣故此让囊瓦妻妾陪臣睡觉了。"

阖闾笑道："夫债妻偿，夫债妻偿啊。"又问道，"伍子胥、孙武住在什么人府宅？有美女侍寝吗？"

伯嚭道："伍子胥住在宫馆。孙武住在吴军大营。这二人不住楚臣府宅，也不要女人侍寝。大王，臣不明白。"

阖闾冷笑道："你不明白，寡人明白。等一刻，你就明白了！"

这时嬖臣来奏："奏大王，大将军孙武求见。"

阖闾笑对伯嚭道："孙武每天必来求见寡人，要寡人不要灭楚，修复楚王宗庙，扶楚太子熊建儿子熊胜为楚王。寡人耳朵都被他磨出茧子了。他一来，寡人脑仁都疼。"又命嬖臣道，"你回大将军孙武，说寡人有恙，不见。"

阖闾见嬖臣走后，又对伯嚭道："伍子胥，他也要来了。"

不一刻，果然嬖臣慌张来报："大王。孙武刚走，伍子胥又来求见。"

阖闾挥手道："不见，不见！寡人有恙，谁也不见。"

嬖臣刚要传令，只听寝宫门前一阵吵嚷，几名卫士横戈阻拦闯宫的伍子胥。伍子胥白眉倒竖，铛啷拔出沥镂宝剑，喝道："大胆！拒我者，死！"

士兵后退，闪开宫门。伍子胥还剑入鞘，大踏步走进阖闾寝宫，行礼道："臣，伍子胥为大王请安。"

阖闾慌忙离座，伸手虚扶道："子胥免礼，请起。刚好伯嚭也在。嬖臣，为寡人治酒，和子胥饮。"

伍子胥道："子胥谢大王。子胥今天进宫，不是饮酒的。"

阖闾拦住话头道："卿忧越人犯吴，是吧？寡人已派公子姬山回国了。子胥莫不是，又要寡人撤离郢都，统兵追剿熊轸？"

伍子胥道："不是。子胥今天进宫，为大王说笑逗哏来了。"

阖闾对伯嚭道："伯大夫，你却有不知，子胥还有倡优艺伎。"又对伍子胥道，"子胥你说吧，博寡人一乐。"

伍子胥躬立一旁道："有一位国君，率军攻占了某国都城。某国君王和众臣弃都逃亡。国君就住在某国君的王宫，用他妻妃侍寝。大臣们也住在被占国的大臣府宅，淫其妻女。几天后，逃亡的国君借来诸侯之兵，分兵两路，一路攻占了那位得胜国君的都城，另一路攻进失去的都城。这时，那位得胜的国君，拥着亡君的妻妃酣睡在香床上，还不知道要失国丧命。"

阖闾听了伍子胥一段白话，脸上抽搐，惊出一身冷汗，半天才嗫嚅道："卿言极是。寡人未得楚王，犹楚未灭。寡人听卿的谏言。卿即刻率兵出郢，替寡人追杀楚昭王熊轸。"

伍子胥笑道："大王这就对了。只有杀了熊轸，大王才能睡得踏实。"扭头问伯嚭道，"伯大夫，你说是也不是？"

伯嚭擦着脸上的冷汗，说道："是，是的。"

伍子胥率兵开出郢都，追寻楚昭王熊轸。出城百里，天色已晚，派出的间谍回禀道："禀报将军，楚公子熊西，率兵把守鲁洪江。他听说郢都已破，楚王出逃，为了安抚人心，熊西于是穿上王服，乘上王舆，自称为楚王，立国在脾泄了。"

另一路间谍禀报："楚昭王熊轸和楚臣斗辛、斗巢、王孙繇于、钟建、箴尹固、宋木、公子熊期一千人，正住在郧邑斗辛府中。"

弘湦在一旁问伍子胥道："将军，我们往脾泄？还是去郧邑？"

伍子胥道："先擒熊轸，后擒熊西。命令兵士，打起火把，连夜开往郧邑。"

吴军兵士们应命燃起火把。兵车如一条长龙，在夜幕中朝郧邑方向奔腾而去。

熊季一声叫喊，把门外守值的斗辛从困盹中惊醒。斗辛想起白天斗怀数顾楚王，担心斗怀心存不轨，就不敢再瞌目。他举耳细听，内室再无声息，却听到院中有霍霍的磨刀声音。

斗辛来到院中，只见其弟斗怀正在磨砺着一把短刀。斗辛不动声色，静静瞅住。斗怀磨罢，把那把明晃晃的短刀举在月光下，盯眼瞅住锋刃。

斗辛轻叹一声，问道："怀弟。你磨刀，想干什么？"

斗怀狠狠道："我要杀楚王。"

斗辛又问道："怀弟，你为什么生此逆心？"

斗怀道："昔年父亲忠心耿耿，辅佐平王。平王听信费无极谗言，杀了父亲。平王杀我你之父，我今天杀平王儿子，以报父仇，有什么不对吗？"

斗辛怒斥道："君，天之子。天降祸于人，怎敢仇君？"

斗怀道："王在国，则为君。今天楚昭王熊轸已经失国，就是我的仇人了。圣人言，杀父之仇，弗共戴天。我若见仇而不杀，枉为人子，是大不孝了！"

斗辛叹道："怀弟。你听过没有，圣人说，怨不及嗣。楚王已悔先王之失，让我兄弟复爵父职。你今夜若乘楚王危难而杀他，天理不容啊。"

斗怀愤道："父债子偿，也是天理！"

斗辛见斗怀不听劝告，抽出佩剑，厉声喝道："你今天若不息此歹意，我先杀你！"

斗怀冷笑道："我为父报仇，何谓歹意？"

斗辛气极，举剑便砍。斗怀执刀夺门而走。斗辛持剑一边叫喊，一边追出门去。

楚昭王熊轸在锦帐中被叫喊声惊起，大叫道："来人，来人啊！"

斗巢听到喊叫，躬身在室外道："臣斗巢在，候大王之命。"

熊轸问道："刚才，什么人喧哗？"

斗巢道："斗怀愤先王杀其父，要杀大王报仇。斗辛斥之，所以争吵。现在斗辛追杀斗怀去了。"

熊轸听了斗怀要杀他，吓得面无人色。熊季也在床上抖索一团。半天，熊轸才嗫嚅道："斗怀既要杀寡人，不成决不罢手。这郧地，寡人怎能安寝？斗巢！"

斗巢门外应道："大王，臣在。"

熊轸道："快叫子期众卿。寡人不能再住此地，应当去别处住。"

斗巢奉命，叫起熊期、王孙繇于、箴尹固、钟建、宋木等人，扶持楚昭王熊轸和熊季登车，连夜出了郧城，取道逃往随国。

熊轸等人刚刚逃离郧城，伍子胥率领吴兵追到。吴兵围住了邑宰斗辛府宅，搜无一人。弘湮来到伍子胥车前，禀报道："报将军，楚王熊轸等人，连夜逃往随国去了。"

伍子胥在车中命令道："命令大军，开往随国。"

楚昭王熊轸率公子熊期、王孙繇于等臣子，来到随国。随国是楚国的附庸小国。随侯把楚昭王君臣隐匿在王宫北侧宫舍，供给饮食，派卫兵守护。诸事刚安排妥当，大阍来报道："吴国将军伍子胥，率大队兵马来到城下，派军使求见主公。"

随侯道："传见吴军军使。"

不一刻，弘淹穿戴盔甲，拜见随侯道："外臣伍子胥有信函，呈随侯过目。"

随侯命嬖臣接过信函，读道："吴国和随国都是姬姓，是周室子孙。今汉川之地，已尽被楚国吞噬。天怒于楚，佑我主公问罪于楚，败楚师，克郢城，致楚昭王熊轸出逃。今听说轸逃匿在贵国，特向贤侯索轸。贤侯若和吴国友好，请献熊轸给寡君。寡君和贤侯世为兄弟，同事周室。楚国汉阳之田，尽归贤侯。"

随侯听嬖臣诵完伍子胥信函，对弘淹道："军使权且下去暂歇。容我三思，再给伍将军回复。"

弘淹谢过随侯，随嬖臣退下。嬖臣在宫馆设席款待弘淹。随侯即和众臣商议道："今天伍子胥兵临城下，索要楚王。我如果把熊轸交给吴国，是不义之举。如果不交，伍子胥势必攻城，随国不保。怎么办？"

大夫贾昉奏道："这是两难之事。随国是楚国的附庸小国，兵微力薄。况且吴军已克郢都，楚国将灭，大树将倾焉能存完巢。今天伍子胥兵临随都城外，索要楚王，主公如果不给，他必会灭我随国。如果交出楚王，必招天下人耻笑。以臣之见，不如把伍子胥的信函递交给楚王，由他自裁。"

随侯听计说好，即命令贾昉持信函送交楚昭王熊轸。熊轸阅罢面无人色，吓得浑身抖擞，口不能言，把信传给公子熊期阅。熊期阅罢，又传给王孙繇于、斗辛、斗巢、钟建、箴尹固、宋木诸臣过目。众人看过都噤若寒蝉，木痴无言。公子熊期叹道："伍子胥兵压随都，随人若不缚大王给伍子胥，伍子胥势必攻城。随侯怕伍子胥灭随，才传其信函，是令我等自决了。我是大王之兄，貌似大王。我请借大王衣冠，冒充大王，请随侯把我献给伍子胥。大王趁机逃往别处，再图复国。"

楚昭王熊轸已无主张。大夫王孙繇于道："君忧臣耻。君王有难，臣当死。子期此计很好，大王应当允许。"

熊轸叹口气，命令贾昉回复随侯。随侯听说熊期要冒充楚王自缚给吴人，抬头叹道："楚国有此贤臣，楚国应当不灭。只是此事唐突，不知凶吉怎么样？"

贾昉道："主公何不命太史卜一卦？"

随侯依言，唤太史取守龟占卜。太史卜完，献其象辞道："平必陂，往必复。故不弃，新不欲。东邻为虎，西邻为肉。"

随侯听太史颂完，叹道："这个卜象，像是神指示寡人，不要把楚王献给伍子胥。"

随侯命令贾昉写信，回复伍子胥。信说："敝邑是楚之附庸，世有盟誓。楚君弃都而走，逃到敝邑，小君不敢不纳。今楚王听说将军兵压城陴，已徙他国了。将军如果不信，可以进城搜查。"

伍子胥阅罢随侯回信，正自思索，皇甫胥双手奉着信函入内，禀道："禀报将军。刚才帐外有一人，送一信函，请将军阅。"

伍子胥问道："什么人送信？"

皇甫胥道："送信之人风尘仆仆，好像从郑国来的。这人不愿见将军，说是受人之托，顺道捎来。"

伍子胥拿来信函启阅，信说："子胥兄别来无恙？昔年和兄邂逅在宋鄙，某曾和兄言，'兄能覆楚，我必存楚。兄能危楚，我必安楚。'兄还记得吗？兄今天引吴国之师，克郢都，鞭先王之尸，兄仇已报，兄愤已泄了。今楚王逃奔在外，兄何必穷追绝杀？某求兄劝吴王退兵，某当谏寡君不结仇怨，和吴结好。若兄和吴王执意灭楚，某当请兵入楚和兄为敌了。挚友申包胥拜上。"

皇甫胥见伍子胥弃信皱眉不语，问道："将军，这是什么人的信？"

伍子胥叹道："是我的好朋友，楚国的忠臣，申包胥。"

弘湦一旁问道："我料想楚昭王熊轸就藏匿在城内，将军怎么不派人进城搜查？"

伍子胥心神已乱，叹道："楚国有申包胥这样的忠臣，楚国不应当灭亡。天既佑楚，我又何必去追杀楚王？我料到随侯必不敢收留熊轸。楚令尹囊瓦现在逃亡在郑国，楚昭王熊轸十有八九已经逃奔郑国了。"

伍子胥走出中军大帐，昂首眺望东北方向，那是郑国的边境。天空中黑麻麻地飞过成千上万只乌鸦，如乌云般地由北往南呱噪而掠。伍子胥想到昔年辅佐太子熊建逃亡郑国的情景，想到了郑国人杀熊建，逼迫他携熊胜逃出郑国的那一段心酸往事，不由得虬眉倒竖，右手握紧了剑柄。

弘湦在伍子胥身侧，小心地问道："楚王既然逃走，我们退兵吗？"

伍子胥坚定地命令道："传我军令，明天大军早起，饱餐战饭，起兵攻伐郑国！"

皇甫胥问道："将军举兵伐郑，是不是要奏请吴王？"

伍子胥道："将能而君不御者胜。为将者领兵在外，途有所不由，军有所不击，城有所不攻，地有所不争，君命有所不受。"

第二天。伍子胥率领吴军一万人马，直奔郑国，在郑都城外安营下寨。郑定公大惊，急召群臣商议退兵之策。

郑定公道："伍子胥率领吴军，已到都城郊郭了。昔年寡人杀楚太子熊建，逐伍子胥，今天伍子胥向寡人索仇来了。众卿有什么计谋可退吴师，请说给寡人听。"

郑国群臣都知伍子胥英勇冠世，能征善谋。今天听说伍子胥率师伐郑复仇，个个肝胆欲裂，面面相觑。郑定公见群臣竟无一人出谋划策，在宝座上仰头叹息道："可惜啊！子产、游基已死，郑国无人能为寡人分忧了。"

郑定公话刚落，班内走出一个人，手捧玉笏奏道："臣有计，可退吴兵。"

郑定公见是大夫公孙戬，问道："卿有什么良谋，可使伍子胥退兵？"

公孙戬道："伍子胥率兵围郑都，并非要攻郑国报仇，是怀疑楚昭王熊轸藏匿在郑国。如今楚国令尹囊瓦在郑国，主公把他交给伍子胥，说楚王不在郑国，吴兵必退。"

郑定公道："寡人请卿和囊瓦说，让他自己去投降吴军。吴军围郑，是要楚国君臣，不能殃我鱼池。"

公孙戢来到宫馆见囊瓦，礼毕说道："伍子胥领兵已围郑都，令尹曾听说吗？"

囊瓦道："听说了。"

公孙戢又道："令尹可知伍子胥围郑所图吗？"

囊瓦答："不知。"

公孙戢笑道："伍子胥此来，是请令尹你的。令尹为什么装痴？"

囊瓦吃惊，问道："郑君要缚我，献给吴人吗？"

公孙戢道："令尹是大国之臣，寡君怎敢缚你。寡君言，郑国兵少力微，难和吴军抗拒。请令尹出使吴营，劝说伍子胥退兵。"

囊瓦仰头大笑，笑完眦目骂道："郑国人无信，口不如膣①。我囊瓦有目无珠，错投匪人了！"

囊瓦骂完，拔剑自刎而死。郑定公命人砍下囊瓦首级，用木匣装了，又命公孙戢把木匣送到城外吴营。

公孙戢对伍子胥道："将军举兵围郑，是索要楚王。然而楚王未到，有楚令尹囊瓦在郑。寡君要和吴国结好，命下臣把囊瓦头颅奉上，请将军退兵。"

伍子胥怒道："我今天围郑，是为楚太子熊建复仇。请你转禀郑君，出城和我一决雌雄，才能议和。"

公孙戢回到城内，向郑定公转达伍子胥所说。郑定公听了拈须叹道："伍子胥要报熊建之仇，势必灭掉郑国才肯罢休啊。"

众臣哑口无言。大夫公孙戢道："伍子胥既不退兵，又不肯议和，主公不如和他背城一战。"

郑定公摇头道："不可，不可以。卿思之，郑国兵马较楚国怎么样？吴军三万之众，败楚军十数万之众，破楚克郢。他连楚国都能破，不能破郑国吗？"

公孙戢道："臣听说，昔年鲍叔牙伐鲁，鲁庄公得一大将曹刿，大败齐军于长勺。吴王阖闾因得楚人伍子胥，又得齐人孙武，才得王位，就举兵败楚。郑国山灵地杰，鄙野之中藏龙卧虎。主公为什么不张榜招贤，悬之重赏，必有能退兵的豪杰。"

郑定公纳大夫公孙戢建议，悬榜招贤。榜文曰："有能退吴军者，寡人和他分国而治。"榜文在郑都新郑四门八市，悬令三日。

悬榜三日，无人应招。郑定公如坐针毡，对公孙戢道："悬榜三日，无人应招。吴军兵压城陴，随时可能破城而入，怎么是好？"

公孙戢抬头瞅一眼宫外的日光，劝慰道："主公且不要急躁。日刚昃，天未晚。臣昨天占一卜，兆吉，当在天晚之时。"

天刚晚，一个渔人身穿鹑衣，头戴破笠，肩背鱼篓，扛一支短桨，跻在人群中观看榜文。这渔人三十来岁年纪，生得浓眉虬须，虎背熊腰，十分壮实。渔人不小心踩着一个老者脚面，老者痛得龇牙裂舌，怒斥道："你踩疼我足了，也不嫌硌足吗？

---

① 女性生殖器。

224

你不打鱼，也想去城外和伍子胥打仗，和郑君共国吗？"

渔人听了急问道："怎么要同伍子胥打仗？怎么和郑君共国？请老丈说得清楚。"

老者气得不理睬渔人，挤往一边。近旁一个汉子对渔人道："伍子胥率领吴军围了新郑，要攻打郑国。郑国无人能敌伍子胥。这不，郑君悬榜纳贤，谁能打败伍子胥，郑君把郑国分一半给他。"

渔人道："乖乖儿！这个赏赐太大，分得郑国一半？那不是半个国君了吗？"

那汉子见渔人褴褛，讥讽道："可不是，半个国君虽不够大，也比你打鱼强多了！怎么，老兄动心了，想揭榜一试吗？"

渔人笑道："重赏之下，必有勇夫。郑君既许共国，我怎能不敢一试？"

刚才被渔人踩了脚的老者，在一旁讥道："他是个疯子。他那小样，能杀退伍子胥？"

老者的话引起人群一阵哄笑。渔夫道："我是个疯子。你们都不是疯子。可是，现如今也只有我这个疯子，可以救郑国不亡。这榜，我揭了！"

渔人把桨提住，腾出一只手去揭榜文。守榜士兵斥道："你果真是疯子？你知道乱揭榜文，要被杀头吗？"

渔夫道："杀头杀我头，又不杀你头，你怕什么？这榜我揭了。你领我去见郑君。"

郑定公眼见太阳已经坠落宫墙，还无人揭榜，在宫中惴惴不安。他瞅住落日余晖，又巡视无精打采的众臣，长叹一声，惴栗道："天要灭郑国吗？天真的要灭郑国吗？"

公孙戢出班奏道："臣，请主公不要忧愁。天刚晚，当有喜讯，应臣吉卜。"

郑定公哭笑不得，无奈地挥手道："你不要糊弄寡人了！何为吉兆？何为吉卜？寡人怎么不见？"

宫外传来吵嚷之声，门官入内跪奏道："臣奏禀主公。有一个渔人揭榜，声称可退吴兵。"

郑定公大喜，说道："快快，领来见寡人。"

门官退出宫门，把渔夫引入。渔夫跪道："草民拜见国君。草民给国君叩头了。"

郑定公见是一个渔人，大失所望，愠道："你是鄙野渔夫，有什么能耐可退吴军？你竟敢妄自揭榜，戏耍寡人吗？"喝叫卫士道，"士兵，给寡人拉下去斩首！"

众士兵一拥而上，擒住渔夫往宫外拖。

渔夫叫道："我还未退吴军，你怎么知道我不能退吴军？"

公孙戢慌忙奏道："主公息怒。主公应当询问，他用什么办法退兵，再杀他也不迟。"

郑定公听公孙戢说的有理，喝令士兵带回渔夫，问道："你以何术，能使伍子胥退兵？"

渔夫拿起地上的短桨道："我以此桨，可使吴军不战自退。"

郑定公狐疑，问道："这是划船的木桨，也不是神物，怎能使伍子胥不战退兵？你是不是疯子？"

225

众臣憋不住，都开怀大笑，齐叫："疯子，疯子！"

郑定公觉着受了渔夫的嘲弄，击案喝令："士兵，拉去砍了！"

公孙戢慌忙跪奏道："主公不要杀这个人。这个人既然自称可退吴师，主公应当用他试试。如果他诓骗主公，再杀他也不迟。"

郑定公怒不可遏，咆哮道："再杀不迟，再杀不迟！难道你也是一个疯子？让寡人赐你和他一同受死？"

公孙戢行礼道："臣也是疯子。但臣请主公先让渔人退兵。如果吴军不退，主公杀臣，臣无怨言。臣以家小为质，请主公允许渔人出城退敌。"

郑定公命令士兵拘禁公孙戢家小，释放渔夫出城。公孙戢问渔夫道："我的家小性命，都押在你身上了。你照实说，用什么办法退兵？"

渔夫笑道："大夫是命，小人也是命，我怎能拿性命开玩笑？我退吴兵，不用一兵一卒一斗之粮，只要持我这只木桨，绕吴军大营行歌一匝，伍子胥听歌自然会退兵。"

渔夫见公孙戢摇头咂舌，又笑道："郑君刚才不信我的话，命令士兵杀我。我退吴军，不费吹灰之力，只怕郑君反复无常，不践赏赐。"

公孙戢道："君无戏言。你如果能使伍子胥退兵，你救了主公，救了郑国，国君又怎能失信于天下？"

渔夫又道："我是鄙野之人，不敢奢当国君，也不想贪图半个郑国。我退兵之后，请大夫奏请郑君，赏小民十亩土地，一只渔船，小民足愿了。小民无立椎之地，渔船已破，无栖身之所了。"

公孙戢道："你退了吴兵，如果不想和郑君共国，应当赐你万户之邑。如果郑君失言，我用我私邑给你，行吗？"

渔夫苦笑道："我不贪万户之邑，只要一只渔船足够了。"

渔夫出了城门。公孙戢站在城上，手扶雉堞观瞧。果然看见渔人用瓦片敲击木桨，绕吴军大营而行。渔人一边敲击木桨，一边唱道：

芦中人，

芦中人，

逃郑奔吴历千辛。

曾记昔年渡江时，

前无船，后有兵？

芦中人，

芦中人，

腰悬沥镂值万金。

曾记昔年渔丈人，

226

麦饭咸鱼不言腥？

伍子胥在中军大帐听见营内兵士吵嚷，唤弘淹问道："营内兵士，为什么喧哗？"

弘淹道："营外有一个疯人，敲击木桨绕营唱歌。兵士见他所歌悲伤，所以议论纷杂。"

伍子胥又问道："他唱的什么歌词？"

弘淹道："末将没有听清。"

皇甫胥入内禀报道："将军，营外有一个渔夫狂歌'芦中人，渔丈人'，扰乱军心，能不能驱赶？"

伍子胥听到"芦中人"、"渔丈人"，大惊而起，急道："不可，不可，待我亲出大营迎接。"

伍子胥整理衣冠，率领弘淹、皇甫胥及众卫士，列队营门，去迎接渔人。弘淹前趋数步，躬身朝渔人施礼道："将军请先生，入营叙话。"

渔人跟随弘淹来到营门。伍子胥朝渔人一躬到地，问道："足下是什么人？怎么知道'芦中人'、'渔丈人'的故事？"

渔人敲桨笑问："将军，你还认识这只木桨吗？"

伍子胥怔怔地瞅住渔人木桨，泪流满面，双手抓住渔人颤声问道："渔丈人，他现在哪里？想煞子胥了！"

渔夫黯然道："小人名叫柳桡，渔丈人是我的父亲。将军当年逃走，我父亲就被楚兵捕杀了。"

伍子胥嚎啕道："丈人啊，你是为了我而死的。我今生今世，大恩难报了。"

弘淹一旁道："将军怎么不请柳桡进营？"

伍子胥听了醒悟，一边抹泪，一边尴尬笑道："请，请，请柳桡入营，设宴款待。"

筵席铺就。伍子胥命设祭案，供奉渔丈人、皇甫讷、史鹍牌位。伍子胥朝祭案洒酒跪拜，对柳桡、皇甫胥、弘淹等人道："我昔年从楚国逃往郑国。郑国人杀太子，又追杀我等。我从郑国逃奔吴国，得以存命，都是这三个人舍身救我。今天大恩未报，三位恩人竟然弃世而去，我怎能不悲伤？"

伍子胥又泪水潸然，伏地再拜。柳桡、皇甫胥也都泪雨滂沱，伏跪在伍子胥身后。过了一会儿，伍子胥才起身，一手一个拉起柳桡、皇甫胥入席。

三杯已尽，伍子胥亲替柳桡续杯，问道："恩公谢世，你住在哪里，以何为生？"

柳桡道："我是渔夫，以船为居，以渔为生。"

伍子胥又问道："你今天桨歌而来，有什么事找我？"

柳桡道："昔年将军渡江奔吴，楚兵罪我父亲偷渡将军而杀之，我就逃到了郑国。郑国人待我友善，并未加罪于我。今听说将军率兵围郑都，势要灭郑。郑君张榜纳士，许诺能退将军者，和他分国而治。柳桡不企得国，是念郑人待我友好，特来向将军求情，请将军退兵，恩赦郑国。"

伍子胥叹道："令尊是我的救命恩公。我得以入楚复仇，得任吴王将军，都是恩公所赐。上天苍苍，令尊的大恩我怎敢忘怀？郑国人既然待你很好，你报郑国人的恩情，前来求我，我又怎能忘令尊大恩而不从？"扭头对弘渥道，"传我军令，明天天亮退兵！"

柳桡当夜宿在吴军大营。第二天刚亮，吴军收拾车马，拔营起寨，准备退兵返回郢城。伍子胥设宴和柳桡辞别。伍子胥送柳桡千金，柳桡不受，推拒道："君子助人，当不求图报。这话，是我父亲所嘱。今天柳桡如果收受将军金钱，以后不能在地下面见父亲了。"

伍子胥见柳桡不受，又道："你能不能跟随我去吴国？我可以让你富贵无忧。"

柳桡摇头道："野人恋土难移。将军退兵，我虽然不能和郑公分国，但可以得到新船草屋，薄田数亩，我足愿了。将军今天退兵，赐福给郑国人，也赐福给我柳桡了。将军千万不要过意不去。"

柳桡说完，一躬作别，扭身往郑都城门走去。伍子胥长叹一声，驱车率师，回郢城而去。

柳桡说退吴军，郑定公要实践前诺，和他分国而治。柳桡拜辞道："小人命薄，难当大福。如果君王分国给小人，小人活命不长了。"

郑定公叹道："你虽然不贪，不和寡人分国，但是你让寡人失信了呀。"

柳桡道："小人足下寸土，都是国君的国土。小人斗胆，请国君赐小人薄地十亩，树木数株。小人结茅为屋，筏木凿船，居有所，食有依，足愿了。"

郑定公感叹道："救人救国都不图厚报，实在是高人啊。"

郑定公于是封柳桡大夫之爵，赐他封地百里。柳桡回到封地，辟地建屋，名"丈人村"。周围百里，官僚和民众都称柳桡叫"渔大夫"。

第二十七章

立志存楚，申包胥血泪哭秦庭

这是一座用树木和茅草搭建在山坡上的草屋，是楚国逃亡大夫申包胥的栖身处所。三天前，他写信一函，命令家奴邬桂送交好友伍子胥，劝他退兵，又命令邬桂就便打探楚昭王下落，请蒍射之子蒍延前来商议抗吴救楚之事。三日来，申包胥每天天刚亮，就伫立在屋后的山岗上，眺望着山下的小道，企盼见到邬桂和蒍延回来的身影。

太阳从东迤西，终于又要坠落山下了。申包胥叹息一声，刚要回转草屋，就见山下小路上荡起一线尘埃，一乘二马轺车正朝他奔驰而来。申包胥张开双臂，从高岗向山下奔迎，山风鼓起袍衫，人如大鸟一般。

轺车停住，邬桂、蒍延相继跃下车来，和申包胥见礼。申包胥爱抚地牵着蒍延的手，朝草屋边行边道："令尊是我的老友了。令尊为楚国尽忠殉身，使老夫哀痛不已。楚国如果多几位像令尊一样的臣子，吴国人怎能攻陷郢都？"

蒍延道："晚辈听说，大夫曾对伍子胥说过，他能灭楚，大夫必能复楚。如今吴王率孙武、伍子胥已经攻克了郢都，楚王逃亡在外。大夫召蒍延来，想必是为了复楚救国吧？"

二人走到门前，申包胥伸手请道："少将军请进屋，老夫和你详谈。"转身对收拾车中食物的邬桂道，"邬桂，备办酒肴。今晚，我们共饮。"

邬桂笑道："老爷，我买了好多牛肉、醴酒，还有不少菜蔬，过冬都够了。"

申包胥道："我们怎能安心在这里过冬？多做点菜！"

邬桂道："是，老爷！"

申包胥和蒍延对面相坐，中间火盆燃着一架树根。申包胥把温热的浆水给蒍延倒了一碗，说道："少爷先饮浆水，压压饥渴。"

蒍延双手接过，说道："谢大夫。"

申包胥见蒍延饮了浆水，问道："我差邬桂送信给伍子胥，他退兵了吗？"

蒍延道："伍子胥兵围随都，向随侯索要楚王。公子熊期貌似楚王，要扮楚王让随侯献给伍子胥。随侯占了一卜，不吉，对伍子胥说楚王已经离随而走。伍子胥以为令尹囊瓦逃亡在郑国，楚王必定投郑，就率领吴军围困郑都。郑定公怕伍子胥灭郑，报昔年杀太子熊建之仇，就逼迫囊瓦自刎。郑定公派人把囊瓦头颅送给伍子胥，说楚王不在郑国，请求吴军退兵。伍子胥不允。郑定公无奈，纳大夫公孙戫之计，张榜招贤，退兵保郑。事有巧合，昔年伍子胥逃离郑国，有一个叫作渔丈人的渔夫渡他过江。渔丈人儿子柳桡，在吴营击桨巡歌，伍子胥听歌迎接。恰巧邬桂也到，把大夫写的信送交给伍子胥。伍子胥一念大夫之情，二不忘渔丈人救命之恩，答应柳桡请求，下令退兵了。"

申包胥感叹道："先王不识贤愚，错用歹人费无极，是使忠良遭戮。楚国失去伍子胥，是祸非福。子胥能从随、郑退兵，不失为情义之人啊。"

说话间邬桂呈上酒肴，站在一旁侍饮。蒍延抚杯道："伍子胥虽然退兵，吴王还住在楚宫，淫楚王妻妃。伯嚭匹夫坏极了，让阖闾命令吴国大夫，按官职都住进楚国逃亡大臣府第，寝其妻妾。吴军只有孙武住在军营，伍子胥住宫馆，其他臣子都住在楚臣家宅，占其妻女。"

申包胥听了脸上青筋突暴，把铜杯朝案上用力一墩道："伯嚭匹夫，以后某当食其肉，寝其皮！"

呙桂单膝跪地，替申包胥震翻的空杯又斟满了酒。申包胥压住怒火，叹口气，问蓬延道："楚王，他现在在哪里？"

蓬延道："据我所料，楚王已经不在随国了，也不会去郑国。楚王身边有公子熊期、大夫王孙繇于、箴尹固、钟建、斗巢、斗辛等一班重臣。他们一定会护卫大王投奔方城，那里还有楚国的几万军队。"

申包胥又问道："公子熊西，如今在哪里？"

蓬延道："熊西率领兵马，据守鲁洑江，拒挡吴军进攻郢都。不料孙武、伍子胥避开鲁洑江，绕道攻占了郢都。熊西听说郢都失陷，楚王出逃，就自称楚王，安定民心。后来熊西得知楚王逃奔随国，就率领脾泄军队和百姓投奔随国。现在楚王如果投奔方城，熊西自当追随方城了。"

申包胥皱眉沉思一会儿，才说道："吴王阖闾、伯嚭匹夫，都不足虑。可畏者，是孙武、伍子胥二人。孙武虽为大将军，他听命于阖闾。使我忧者，是伍子胥啊。伍子胥和楚国仇深似海，他又辅佐过太子熊建。熊建之子熊胜，又是伍子胥带在吴国。我料伍子胥必定要灭掉楚国，拥立太子熊建的儿子熊胜为楚王。"

蓬延道："阖闾、伯嚭一帮吴臣，在郢都醉生梦死，以为楚国已亡，以为楚王被擒杀是早晚之事。孙武、伍子胥的话，阖闾必不听信。"

申包胥叹道："伍子胥文武冠世，非常人可及。他性烈志刚，又有恩于阖闾，必能犯颜直谏。如果阖闾采纳伍子胥的话，进兵方城，楚国就真要亡国了。"

蓬延道："吴王既不退兵，吴军久占郢都，势必灭楚才能罢休。伍子胥头脑清醒，他如果率大军进攻方城，楚国非亡不可。这，这怎么是好？"

申包胥抚杯瞌目不语，沉默许久，睁眼道："我已有计，可以退吴复楚了。"

蓬延惊喜道："大夫何计复楚，快请说给晚辈。"

申包胥道："吴国人经年欺侮侵扰他的邻居越国，越国一向朝楚仇吴。如今吴王在楚，吴国大将孙武、伍子胥及一班众臣都在楚国，吴国空虚了。我写信一函，命呙桂送给越王允常，让他举兵攻吴。我再赶奔秦国，借兵救楚。楚夫人孟嬴是秦哀公胞妹，楚王又是他的外甥，秦国能见楚国要亡而不救吗？要解楚难，只有求救于秦国了。你速去方城见楚王，劝谏楚王招集兵马，等我率领秦军入楚，协同秦军和吴军作战。"

蓬延道："大夫去秦国。晚辈即刻遵命赶往方城，寻见楚王。蓬延就随侍楚王左右，率兵等候大夫引领秦兵入楚。"

当夜。申包胥写信一函致越王，命呙桂赶奔越国。蓬延也连夜登程，往方城方向寻找楚昭王熊轸。天亮，申包胥把被褥和食品装进车中，自驾轺车上路，赶奔秦国而去。

申包胥日夜兼程，循山僻之道出楚境入秦界。一夜车坠山崖，马毙车损。申包胥被被褥裹住，得幸未死。申包胥弃了被褥，只背负所剩食物，徒步奔向秦国。途中足趾俱裂，鲜血淋漓，申包胥撕开衣袍裹足而行。每致困顿不堪，倒卧道旁昏睡，醒来思想楚王正逃难在异地，又爬起来拄棍前行。

申包胥历经了千辛万苦，路上行走一月有余，才到达秦都雍城。这天傍晚，申包胥来到秦宫求见秦哀公。门官奏报秦哀公道："楚国大夫申包胥，求见主公。"

秦哀公道："请楚臣在宫馆歇息，明天再见。"

门官又奏道："楚臣日夜行走，途中月余，足趾都破裂了。这人发结如毡，衣衫褴褛，形容憔悴。因为吴国人就要灭掉楚国了，他是求主公救助而来。主公如果不见他，他不会去宫馆歇息的。"

秦哀公略一思索，说道："好了，你传申包胥来见寡人。"

申包胥进入王宫，见秦哀公远远地伏地行礼，说道："外臣申包胥，叩拜秦君。"

秦哀公看见申包胥形如乞丐，心生怜悯，说道："使臣，请近前和寡人说话。"

申包胥道："外臣，途中亡命奔波，久不洗浴，体肤已经臭了。外臣不敢近前，以异味侵污贤君。"

秦哀公皱了皱眉头，似乎闻到了发自申包胥身上的臭味，挥手命嬖臣道："赐坐。"

嬖臣搬过一只锦墩，放在申包胥近旁。申包胥谢了赐座，才起身侧坐在锦墩上，说道："吴王阖闾，野心勃勃，意欲侵吞中原各国，称霸于世。目前阖闾率吴国兵马进攻楚国，已经攻占了郢都。寡君颠沛流离，露宿荒山僻野。寡君命小臣向贤君告急，乞求贤君顾念甥舅之情，起兵解厄，驱吴扶楚。"

秦哀公道："秦国地处中原西陲，兵微将寡，自保尚且力不允足。如果出兵救楚伐吴，兵士远离家园，千里出征，恐怕难以打胜。怎么办？"

申包胥见秦哀公主意不定，离座行礼道："吴国如今已经是一头野猪，一条蟒蛇，贪得无厌了。楚国和秦国国界相连。楚受吴灭而秦不救，吴若灭楚，吴国将是秦国之邻，吴国就要祸患秦国了。贤君要固秦，不如先存楚。贤君有楚为邻，能不优于吴国吗？贤君如果趁此吴未灭楚，出兵驱吴，使贤君外甥昭王复位，楚国君臣百姓，将感激贤君威德，世世代代，事奉贤君。"

秦哀公打了个哈欠，说道："秦国出兵攻吴，是国家大事情。大夫道途劳苦，先回馆驿歇息。出兵救楚之事，容寡人和众臣商议。"

申包胥见秦哀公推诿，头颅触地，血流满面，悲泣道："外臣从楚到秦，千里奔波，不敢懈怠，是忧寡君落荒莽野，居无定所。今贤君未允出兵，外臣肝肠寸断，怎能安身在馆舍？"

嬖臣躬身趋到秦哀公近前，低语道："主公，戎姬沐浴已毕，正在寝宫恭候主公驾幸。"

秦哀公沉缅酒色。近日北戎王送来一个戎女，风骚异常。哀公听说戎姬候娱，就烦躁地对申包胥说道："举兵千里征伐，是天大的事情，寡人怎能不思而决。你先在馆驿等候。"说完拂袖而去。

申包胥见秦哀公不答允发兵，悲愤欲绝，踉跄走出王宫，头触宫墙，号哭不已。门官前来劝道："使臣先回馆驿，沐浴更衣，吃饭安息。发兵救楚之事，秦君自有定夺。"

申包胥泣道："楚王落魄荒郊，臣子怎能安寝？秦君不发兵救我楚国，我唯死而已，何思饮食？"

门官见劝告无果，叹息而去，命令守门士兵道："你等给楚使饮食，不可短缺。"

士兵把面饼浆水墩在宫墙边上，对倒卧墙根悲啼的申包胥道："请大人饮浆吃饭。"士兵见申包胥哭而不言，摇头而去。

第二天，士兵又送来饮食。士兵见昨天的饮食未动，又劝道："使臣大人，你只顾啼哭不止，不吃不喝，能活多久？天下事大，大不过性命。请使臣吃饭吧。"

申包胥道："君忧，臣耻。君辱，臣死。如今寡君危厄，我怎么能自图活命？"

士兵摇头叹息，把前一天的面饼、浆水提走。

申包胥不吃不喝，倚卧宫墙号哭七天七夜，泪水流尽，从眼角迤下的是两条干涸的血痕。他已经声嘶力竭，哭不出声气，只是一时半刻地爆发出一声悲叫。这叫声凄惨恸绝，听者瘆心裂胆。

秦哀公正在寝宫拥抱着戎姬，一边饮酒，一边欣赏倡优裸舞。突然从宫外传来一声撕心裂肺的惨嚎，惊得戎姬掩耳娇叫。秦哀公怒问嬖臣道："什么人，在宫外号哭？"

嬖臣慌忙跪禀："回禀主公，宫外号哭之人，是楚使申包胥。"

秦哀公道："他不在馆驿歇息，为什么在寡人宫外吵扰？"

嬖臣道："主公没有答允发兵救楚，申包胥不吃不喝，已经在宫墙外号哭七天七夜了。他现在已经气息奄奄，目眦泪血已涸，恐怕命不长久了。"

秦哀公听了大惊，挥退倡优，把怀中戎姬推到一旁，起身问嬖臣道："果真这样？"

嬖臣道："臣不敢诓蒙主公。"

秦哀公拈须叹道："楚国有这样的忠臣，阖闾又怎能灭楚？快快，请申包胥见寡人。"见嬖臣领命而去，又命道，"命人抬他进宫，用寡人的舆车。"

申包胥被士兵用舆车抬进王宫。申包胥已经气力竭尽，匍匐行礼，张口无声，只有双眼悲哀地盯住秦哀公。

秦哀公见申包胥的惨状，大为感动，泪水潸然，瞅住申包胥颂道：

　　　　怎日无衣？
　　　　与子同袍。

232

王于兴师，

修我戈矛，

与子同仇。

申包胥听了秦哀公所歌，脸上露出了笑容，就瞌目昏死过去。

秦哀公大叫："快，快！命令医师，救活他！"

秦宫医师随嬖臣来到。医师诊视了申包胥，跪奏道："禀主公，楚使无恙，只是饥疲昏厥，饲以浆食可活。"

秦哀公道："抬去宫馆，好生养息。"

士兵随医师把申包胥抬出宫去。秦哀公命令嬖臣道："传寡人之命，召公子蒲、公子虎进宫。"

嬖臣领命而去。不一刻，秦公子嬴蒲、嬴虎入见秦哀公。秦哀公命令道："寡人命令你二人为将军，率领兵车五百乘，跟随楚使申包胥，去救楚国。"

嬴蒲、嬴虎跪道："臣，遵命。"

嬴蒲、嬴虎领命，整顿战车兵马粮草，诸事齐备，二人前往宫馆拜会申包胥。嬴蒲道："君兄命我兄弟二人率兵车五百乘，随大夫入楚驱吴。大人何时起程？"

申包胥道："寡君现在方城望救，不啻如干旱盼雨。我要先行一步，往报寡君。二位将军率秦兵取道商谷往东，几天可到襄阳，以后再折往南行，不几天就到达荆门了。我到方城，当请寡君率楚国余兵，从大、小别山往南，不出二月，即可和二位将军会师。我思谋，吴王阖闾自恃得胜，吴军必无防备，况且吴军兵士远征日久，人心思归，其志已怠。如果秦军破其一军，吴军自然土崩瓦解了。"

嬴蒲道："我兄弟二人，按大夫所指路图入楚，二月后和楚军在荆门会师。请大夫引导楚军去荆门，不可误期。"

申包胥道："自然，自然。军机大事，怎能失误。"

申包胥经过几天养息，元气恢复。第二天就自驾轺车，自秦入楚，辗转来到楚地方城。

薳延早就到了方城，没有见到楚王，又赴随都迎接楚昭王熊轸。薳延和宋木收集楚军所剩兵马，编为一军，等待秦师入楚。这天薳延正在大营外巡视，见山道上一乘轻车驰来，迎上前去，正是申包胥。薳延跃下车来，拱手道："大夫回来了。我已遵命，集兵已待了。秦兵到了吗？"

申包胥道："秦兵已经取道商谷入楚了。快领我去见楚王。"

二人刚到大帐门外，楚昭王熊轸听到申包胥从秦国回来，赤脚迎出。申包胥要行礼，楚王一把拉住，说道："卿道途劳苦，不要多礼。"

熊轸命嬖臣搬过锦墩，让申包胥、薳延二人坐下，又命嬖臣赐二人醴酒，说道："卿为寡人为楚国受苦了。请尽饮，再说话。"

申包胥喝完说道：“臣已请来救兵了。秦侯派他的两个弟弟，公子嬴蒲、嬴虎为将军，率兵车五百，从商谷入楚。秦军和臣相约，大王率楚师二月后在荆门和秦师会合。”

熊轸大喜，摩掌道：“昔日伍子胥兵困随都，要擒寡人。随侯命卜官卜了一卦，辞曰‘东邻为肉，西邻为虎’。吴国在楚之东，楚之西是秦，今秦师入楚驱吴，果应此卜。”

申包胥道：“当务之急，大王整顿兵马，开赴襄阳，等候秦军。千万不要耽误会期。”又道，“臣未去秦国之前，已派人致信函给越王了。臣料想，越国早晚要发兵进攻吴国。阖闾内外受敌，必败了。”

楚昭王熊轸听了大喜。熊西已经回到方城，楚王即拜公子熊西为令尹，统帅楚军。熊西即刻整备战车兵马粮草，率领公子熊期、蒍延、宋木、斗巢等人，跟随楚王南下襄阳，趋荆门和秦军会师。

吴王阖闾正在楚王内宫花天酒地，不听孙武、伍子胥进言。阖闾凡事都和伯嚭商议，唯听伯嚭之计是从。这天孙武、伍子胥得报秦军已经入楚，二人来见阖闾。

孙武奏道：“吴军入楚已有七八个月之久。日前越国趁吴都空虚，越王率兵犯吴，虽被公子夫概击败，但是国内隐患未除。臣请大王班师回国。”

阖闾笑道：“这是楚王之宫，也是寡人之国。楚国已亡，楚国已为寡人所有，寡人为什么还要班师？”

伍子胥道：“楚王未死，楚国未亡。臣已得知，秦哀公命令秦公子嬴蒲、嬴虎率兵车五百入楚。楚昭王熊轸，拜其兄熊西为令尹，已经集合方城楚军，南进襄阳。大王如果不思进退，等秦、楚合师来攻，我吴军失利，后果不堪所料了。”

阖闾问伯嚭道：“果真有这种事吗？寡人怎么没有听说？”

伍子胥一旁手握剑柄，狠狠地瞪住伯嚭。伯嚭惧怕伍子胥，奏禀阖闾道：“臣也是才知道，刚要奏禀大王。臣以为，秦军也不过四万人马，道途不熟，距郢都很远，还不足以忧虑。”

伍子胥斥道：“难道还要等待秦军兵临城下，才足以忧虑吗？”

阖闾连忙劝解道：“二卿不可争吵。寡人料秦军远道而来，距离郢都尚远，子胥何为惊弓之鸟？退敌之事，容寡人三思，明天和卿等商议。”见伍子胥、孙武二人不悦，又道，“寡人倦了，请二卿先退。”

阖闾由嬖臣陪伴，退入后宫。伯嚭也退出王宫，回囊瓦府宅。伍子胥站在楚王宫殿，须发如戟，目眦俱裂。孙武见伍子胥怒发冲冠，劝慰道：“王命如此，子胥何必致气！”又道，“吴王亲近伯嚭，吴国祸患不会远了！”

伯嚭自从吴军攻占楚都郢城，劝谏吴王阖闾“君舍于君室，大夫舍于大夫室”。吴王阖闾就首起表率，住进楚王内宫，寝楚王妻妃。吴国随征各大夫，也占居楚大夫府宅，拥其妻妾。按官职分配，孙武应当住进楚令尹囊瓦府宅，伍子胥应当住楚左尹沈尹戌府宅。然而二人洁身自好，孙武一直住在军营，伍子胥则住在郢都馆驿。

囊瓦、沈尹戍二人都是伯嚭的仇人。伯嚭见孙武、伍子胥二人不住,自己就占住两处府宅。伯嚭把囊瓦、沈尹戍妻妾数十人,尽数掳到,又见囊瓦小妾壬颐和沈尹戍少妻宓娇二人妖艳绝色,留下侍寝。其他十几人分别赏给家臣和卫士伴宿。

伯嚭在王宫受到伍子胥的斥责,心绪不悦,回到府中仍旧满面阴云。壬颐已经听说囊瓦死在郑国,就死心投怀送抱,侍奉伯嚭。宓娇是未亡之人,更是有心攀附伯嚭。二人见伯嚭不悦,命家奴治酒,说笑逗哏,举杯劝饮,逗伯嚭开心。二人尽施招数,使伯嚭半酣,泛起悦色。

伯嚭一手拥住一个美妇笑问道:"你二人知道我今天为什么不开心?"妇人说不知道。

伯嚭又问道:"你二人今天用什么法子愉悦我?"

壬颐道:"夫君不悦,妾是以悦颜取悦。"

宓娇也道:"妾以悦容,解夫君之忧。"

伯嚭笑道:"你二人知道什么?我之忧,是你二人之福啊。"见二妇人惊诧,又道,"楚王已经引来秦兵入楚了。你二人,可以取我头颅,泄心中之愤了。"

壬颐一头钻进伯嚭怀中,泣道:"囊瓦老贼已死,妾已委身夫君了,还盼楚王来到吗?"

宓娇也傍倚伯嚭,泣道:"妾和壬颐同病相怜,殊途同归,真心此生侍奉夫君。宓娇如有二心,当暴尸街头,猪狗不如。"

伯嚭见二妇人痴心对待自己,怜爱无比,搂住二人道:"我明天奏请吴王,领兵抗击秦楚之军。我伯嚭无忧了。"

第二天。孙武、伍子胥、伯嚭进宫觐见吴王阖闾。

孙武谏道:"兵者,凶器,可暂用而不可久为。今天大王虽克楚,然而楚国地广人众,楚人不能服吴。臣请大王立熊胜为楚王,使楚国和吴国相好。大王如果不从,臣恐日久有变了。"

伍子胥也道:"吴军自吴入楚征战,到今已经八个月了。兵士久离家园,斗志已怠。今天秦军入楚,楚兵志要复国,士气盛旺。我军如果不班师回国,将如长卿说的,久必生变故。为今之计,大王不如派使臣和秦国通好,许楚复国。割楚国东鄙土地,以充吴疆,是大王出师攻楚之利。大王如果久恋楚宫,与之相持,楚兵仇恨加深,吴兵骄而生惰,加上秦军入楚和我军交战,臣等难保万全啊。"

阖闾听了孙武、伍子胥二人所说,心内动摇,有意退兵。伯嚭一旁奏道:"臣以为,大王这时不可退兵。吴军自从离开东吴伐楚,一路势如破竹,五战克郢,驱逐楚王落荒而跑。今天秦兵刚入楚,大王就要班师,这是前勇而后怯。臣愿领兵一万,和秦军会战。臣以为,秦军远道而来,其力已疲,况且道路不熟。楚军屡败于我,况且纠合散兵败勇,不堪一击。臣敢保证,杀秦军片甲不留,擒楚昭王熊轸。如果不胜,臣敢立军令!"

阖闾又被伯嚭说动，大笑道："伯嚭有勇气败秦灭楚，寡人为什么还要班师哩。"又道，"你领一万兵马，寻秦军交战。寡人在楚宫为卿庆功。"

　　伯嚭领命要退，伍子胥伸手拦住，说道："不可，不可以！"

　　孙武也道："伯嚭以一万之师，击四万秦军，又有数万楚兵相助，这是以卵击石啊。"

　　伯嚭冷笑道："二位将军，为什么惧畏秦军如此？"

　　阖闾道："长卿和子胥率三万之师，败楚军二十万之众，今天怎么惧畏区区四万秦兵了？寡人主意已决，伯将军率兵出征！"

　　伍子胥和孙武出了楚宫，叹道："伯嚭此去，必败了。"

　　孙武也仰天叹道："吴军大势已去，人力不可为啊。"

　　伍子胥道："我料到秦军必在襄阳或荆门和楚军会合。如果趁他们未合，分兵攻击，可以扭转战局。"

　　孙武笑道："吴王头脑发烧，你能说服吴王吗？"

　　伍子胥又返回楚宫，奏请阖闾另派一支兵马，和伯嚭从两路分击秦、楚之军。

　　阖闾问道："有什么人可以领军出战？"

　　伍子胥道："我愿领兵，只需五千人马足够了。"

　　阖闾摇头道："你和长卿不在寡人身边，寡人寝食难安。寡人派公子姬山领兵，你和长卿留守郢都。"

　　伯嚭和公子姬山各率兵马，出了郢都。伯嚭一万人马奔军祥[1]。公子姬山率五千人马奔稷地[2]。因是六月天气，楚地炎热难当，两路兵马行速缓慢。伯嚭率军赶到军祥，没有发现秦军和楚兵。伯嚭就命令吴军扎营，派间谍四下打探秦军和楚军消息。

　　姬山一路兵马未到稷地，楚军已先到达，并和秦军会师。秦将嬴蒲、嬴虎率五百乘战车，开到稷地安营下寨，派人和楚军联系。楚令尹熊西招集楚军散兵败卒，又纠合方城之兵，约合四万余众，正朝襄阳方向开拔。中途，熊西又拨二万人马，命蘧延率领取道军祥，一路开往荆门。

　　熊西一路人马距稷地五十里，就见前方车尘弥天，有一支人马滚滚而来。熊西大惊，以为遭遇吴军阻击，慌忙登高远望，只见大旗之上是个"秦"字，才笑道："吴军如果在这里设伏，楚军就惨败了。"

　　前方来的人马正是秦将嬴蒲。嬴蒲得到间谍禀报，前来迎接楚军。熊西和嬴蒲见面，下令楚军就地扎营。熊西把嬴蒲迎入帐中，二人重新见礼。嬴蒲道："我得到间谍禀报，吴将姬山率领一路兵马，正开往稷地。我秦军远道而来，一不知地理，二不知吴军战术。令尹能不能率领楚军和吴军交战，我率领秦军从侧后攻击。"

　　熊西大悦，连声说好。第二天天刚亮，熊西即命楚兵饱食，排开阵势，等候吴军。公子姬山率领吴军人马，直到晌午才到。兵士难当烈日，都解开铠甲，袒胸开怀，疲疲塌塌，军伍不整。刚到山前，才看见楚军大队人马列阵以待。姬山慌忙下令吴

----

[1]　今湖北省随县西南。
[2]　今河南省桐柏县。

236

军列阵，哪知楚军不等吴军排成阵势，就如山洪倾泻般地冲杀过来。吴军抵挡不住，刚要后退，只见又一支人马从后方杀来。姬山看见大旗上有个斗大的"秦"字，叹道："今天才知道孙武的话，兵贵神速。秦、楚之兵先到，以逸待我，不死拼难以致胜了！"就高仁战车，号令吴军拼死杀敌。无奈众寡悬殊，吴军五千之兵不到一个时辰，已死伤大半。山谷之中，尸横遍野，血流成溪。姬山率领一支吴兵左冲右突，冒死杀开一条血路，才逃下山去。清点人马，已经不足一千人。

秦、楚二军初战告捷。楚令尹命令楚军在稷地暂歇，一边征集牛羊粮草，犒劳秦军。一边派人往军祥传命蒗延，命令他率部直趋郢都。

伍子胥恐怕伯嚭和姬山两路兵马有失，在馆驿坐卧不宁，来见孙武道："姬山五千人马，失之无虞。如果伯嚭一路有失，吴军将要大伤元气了。军祥一战一旦有闪失，吴军在楚国的兵马就不足二万，不战已败了。"

孙武叹道："将在外，君命可以不受。如今吴王掌执兵权，你我虽然是将军，有其名而无其实了。子胥想救伯嚭，你怎么不向吴王讨兵？"

伍子胥无可奈何，只得硬着头皮进宫觐见吴王阖闾。阖闾日夜和楚昭王宫中嫔妃淫乐，气虚色衰，见伍子胥到，说道："子胥和长卿不贪女色，真正是豪杰。寡人如同齐桓公，只有贪酒色了。"又道，"寡人听说鹿茸、鹿血、鹿肉，都能强精助气，是真的吗？"

伍子胥灵机一动，笑道："是真的！鹿是雄阳之物。大王想吃鹿肉，臣可以率兵进山捕捉。"

阖闾大喜，连声说好，笑道："你即率精兵二千，进山为寡人捕鹿。"

伍子胥领令，即率二千兵马，出了郢都。刚出城外，命令弘涅道："传我军令：马不停蹄，直奔军祥！"

第二十八章

伯嚭军祥兵败，伍子胥濑溪祭史鹣

伍子胥率领二千兵马，距军祥五十里，命令兵士驻车休息，埋锅造饭，派皇甫胥前往军祥探听消息。

吴军刚吃完，皇甫胥回来禀报道："未看见有楚军。伯将军已经在军祥安营下寨，等待楚军。"

伍子胥问道："伯嚭大营，扎在哪里？"

皇甫胥道："扎在山坡树林当中。"

伍子胥跺脚道："坏了，坏了！伯嚭用兵不谙地利。楚军如果用火攻，那不全军覆没吗？"即命令兵士道，"快马驱车，速奔军祥！"

楚将蓮延率一万楚军已经接近军祥。一个扮作樵夫的楚军间谍，向蓮延禀报道："禀报将军。吴军副将伯嚭，率领一万兵马，已经在军祥下寨。"

蓮延问道："其寨下在哪里？"

间谍道："吴兵惧畏日毒炎热，大寨扎在山坡通风地方，树林当中。"

蓮延听了，手扶车轼，仰面大笑，笑完朝楚军兵士问道："你等当中，可有养邑之兵？"

一个兵士应声，奔到蓮延辂车之前，跪禀道："禀报将军，小人是养邑之兵。"

蓮延问道："你可知道，去年伍子胥火烧养邑？"

兵士道："小人怎么不知？那夜月黑风高，伍子胥命令吴兵把鸡尾燃了油火，顺风放进城中，烧死城里兵马不计其数，尸臭飘到百里以外。"

蓮延道："我今天让你看看，本将军是怎么火烧吴军的！"就命兵士道，"每人备干薪一捆，违令者斩！"

天快黑。伯嚭吴军大营内，兵士正忙着升火造饭。经受一天烈日煎熬的兵士，终于有了喘息的机会。这时从山坡下刮来了凉风，吹得人分外舒畅。吴兵大部分人都脱去铠甲，只着短裤褐衣。有人攀树纳凉，有人席地而卧。一个睡在山石之上的吴兵，突然觉得从山下刮来的风很是灼热，骂道："此风恁热，如火灼一般。怪了，怪了。"

骂声未绝，树上一个吴兵瞅见山下烟火大起，滚滚火浪朝山坡大营迤来。那兵士从树上惊得跌下地来，一边叫喊着一边朝中军大帐狂奔。这时吴军大营兵士呼喊连声，叫道："楚兵火烧大营了！"

伯嚭正和宓娇、壬颐在军帐中啃吃甜瓜。宓娇边吃边道："妾前夫打仗，从不携妾从征。夫君这次携我姐妹二人随军，大开眼界，使妾心旷神怡。"

壬颐道："囊瓦，也从不携妾从征。他说女人是水祸，军中不吉。"

伯嚭笑道："胡话，胡话。昔日齐桓公出征，都携嫔妃相随。齐相管仲为君分谤，也携爱妾叶婧从征，未见不吉，还屡战屡捷哩。"

宓娇道："有我姐妹二人和夫君助战，管保大败楚国。"

伯嚭正和壬颐、宓娇二人调情，突然听见帐外嘈杂，一个兵士闯入大帐，跪禀道："将军不好了！楚军杀奔大营，纵火烧山了。"

伯嚭听了大惊，急忙推开二女，也来不及挂铠披甲，手提大戟冲出帐外。只见楚兵已经杀奔山坡，堵住吴军出路。吴营多处着火，人喊马嘶，自相践踏。伯嚭喝令吴兵朝营外冲杀。因为吴兵衣衫短褐，被楚军强弓硬弩射死无数。吴营内外，尸横遍地，血流如溪。伯嚭奋勇当先，率领吴兵杀出一条血路。刚逃下山来，又被楚军层层围住。

楚将薳延站在大辂上，手舞大戟，高叫道："不要放走伯嚭。生擒伯嚭者，赏千户邑！"

楚军兵士齐声叫喊："生擒伯嚭！"呼声震撼山谷，使吴兵肝胆俱裂。

吴军一万人马，顷刻之间只剩下二千多人，被楚军围在核心。伯嚭眼见求生无望，正要拔剑自刎，突见楚军背后大乱，一路人马杀上山坡。伯嚭抬头一看，只见伍子胥白袍银甲，正挥戟驱车杀奔楚军。伯嚭大叫道："伍子胥来了！"

吴军兵士都随伯嚭大叫："伍子胥来了。"一时吴兵精神振奋，拼命朝山下冲杀。伍子胥已在山下杀退楚军一部，把伯嚭救出重围。伯嚭回望山坡上吴兵营寨烈焰升腾，想到葬身火海的宓娇、壬颐二妇人，心痛不已，跺脚搔胸，大哭道："痛煞我了！"

伍子胥误以为伯嚭悔过，怕罪畏死，心生怜悯，劝道："大夫不要悲伤。我当奏请大王，赦你罪。"

伯嚭听了伍子胥话，才从梦中惊醒，知道自己已经违背军令，当斩不赦，跪伏在地，对伍子胥道："伯嚭和子胥兄长，同遭楚难。伯嚭逃吴是投奔兄长，请兄长同病相怜，再救我一命。"

伍子胥外刚内柔，经不住伯嚭哀求，俯身搀扶伯嚭道："大夫请起。子胥答允，保你不死。"

伍子胥收集伯嚭人马，只剩伤兵败卒二千余人。命令他和本部人马合归一处，往回开拔。中途又遇公子姬山率一千残兵，从稷地败回。姬山伏地，抱住伍子胥双腿大恸嗥啕，哭诉遭遇秦楚数万人合歼经过。伍子胥好言安慰，命令他归队，退回郢都。

孙武听说伯嚭、姬山两路兵马战败，对伍子胥道："伯嚭这人，贪功近利，以后必是吴国的祸患。不如趁他兵败，以军令斩杀。"

伍子胥已经应允伯嚭不死，说道："伯嚭虽然兵败，但是事出有因。况且大敌当前，怎能轻杀一将，以动军心？"

孙武叹道："子胥心慈，以后必遭其害了。"

伯嚭、姬山都惧怕兵败之罪，二人自缚，用槛车囚之，进宫请吴王治罪。阖闾大怒，命令士兵囚禁待罪。阖闾正在局促不安，嬖臣来报："公子姬波，求见大王。"

阖闾听报，大惊道："寡人要立公子姬波为太子，派他回国。公子不在吴都，来郢城做什么？快快传来见寡人！"

公子姬波跟跄进门，未言先哭，伏地大恸不起。阖闾见姬波一身尘土，知道他日夜兼程，劳苦奔波，国内一定发生了大事。阖闾命令嬖臣把姬波扶坐，斟醴酒一杯赐饮，说道："你不要着急，不要悲伤。有甚大事，慢慢说给寡人。"

姬波饮了酒，心情平复，说道："王叔夫概，自恃随大将军孙武、伍子胥破楚有功，回到姑苏，大造宫室，乘舆都照王礼。前日夫概击退越国人侵扰，更是不可一世。他听到父王要立儿臣为太子，不悦。夫概说，'今吴王在楚，受秦、楚夹击，生还无望了。按吴国之制，兄终及弟，我夫概应当继承王位。听说大王要立姬波为太子，我就得不到王位了。趁此国内空虚，我先夺位，省得以后相争。'夫概就对大臣们说，'大王兵败在秦、楚，未卜生死。国不可一天无主，我应当登位。如果大王有幸生还，我再让位。'夫概就在姑苏，自立为王了。"

阖闾听了气得暴跳如雷，大骂夫概，不绝于口。许久，阖闾才镇定了，让姬波去内宫歇息。又命嬖臣，传伍子胥、孙武进宫。

阖闾和伍子胥、孙武君臣礼毕，说道："眼下秦、楚兵盛，寡人进退两难。刚才公子姬波从姑苏来到，说夫概已经在姑苏自立为王。寡人召二卿来，想听听你们的意见。"

伍子胥道："我刚从间谍口中知悉，秦、楚之兵已经灭了唐国，杀了唐成公。不久，秦、楚大军就要攻打郢都了。夫概是匹夫之勇，不足惧怕。所虑的，夫概如果联合越国，占踞吴国，大王你就回不去了。当务之急，大王应当回师靖乱，讨伐夫概。"

阖闾又问道："伯嚭和公子姬山，怎么处置？"

孙武道："姬山可赦。伯嚭已违军令，当斩。"

阖闾不忍杀伯嚭，又问伍子胥道："子胥，你怎么看？"

伍子胥道："伯嚭有罪，当斩不赦。然而，如今后有秦、楚大军，归有夫概内患，不宜斩杀大将。以臣之见，不如赦伯嚭，用他戴罪立功。"

阖闾采纳伍子胥劝谏，命令释姬山，伯嚭，令他二人随王护驾，回师姑苏。阖闾留下一万人马，命令伍子胥、孙武二人守卫郢都。

阖闾率领一万大军，星夜驰回。夫概得知阖闾回师，率兵出了姑苏，迎击在江口。两军对阵，阖闾手指夫概骂道："反叛匹夫！我和你是手足兄弟，托国与你，你为什么趁寡人在楚国，背反窃位？"

夫概冷笑道："你骂我反叛？骂得好，骂得好！我且问你。你昔年诛杀王僚，是不是反叛窃位？"

阖闾被夫概反诘得无言以答，恼羞成怒，命令伯嚭、姬山道："给寡人，擒此逆贼！"

伯嚭、姬山各驱战车上前，双战夫概。阖闾趁机率兵冲杀。公子姬波站在楼车之上，朝夫概叛军喊道："归大王者，无罪。附夫概者，杀无赦！"

兵士边杀边学姬波叫喊。夫概叛军听呼喊纷纷弃阵倒戈。夫概难敌伯嚭、姬山二人，见大势已去，击马驱车而走，逃奔宋国去了。

阖闾、公子姬波率兵进入吴都姑苏，百姓道途相迎。刚进王宫，阖闾就接到边关奏报，越国兵马屯在吴越边境，有窥吴之意。公子姬波对阖闾道："现今越国人要趁我内乱刚靖，举兵犯境。伍子胥、孙武远在楚都兵微将寡，又面对秦、楚大军，胜负难料。父王不如命令伍子胥率师回国，待秦军班师，再图楚国不迟。"

阖闾采纳姬波建议，传令伍子胥、孙武退兵。伍子胥、孙武刚接到吴王退兵诏令，二人正在商议，忽报楚军有人下书。伍子胥命令传上信函，展开阅读，见是故人申包胥所书。信上写道：

　　子胥兄据郢都数月，而不可定楚，是天意不欲亡楚也。子胥践覆楚之志，我当实现复楚之志。我和子胥是至交好友，兄弟之情，相成何必相伤？子胥兄若不竭吴师之威，我也当不尽秦军之力了。

伍子胥读完申包胥书信，递给孙武看，一边笑道："你我率数万之众，长驱入楚，五战五捷，破楚入郢，焚其宗庙，堕其社稷。我为父兄复仇，掘平王之墓，鞭其尸，割其首。自有霸王争雄于天下，人臣报仇无我之快者。该做的我都做了。兵法云，见可而进，知难而退，知足不辱，知止不殆。秦军虽然小胜，对我军没有大损。况且吴王诏令已到，我们可以退兵了。"

孙武读了申包胥的信，对伍子胥道："空退会被楚军耻笑。子胥兄，你为什么不复信申包胥，以迎公子熊胜回归楚国，订为退兵之约？"

伍子胥大喜道："长卿说的最好。我立即给申包胥复信。"

伍子胥命令皇甫胥取来简牍笔墨，写道：

　　致包胥兄。惠书已达，拜读奉复。平王逐无罪之子，杀无罪之臣，子胥不胜其愤，以致率师伐楚。昔齐桓公存邢扶卫，秦穆公三番安晋，不贪其土，传为佳话。子胥不才，尚崇大义。今太子熊建之子熊胜，逃亡在吴，无立锥之地。兄若能迎熊胜归楚，用他奉故太子之祀，子胥敢不退兵，以成兄之志乎？

伍子胥封了信函，命交楚使带回。申包胥读罢伍子胥回信，对楚令尹熊西道："伍子胥来信说，楚国必须迎回熊胜，使奉故太子祀，才答应退兵。不知令尹意下如何？"

熊西道："封故太子熊建之后，也合我意。我当奏请楚王，派使臣赴吴都，迎熊胜回楚。"

大夫沈诸梁道："太子为先王所废，熊胜视大王为仇敌。如果迎熊胜回楚，这不是养仇害国吗？"

申包胥怒斥道："熊胜是无知匹夫，何以害国？"

熊西劝解道："二位不要争吵。此事重大，当以楚王之意而定。"

沈诸梁见熊西不纳其言，拂袖而去。申包胥问熊西道："令尹，你真要奏请楚王定夺？"

熊西道："楚王怎能容忍熊胜回楚？如果熊胜不回，伍子胥又怎能退兵？"又道，

"伍子胥、孙武率三万之师，攻楚入郢，这二人是当世能将。吴军虽有兵马一万之余，如果伍子胥、孙武率军撤出郢都，和秦、楚之兵周旋在山野，孰胜孰负，神人难料了。况且久不安楚，吴王靖乱再来，楚国危亡难救了。我是楚国令尹，又是楚王之兄，应当以国家大事考虑。你立即写信，以楚王诏令，迎熊胜回国。"

申包胥立即遵照熊西之命，作书回复伍子胥。又派使臣携诏令许封大邑，去吴都姑苏迎回熊胜。

伍子胥接申包胥复信大悦，对孙武道："楚昭王熊轸，许封熊胜大邑，又派使奉诏，往姑苏迎熊胜回归楚国。你我应当班师了。"

孙武道："退兵不能全退，以防不测。"

伍子胥道："你先率兵从水路先退。我率五千兵马，从陆路掩护，以防秦、楚之兵趁我回师截击。"

孙武依伍子胥之计，率七千兵马，把所获楚府宝货，用船舰装载，沿江顺流而下。伍子胥又命令迁徙楚境万户佃奴，去吴国安家。

伍子胥见孙武远行，率兵撤出郢都。一边派出间谍，不住探听秦、楚军队行踪，一边指挥吴军从陆路返回吴国。这天途经龙洞山，伍子胥唤皇甫胥问道："你父亲墓丘在哪里？"

皇甫胥道："就在山下不远。"

伍子胥道："你带我前去拜祭。"

皇甫胥引领伍子胥来到皇甫讷墓前。伍子胥命令兵士供上祭物，跪拜道："子胥昔日亡命奔吴，是先生救我过昭关。大恩未能图报，先生竟然弃世而去，悲啊！悲啊！"

皇甫胥听见伍子胥悲啼，也跪伏嚎啕。伍子胥祭罢皇甫讷，又命皇甫胥引寻东皋公。到了历阳山，但见一片断壁残垣，蒿草及顶。东皋公已经不知何去。伍子胥面对废墟，回想昔日草舍七天急白须发，全仗东皋公奔波相救，不禁涕泗滂沱。皇甫胥一旁劝道："东皋公是世外高人，他应当无恙。将军不要伤悲。"

伍子胥面对荒舍，跪拜再三，才登车含悲而去。

经过昭关，伍子胥命道："此关锁闭边境，百姓往来受阻，要它何用？皇甫胥、弘湦，替我拆掉。"

皇甫胥、弘湦奉伍子胥命令，带领兵士，尽毁昭关。往来过关百姓，无不击掌称快。过了昭关，又到渔丈人渡河之处。伍子胥在江岸设案祭吊。伍子胥问弘湦道："你知道渔丈人儿子柳桡，如今住在哪里？"

弘湦道："将军应柳桡之请，退兵郑都。郑定公感怀柳桡击桨救郑，封他大夫之爵，赐邑百里。柳桡已经在封地建舍，名叫'丈人村'。"

伍子胥感叹道："善报，善报了！"

这一天，吴军走到一座山前。伍子胥看见景物眼熟，命令皇甫胥唤樵人问道："请问老丈，这山叫什么山名？"

樵夫道："这个山，就是伍员山。"

伍子胥大惊，问道："为什么叫伍员山？"

樵夫惊诧道："将军是领兵之人，为什么不知道伍员伍子胥？"

伍子胥嗫嚅道："知，知道。但是不知此山，为什么和伍子胥同名？"

樵夫道："昔年伍子胥过昭关，七天白了头，得渔丈人渡江，逃到这山。当时这山名叫'牙山'，属楚邑溧阳管辖。伍子胥七天不吃，下山觅食被追兵窥见。楚兵见伍子胥须发如草，鹑衣百结，惊呼野人。楚将宓濊射来一箭，正中伍子胥。伍子胥拔箭狂奔，晕倒在半山。宓濊率兵追赶，突然狂风大起，晴空陡暗，大雨倾注，霹雳遍地。宓濊以为射伤野人，得罪山神，慌忙退兵。伍子胥所以幸免于难。山人敬奉此山有神，又敬伍子胥，就把'牙山'改名为'伍员山'了。"

伍子胥怔怔地听完樵夫叙说，心里百感交集。听到樵夫告辞，伍子胥才回过神来，命令皇甫胥赐给他肉干、醴酒，亲自给樵夫把盏。

伍子胥问樵夫道："老丈还知道，伍子胥以后的故事吗？"

樵夫笑道："伍子胥故事，溧阳人无不知晓。"

伍子胥道："请老丈，说来听听。"

樵夫边饮边道："伍子胥醒来，又下山寻食，到濑溪，遇浣纱女史鹣，赐以浆食。史鹣是孝义之女，三十未嫁，奉养老母。她见伍子胥有伤，又有楚兵追缉，把他藏在这里山洞中。史鹣每天给伍子胥送浆递食，用草药敷伤。本地村长家臣葛骘，是好色淫徒，久思史鹣不得手。葛骘窥见史鹣往山上送浆食，贪楚王厚赏，往报宓濊，并领兵捉拿伍子胥。史鹣趁机送伍子胥逃走，自己引走楚兵，后见追兵追到，怀抱伍子胥衣袍，投溪而死。楚将宓濊误以为伍子胥投水，命令兵士打捞无获。后来史鹣尸身漂到下流百里，被村人打捞起来。村人敬佩她的坚贞，掘墓安葬。"

皇甫胥见伍子胥背对无言，就问樵夫道："那葛骘恶厮，今在哪里？"

樵夫道："不知。"

樵夫朝伍子胥深鞠一躬，负薪高歌而去。唱道：

> 樵夫伐薪兮闻鸟嘤嘤，
> 鸟出幽谷兮栖于乔木，
> 其鸣嘤嘤兮寻其良友。
> 相彼黄鸟兮犹鸣求友，
> 叹其伊人兮不求友生？
> 神之闻之兮终和且平。

伍子胥沉浸在哀痛之中，听说樵夫高歌远去，方自回神。伍子胥命令吴兵在伍员山安营，亲自率领弘涅、皇甫胥寻得昔年藏身的山洞，并住在洞里。伍子胥不饮不食，在洞内盘膝而坐。史鹅的身形面容，又在眼前重现。

一个清瘦秀美的女子，提着竹篮进得洞来，惊得伍子胥手按宝剑，问道："啥人？"

史鹅娇应道："将军不要怕，是我史鹅。"

史鹅跪进浆食。伍子胥饕餮。

史鹅取出药罐道："将军宽衣，妾替将军疗伤。"

伍子胥推诿道："伤在臀上，不便，不便。"

史鹅佯怒道："妾救将军，已经置生死于度外，还怕什么羞耻？"

史鹅替伍子胥疗完伤。伍子胥穿起史鹅带来的衣衫，端坐道："我伍子胥蒙难牙山，得婆婆舍命相救，实是高义大节了。子胥以裸体污婆婆洁目，以失婆婆妇贞，子胥罪大了。婆婆如果不嫌弃子胥，子胥以后娶婆婆为妻，行吗？"

山下一队楚兵，手执火把，在葛甯引导下摸上山来。史鹅搀扶着伍子胥涉过濑溪，说道："将军从这里往南走，可以到吴国了。将军，你一路保重。"

洞外，皇甫胥听洞里久无动静，问弘涅道："将军不饮不食，怎么是好？"

弘涅长叹一声，摇头说道："将军哀痛至极，怎能饮食？"

二人守在洞外，寸步不离。第二天天亮，听见伍子胥呼唤，弘涅、皇甫胥才进了洞里。伍子胥依然端坐，形如石人，对二人说道："你俩替我办几件事。其一，寻找史姑娘母亲下落和史姑娘墓冢。其二，寻找葛甯，把他杀掉。"

弘涅、皇甫胥领命出洞。二人命令兵士守候洞前，吩咐给伍子胥奉进饮食，才下山分头行事。到中午，二人先后回来。

弘涅禀报道："禀报将军，葛甯已死。他被一个名叫仇狗儿的乞丐杀死了。"

伍子胥一惊，忙问："仇狗儿，他可有下落？"

弘涅道："那人行踪无定。听地方官吏说，仇狗儿不是溧阳人，他杀了葛甯，就无影无踪了。"

伍子胥轻叹一声道："这就对了。"

弘涅问道："将军知道他吗？"

伍子胥叹道："何止知道？他昔年救过我一命。他是专诸的朋友，棠邑士林镇人。"

皇甫胥禀报，已经寻到史鹅茔墓，在伍员山之东五十里处的濑溪边上。史母听说史鹅投水而死，当天亡故，葬在宅后。

伍子胥命令弘涅、皇甫胥，重修史鹅、史母两处坟茔，亲往祭拜。赐给收葬史鹅的乡民黄金百两。伍子胥又到史鹅投水处跪拜，命令兵士把千两黄金投进水里。伍子胥又命令兵士，在当年涉水处筑一座石桥，架在濑溪之上，方便百姓往来通达，并亲取其名"军仆桥"。又在桥旁建祠一座，名"浣纱祠"，内奉史鹅塑像，当地人称"浣纱娘娘"。

伍子胥诸事办完，才命令起兵南行。刚要登车，一个老妇人拦车哭道："悲啊，苦哇！”

弘渥问道：“你阻拦将军车驾，有什么悲情？”

妇人道：“我是史鸊姨母。史鸊三十未嫁，为救将军投水而死。我现在孤苦无助，怎能不悲？”又道，“听说将军坠千金入水，为什么不助我衣食？”

伍子胥下得车来，亲扶老妇人，说道：“你果真是史鸊姨母？我奉养你天年。”

老妇道：“我并未救你，怎能贪图你供养。只是，可惜你千金投水，不为我用了。”

伍子胥立即命令兵士，下水捞金，都赐给了老妇人。老妇人喜笑颜开，也不拜谢，嗔道：“将军赐妾千金，妾力衰难负。将军要把老妇累死吗？”

伍子胥命令弘渥带领兵士，把黄金和老妇人用战车送往其家。皇甫胥站一旁，对伍子胥说道：“将军心慈，有些过了。”

伍子胥问道：“有什么过处？”

皇甫胥道：“将军，你也不弄清老妇人真假。”

伍子胥叹道：“我怀念史鸊情义挚真，管她老妇孰真孰假？”又道，“你驱车先行赶奔姑苏，奏报吴王，说我班师回吴国了！”

皇甫胥领命驱二马轺传，日夜兼程，赶到吴都姑苏。皇甫胥进宫奏禀阖闾道：“臣奏禀大王。征楚副将军伍子胥，已经奉王命班师，不几天抵达姑苏。”

阖闾听报大喜，对孙武、伯嚭道：“寡人这次征楚大捷，是旷古未有之胜。若论破楚之功，首功是长卿，子胥第二。”

孙武出班奏道：“这次胜楚，是大王大略英明。孙武得用于大王，也是子胥所荐。大王这次征楚，小挫于秦，大伸于楚，是应圣贤说的‘智非偏拙，谋不尽行’了。孙武体残多疾，已不堪为大王重用，请大王恩准孙武，卸甲归田。”

阖闾听出孙武言语有讯，又要辞官，大为不悦，沉默一会儿，才笑道：“长卿所请，容日再议。子胥早晚回国，寡人当为庆贺。”又命令劈臣道，“传寡人之命，烹炙鱼，以犒回国之军！”

伯嚭出班奏道：“不可，不可。伍子胥数千之众，大王命令以炙鱼犒军，臣恐怕人多鱼少！”

阖闾怒道：“有什么不可？命令水师船舰，往太湖捕鱼。子胥五千余众，每人一尾大鱼，不可短缺。违令者，斩！”

阖闾命令公子姬波督管炙鱼事务。姬波即令舟师连夜捕鱼，又命令兵士在阊门外城墙根垒起军灶，油烹火爆，煎焖烩煮犒军炙鱼。又用木案沿着城墙根傍街排开，陈放炙鱼，香气诱人，飘传十里。

吴王阖闾亲自率领孙武、伯嚭、公子姬波、姬山等众臣，出阊门迎接伍子胥。军士禀报阖闾道：“禀大王。伍将军率兵回国，距离姑苏三十里了。”

阖闾大喜道：“子胥终于迟迟回来了。寡人盼望若渴。”

伯嚭一旁奏道：“臣奏大王。所备犒军炙鱼，陈放已久，臭了。”

阖闾跺脚道："这怎么是好？寡人以炙鱼犒军，是表达寡人感谢子胥辛劳。"

姬波一旁奏道："父王不要忧虑。儿臣命舟师捕鱼很多，军灶现成，可重新烹炙。"

阖闾急道："快快赶烹炙鱼，一定要鲜香。"

伯嚭退到一旁，见孙武无言站立，便低声道："长卿兄，你是征楚头功之臣。长卿兄却没有吃炙鱼。"

孙武暴眦斥道："你兵败军祥，我要以军法杀你，是子胥为你求情，才保你活命。你今天竟敢嫉妒子胥吗？你要有子胥的战功，我孙武亲自烹鱼飨你。"

伯嚭无趣，默默退到一旁。

伍子胥距城三十里，已经得前驱兵士回报，吴王烹炙鱼以待，亲率百官迎在阊门城外。伍子胥命令兵士稍停，各自整束衣衫铠襦，务使军容整肃。兵车直行成线，旗帜鲜明，洋洋开往都城。

阖闾远远望见吴军队伍整肃，旗帜飘扬，兵士盔明甲亮，喜气洋洋，乐道："寡人有此得胜之师，何患不雄起于天下？"

伍子胥远远下车步行，走到阖闾面前，行礼道："臣伍子胥，祝大王福寿无疆。"

阖闾俯身搀扶伍子胥，说道："卿请起。卿奏凯而归，寡人欢欣之极。"

返都兵士已经跪伏一片，齐声颂道："大王福寿无疆。"

阖闾兴奋异常，挥手道："兵士们，辛苦了。寡人赐你们每人炙鱼一尾，醴酒一壶，以彰胜楚功劳。"

兵士们欢呼雀跃，在城墙根席地坐饮，喜不胜言。阖闾携伍子胥同乘大辂，率百官返回宫中，盛排筵宴为他洗尘。

席间，阖闾豪情勃发，三番走下宝座，和伍子胥、孙武触杯欢饮。尽管伯嚭也坐在孙武右旁，吴王竟然视而不见。阖闾赞扬这次入楚征伐，多次提到伍子胥火攻养邑，诛掩余，杀烛庸。阖闾提到潜六战役、淮汭之役、豫章之役、柏举之役和雍澨之役诸大捷，表彰伍子胥、孙武赫赫战功，竟然只字不提伯嚭名字。这使伯嚭对伍子胥、孙武心怀妒恨，对吴王阖闾也心怀不满。伯嚭竟然想到自己兵败军祥，伍子胥早有预料，为什么驻兵歇马，迟迟不救。他怀疑伍子胥故意拖延，致使他伯嚭大败。伯嚭一直处在胡思乱想中独斟独饮。只到公子姬波来向伍子胥、孙武敬酒，又走到他的席前，他才清醒过来。伯嚭迟疑又惶恐地举杯问道："公子敬我吗？"姬波诚恳地笑道："是的。"

伯嚭慌忙起身，谢过姬波，一饮尽杯。接下来是公子姬山、伍子胥、孙武和百官互敬，都是礼节性地和伯嚭邀饮。伯嚭来者不拒，开怀狂饮，是致大醉。回到府中，伯嚭呕吐不止，时而大笑，时而大悲。伯嚭在郢都占有宓娇、壬颐，又在楚王内宫掳了两名阉奴，一个名叫胥淞，一个名叫仵焘，侍候二女。军祥突围时，仵焘冒死驾车冲出火海，救了伯嚭死里逃生。胥淞和宓娇、壬颐下落不明，十有八九死在乱军，也许被大火活活烧死。

246

仵焘把伯嚭扶上锦床。伯嚭叫道："仵焘。为什么不让壬颐、宓娇侍寝？"

仵焘跪在床下，禀道："回主子。胥淞侍奉二位主妇，在军祥没有回来。"

伯嚭悲呼"宓娇"、"壬颐"不止。

伯嚭怀念宓娇、壬颐，连日食不甘味，卧不安寝。这天天晚，伯嚭无聊，就在府内和阉奴仵焘较射。伯嚭连射数箭，箭不上靶，正要恼火，门官跪禀道："禀将军，主妇回来了？"

伯嚭不知所以，怔问道："你说，什么主妇？"

门官道："宓娇主妇，回来了。"

这时就见府中女奴，搀扶一个俊俏男子朝伯嚭走来。伯嚭定睛认辨，那男子真是宓娇，惊得扔了弓箭，不等宓娇下跪，抢上前扶抱了二人恸哭。

伯嚭命令奴仆，侍候宓娇香汤沐浴，更衣梳妆。又在内室置美肴盛宴，为宓娇接风洗尘。夫妇二人举杯共饮，互诉军祥失散经过，又喜又悲，或泣或笑。原来，宓娇是子阉奴胥淞所救。是夜，二人同床。宓娇拥住伯嚭道："夫君，你想念妾吗？"

伯嚭道："想死我了！"

宓娇又问道："夫君还要失去妾吗？"

伯嚭搂紧宓娇道："我已经失去壬颐，怎能再失去你？"

二人说罢私话，又说王宫之事。伯嚭叹道："吴王排宴庆功，屡彰伍子胥、孙武功劳，只字不提我伯嚭。吴王是嫌恶我军祥战败了。"

宓娇趁机挑拨道："妾听胥淞说。伍子胥料到夫君必败在楚军，率兵二千名为打猎，实为驰援。但不知为什么，伍子胥兵到军祥，却驻兵不前，待楚军纵火烧山，才杀奔楚军。"

伯嚭叹道："伍子胥是真心救我。他驻兵息马，因为不知道我屯兵在哪里，不知道楚军虚实，派间谍去打探。"

宓娇冷笑道："吴王重用伍子胥、孙武二人，就显不出夫君你了。"

伯嚭道："孙武正要辞去官职，解甲归田。孙武不图功名，是大丈夫。"

宓娇问道："吴王答应了吗？"

伯嚭道："吴王还未答允。吴王命令伍子胥去劝说孙武了。"

宓娇道："夫君为什么不促成孙武退志？吴王失去孙武，好比失了一翼，必会重用夫君。夫君以后相机除掉伍子胥，夫君无忧了。"

宓娇说动了伯嚭。二人就相拥而卧，各想心事，不再言语。

从府外街上传来一声鸡啼，随后此起彼伏，啼声不断，闹醒了吴都姑苏。

第二十九章

功成身退，孙武辞官归隐田园

吴王阖闾曾经赐给伍子胥重金，在姑苏城里建府。伍子胥就在城西傍近阊门处建造了府宅，命名街巷叫"专诸弄"。然而主妇甘嬷却不习惯住在府宅，舍不得离开阳山田庄，隔三岔五必去田庄住上十天半月。甘嬷每次去阳山，伍封都跟随母亲同去。伍封喜欢和田庄奴仆的儿子玩耍，不问尊卑，不知摆谱。

一家人吃完饭，甘嬷要去阳山田庄，伍封道："娘，我也去田庄。"

甘嬷道："儿子甭去。儿子听娘话，跟你爹去看你孙武伯伯。"

伍封道："爹和孙武伯伯谈国事，我不能干扰。我随娘去田庄。"

伍子胥受吴王阖闾的托付，打算今天去大将军府中，劝说孙武放弃归田的念头。伍子胥打算带着伍封同去。孙武喜爱专毅和伍封。伍子胥试图用友情来打动孙武。这时见伍封吵闹着要去田庄，便烦躁地挥手道："甭吵了！跟你娘去田庄住几天。让奴仆们多带点肉食蔬菜，明天我也去。"

甘嬷道："带啥蔬菜肉食？你们去楚国打仗八九个月才回来，不知道现如今吴国的景象了。市面上卖的猪肉、羊肉、牛肉，都是灌了水的，不是好肉。现今吴国人唯利是图，不知道礼义廉耻了。我们山庄佃奴养的猪、羊、鸡、鹅真个是鲜美！"又道，"你快有一年没去阳山了。你和长卿没有要紧的事，不如去阳山田庄。在那里，你们有啥话说不来？当年公子姬光……"

伍子胥打断甘嬷的话，说道："吴王。"

甘嬷脸一红，说道："当年吴王也常去田庄。还有，还有专诸、要离、被离。"甘嬷说不下去了，已是泣不成声了。

伍封拉住甘嬷，叫道："娘，娘呀！"

伍子胥抚摸着甘嬷的肩头，柔声道："我听你的，这就请长卿去田庄，去尝尝你和家奴们养的鸡、鹅。"又扭身对皇甫胥道，"皇甫胥！"

皇甫胥躬身应道："在！"

伍子胥道："你去大将军府，请孙武将军去阳山田庄。我在那里恭候他。"

皇甫胥道："遵命。"

伍封见皇甫胥要走，拉住伍子胥央求道："爹，我也要去请孙武伯伯。"

伍子胥笑道："你去可以，但一定要把你孙武伯伯请到田庄。"

伍封躬身道："儿伍封，遵命。"

甘嬷瞅住伍封跟随皇甫胥远去，对伍子胥道："夫君，你瞅封儿，是不是有点儿像他哥哥？"

伍子胥叹道："不是有点儿，而是十分相像专毅。我失去了一个好儿子，吴国失去了一个好将军。我，对不住专诸啊。"

甘嬷劝慰道："专家和伍家的香火，将来就由封儿一人承祀了。夫君不要忧虑了。"

弘渥过来施礼，问道："将军、主妇，车马已备，是否登车去阳山田庄？"

伍子胥道："我们这就登车。"

伍子胥拉了甘嬷，登上轩车。弘渥驾车驰上石板街道，出城往阳山而去。

皇甫胥把车马停在大将军府门前，门官过来躬身施礼道："少爷和皇甫先生，请在门房稍息。奴才进去通报大将军。"

皇甫胥问道："将军此刻，在干啥？"

门官道："将军正在书房写信。"

伍封道："我奉父命，前来向孙武伯伯问安，并无军国要事，不须通禀。"

门官讷讷道："是，是。少爷请自便。"

伍封拉了皇甫胥，直入大将军府，蹑足进了孙武的书房。二人凝神观看孙武写信，等他煞笔，伍封才鼓掌叫道："好，好，孙伯伯字，真好。"又道，"孙伯伯，我听说你要辞去大夫和大将军官职，以后见着你的时候不多了。孙伯伯，你替我写个腰牌。往后我要是想念你，就看腰牌。"

孙武抚摸着伍封的头，动情地应允道："好，好孩子。伯伯这就给你写。"

孙武取过一片桃木牍，濡笔沉思片刻，叹了一口气，写道：

书多无富贵
无志小神仙

伍封一边拍手叫好，一边问："伯伯，怎么说书多贫穷，无志反而成了神仙了？"

孙武叹道："那些善于钻营取巧、营营苟苟、贪权谋利之辈，往往是不读书，无报国之志。而读书人，其性耿真，胸有大志，却往往命途多厄。比如你爹，被离伯伯、专诸伯伯，还有你哥哥专毅，他们读书如丘，胸藏大志，可到头来连性命都顾不着，怎说富贵呢？"

伍封道："我不愿做无知的富贵，更不愿做无志的神仙。伯伯，我喜欢你写的这两句话。"把木牍交给皇甫胥道，"你把它刻成阴文，我要永远系在腰带上。"

皇甫胥道："是，少爷。我一定照将军的笔迹刻好，管保不走样儿。"孙武问伍封道："封儿。令尊、令慈，还好吗？"

伍封道："我爹、我娘，已经去阳山田庄了，准备蔬肴美酒等候伯伯前去共饮。"

孙武笑问道："是吗？"

皇甫胥躬身道："我家主子命小人携少爷，前来迎请将军。小人请大将军屈驾前往阳山。"

孙武拍拍皇甫胥肩头道："我已奏请吴王辞官，今后不要叫我将军。"

皇甫胥道："小人不敢。"

伍封道："这有什么不敢？就跟我一样，叫孙武伯伯是了。"拉着孙武出了书房，说道，"孙伯伯，咱们登程吧。再不去，爹娘就心焦了。"

孙武携伍封登车。皇甫胥驾车，晌午抵达阳山田庄。伍子胥站在村外迎候，和孙武礼毕，携手进屋。甘媄率领奴仆已经置席，朝孙武施礼道："妾置席毕，请长卿兄和夫君共饮。"

孙武还礼道："长卿，谢嫂主妇。"

甘媄率领奴仆退出。伍子胥邀孙武入席。二人举杯邀饮。数杯尽，伍子胥道："长卿，你真要归田？"

孙武叹道："我孙武得遇你子胥兄，是苍天赐福于我孙武了。子胥兄荐我给吴王，使我能和子胥兄率兵征楚，历经潜、六、淮汭、豫章、柏举、雍澨数役，使我的兵论得以践验，这是我孙武终身大福啊。子胥兄的兵法，也给我启发很大。你水淹潜城、火攻养邑、减灶痹敌等战术，是千古奇兵。我所著兵法概八十有三，今日思考，都要重书。做官入仕，不是我孙武的愿望。我应当归隐山野，著完兵法一书，流传后人。"又饮尽一杯，叹道，"我你率领六万之师入楚，转战于江淮，歼敌十数万之众。又率三万之众，破楚入郢，此功是旷古铄今。自古贤臣，应当功成身退，才能自保。这是天道。暑往则寒来，春还则秋至，盛极必衰，高功自毙，人神莫反。我预料吴王自恃强盛，雄霸江淮，四境无虞，必生骄乐。我这时不退归泉林，必有后患。今天我奉劝子胥兄，你也应当见好就收，功成身退，可保全。"

伍子胥叹道："我是楚国的叛臣，哪个国家愿意收留一个背国之人？我为今之计，只有留在吴国，才能立足。"说到这里，潸然泪下，许久又道，"吴王让我劝留长卿兄，看来我有违王命了。今天这酒，是我为长卿兄饯行了。"

孙武也动情落泪。二人又尽一杯，孙武拭泪道："子胥兄你坚志留在吴国，能听我孙武一句话吗？"

伍子胥道："长卿请讲。"

孙武道："我观伯嚭这个人，是个反背无义之徒，将来必会祸害吴国祸害你。你要想自保，应当杀伯嚭，以绝后患。"

伍子胥长叹一声，说道："伯嚭和我同仇，而且又投奔于我，我如果杀他，必留不义之名于世。杀伯嚭，不是我的为人啊。"

孙武墩杯，怒斥道："子胥，你是当世豪杰，为什么这样妇人之仁？"见伍子胥沉默无言，长叹一声，又道，"你既然不忍心杀他，也应当把他赶出吴国，才保以后无患。"

伍子胥长叹一声，说道："长卿之情，子胥不忘。长卿的话，子胥也铭刻肺腑了。"

孙武听伍子胥已经应允，再不言语。二人举杯邀饮，大醉方休。皇甫胥驾车把孙武送回大将军府。甘嫫侍候伍子胥歇息。伍子胥道："取我官服。"

甘嫫道："你已经醉烂如泥，穿官服干什么？"

伍子胥道："我要进宫觐见吴王，劝谏吴王，放长卿归田。"

甘嫫道："明天再进宫不迟。"

伍子胥道："我怕迟则生变。"

甘嫫命奴仆奉进鱼汤，给伍子胥醒酒。伍子胥穿了官服，由弘渥驾车，直奔姑苏王宫。吴王阖闾和公子姬波、姬山、伯嚭，都在内宫议事，见伍子胥踉跄而入，慌忙上前扶住道："卿为什么醉成这样，不在府中安歇？"

伍子胥道："老臣请大王松手，让老臣行礼。"

阖闾道："子胥免礼，免礼。"命嬖臣道，"给伍将军锦墩。"

伍子胥不依，坚持下跪。公子姬波、姬山过来，和阖闾一同拉起伍子胥，扶坐在锦墩上。阖闾命嬖臣取浆水给伍子胥醒酒。伍子胥喝完，说道："老臣进宫奏请大王，恩准孙武辞官归田。"

阖闾听了色变，惊诧问道："寡人托卿劝留孙武。卿为什么违寡人之命，反为孙武求情？"

伍子胥道："孙武母老子幼，身有残疾。臣听说圣人言，子不孝不为忠臣。大王如果允许孙武归田，让他上孝老母，下慈幼子，中保其身，是大德啊。"见阖闾不语，又道，"孙武其志已归，大王纵留其身，难留其心啊。"

阖闾表情舒缓，叹息道："孙武既然坚弃寡人，留他又有什么用呢？"对伍子胥道，"卿先回府歇息，容寡人斟酌。"又命嬖臣道，"用寡人大辂，送伍将军回府。"

阖闾见嬖臣搀扶伍子胥离去，问公子姬波、姬山、伯嚭道："孙武要走，子胥求放，你等以为如何？"

伯嚭躬身谏道："孙武谙兵法，是当世将中猛虎。大王如果放他归田，他必被他国所用。到那时，如果孙武举兵攻吴，大王反被虎伤了。大王千万不可纵虎归山。"

阖闾听伯嚭说的有理，俯身问道："以卿之计，寡人应当怎么办？"

伯嚭伏地行礼道："大王如果不想留他，不如杀他，以绝后忧。"

公子姬波、姬山听伯嚭劝谏父王杀孙武，慌忙双双跪奏道："父王不可！万万不可杀孙武。"

251

阖闾瞪看跪伏足下的三个人，大笑道："说到孙武，个个惊恐成这样。都起来，起来说话。"见三人谢恩起身，问姬波、姬山道，"你二人说说，为什么不能杀孙武？"

公子姬波道："儿臣以为，孙武是伍子胥好友，是伍子胥推荐给父王，父王拜为大夫之爵。伍子胥、孙武都有大功于父王，于吴国。父王如果杀孙武，一则孙武无罪，二则得罪伍子胥，三则遗笑于诸侯，遗笑于天下。"

阖闾沉思半天，又问姬山道："你还有什么话说？"

姬山道："父王前番破楚入郢，威震中原诸侯，都是伍子胥、孙武二人的功劳。父王如果无罪诛杀孙武，必然失去伍子胥。父王失去这二人，如同失去二臂，怎能举霸诸侯呢？"

阖闾剪背踱步，犹豫不决。

公子姬波道："父王还有什么忧虑？"

阖闾叹道："寡人忧虑，孙武如果被他国所用，有害于吴国啊。"

公子姬波道："父王多虑了。孙武是伍子胥挚友，只要父王重用伍子胥，父王何忧之有。"见阖闾无言，又道，"孙武即被他国所用，又怎能举兵攻吴，和伍子胥戟戈相见？伍子胥文胜于孙武，武则不逊于孙武。吴国只要有伍子胥，父王可以称霸天下。"

伯嚭见阖闾要被二位公子说动，急得冷汗披淋，慌忙跪谏道："臣以为，孙武既然不愿仕于吴国，应当死在吴国，切不可让他投奔他国。大王当断不断，必有后患。"

阖闾主张已定，责斥伯嚭道："孙武因为母老子幼，自身伤残，辞官归田，奉母养子。你怎么说他投奔他国？荒唐，荒唐之极。"又命嬖臣道，"明天在宫中盛排筵宴，为孙武饯行。传寡人诏令，百官都来送贺。"

第二天，阖闾率百官为孙武饯行，亲自为孙武斟酒。百官都和孙武举杯相敬。宴罢，孙武拜别吴王阖闾，由伍子胥陪同回府登程。刚到府门，但见五乘车马都满载金钱财货。公子姬波、姬山、夫差守候一旁，见孙武到，揖礼道："这几车财货，是父王赐给将军的。请将军笑纳，聊为安家之资。"

伍子胥见孙武不悦，有拒收之意，连忙笑道："这是大王的心意。长卿兄，你还不谢恩？"

孙武经伍子胥提醒，慌忙望阙行礼谢恩。姬波、姬山一边一个，俯身把孙武搀起。

姬波道："将军以后无论置身哪里，请常思吴国。吴国是将军的家乡。"

孙武噙泪道："我在吴国二十余年。吴国是我的第二故乡。我孙武永远不忘吴国。"

姬山道："将军有这句话，我父王无忧了。"

当晚，伍子胥羁留在孙武府中，帮助打点行装。孙武把粗重家什分给家奴，又给金钱以安家置地。又命把吴王所赐财货，原车载运。府中简册，装满十车。所用衣物器具，只装了一车。收拾停当，孙武对伍子胥道："时已半夜，不妨起程出城。如果天亮出城，恐怕惊扰百姓，又烦百官送行。"

伍子胥道："这样走也好，只是冷清了。"

孙武笑道："有你为我送行，我满足了。"

车马出了府门，刚到大街，就看见沿街两旁亮起成千上万的蜡烛。老小妇孺手秉烛火，傍街而立，及近迤远，如无尽的长龙。孙武见此情景，双眼濡湿，在伍子胥搀扶下跳下卧车，朝送行百姓拱手致意。

几位长髯老者举杯敬孙武道："请将军尽饮此酒。""祝将军一路平安。""愿将军一生平安。"

孙武一边流泪，一边接杯仰饮。两旁百姓纷纷敬酒。伍子胥担心孙武饮醉，命从人在空车中置巨坛两只，拱手朝敬酒百姓道："请众位高邻见谅。孙武将军肉体凡胎，难以尽饮你等敬酒。为了不拂你等为将军饯行情义，所敬之酒，都以此坛载之，将军以后慢饮。"

众人都高声喝好。伍子胥便让从人逐一接过敬酒，倒进车上坛内。孙武、伍子胥率车队前行，不住朝两旁送行百姓揖礼。走到望齐门，伍子胥刚要命弘湼传令大阍开城，只见城门已经大开。城洞两旁突然燃起牛油烛火，晃若白昼。吴王阖闾、公子姬波、姬山及百官，都伫立门旁。

孙武、伍子胥慌忙过去，和阖闾见礼。礼毕，阖闾敬孙武三杯。阖闾对伍子胥道："卿昔日荐长卿给寡人，今天代寡人送长卿，寡人也敬子胥三杯。子胥，你不可不饮。"

伍子胥道："臣，谢大王。"从侍臣盘中接过金杯，和阖闾尽饮三巡。

吴王阖闾率领公子姬波、姬山和百官，送出望齐门才和孙武作别，返城回宫去。孙武对伍子胥道："子胥，你也回去吧。自古送行，无尽无休。"

伍子胥啜嚅道："再走一程，再走一程。"

孙武低头，暗自用袍袖拭泪。

车队走到虎丘山下，天色已曙，远远见着数人站在道边。近前，孙武、伍子胥看见甘嬷率领伍封、皇甫胥和一帮家奴迎候在道中。甘嬷见伍子胥携孙武下车，命皇甫胥斟酒，亲自举杯敬孙武道："妾备薄酒，为长卿送行。愿长卿平安长寿。"

孙武躬身施礼，双手接杯，哽咽道："长卿谢谢嫂嫂送行。"

孙武刚饮尽，伍封举杯跪献道："伍封为伯伯饯行，祝伯伯一路顺风，鹏程万里。"

孙武一手接杯，一手拉起伍封。孙武喝完酒，解下佩剑，递给伍封说道："伯伯别无长物，只有此剑，你可留作想念。"

伍封跪而接剑，抱住孙武双足号啕。伍子胥过来搀起伍封道："封儿甭哭了，快快让你孙武伯伯上路。"

伍子胥见孙武登车去远，还不肯离去，似乎有许多话未能诉说。他从车上解下马匹，骗腿骑驱追去，行不多远，就见孙武也驱车回转。二人在道中下车下马，相拥大恸。

伍子胥道："长卿此去，不论羁居何处，务必给子胥传个信来。"

孙武道："我和你相别，唯有放心不下的，就是你心慈性躁。你往后务必戒躁，我才放心。"

伍子胥哽咽道："子胥谨记，长卿放心。"

孙武又嘱告道："吴国水师，是你整肃的。你不仅擅于陵战，也擅长水战。你务必要把水战之术，写成兵书，流传后世。这是大德啊。"

伍子胥道："子胥遵嘱。"

孙武松开伍子胥，登车前行，不再回头。伍子胥登上岗丘，仰头北望，直到车队在天际尽逝，还不肯回返。甘嫫、伍封、皇甫胥也登上了山岗。甘嫫劝道："长卿去远了。夫君，咱们回城吧？"

伍子胥叹道："今天一别，不知哪年相见？"

甘嫫道："只要活着，总有相见之日。"

伍子胥道："好，好，凭隔千山万水，不隔一层黄土。只要活着，总能见面。"回头望了身边的伍封、皇甫胥道，"你孙武伯伯走远了。我们回城回府，不去阳山田庄了。"

孙武一行往西北走了几天，还没有走出吴国边境。这天走到一座古城，到达城外护城河南岸。孙武下车，隔河观看。但见河阔百丈，对岸城墙都是白石垒砌，高大坚巨。河上有数十只木船链为浮桥，北头桥塊有石阶自下而上，通达城门。孙武赞道："好一座坚陴巨郭！"回头问奴仆麦犸道，"这是什么城？"

麦犸躬身道："回老爷。这是伍子胥将军故里，棠城。这里过去属楚国，今已归吴国所辖。"

孙武击掌道："这样灵地，怎无杰人？"吩咐麦犸道，"进城寻家馆栈住下来，歇息了再走。"

麦犸道："是，老爷。"

车队缓缓地驶上浮桥。这列满载金钱财货和简籍的车队，十分招眼。过往行人无不伫足观瞧。只见一个鹑衣散发的老叫花子，手拄木棍，在车队前面边行边歌道：

> 财也大，
> 产也大，
> 后世儿孙灾也大。
> 君问这话是怎样？
> 儿孙财多胆也大，
> 泼天大事恁不怕，
> 不败身家恁不罢！
>
> 财也少，

产也少，

后世儿孙宝也少。

君问这话是怎样？

儿孙财少胆也小，

家传产业知自保，

俭使省用且过了。

孙武在车中听歌惊愕，不住摇头叹息。麦犸在车旁道："老爷。这个老叫花子唱歌讥讽老爷你哩。奴才前去斥责他？"

孙武道："他唱的是真情实理，不要斥责他。"

进了棠城，寻了一家馆栈住下，孙武对麦犸道："你去把本地邑宰请来。"

麦犸不一刻领来一个清瘦老者，朝孙武拜揖道："小老儿名叫常嚚，是本城邑宰。不知将军驻跸敝邑，有失恭迎，万请将军恕罪。"

孙武还礼道："孙武是辞官归隐之人，不敢惊扰地方，邑宰不必歉疚。邑宰请坐。"

孙武等常嚚落座，又让麦犸进奉浆水，才问道："贵地过去是楚鄙，如今属吴疆，世道怎么样？"

常嚚叹道："去年吴公子夫概，从楚都郢城取道江淮回吴都，途经敝邑，和楚兵大战一场。敝邑老少百姓都为楚军驱赶守埤[①]，死伤很多。眼下鳏寡孤独，不下一千五百余户，每天都有饿毙的。"

孙武长叹一声道："兵者，凶也！"又对常嚚道，"明天我让家奴麦犸等人，由常老先生率领，遍访贵地鳏寡孤独和伤残贫病者，然后按照景况，赠送钱财。鳏寡孤独者，让他生有食，住有屋，死有棺。贫病者，让他治病有钱，营生有本。我所带钱财不多，杯水车薪，只能救急，不能救穷。"又道，"我这次散金济民，不要泄露我姓名，就说是吴王救济贫民的。"

常嚚听了大为感动，慌忙伏地磕头，说道："将军这样慷慨救助，下官敢不从命？小老儿代表敝邑百姓，感谢将军大恩大德。"

孙武俯身，双手把常嚚搀起，说道："邑宰请起。孙武已经卸甲归田，是一个布衣百姓了。请常老先生呼我名号。"

常嚚嗫嚅道："小老儿，遵命。"

孙武又问道："这江淮土地，已经尽归吴国了，还有比贵邑贫穷的地方吗？"

常嚚道："距这棠城西北五十里，有一个镇集，名叫士林镇，贫穷人口较多。"

孙武又问道："士林镇为什么贫困？"

常嚚叹道："士林镇是边鄙小镇，北邻齐鲁，东西吴楚交界，一会儿被楚国占领，一会儿被吴国属占。镇上男丁都征兵入伍，户户出丁，人人当兵，所以名叫士林。

① （士林镇）今南京市江北区竹镇。

255

这几年因为吴、楚交战，镇上七千人口，伤亡近半，余者全都是鳏寡孤独，衣食无依无靠。"

孙武听了站起来，说道："士林？这名儿怎么这么耳熟？"

麦犽一旁道："老爷曾听子胥将军说过吗？士林是专诸的家乡。"

常嚣道："不错，不错。士林是伍子胥将军好友专诸故乡。"

孙武若有所思，对常嚣揖礼道："先生请自便。明天操劳先生。"

常嚣见孙武送客，拱手道："长卿先生驾跸敝邑，是棠城的荣幸。小老儿略备薄醪，为先生洗尘，请先生赏光。"

孙武道："邑宰盛情，我孙武心领了。待以后贵邑无饿腹之人，孙武再来叨扰。"

常嚣感叹道："长卿真是大德之人啊。"

孙武见常嚣离去，对麦犽道："你把吴王所赐金钱财货，分作两股。一股散在棠城，另一股散给士林贫民。"

麦犽惊问道："老爷，你一金不留？"

孙武挥手道："不留，不留。"

麦犽道："老爷不为自身留一金，也应当为儿孙留一点安身资财。"

孙武问道："你没有听见，那个老叫花子唱的歌吗？"又道，"这是吴王所赐金钱，散给吴民，是使吴民铭记吴王恩德。你不要多话，照办就是了。"

第二天一早，麦犽率领几名家奴，跟随邑宰常嚣登门上户，查记鳏寡孤独和贫困人家，又按照景况赠给金钱。经过几天奔走，棠城贫苦百姓都得到了赈金。吴王所赐金钱财货，在棠城散发过半。孙武也不向常嚣辞行，率领家人奴仆趁天色不亮，出城奔西北而行。当天傍晚，来到专诸故里士林镇，寻到一家名叫"姜四馆栈"的旅店住下。

孙武又让麦犽找来镇上镇长，又以吴王名义散金给贫民，直到把吴王所赐之金散完为止。镇上人都颂吴王大恩，不知道是孙武仁义。孙武在士林镇住了三天，采买了路上所需物品，一家人继续北行。孙武让麦犽护卫妻子国氏和幼子孙勋所乘卧车先行，自己乘轩车断后，中间是十数辆装载简籍家居物品的车辆。出镇十里，又见到那个老叫花子在山道上边行边唱道：

> 前有季札称人杰，
> 不贪王位自无爻。
> 后有孙武堪英豪，
> 归田论兵也逍遥。

孙武问麦犽道："这个老叫花子，是个什么人？"

麦犽道："我在棠城打听清楚了，这人名叫仇狗儿，是专诸的好朋友。"

孙武要叫麦犸呼唤仇狗儿，仇狗儿早已消逝在野莽林中了。

这天走到淮水南岸，孙武道："渡河往北，就是徐国故地了。现在脚底下，还是吴国的疆土。再往西北，是齐国、宋国了。"对麦犸道，"麦犸，你去河边船坞，雇两只三桅大船。我们明天，取水路往北走。"

麦犸道："老爷。我们车马人夫沉重，恐怕两只大船未必能够。而且走水路，人吃马喂，食物和草料，都得装载齐备。"

孙武道："两只不够，就雇三只四只。你自己掂量着办吧。"

当天下午，麦犸雇好三只大船，采买好人吃马喂和一应物品。人众马匹及车辆物品全都登船，在船上宿了一夜。第二天天刚亮，船夫烧了早饭，请孙武等人吃饭。国氏和孙勋歇在后仓，由船夫内人服侍。吃完，船夫开船，三只三桅大船依次扬帆出了港湾，扳舵侧船，偏了风帆，借风北行。

船行数里，进了芦苇荡。但见河面逾窄，港汊纵横，周围芦苇遮天蔽日。船大无风不行。船夫纷纷操起数丈长的竹篙，从船头把篙头铁叉插入河底，扦了实泥。双手抱了竹篙顶在肩头上，扠着河泥，迈开光脚从船头沿帮朝船尾躬身走去，就把大船撑得行动。这样反复撑船，船行很慢。

船只在芦苇港汊里缓慢前行，只听河汊芦苇丛中响起一声尖锐的芦哨，十数只扁船从四面河汊中冲出，围住了孙武的船只。每只扁船有一人居中摇桨，船头尾各立一个大汉，穿戴盔甲，手执戟戈。孙武大惊，走出仓来，问麦犸道："这是些什么人，兵不兵，匪不匪？"

麦犸手持大戟，站在孙武身旁，说道："管他兵匪，都是劫财来的。"也不等孙武吩咐，转身大声命令船上的家奴道，"兄弟们，操家伙！"

三只大船上的孙武家奴，纷纷操起大戟铜戈，准备厮杀。为首一只扁船拦住孙武大船，船头大汉抱拳施礼道："孙将军，别来无恙？"

孙武也还礼，问道："你是什么人，为什么挡我去路？"

那汉子道："我姓符名剀，是将军旧部。"

孙武摇头道："请恕我眼拙，不认识你。"

符剀道："将军和伍子胥将军率六万之师，入豫章伐楚，符剀只是万千军中一卒。符剀认识将军，将军怎能认识符剀。"

孙武问道："符剀，你既然是我旧部，今天持械拦船，和我叙旧吗？发难吗？"

符剀躬身，笑道："符剀怎敢冒犯将军。符剀受主子之命，迎接将军往前面牛头滩小歇。我家主子在滩上设了便宴，替将军洗尘。"

孙武诧异，又问："你家主子，是什么人？"

符剀道："我家主子是将军故人。将军不要见疑，见面就知道了。"

符剀命令兵士划小船引路。孙武吩咐大船跟随小船前行。另十余只小船散在大船周围，朝前面苇滩驶去。刚近河岸，就见滩上柳树成荫，有房舍数所。滩前树下搭有大棚一顶，棚下排有桌案，罗列酒肴。符剀已经弃船登岸，进入棚帐禀报。几名兵士拖来跳板，搭在孙武船头。

孙武见棚中跟随符剀走出一个大汉。那人身高近丈，金盔金甲，外披素罗斗篷，腰悬宝剑，笑哈哈大步走来。

孙武大惊，叫道："夫概，公子夫概！你怎么会在这里？"

孙武一边走下船来，拱手施礼。夫概相迎施礼道："长卿兄，想煞夫概了！"

孙武问道："公子一向可好？为什么会在这里？"

夫概道："夫概听说将军经过此地，特备村醪，为将军接风。请将军入席，边饮边叙。"扭头命令符剀道，"把酒肉送上船，给将军从人和船夫。"

夫概携孙武入席。三杯酒尽，孙武问道："我听说公子和吴王罢兵后奔走宋国了，为什么会在这里？"

夫概叹道："我王兄阖闾，杀王僚而夺王位，是不义之举。我对他早有不满，所以趁他率将军和伍子胥拥兵在楚国，我乘机在姑苏称王。想不到阖闾率兵三万杀回姑苏。吴兵都倾向阖闾，我一战兵败。我本要投奔宋国，但是心有不甘，招集散兵旧部，潜伏淮泗，企图伺机伐吴，夺取阖闾王位。"

夫概见孙武扶杯不语，又道："我已经听说，将军辞官归隐，并把王兄所赐金钱尽散给沿途贫民。将军视富贵金钱如粪土，实是高天厚义，夫概感佩。夫概生性高骄，目空四海，唯有敬佩将军和伍子胥二人。当今天下诸侯，谁得将军和伍子胥一人，谁就可以雄霸天下了。"

孙武听了夫概的话，摇头叹息。夫概慌忙离席，跪伏行礼道："夫概请将军助我伐吴，但能夺得阖闾王位，夫概和将军共国。"

孙武慌忙离席，搀扶夫概，叹道："吴王阖闾，是你我之君。以臣犯君，天地不容啊。"

夫概怒道："阖闾弑兄，天地不容！"

孙武劝道："公子没有听过圣人说'釜不平人概之，人不平天概之'吗？"见夫概泪水潸然，又叹道，"我料到不久将来，吴国必亡。"

夫概惊问道："长卿兄，你怎么说这话？"

孙武道："你王兄阖闾，持强自傲，必传位给公子夫差。夫差逊于阖闾，会近伯嚭而疏子胥。吴国北有齐，西有楚，南有越，四面都是吴国的强敌。我预料二十年内，吴国必会灭亡。"又道，"公子不学王叔季札，留清名于世，为什么要去蹚污泥浊水，做一个遗臭万年的亡国之君呢？"

夫概听了孙武的话失声恸哭，过了一会儿对孙武道："夫概谢长卿兄良言。我要学王叔季札，远走他乡了。"

夫概送孙武登船北行，遣散叛军，焚毁船舰，把滩上房舍杂物粮草尽散于民。夫概只携妻儿奴仆，投奔宋国，改名易隆，隐居终老。

第三十章

伍子胥扶持夫差，楚昭王驱逐范蠡

吴王阖闾听说孙武在途中尽散家财给贫民，很为感慨。第二天早朝，阖闾拜伍子胥为宰相，立伯嚭为太宰。

阖闾对百官道："寡人立志要谋霸，拜子胥为相国，立伯嚭为太宰。昔日齐桓公称管仲为仲父，楚成王称斗谷为子文，是效古人以字为敬。今寡人也命令臣民，不论贵贱，都以子胥号之。违者不仅不敬宰相，也等于不敬寡人。"

阖闾破楚自恃威震万国，也效仿昔年齐桓公大造崇宫邃室。阖闾把姑苏阊门更名为"破楚门"。又在吴国南鄙垒石为界，筑门镇守，以拒挡越国人入侵，号称"石门关"。阖闾又征调奴工十数万，在姑苏城内建造华宫、榭台，掘地为池，名"华池"；又在城外筑宫，携美姬淫乐，名"美人离城"；又筑姑苏之台，九曲之路，以供游乐；建造冰室，以贮珍馐美味。

这天，阖闾乘大辂前往华宫，后随香车数乘，各载嫔妃美女，前有士兵持戟戈开道，后有兵车护卫。经过街道路途，行人商贾全被驱打逐散。百姓在士兵殴击下四散奔逃，瓜果梨枣倾泻在地，满道都是。

阖闾到华宫前驻跸，由嬖臣搀扶着下车登台。伯嚭也躬身随侍。阖闾环视高台，对伯嚭道："寡人听说昔年齐相管仲，彰齐桓公攘夷克楚之功，筑三归台颂主。寡人的高台，卿看怎么样？"

伯嚭谀道："管仲三归台，怎么能和大王华宫匹美。管仲身为八国联军大将军，连营百里，驻在汉江北岸，未战而返。大王率三万之师，攻克郢都，逐走楚王，是旷世奇功。大王华宫，三归台不可比！"

阖闾大乐，笑道："听卿的话，寡人以为华宫名字俗了。台呀？宫呀？这些名儿不能称寡人心意。"

伯嚭又道："大王说的极是。宫呀，台呀，都不会留存千古。能流传千古留的，只有名字。"

阖闾沉思了一会儿，突然笑道："寡人听说，卿在爱妾腹上纹有'长乐未央'文字，是真的吗？"

伯嚭慌忙躬身道："是臣酒后戏为。"

阖闾道："好，好啊。寡人这华宫的名字有了。"命令嬖臣道，"传寡人命令给司空，这宫殿就命名为'长乐宫'！"

嬖臣领命退下。阖闾走进宫内，高坐宝座。伯嚭站在侧后。众美女飘落宫中，翩跹起舞。有士兵入内跪禀道："奏禀大王，相国伍子胥觐见。"

阖闾十分扫兴，挥袖斥道："退下！"

伯嚭见士兵退下，倡优依旧舞蹈，喊道："大王命令你等退下，还不退下！"

倡优纷纷退下。伍子胥匆匆入内，跪奏道："臣，叩见大王。"

阖闾道："宰相请起。宰相匆匆而来，有什么要事说给寡人？"

伍子胥躬立一旁，说道："臣听说，大王今天驾临华宫，道途士兵驱民净街，惊扰百姓。臣以为，这不是贤君的举止。伯嚭随侍大王，知错不谏，大王应当责罚伯嚭罪过！"

伯嚭慌忙跪奏道："臣请大王明察。君王出巡于野，地方禁跸。君王出宫行于郭，沿途净街。这是古今万国之礼，有什么不对！"

伍子胥道："如果大王出行，无士兵侍卫，无禁跸净街之举，大王就是当世贤君了。如果大王爱民，又被民爱，何需士兵侍卫？何必畏民如虎？"

伯嚭还要争辩，阖闾挥袖阻止道："宰相说得很好，寡人采纳。宰相还有什么话说，寡人倦了。"

伍子胥又道："大王大造崇宫邃室，不怕内忧外患吗？"

阖闾听了色变。伯嚭奏道："大王败楚入郢，威震万国，何患之有？子胥危言耸听！"

阖闾道："请宰相说，寡人有什么内忧外患？"

伍子胥道："大王近年用兵向外，内政失修。国内民风日下，街市假物泛滥，欺诈作歹。小吏贪贿暴敛，大夫卖官鬻爵，大王刑轻滥赏，致使上令不行，礼义廉耻四维丧尽，国家就要亡了。这就是内忧。臣听说，楚昭王已经回到郢都，即将召集兵马，强兵富国。况且秦兵还在楚国未退，随时可能讨吴复仇。越国是吴国宿敌，前番趁大王伐楚举兵攻吴，虽被击败，犯吴之心未死。有楚、越诸国尚存，就是亡我吴国的大患。大王不可不虑。"

阖闾离座徘徊，过了一会儿说道："寡人拜卿为相国，是委国于卿。内政之事，外患之事，都由卿酌理。齐相管仲能为齐侯小白分忧。卿为什么不能为寡人分忧？"

伍子胥见阖闾命令他治理内外，答允道："有大王诏命，臣应当鼎力而行！"

伍子胥命令公子姬波监管内政，严刑重典，惩治贪官恶吏。凡是民间造假诓骗者，罚没家财，量其罪恶轻重，或刖足断臂，或贬为奴仆。经过上下整肃，时风日正。伍子胥又命令弘涅、皇甫胥分别去越国、楚国打探消息。二人领命，各带两名间谍扮作商贾，离都而去。

这天伍子胥正在相府书房内读书，门人禀报道："禀相爷，公子夫差求见。"

公子夫差是吴王阖闾的长公子，嬴弱多疾，常年在内宫修身养病，不如他弟弟姬波、姬山擅长领兵征战。传言夫差性慈心软，不善言辞交际。伍子胥命令门人道："请公子夫差。"

公子夫差进了书房，躬身施礼道："夫差给相爷请安。"

伍子胥还礼道："请公子落座。"又问道，"公子饮酒？还是饮浆水？"

夫差拱手欠身道："客随主便。夫差听相爷赏赐。"

伍子胥对侍立一旁的家奴马悠恩道："取我茶来。"

马悠恩提来一壶滚水，从书架上取下陶瓮，倒出些许树叶放入碗内，又倾入滚水。一会儿但见浮叶渐沉，水色碧绿，热气如雾如云罩在碗口飘忽不散。阵阵清香沁入夫差肺腑，顿觉心清目明。

夫差惊奇问道："相爷用什么树叶，浸泡浆水？"

伍子胥笑道："公子喝完，老夫再说给你听。"

夫差双手捧碗，吹后呷饮，饮几口笑道："相爷这浆水叶子是什么树叶？这么清香甘涩，清心宁腑？"

伍子胥笑道："老夫去年率兵转战潜六，见那里遍地生长奇树，名叫槚树。当地楚国人采摘槚叶泡浆水饮用，可以清脑怡神。这种树叶春采叫茶，秋采叫茗，焙干用陶瓮贮藏，四时饮用。"

夫差叹道："这样的天赐妙物，吴国人却不知道。无怪圣人说，天有九头鸟，地有楚夷佬！"

伍子胥细瞅夫差，身高八尺，白净脸皮，巨鼻阔口，大耳方轮，实是君王之相，笑问道："公子和老夫闲话说完，请说公事吧。"

夫差面颊顿红，喁嚅道："相爷，我来找你是私事。"

伍子胥正色道："公子你是吴王长子，按吴国王族规矩，公子今天是储君，以后应当荣登王位。公子找老夫，无论说什么事，都不是私事。"

夫差听了，慌忙离座，跪伏啼哭。伍子胥慌忙离座相搀，边道："公子不要行大礼。公子有什么悲情，请和老夫说。"

夫差泣道："我虽然是储君，但是吴国王位从先君王僚开始，已无伦序了。我体弱多疾，自幼长在内宫，缺少历练。我弟姬波、姬山常随父王及相爷领兵从征，都有力敌万夫之勇。我有此二弟，以后怎能得到王位？"

夫差见伍子胥剪背踱步，沉思不语，又跪地行礼道："夫差恳求宰相助我。"

伍子胥俯身扶起夫差道："大王既然委国于我，我应当为大王、为吴国鞠躬尽瘁，死而后己。公子你如果立志做一个贤君，老夫怎有不助之理。"见夫差止泣，又问道，

"公子近来读的什么书？"

夫差道："我这一阵正读孙武将军兵法十三篇。"

伍子胥眼睛烁亮，问道："读了有什么感悟？"

夫差道："我愚钝，知其意而不知所用。"

伍子胥道："孙长卿所著兵法计有八十三篇。你所读十三篇，是当年老夫推荐孙武时，所呈给大王的十三篇。凡人如果熟读这十三篇，能用十分之一，就可当良将了。学以致用，贵在使用。公子如果要习用，老夫会成全公子。如今楚国虽败，秦军未走，我们占领楚国的土地，随时会被他们夺回去。我命令你率领三万兵马镇守潜六，你用什么办法守住？"

夫差略一思索，说道："敌弱，我攻击。敌强，我退避。"

伍子胥道："好，好，你果然读兵书有悟。将在谋，不在勇。良将者，应当能自保，才能打击敌人。你镇守潜六，应当用水师断淮汭，保退路，以守为主，以战为守。"

夫差道："夫差谨记相爷教诲。"

夫差率领三万水陆之师，开拔潜六、淮汭。太宰伯嚭进宫，奏禀阖闾道："伍子胥命令公子夫差领兵入楚，是无益之举。楚国已败，不足以用兵。以臣之见，大王要图霸，应当用兵进攻齐国。齐国是吴国当今的劲敌。"

阖闾道："宰相命令夫差入楚，一是防范楚军报复，二是给公子煅炼的机会，有益无害。"一边说，一边翻动案上的简牍，"你说齐国是寡人的劲敌，这话也不错。但是寡人不能兵出无名。寡人命令公子姬山出使齐鲁，打探二国的动静，以后再议。"

公子姬山领命持节，出使齐、鲁二国。

夫差领兵刚到潜六淮汭，皇甫胥率领两名家奴已到楚都郢城住下，对楚国景况了解清楚。吴军退出郢都班师回国，楚昭王熊轸就回到了郢都。熊轸下令收葬平王骸骨，重筑宗庙，修建宫阙，犒劳秦军，送秦军班师回国。

楚昭王看见新宫华丽宏大，想到刚回郢都宫阙半残，白骨如麻，不觉潸然泪下，说道："国家不幸，祖宗受辱，此恨何时能泄？"

孟嬴一旁说道："我儿今天复归王位，先要明赏罚，然后抚恤百姓，勤修国政，恢复楚国元气。"

熊轸听从母亲孟嬴的话，升殿对百官说道："寡人任用小人，几乎亡国。经过众位贤臣冒死守国，才有重见天日。寡人有失国之罪。众位爱卿有复国之功。"

众臣跪伏殿下，齐奏道："大王复国，是遵天意。臣等不敢贪天之功。"

熊轸道："众卿无须过歉。寡人拜子西为令尹，子期为左尹。王孙繇于、沈诸梁、钟建、宋木、斗辛、斗巢、蓬延等人，都进爵加邑。申包胥千里奔秦，号哭秦庭七日不吃，乞秦师救楚国，功劳最大。寡人拜申包胥为右尹。"

申包胥奏道："臣奏大王。臣求救秦国，是为楚国为大王。如今大王返国，臣已就愿，怎敢以功邀利？"

楚昭王熊轸道：“卿为寡人千辛万苦，劳形疲神，赏得其分。”

申包胥又拒绝道：“臣为朋友情义，未泄子胥计谋，使子胥奔吴破楚，是臣的罪过。臣如果受大王封爵，是以罪冒功，是臣的耻辱。”

申包胥说完，告辞出宫。

熊轸见申包胥坚辞离去，环视众臣，看见王孙繇于站立一边，想到逃亡途中王孙繇于以身救己，喊道：“王孙繇于！”

王孙繇于出班跪道：“臣在！”

熊轸道：“卿在云中代寡人受戈，不敢忘啊。寡人拜卿为右尹，和子西、子期同参国政。”

王孙繇于谢恩回班。

熊轸又问道：“斗怀在吗？”见众臣无言，又道，“宣斗怀觐见听封！”

嬖臣刚要传召，熊西奏道：“斗怀昔日在郧邑要刺杀大王。大王应当治他的罪，怎能封赏？”

熊轸道：“斗怀行刺寡人，是为父报仇。当年齐相管仲曾经说过，人子不孝，不可忠君，不能爱国。斗怀能当孝子，也能当忠臣！”

楚昭王熊轸力排众议，封斗怀为大夫。

蓝尹亹进宫求见楚王，奏道：“臣听说大王不计前嫌，封斗怀为大夫。臣请大王封爵。”

右尹王孙繇于不等楚王答话，铿啷抽出宝剑，一手揪住蓝尹亹斥道：“昔日你船载妻妾，不载大王，今天还有脸面讨封？我杀你这个背君负国的小人！”

王孙繇于举剑要砍，楚王喝住道：“卿且慢，松手！”问蓝尹亹道，“你在寡人落难时弃我不顾，今天又怎么来讨封了？”

蓝尹亹跪禀道：“大王重用奸佞，以致弃都逃走。坚郭郢都不能安身大王，臣的小船又怎能安大王身？臣拒载大王，是儆大王。臣今天来，不是讨封，是看看大王是否悔悟。大王如果不省失国过错，记恨臣不载罪过，臣死不足惜，可叹楚国灭亡不久了！”

楚昭王熊轸环顾众臣，问道：“蓝尹亹的话，卿等以为怎样？”

令尹熊西奏道：“臣以为，蓝尹亹说的有理。臣请大王赦他罪，不忘失都亡走的耻辱。”

熊轸笑道：“令尹建议正合寡人心意，”叫道，“蓝尹亹！”

蓝尹亹行礼道：“臣在。”

熊轸道：“寡人不计你弃载罪过，你还当寡人大夫。”

蓝尹亹道：“臣，谢大王恩封。”

这时，郢都大阍禀报道：“臣禀大王。大夫申包胥携老母妻子出城，遁往深山去了。”

宋木奏道：“申包胥和伍子胥交厚，他如果投奔吴国，是楚国的大患。大王快快派兵追拿。"

蒍延出班，奏道："申包胥为救楚国，亡命奔秦，怎能叛楚害国？他进深山，是不图功名富贵啊。"

熊轸叹道："蒍延说的很对。申包胥不受右尹爵职，怎么会去吴国做官？"命大阍道，"你传寡人诏命，把申包胥故宅街道更名叫'精忠门'。让后世之人，不要忘记申包胥的爱国忠诚。"

大阍领命退去。

突然宫外传来号歌。楚昭王熊轸听歌问道："什么人在宫外号歌？"

嬖臣跪道："臣前去斥责歌者。"

熊轸道："他既然唱歌，是有话要对寡人说。你去唤他来，寡人愿意听他说！"

一会儿，嬖臣领进来一个鹑衣百结的中年大汉。这人身长八尺，三缕胡须飘洒前胸，散发披肩，跪禀道："野人范蠡，叩见大王。"

楚昭王问道："你为什么在寡人宫外唱歌？"

范蠡道："草民听说大王回来，封爵给百官，特来唱歌祝贺。"

楚昭王又问道："你唱的歌叫什么曲名？"

范蠡道："小民歌的是'惊梦'曲，不知大王愿意听吗？"

楚昭王道："寡人愿意听，你唱吧。"

范蠡击鼓唱道：

王耶，王耶，何乖劣？
不信忠良听谗孽！
任用奸佞多杀戮，
伍氏伯氏两族灭。
子胥伯嚭奔吴国，
阖闾如虎添双翼。
举兵问楚诛仇雪，
五战破郢王弃国。
掘墓鞭尸遭耻劫，
宗庙社稷血食绝。
君王逃命命多厄，
申胥哭秦泪泣血。
秦王感义出兵捷，
吴师虽退尸塞辙。
今天大王回宫阙，
赏功封爵不知辱。

　　　　　我悲我歌呼忠烈，
　　　　　楚兮楚兮气已竭。

　　范蠡唱完，伏琴大恸，泣不成声。众臣悲哀。楚昭王熊轸心内凄凉，刚想说话，嬖臣趋前附耳道："大王，夫人和王妃自耻失身于阖闾，都在寝宫自缢了。"

　　熊轸听报大惊，一时目瞪口呆，继而怒发冲冠，朝范蠡吼道："大胆狂野匹夫，竟敢歌讥寡人！"朝士兵道，"给寡人打出宫去！"

　　士兵蜂拥而上，踏碎琴瑟，拖住范蠡，用戟戈杆棒打出宫外。众臣愕然，还没回神，楚昭王熊轸命令道："蘧延听命！"

　　蘧延出班，跪道："臣在！"

　　熊轸道："寡人命你率兵三万，把吴国人所占潜六、淮汭城邑，全部夺回来！"

　　楚昭王见蘧延领命出宫，拂袖离座，在嬖臣扶持下回内宫而去。

　　皇甫胥得到楚王派遣蘧延率兵攻打潜六、淮汭的消息，即命随从报信给公子夫差。皇甫胥这边乘劲马轺车，日夜兼程，奔回吴都姑苏，禀报伍子胥道："楚昭王熊轸命令楚将蘧延率兵三万，开往潜六淮汭，争夺失地。奴才已经派人送信给公子夫差了。"

　　伍子胥听了大惊，说道："蘧延骁勇善战，夫差难胜蘧延。"

　　伍子胥连夜进宫，奏请吴王阖闾允准，亲自统兵二万星夜开往潜六。刚到中途，听间谍禀报，楚军已经到达潜邑。伍子胥命令兵士弃船登岸，往潜邑疾行。距离潜城三十里，伍子胥听间谍禀报，蘧延已把公子夫差困在城中，正在命令楚兵筑坝蓄水。

　　伍子胥笑道："蘧延小儿，要学老夫当年水淹潜城。"对皇甫胥道，"传令三军，杀退楚军，开进潜城杀牛庆功！"

　　军令传下，吴军大受鼓舞，兵士驱车奋勇向前，一边高呼："相爷有令，打败楚军，杀牛庆功！"

　　蘧延率领三万人马围住潜城，又把兵力分为三拨，轮番挖渠筑坝，士兵劳累不堪。突然听报伍子胥领兵杀到，惊道："伍子胥怎么来得火速？"

　　蘧延披挂登车，号令列阵。阵势还没列成，吴军兵马已如决堤洪水杀奔而来。喊杀之声如山呼海啸，穿云裂地。楚兵慌乱无措，被杀得驱车乱窜。城中夫差见到援兵已到，率领城内一万人马杀出城来。楚军腹背受敌，退逃无路，自相践踏，顿时潜城郊野尸山塞途，血流浮橹。

　　蘧延拼命杀出重围，率领二千残兵逃到山口。不等喘息，就见一支人马拦住去路。为首轺车之上伫立一位白袍银甲老将，头顶银盔，手持长戟，一把银髯飘拂胸前。蘧延凝神细瞅，正是吴相伍子胥，叹道："明年今天，是我蘧延周年了！"

　　蘧延说完弃戟在地，拔剑要自刎，听见伍子胥叫道："蘧延贤侄，请慢！"

　　蘧延横剑问道："败军之将，无颜面君。将军不容我蘧延自裁，是要亲戮吗？"

　　伍子胥笑道："我伍子胥和你父亲蘧射有旧交，怎能戮故人之子？我不杀你。

你替我传话给楚昭王熊轸。去年申包胥央我退兵还楚，我和楚王有约，楚王已经应允迎公子熊胜还楚。我也退兵践约。楚王还都，不思践约，反而派兵攻夺潜六淮汭失地。你对楚王说，他不践约，我伍子胥要率兵再捣郢都！"

伍子胥说完，大戟一挥，吴军让开山口。薳延率领残败楚军狼狈而去。

楚昭王熊轸见薳延败回，召问缘由。熊轸听说伍子胥要再攻郢都，面容失色，即刻诏命，封熊胜为"白胜公"。熊轸又命令为熊胜筑城，名叫"白公城"。熊胜聚族住在城内，就以白氏为姓，从此不思王位。

吴公子夫概听说楚昭王熊轸迎熊胜回楚，也从宋国来投奔楚王。楚王钦佩夫概骁勇，封赐楚地堂溪为夫概食邑。夫概定居堂溪，不想再回吴国，从此学他王叔季札隐野，自号为堂溪氏。

楚昭王熊轸厌恶郢都城阙残破，王宫又被阖闾所污，诏命令尹熊西择地筑城建宫，立宗庙社稷。城竣宫成，楚昭王择吉日迁都，名叫新郢。熊轸自此勤修国政，省刑薄赋，闭关自守，不和吴国争扰。

公子姬波领宰相伍子胥命令，整治贪吏腐恶，打击造假售假。姬波雷厉风行，派遣心腹走访各邑百姓，把贪恶官吏核实罪行，缉捕归案，量罪罚没家产，或贬为庶人，或杀头坐监。姬波厌恶造假，喜欢吃肉，早晚饭无肉不餐，尤其厌恶猪肉注水。当时吴国风行猪肉注水。一个百姓对姬波道："如果国君连屠夫都治不了，怎能治理国家？"姬波大怒，把在猪肉里注水的不法屠夫捕了数百人，斩杀市途。百姓都拍手称快。屠夫丧胆，再也不敢往猪肉里注水掺假。吴国自此官廉风淳，诓骗冒假绝迹，正气上行，风气上下一新。

公子姬山出使齐、鲁二国回来，禀报阖闾、伍子胥道："鲁定公用孔丘孔仲尼为司寇。齐景公用晏婴为相。齐景公和鲁定公会盟在夹谷。齐君纳晏婴建议，返还鲁国汶阳田地。齐、鲁新好，父王不可举兵向齐。"

伯噽道："鲁国季、孟、叔三家分国而治，各用家臣为政。鲁君已经没有公臣了。齐相晏婴是三朝宰相，年事已高，朝不保夕。臣以为，大王举兵先攻克齐国，然后攻克鲁国，问霸中原一举可得了。"

伍子胥道："不可，不可。齐国宰相晏婴虽然年高，他用司马穰苴统帅齐国兵马，又有鲍牧、黎弥等一帮贤臣相辅，不可小觑。大王千万不要举兵伐齐。"

阖闾正自举棋不定。伍子胥派往越国探听消息的弘渑回吴，禀报越王允常已薨，其子勾践即位。伯噽又鼓动说道："允常新丧，勾践年轻无知。大王这时起兵伐越，正是千载难逢的良机啊。"

伍子胥道："越国新丧，伐之不义。大王既然要谋霸诸侯，不能失义于天下。"

阖闾大怒，斥道："寡人伐齐，你说不可以。寡人伐越，你也说不可以。你一向主张和齐伐越，今越王允常已死，其子勾践新立，其政未稳，正是寡人举兵良机，你为什么阻挡寡人？"

吴王阖闾不听伍子胥劝阻，亲自领兵三万，由公子姬山、姬波、伯嚭随同，开往越国边境。

吴国兵伐越国的消息已经传到了越国。在会稽山下的一个山洞里，年轻的越王勾践在焦躁不安地徘徊。夫人姒婕是个身材修长面容白皙的女人，站在一旁注视着夫君。勾践瘦长的身影不安地躁动，他那巨额鹰鼻的面孔凝霜结冰般地冷竣，令姒婕十分担忧。

姒婕温柔地叫着勾践的字道："炎执。兵法云，水来土囤，兵来将挡。吴军既来，夫君可以率兵拒挡在边境。"

勾践道："父王薨前我曾立下誓言，决不丢失越国的一寸土地。今天吴王阖闾亲率三万精兵犯越，而我越军不足二万。吴军英勇善战，越兵老小不堪，此战凶多吉少啊。"

姒婕又道："吴国前将军孙武说过，兵不在众，在勇。将不在勇，在谋。胜在不战，在气。"

勾践叹道："寡人要有孙武，何患于此。"

姒婕劝道："妾听说大夫文种善谋，夫君怎么不问他？"

勾践叹道："你说子禽？子禽是楚国郢人。楚人无义，不可相信。"

姒婕道："夫君不知道专诸、伍子胥都楚国人吗？楚国多有豪杰，子禽也是。"

勾践被姒婕说动，命令洞外卫士道："传大夫文种，来见寡人议事。"

卫士应声而去。文种正在山下听一个间谍禀报。文种问间谍道："这次跟随阖闾从征的将领，还有什么人？"

间谍道："禀大夫。小人探得明白，这次跟随吴王伐越的是太宰伯嚭和公子姬波、姬山。公子夫差领兵守在楚吴边境，未能从征。伍子胥谏吴王罢兵，吴王不从，留伍子胥守国了。"

文种略思片刻，命道："你再去打探，吴军屯在哪里？"

间谍领命告退。勾践卫士前来禀告道："大王请文种大夫议事。"

文种随卫士进了山洞，和越王礼毕，躬站在一旁道："臣奏禀大王。吴王阖闾这次领兵犯越，不足惧怕。"

勾践惊诧，问道："子禽这话，什么意思？"

文种道："阖闾虽勇，年老力衰，不堪临阵。伯嚭是无能之辈。姬波、姬山少勇无谋，更不值一提。这次吴人犯越，伍子胥没来，所以不足惧怕。"

勾践轻吁一口气，说道："伍子胥没来，实是寡人之幸。但是吴师兵力倍于我，怎能打胜？"

文种道："兵法云，先处战地而待敌者佚，后处战地而趋战者劳。臣听间谍禀报，吴军屯在越境，未敢冒进。大王不如率师在檇李①，以逸待劳，先占地利。臣随待大

---

① 今浙江嘉兴一带。

王左右，相机待谋。"

勾践听了大喜，说道："子禽果然善谋，寡人听你的。"

勾践即令越军连夜开往檇李，倚山安下营寨，等待吴军会战。不几天，吴军也开到檇李，安营扎寨。

文种献谋道："昔年伍子胥伐楚，在鸡父一役以死囚冲击楚阵，大败宓濊。大王怎么不学伍子胥的战术？"

勾践连称好计谋，立即命令押解罪囚一千人和死囚三百人，来到檇李营中。勾践又命令排盛筵款待罪囚，亲自来到宴席敬酒三杯。勾践持杯道："吴兵犯我疆土，要灭我越国。守国保家，匹夫有责。寡人赦你们的罪刑，命令你们明天阵前效命。你们的父母兄妹，寡人一概抚恤，保证他们衣食无忧。"

罪囚焦脊带头喊道："愿为大王，阵前效死！"

吴王阖闾趁夜眺望越军营寨。但见营内旗帜齐整，巡营士兵行伍有序。营外石垣为城，强弓劲弩伏在城内。又有兵车围护营帐，士兵守卫。阖闾叹道："越军先我到达，以逸待劳了。越营整列。越军兵士不惰。这次伐越，宰相未来，寡人心忧啊。"

伯嚭趁机谗言道："大王要伐齐，子胥要伐越。大王要伐越，子胥又认为伐越不义。子胥自以为伐楚功高，今天又为相国，竟然屡与大王掣肘，臣实在不知道宰相居心何在？"

阖闾厌恶伯嚭谗言，斥道："宰相是寡人的挚友，太宰不得胡乱猜疑。"

第二天天刚亮，阖闾命令兵士饱餐战饭，在山下摆好阵势。越王勾践也领兵出营，列阵以待。

双方阵势已完。越王勾践驱车出阵，戟指吴王阖闾，问道："贤君既有称霸之志，为什么还发不义之师？"

阖闾也出阵答道："你越国人趁寡人领兵入楚，屡犯吴境。今天寡人率师以儆，何谓不义！"说完回辕退归本阵，命令姬波率左军，姬山率右军，伯嚭率中军，合力朝越阵冲击。

越王勾践也退回本阵，命令兵士以强弓硬弩射击吴军。吴军被弓箭所射，不得近前，又退回本阵。勾践挥舞宝剑，从越军阵中奔出两队罪囚，每队五百人，个个散发披肩，人人面涂牲血，赤裸上身，手持砍刀朝吴军杀来。

吴兵从未见过这样阵势，吓得面无人色。阖闾高举宝剑喝道："畏死怯战者斩！"

吴兵不敢后退，都以战车相连，戟戈拒挡，使越军罪囚屡冲不动。勾践见吴军坚如铁壁，面露惊慌，问文种道："吴军不动，怎么办？"

文种道："必以计谋乱其军，才能打胜。"

勾践急问道："用什么计谋？"

文种道："大王准备的死囚，应该使用了。"

勾践听了文种提醒，朝阵中一招手。只见三百死囚分成两列从越军阵中走出，人人只穿短裤，个个披发袒身，每人手握一把利剑横在颈上，安步走向吴军阵前。为首死囚焦惫高声朝吴王阖闾喊道："寡君越王，不自量力，得罪上国，劳吴王领兵征讨。我等是死囚，不敢和吴王为敌，愿以一死，代越王谢罪！"

焦惫说完，回头视众囚喊道："向吴王谢罪！"

众死囚齐声高呼道："向吴王谢罪！"

越囚们呼完，都各自横剑自刎，尸身如草垛般纷纷倒在吴军阵前。

第三十一章

阖闾伐越身亡，夫差登上王位

吴王阖闾和吴军兵将看见越囚集体自刎，大惊失色，还没有回过神来，只见对面越王勾践高举宝剑，越军如猛虎一般地冲杀过来。一千越囚如入无人之境，在吴军阵中东突西闯，乱砍乱剁，致使吴军大乱。

越将灵姑浮疾驱冲车杀奔吴军，经过文种车旁，文种朝灵姑浮喊道："为大将者，功高不过于擒王。将军为什么不捉阖闾？"

灵姑浮高叫道："谢子禽提醒，我来了。"

灵姑浮手执大戟，命令驱卒驱车冲入吴阵，正遇一乘黄旗大辂奔逃而过。灵姑浮知道是吴王阖闾所乘的战车，横戟拦住厮杀，砍倒车右，又击翻徒人。阖闾见情势已急，执戈冲出车来和灵姑浮交战。二人打了十余回合，阖闾终因年老力衰，汗淋鬓发，气喘吁吁，不敌灵姑浮神勇。阖闾一个不留神，右脚大趾被灵姑浮一戟砍中，惨叫一声倒在车下。灵姑浮举戟要向阖闾头颅砍击，突然感觉手臂一振，大戟已被格飞，张眼瞅见一个吴军将军须发戟张，正吼道："你怎敢伤我父王，找死。"

那吴将正是公子姬波。姬波拨飞灵姑浮大戟，正要回戈还击，灵姑浮已经弃车逃走。姬波下了战车，把阖闾抱上辂车，拔去黄旗弃在地上，驱车杀出阵去。

越王勾践见吴军已败，下令收兵。

吴军也收拾残兵，退回营寨。姬波查点人数，已经死伤过半。公子姬山身受重创，人事不省。众将都来到大帐探望阖闾伤情。阖闾双眼紧闭，呻唤不止，右足已经紫肿至膝。不一会儿，阖闾才哀叹说道："寡人后悔没有听子胥的话，才有此败。"又道，"越人怕亡，战不惜命。寡人听孙武说过，哀军不可胜。这次伐越不义，天神不佑寡人，不如退兵。"

吴军退到中途，姬山已死。阖闾听讯，哀痛不已，命令棺椁盛殓，用辒车①载到姑苏近郊安葬。

阖闾回到王宫。伍子胥一边命令医师医治吴王足伤，一边命令弘渥、皇甫胥等人四处寻找神医东皋公和弟子奎愆下落。

福不双至，祸不单行。阖闾生死未卜，公子姬波的妃子偲姜因思亲患疾，也已奄奄待毙。姬波在床前探视，见偲姜骨瘦如柴，气如游丝，潸然泪下。偲姜张眼瞅住姬波，竭力出声道："我君父命我嫁给公子，盼望齐吴通好，永不交兵。妾听说，齐相晏婴和司马穰苴都已过世。妾君父年事高迈。妾死无憾，只怕吴国伐齐，是妾的罪过。"

公子姬波抚摸着偲姜双手，泣道："爱妃宽心，有我姬波三寸气在，一定劝谏父王和齐国通好，两国永不交兵。"

偲姜听了，又竭力说道："大王和太宰都主张伐齐。想和齐国通好，只有宰相伍子胥。公子亲近宰相，妾才放心。"

公子姬波不住地点头应允。偲姜又道："妾听说虞山②之巅，可观东海。妾死后，请公子葬妾在虞山。妾魂魄有灵，可以一望母国了。"

姬波和偲姜双手紧握，号啕大恸道："爱妃，爱妃，你不能弃我啊！"

偲姜在姬波的哀唤中极力睁开眼睛，微声道："谢谢宰相，为妾筑望齐楼。"说完松手，弃世而去。

公子姬波遵照偲姜嘱咐，把她葬在虞山山顶，又在山上筑一亭，名叫"望海亭"。姬波自从偲姜病逝，寝食半废，患一奇疾。他起初感觉浑身骨节如同虫噬，然后骨痛像火烙锥攻，痛楚难当，日夜在宫中哀号不休。医师不识其疾，束手无策。只见姬波肌肤日见消损，瘦骨嶙峋，朝夕不保。

吴王阖闾足伤愈加严重，右肢肌肉如同黑炭，已无知觉。阖闾知道自己命在早晚，又听说姬波病重，悲泣道："寡人遭此横祸，天要灭我了！难道寡人诛王僚、攻楚伐越，都是不义吗？"

伯嚭一旁劝道："大王诛王僚、克楚伐越，是替天行道。大王无须自责。臣以为，大王足伤无恙了。"

阖闾悔恨伯嚭当初怂恿他伐越，不愿听他谀辞，喝令卫士道："把太宰驱出宫去。寡人不愿听他胡话了。"

阖闾待卫士把伯嚭请出寝宫，又命令内官道："你去相府，请宰相进宫。寡人有要事和宰相商议。"

---

① 运载棺椁的专用丧车。
② 今江苏省常熟市近郊。

内官命令侍从点了灯笼，驱车出宫，赶奔相府。相府门官听到叫门声疾，一边披衣开锁，一边叽咕道："这是什么人，深更半夜冲砸相府大门。"

门开。门官见是宫中内官，躬身施礼道："内官深夜来此，是接相爷进宫吗？"

内官还礼道："大王有要事和宰相商议，特命下官接相爷进宫。相爷睡了吗？"

门官道："奴才刚才见相爷书房灯烛明亮，恐怕未睡。请内官稍候，奴才通禀相爷。"

伍子胥正在书房批阅各地官员奏简，听说内官接他进宫觐见吴王，也来不及换穿官服，只穿布衣麻鞋跟随内官登车而去。进了寝宫，伍子胥见阖闾睡在床上，面容憔悴，连忙行礼问道："大王，你还好吗？"

阖闾道："寡人还行。宰相不要行礼，快起，快起。"命嬖臣道，"快搬锦墩，让宰相坐在寡人床前。"

伍子胥谢过阖闾，侧身坐在床前，问道："大王深夜召臣进宫，有什么事情嘱臣？"

阖闾打了个唉声，叹道："寡人自知命不久长了。寡人有三子七女，夫差年长。依我吴国王族祖规，寡人身后，当立长子夫差。然而夫差年已二十有六，愚而不仁，勇而无智，武不如二子姬波，文不如三子姬山，寡人担心夫差难以奉吴国大统了。"哽咽半天又道，"可怜偲姜病逝，姬波又患怪病，命在旦夕。姬山又死在阵前。寡人三个儿子，只有夫差守鄙无恙。夫差才德难以立国，寡人担忧以后吴国有灾啊。"

伍子胥劝道："姬山已死，姬波生死未卜，大王应当立夫差了。夫差虽然性骄智愚，但是他信以爱人，而且敦于礼义，有贤臣辅佐，他可以继承大统。臣思想当今实际，大王要想不立夫差，也别无选择啊。"

阖闾道："是的，是的。寡人已经别无选择了。"又道，"寡人登位之前，和卿就是好友。卿荐专诸诛王僚，得使寡人登王位。卿又荐孙武，并和孙武率兵克楚，为寡人和吴国立下不世功劳。寡人得卿多多，给卿太少了。寡人死前，托卿以后辅佐夫差，请卿不要推辞。"

阖闾说完，强撑着爬起，伏床朝伍子胥行礼。伍子胥慌忙离座，俯身扶住阖闾道："大王折杀老臣了。大王请起，臣答允大王就是。"

阖闾悲号道："寡人临终托国于宰相，不可不行大礼。"

阖闾不顾伍子胥劝阻，跪床行礼。伍子胥也跪在床前，誓道："老臣生为吴臣，死为吴鬼，辅佐夫差，万死不悔。臣如果有二心，人神共诛。"

阖闾听到伍子胥立誓，大悦，命令嬖臣道："拿酒来，寡人和宰相欢饮。"

嬖臣在床前置下酒肴。阖闾抚杯道："今天之饮，来日不多了。"

伍子胥道："臣已经命令家奴，四出寻找神医东皋公及其徒弟奎愆。此二人有一人到，大王足疾无虞。"

阖闾叹道："谋事在人，成事在天。王侯庶人，只有生死同源，不可悖逆啊。"又道，"今天之饮，当弃君臣之礼，才尽兴快乐。子胥行吗？"

伍子胥道："臣遵命。"

阖闾嗔道："我刚说不拘君臣礼束，你又来臣了君了。我叫你子胥，不叫宰相。你也不要叫我吴王，叫我姬光。"

伍子胥豪兴大起，举杯道："子胥敬姬光兄一杯。子胥尽饮，姬光兄触杯即可。"

阖闾大笑，开心道："子胥敬酒，姬光应当尽饮，怎么能虚情触杯？"说完，举杯一饮而尽。

伍子胥担心阖闾体虚病重，三杯喝完就坚辞不饮，告退回府。阖闾听见伍子胥足声渐去，摇头朝嬖臣道："子胥不够朋友，难弃君臣之礼。子胥不够朋友，不够朋友啊。"

嬖臣躬身劝道："宰相爱惜大王龙体，不和大王多饮。"

阖闾怒斥道："宰相吗？大王吗？我和子胥是朋友。他叫伍员，伍子胥。我是姬光，姬光。"说完恸哭道，"寡人病入膏肓，早晚不保。寡人要死于酒，而不毙于病。子胥怜我，不让我喝。"

天色刚亮，阖闾气促，目不视光，命令嬖臣急召夫差、伯嚭。夫差、伯嚭走到床前，阖闾伸手抚摸夫差头颅，嘱道："寡人已经托嘱宰相。寡人死后，立你为王。你要好自为之。"

夫差哭叫："父王。"

阖闾问道："昔日孙武辞官归隐，你知道寡人为什么准许？"

夫差道："儿臣不知。"

阖闾长叹一声，说道："圣人言，持武者灭，持文者亡。孙武堪称当世名将，用他可得天下，却难以安定天下。安天下者，非文武兼备有德之人不可。伍子胥是当世文武贤才。寡人有伍子胥，何患无孙武？伍子胥有恩于寡人，有大功于吴国，以后你应当尊之近之。你如果疏子胥而失辅，将失吴国，失王位。"

夫差磕头道："儿臣谨记。"

阖闾又道："莫忘替父报仇。"

夫差泣道："儿臣不敢忘。"

伯嚭跪奏道："大王，伍子胥和齐大夫鲍牧交厚。他亲近齐国，对吴国不利啊。"

阖闾沉默许久，才睁眼对伯嚭道："寡人行将就木。你这句话，留待以后谏给新君。"又道，"寡人后事，有劳太宰操办。寡人昔日葬鱼肠剑在海涌山，就把寡人葬在剑处。"

夫差问道："父王为什么不托嘱宰相？"

阖闾勉强笑道："子胥生性节俭，寡人担忧死后受穷。"又对伯嚭道，"太宰能让寡人，死后无忧吗？"

伯嚭磕头道："臣遵王命。"

阖闾挥手道："我话已经说完，你们去吧。"

夫差、伯嚭二人跪退。嬖臣问阖闾道："伯嚭谗言宰相亲齐，大王为什么不斥责他？"

阖闾叹道："吴国要想争霸，必得攻伐齐国。宰相亲齐，也是寡人所忧。"说完瞑目不言，沉沉睡去，不再苏醒。次日清晨，嬖臣见阖闾已薨，命令宫奴给他沐浴更衣，只见阖闾尸身如炭，浴水如墨。是年，周敬王二十四年。

伯嚭征调奴工万人，在姑苏破楚门外海涌山，穿山凿基，勘得昔日阖闾葬剑处。夫差对伯嚭道："寡人点穴，请宰相来破土。"

伯嚭不敢违命，立即派人接伍子胥上山。伍子胥在弘渥、皇甫胥二人搀扶下登上海涌山，从夫差手中接过铁锸，在夫差用金粉点过的穴位上挖了一个磨盘大小的圆坑。伍子胥挖罢老泪纵横，哀伤不已，对夫差、伯嚭道："老夫为先王陵寝破土了。这个金井不能再见日月星三光，应当用斛遮盖，再搭棚幕，才能施工。"

夫差对伯嚭道："这是先王的万年吉地，太宰请按照宰相的吩咐去办。"

伯嚭躬身道："臣遵大王、宰相吩咐。"

奴工依照命令在金井上搭建巨棚，高十丈，方圆六十丈。有八条通道可供出入，每道有四重门，悬吊幕帘，值有士兵把守。先从金井往下凿石，深三丈，再往周围扩凿成地宫。地宫中央和金井直处，置一玉床，是阖闾棺椁安奉处所。再凿一条隧道出山，奔正南方向，开掘墓门。地宫内凿有河流如网。有大沟两条，状如龙须，比拟江淮，都注进水银。

隧道有门三重。门为巨石，两扇相合。枢坎都是铜汁浇铸。门坎平行线内，紧挨石门下角里边的玉石地面上，凿有两个半个西瓜大小的圆形石坑。对着石坑三尺又凿有两个浅坑，称为"凹臿"。在"凹臿"和石坑之间，凿出一道由高往低的浅沟。预制两只和石坑半圆相等的石球两只，墩在每扇石门对面的"凹臿"上。三重石门，都这样制作。

陵寝筑就，夫差问伯嚭道："用什么车驾，奉先王梓宫？"

伯嚭道："先王命臣奉安，是怕伍子胥俭节。臣以为，用辒车奉梓宫，难显先王威武。不如用龙杠奉梓宫，行往陵寝，岂不壮哉。"

夫差问道："龙杠威武怎样？"

伯嚭道："龙杠分三类，谓'大请'、'中请'、'小请'。大请者用杠夫一百二十人，中请者六十人，小请者三十二人。杠夫衣鞋一色。用一根长杠前接龙头，后钳龙尾。以杠为轴，以加倍之法使用一百二十八人肩抬大杠。杠外置葫芦金顶和金龙棺罩。罩顶系索二条，披在前后两侧，用杠夫四人各牵一头。棺罩两侧各使杠夫十二人，各举黄旗。前有导棺二人，使敲响尺，指导杠夫脚步起落。"

夫差忧道："这么多人，起落如果有差池，梓宫难稳啊。"

伯嚭道："臣已经精选了壮丁，高矮胖瘦相同者一百二十人，正在校兵场演练。臣请大王观看。"

夫差跟随伯嚭观看杠夫演练，只见大杠上置放一床，仿作梓宫。床上置放一盆水，旁坐一人视察盆水动荡。导杠者敲击响尺，一百二十名杠夫起肩，随响尺落足起步，步调一致，形同一人。

伯嚭指着杠上的床道："大王请看床上铜盆。盆中水不摇不颤，何忧先王梓宫不稳？"

夫差微笑道："太宰工心，寡人无忧了。"

吴王阖闾出殡，由卜官卜得吉日吉时，先用"小请"把棺椁抬上王宫大道，升用"大请"巡姑苏城内"踩街"。沿途置有兵士警戒，前有士兵开道，然后是三十二人抬一个木架，架中插吴王大旗，再后是小旗八对。再后是穿着衰服者两排，手托香炉，内燃檀香。然后又是衰服者两排，一手提篮，一手朝空中抛撒冥钱。然后是送殡队伍，男在棺椁之前，女在棺椁之后。跟随送殡王妃女眷帷车之后，就是手执摇鼓和吹哨的倡优。他们排成长长的两列，也身穿衰服，脚穿麻鞋，腰系麻索，不停地敲击人皮鼓或吹奏人骨制成的角哨。棺椁抬到破楚门，杠夫依令把阖闾棺椁停放在板凳上，凡是不去海涌山陵寝的送殡者，都在棺前跪拜告辞，然后回城。吴王夫差和宰相伍子胥、百官大夫以及宫内女眷，都对棺行礼作别，回宫回府。

阖闾棺椁由伯嚭率领士兵护卫，出破楚门行往海涌山。沿途事前派了士兵清道净街，两旁附近除了身着衰服手执戟戈的兵士，空无一人。奉棺的队伍，除了前后护卫的士兵，就是仪仗队伍，以及装载瘗藏之物的车辆。

棺椁进了地宫，奉安在石床中央，"金井"之下。供奉殉葬物品，凡是阖闾生前喜爱的宝物，全都入殉。其中有阖闾所藏宝剑宝甲六千副，以及干将所铸的神剑"莫邪"，董偡所铸的神戟"吴鸿"、"扈稽"，宝剑"扁诸"等，也瘗藏在地宫之中。诸事办完，伯嚭由阖闾嬖臣伴同，到供案前跪拜。拜完，由伯嚭点燃供案两旁的"万年灯"。这"万年灯"底座是两口大缸，装满鱼油，上有盖，盖上置灯台，灯捻直通油缸内。灯明，恭送人等都退出地宫。

奴工把隧道石门关到三分之二，用长杆钩从门缝间勾那"凹臽"对面的石球，沿浅沟滚抵石门，然后撤回长杆，关闭石门。随着石门关闭，那石球循浅沟滚进门沿圆坑"凹臽"内，恰好顶住两扇合槽的石门，使之纹丝不动，永远不可开启。

封闭了三重石门，又让奴工用巨石堆砌，还原山形，又覆土封顶，以五色土掺合，厚三丈。每层驱小儿千人践踏五日，称为"童夯"。封土完毕，伯嚭怀疑奴工泄密，杀害万人，掘坑殉葬。

公子姬波奄奄一息，不能奉安王灵。是夜，姬波让内侍请宰相伍子胥进宫。伍子胥来到姬波床前，见姬波骨瘦如柴，潸然落泪。姬波命令内侍道："给宰相看座。"

伍子胥侧坐在内侍搬来的锦墩上，俯身问："公子召老臣来，有什么吩咐？"

姬波笑道："我曾经跟随相爷南征北战，是相爷帐下一员将士。我素敬相爷，相随相爷一生，是我的心愿啊。想不到我姬波命厄福薄，要离开相爷远去了。"

姬波说到这里，哽咽无声。伍子胥安慰道："老臣已经打听到了，神医东皋公高徒奎您羁居在棠邑，已经派人去迎请，快要到了。"

274

正说着，门官来报道："相府家臣，要见相爷。"又瞅着姬波道，"还带来一位医人。"

伍子胥喜道："快快，传进！"

不一会儿，内侍领着弘湦和一个布袍芒屦的汉子进来。那汉子放下药笥，和弘湦一道朝姬波、伍子胥行礼。汉子道："野人奎恣，给公子、宰相请安。"

伍子胥虚扶奎恣道："先生请起。"又问道，"令师还好吗？"

奎恣低头道："我师去岁仙逝，在日他时常念叨相爷。"

伍子胥听了神色黯然，叹道："先生弃我先行，大德大恩，我今世难报了。"

奎恣道："相爷不要悲伤。人之生死，是由天定，人可为，不可违。"又道，"奎恣请给太子诊疾。"

伍子胥道："拜请先生费心。"

内侍搬一个锦墩放在姬波床前。奎恣谢过内侍，单膝跪在床前，替姬波诊脉。然后奎恣又察视姬波口舌、肌肤，摩其筋骨。奎恣始终面浮微笑，沉静如水。

奎恣诊完，姬波问道："我的病，还能治吗？"

奎恣道："公子无恙了。我给公子治以汤浆，公子一天数次，当浆水饮，即能安然。"

奎恣打开药笥，配伍药末，请内侍用瓮盛装。

奎恣嘱道："一天用一匙药末，泡一碗温水，奉公子分数次饮用。这药末用完，公子就不需要了。"

奎恣跪辞。姬波让内侍取百金相酬。奎恣谢而不受。伍子胥亲送奎恣出宫，问奎恣道："公子果然无恙？"

奎恣叹道："公子的病，即使先师在世，他也无术可医啊。"

伍子胥惊问道："公子所患什么病？"

奎恣道："富病。"

伍子胥不解，又问道："什么富病？"

奎恣道："公子是吃肉和甜食过多，所患是痛风疾病。此患者，贪吃肉，酷甜物，疏粗蔬。经年累月，骨锈如腐铁，筋塞如茎，百药不医。其疾痛苦，骨筋如火烙，无风似焚，见风似灼，故名痛风。我刚才所配药粉，名叫'麻沸散'，可以让他没有痛楚，却没有消疾保命的功效。"又叹道，"食能养人，也能死人。"

伍子胥回到姬波床前。姬波问道："相爷。我的病，无法可治吗？"见伍子胥微微点头，叹道，"天命难违啊。"

伍子胥道："奎恣的药，能让公子无痛而终。"

姬波噙泪道："姬波谢谢相爷请来奎恣，能使我死无痛苦，姬波知足了。"

姬波见伍子胥落泪，苦笑道："姬波是要死之人了。姬波有句心腹话，要和相爷说。不知相爷愿听吗？"

伍子胥道："公子尽管说。老臣恭听。"

姬波道："我和偲姜婚姻，是相爷玉成，姬波不忘相爷之恩。我和偲恙相爱一场，命短时促，也知足了。偲姜临终，还感念相爷筑望齐楼恩情。偲姜终前，托我和齐国交好，不和齐国交兵，我已应允了。哪知我命短，不能践言了。我知道相爷和齐大夫鲍牧和故相晏婴交厚，能不能代我姬波践诺？"

伍子胥沉思一会儿，说道："老臣如今主张北亲齐国，南伐越国，是辅吴王以后的霸业。如果灭越，应当谋霸。如果谋霸，应当攻伐齐、晋二国。老臣虽然和齐故相晏婴有交，和鲍牧交厚，但是老臣怎能因私废公。老臣身为吴相，应当辅大王图霸，以后必当伐齐。公子之托，老臣难当啊。"

姬波听到伍子胥拒绝，仍不甘心，瞌目沉思了一会儿，又睁眼说道："我王兄夫差，是我一母胞兄。我知道夫差耳软喜谀，恶刚厌直，以后必然近伯嚭而疏宰相。宰相不被王兄重用，宰相为什么不弃吴国投奔齐国呢？"

伍子胥道："老臣受先王托付，辅佐夫差，怎能背君负诺？老臣志当生为吴臣，死为吴鬼。"

姬波等伍子胥走后，叹道："伍氏一门，真正忠良。"又道，"伍子胥老而愚忠。愚忠，能有善终吗？"

姬波饮用奎愆的汤药，果然没有痛楚。不几天，姬波疾终，葬在海涌山王墓侧旁。这天，有樵人看见有一只白虎，踞在王墓顶上，许久不肯离去。皇甫胥听说，禀报伍子胥。伍子胥问道："虎朝什么方向？"

皇甫胥道："虎面朝东南。"

伍子胥亲书"虎丘"二字，命工匠勒石铭刻，立在海涌山吴王阖闾墓侧。又书"尊王灭越"四个字，悬在书屋。

伍子胥命令皇甫胥、弘湦道："从今天开始，我为先王服哀三年，不亲妻子。你们把我枕衾取来，在书屋安床。吩咐庖奴，凡我早晚饭食，一概以粗粮果蔬，不要荤腥。"弘湦、皇甫胥二人领命，在书屋替伍子胥铺床，又吩咐厨下每餐以粗食蔬肴送到书屋，以进宰相。

甘嫫和伍封早晚饭都和伍子胥共席。饮食已布，还不见伍子胥从书屋过来。甘嫫唤家奴纥妞道："你去相爷书屋，请相爷过来吃饭。"

纥妞去后又回，禀甘嫫道："禀主妇，相爷从今天起，在书屋用饭了。"

未等甘嫫开口，伍封惊叫道："怎的？父亲一个人在书屋吃饭，不和我们一同吃吗？"

纥妞躬身抠衣，喏嚅道："奴妾听弘湦说，相爷从今天开始为先王服哀，食粗蔬，忌荤腥。吃住都在书房，三年期满才罢。"

伍封惊叫道："啊呀，三年？"

甘嫫惊得张大双眼，半天无语，双腿一软跌坐在墩上。不一会儿，她恼怒起身，提裙趋步道："这老爷子，这天大的事，也不和我商议？我去找他论理！"

甘嫫抠衣碎步，趋到书屋。弘湦、皇甫胥二人正侍立门外，见主妇躬身施礼，退让一边。

甘嬅来到门前，见伍子胥身穿灰色葛衫，脚上是一双麻鞋，腰间系一条麻索。伍子胥正坐在案前用餐，两手平端粗陶钵，喝几口黍酏，放下钵，拿起麦饼啃一口，伸箸捞了一根咸菜。甘嬅看着白发白须的夫君在面无表情地咀嚼，禁不住哭出声来。

伍子胥大惊，放下麦饼问："门外什么人？"

甘嬅拭泪整衣，进门道："是我。"

伍子胥问道："你来干什么？"

甘嬅不理睬伍子胥，朝门外怒道："弘淏，皇甫胥！你二人进来！"

弘淏、皇甫胥二人进门，跪禀道："奴才在，听主妇吩咐。"

甘嬅骂道："你两个狗奴才！相爷待你们如同亲儿子，你们让他吃粗蔬之食？他，他是宰相！他是吴国的宰相，不是罪囚！"

甘嬅骂完，裙袖掩面恸哭。弘淏、皇甫胥吓得连连磕头。伍子胥伸手要扶甘嬅，又若有所思地缩回；又要扶弘淏、皇甫胥起身，望望余怒未消的甘嬅，又束手作罢。

伍子胥跺脚叹道："这不关他们的事。我为先王守丧。"

甘嬅道："吴国上有君王，下有百官，只有你宰相守丧吗？"

伍子胥道："别人守和不守我不管。先王死，我心里有愧。"

甘嬅道："你有什么愧？先王伐越，是伯嚭怂恿的。先王不纳你的劝谏才兵败槜李，负伤亡命。"

伍子胥道："我已经料到先王伐越必败，未能阻止，又未能率兵入越，这是我的过失。越人杀我先王，是我伍子胥的深仇大恨。大仇未报，永志不忘！"

甘嬅语气变柔，劝道："你自责也好，自疚也罢，为先王服丧不亲妻子也罢，你不能三年只吃粗蔬吧！你这一把年纪，经年征战，身上多伤多疾，你吃这种连奴人都不吃的饭食，你这不是糟践自己吗？夫君，你是我的夫君！你是宰相，吴国的宰相！"

伍子胥已经是老泪纵横，哽咽道："就因为我是吴国的宰相，我必须这样。我一天不能伐越报仇，寝食难安。主妇，请你体谅我吧。"

甘嬅道："好，好，好。我体谅你，一切都由你，依你。但是，你得依我一件事。"

伍子胥问道："依你什么事？"

甘嬅道："你为先王守志三年，我一切都依。只有不沾荤腥这一件，你可以不吃牲肉血食，鸡蛋和鱼不是祭祀之物，你可以吃。你要不吃鸡蛋和鱼，妾不依。妾今天不走，这就陪你睡在书屋。"

甘嬅说罢，一屁股坐在伍子胥的床上。伍子胥摊开双手，苦笑道："你看你，你看你！我依你不就是了！你看你扰闹得，我连饭也吃不安。"

甘嬅起身笑道："我是为你的身子，不是扰闹。"瞅一眼案上的冷饭，对弘淏、皇甫胥道，"你两个起来，去厨下取热饼热酏来。再让庖奴多做几个蔬菜，多放香油。

你两个奴才听着，相爷要是瘦一两，我从你们身上割一斤！去，让庖奴炙一条鱼，煮几个鸡蛋给相爷。"

甘嫚走出门，又对弘涅、皇甫胥道："你二人不要做鬼，我会去厨下查问。相爷舍不得责罚你们。我是拿得出来的！"

弘涅见主妇走远，问伍子胥道："相爷，按主妇吩咐？"

伍子胥道："按主妇吩咐。"

不一会儿，弘涅、皇甫胥和庖奴送饭来到，热饼、热酏，几碟油汪汪的蔬肴，还有一条鱼、几个鸡蛋。伍子胥见庖奴置完席走后，命令弘涅、皇甫胥道："你二人把这鱼、鸡蛋，吃掉。"

弘涅、皇甫胥二人吃怔。伍子胥绷着脸道："怎么啦？你二人敢违命！"又道，"往后你二人帮我一把，鱼和鸡蛋都归你们吃，我吃蔬肴即可。可以按主妇吩咐办，让庖奴多下香油，一样的养人啊。"

弘涅、皇甫胥二人把鱼和鸡蛋端进厢屋，边吃边夸味美。皇甫胥道："今后我俩个有口福了。"

弘涅道："三年吃下来，怕要把你养成肥猪了。"

皇甫胥道："我成肥猪，你也瘦不了。只是相爷要瘦了。"

皇甫胥说到这，神色黯然，停下不吃了。

弘涅劝道："你不吃，我一人吃不掉。主妇发觉了，你我总不能让相爷做蜡吧？吃，吃，相爷包管瘦不了。不是按主妇吩咐让庖奴多下香油了吗？香油也养人啊。"

皇甫胥听从弘涅劝说，一边哭一边吃起鱼来。

伍子胥夜里写《水战内经》，迟睡早起。他起床天还不亮，蹑足出了书屋。他也不惊动弘涅、皇甫胥，在院内击剑走腿，然后取劲弓射那棵院角老树。伍子胥视树如同越王勾践，箭箭中干，射得老树遍体鳞伤。

弘涅、皇甫胥被箭声扰醒，起床侍候伍子胥梳洗完毕，吃了早饭。门官禀报大夫华元来访。伍子胥请华元进来。二人礼毕，华元道："先王尸骨未寒，吴王不知道守志，听从伯嚭谗言选美纳妃，内宫藏娇七百多人。吴王几天不上朝，架鹰携犬，行猎郊野，所宿之处一天成宫，所到之处净衢禁跸。大王所行，民怨沸腾，宰相你没有听说吗？"

伍子胥听了气得须发直立，立即命令弘涅牵马套车，登车进宫。车到内宫，伍子胥下车直奔吴王夫差寝宫。

夫差寝宫门前有十数名当值士兵，看见伍子胥到来，全都挺胸扩肚顿戟行礼。宫内当值的两个阉奴也躬身哈腰，拦住伍子胥道："宰相请留步，大王还没有起床。奴才请相爷先在西厢厅暂歇。"

伍子胥道："先王刚薨，新君不思励精图治，兴国报仇，竟然贪眠晏起。"伍子胥强压怒火，瞪着阉奴问，"大王晏起，是什么人在侍寝？"

阉奴道："奴才回宰相，奴才不敢说大王的私事。"

伍子胥大怒，手握剑柄斥道："狗阉奴，你以为本相不能杀你吗？"

阉奴慌忙跪倒，头颅触地道："奴才说，奴才请相爷饶命。昨夜陪伴大王睡觉的，是王妃娘娘。"

伍子胥松开宝剑，心里骂道："这个昏王，不思先王尸骨未寒，不尽孝道守志，竟然和王妃同寝！"

伍子胥对宫门士兵说道："你们每天看见大王起床出门，提醒他，不要忘记越王杀先王。能做到吗？"

一个士兵道："宰相，小人不敢！"

伍子胥道："你们卫君，就是卫国。国亡，君何存？你们责问大王，可以直呼夫差名字！大王要责罪你们，有老夫承担。你们要不责问大王，老夫的宝剑不留情面！"

伍子胥走后不久，夫差梳洗完毕走出寝宫。士兵们看见大王出门，顿戟齐声喝问道："夫差！你忘了越王杀先王了吗？"

夫差大吃一惊，慌忙嗫嚅道："没有，不敢忘记！"

夫差朝前走了几步，又回来问士兵道："你们怎敢这样责斥寡人！知道这是欺君之罪吗？"

士兵跪奏道："吓死奴才也不敢。奴才是按照宰相的吩咐，这样责问大王的。奴才违命，宰相的宝剑不留情面。"

夫差不悦，心内嘟哝道："这个伍子胥老匹夫，竟然让寡人没有尊严！"

夫差走进王宫大殿，只见冷冷清清，看不见一个上朝的大夫，几进厅堂都是空无一人。夫差正在纳闷，心里责骂该死的嬖臣和内官，此刻也不知跑哪里去了。夫差正在着急，就见伯嚭慌张跑来，媚笑道："大王在这里啊。臣找大王好苦。上朝的百官都等得烦了。宰相气得脸皮儿青紫。"

夫差急问道："他们在哪里！寡人怎么找不着？"

伯嚭道："大王是头一次临朝，当然找不着朝堂。这个明堂宫殿，当年是伍子胥筑造姑苏新都时候建造的。宰相按河图洛书设计，一共有九室。每室有四户八窗，总共三十六户，七十二窗。先王临朝施政，都按天子礼制。孟春居青阳左个，仲春居青阳太庙，季春居青阳右个。孟夏居明堂左个，仲夏居明堂太室，季夏居明堂右个。中央土居太庙太室。孟秋居总章左个，仲秋居总章太庙，季秋居总章右个。孟冬居玄堂左个，仲冬居玄堂太庙，季冬居玄堂右个。"伯嚭担心夫差听不明白，蹲在地上，用手指蘸了口水在玉石上画了个明堂大殿图型。

伯嚭又道："先王按照不同的季节月令，轮流住在不同的方位朝见百官。春居东方三室，夏居南方三室，秋居西方三室，冬居北方三室。每季末尾那月的十八日，先王都居在中央室。各月开启哪扇窗户，行走哪个门户，都有定规的。"

夫差叹道："照你这样说来，先王每年朝见百官，按时令要换十六次居室，是吗？"

伯嚭道："是的，是的。"

夫差皱眉道："照这样折腾，寡人经受不起。"

伯嚭道："大王，这个明堂是大王政令宫殿，是宰相根据河图洛书设计的，老有讲究了。大王不能违例啊。"

夫差边走边说道："寡人不管它什么河图洛书。往后寡人朝见百官，都在中央太室。"

夫差进了宫室，在宝座上坐下。百官朝拜礼毕。伍子胥出班奏道："先王之仇还未报，大王应当励精图治，勤政守志。先王不贪酒色，恤民爱士，明赏罚，纳善言，所以得民心，使国强民富。老臣听说大王劳民玩物。这是败己败国的征兆，不可不诫啊。大王应当效先王恤民勤志，等三年丧完，举兵伐越。"

夫差道："宰相的建议，寡人谨记了。宰相还有什么话要对寡人说吗？"

伍子胥道："老臣请大王立射棚在灵岩山上，指教步军射术。请大王命令太宰伯嚭，在太湖训练水师，准备伐越之战。"

伯嚭出班奏道："臣不谙水战，恐负王命。"

伍子胥道："老臣著有《水战内经》一书，可以作为水师演练的参考。"

夫差道："寡人命令太宰伯嚭，训练水师。"

伯嚭应道："臣，遵命。"

朝散。夫差私下问伯嚭道："寡人的西山行宫，竣工了没有？"

伯嚭道："禀大王，行宫已经完工了。臣从楚国招来数名倡优，安顿在行宫里。那些女娃色艺俱佳，臣请大王前去观赏。"

夫差皱眉叹道："宰相教训在耳，寡人怎能违背？"

伯嚭道："大王可以托言巡查水师，然后驾幸西山行宫。看他伍子胥匹夫，还有什么话说？"

夫差道："寡人依卿之计，明天巡视水师。"又道，"伍子胥竟然干涉寡人的私事。可恶，太可恶了！"

第三十二章

范蠡苎罗蒙难，巧遇西施郑旦

小镇郊外的山道上，泼皮薛五、马六二人抬着一口薄皮棺材，跌跌撞撞往山脚行走。前面遇到一个沟坎，马六停了脚步。后面的薛五怒斥道："你咋不走？"

马六道："你眼睛尿尿了，看不见面前有沟坎？"

薛五道："沟坎也得过，总不能把这死鬼扔在这里吧？"

马六道："这死鬼咋这沉？他是不是赖住不走？"

薛五道："是你赖着不走，别赖死鬼？"说完颠肩上的大杠道，"你再不挪步过沟，我就往沟里冲你了。"

薛五大杠一颠，马六更是被棺材压得受不住了，"哎哎"叫着朝前挪步。马六哪知一抬前脚踩了个空，一头栽进沟里。薛五的大杠脱了肩，也栽倒沟坎边。棺材也滚翻到沟底，死尸从棺中颠出来仰在沟边。

薛五埋怨道："你瞅瞅，你瞅瞅！棺翻尸倒，怎么向店老板交差？"

马六道："险些要了我的老命。你瞅瞅，我膝盖脱了皮，血滋滋了。"又道，"交差？店老板赚了大份，给我俩几个小钱，替他昏天黑地抬棺埋尸。不抬，我不抬了。"

薛五道："不抬咋办？就扔这沟底？"

马六道："不扔这咋的？不过一个时辰，狼就把他啃光了。"边爬边道，"我回去了。你不回，你在这待着吧。"

薛五伸手按着马六的头颅道："哎哎，甭上来，甭急着上来。"

马六怒道："你干啥不让我上来？"

薛五道："这口棺材扔了可惜了。你把它弄上来，我们退给棺材铺，得钱咱俩分。"

马六笑道："这个主意不错。"

二人把棺材弄上沟。马六扒下死尸的衣衫也爬上来。二人弃了大杠，一人背棺框，一人扛棺盖，奔镇上去了。这时道边树林中窜出一条黑影，走到沟口，瞅见沟底的死尸，自语道："刚才那俩盗棺贼，咋就取了棺材，不知道搜搜死尸身上有没有

281

东西？"

那黑影摸索着滑落沟底，靠近死尸刚要伸手，突然嗅了嗅鼻子，惊道："这个人患了疯魔病。怪哉，他还没有死透。"就摸出火石擦燃了火煤子，瞅见那人赤裸身子，又惊道，"这个人是个阉人。"

突然近旁草丛中传来了"咝咝"的声音，黑影惊得慌忙爬上沟坎。一条毒蛇从草棵中游向阉人，竟然径自朝阉人的裆下咬了一口。那阉人叫了一声，伸手抓住毒蛇送往中口咬嚼，生生把一条活蛇吃了。

这阉人正是晳淞。晳淞吃了毒蛇，顿时感觉内火消失，全无痛楚，神志也清醒了。他觉察自己赤身裸体躺在沟底，抬眼看见天上星稀月暗，四野如墨。他正惊诧自己怎么会在这里，就听到沟坎上有人笑道："怪了，未听说毒蛇能医疯魔病的。可惜，可惜了，蛇已经被你吃了，不知道是什么蛇了。"

晳淞大吃一惊，怒问道："你是什么人？"

那人道："我是江湖上的老叫花子，仇狗儿。"

晳淞又道："是你扒了我的衣衫？快还我衣衫。"

仇狗儿道："你这个阉人好不晓事。我救了你一命，你还向我索要衣衫？"

晳淞道："分明是你扒了我的衣衫，还说救我性命。我问你，你怎么知道我是阉人？"

仇狗儿笑道："原因就在这里。那两个杠夫抬你去山根前安葬，跌倒在这沟坎里。二人生了歹意，扒了你的衣物，背了空棺材去了。我恰巧遇见，听见你有气息，知道你未死。我下沟打火探视，不想引来毒蛇。我跳上沟坎，想不到那蛇咬你一口，又被你吃掉。这毒蛇能医你疯魔病。你的病好了。你说，我是不是你的救命恩人？"

晳淞沉思片刻，说道："若果真是这样，你就是我晳淞的恩公。"说完跪在沟底道，"恩公请受晳淞拜谢。"

仇狗儿道："罢，罢，罢！你光屁股蛋儿，还给我行什么拜礼？"说着脱下一件外衫，扔给晳淞道，"我救人救到底，舍饭舍止饥，再给你一件外衫，你穿了上沟。"

仇狗儿然后一阵大笑。晳淞斥道："你为什么笑我？"

仇狗儿道："我笑你不是男人。"

晳淞道："我原本就不是男人。"

仇狗儿道："我去年曾游历越国苎罗①，见那里山中有一个女巫，高大俊美，长有一颗丹痣。"

晳淞问道："她那丹痣，是长在眉心吗？"

仇狗儿道："确在眉心。"

晳淞怒道："就是她，三十年前害我成阉奴。想不到她还活着。这个女巫，是一个永无餍足的魔鬼，我去苎罗寻找她，报仇血恨。"

---

① 今浙江省诸暨市南。

282

哥淞也不向仇狗儿道别，蹽腿朝东南方向奔去，很快就消失在暗夜中了。仇狗儿冷笑道："臭阉奴，你死去吧！"

哥淞在路上行走半个月，才到越国苎罗地界。这天傍晚，他来到一处大山隘口。但见山口外有三条岔道，分向东南、正南、西南三个方向，却不知道哪条道路通达苎罗。哥淞要寻找当地土人樵夫问路，张望半天不见人踪。正自着急，突然听见有人号歌而来。哥淞定睛朝山下观瞧，只见一个长瘦汉子醉舞踉跄，且行且击剑铗，唱道：

> 娘生我兮无田无庐，
> 无田无庐卖身为奴。
> 身为奴兮有心不甘，
> 心不甘兮苦习文武。
> 文武成兮卖给何家？
> 楚王逐兮漂泊天涯。
> 漂天涯兮别无牵挂，
> 无牵挂兮爱我长铗。

哥淞听这瘦长汉子唱歌极是反感，斥道："哎，哎，你唱啥歌？楚王逐你有什么可悲？伍子胥、伯嚭离开楚国，一个当了宰相，一个当了太宰。楚王既不用你，你为何不去投奔吴王？"

汉子汊道："吴王既然有了伍子胥，怎么会再要我范蠡？"

哥淞道："咦，你就是楚国的书呆子范蠡？"

范蠡施礼道："先生曾听说我贱名？"

哥淞还礼道："未听说，未听说。在下名叫哥淞，巴国人。"

范蠡问道："哥淞兄，你来越国游历吗？访友吗？"

哥淞道："访友，访友。"又道，"我访啥友？我是讨债来了。"

范蠡道："哥淞兄原来是商贾啊。"

哥淞自语道："我哪是商贾？我是阉奴。这个书呆子。"又笑道，"范蠡先生，你是初到越国？你知道这是什么地方？"

范蠡道："我是初到越国，要知道这是哪里，并不难。"抬头见山壁上刻有丈大的"▽木"字，拍手叫道，"你瞅这个字，就知道此山是什么山，此地是什么地方了。"

哥淞定睛细瞅，说道："这是'帝'字。"

范蠡道："错，错，错。这是女人的阴物，应当读为'阴'字。"

哥淞辨道："你诓我了。我是巴人，巴人'阴'字是'▽'字。这个字上为'阴'，下部当为'木'，明明是个'帝'字啊。"

范蠡叹道："这个刻字的人，应当在二千年前刻下的。那时还没有帝王称谓，也没有'帝'字。越人和巴人同源，崇尚女阴，拜为神物。曾听说古越人户户都刻一个女阴，用木架撑持，供在神堂。故而古越人把'阴'字写作'$\frac{\nabla}{\text{木}}$'形了。"又道，"这山应当是'阴山'了。阴山南边，应当是越国的苎罗了。"

哥凇瞅瞅西南方向，山峦重迭，雾霭云罩，又见太阳西坠，山色渐暮，摇头道："西南都是山，越国山地多有蛇虫大兽，走不到苎罗歇在哪里啊。"

范蠡道："歇在哪里，都是歇在夜里。"

哥凇道："我不和你书呆子犟嘴。问路不明，好同拿刀杀人。我不信你说的。"

范蠡道："信不信由你。"

这时从西南山道上走来一个樵人，身着短裤，赤脚，肩扛扁担麻索，腰间一边挎一长刀，一边系着一双草鞋，边走边唱道：

> 出自北门，
>
> 忧心殷殷。
>
> 终窭且贫，
>
> 莫知我艰。
>
> 天实为之，
>
> 谓之何哉！

哥凇对范蠡道："你瞅这个越国人褦襶[1]，鞋子绑在腰间，光脚走路。"

范蠡叹道："这个樵人进城卖薪，负重穿鞋，轻担光脚，省鞋。你不知道他的艰辛，真褦襶是你啊。"

哥凇不理会范蠡讥讽，朝樵人问道："我要去苎罗，这条路能到吗？"

樵人道："我是从苎罗来的，不远了。"

哥凇谢过樵人，径奔西南大道而去。

范蠡朝樵人施礼道："请问老哥，从这里能去会稽吗？"

樵人道："天下的山都是一脉相连。先生循此山而去，可以走到会稽。"

范蠡又问道："山中有人家吗？"

樵人道："山中有一个巫医，可以给你浆食。"

范蠡谢过樵人，弃了大道循山脚小径奔西南而行。走了几里路，只见山阳绿树浓荫，景色秀美。山根道旁有一条山溪，清可见底，有鱼儿数尾在水中乱石间逐游。范蠡正自流连，突然听见山溪上游传来女子的歌声：

> 梅子坠地，
> 其实七分。

---

[1] 不懂事，无能，傻子，呆子。

我求庶士，
休误吉期。

梅子坠地，
其实三兮。
我求庶士，
休要延待。

梅子坠地，
顷筐纳之。
我求庶士
要乎娶乎？

　　范蠡听得明白。这是一个未婚女子求偶的会歌。越国男人三十未娶，女子二十未嫁，都是用会歌择偶。范蠡走到上游，看见两个浣纱少女在溪边边涮边唱，远近也没有男人。范蠡知道这两个女子在唱歌自娱，才放下心来。他细瞅，一个女子略丰，一个女子略瘦，两个女子都胖瘦适宜，绝美如仙子。范蠡心旌动摇，情不自禁地脱口唱道：

关关雎鸠，
在河之洲。
窈窕淑女，
君子好逑。

参差荇菜，
流之左右。
窈窕淑女，
寤寐求之。

求之不得，
寤寐思复。
悠哉悠哉，
辗转反侧
……

范蠡正在忘形唱歌，突然看见一条蛇盘在脚旁的石头上，吓得瞪目哑口。那两个浣纱女子听到男子吟诵，羞得面红耳赤。她俩低头面水，一边倾听，突然听到歌声停止。那个胖女子看见范蠡痴愣不前，呆呆瞅住溪中长影，就拿了一个石子掷去。那石子落在范蠡近旁溪中，激了范蠡一头一脸的水。范蠡吓得一趔歪，正巧跌落在蛇旁边。那蛇翘头朝范蠡小腿上咬了一口，遁入草丛。

　　那个胖女子见范蠡跌倒，极是开心，拍手叫道："寤寐吗？反侧吗？辗转反侧吗？"

　　那个略瘦的女子见胖女子和范蠡逗乐，害羞得面若桃红，坑住头浣纱不语。胖女子见范蠡摔倒后呻吟不起，吓得花容失色，朝瘦女子娇叫道："西施，西施，这汉子摔坏了，怎么是好？"

　　西施丢下纱，一边朝裙上擦着湿手，一边朝范蠡奔去。西施弯腰瞅见范蠡小腿上有伤口，肉已紫肿，朝胖女子怒道："郑旦，你还愣啥？这人被毒蛇咬伤了。你还不快来？"

　　郑旦见范蠡已昏迷不醒，哽咽道："我要知道有蛇，怎么能投石头？"

　　西施娇斥道："没人说你过错，哭有何用？快来帮我。"

　　西施撕开裙边，两人把范蠡伤口上部扎紧。郑旦道："这怎么是好？不医治，他性命险了。"

　　西施道："你就知道怎么是好？无事惹事，有事又毫无主张。你去取些纱来。我去砍些竹藤，扎一个软床，抬去请巫医救治。"

　　郑旦听了惊喜，忙去取纱。西施抽了范蠡的长剑，砍了几根粗竹和一捆细藤。二人扎就软床，把范蠡抬进山脚，奔那一处干栏 ①抬去。

　　郑旦边走边说道："我听说，这个巫医是楚国的女夷。又有人说她是个女魔头，很怪诞的女人。"

　　西施道："管她是啥，只要能医治蛇伤，救人要紧。"

　　两人趔趔趄趄地把范蠡抬到吊脚楼下，已经累得香汗淋漓，娇喘吁吁。西施抬头瞅见干栏下边有株桑木，枝柯直及楼栅。那女巫正站在楼栅边上，凝神瞅住枝柯间的一个雀巢。

　　西施喊道："医婆婆，请你帮帮忙，救救这个病人。"

　　那女巫朝楼下扬起脸，吓得西施、郑旦低惊一声。二人看见这个女巫面白俊美，冰冷如玉。西施又大着胆子叫道："这里有个过路人，被毒蛇咬伤，请医婆救命。"

　　女巫头也不抬，自顾把手中的谷麦一粒粒朝雀巢中抛掷，说道："只要你二人今日凡事都依我，我就替那男人医伤"。不一会儿，女巫从神案上取过一个坛儿。还没打开坛盖，就听到楼下传来一个不男不女的喊叫声："女巫，女魔鬼！我要烧掉你这个住所。"

　　楼下叫喊的人正是胥淞。女巫放下坛儿，说道："今天好热闹啊。我从楚国来

---

① 即吊脚楼。

286

这里十几年了，从来没有人登门喊叫。今天又来了一个不要命的臭男人。"

女巫走出去，站在栅栏旁边向楼下道："你上来吧。"

嵒淞嘟哝道："上去就上去。反正我已经是阉奴，不怕你了。"

嵒淞跟随女巫进门，见有两个美貌女子，地上躺着一个男人。嵒淞认出那个男人正是范蠡，惊问道："他怎么会在这里？"

女巫道："他被毒蛇咬了。这两个女子抬来求我医治。你既然认识他，就帮我配药，先救他性命。"

嵒淞应允。女巫从坛里取出一块药饼，命令嵒淞捣碎，敷在范蠡伤口上。又让嵒淞撬开范蠡的牙齿，灌了些药粉。不一会儿，就见范蠡醒来，伏地大呕，吐出一滩又腥又臭像脓血的污物来。

女巫道："没有事了。毒都吐出来了，没有事了。"

女巫对嵒淞又道："你今夜留下，给我做个见证。"又对西施、郑旦道，"你二人已经应允，只要我救活这个男人，凡事依我。现在我让你二人脱去衣裳。快脱！"

西施、郑旦二人怵惕相顾。西施道："医婆你也是女人，你怎能污辱我姐妹？"

女巫冷笑道："我污辱你二人了吗？我恨天下乱淫的男人，更恨美貌的女人。我不但要扒光你们的衣服，还要扒光这个男人的衣服。我把你们关一块儿。明天天亮，如果你们相安无事，我放你们下楼。如果乱淫，我就阉了这个男人，再放你们仨人。"

女巫见西施、郑旦二人无动于衷，回头责斥嵒淞道："臭阉人，你已经应允帮我，还不替我扒去她们的衣裳？"

嵒淞道："男女授受不亲。"

女巫斥道："当年你和老娘在洞中玩了几天，你早已不清了。少啰唆，快扒。"

嵒淞无奈，闭着眼抓住西施、郑旦，剥光二人衣裳。二女子抖索一团，连声哀叫，双手掩面抱头，蜷曲蹲在地上。嵒淞瞅一眼闭目呻吟的范蠡，朝女巫道："大仙婆婆，我看这个男人就不必扒了。让他自己脱衣行事，怎不有趣？"

女巫道："臭阉奴！我知道你认识他，给你一个人情，不扒就不扒。"边说边从神案上取下一个陶坛，翻开坛盖道，"你取一个捣碎，涂在这两个妖精的小肚子上。"

嵒淞伸头看见坛里有几十条蝘蜓①，个个三寸来长，遍体彤红半透明，拥在坛中蠕动。嵒淞吃了一惊，问道："这是什么东西，这样瘆怪？"

女巫道："你甭问。你涂她二人，然后我再告诉你。"

嵒淞恶狠狠地拉过西施、郑旦，分别在二人小肚子上各涂了一个红点。女巫大乐，笑道："阉人，你跟我出来吧。把这一男二女关在屋里，明天再见分晓。"

西施、郑旦二人，裸身倚偎在床上。

范蠡躺在楼板上，一边低声呻吟，一边嘶哑叫道："渴，渴死我了。"

郑旦低声问西施道："他受了伤，又用了药，渴了，怎么办？"

---

① 俗名壁虎。

西施道：“你瞅瞅屋里有没有浆水，弄给他喝。”

郑旦道：“我赤裸净身，怎么能靠近他？”

范蠡又呻唤渴了。西施道：“眼下哪里顾得羞丑了。”就自己下床寻觅，看见神案旁边有一罐水，用舌头舔了，微甘，是黍酏。

西施捧了浆水，弯腰夹腿挪到范蠡身前，低声说道：“先生，妾给你浆水，喝吧。”

范蠡道：“我不睁眼睛。请你递给我喝。”

范蠡紧闭双眼。西施把罐口靠上范蠡的嘴，咕咕噜噜饮了半罐。郑旦见范蠡喝完，也觉着肚子里如同火灼，口干舌焦，接过浆罐也大饮一气。郑旦把剩下浆水递给西施。西施也觉着干渴，就把余下的喝干了。

门外女巫听到屋里的三个人在饮浆水，击掌笑道：“好，好，好啊！”

哥淞打着饱嗝从侧屋出来，听到女巫叫好，说道：“好个屁！人家要啥事不干，害我白陪你待了一宿。”

女巫笑道：“他三个人已经饮了老娘的迷性浆水，想不干都由不得他们了。你老实陪老娘在门外候着，听听里面的声音。”

哥淞下了吊脚楼，取了范蠡的长剑上楼来，挨着女巫倚门席地坐下，侧耳聆听屋里动静。

范蠡喝完浆水不多时候，觉着血脉奔涌，周身如焚。他知道是中了女巫的魔术，忙爬到神案前，紧紧抱住木柱。月光从窗户照进屋里，照见西施、郑旦二人如玉的裸体。范蠡见了，12个头一阵乱跳，暗叫道：“不能，不能。这是女巫设下的圈套。我要是中计不但毁了这两个女子，也毁了自身了。”

范蠡为了不使自己乱性，一头撞向柱子，顿时血流满脸。

这边西施、郑旦也有了反应。西施喝的浆水少，只觉得体内火灼难耐。郑旦多喝，已致神情迷乱。郑旦叫喊：“我要死了！”她一边叫喊着，一边扑向范蠡。西施慌忙伸手拉扯，只捉住郑旦一只脚。郑旦一头栽倒，头颅撞上木柱，顿时昏厥。

西施把郑旦抱回床上，又见范蠡也无声息，低声询问道：“先生，你还好吗？”

范蠡抱紧木柱，低头道：“我没有事了。请婆婆照看好那位婆婆。”

西施心里又一阵感动，由衷地钦佩范蠡。想到自己和郑旦二人都赤裸在这个男人面前，明天怎么相见。按照越国人的规矩，她和郑旦既然裸身在这个人的眼下，就应当是这个男人的人了。可是她们连这个男人的姓名都不知道，怎能论嫁？西施想到自己幼失慈母，跟老爹相依为命，不禁嘤嘤哭泣。

第三十三章

石买谗言惑勾践，文种越后留范蠡

第二天天亮。女巫醒来，脚踢胥淞，责斥道："死阉驴，快起，快起，跟我进屋里。"

女巫开启大锁，二人进屋看见西施、郑旦小腹上的"点宫"还在，大吃一惊。再瞅，范蠡蜷曲着面壁而卧，衣衫发须都是血。

胥淞对女巫道："你说话要守信。这两个女人宫砂都在，你必须放了他们三个人。"

女巫并不理会胥淞的话。手持弯刀刺向范蠡，却不防备胥淞从她身后一剑穿脊而过。女巫惨嚎一声，弃刀倒毙。

胥淞杀了女巫，弃剑大笑。胥淞笑罢，对西施、郑旦道："你二人不要害怕，我是阉人。"

胥淞搀扶范蠡道："先生，你没有事吧？"

范蠡施礼道："谢壮士救命之恩。"

胥淞道："先生见笑了。我是楚国人胥淞，现在是吴国太宰伯嚭府中的阉奴。"

范蠡道："野人范蠡，楚国宛[1]人。我求仕不得，为楚昭王所逐。今要投奔越王勾践，不想路经苎罗，遇此危厄。幸得胥淞兄援救，大恩不忘，容当以后图报了。"

胥淞听了一阵大笑，笑完叹道："我说范蠡兄弟，你放着好好的人不做，非得入啥仕？做甚官？既使给你君王做，那又怎样？吴王僚被阖闾所杀，阖闾又死在灵姑浮手上，做来做去终究不得好死。你放着眼前的两个美人不要，非得去会稽投奔越王勾践，去行礼称臣吗？"

范蠡道："恩人说的也不无道理。我范蠡自幼习御射，学六艺，苦寒二十余载。圣贤言，学会文武艺，货卖帝王家。我今生不入仕，亏待自身了。"

胥淞跺脚叹道："罢，罢，罢！你怎是油盐不进，都是读书害的。"扭头看见西施、郑旦，又道，"女巫死了。我们寻些吃食填塞肚皮，离开这里吧。要让镇长得知我杀了人，就脱不了身了。"

---

① 今河南省南阳市。

哥淞从侧屋和厨房寻来食物，四个人胡乱吃完饭，下了干栏。范蠡忘了拿长剑。哥淞又上楼，取了长剑，顺带抱了女巫的陶罐和金钱。他把金钱分作四份，自取一份装进兜，余下留给范蠡、西施、郑旦三人。哥淞把长剑递给范蠡，说道："长剑给你。这罐里的红虫恁好玩，我带回吴国就是宝贝了。"

四个人走到山脚的溪边。哥淞对范蠡道："范蠡兄不如跟随我去投奔吴王。我请主人举荐你，吴王肯定封你官职。"见范蠡不语，又道，"你是楚国人，应当辅佐楚王伐吴，雪吴人入郢之耻。你为什么要去越国做官？"

范蠡叹道："楚王厌恶我唱歌，把我赶出楚国。我只有投奔越国。"

哥淞道："楚王弃你，越王也未必赐你官职。依我看，你还是随我去吴国最好。"

范蠡摇头叹道："吴国的宰相伍子胥文武冠世。吴王有伍子胥，足以雄霸天下了，还用我范蠡吗？"

哥淞生气，说道："我说也白说。告辞了。"

哥淞说罢朝范蠡、西施、郑旦三人挥挥手，奔小道往北方走去。

范蠡见哥淞去远，也朝西施、郑旦二人躬身告别，说道："范蠡谢谢二位婆婆相救，大恩容当后报了。"

郑旦见范蠡要走，掩面哭泣。西施也转过身去，举袖拭泪。范蠡问道："二位婆婆，为什么悲泣？"

西施道："妾等是处子之身，裸于君目，怎能不悲？"

郑旦愤道："我姐妹既然裸于君，就是君妇。你今天要弃我二人，我姐妹只有投水自死了。"说完大恸不休。

范蠡面红耳赤，嗫嚅道："大丈夫娶妻纳妾，是人生美事。不是我范蠡嫌弃二位婆婆，实在是范蠡身无立椎之地，自顾不暇，怎敢委屈两位婆婆？"

郑旦道："我二人有手有足，可以采桑饲蚕，可以浣纱织帛，不要你养活。你明明口不应心，辜负我姐妹二人的一片情意了。"

范蠡急得搥胸跺脚，尴尬无言。西施见状十分心痛，劝慰郑旦道："妹妹不要埋怨范君了。范君苦寒数载，企盼一朝有为。他不是薄我姐妹。"

郑旦道："他既非薄情，你让他对天盟誓。他以后当官，应当迎娶你我。"

范蠡不等西施开口，突然双膝跪地，仰面对天，誓道："苍天为证，我范蠡以后得仕于越王，应当娶此二人为妻妾。若违此誓，人神共诛。"

西施见范蠡立誓，慌忙奔去阻止，不想一个趔趄，栽倒在范蠡身上。范蠡也被扑倒。郑旦破涕为笑，赶紧奔过来，和西施把范蠡拉起。

西施一边扑打着范蠡衣衫上的尘土，嘱道："夫君今天去会稽，一路小心。"

郑旦把地上的两份金钱拾起，塞进范蠡囊中，也嘱告道："路上渴饮饥食，早歇迟行。"

范蠡见二女情深意切，感动得哽咽无言，频频点头，方自离去。西施站在溪边抬头眺望。郑旦却蹽脚奔上高坡，朝山下的范蠡高声叫道："夫君不要忘记誓言！"

范蠡离了苧罗，一路南行，又往东走。沿途但见人情风俗，都和楚国不同。越国人傍山筑屋，尽为干阑、麻栏、栅居。范蠡感慨越地多瘴疠，山有毒草和沙虱蝮蛇。所以深广之民结栅为楼，上设茅屋，下豢牛豕，号为干栏，由下往上有栈梯可循。屋里不施椅桌床铺，只有一张牛皮为茵席，吃饭睡觉都在上面。范蠡途经山壑，看见崖壁上有悬棺。询问土人，才知道是越人的风俗，死后殓于棺中，或凿洞而存，或钉桩吊放在千仞悬崖，面临大河，不施蔽盖。

这天范蠡走到一处集市，时值午后，口腹饥渴，就走进一家酒肆。店伙短袂卷袖，笑把范蠡迎入店堂。因为已经过了饭口，店里没有食客。范蠡为图清静，在里边拐角处一席落座。店伙躬身问范蠡道："先生吃什么饭食、菜肴？"

范蠡问道："贵店有什么可口菜肴？"

店伙道："听先生口音，不是越国人吧。敝处是越地，喜吃龟、蛤、螺、蚌，尤其喜吃髯蛇。先生难当腥臊，小店还有羊肉。主食有面饼。"

范蠡道："那就请小哥给我烧一碗羊肉，来两个面饼。"

店伙道："饼是米面，不是麦面。有酒，也是米酒了。先生要吗？"

范蠡道："就要米面饼，再来一坛米酒。"

不一会儿，店伙把酒肴呈上。范蠡先吃了两个面饼，然后喝酒吃肉。这时店门口进来一个粗壮大汉，敞开嗓门大呼店伙。店伙把大汉迎进。大汉也不就便落座，竟然走到里壁，紧挨着范蠡坐下。店伙躬身问道："爷，你想吃啥？"

大汉瞪眼瞅了范蠡，吼道："如他一般，再来一只烧龟。有蛇吗？再来一尾蛇，红烧。"

店伙应声而去。大汉摘下腰刀，横在桌上，咽着涎水，怒目瞅住范蠡吃喝。不一刻，店伙给大汉送上酒肴。大汉瞅住那盘红烧羊肉，咂舌道："有羊血吗？"

店伙连忙躬身，陪笑道："有，有啊。爷刚才吩咐和那位先生一般，小人慌忽了。"

大汉冷哼一声道："嚯，我跟他一般？你眼睛尿尿啦！"

店伙取来羊血，大汉接过浇淋在羊肉上面。范蠡瞅见大汉浇生羊血，心里作呕，连忙磨过身去。只待范蠡喝完，才转过身来打量这个大汉。但见他虎背熊腰，断发纹身。上身无衣，腰间系一条长巾，两臂双腿和胸乳后背，都纹有龙蛇。范蠡曾经听说，越人出没江湖，光脚赤发，刻画身体纳墨其中，以避鳄蛇伤害。今天眼前的越汉，果然是的。

那大汉见范蠡已经吃完，猛饮猛吃一通，弃了空坛离座就走。店伙上前拦住道："请爷赏下酒钱。"

那大汉伸手一拨弄，店伙咕咚摔了个仰八叉，叫道："反了，反了，吃饭不给钱，还举手打人。你也不瞅瞅，这酒店是什么人的买卖？"

那大汉已经出了店门，听了又踅回怒道："你说是什么人的买卖？老子不怕！

就是越王的酒饭，爷也照吃。"

店伙从地上爬起来，绾了袖口道："你屎壳螂打喷嚏，好大口气！"朝厨下叫道，"来人，替我把这个贼球，松松筋骨！"

十几个店伙店奴各持棍棒，把大汉围住。大汉朝腰间一摸摸个空，抬眼瞅见腰刀正丢在桌上。店奴们大棒先后击来。大汉吼一声，双手抱头蹲在地上，任凭棒棍击打。棒棍击在大汉脊背上，如同擂打棉胎破鼓。范蠡眼见要出人命，拍桌子叫道："你等住手！他的酒资，由我付账了。"

店伙听说范蠡付账，这才歇手，骂骂咧咧各自散去。范蠡结了酒账，拿了大汉的长刀。范蠡见那大汉还抱头蹲着，拿长刀碰了大汉道："走吧，还你长刀。"

那大汉直起身，接刀瞪住范蠡道："我没有让你替我付账。我不欠你的酒钱。"

范蠡笑道："就是，就是。"

范蠡出了集市径往东走。走了三十来里，天已近晚，还不见前面有镇市或村庄。范蠡正为今夜宿处犯愁，就听见有人喊叫。张眼望去，正是那个大汉，叫他道："哎，哎！叫你哩。"

范蠡过去，施礼道："壮士叫我什么事？"

那大汉道："这里有一处干栏，无人居住。我请先生同宿，怎么样？"

范蠡喜道："我正愁今夜没处安身。多谢壮士。"

大汉道："你甭客气，我不是欠你一餐饭钱吗？"

范蠡道："壮士不要再提饭资之事了。出外之人，理当相互照应。俗话说，在家靠父母，出外靠朋友。"

大汉一边引导范蠡踅入路旁树林，走到一座倚山而筑的干栏前，又躬身让道："先生请！"

范蠡循梯而上。进屋，空徒四壁，只有一张牛皮铺在舍中楼板上面。牛皮上面有瓦钵，里面有面饼，旁有瓦罐，内盛泉水。大汉道："这饼也是先生所赐。请先生吃饭。"

范蠡这才知道，大汉中午没有吃饼，藏在身上。范蠡也不客气，和大汉面对蜷膝而坐。大汉道："我是越国人，土人。昔年曾经杀过邑宰，罪判死刑。我名叫焦眘。请问先生，你高姓大名？"

范蠡听到焦眘是一杀人死囚，心里一惊，答道："在下楚国人，名范蠡，字少伯。"

焦眘问道："范蠡兄前去哪里，想干些什么？"

范蠡叹道："我自幼苦学六艺御射，立志报国。吴国人伐楚入郢，后来兵退。楚王不知道报仇雪耻，封爵贺功。我在宫外号歌讥谤。楚昭王不听良言，怒而逐我。我想越国和吴国交恶，越国要自保必克吴国，克吴国必用人才。我所以去会稽，投奔越王勾践。"

焦眘咂舌道："先生错了。楚国人伍子胥、伯嚭都投吴国，都被吴王重用，一人拜相，一人为太宰。先生为什么不去投奔吴王？"

范蠡叹道："我听说阖闾昔年从伍子胥建议，口不贪佳味，耳不乐逸声，目不淫色，身怀不安，朝夕勤志，恤民之赢，听说一善若惊，得一士若赏，有过必悛，有不善必怕，得民以渡其志。如今听说夫差近伯嚭而疏子胥，好罢民力以成私好，纵过而斁谏，一夕之宿，台榭陂池必成，六畜玩好必从。夫差未被人败，已先败自己了。伍子胥有大恩于阖闾，有大功于吴国，身为宰相。夫差专横自为，不听伍子胥话，又怎能听我范蠡？吴国将要灭亡，我投吴国干什么！"

焦眷叹道："焦眷是浑人，刚才听先生高论，振聋发聩。先生也算是当世豪杰了。"

两人吃完。范蠡问焦眷道："焦眷兄从哪里来，往哪里去？"

焦眷道："我原先是一个死囚犯。前番檇李之役，越王勾践纳大夫文种计谋，押死囚三百，在阵前自杀慑敌。我就是那批死囚的队首。吴军见我等横刀自刭，都六神无主。越王趁机掩兵杀进吴阵。大将灵姑浮砍伤吴王，致使阖闾疾毙。我自刭的时候气管未断，得到一位异人相救，才死里逃生。"

范蠡惊奇，问道："那是什么高人？扁鹊再世？"

焦眷道："让先生你说中了。那人名叫奎恣，是神医东皋公的徒儿，扁鹊的徒孙。"又道，"我这次也奔会稽。越王已经赦我死罪了。"

范蠡叹道："焦眷兄，你勇比专诸、要离。越王得你，得一良将了。"

第二天天亮，范蠡和焦眷结伴同行，来到越都会稽，进宫求见越王勾践。门官入禀越王道："禀报大王，宫外有罪囚焦眷和楚人范蠡，求见大王。"

勾践眨动一双老鼠眼，问道："焦眷？范蠡？是什么人？"

门官道："焦眷是前次檇李之役，率三百死囚阵前自刭的囚头。他为神医东皋公的徒弟奎恣所救，没死。范蠡是楚国人，求仕不得，来投奔大王。"

勾践说道："焦眷是寡人的勇士，带来见我。那个楚人范蠡，请他在馆驿歇息，等候寡人召见。"

不一会儿，焦眷进宫觐见。勾践待焦眷礼毕，命道："卿平身，待寡人观看。"

焦眷谢恩直立。勾践看见焦眷虎背熊腰，十分悍勇，喜道："卿实在是寡人的专诸啊。寡人得卿，还怕夫差小儿吗？"

勾践赐焦眷酒宴，封他将军之职。焦眷宴罢，换了锦衣官服，去馆驿看望范蠡。二人礼毕，范蠡道："恭喜焦眷兄得到越王赏识，得封将军之职。"

焦眷道："大王请范蠡兄先在馆驿歇息，然后必当重用。范蠡兄不要急躁，耐心等候吧。"

焦眷让驿卒买来酒肉，和范蠡一醉方休。焦眷临别，丢下一袋铜钱给范蠡，说道："你身在异地，不能一天无钱。"见范蠡拒受，又道，"就当我焦眷偿还你所付的饭资吧。"

范蠡身上还有西施、郑旦送的金钱，又有焦眷赠金，就安心在馆驿住下。他每天让驿卒采买酒肉，击鲆而歌，不去思想越王见和不见。

大夫文种听到范蠡来到越都会稽，越王未见，急忙进宫觐见勾践。勾践正在宫院里观看焦贛演武。只见焦贛赤臂袒胸，只着短裤，胡须接连胸毛，身纹蛟蛇，手舞大刀，来回翻滚。文种站在勾践身后静观，不敢打扰勾践的兴趣。

勾践见焦贛演罢大刀，问道："卿还有什么绝技，练给寡人观赏。"

焦贛弃刀，跪奏道："臣也善射。"

勾践喜射，听说焦贛善射，惊问道："卿善射？师从什么人？"

焦贛道："臣昔年，跟随齐国人乔畋之孙乔輐习射。"

勾践道："乔畋、乔輐，都是齐国的神射。卿学射于乔氏，自当精射。快快射给寡人观赏。"

焦贛道："臣以为百步穿杨，箭透七札，难悦大王兴趣。臣请大王射臣。臣以箭射大王之箭。"

勾践听了连声说好，叫道："好！寡人依卿之请。"命嬖臣道，"取我劲弧！"

嬖臣取过越王弓箭，是一柄铁背铜胎的劲弓。卫士又把弓箭递给焦贛。焦贛把箭壶系在身后腰胯，顺手从壶中抽出一把箭来，恰巧是四支狼镞。焦贛当众拔下箭上的狼齿，扔在地上。他把三支箭杆叨在口中，一杆拿在手上，躬身道："臣，请大王发箭。"

勾践搭箭在弓，怀中抱月，叫道："卿小心，寡人射了。"说完一箭射去。但见焦贛不慌不忙，拉弓还去一箭，两箭竟然在半路中相撞坠落。众人惊异，大声喝彩。勾践一连向焦贛射出四箭，都被焦贛以箭杆半途射落。勾践不等焦贛喘息，又取出一箭。焦贛急忙伸手去箭壶取箭，壶中已空。众人见状都大惊失色。越王的第五支箭直射焦贛。焦贛眼见箭镞飞来，不急不忙，手持弓尾，双腿前绷后弓迎住来箭。只见箭镞将近，焦贛身朝后撤，伸弓接箭，把箭生生用弓尾勾住。众人惊得目瞪口呆。越王勾践也吓出一身冷汗，半天无语。

勾践弃弓在地，问焦贛道："卿是怎么学成神射的？有诀艺吗？"

焦贛躬身道："回奏大王，有，吃苦。"

"吃苦，吃苦，好！"勾践道，"寡人赐卿千户邑，奴百人，宫中女奴十人。"

焦贛行礼道："谢大王赏赐。"

越王勾践十分高兴，一边回返内宫，一边对焦贛射术赞不绝口。文种见勾践心悦，趁机奏道："臣请大王，召见范蠡。"

勾践一边接过宫女递过的香帕擦汗，一边问道："范蠡？范蠡是什么人？"

文种道："大王健忘了。范蠡是楚国贤士，就是前日随焦贛拜见大王的那个人。范蠡被大王命令在馆驿候命。"

勾践若有所思，拍手叹道："寡人忘了。子禽，你看寡人不老，这记性恁差。"又道，"范蠡是楚国人？楚国和越国并无交恶。范蠡为什么不仕于楚国，而求仕于我越国？"

文种道："楚昭王熊轸不知国耻，返郢后排筵庆功。范蠡击鼓号歌，以傲楚王。哪知熊轸不纳忠言，把范蠡驱出国境。范蠡听说大王贤名，所以弃楚投越。"

勾践低下毛发稀疏的脑颅沉思。他那狭长瘦削没有胡须的脸上，突兀一只如喙的巨鼻。一双浓长的粗眉，遮住了一对鼠目。不一会儿，勾践说道："卿可以召范蠡来见寡人。寡人要看他的才德。"

文种亲自到馆驿迎请范蠡，二人同乘轩车，进宫觐见越王。勾践问范蠡道："寡人在槜李大败吴军。如今阖闾已死，夫差新立，先生以为其势怎么样？"

范蠡道："越国偏小，吴国域广。我看吴国如同壮汉，越国如同婴儿。吴国虽然败在槜李，其势未衰，又有宰相伍子胥为辅，三年必会举兵伐越！"

勾践又问道："吴人要报槜李之仇，寡人应当怎样对付？"

范蠡又道："吴国自从任用伍子胥、孙武、伯噽，国势日盛，才能西克强楚，北压齐、鲁。越国要想强过吴国而不被吴国灭，应当王有天下，或霸领诸侯，或富压四海。"

勾践听了连连摇头，叹道："刚才先生说的，实是书生迂腐之见。"又道，"寡人求教先生，怎么做才能强过吴国？"

范蠡道："强国之道，是固其本，深其根。本固则基实，根深则干伟。民为国本，食为民根，富民则国强，大王才可以言兵用武。"

勾践问道："怎么富民强国？"

范蠡答道："薄赋省刑，以德恤民，以恩富其生，以情博其爱，以诚服其志，以信励其勇，以法正其行。这是富民强国的内政方法。"

勾践又问道："外政方法怎么样？"

范蠡道："兵法云，急则无功，迫则殆。吴强越弱，不能先用兵对吴。大王外政方法，应当对吴国示以卑，表以弱，怯以战，以降其气，骄其志，疏其备。大王再友好结交楚、齐、鲁、晋等国，以分吴国之顾。等待机会成熟，大王才能谋划，用兵向吴。"

勾践对范蠡的话有服，也有不服。尤其对范蠡屡称吴强越弱，勾践很为反感。沉思了一会儿，勾践才道："先生的话，寡人应当思考。先生请回馆驿歇息。"又对文种道，"子禽代寡人，送范蠡先生回馆驿。"

勾践见文种、范蠡走后，又命内官道："取内府美酒十坛、牛羊禽肉，送给范蠡。"见内官领命离去，又命令嬖臣道，"传大夫石买进宫。"

嬖臣行礼领命，退身在宫门外，大呼道："大王诏命，传大夫石买觐见！"

不一会儿，大夫石买进宫，朝越王行礼说道："臣石买，叩见大王。"

勾践虚扶说道："卿请起。寡人有事请教，卿请坐。"

勾践见石买侧身落座，才把和范蠡说的话说了一遍，问道："卿认为，范蠡这个人，怎么样？"

石买是越国人。这人善媚狡智，胸襟狭窄，善权辩，因此被勾践器重。石买已经听说范蠡投奔越王，心中早有妒恨，奏道："臣知道范蠡。这个人貌端心陋，大王不能用他。”

勾践鼠目一闪，问道："卿请细说。"

石买道："圣人言，君忧臣耻，君辱臣死。楚昭王为吴王所逐，漂流在外，备受艰辛。昭王返郢，赏功给陪臣，是贤君所为。范蠡不知君王忧乐，击鼓嘲讽，大逆不道。这次他投奔大王，居心叵测。"

勾践听了大惊，俯身问道："怎么居心叵测？"

石买倾身道："臣以为，大王用范蠡，其弊有二。其一，臣观范蠡，是一个迂腐书生疯人。范蠡弃楚奔越，无非是贪图大王封他官职。其二，范蠡和吴国宰相伍子胥、太宰伯嚭是同乡，他如果是吴国间谍，大王用他就祸害越国了。以臣之见，范蠡非我越人，其心必异，大王不可用。"

越王勾践听信石买谗言，决定不用范蠡。范蠡住在馆舍，每天有酒肉款待，也不着急。文种得知石买进谗，早已坐卧不安，急进内宫求见夫人姒婔。

姒婔听报大夫文种求见，对宫奴道："子禽一向无事不进内宫，既要见我，肯定有要紧事。快快传他进宫。"

文种在内宫阉奴的导引下进了内宫，拜见王后礼毕，把越王听信石买谗言一一奏禀，又道："臣以为，要想越国强大而不被吴国消灭，必纳天下贤士。纳贤士，应当重视才德，不图其名。武王用姜尚，姜尚是屠夫渔人。商汤有伊尹而有天下，而伊尹先为奴，后为小臣。齐相管仲，秦大夫百里奚，都无前名，而其君得其成霸。君王者，当见贤思齐，见不贤当自省，不乱于谗言，不惑于浮世，才成大功，建大业。大王恁凭石买口舌之劳，弃贤才范蠡，臣忧往后再无贤人投奔越国了。"

越后姒婔听到文种长篇大论，笑道："子禽的话，应当说给大王，怎么说给妾呢？忠臣者，当犯颜直谏，何患小人口舌。"

文种躬身道："臣谨记夫人教诲。然而范蠡……"

姒婔打断文种的话道："好了，好了！大王性倔，顶风直上，反而更难说通。眼下你给我把范蠡留住，不要让他投奔他国。你最好寻一个胜处，让他居住下来。他所需财物，都由王宫供给。"

文种道："臣遵命。"

姒婔又道："你转告范蠡，请他留在越国。总有一天，越王会明白过来，拜他官职，让他的雄才抱负得以施展。我在适当时机，会说服大王。"又道，"今后凡有异国贤才奔越，大夫应当留住他们。越国渴望富强，渴求人才啊！"

文种道："臣遵命。"

姒婔对身侧阉奴道："取我所织黄丝葛布一匹，请文种大夫送给范蠡。"

阉奴取来一匹葛布递给文种。文种捧布躬身道："臣代范蠡，谢夫人赏赐。"

范蠡在馆驿住下十几天，不见越王召见，正自烦闷，焦容来访。二人礼毕，焦容低声道："大夫文种，推荐先生给大王，大王未决。石买谗言大王，说异国之人，其心必异。大王恐怕不用先生了。"

范蠡听了怒气冲天，问道："石买是个什么鸟人？"

焦苍道："这人心狭，妒能忌才，是一个奸佞小人。"

范蠡冷静思索一番，毅然收拾起行囊。

焦苍惊问道："先生要走吗？"

范蠡道："越王勾践不纳文种忠言，偏听石买之谗。我料到越王不会用我范蠡，也不会让别国用我范蠡。"

焦苍惊问道："先生说的，我不甚明白。大王要杀先生吗？"

范蠡道："是的。"

焦苍道："既然这样，我送先生出城。"

二人出了馆驿。焦苍驾车载着范蠡，出城而去。

果然不出范蠡所料，石买奏请越王勾践道："大王不用范蠡，不如杀了他，以免以后他被敌国所用，成为越国的大患。"

勾践不愿杀害范蠡，又怕范蠡果真是吴国间谍，不耐烦地朝石买挥手道："范蠡的事，卿可以自处，不必再奏寡人了。"

石买行礼道："臣，遵命。"

石买出了王宫，命令卫士道："速去馆驿，杀范蠡。"

卫士问道："大夫为什么不杀范蠡而不快？"

石买道："大王用范蠡，怎会宠我石买？"

文种命令奴仆杲篁驾车追出城外十里，才赶上范蠡。二人礼毕，文种道："我领王后之命，挽留少伯兄。请少伯兄暂住我的封邑，等待天时。"见范蠡尚自疑惑，命令奴仆杲篁道，"奉献王后赏赐！"

杲篁双手把一匹葛布奉过头顶，跪献给文种。文种接过葛布，对范蠡道："这是王后亲率宫奴上山采葛，亲手所织黄丝葛布，命我转送给少伯兄。"

范蠡含泪下跪，双手接过葛布道："请子禽兄代少伯，谢王后恩赏。"

文种命令杲篁车载范蠡，往会稽山西麓而去，自乘焦苍之车回城。

第三十四章

伯嚭纵君淫乐，伍子胥创建水师

吴王阖闾死去的第二年，吴国开始大旱三月，入秋又淫雨连绵，稻谷无收，在田地里霉烂发芽。宰相伍子胥命令百官各奔州邑，督促百姓冒雨收取谷穗，用柴草烘干备荒。吴王夫差不问政事，托病不朝，在宫中饮酒淫乐。伯嚭进宫问疾，见夫差愁眉不展，闷闷不乐，问道："大王为什么不快乐？"

夫差道："寡人听鲁人孔丘说，'饱食终日，无所用心，难哉'。故寡人不乐啊。"

伯嚭道："自古帝王，尽为灰土。臣请大王圣思，尧舜、桀纣其终何异？大王正值少壮年华，该乐且乐，何乐而不为？昔日齐桓公小白曾对宰相管仲说，'寡人有千年之食，无千年之寿'，就是这个道理啊。"

夫差尴尬笑道："太宰记得吗？小白问管仲，寡人好酒色，害霸吗？"

伯嚭道："臣记得。管仲说，无害。"

君臣放纵大笑。笑完，伯嚭问道："大王为什么不命令宫中嫔妃宫女侍饮，或命令倡优歌舞？"

夫差叹道："寡人守志，目不视色，耳不听乐，怎敢歌舞？宰相得知，又该责斥寡人了。"

伯嚭道："伍子胥管得太宽，竟敢责斥大王，以臣犯君。大王为什么不责罪他？"

夫差道："宰相是先王至交，有功于吴国，有恩于先王。先王生前托付他辅佐寡人。寡人责罪他，天理难容啊。"

伯嚭又道："大王是万乘之体。大王不乐，臣也不乐，百姓也不乐了。大王乐，是臣之乐，百姓之乐。大王如果怕子胥责备，不听歌舞，和宫女饮酒作乐，可以吧？"

夫差又叹道："宫中诸女，都是先王遗留，全都年老色衰了。愁死我了。"

伯嚭道："大王不要忧愁。臣为大王选秀。"

伯嚭回到府中，即命阉奴咼凇、仵焘率领数十名家奴，去边邑搜寻民间美女，选秀进宫。这个咼凇大难不死，从越国苎罗回来，得到伯嚭、宓娇重用。咼凇愈加

死心塌地，唯伯嚭、宓娇之命是从，连府中家臣都不放在眼里。二人率众来到边邑，地方官吏全都是溜须拍马之辈，怎敢违背太宰命令，获罪吴王？不下几天，就强掳了良家秀女七百多人。骀淞担心这些秀女中途逃跑，让仵焘回姑苏禀告太宰伯嚭，派兵监押。伯嚭命令姑苏司马椒勇率士兵三千，空车百乘，接秀女回都进宫。

这天雨后刚晴，姑苏街道上行人摩肩接踵。突然从破楚门开进一队兵马，押解数百名村姑浩荡而来。士兵们舞戟抡戈，把行人驱赶到街道两旁。百姓不知就里，站在街边观瞧。耳听车中莺泣燕涕，哭闹一片。

大夫华元乘轩车刚要出城巡察郊野，看见士兵押车而来，让驭奴驻车街旁，挑帷观看。只见骀淞、仵焘二人如狼似虎，扑近车前，挑帷揪住车里的哭泣女子，举手就打，边打边骂道：“好你个不知好赖的村姑！送你们进宫陪王伴驾，享不尽荣华富贵，还啼哭不止？再哭，我打死你等傻逼。”

华元又惊又恼，正在纳闷，看见押车将军是司马椒勇，命令驭奴道：“你去把司马椒勇叫来，老夫有话问他。”

驭奴来到椒勇车前，躬身施礼道：“将军，我家老爷请你过去说话。”

椒勇问道：“你家老爷是谁人？”

驭奴道：“大夫华元。”

椒勇听说华元叫他，慌忙跳下车来，随驭奴走到街边轩车下面，朝华元施礼道：“大夫无恙？大夫唤末将有什么吩咐？”

华元问道：“你所押车乘，载的什么人，哭哭叽叽？”

椒勇对伯嚭为吴王选美，心中不满，如实禀报道：“太宰为吴王在民间选择秀女七百多人，纳充后宫。末将奉太宰之命，率兵监押。”

华元听了大吃一惊，不露声色，对椒勇道：“太宰忠心可嘉。老夫前往郊郭巡察灾情，道经此地，问问而已。将军，你执行公事吧。”

华元见椒勇告辞押车而去，命令驭奴道：“回城，去宰相府。”

伍子胥出巡州邑视察灾情，刚刚回到相府，主妇甘媭连忙过来探视。甘媭见夫君身穿灰白旧葛衫，须发和衣衫都沾着泥浆，面容憔悴，十分心痛，对女奴道：“把我为相爷缝制的新衫取来。”见女奴领命要走，又道，“还有我配制的茶叶，也一并取来。”

女奴走后，甘媭埋怨伍子胥道：“你身为宰相，一人之下，万人之上，怎么代君出巡竟然轻车简从，不带士兵？万一有个闪失，怎么是好？”

伍子胥笑道：“国家大事，以民为本，民安则国安，民乱则国危。我代君巡察，如果用士兵护卫，下层官吏簇拥，就疏离百姓了。宰相和百姓如果情疏礼隔，怎么得知真情？我身为宰相，上事君，下为民，为什么要怕老百姓？宰相怕民，民仇宰相，这宰相必不是好官，百姓杀了他又有什么可惜？”

甘媭道：“罢，罢，罢，我说不过你。你是宰相。但我还是要说，你不听也得听。

你都一把年岁，不比年轻人，总得要保养身子。你穿葛衣旧衫也罢，饮食总不能过分刻苦自己。你坚持为先王守志三年，不着锦衣荤食，妾让你吃些鱼和鸡蛋，你究竟吃了没有？"

伍子胥尴尬笑道："主妇不信，可以问弘淖，问皇甫胥。"

甘媭回头问侍立一旁的弘淖、皇甫胥道："相爷果真吃鱼和鸡蛋了吗？"

弘淖慌忙答道："吃了。我们代替相爷吃了。"

甘媭惊问："怎么？你们替相爷吃了？"

皇甫胥见弘淖说走了嘴，慌忙躬身道："主妇息怒，弘淖说错了。我们侍候相爷吃鱼和鸡蛋，早晚饭逼着相爷吃的。"

弘淖也补道："是，是，是的。我们逼着相爷吃。"

甘媭道："你两个奴才长个记性。你们要不按我的吩咐，相爷瘦了一两，我从你们身上割下一斤。"

二人慌忙跪道："奴才不敢。奴才不敢。"

伍子胥伸手虚扶弘淖、皇甫胥道："你们起来。主妇吓你们，怎能舍得割你们的肉。"

女奴拿来衣物和茶叶，禀道："主妇，相爷的衣物取来了。"

甘媭取过衣衫，对伍子胥道："妾知道夫君不着新衣，用旧葛布给你缝了几件袍衫。人家太宰伯嚭，从来不穿旧衣，新衣穿纹绣。你这宰相倒好，一件葛衫穿了几年，洗了又洗。"把衣衫放下，取了茶叶，亲自沏了一盏递给伍子胥道，"你尝尝这茶水，味道怎么样？"

伍子胥接过茶盏，凝神观看一刻，又闭目嗅之，才小抿一口，含半天咽下，开口道："好茶，好茶。妙极，妙极了。"

甘媭笑道："看，把你美坏了。怎么妙法儿？"

伍子胥夸道："入口甘香沁心，清腑醒神，妙不可言啊。"又问道，"主妇用什么法子做得此茶？"

甘媭道："前年你伐楚回来，弘淖、皇甫胥从楚地潜六带回檟树，妾在阳山栽植。妾用檟叶和葱、姜、桔皮、枣炙干，捣碎制成茶饼。夫君可以四时泡水饮用了。"

伍子胥十分感动，说道："多谢你费了心思。"

甘媭道："你不要谢我。你要谢就谢你的儿子。这檟叶大半都是封儿采摘。封儿说，父亲饮的茶叶，不许奴人手采，要由他亲自采摘。"

伍子胥问道："封儿近日读什么书？"

甘媭道："封儿前一阵子，读他孙武伯伯著的《兵法内经》，近日又读你撰著的《水战兵法十篇》。这孩子，不知怎么的，竟然对舟师水战上了心了。"

伍子胥听了大喜，说道："我们吴国人一向以船为车，以桨为马。昔年我率兵伐楚，都是水师得力。以后伐越、伐齐，也应当以舟师为主。不习水战，将来怎么能当将军？"

伍子胥突然想起伯嚭在太湖演练水师，对弘淖，皇甫胥道："取我戎装来。"

甘嬷道："好好在家里，怎么穿起戎装？"

伍子胥在弘淁、皇甫胥侍奉下穿戴盔甲，一边道："太宰在太湖演练水师，有一年多了。我不知情况，去巡视一下。"

甘嬷埋怨道："刚刚到家，墩子未焐热，又要去巡视水师。你还要不要这个家了？"

伍子胥道："我巡视水师回来，陪你和封儿去阳山住几天，行吗？"

甘嬷一边收拾衣物，把茶饼装入陶罐，一边道："你甭骗我，你是宰相。宰相事君不有其家，不有其身，还哪里有妻子？"一边抹泪，一边对弘淁、皇甫胥道，"把这衣衫和茶饼带上。小心侍候相爷。"

弘淁、皇甫胥也身穿铠甲，头戴铜盔，驾车护卫伍子胥前往太湖吴军水师。水师督领由太宰伯嚭兼任。伍子胥抵达舟师，伯嚭不在军中。水师副领名叫宗岌，是个智勇双全的中年将领，昔日曾随伍子胥和楚军会战鸡父，又随伍子胥、孙武兵进潜六、淮汭，指挥舟师配合陵军和楚军作战。宗岌原来是专毅的部属，深得伍子胥的器重，任用为吴军水师副领之职。

宗岌听说宰相巡视水师，立即下令水师船舰在太湖列阵，张扬旗帜，等候伍子胥检阅。宗岌率领众将弃船登岸，跪伏一片，迎接伍子胥。宗岌见伍子胥下车走来，禀道："水师副领宗岌，率众将恭迎宰相。"

伍子胥躬身虚扶道："将军请起。众位将领请起。"

宗岌和众将齐呼"谢宰相"，起身分列两旁。

宗岌侧立在伍子胥身旁，说道："请宰相登王船。"见伍子胥点头，侧行导引伍子胥登上王船"阖闾"舰。

这艘名叫"阖闾"的王舰，高三丈，宽三丈六尺，长九丈。船分上中下三层。下层为操桨兵士；中层卫兵操戟、戈、钩、矛和弓弩作战；上层仿王宫形式，一半是君王会见将领的大厅，另一半是寝宫，十分奢华。

伍子胥看罢王船，一言不发，登上小翼[①]巡视水师船舰。众将都登船跟随宰相视察。伍子胥绕水师船舰一圈，眉头紧锁，面无悦色。他又登上水师船舰，检查兵士器械和衣衫。他见器械陈旧，兵士的铠甲衣衫也是破烂不堪，顿时怒气冲天，对宗岌斥道："为什么兵士衣衫铠甲器械都陈旧不堪？"见宗岌低头不语，又道，"府库拨出大批金钱给你们打造船舰，改善装备。这些钱，花到哪里去了？"

众将见宰相责问，全都面面相觑，无言以答。宗岌道："禀宰相。府库所拨军资，一文钱未曾乱花。"

伍子胥怒道："没有乱花？钱花哪里去了？兵士穿得像乞丐。手中兵器，连烧火棍都不如。"瞅瞅众将衣衫光鲜，铠甲明亮，指点道，"你们倒好，一个个盔明甲亮。你们瞅瞅你们的水师士兵，一个个是不是讨饭的乞丐，哪里还是吴国的水兵？"

宗岌躬身道："相爷，我们确实没有乱花府库的钱。"掀开近旁一位将领的铠甲道，

---

① 小型兵船。

"相爷，你瞅瞅他们内里的衣衫。"

伍子胥一怔，掀开身旁一位水师将领的甲襦，现出破烂的内衣。伍子胥大惊，怒问道："你说个明白，宗岌！这是怎么回事？府库拨给舟师的资金，用到哪里去了？"

伍子胥见宗岌吱唔不言，怒斥道："你有什么隐情，不能告诉我吗？"

宗岌道："禀相爷，府库所拨资金，都由太宰掌握。据末将所知，除去建造王船'阖闾'舰以外，余下的钱，都挪用在建造大王别宫了。"

宗岌见伍子胥铁青着面孔，怒目不言，又道："宰相请看，我吴军水师船舰，都是当年跟随相爷参加潜六、准汭作战的旧船。新船未增一只。兵士的器械，也都是旧物，几乎不能应手作战了。"

伍子胥沉重地长叹一声，命令船舰划向王船，登上"阖闾"舰。伍子胥刚落座，一名将领禀报道："禀报宰相，大夫华元求见。"

伍子胥道："请！"

华元赶到相府，听到宰相已经去太湖巡察水师，就追踪而到。华元登上王船，和伍子胥礼毕，见左右众将林立，缄口站在一旁。伍子胥问道："大夫赶奔水师，找老夫有什么事吗？"

华元道："下官请宰相且屏左右。"

伍子胥环顾众将，说道："宗岌将军留下。你们下去吧。"

华元见众将离去，说道："先王弃世一年有余，大王明为先王守志，实在宫中和嫔妃淫乐。宰相没听说吧？"

伍子胥不答，对身后弘淉道："替大夫搬个锦墩。请华元大夫坐下说话。"又命皇甫胥道，"取我茶饼，泡茶，让我和华元大夫、宗岌将军共饮。"

华元落座。皇甫胥给众人奉上茶饮。伍子胥呷口茶说道："请大夫继续说。"

华元放下茶盅，说道："大王原先五日一朝，后来改为朔望①临朝，眼下竟然推疾不朝。伯嚭挪用水师资金，大造宫室，纵君淫乐，荒疏朝政！宰相，你为什么不谏？"

伍子胥正色道："臣不可犯君于私。"又道，"只要大王不忘越仇，何患于酒色？"

华元又道："下官曾听说，昔日孙武孙长卿劝宰相杀伯嚭，可有此事？"

伍子胥道："有。伯嚭军祥兵败，长卿劝我用军法诛之。"

华元道："孙武识伯嚭是祸国之贼。宰相昔日为什么不杀他？"

伍子胥叹道："伯嚭前宠于先王，今宠于大王。臣诛大王宠臣，夺大王之爱，不忠。大夫既然加罪伯嚭而要杀他，为什么不奏禀大王？"

华元跺脚怒道："大王已经被伯嚭迷惑了。"又道，"宰相为先王守志，为国操劳，清苦自律，葛衣蔬食，下官敬畏。但是，宰相对宫乱而不闻不问，是你这个当宰相的失职了。"

伍子胥听了一惊，俯身问道："内宫何乱之有？请大夫细说。"

---

① 朔为农历初一，望为农历十五。

华元道："先王昔日洁身自好，自从有了伯嚭媚王，导致王奢。先王入郢，淫楚宫众女。返回吴都，又听信伯嚭，大筑宫室华池，选美充宫。先王内宫有嫔妃七十余人，宫女近三千余众，每位嫔妃、宫女都有数十名宫奴、阉奴侍奉，宫女奴人数万。先王弃世，这批嫔妃、宫女遗留在内宫，是一笔很大的开销。每天每个宫女的开销，可以供养兵士百人。今天下官在街道亲睹太宰从州邑选来美女数百人，充入内宫。宰相如果不制止，内宫要大乱了。"

伍子胥沉思一会儿，说道："大夫这话很好。请大夫请容老夫谋以良策。"

这时一名水师将领进来禀道："禀报宰相，大王驾临。"

伍子胥听说吴王夫差驾跸水师，连忙整顿甲盔，率领众人下了王船，在岸上跪迎王驾。

伯嚭得知伍子胥巡察水师，担心私挪水师资金事泄，责罪自己，进宫奏请夫差道："臣已为大王从州邑选来秀女七百，充在后宫。大王可以选择佳丽，纳为嫔妃了。臣听说宰相巡察水师，大王为什么不亲自去水师巡视？"

夫差听说伯嚭为他选了秀女进宫，大悦，应允道："水师是卿督领。宰相都去了，寡人怎能不去。"

夫差率领伯嚭众人驾临太湖水师，由伍子胥等人陪同登上王船"阖闾"舰。伯嚭一旁媚道："大王你观看这艘王船，比先王'余皇'舰怎么样？"

还不等夫差开口，大夫华元一旁斥道："太宰只说'阖闾'王船，为何不对大王说说水师船舰都是破船旧艇？"又道，"一枝独秀，风必摧之。大王还记得，当年先王'余皇'王舰被楚军所掳吗？"

夫差听了一惊，嗫嚅道："王船过于豪华显眼，容易被敌军注意。大夫言之有理啊。"

伍子胥笑道："王船豪华威巨，还是需要的。王船体现一国之力，体现君王之威，大王不可不乘王船。但是王船不能只有一艘，将舰也不能只有一艘。臣以为，应当造王船三艘，将舰七艘，用为'疑舰'，使敌人不知道大王住在何船，将军住在何舰。"

夫差听了大喜，笑道："还是宰相高智啊。寡人再拨府库重金，命令水师多造'疑船'。"

伍子胥乘机进谏道："吴军水师，开始只作运送粮草财货之用。臣在鸡父之役，以及后来伐楚入郢，就用水师舰队配合陆师作战，水师不可缺少了。臣听说，越国人以船为车，以桨作马，善于水战。如果我吴军没有强大的水师，以后伐越之战，就难以取胜。我认为，水师应当从速整顿。臣请大王拨府库资金，造新舰'大翼'一百、'中翼'二百、'小翼'三百、'突冒'五百、'楼舰'一百、'桥舰'五十。大王有此水师，不但可以战胜越国，以后伐齐也可以渡海远途作战了。"

夫差大感兴趣，问道："什么是'大翼'？什么是'突冒'？什么是'楼舰'、'桥舰'？请宰相细说，寡人愿听。"

伍子胥道："大翼舰好比陵军的重车，广一丈六尺，长十丈二尺。中、小翼舰，好比陵军的轻车。中翼舰，广一丈三尺五寸，长九丈九尺。小翼船，广一丈二尺，长五丈六尺。'突冒'船，好似陵军冲车。'桥舰'好比轻骑。'楼舰'好比楼车，用以观敌。每舰配伍战士二十六人、棹五十人、船舻三人、操长钩、斧、矛、戟者四人、吏仆射长各一人，共计九十一人。大舰多配执长钩、矛、斧、戟者，配弩三十二，箭三千三百支，配甲、鍪、盾各三十二。"又道，"战舰分上下两层，下层划桨，上层作战，各有号名、旗、鼓。兵士每人都配短剑一柄。每舰再配泅卒数人，护卫船舰。"

夫差道："宰相整肃舟师，寡人准许了。所需财货，在府库调拨。"

华元一旁谏道："眼下边鄙州邑灾情严重，百姓饥食不保，急需钱粮赈灾。如果由府库支付重金制造船舰，恐怕府库匮空，连王宫的粮肉也不保了。"

伯嚭也奏道："府库财货动不得。宫内人口近万，每天开销颇巨。府库一空，总不能让宫人饿腹忍饥吧？"

伍子胥见夫差被华元、伯嚭二人谏言弄得犹豫不决，说道："宫中吃饭穿衣，当然要保证富足。灾民也要赈济。但是，舟师无论如何都要整建。吴国如果没有强大的水师，将来怎么对越国作战？大王谋图霸业，将来还要举兵伐齐、晋，没有强大的水师配合陵兵作战，怎能取胜？"又瞅住华元、伯嚭道，"华大夫、太宰不必担忧，老夫自有主张。老夫一是保证不让大王冻饿，也不会让宫内嫔妃、宫女、宫奴挨饿勒裤带，也不能让府库空匮。"又对宗痍道，"宗将军。大王驾临水师，为什么不摆宴奉敬大王？"

宗痍躬身道："末将这就盛排宴筵。"

宗痍传令排宴。不一刻，盛宴在王船仓内排开。吴王夫差在上首居中面南而坐。左右下首依官职高低有序侧坐。左边是宰相伍子胥、太宰伯嚭、大夫华元等人。右下首是水师副领宗痍，及一帮将领依序排开。夫差久在内宫和嫔妃宫女厮混，今天和百官及水师将领共饮，十分开心。

伍子胥见夫差饮酒尽兴，命令皇甫胥泡茶饮奉上，对夫差道："老臣请大王品此茶饮。大王能品出和大王昔日所饮，有什么不一样？"

夫差小饮一口，品味道："不一样，就是不一样。"

夫差想起当年央求伍子胥出谋争立太子的旧事，感慨道："寡人怎能忘怀昔日宰相的茶饮。昔年宰相让寡人率兵守卫边境，才使寡人能有今天的王位。"

伍子胥趁机道："过去的事，臣请大王不要记挂心怀。老臣请大王不要忘记越仇，不要忘记先王的嘱咐。"

夫差涕泪俱下，离座朝伍子胥躬身施礼道："寡人时刻不忘替先王雪耻复仇。寡人谨请宰相不忘先王托付，辅佐夫差。宰相有求，寡人一概应允。"

伍子胥扶夫差落座，说道："大王既然应允，老臣就有三个请求。先王遗留后宫的嫔妃有数百人，宫女数千人，加上宫奴、阉奴有上万之计。这些人都已年老色衰，开销巨大，留着无益。臣请大王，把他们遣散回家。再选纳新秀，以充内宫。这是老臣请求之一。眼下吴国，上到王城，下到州邑，官冗吏多，人浮于事，加重百姓负担。臣请大王，裁减官吏。另外对贪赃枉法者，臣请黜其官职为庶民，抄没家产，一部分充府库，一部分赈济灾民，以上是臣的请求之二。臣的三请，是库内所存军械，多为昔年伐楚掳获，久存不用必朽。臣请把府库军械铠甲，都拨给水师和陵军装备。臣请大王准办。"

夫差道："宰相说的三个请求，都是为了寡人谋利。寡人请宰相照办。凡懈怠者，宰相可以责罪。"

伍子胥道："老臣，谢大王。"瞅一眼伯嚭，对夫差道，"臣请太宰操持内宫之事。请太宰把宫里旧人尽数遣散。大夫华元负责裁吏和整肃贪官污吏一事。水师督领一职，老臣请太宰不再兼任，由水师副领宗岌将军升任。"

夫差道："寡人允准。"对伯嚭、华元、宗岌道，"你们听清了吗？就按宰相的命令办事。"

伯嚭、华元、宗岌跪道："臣等遵命。"

伍子胥谈笑之间，解决了吴国军政难事。宗岌升任吴军水师督领，命人去府库领回器械甲杖。水师兵士装备一新。宗岌又遵伍子胥的命令，招募大批铁、木工匠，昼夜不停地打造各类船舰。水师在太湖之上练兵演阵，热火朝天。

华元对伍子胥"三请"十分钦佩，领命而行。起初华元对裁减官吏觉着无法下手，随即悟到应该从贪官恶吏下刀，于是率领一批官员士兵开到各个州邑。百姓纷纷举报。一大批贪官落马，家产充公，贬为庶民。贪官被清出官舍，廉吏更加清正。被查没赃官财产，华元登记上册，一部分上缴府库，一部分粮米财货就地赈济了灾民和贫苦佃奴。

夫差原来对阖闾遗留的嫔妃宫女没有兴趣，留在后宫是王室的巨大负担。既然伍子胥奏请遣散，夫差就命令伯嚭施行。这些年老嫔妃和宫女，历年得到先王赏赐，私财颇丰，遣还民间都不愁享乐。宫中奴仆阉奴虽已年老，也有积蓄，遣回自家也不会冻饿。这些久居深宫不得宠幸的嫔妃宫女，和年老无依的奴仆阉奴，听到宰相奏请大王恩准还家，无不感激涕零，都称颂宰相善良。

伯嚭遵命遣散内宫，又把新纳秀女七百余人安置，请吴王夫差巡视。夫差目睹一个个姣容如花的少女，心花怒放，命令内官道："传寡人诏命，每宫室置士兵数人守卫，内外之人不得随便出入禁中。"

伯嚭奏道："臣请大王择其德才貌优者，立为嫔妃。余下的都作为宫女，以充各宫。内宫阉奴，年老病弱者已经遣散了。臣应当招募英俊少年阉为宫奴，以供内宫驱使。"

夫差道："寡人准奏。"

伯嚭回到府中，对伍子胥夺他水师督领一事恼恨不已，愤道："吴国有伍子胥，没有我伯嚭兵权了。"

宓娇趁机道："俗话说，一山难容二虎。夫君如果要显贵在吴国，不杀伍子胥是不行的。"

伯嚭叹道："伍子胥文武冠世，德高望重。吴王夫差心高才疏。吴王想称霸，想伐越为先王复仇，都得依赖伍子胥。眼下伍子胥身为宰相，军政大权在握，万一杀他不成，反而招祸。"

宓娇道："妾观吴王喜谀厌直，和伍子胥并非同类。伍子胥性情刚烈，久后必被吴王所弃。夫君暂且忍耐。夫君只要深得大王欢心，以后还怕不能显贵？那时再杀伍子胥，犹如探囊取物。"

第三十五章

伯嚭纳巫养殃，伍子胥杀巫囚伯嚭

伯嚭、宓娇正说着，忽听见哭嚎呼救的声音，唤来奴仆问道："是什么人，旷夜号哭呼救？"

阉奴仵焘跪道："是主妇侍奴绿禾号哭。"

宓娇怒道："这贱奴，她因为什么哭天呼地？"

仵焘道："奴才不知。主妇怎么不唤来绿禾责问？"

伯嚭道："叫她进来。"

不一会儿，仵焘领进来一个女奴。那女奴衣裙都被撕坏，一边掩怀，一边朝伯嚭、宓娇磕头哀求道："老爷、主妇，救救绿禾。"

伯嚭不耐烦地呵责道："深更半夜，你嚎啥丧？你说，谁要你的命了？求我和主妇救你？"

绿禾泣道："奴婢正在寝屋洗浴，有人破门进来，要奸污奴婢。奴婢所以呼救。幸亏仵焘大哥赶来，才使奴婢免遭奸污。"

伯嚭怒问仵焘道："是什么人，这样大胆？"

仵焘嗫嚅道："奴才，不敢说。"

宓娇斥道："究竟是什么人，你不敢说？"

伯嚭正要发火，豤淞，喷着酒气进来说道："老爷，主妇，你们不要为难仵煮了。"

伯嚭问道："你是不是对绿禾欲行不轨？"

豤淞道："是的，老爷。"

伯嚭怒道："你这贼阉奴，好大的狗胆。"

豤淞道："老爷，你错了。我豤淞今天已经不是太宰府的阉奴，我是吴王的内官。太宰老爷，你说是不是？"

伯嚭听了泄气，叹道："是，是，你是大王的内官。你总不能对我太宰府的女奴非礼吧？"

豤淞笑道："太宰又错了。我不是对绿禾非礼，是要娶她为妻。"

伯嚭惊诧问道："你是阉人，娶她为妻？"

豤淞正色道："我身体阉，心未阉，为什么不能娶妻？太宰老爷不相信，可问主妇。主妇，我豤淞能不能娶妻？主妇，请你直言。"

宓娇心中一惊，慌忙笑道："能娶，能娶。"扭头对伯嚭道，"豤淞以前是我们的阉奴，今天是大王的内官，怎么不可以娶妻？"

豤淞笑道："主妇有这话，我爱听。军祥之役，楚军火焚吴军大营，是我豤淞冒死救出主妇。主妇当时充诺赏我百户邑，美女十人。可是主妇回到姑苏，就把诺言忘得一干二净了。我今天已经不是太宰府的阉奴了，而是王宫内官。我今晚回太宰府，不但要娶绿禾，还要请主妇和老爷践诺。"

伯嚭正在为难，宓娇求道："老爷。妾不是豤淞救助，老爷今天已经没有妾了。妾求老爷，践妾前诺。"

伯嚭叹道："好了。豤淞，我今天替主妇践诺。赏你东山陆浦田村百户佃奴。你择其佳女十人为妻妾。"

豤淞行礼道："谢老爷。谢主妇。"扭头瞅一眼绿禾问道，"绿禾能赏给奴才吗？"

伯嚭苦着脸，挥手道："好了，好了。绿禾也赏给你了。豤淞，你曾经是我的奴人，往后不要忘记主恩。"

豤淞道："奴才不敢。老爷哪里有用着奴才处，奴才万死不辞。"

宓娇对绿禾道："绿禾，老爷把你赏给豤淞了。你今后就是他的人了。你记住，奴不从主命死罪。今后你若不从夫命，也是死罪。"

绿禾颤抖着磕头道："奴婢遵命。"

豤淞领着绿禾走了。绿禾是一个年少骨美的女子，他想讨回绿禾。既然已经赏给了豤淞，他作为太宰，做为主人，是无法向奴仆启齿的。太宰府中的女奴有数百人，却找不到一个像绿禾的女人。这是过去伯嚭未曾发觉的事。他的封邑有不少奴人，也有不少和绿禾一般年龄的女奴，但是他身为吴国的太宰，却不能明目张胆地强拉一个女奴来做妾。再者，宓娇这条贪婪的母老虎，怎能容忍他纳一个奴女做妾？

伯嚭思谋再三，也只有让豤淞从封邑选择一个女奴，送来太宰府中侍候宓娇，再和她暗中苟合。第二天，伯嚭对嚭淞说道："我已经把绿禾赏给你了。主妇身边没有称心的奴婢了。你给我从封邑选择一个年少美貌的女奴，侍候主妇。"

嚭淞躬身道："主子放心，奴才一定办到。"

嚭淞这天驾车去他的邑地姑苏东山陆浦，经过一条山溪。溪上有一座石桥。桥旁田地里有一男一女一前一后地锄禾。嚭淞看见那个少妇貌美清纯，容颜娇丽，肤白如脂，体态不胖不瘦，想起伯嚭所嘱，心里想道："太宰要我选择一个女奴侍奉主妇，实际是太宰想纳为暗妾。我看这个女人，必中太宰心意。"

嚭淞命令驭奴符蒇道："你唤那女奴过来。"

符蒇朝那锄禾男女道："老爷让你过来。要那女的，男的不要。"

那女奴望了男人，男人道："主人唤你，你快去。"

嚭淞上下打量那女奴，问道："你叫什么名字？"

女奴躬身低头道："奴妾叫春苣。"

嚭淞笑道："春苣，好，很好。"嚭淞鞭指锄禾男子问春苣道："那男子，是你什么人？"

春苣道："回老爷，他是奴妾丈夫。"

嚭淞对符蒇道："你去把他叫来。"

不一会儿，那男子跟随符蒇来到，躬身站在嚭淞面前。嚭淞问道："你叫什么名字？"

那男子道："奴人名叫劳牛。"

嚭淞再问道："劳牛，我问你。你知道我是什么人吗？"

劳牛道："老爷是我的主人。我不敢直呼主子名姓。"

嚭淞道："你既然是我的奴人，你敢违背我的命令吗？"

劳牛慌忙跪倒道："奴人不敢。自古王法，主叫奴死，奴不敢不死。"

嚭淞道："你既知有法，很好。我收春苣做我家中侍奴。你也做我的侍奴。你可以从本邑另择一个女人为妻，我替你做主。"

符蒇见劳牛不说话，呵斥道："还不跪谢主人，去车前牵马？"

劳牛慌忙跪谢嚭淞，躬身趋到车前牵马。

嚭淞对春苣道："你从今天始，做我侍奴，不能和劳牛同住。你要越轨，我用家法杀你。"

春苣低声答道："奴妾不敢。"

嚭淞道："你跟随我回田庄。"

嚭淞登车，劳牛牵马前行，符蒇驾车。春苣赤着双足跟在车后小跑，往陆浦田庄而去。

嚭淞到了田庄，让符蒇、劳牛把田庄老小男女田奴都叫到宅前。符蒇对众奴道："这位是嚭淞大人，是吴王宫中内官。太宰已经把陆浦田庄赏给嚭淞大人了。嚭淞

308

大人从今天起，就是陆浦的主人。你们今后，都是朁淞大人的奴人。"

众奴人跪道："愿从大人驱使。"

朁淞干咳一声，鸭着噪子道："这位是我的管家符菔。你们往后听从符菔差派，违命者严惩。"

众奴人道："遵主人吩咐。"

朁淞朝符菔使了个眼色。符菔对奴人道："你们起来吧。"然后走进人群，观察俊俏年少女奴挑选了十个人，说道，"今后你们不要下田劳作了，留在家里侍候老爷。"又对众奴道，"你们散了。"

忽然，门户大开，有一个人大笑着走了进来。朁淞抬头看见进屋的人，吓得失声大叫道："你这个女魔头。你，你没有死？"

进来的正是苎罗女巫。女巫大笑道："你一剑只扎进老娘肋间软肉，所以未死。老娘今天来寻你索一剑之仇。往后老娘就住在你庄舍，替你管束妻妾。"

朁淞惧怕女巫，心有不甘，但又不敢拒绝，讷讷道："那就，有劳仙人了。"

朁淞让女巫住在陆浦田庄。第二天，朁淞把春苣送进太宰府，自己回到王宫当值。伯嚭见春苣温厚和顺，娇憨朴实，十分悦意。当夜，伯嚭让春苣侍寝。

伯嚭得到春苣，还不知足，又让作叅在封邑拉来一个叫杨英的女奴侍寝。这杨英生得肌肤如雪，又白又嫩，然而性格刚烈，不肯屈从伯嚭的淫猥。

杨英见伯嚭逼她从淫，责斥道："大人身为太宰，妻妾成群，难道就缺少奴妾一个人吗？"又道，"奴妾虽然是太宰奴人，应当顺从主命。然而奴妾已经成婚，为人妻妇了。太宰淫人妻妇，不嫌伤德吗？"

伯嚭恼羞成怒，唤来阉奴作叅道："这贱奴胆大泼天，既不从我，还敢辱骂！你给我狠狠责罚。"

作叅如狼似虎，如恶鹰搏鸡一般，把杨英抽打得体无完肤。伯嚭见杨英已被打死，命令道："把她扔进湖里，喂鱼。"

作叅用麻袋把杨英裹了，搬上车中，趁夜出城抛尸，恰巧遇到司马椒勇率兵巡城。作叅惧怕椒勇，弃车奔逃。椒勇命令兵士察看，看见车中藏有一具女尸，身体还温热。椒勇命令把车赶回府中，叫来医师救治。杨英活了过来，向司马哭诉太宰逼奸笞打经过。椒勇见事关太宰，干系重大，好言抚慰杨英。他让杨英暂时在司马府中养伤，以后禀报宰相，还她公道。

吴王夫差自从纳秀女七百人，日夜在内宫淫乐，称疾不朝，国政全推给宰相伍子胥和大夫华元一帮重臣打理。夫差自恃年壮体刚，想不到数月工夫，竟然虚弱力衰，十分沮丧。

朁淞回陆浦把女巫带来太宰府。伯嚭又把女巫带进王宫，荐给夫差。

夫差念伯嚭推荐女巫有功，把内宫秀女缑瑁赏赐给伯嚭为妾。伯嚭见缑瑁娉婷绝俗，国色天香，心里十分喜爱。他又怕宓娇嫉妒，就把缑瑁安置在破楚门外的外宅。

伯嚭让女奴侍候缑琯洗浴更衣，对缑琯道："大王把你赐我做妾，你愿意吗？"

缑琯不跪，泪眼莹莹，说道："奴妾和太宰都是楚国人。太宰的亲人被楚国人杀害。奴妾的夫君却被吴国人所杀。奴妾被吴国人掳进吴境，又被吴王选进后宫。奴妾从进宫那天起，已经萌生死念了。奴妾没有死，因为大王没有污辱奴妾。"

伯嚭见缑琯高洁，柳眉微蹙，杏目含颦，不胜怜爱，劝慰道："死者已经死了，生者还要生活。人生苦短，爱妾何必恋旧而自苦？"

缑琯正色道："太宰不是还要举兵伐楚，以雪父仇吗？我缑琯虽然不能为夫洗辱，怎能不为夫守身？"又道，"太宰不要逼迫奴妾。太宰如果要妾奴侍寝，奴妾只有一死百了，"

伯嚭不敢强迫缑琯，回府之前嘱咐奴仆道："缑琯和我同乡，她丈夫亡故，心里悲伤。你们好生侍候，不要苛求。"

缑琯虽然是吴王赐给太宰的姬妇，住在伯嚭的外宅，却没有主妇的架子。她不但和宅中奴仆相处融洽，甚至和几个女奴同桌吃饭，同床睡觉。

过了几天，伯嚭又来到外宅。奴仆们帮助缑琯更衣打扮，迎接主子。缑琯坐在床上，不为所动。伯嚭进门，奴仆们行罢跪礼躬身退出。缑琯依然坐在床上，冷面低头。伯嚭瞅见缑琯神光高洁，被缑琯秀美天成的容颜打动，竟然不敢萌生邪淫的念头，只是连声赞叹道："好一个仙姑美人啊。荆楚灵秀，尽被你一个人所占。只是我伯嚭福薄，不曾和你早日相见。今天和你相见恨晚，却不知道怎么样才能让你开心。"

伯嚭说完见缑琯无动于衷，摇头叹息，走出门去。他又回身吩咐宅中奴人道："主妇心中悲苦。你们务要小心侍候，尽力劝慰。主妇有什么求索，你们回府向作豦禀报照办。谁怠慢了主妇，我要谁的脑颅。谁让主妇欢心，我有重赏。"

奴仆们都知道伯嚭十分霸道，从未见过他对女人这样温柔礼让。众人不敢轻慢，诺诺从命。

又过了几天。伯嚭让阉奴作豦给缑琯送来许多珍珠玉石玩物和精美食品。缑琯随手把东西分赏给奴仆，不留一件。伯嚭知道了，又让作豦再送。这天伯嚭思念缑琯，让作豦驾车径奔外宅。奴仆见主人来到，要入内禀报缑琯，被伯嚭挥手阻止。

伯嚭蹑足进门，隔帘瞅见一个女奴正在为缑琯梳头。一个女奴坐在地上，怀抱缑琯一双玉足搓摩。缑琯随手拈取作豦送来的玩物，赏给梳头揉足的女奴。女奴们惊喜娇叫，相互争抢观看，分外热闹。伯嚭被逗得开怀畅笑，蹑足进门。奴仆们见主人来到，慌忙下跪。缑琯却旁若无人，对鉴梳妆。伯嚭见缑琯不理不睬，只得又扫兴离去。

女奴劝缑琯道："吴国除了吴王和宰相，没有比太宰再尊贵的了。主妇早从太宰，享不尽的荣华富贵。"

缑琯无动于衷。这晚伯嚭以酒遮羞，来到外宅过宿。奴仆扶伯嚭上了床，都退出屋外。伯嚭见机就拉缑琯侍寝。哪知缑琯挣脱，从衣内抽出短刀朝自己刺去。伯嚭慌忙夺过短刀。缳珇身上已被刺开一条伤口，鲜血淋漓。伯嚭唤来女奴替缳珇包扎，自己垂头丧气回太宰府去。

第二天仵焘来劝缳珇道："主妇是大王赐给太宰做妾，应当依从太宰。主妇要享富贵，要好好地做太宰的主妇。如果你要为你前夫守节，只有做刀下之鬼了。奴才请主妇三思。"

缳珇怒道："甭说太宰，就是吴王，也休想逼我。谁要污我身子，我和他同死。"

仵焘道："太宰和主妇无仇，而且真心倾慕主妇。主妇为什么这样对待太宰？"

缳珇道："伯嚭为报家仇，背国投吴，率兵伐楚。我的丈夫死在吴兵刀下，怎能说太宰和我无仇？"

宓娇见伯嚭食不甘味，寝不安枕，日渐消瘦，非常痛爱。她几次问伯嚭有什么烦恼，伯嚭都吱唔不言。宓娇唤来仵焘责问再三，仵焘才把伯嚭贪恋缳珇、缳珇不从，从头说来。宓娇听了怒道："好一个不识抬举的贱妾。大王把她赏赐给太宰，是她的福分。她竟敢视太宰为仇人。"又道，"这件事你甭过问了。我去找太宰。"

当晚宓娇对伯嚭说道："妾听说，大王赏了一个秀女名叫缳珇，给夫君做妾。有这事吗？"

伯嚭道："是的。"

宓娇又道："妾听说，那个缳珇说她丈夫死在吴兵刀下，夫君要她侍寝，她要和夫君同死。是真的吗？"

伯嚭道："是的。"

宓娇道："夫君为什么不赐她去死？"

伯嚭叹道："我也恨她不从我愿。她是大王赏赐，我杀她有违王命啊。"

宓娇轻松笑道："夫君太仁慈了。缳珇不从夫君就应当死。夫君如果留她，久必为患，到那时后悔晚了。"

伯嚭听了宓娇的话，如同醍醐灌顶，顿时省悟。第二天伯嚭对仵焘道："缳珇思念她前夫，就让她追随前夫去吧。"又道，"念她和老夫同乡，赏她全尸。"

仵焘领命，取了一丈白绫赶奔破楚门外宅，对缳珇道："太宰钦佩你忠贞从一，成全你和前夫团聚。"说罢把白绫抛在缳珇脚下。

缳珇平静如水，梳洗更衣，面朝楚国方向磕头三拜，然后起身对仵焘道："请你代我，感谢太宰。"

仵焘见缳珇自缢死去，裹了尸体，用马车拉出城外。想不到又遇上司马椒勇巡城，躲闪不及，被生擒活拿。

椒勇亲自查看车厢，看见里面有一具女尸，对仵焘笑道：你是太宰府的什么人？

士兵见仵焘不答，纷纷拔刀，喝问道："说，回司马大夫问话！"

仵焘搪塞不过去，说道："小人是太宰府的阉奴仵焘。"

椒勇用鞭子指了尸体问道："这个女尸是什么人？她是因为什么死的？"

仵焘道："这人是宫中秀女缑瑄，大王赏赐给太宰了。缑瑄违背太宰意愿，决死不从太宰，并且要刺杀太宰。太宰忍无可忍，才让她自缢的。"

椒勇冷笑道："太宰府前一阵子抛弃女尸，也是你干的吧？"

仵焘道："奴才不知道。"

椒勇道："死无对证了是吧？现在你可以推说不知道。等会儿让你见着活人，你就知道了。"喝令士兵道，"把这个阉奴拿下，押回司马府。"

士兵一拥而上，把仵焘捆了个结实，用绳索系在车后，鞭马驱车拖着仵焘沿街奔跑。回到司马府中，椒勇连夜审问仵焘，说道："你不想皮肉吃苦，老实招来。"

仵焘对伯嚭厚赏訾凇原本嫉妒，就把訾凇怎么在陆浦凌辱女奴，献女奴春苣、杨英给太宰，杨英不从被打死以及逼迫缑瑄自缢的经过，全部供说一番。椒勇见仵焘说完，问道："那个訾凇，是不是大王内宫的阉奴？"

仵焘道："訾凇被太宰推荐给大王，得到大王赏识，封为内官。"

椒勇听了大吃一惊，俯声问道："近日大王宫中来了一个女巫，和訾凇有关连吗？"

仵焘道："那个女巫就是訾凇带来的，被太宰推荐给大王了。"

椒勇再问道："你说的都是实话？"

仵焘行礼道："奴才说的句句是实话。"

椒勇对士兵道："把他囚禁。"又道，"给他酒肉。不要为难他。"

士兵遵命押下仵焘。椒勇让副将连夜请来大夫华元，把仵焘招供一一说了。华元思虑半天，说道："伯嚭这个人，大奸臣。昔日孙武多次劝说子胥杀他，子胥可怜他是同乡同仇，不忍下手。今天伯嚭身为太宰，竟然推荐巫人进宫，纵君淫乐。又强掳奴女，杀人抛尸，罪在不赦。伯嚭不诛，久必害国啊。"

椒勇问道："我们进宫，奏请大王定夺？"

华元摇头道："大王被女巫蛊惑，日夜在内宫淫乐，久不临朝。除宰相以外，百官不奉召不准进入禁中。我们怎么能奏禀大王？再说，大王宠伯嚭，你我人微言轻，不但诛不掉伯嚭，恐怕反而被他杀害。"

椒勇跺脚道："依大夫的话，伯嚭奸贼无人可治了吗？"

华元道："能够责罪伯嚭的人，只有宰相伍子胥。老夫所虑，宰相未必肯杀伯嚭啊。"

椒勇道："宰相即使不杀伯嚭，也不会无视女巫淫乱内宫于不顾吧。我和大夫去面禀宰相，行吗？"

华元叹道："唉，也只有这样了。"

椒勇道："夜已深了，末将请大夫就宿在敝府，明天早上再去相府。"

华元叹道："国事悬忧，怎么能等到明天？事不宜迟，我和将军即刻去相府。"

椒勇犹豫道："此刻夜半，惊扰宰相合适吗？"

华元道："先王已薨三年了。我听说子胥为先王守丧，三年不亲妻子，早晚饭粗食蔬肴，冬穿布袍，夏着葛衫，日夜操劳国政。眼下国中多事，我想宰相此刻还没有歇息。将军刚才说的是国家大事，如果拖延到明天，宰相必当责罪你我。"

椒勇道："那就依大夫，即刻去面见宰相。"喝令卫士道，"备车，去相府。"

二人乘车奔往宰相府。路经王宫侧旁，但见王宫巨阙飞檐翘翅，惊鸟铜铃随风铛啷脆响，宫内烛火辉煌，淫歌叫笑不绝于耳。来到宰相府门前，看见门房里灯烛明亮，正是弘浞当值。弘浞见华元、椒勇深夜前来，开门迎道："二位大人，请进。"

华元道："我和司马在门房少歇。你去通禀宰相。"

弘浞道："相爷此刻还没有睡。相爷有命令，凡是百官深夜来访，不要通禀。请大夫、司马随小人去相爷书房。"

弘浞侧行导引，来到伍子胥书房门前，轻声道："相爷，华元大夫和椒勇司马来访。"

伍子胥弃简出迎道："大夫，司马，请进。"又对弘浞道，"你去厨下弄些吃食来。有米酒也弄一坛。"又道，"不必惊动庖奴，你自己动手。"

华元阻挡道："不必，不必了。"

伍子胥道："我已经腹饥。你二人也不是铁打铜铸的。我们边饮边说公事。"不一会儿，弘浞奉上几样咸菜，给三人斟了酒，退立一边。华元和椒勇把伯嚭和阉奴葸淞、仵焘逼杀奴女，荐巫进宫蛊惑君王淫乱，诉说一通。华元道："伯嚭蛊惑大王，其罪害国，不得不诛伯嚭了。请宰相定夺。"

伍子胥离座徘徊，皱眉深思了一会儿，说道："女巫、阉奴应当杀。伯嚭不能杀。"

华元看着椒勇，苦笑道："司马，老夫所料怎么样？"

椒勇按剑起身，瞪眼怒道："为什么不能杀伯嚭？"

伍子胥道："易牙、竖刁蛊惑齐桓公喜淫纵欲，宰相管仲不杀这二人，是不愿失君快乐。伯嚭罪不赦，但他受大王恩宠，杀他会让大王不快乐。我你如果不奉王命而杀伯嚭，必获罪于大王，大王以后必然会责罪你我。"

华元听了一怔，愤道："臣为国家尽忠，怎么能怕死？"

椒勇拍剑道："我杀伯嚭，和宰相、华元大夫无关。"

伍子胥笑道："大夫、将军，你们有没有听说，圣人曾言，不可以小愤而乱大义吗？"又道，"此事老夫自有区处。请大夫、司马饮酒。"

伍子胥让弘浞叫醒皇甫胥，命令二人分头传召众大夫到相府议事。二人走后，伍子胥对司马椒勇道："等会儿太宰到来，司马去王宫把女巫和葸淞抓捕，和仵焘一并押来。"

椒勇道："下官领命！"

伍子胥见天色快亮，就和华元、椒勇移到相府大厅坐候。不一刻工夫，众大夫三三两两来了数十人，分列落座。椒勇见伯嚭也到了，就率领士兵直奔王宫。

伍子胥见椒勇离去，众人坐定，便道："近日大王有恙，不能临朝。本相把诸位大人请来共商国事。"问华元道，"华元大夫，你负责整肃吏政的事，结果怎么样？"

华元道："禀宰相大人。眼下已查实贪吏一千四百八十一人。依罪量刑，处死者三百二十七人，余下一千一百五十四人贬为庶人。所罚没家产，遵宰相之命半数充纳国库，半数散给灾民贫奴。"

伍子胥又问宗炭道："宗将军，水师整肃怎么样？"

宗炭道："末将遵宰相之命，已把府库军械配置给各船舰兵士。新造大、中、小翼船舰七百一十三只，'突冒'三百只，楼舰二十艘。另外新造王船两艘，将舰六艘，近日竣工。"

伍子胥又问道："护船泅卒训练了吗？"

宗炭道："护船泅卒，每船三到十人不等，已经集中在水师训练了。"

伍子胥道："我家乡棠邑，城外有滁河，宽百丈，以船为浮桥，畅通来往。水师应当建立舟桥工兵，以后攻越作战，可以遇河架桥，渡陵军战车。"

宗炭道："末将遵命照办。"

伍子胥见弘湜在大厅门口以目示意，微微点头，环视众人，朗声道："外政议完，当议内政。本相近日听说，朝中有人荐巫进宫，惑君乱政。而且忿愆阉奴，强占奴女，杀人抛尸。太宰听说了吗？"

伯嚭听了大吃一惊，强作镇静道："未听说，未听说。这是谣言吧？宰相不可轻信，以长告讦之风。"

伍子胥仰面大笑，笑完朝门外叫道："司马椒勇，把告讦之人带上来。"

椒勇应声率领士兵把女巫、阉奴骼淞、仵焘三人押上大厅跪下。椒勇抽剑在手，喝问女巫道："说，什么人引你进宫，蛊惑君王？"

女巫道："巫人是内官骼淞荐给大王。"

椒勇又剑指骼淞道："你受什么人差派，引巫进宫？"

骼淞道："小人受太宰之命。"

椒勇又喝问仵焘道："你为什么杀害杨英，逼缑琂自缢？"

仵焘道："奴才冤枉。杨英是太宰封邑田奴，骼淞带进府中给太宰为妾。杨英有夫，不肯从太宰，奴才遵太宰命令笞责。缑琂是大王赐给太宰，不肯侍寝，太宰令她自缢。这二人都由奴才抛尸。杨英未死，幸得司马救下，奴才该死。"

众人听了都大惊失色。伯嚭百喙莫辩，已经起座躬立，双腿打颤，冷汗披淋。

伍子胥问伯嚭道："太宰，这三个人攻讦你，该当何罪？"

伯嚭长叹一声，低头无言。

伍子胥命椒勇道："把这三人，拉出去斩首。"见椒勇率领士兵揪提三人出门，又喝道，"来人！太宰纳巫养殃，罪在不赦。把伯嚭拿下囚禁，请大王亲自治罪。"

弘湜、皇甫胥蹿上，把伯嚭押下。

第三十六章

宓娇通敌害子胥，范蠡谋划救文种

吴王夫差得知伍子胥斩杀女巫和阉奴咢淞、仵荟，囚禁伯嚭，大为恼怒，愤道："伍子胥这老儿，越来越不像话！他居功自傲，目无君王，杀了女巫、阉奴也罢，竟然还要诛杀太宰？这分明是打寡人的脸。"

嬖臣芮怗素来和伯嚭交厚，乘机进言道："伍子胥杀奴伤主，大王何不责罪他？"

夫差叹道："伍子胥是先王重臣，有恩于先王，有大功于吴国，怎能治他罪？"又道，"子胥为寡人宰相，深得臣民爱戴。寡人如果杀他，有悖先王嘱咐，得罪大夫百姓。况且，寡人要谋图霸业，将来征齐伐越，还得仰仗伍子胥领兵征战。寡人左右为难啊。"

芮怗喜好溜须拍马，见夫差不肯罪责伍子胥，就顺风接屁道："大王既然不愿罪责子胥，又不忍心诛太宰，何不诏令赦太宰之罪？"

夫差摇头叹道："难啊！宰相以伯嚭纵巫蛊君，私戮奴人之罪囚他。"

芮怗道："大王多虑了。臣听说，大夫华元和司马椒勇要杀太宰，宰相未允。宰相说，昔年齐侯小白宠易牙、竖刁，管仲不忍杀易牙、竖刁，是不愿夺君侯所爱。伍子胥囚伯嚭，请大王治罪，是不想杀伯嚭夺大王所爱。"

夫差听了有悟，怔道："依卿的话，子胥要学管仲，不想杀太宰吗？"

芮怗道："是的。"

夫差问道："太宰囚在哪里？"

芮怗道："囚在司理府中。"

夫差命道："命仆官备车，去司理府。"

夫差由嬖臣芮怗随从，乘车前往司理府，探视伯嚭。

宓娇听说咢淞、仵荟被杀，伯嚭囚禁待罪，吓得丧魂失魄。她原以为依赖伯嚭诛杀伍子胥，以报前夫沈尹戍之仇，却想不到伯嚭眼看要死在伍子胥之手。宓娇思虑万般，想要伯嚭不死，除了吴王夫差无人办到。但她一个女流之辈，今天是罪臣之妻，怎么能够进宫面求吴王？她思前想后，只有面见夫君伯嚭，听听夫君有什么谋策。宓娇乔装府中男奴，以重金贿赂司理府狱吏，探望伯嚭。

伯嚭因为未得君王定罪，虽然囚禁，未受刑责。狱卒都恨伯嚭，有心调弄他，早晚饭都给馊粥霉饼，剩肴残羹。伯嚭一向贪享锦衣玉食，见鱼馁肉败都难以下咽，因此已经饿得奄奄待毙。伯嚭见宓娇来到，哀求道："主妇，快快给我食物。"

宓娇一边抹泪，一边慌乱寻找食物。恰巧旁边房中有个狱卒在蒸饼。宓娇进去讨饼。狱卒讥讽道："你是太宰府中的什么人？用重金买通我们头目，来探视太宰。我们这个粗粝蒸饼，甭说太宰吞咽不下，给了太宰，我们吃啥？无非你拿钱来买。"

宓娇也顾不得计较，捋下手上的金镯掷给狱卒。狱卒喜笑颜开，揭了锅盖，让宓娇自己取蒸饼。宓娇刚要取，狱卒又道："你要藏好，甭让人看见。被人看到，甭说太宰吃不上，你我都是死罪。"

宓娇惧怕，一边点头一边取了一快蒸饼塞进怀内，匆忙出门。恰巧吴王夫差跟随嬖臣芮怗进来，和宓娇撞了个满怀。夫差也未穿王服，和芮怗都乔装打扮，见宓娇慌慌张张很是疑惑，问道："你是什么人，来监狱干什么？"

宓娇低头吱唔不答，胸部被蒸饼烫得疼痛难忍，柳眉频蹙，已经禁不住泪流满面。

夫差看出宓娇不是男身，心中惊奇，对芮怗道："带他到屋里，寡人问话。"

芮怗把宓娇带进屋里，夫差跟着进来。芮怗把狱卒驱出，关门上键。芮怗端过一张木凳，拿衣袖拂去灰尘，请夫差坐下。夫差盯住宓娇细瞅。宓娇已经被蒸饼烫得难以忍受，浑身抖索。夫差道："你分明是个女人。快说，你为什么来到这里？"

芮怗喝道："贱人！大王问话，怎敢不答？"

宓娇听到对面端坐的是吴王，惊吓得娇容失色，慌忙下跪，泣道："罪妾是太宰妻妇宓娇。罪妾不知大王来到，死罪，死罪。"

芮怗道："你惊慌抖颤，到这里干什么来的？"

宓娇道："罪妾来探望夫君。夫君饥已待毙。罪妾向狱卒讨了蒸饼。蒸饼藏在怀里，烫痛难忍，罪妾慌张抖索了。"

夫差看见宓娇柳眉紧蹙，泪眼莹莹，不胜怜爱，连忙嘱道："快快起身，取出蒸饼，烫煞美人了。"

宓娇慌忙爬起，躬身曲体，解衣裙取出蒸饼。

夫差看见宓娇如同雨打桃花，格外娇艳，动了淫心，好言抚慰道："主妇莫悲，莫悲。寡人替主妇做主了。"又命芮怗道，"你把蒸饼送给太宰，嘱咐他好生养息。"

芮怗拿了饼离去。宓娇已经猜到夫差的心思，见嬖臣离开，抹泪止泣，瞅住夫差杏眼含颦，柔声求道："罪妾大胆，求大王赦妾夫之罪。"

夫差道："此事干系重大。寡人请主妇进宫商议，怎么样啊？"

宓娇道："臣妾遵命。臣妾请大王准妾暂回府中，洗浴更衣，再进宫侍奉大王。请大王恩准。"

夫差道："可以，可以。"

夫差出来，芮怗、宓娇随后。狱官、狱卒跪了一片。夫差对狱官道："好生侍候太宰，不要让他冻饿。"

狱官行礼道："臣遵王命。"

出了司理府，夫差刚要登车，回头命芮怗道："芮怗，把你的腰牌，摘给太宰妻妇。"

芮怗取了自个腰牌递给宓娇，才扶了夫差登车，起驾回宫。

宓娇回到太宰府，温汤沐浴。宓娇一边洗浴，一边咒骂伍子胥道："伍子胥，伍子胥，你杀我前夫沈尹戍，又要杀我后夫伯嚭。我宓娇和你不共戴天。今天吴王如果宠幸我，还怕我不取你项上人头。"

天色傍晚，她拿了腰牌，命府中阉奴驾车赶奔王宫。

吴王夫差已经在内宫翘首以盼，不见宓娇到来，坐卧不宁。夫差把宫奴们赶走，只留芮怗在门外伺候。夫差正在踅来踅去，听芮怗禀报道："奏大王，太宰妻妇来了。"

夫差一阵惊喜，慌忙出迎。只见宓娇头挽三环套月美人鬏，身披狐氅，容颜娇艳如同出水芙蓉，躬身曲膝道："臣妾来迟，请大王究罪。"

夫差笑道："美人何罪之有？快快请起。"

夫差命令芮怗置宴。不一会儿，宫奴鱼贯而入，都是双手托盘，奉到齐眉，走到案前跪下。有奴人逐一从盘中取下菜肴放在案上，盛肴碗碟全都金银玉制，十分精美。荤素菜肴计有一百余种，米饭有三五种，粥酏浆水各有五六种，精美小菜十数种，齐齐整整排满四张大案。

芮怗见置宴已完，朝夫差、宓娇躬身道："请大王、主妇用膳。"说完，曲体退出。

夫差邀宓娇入席。宓娇谢过吴王，说道："臣妾，请大王恩准宽衣。"

夫差道："主妇请便。"

宓娇见时机已到，搂紧夫差道："妾求大王，赦妾夫君罪。"

夫差道："太宰是为寡人代罪，寡人怎能罪太宰。过几天，宰相息了火气，寡人诏令释放太宰。"

宓娇道："大王是国君，宰相是臣子。臣欺君专权，大王为什么不惩罚他？"

夫差叹息道："主妇有所不知。伍子胥是先王嘱咐他辅佐寡人。寡人登上王位，也是子胥出力相助。子胥身为宰辅，所行无私，寡人责罪他没有理由啊。"

宓娇又道："伍子胥居功自大，目无大王，以后必定是大王的祸患。妾为大王着想，劝大王杀掉伍子胥。大王犹豫不决，以后吴国有伍子胥，就没有大王了。"

夫差很扫兴，说道："寡人要称霸于万国，要伐越国报父仇，还要用得着伍子胥。寡人也知道子胥持傲，对待寡人不恭，心中也恼他。主妇说的事，眼下不能做。等待诸事有定，寡人自有区处。"

宓娇一心要借吴王的手，诛杀伍子胥，为她的前夫报仇。她见夫差不听她的话，心中对吴王也恼恨。宓娇回到太宰府中，唤来心腹奴仆钭置，问道："钭置，我问你，太宰对待你怎么样？"

斜置跪道："奴才这条命，是太宰和主妇所赐。太宰和主妇对待奴才，恩同再造。"

宓娇虚扶斜置道："你起来。我有件紧要事，要你去办。不知道你可愿意？"

斜置道："主妇让斜置上刀山下油锅，斜置也不皱眉头。斜置请主妇放心。"

宓娇道："你带上珍宝，扮成商贾前往越都会稽。越国大夫石买生性贪婪，你私下去拜会他，送他宝物。你就说你是楚国贵族，和吴国有灭族之仇。你对石买说，吴王终日在内宫淫乐，荒疏朝政。朝中大臣失和，宰相和太宰反目成仇，相互倾轧。吴王大造宫室，国库空匮。水师全都是旧舰破船，陵军都是旧矛烂戈。国中遭遇水患，百姓十有八九瓮空粮绝。越国乘此良机举兵伐吴，一战可胜。"又道，"你记住了吗？"

斜置道："奴才记下了。奴才凭三寸不烂之舌，一定说动越人举兵伐吴。奴才请主妇放心吧。"

宓娇又道："你不要抛头露面，只要把我以上说的话，私下说给石买就行了。越王勾践年轻气躁，他三年前打败吴军，狂傲不逊。只要石买进言，勾践必定伐吴。只要越兵打败吴国，我就砍伍子胥的人头，祭祀右尹。如今嚭淞、伙焘已经死了，只有你是我的心腹奴才。你成事之后，我把陆浦田庄赏给你，除去你的奴籍。"

斜置跪道："奴才谢主妇。"

宓娇又道："大王说了，过几天就释放太宰。你是我从楚国带的奴仆，是娘家人。你这次去越国，事情重大，千万小心。你去吧。"

斜置倚仗自己勇武高艺，不带随从，独驭轺车直奔越国。一路上晓行暮宿，十分遄逸。这天刚到越境，但见路边干栏人家，和吴国不同。斜置看见越国男子衣简光脚，却是人人腰挎长刀，十分好奇。这天午后，途经一处酒馆。斜置感觉肚中饥饿，歇了车马，把皮囊提着，迈步进店。

店伙笑迎道："客官请进。"

斜置取了一枚铜钱，递给店伙道："你把我马匹，拉去饲饮。"

店伙谢了斜置，去外边饲马。斜置见店里食客不多，择了一张靠里临窗的席位坐下。斜置把背囊墩在桌角，又摘下佩剑放在桌上。店伙过来问道："客官要什么酒肴？"边说边呈上木牍。

斜置瞅了木牍上的菜名，要了两荤两素、一坛黄酒。酒肴上来，斜置刚要饮食，店门口进来一个乞丐。斜置见那个老叫花子年逾六旬，白发银髯如乱草鸡窝，鹑衣百结。老叫花子一手拄根木棍，一手拿着破笠。店伙见了拦住老叫花子，呵斥道："快快走远！已经过了饭口，还来讨饭？"

老叫花子正是仇狗儿。仇狗儿道："我老叫花子今天不是讨饭，是吃饭。"

店伙怒道："你这个臭要饭乞丐，明明是讨饭，竟然说是吃饭，快走。"

仇狗儿从怀中掏出一把铜钱，笑道："都说奸商奸商，无奸不商，果真不假。你们开店的眼子不识人，可识得此物？"

店伙见钱眼开，即时满脸赔笑，躬身曲体请仇狗儿进店。仇狗儿笑道："世风日下，金贵人贱。如今世道，有钱的就是大爷。"

满店的空桌仇狗儿却不坐，偏偏捡了一张旁近斜置的桌位坐下。斜置本能地把皮囊朝身边挪近，把长剑贴近身边。仇狗儿瞅一眼斜置，对店伙道："照他那样儿，给我也来一份。"

不一会儿，店伙给仇狗儿奉上酒肴。仇狗儿叫住道："甭走！斟酒，给我满上。"

店伙强作笑脸，替仇狗儿斟罢酒，说了声："老爷慢饮。"躬身退去。

仇狗儿饮了一杯酒，唱道：

> 兔儿逍遥兮野鸡落网，
> 我为乞丐兮不为奴吏。
> 王也为网兮口也为网，
> 欲脱百雁兮只有饮酒。

> 兔儿逍遥兮野鸡落网，
> 父母生我兮百般苦难。
> 欲脱百雁兮难逃罗网，
> 欲脱罗网兮其饮到醉。

仇狗儿刚唱完，门外走进一个老叟和一个少女。老叟手持桐琴。女子身穿大练长裙。店伙慌忙拦住道："快去别处唱，甭在这里扰了客官酒兴。"

仇狗儿道："有酒无歌，才是扫兴。我老叫花子五音不全，所歌令人作呕。还是请两位唱唱，以助酒兴。"

店伙见仇狗儿邀请父女唱歌，不便阻挡。老叟躬身对仇狗儿道："老爷愿听何曲？命小女歌唱。"

仇狗儿瞅一眼斜置道："你瞅见那位吗？那是一位真正的爷。我是乞丐。你父女给他歌唱，必有厚赏。"

斜置瞪了仇狗儿一眼，对父女道："你二人随意唱，只要那位老爷不听，我付赏钱。"

仇狗儿见那父女为难，就在破衫上扯下两团烂布，塞了耳朵眼，说道："你二人放开嗓子歌唱，我不听。"

父女俩走近斜置。老叟操琴。女子唱道：

> 静女倚墙兮怜撩人爱，
> 怜撩人爱兮情人有待。
> 情人不到兮静女心苦，
> 静女心苦兮抓耳挠腮。

319

斜置听到这里不禁一乐，一口酒喷射而出。

女子继续唱道：

> 静女娇俏兮情人来到，
> 情人来到兮贶女红草。
> 红草艳丽兮静女爱好，
> 静女爱好兮爱其红草。

一曲终了，斜置赏了老叟几个铜钱。老叟连声道谢。仇狗儿取下耳塞，招呼老叟父女二人道："我老叫花子虽然没听，但是瞅了姑娘嘴动。老叫花子我又无钱可赏。这桌酒菜一人也吃不掉，我请你父女二人也动动嘴，行吧？"

老叟躬身道："这怎么了得？怎敢，怎敢。"

仇狗儿又道："你老兄不吃，莫非嫌我老要饭的身脏口臭？"

老叟躬身道："老爷说笑话了。"又朝女子道，"焦凰，还不谢老爷赏饭？"

焦凰躬身施礼道："谢老爷赏饭。"

仇狗儿大笑道："你们坐。坐，坐下吃。"瞅住斜置道，"我是老要饭花子。你看，那位才是老爷。"

斜置身负重宝，小心谨慎。他已经吃饱了，揣测这个老叫花子行为乖张，就结了酒账提囊出店。仇狗儿见斜置走出店门，就拿来斜置桌上那半坛剩酒，边饮边道："人以群分，物以类聚。那小子和我们不是一条道上的人。"又问老叟道，"你父女二人，为什么流离江湖？"

老叟叹道："小老儿贱名焦丕。我有一个儿子，名叫焦卺。他前年不堪忍受邑宰欺凌，杀死邑宰，被判处死刑。新邑宰仇恨我儿子杀官，把我山田归公。我们越人，靠山靠水生活。我失去山田，父女俩也只有靠卖唱糊口了。"

仇狗儿嗟叹不已，又问道："你父女要去哪里？"

焦丕道："鄙野之人，不知哪里可去了。"

仇狗儿道："我听说越都会稽，市井繁华，富贵人众，可容穷人谋生。你父女怎么不去会稽？"

焦丕喜道："还是老爷你见多识广。谢谢老爷点拨。我们这就奔会稽了。"

仇狗儿结了酒账，和焦氏父女拱手作别，踉跄往南独行。走了十数里，时近傍晚，寻见一处干栏，无人居住。仇狗儿循梯而上，看见屋里无物，地上铺了一张牛皮。仇狗儿打着酒嗝自语道："我仇狗儿，老叫花子啊。我不是商贾，又不卖唱叫曲，不着急赶路。今夜宿这里，省了住店钱。养足精神，明天再赶奔会稽吧。"说完倒睡在牛皮上，鼾声如雷。

斜罝独自驾车南行。这是初春季节,越地气暖,因为多饮了酒,斜罝感觉躁热口焦,头脑晕晕沉沉。他想到晌后在酒馆遇到的那个老叫花子和卖唱父女,也觉着蹊跷。天色未晚,他见着一个镇市,就驻车歇马,寻了客栈早早住下。

斜罝让店伙买来炝饼、浆水,备下飧食。又讨了滚汤浴了足,关门插闩,卧床歇息。他头刚落枕,便沉沉大睡。斜罝睡到夜半,突然被一个女子嚎哭声惊醒。他赶忙擦了火石燃着油灯,瞅见皮囊还在枕旁,才放下心来。再听院里那个女子边哭边大呼"救命"。斜罝听那喊声耳熟,记起晌午在酒店卖唱的女子声音。

斜罝一跃而起,穿好衣衫,把皮囊负在背后,提剑出了店房。只见两个赤膊纹身的大汉拖住一个女子正朝店外奔走。斜罝明白是强抢民女,大喝一声道:"什么人撒野!留下人来。"边叫边抽剑出鞘,追上前去。

那两个纹身黑汉看见有人追到,丢下那女子,各举长刀扑奔斜罝。斜罝挥剑迎击,格开头前大汉长刀,飞起一脚把他踹翻在地。另一个大汉猛扑过来。斜罝挪步腾身,绕到大汉后背,一剑刺中后臀。那大汉受伤,不敢恋战,拔腿逃去。地上的大汉也爬起,落荒逃去。

斜罝还剑入鞘。再看那个女子,正抱住地上的老者嚎啕。斜罝上前探视,见老叟正是晌后在酒馆操琴伴女子卖唱的焦丕。这个女子正是焦凰。斜罝见焦丕胸肋中刀还有鼻息,就把焦丕抱回客屋。焦丕半天才睁开眼睛,哑声道:"壮士救了小女性命,老奴来世重报。"

斜罝道:"大路不平众人踩。老丈不必报答。"

焦丕道:"我伤重难活,有一事相求壮士,不知壮士能答应吗?"

斜罝道:"老丈请讲。"

焦丕道:"我死后,只有小女焦凰,无依无靠,恐遭歹人毒手。我求壮士带上小女去会稽,择一户良善人家,卖身为奴,行吗?"

斜罝道:"这有什么难的。我正要去会稽,姑娘可以乘我轺车同去。"

焦丕强忍痛楚,含笑道:"土人说,杀人须见血,救人须救彻。老奴拜托壮士了。"说完咯血而亡。

焦凰见父亲已死,失声恸哭。店主、店伙受了惊动,慌忙赶来。斜罝取了些金钱,嘱咐店主买来木棺入殓,天亮葬在郊野。斜罝带上焦凰,驾车上路,赶奔越国都城会稽。

越大夫石买身材矬胖,头巨如斗,满面虬髯,相貌凶恶。石买生性贪婪、狂暴,喜欢吃蛇、龟。这天刚刚散朝回来,车在府门口驻下。一个奴仆跪伏车下作墩,另一个家臣上前搀住石买下车。石买由家臣扶着,足踏奴仆脊背下地,一边问家臣师绶道:"东鄙邑宰,龟蛇送来了吗?"

师绶道:"禀老爷,已经送来了。"

石买走近院中蛇池。池分两半,其中饲养各类龟蛇。石买俯身抓起一条髯蛇,观赏片刻掷在地上,对师绶道:"让庖奴烹了,给我佐酒。"

石买进了客厅。女奴跪迎，待石买坐下，奉上浆水。石买刚饮了一口，师绶进来禀报道："老爷，有一个人名叫钭罟，自称是楚国的富商，求见老爷。"

石买一怔，问道："钭罟？楚国的富商？"

师绶道："这人衣衫华丽，驾轺车，携带一个女子。"又问道，"老爷不见，奴才去回了他。"

石买道："见，见。引他来见我。"

钭罟到了会稽，买了锦衣绣服，也替焦凰添了新丝衣裙。他来到石买府门，又贿赂了师绶。师绶躬身导引钭罟、焦凰二人来到石买客厅。石买见钭罟气宇轩昂，起身相迎。

钭罟抱拳施礼道："楚人钭罟，拜见大夫。"

石买以礼相还道："先生请坐。"又对焦凰道，"这位女子，也请坐。"

焦凰躬身道："奴妾不敢。"说完退立钭罟侧后。

石买让女奴奉敬浆水给钭罟，问道："钭罟先生来见老夫，有什么指教？"

钭罟道："指教不敢。我是楚国人，世代商贾。伍子胥前次率兵伐楚，我父亲死在吴人刀下，家财被掠夺一空。我今天拜见大夫，是请大夫为我报仇。"

石买抚腹大笑道："先生和伍子胥有仇，和吴国为敌。老夫爱莫能助啊。"

钭罟愤道："我钭罟要报国恨家仇，在吴都姑苏羁居数年。如今得知吴国要亡，特来会稽禀报大夫。想不到大夫见功不立，可笑我钭罟有眼无珠了。"起身对焦凰说，"小妹，我们走吧。"

石买见钭罟要走，起身拦道："慢，先生请坐。请说，吴国怎么会灭亡？"

钭罟坐下说道："吴王夫差整日在内宫和嫔妃淫乐，不理朝政。宰相伍子胥和太宰伯嚭失和。伍子胥以纳巫养殃之罪，要杀伯嚭。夫差宠伯嚭，赦其罪。伍子胥和伯嚭成仇了。吴之强者，非吴王。夫差少勇寡谋，国政全仗伍子胥和伯嚭。今日二人成仇，不诛对方而不快。夫差大造宫室，挥霍无度，以至国库空匮。吴国陵军都持着旧械破橹，水师也都是旧船破舰。大夫若劝谏越王，这时乘机起兵伐吴，一战可得。"

石买手拈虬髯，沉思半天才问道："先生是楚国人，为什么不让楚王替你伐吴报仇？"

钭罟道："楚王复位不久，国力尚衰。楚人畏吴如虎，不足以灭吴。贵国三年前打败吴军，击毙吴王阖闾。越兵气盛，可以打败吴国。"

石买眨巴双眼，又问道："先生说的，实在吗？"

钭罟道："钭罟愿意和大夫盟誓！"

越国人崇尚刻臂出血，表示信约盟誓。石买高叫道："拿酒来！"

钭罟拔剑缩袖，在手臂上划了一道口子，鲜血流进酒碗。石买也刻臂沥酒。二人端起血酒相敬而饮。誓罢，石买命令家臣置宴，款待钭罟。又让妻妾另室款待焦凰。

斜置献上珠宝礼品。石买两眼放光，喜不自禁，问道："先生还有什么嘱咐？"

斜置故作悲伤，叹道："斜置这次回吴国去，做大夫内应，志死报仇。只有族妹焦凰，无所依攀。今献给大夫做妾，请大夫笑纳。"

石买早就瞅上焦凰娇纤秀美，心中大悦，忙道："先生托付，老夫怎敢不从？先生放心去吧！"

第二天早朝，石买奏请越王勾践举兵伐吴。朝堂之上，石买把斜置的话添油加醋说了一通。勾践听到大喜，即刻诏令司马诸稽郢和大夫文种，整顿兵马船舰粮草，十天以后，起兵伐吴。

文种散朝回到府中，想起了范蠡。他命令奴仆呆篁取一套新衣和酒肉，送往田庄。呆篁驾车赶到田庄，范蠡正在湖边钓鱼。范蠡面湖沉思，鱼儿咬钩也不知觉。呆篁站在背后惊道："咬钩，咬钩了！先生提钓啊！"

范蠡回神提杆，钓起一尾尺长的乌鱼，呵呵大乐。范蠡收了鱼，问呆篁道："今天文种大夫要来，有鱼佐酒了。"

呆篁道："大夫未来。"

范蠡道："大夫未来，你来干什么？"

呆篁道："越王要起兵伐吴，大夫在忙军备，命令奴才给先生送衣食来了。"

范蠡听了大惊道："越王，他要伐吴？"

范蠡一失手，乌鱼落地，在尘埃中狂蹦乱跳。

范蠡对呆篁道："你火速回都，让大夫谏劝越王不可伐吴。越王要伐吴，战必败。"

呆篁道："这是军国大事。我是奴才，以口传话，何以为信？先生不如写信，奴才捎给大夫。"

范蠡点头，回到草屋，濡墨泚笔，写信一封，让呆篁捎给文种。

文种启函展阅：

三年前，伍子胥未随吴王阖闾从征，以至樵李兵败，阖闾战死。子胥三年自咎，不亲妻子，饥不饱食，寒不重彩，结心于越，志复其仇。今虽夫差荒政，伯嚭惑君，然而子胥是吴国宰相，执掌军政，陵军、水师整肃一新。大王这时伐吴，犹如以卵击石，自取其败。越国为今之计，应当富民强兵，坚守边境，等待吴兵来犯，再作计较。

文种读罢范蠡信简，连夜进宫进谏勾践罢兵。勾践听了怒道："寡人伐吴决心已定。你竟然胆敢崇吴贬越，怠我军心！"命令武士道，"替寡人押下，砍掉！"

王后姒嫶听讯赶来，喝住士兵，劝勾践道："炎执。妾以为，文种大夫说的是为越国好，为你好，即便言语有错，其心至善。你也不该动辄斩杀大臣。"又道，"君昏无忠谏。有谏臣才有明君，古今一理。君臣之间，情疏理隔。文种能不顾情面，犯颜直谏，可见他赤胆忠心。炎执，你要不听妾言，执意要杀文种，不但会寒了越国百官的心，恐兆出兵不吉。"

323

勾践余怒未消，命令士兵道："先把文种囚禁。寡人起兵之日，杀他以祭王旗！"

呆篁得知主人文种被越王囚禁，连夜赶奔会稽山禀告范蠡。范蠡大吃一惊，问道："你知道越王伐吴，听什么人所谏？"

呆篁道："纵王举兵伐吴，是大夫石买。"

范蠡道："石买怂恿越王伐吴，其中必有缘由。"又问道，"你和石买府里有没有认识的人？"

呆篁道："小人和石买家臣师绶是同乡好友。"

范蠡道："我随你进城。你叫出师绶，我问问他，近日石买府中有什么人来往？说些什么事？"

范蠡和呆篁驱车进了会稽城中。范蠡寻家客栈住下。呆篁去找师绶。呆篁在石买府门外站了半天，才看见师绶出来。呆篁把师绶叫到巷内酒馆，问道："你我兄弟情同手足。我今天有事问你，你不许诳我。"

师绶笑道："有话尽管问，为什么神神鬼鬼？"

呆篁道："你府中，近日来外人没有？"

师绶不语，饮尽一盅酒，把玩着陶盅道："你我兄弟，各事一主。照理，奴不可卖主。我家老爷性格贪婪，而且凶残，奴人无不恨之入骨，我料石买不会有善终。今天把话说给你，你以后可要给兄弟我留条活路。"

呆篁道："一定，一定。"

师绶道："日前来了一个楚商，名叫斜罝，送了我家主子许多珍宝，还送了一个名叫焦凰的女子给老爷做妾。这女子死活不依。这几天，闹得主子不得安生。"

呆篁问道："这个斜罝促怪，他为什么送石买珍宝和女人？他有什么要求？"

师绶道："斜罝家人死在吴兵刀下。他来央求我家老爷进谏越王，举兵伐吴。他是来借兵报仇的。"又道，"我知道你问这些，是为了救你主子文种大夫。今天我出卖了主人，也是为了救文种大夫。请兄弟你，以后不要失诺，"

呆篁绾袖拔剑道："兄弟不信，呆篁刻臂盟誓！"

师绶伸手拦道："不必，不必了。你有正事，我先告辞。"说完弃盅而去。

呆篁无心饮酒，匆忙结了酒账，赶奔客栈，把师绶的话说给范蠡。范蠡道："师绶的话虽然不假，却又不能拿他做证。必须救出那个叫焦凰的女子，才能得到实情。"

呆篁叹道："这，这，怎么能救得焦凰？"

这时屋外有一个人说道："我老叫花子，能救得焦凰。"

范蠡、呆篁二人抬头望去，都大吃一惊。

第三十七章

仇狗儿智救焦凰，伍子胥怒斩内臣

门前站着一个老叫花子，年逾六旬，头戴破笠，脚穿一双断底麻鞋，鹑衣百结，尺多长的花白胡须如乱草般地散满前胸。范蠡躬身揖手，迎道："请先生，进屋里说话。"

那老叫花子正是仇狗儿，一边进屋，一边拱手还礼道："我老叫花子，是楚国人仇狗儿。敢问先生名讳？"

范蠡道："我和先生同是楚国人。在下姓范，名蠡，字少伯。"

仇狗儿道："少伯先生击鼓号歌，讥讽楚王，名传遐迩。久仰，久仰。"

范蠡问道："刚才先生说，你能救焦凰。不知先生有什么办法？"

仇狗儿笑道："老叫花子和焦凰姑娘有一面之缘。刚才老叫花子住在邻舍，听二位说焦凰落在石买府中，想救她出樊笼。至于我老叫花子用什么办法救焦凰姑娘，这是天机，先生不要动问。老叫花子请先生借我一套新衣裳。"

范蠡让杲篁取来自己的一套葛布新衣裳，送给仇狗儿。仇狗儿也不言谢，回到自己屋里，洗浴更衣，径奔石买府宅。来到门前，仇狗儿用竹杖敲打门环，高声叫道："占卜，占卜。卜人生祸福前程，时运吉凶。"

石买正在饮酒，听到门外吵嚷，问家臣师绶道："什么人大胆，在府门前叫喊？"

师绶道："一个江湖卜人，驱逐不去。"又道，"老爷，这人在门前叫卜，定有缘由。奴才去问个明白？"

石买正为焦凰不肯从他为妾而懊恼，说道："江湖卜人，定有异术。你叫他来，替我占一卜。"

师绶领命，把仇狗儿召入。石买一边饮酒问道："先生以何为卜？"

仇狗儿瞅见盘中一只烧鸡，笑道："中原人以蓍为卜，齐国人以龟为卜，晋国人用虎卜，楚国人用竹卜，越国人当然用鸡卜。大夫问卜，请把那只烧鸡给我。"

石买让师绶把盘中烧鸡递给仇狗儿。仇狗儿撕开烧鸡，大嚼大吃一通。吃完，把鸡骨头掷在地上，观瞧一番，起身道："卜已占到了。辞曰，春分之日，元鸟不到，妇人不信。"

石买不解，问道："此卜何意？"

仇狗儿问道："大夫最近纳新妾了吗？"又道，"妾不从大人意愿，是吗？"

石买一惊，答道："是。"

仇狗儿道："老夫请观新妾面相。"

石买命令师绶道："带贱人来。"

不一会儿，师绶引焦凰到来。焦凰微微抬头，就认出了仇狗儿。仇狗儿连忙说道："姑娘请不要说话，让老夫看你面相。"

仇狗儿瞅住焦凰看了片刻，摇了摇头，挥手对师绶道："领她下去吧。"

石买见师绶领焦凰出了客厅，问仇狗儿道："先生，你观此女面相怎么样？"

仇狗儿道："此女面狭多事，颧突妨夫，牙龇兆贫贱，眼角下斜而主孤独。"

石买听了神色黯然，握拳叹道："以先生的话，此女不能生子，而且妨夫，主贫贱孤独，是祸水啊。此女，我怎能纳她为妾？"

仇狗儿道："大夫为什么不从善行好，给她川资，让她回家？"

石买道："此女家中无人，孤苦无依，是一个友人送给我做妾的。我今天让她走，有背朋友托付。"

仇狗儿道："大夫让她走，是为自己好，也为这女子好。让她奔亲投友，或另择佳偶，是大夫的高义。"

石买依仇狗儿话，命师绶给焦凰川资，让她即刻离府。又取金钱若干，酬谢仇狗儿。仇狗儿把金钱装入囊中，手拄竹杖出了石买府门，大声唱道：

> 名利卜来竟如何？
> 前途辛苦多奔波。
> 命中难养男和女，
> 骨肉扶持也不多。

仇狗儿唱着唱着突然大恸号啕，想起自身的孤苦。焦凰从后面赶上来，扶住仇狗儿问道："大伯，大伯，你为什么哭啊？"

仇狗儿泣道："我哭我竹杖一根走天下，孤身一人行江湖。"

焦凰道："大伯，你救我出了火坑。我焦凰从今往后，陪同大伯行走江湖。"

仇狗儿道："姑娘，我刚才所卜，是诓石买的。姑娘你是富贵命，而且贵不可言。姑娘随我去见一个人，然后你就知道了。"

仇狗儿把焦凰领到客栈面见范蠡，说道："姑娘，这位是范蠡先生。他有话要问你。"又朝范蠡拱手道，"先生，老叫花子告辞了。"

范蠡拱手相送仇狗儿，回身问焦凰道："你是焦凰姑娘？"

焦凰躬身曲体道："奴妾焦凰。"

范蠡又问道："姑娘认识钭罝？钭罝怎么请石买谏越王举兵伐吴？姑娘知道吗？"

焦凰道："我和老父在客栈遭遇强人，父亲被强人所杀。强人掳妾，是钭罝救我。父亲临终托付钭罝带妾来会稽，择一个良善人家收妾为奴。钭罝就把妾送给石买做妾。妾见石买不是良善人，所以不从。钭罝说他是楚商，父亲被吴兵杀害。他送石买珍宝，请他怂恿越王伐吴，替他报仇。"

范蠡叹道："原来是这样。"又问道，"姑娘，你有一个哥哥，名叫焦脊？"

焦凰听了大惊，瞪大双眼问道："先生认识我哥哥？"

范蠡笑道："何止认识！我和你哥是至交好友。你哥哥现在是越王的将军了。"

焦凰道："我哥今在哪里？我要见他。"

这时呆篁入内，对范蠡道："先生，客人来了。"

范蠡道："请他进来。"

焦脊穿戴盔甲，肋佩宝剑，大步进屋，朝范蠡拱手问道："先生唤焦脊有什么事？"

范蠡笑指焦凰道："将军可认识她？"

焦脊盯住焦凰，突然大呼一声"妹妹"，扑奔过去。焦凰迎上，拥住焦脊大恸。焦脊听了焦凰诉说经过，虬髯倒竖，铛啷拔出宝剑道："妹子，你先在这里。等我去砍石买人头来！"

范蠡上前拦住道："将军暂且留下石买人头。眼下你兄妹二人跟随我进宫觐见王后，救文种大夫要紧。"

当下范蠡和焦氏兄妹进宫，见了王后姒婍，把钭罝贿赂石买，图谋越国出兵伐吴的经由诉说了一通。范蠡又对姒婍道："石买受楚商贿赂，为了一个楚人的私仇，怂恿大王伐吴，是以私害国。今天越吴之势，吴强而越弱。况且吴国要报前仇，其气正盛，战争对越国不利。文种大夫犯颜谏君，是为大王为越国着想。臣请王后劝说大王罢兵，恩赦文种。"

姒婍道："文种是忠臣。大王只是一怒之下囚他，怎么会杀他。"又道，"越国要图自存自强，离不开文种大夫和你范蠡这样的人才。范蠡先生。"

范蠡低头应道："臣在。"

姒婍道："你先在会稽山小歇，以后大王会亲驭大辂，去请你出山。"

范蠡道："臣遵命。"

姒婍道："你们去吧。我要去见大王了。"

姒婍入见越王勾践，把石买受贿、怂恿举兵之事奏明。勾践固执己见，虽赦文种，却不肯责罪石买，也不肯罢兵伐吴。他还是下令三军厉兵秣马，整肃船舰，随时起兵进攻吴国。

范蠡、焦脊、焦凰等人接出文种，同到客栈面谢仇狗儿。只见屋里空空，床上叠放着范蠡借给仇狗儿的那称葛布衣衫。问了店伙，仇狗儿早就结了宿账离店。

焦凰倚偎着焦卺，泣道："老伯孤身一人，也不知如今漂泊去哪里了！"

范蠡叹道："这个人是个奇人，高义啊。"

仇狗儿得知越国人集兵搜乘，意图犯吴，日夜兼程赶奔吴都姑苏。这天来到相府门前，用竹杖敲打门环叫道："有活口的吗？出来一个人说话！"

皇甫胥当值，听到卫兵来报，有一个老叫花子在门前喊叫。皇甫胥道："相爷当年行乞吴市，十分怜悯丐人。你去庖厨拿些炊饼，打发他离去。"

卫士取来炊饼，对仇狗儿道："相爷赏你炊饼，拿了走开。"

仇狗儿道："你家相爷这么小抠，几块炊饼就打发我这老叫花子了？"

皇甫胥过来，掏出几枚铜钱递给仇狗儿道："这几个钱，你拿去买酒喝。这是相府，不是你讨要的地方。"

仇狗儿伸出竹杖，把皇甫胥手中铜钱拨落在地，叫道："狗奴才。你狗眼看人低。快快去禀报你家宰相，让他红毡铺地，三堂鼓乐，亲自迎接我老叫花子！"

卫士听了大怒，一个个手握剑柄，虎目圆睁。皇甫胥挥退卫士，一路小跑，奔往伍子胥书房。

伍子胥正在阅读各州邑奏简，见皇甫胥慌张来到，问道："什么事，这样慌忙？"

皇甫胥道："禀相爷，府门前来了一个老叫花子。"

伍子胥头也不抬地说道："我不是早已吩咐过了，乞丐上门，让他吃饭，给他川资。你照办即是，不必禀报。"

皇甫胥道："这老叫花子不要炊饼。我给他钱，也被他拨落在地。"

伍子胥一怔，弃简抬头问道："那，他要什么？"

皇甫胥道："他要，他要相爷红毡铺道，三堂鼓乐，亲自迎接。"

伍子胥听了，大笑道："这乞丐好大的气派！待我前去看看，他是什么高人。"

伍子胥跟随皇甫胥来到府门前，定睛一瞅仇狗儿，慌忙扑奔前去，一把抱住仇狗儿叫道："狗子兄，你想死子胥了。"

伍子胥抱住仇狗儿老泪纵横。仇狗儿弃了竹杖，搂住伍子胥泣道："子胥，我也想念你啊。"

伍子胥拉住仇狗儿道："快快请进。进家再说。"

伍子胥和仇狗儿两人携手挽腕，走进书房。

门口卫士道："相爷从不落泪，今天见了这个老叫花子，怎么又悲又喜？"

皇甫胥摇摇头，捡起竹杖，跟随进去。

伍子胥请仇狗儿落座，亲奉浆水，对皇甫胥道："让庖奴备下佳肴。我要置宴。"

皇甫胥怔道："相爷今天不吃粗黍蔬肴了？"

伍子胥道："我为先王守丧三年已完。你不见我今天有贵客临门？"

伍子胥仔细打量仇狗儿白发银髯，感叹道："子胥和兄长在士林一别，转瞬数十年了。"

仇狗儿笑道："我听说子胥昔年在昭关七天，须发早已先我而白了。"

二人相视，畅怀大笑。伍子胥笑完问道："兄长从哪里来？"

仇狗儿道："我这次从越都会稽来。"就把钭罝贿赂越国大夫石买，怂恿越王勾践集兵伐吴，文种直谏被勾践囚禁，范蠡求助姒婞救文种诸事，一一叙说。

伍子胥听罢叹道："文种、范蠡，忠良之臣啊。这二人和你我同是楚国人。荆楚之地多人杰。可叹楚王信佞疏忠，忠良之才都被逐到异国了。"又道，"勾践刚愎自傲，目光浅短，信任石买而疏文种，又放着大才范蠡不用。这正是我举兵伐越、报先王之仇的良机。"

仇狗儿摇头叹道："子胥，我仇狗儿是不是老而昏聩了。我昔为楚人，今为吴民，一向厌恶征战。今天听到越人要伐吴，千里奔来，把消息告诉你。这，这不是又要挑起一场战争了。"

伍子胥劝慰道："兄长心系吴国，心系吴民，心里记挂子胥。兄长这是，这是大义啊。"

这时皇甫胥和家奴置上酒宴。伍子胥伸手请道："子胥请兄长入席。你我兄弟饮酒叙情，不言国事了。"又对皇甫胥道，"取酒来。"

皇甫胥和仆奴各抱一坛酒，墩在桌上。伍子胥亲自捧坛斟酒，举杯敬仇狗儿道："子胥先敬兄长一杯。"

仇狗儿双手举杯开饮，喝完咂嘴品味道："好酒，好酒！这是咱家乡的龙池大曲吧？"

伍子胥拈须笑道："前番弘湼出外差途经棠邑，特地捎回几坛龙池大曲。我留这一坛，一直舍不得开坛。今天你到，可以尽兴而饮了。"

仇狗儿叹道："几十年没有喝到家乡的龙池酒了。这次在越国，尽饮些黄酒，又苦又涩，跟药汤一般。哪有咱龙池酒香甜醇劲。"

伍子胥也叹道："我们家乡棠邑的龙池酒，是英雄之酒，豪士之酒啊。"又对皇甫胥道，"皇甫胥，你把那坛酒也打开，让你仇伯父尝尝我的技艺怎么样？"

皇甫胥敲开坛口封泥，揭开蒙口的猪尿泡，拔了柳木塞，一股浓香的酒气顿时溢满书房。仇狗儿嗅着鼻闻了又闻，才捧杯抿一口，徐徐下咽，半天才张嘴惊叹一声道："好酒，好酒啊。"问伍子胥道，"可是用我们家乡的棠梨所酿？"

伍子胥点头道："正是我用棠梨自酿。"扭头对皇甫胥道，"甫胥，你也饮一杯尝尝。"

皇甫胥喝完问道："这酒恁这奇香？这棠梨是什么果实？"

仇狗儿说道："我们家乡棠邑，盛产梨果，漫山遍野全是梨树。春天梨花开来，远远瞅去，那山就是一座座雪山，香飘数十里。山上有桉梨、梅梨、净白梨、花盖梨、香酥梨、香水梨、八角香梨、香蕉梨、关梨、羊梨、扁梨、蜜梨、鸭梨、麻梨、平梨、王妃梨、翠枣梨、虎皮梨、秋子梨、面酸梨、荸荠梨、马蹄黄、棠梨等七十余种。这，这都是我家乡的梨啊。"

仇狗儿说到这里突然大悲，止不住放声痛哭。

伍子胥慌忙劝道："兄长，兄长。止悲，止悲。"

仇狗儿泣道："我想家了！自打专诸离开棠邑，然后你也离了棠邑，留下我孤苦一人就待不住了。这数十年，我孤魂野鬼般地漂泊异乡，一或宋、晋，一或齐、鲁，一或郑国、楚国。我每天都想念棠邑，却又害怕回到棠邑，害怕故地故人伤神啊。"

伍子胥道："你从今住后，不必漂泊流浪了。你就在我的封邑住下，那里有奴仆侍候。你或者住在阳山田庄，安享晚年。"

仇狗儿叹道："我老了。我想回归棠邑故里，把爹娘老子给我的肉身，将来葬在生我养我的棠邑。子胥，你让哥哥我回棠邑吧。"

伍子胥道："也罢。前年我派家将弘湜去棠邑寻你未得，让他在士林买下一片山林，筑有草屋十数间，又派奴人十数人在那里开荒植树，辟田种粮。我思谋，哪天寻到兄长，那地方就是我送给兄长的家园了。兄长既然思归，我就让皇甫胥送你回士林去。"

仇狗儿感激道："老哥哥谢兄弟了，为我谋下安身住所。"

伍子胥道："皇甫胥，你过来。"又对仇狗儿道，"兄长你知道，当年是什么人救我出昭关的吗？"

仇狗儿道："楚国人都知道，是东皋公和皇甫讷救你的。"

伍子胥指着皇甫胥道："他就是皇甫讷的儿子皇甫胥。皇甫讷被沈尹戍拉去为楚平王筑陵，死在寥台湖地宫。这孩子性耿口直，做官兆凶，我一直收养在身边。今天我把他过嗣给兄长。他年我让他回归士林，奉养兄长，怎么样？"

仇狗儿大喜过望，瞅住皇甫胥嗫嚅道："这怎么是好，怎么是好？"

伍子胥对皇甫胥道："皇甫胥，还不给你嗣父磕头。"

皇甫胥一头跪在仇狗儿面前，叫道："嗣父大人在上，孩儿皇甫胥给父亲磕头。"

仇狗儿乐得银髯乱颤，双手抱起皇甫胥，不住叫喊："儿呀，儿啊。"

第二天，仇狗儿告辞回棠邑士林镇。伍子胥命皇甫胥驭新车一乘，送他义父仇狗儿。临行，伍子胥嘱告道："你义父是高义之人。他是专诸的好友，也是我的恩人。以后你要像对待生父那样，侍奉孝敬他。"

皇甫胥叩道："奴才遵命。"

伍子胥眺望着城外郊野，嘱咐道："我近日就要奏请吴王伐越。你送义父到达士林，不可久待，从速赶回姑苏。"

皇甫胥应允再三，才辞别伍子胥驱车上路。

伍子胥望到仇狗儿把头伸出车窗，向他招手，不禁泪下两行，拈须叹道："今此一别，怎知后日有晤？"

钭置从越都会稽回到姑苏，禀报太宰主妇宓娇贿赂石买经过，说越王勾践不几天就要起兵伐吴。伯嚭也被夫差赦罪，仍为太宰。当夜主妇宓娇把钭置赴越贿赂石买，纵越伐吴对伯嚭说了。伯嚭听了大惊，怒斥道："你这是卖国！"

宓娇也怒道："你为了报杀父灭家之仇，投吴伐楚，不是卖国？伍子胥杀我前夫沈尹戍，又要杀你。我借越国人之手伐吴报仇，是弃小义雪大辱。"

伯嚭无辞反驳，心中更加忌恨伍子胥。

第二天在朝堂上，伍子胥奏请吴王夫差出兵伐越。伍子胥说道："大王守志，三年期满，起兵伐越，报先王之仇，正是时机。老臣听说，越王勾践要举兵伐吴，怎能让他先法制人？臣听说，楚国人范蠡是当世贤才，投奔勾践，因石买攻讦而未被任用。越大夫文种把范蠡留在封邑。如果勾践起用范蠡，又有文种一帮贤臣辅佐，越国势必强盛，成为吴国的大患了。大王今天不举兵伐越，以后吴国必被越国消灭。"

伯嚭存心和伍子胥做对，抱笏出班奏道："臣启奏大王。臣近观天像，岁星在越，大王不可起兵伐越。"

大夫华元出班奏道："伯嚭巫言鬼语，大王不可信他。"

伍子胥早已怒不可遏，厉声道："伯嚭前有纳巫养殃，今又巫言乱政，其罪不赦，当斩！"

夫差自从和宓娇有染，就暗自庇护伯嚭，连忙说道："宰相不要发怒。太宰虽然荒谬，是为寡人着想，本意是好的，不必究罪。寡人采纳宰相的建议，即命陵军、水师从即日始，搜乘检兵，厉兵秣马，起兵伐越。寡人亲征。寡人拜宰相为大将军，太宰伯嚭为副将。陵军、水师众将领，凡有违大将军之令者，立斩。"

众大夫、将领齐声应道："臣等遵命。"

伍子胥回到相府，恰好皇甫胥从棠邑士林回来。伍子胥问道："你义父回到士林，一切可好？"

皇甫胥道："回禀相爷。义父这次回归故里，十分愉悦。第二天，义父就和家奴们整理果园，辟地垦田，种植庄稼了。"

伍子胥叹道："好，好了。他老有归宿，老有所依，也了我一桩心事。"又道，"你去叫上弘湮，准备准备，随我去太湖舟师。"

皇甫胥问道："相爷，又打仗吗？"

伍子胥道："这次伐越，是老夫平生重大战役。快去准备。"

伍子胥大步迈进书房。弘湮手捧铠甲，入内禀道："相爷，你的铠甲。"又问道，"相爷，要不要带上你的大戟？"

伍子胥一边披挂铠甲，一边道："我这次指挥舟师，以水战为主，不需要大戟。把我的沥镂宝剑取来。"

弘湮刚要出门，回身道："相爷，主妇来了。"

甘媺抠衣曲体进门，伍封手捧宝剑随后。甘媺回头对伍封道："封儿，把宝剑替你父亲佩上。"

伍封应声，替伍子胥佩上宝剑。伍子胥抚摩着伍封的头颅，痛爱地问道："封儿，你是不是想随父亲出征，长长见识，将来也做个像你孙武伯伯一样的将军？"

甘嬷慌忙抢道："封儿还没有成年，怎么能随你从征？"

伍子胥道："你不要说。我听听封儿的主见。"

伍封道："父亲，你要听真话吗？"

伍子胥道："当然！我一生从无妄语。"

伍封道："说真话，我不想当将军。我讨厌打仗。"

伍子胥问道："你怎么说这种话？"

伍封摇头晃脑道："孙武伯伯说，兵者，凶也。我只想做一个庶民，像仇狗儿大伯一样种地，过太太平平的日子。"

甘嬷听了吃一惊，急斥道："这孩子，咋这般没有志向？"

伍子胥叹道："你甭责怪孩子。"又对伍封道，"你孙武伯伯和我一样，都不想打仗。但是，有别人要打你，要杀你的亲人，占你的家园，灭你的国家，你就得打仗。人人都盼望太平日月。可是太平是要靠兵士的戟戈做栅栏，野兽才不敢闯入你的家园，也才有太平。你还小，长大了就懂得了。你好好念你孙武伯伯的兵书。"又道，"我给你出个难题，为什么孙武伯伯讨厌打仗，却又写出一部兵书，教人怎么打仗？等我伐越回来，你要回答我。"

伍封道："孩儿，谨遵父命。"

伍子胥披挂完毕，命令弘湦道："你去太宰府、华府、司马府，请太宰伯嚭、华元大夫、司马椒勇，速到水师将船议事。"

弘湦领命而去。伍子胥命皇甫胥驾车，赶奔太湖水师。

伯嚭气急败坏地回到府中。宓娇迎道："夫君怎么不开心？"

伯嚭叹道："今天不是大王庇护，伍子胥早已砍下我的头颅。我怎么能够开心？"

宓娇娇容失色，惊问道："伍子胥为什么又要杀你？"

伯嚭就把伍子胥奏请吴王起兵伐越，自己怎么劝谏吴王罢兵，一一诉说。说完，伯嚭又叹道："幸得大王庇护，未从伍子胥的话。但是，伐越之事已定。大王拜伍子胥为大将军，命我为副将，统领水陆三军，近日对越国开战了。"

宓娇道："夫君这次出征，凶多吉少。"

伯嚭怒道："主妇为什么说这不吉利的话？"

宓娇道："夫君你试想，伍子胥为统军大将军，你是副将，胜了，功是伍子胥的。败了，伍子胥必罪夫君，以军令斩你。那时，即使大王庇护，也不能救你。凶吗？吉吗？"

宓娇见伯嚭冷汗披淋，又道："伍子胥不只是妾的仇人，也是夫君的祸根。伍子胥一天不死，妾一天食不甘味，眠不安枕，夫君你也一天难安。"

伯嚭嗳嚅道："伍子胥无罪，又身为宰相、大将军，大王委以国政军权，杀他并非易事。"

宓娇冷笑道："夫君身为太宰，智谋竟不如妇人吗？"又道，"伍子胥奏请吴王伐越，如果兵败，吴王必究他罪。夫君为什么不让他兵败？"

伯嚭问道："主妇有什么好计谋？"

宓娇道："夫君不如派斜置去会稽，把吴兵伐越告密给石买。越国人一旦有了准备，必当以死相拼。吴兵入越作战，先失地利。而且越国前有檇李之胜，越兵不怕吴兵，又担心亡国丧家，人人奋勇，个个拼杀，吴军怎能得胜？"

伯嚭思谋了一会儿，才叹道："如今也只有这样了。"唤来斜置嘱道，"你此行去越国，只见石买，不要让文种等人知道。你还以楚商的身份，不要说是我让你前去的，免得越国人怀疑。"

斜置跪道："奴才知道利害，请主子放心。"

伯嚭就把吴军兵马人数，各类船舰数目以及军器配备，一一告知斜置，又道："你这次完事回来，我把封邑赏给你百户，除你奴籍。你在田庄中择俊美奴女十人，自成家室。"

斜置行礼道："谢主子赏赐。"

斜置装扮成商贾，携带珍贵宝物，驱轺车出吴都姑苏，赶奔越国都城会稽而去。伯嚭见斜置已走，才定下心来，拿来酒肉和宓娇欢饮。门官来报："禀老爷，相府家将弘淲求见。"

伯嚭一怔，弃杯挥手，让宓娇避退屏后，才对门官道："请。"

弘淲进门，施礼道："大将军请伯将军即刻动身，赶奔太湖水师，登将船议事。"

伯嚭道："请将军回禀大将军，我随后就来。"

宓娇见弘淲离去，从屏后出来，一把抱住伯嚭泣道："妾怕，妾怕。"

伯嚭大惊，安慰道："主妇不要怕，不要怕。"

宓娇道："妾怕斜置万一谋事不密，会连累夫君。"

伯嚭叹道："斜置如出弓之箭，泼出之水，难以复收了。"又劝道，"生死自有天命，大丈夫何怕之有？"

伯嚭推开宓娇，穿戴盔甲，昂首登车而去。

宓娇跺脚捶胸，坐在地上，悲啼不止。女奴赤容劝道："主妇不必为太宰担忧。伍子胥虽然和太宰为仇，但是有大王庇护，太宰不会有事的。"

宓娇被赤容提醒，止泣起身，临鉴整妆，命道："备下车乘，我要进宫。"

宓娇当晚乘车进宫，觐见吴王夫差。夫差留宓娇侍寝，风流达旦。第二天夫差醒来，见太阳已经爬上宫墙，慌忙命令宫奴梳洗更衣。夫差见嬖臣芮怗躬身曲体站在门外，想起今天要视察陵军和水师，连忙问芮怗道："宰相差人来了吗？"

芮怗跪奏道："启奏大王。大将军请大王视察太湖三军，派人请驾已经三番了。"

夫差也顾不得用膳，迈步出门。门外卫士顿戟肃立，齐声喝问道："夫差，可忘杀父之仇吗？"

夫差机械地答道："不忘，不敢忘。"又止步回头对卫士道，"你等责问寡人，已经三年了。寡人从今天开始住在军中。这次寡人举兵伐越，报先王之仇。你等从今往后，敢再责问寡人，定斩不饶。”

卫士低头俯身应诺。夫差气冲冲登上大辂。嬖臣芮怗亲自驾车。士兵卫士前呼后拥，一路烟尘奔出王城。

伍子胥已经命令司马椒勇，把六万陵军在湖岸排列阵式。又命令水师督领宗岌，把各类船舰排列在湖中，等候吴王夫差前来巡察。伍子胥率领伯嚭、华元、宗岌等一帮将领下了将舰，走上湖岸，一边对宗岌道：“宗岌将军。你命令王船靠岸，大王一到，立即登上王船。”

宗岌领命离去。司马椒勇前来禀道：“司马椒勇禀报大将军，陵军六万人马，三军列阵完毕。”

伍子胥道：“传我军令，凡喧哗乱阵者，立斩。”

司马椒勇挺胸扩肚道：“末将遵命。”说完回归陵军本部。伍子胥身穿厚重的铠甲，头顶簪缨铜盔，站在军前，眺望着都城姑苏的通衢大道。不一会儿，就见大道上车尘弥天，一队车马奔腾而来。

伯嚭慌忙整肃盔甲，讨好地对伍子胥道：“大将军，王驾来了。”

伍子胥对吴王夫差姗姗迟来，早已心中不悦。他不愿理睬伯嚭，面无表情地望着愈来愈近的吴王车队。

吴王夫差在大辂之中挑开车帏观瞧，远远瞅见太湖之上各类船舰排列齐整，旗帜招展。岸上陵军各类战车依序列阵，马匹垂颅，兵士昂首，盔明甲亮。大将军伍子胥率领众将齐齐站在军前。夫差因迟来内疚，急命芮怗道：“快，快，众将等候寡人久了。打马趋前。”

芮怗不敢违抗王命，扬鞭策马，驱吴王大辂越过卫士战车，领先驰往三军阵前。哪知那马匹被芮怗抽得痛极，扬蹄狂奔，使大辂冲入阵中，致使陵军前队战车马匹受惊，嘶鸣不止。

司马椒勇单手按剑，来到大辂近前跪奏道：“内臣芮怗，侍驾无功，冲乱军阵，臣请按大将军军令治罪。”不等夫差发话，起身喝令监军道，“把乱军之人斩首。”

监军上前揪住芮怗，不容分辩，一刀砍下头颅。

夫差大惊失色，一时不知所措。伍子胥率领众将齐到车前，跪禀道：“臣等迎接王驾。”

伍子胥又道：“请大王升座王船。”

夫差战战兢兢走下大辂，口中一边嗫嚅着“好，好”，却是双膝发软，直不起腰来。伯嚭上前搀扶，夫差却来了火气，甩开伯嚭，头前走向湖边的王船。

夫差坐上王船的宝座，才从刚才的惊恐中镇定下来，心想，你伍子胥好厉害，竟敢命令司马椒勇杀了我的嬖臣；我夫差还是吴王，你们还是我的臣子，这笔账以后再算。

吴王夫差升座已毕。大将军伍子胥奏道：“臣奏大王。本将军领大王之命，集兵伐越。现已集陵军六万，各类战车计三百乘，水师各类船舰计三千。臣请大王巡察。"

夫差道："陵军之威，水师之况，寡人已经目睹了。大将军请寡人巡视，就不必了。请将军说说，这次举兵伐越，计从何出？"

伍子胥道："臣以为，越人以船为马，善水战。这次大王亲征，应当以水师水战为主，陵军陆战为辅。"

夫差道："吴国先前水师船舰，仅用于配合陵军作战，担负运输粮草财货。寡人知晓，王僚在位时，大将军率兵入郧迎请楚夫人，已经指挥吴军水师投入鸡父战役了。先王伐楚，大将军也派水师转战潜六、准汭和豫章战役，战功卓著。然而寡人今天的水师，是亘古未有之水师，是天下至强之水师。"夫差越说越是洋洋得意，夸赞道，"寡人有这样强大的水师，是子胥的功劳。寡人有此水师，何患这次伐越不胜。"

夫差命令吴军水陆之师驻在太湖，得卜官卜得吉日吉辰，起兵伐越。

第三十八章

勾践不从范蠡计，夫椒会战遭惨败

越国大夫石买有一个爱妾名叫宣梅，她阴险狠毒，经常虐笞奴人。这天宣梅命令女奴贲蓼取蜜渍梅。贲蓼痛恨宣梅，取鼠屎一粒，放进蜜中。宣梅命贲蓼取梅吃，见蜜中有鼠屎，怒骂道："该死的贱奴，竟敢用鼠屎毒我。"

贲蓼吓得慌忙跪倒在地，连连磕头道："奴妾未放鼠屎。"

宣梅道："我让你用蜜渍梅，蜜中为什么会有鼠屎？不是你蓄意毒害我，又是什么人干的？"

贲蓼辩道："奴妾怎敢毒害主妇？这蜜中鼠屎，是在库中就有了。"

宣梅见贲蓼所辩有理，正自为难，石买走进，笑道："这有什么难哉，我给主妇觸之。"说完自蜜中取出鼠屎，以指甲破之，见鼠屎中间干燥，怒踢贲蓼道："好个贱奴！不是你所为，鼠屎为什么内里未湿？"

宣梅听了暴跳如雷，叫道："你这贱奴，存心害我。"

石买喝问贲蓼道："以奴害主，法当死罪。你还有什么话说？"

贲蓼瞪着宣梅说道："我已经无话可说。我可恨我未能毒死你这个恶魔。"

宣梅大怒，叫道："师绶，打这个贱奴。"

师绶不敢违命，指使家兵把贲蓼摁倒要打。石买拦住道："何必费力，把她勒死了，扔到河里喂鱼去。"

师绶把贲蓼领到马棚，把一根麻索抛在她脚下，说道："贲蓼，你不要怨我。我不忍心下手，你自己了结吧。"

贲蓼泪淋如雨，自缢而死。

师绶让家兵以车载尸，驱到城外河边，缚石沉水。突然一乘辌车急驰而到，钭置从车上跃下，一手按剑，一手指着师绶问道："师绶，你等抛尸，是什么人？"

师绶躬身道："你是钭置先生。这是府中奴女贲蓼，因为害主，被大夫赐死。"

钭置满腹狐疑，又道："我从吴都姑苏赶来，有要事面见你家主子。你速领我去面见石买大夫。"

石买见钭置到，又惊又喜，命令师绶置宴。席间石买问道："钭置先生从哪里来会稽？有什么贵干？"

钭置质问道："前次钭置请大夫，奏请越王举兵伐吴，大夫为什么失诺？"

石买尴尬笑道："不是老夫失诺，是越王听从文种的建议，未能出兵。"

钭置道："前番你越国不伐吴国，这次吴国要伐你越国了。"

石买惊问道："你这话是真是假？"

钭置道："吴王夫差拜宰相伍子胥为大将军、太宰伯嚭为副将，集陵军战车三百乘，水师船舰三千只，共计水陆十万之军屯在太湖，不几天就攻伐越国了。"

钭置见石买听了呆若木鸡，又道："我和吴国有仇，不共戴天，不愿意吴胜而越亡。我今天冒死见大夫，是想让越王得知消息，早起王师伐吴。兵法云，先下手为强，后下手遭殃。"

石买道："我一定奏请越王，举兵征吴。老夫谢先生救我越国之心，请干此杯。"

石买举杯敬钭置，喝完又道："越国和吴国是世仇。越国怎能坐等灭亡？这次征吴，我越国人应当拼死一战，也替先生报仇了。"

钭置没有看见焦凰，怀疑焦凰被石买杀害。他怀疑刚才师绶抛尸，也许是焦凰，问道："怎么不见拙妹焦凰？"

石买道："焦凰不在府中。老夫让主妇侍酒。"命师绶道，"请主妇侍酒。"

宣梅早在屏后窃听，听唤而出，执壶给钭置斟酒道："令妹出府，暮时才能回来。妾敬先生一杯。"

宣梅贴近钭置侧立，媚目釂笑，香气袭袭，扰得钭置魂飘魄荡。他和焦凰是陌路相逢，本无亲缘，此刻就把焦凰的生死置之度外了，持杯和宣梅欢饮。石买称溺退席。宣梅趁便夺过钭置的金杯，娇笑道："先生，你留量了。"

钭置笑问道："主妇为什么不让我饮？"

宣梅笑道：“妾有自酿好酒。先生少候，待妾取来，侍候先生欢饮。”

宣梅进了内室，取来一壶鸩酒，满斟一杯。斜置要捧杯，宣梅又夺过，一手轻抚斜置肩头，一手持杯说道：“妾喂先生尽饮。”

斜置被抚弄得骨酥肉麻，魂魄游离，任由宣梅摆弄，一口饮尽鸩酒。斜置为宣梅色相所迷，情不自禁伸手抱搂宣梅。宣梅如鳅鱼一般滑脱，弃杯在地，变了狠毒面色，斥道：“你死在眼前，还有花心？”

斜置突然感觉腑内痛如刀剐，知道是饮了毒酒，咬牙切齿地拔出佩剑，追杀宣梅，只踉几步就踉跄跌倒。斜置拄剑，曲体哀道：“越国人无信。我上当了。”又骂道，“伯嚭奸贼！我做恶鬼，定不饶你。”

斜置说完弃剑倒地，七窍流血而亡。师绶等家兵闻声持刀闯进，被宣梅挥退。石买进来，看见斜置死在当地，惊问道：“主妇，这是咋回事？”

宣梅道：“我怕他向你索要焦凰，所以用鸩酒杀他。”又道，“你怎么断定他不是间谍？他刚才还大骂伯嚭。”

石买听了大吃一惊，嗫嚅道：“怪事，怪事，他还骂伯嚭？难道他是受伯嚭派遣？”又摇头道，“伯嚭为什么背叛吴国？私通越国？”

宣梅道：“管他白皮黑皮，人已经死了，拖去沉江。”

石买叹道：“主妇，你有所不知啊。伯嚭是吴国太宰。斜置十有八九是受他派遣，给我传递军情。此事干系重大，千万不要和外人说。”

石买命令师绶把斜置沉江。他把斜置囊中宝物私吞，只取出金钱些许，赏给师绶和家奴，命令他们缄口。

第二天早朝。石买抱笏出班，奏禀越王勾践道：“臣听说，吴王夫差拜宰相伍子胥为大将军，太宰伯嚭为副将，统领水陆之师十万，集于太湖，即将举兵攻伐我越国了。臣所奏属实，请大王定夺。”

越王勾践和百官听了石买奏报，都大惊失色，一时噤若寒蝉。过了一会儿，大夫文种才出班奏道：“前次石买谎奏吴人内讧，今又奏报吴人伐越。石买的话不可不信，也不可全信。大王已经命令守境关将留意吴人动静，如果吴王集兵伐越，声势浩大，我边鄙守兵定有消息，应当火速奏报大王。臣请大王不要急躁，等待关将有报，再议不迟。”

勾践听从文种的建议，宣布散朝。

勾践回到后宫，闷闷不乐，踅来踅去。嬖臣慌张入内，双膝跪地，双手把信函捧过头顶，奏道：“臣奏大王，有关将紧急信函。”

勾践惊道：“快快呈上，寡人阅。”

嬖臣呈上信函。勾践启函展简，盯着鼠目细眼观瞧，半天无语。过了一会儿，勾践才叹息一声，弃简在地。关将所报和石买所奏无异。吴人集兵十万，早晚入境。勾践挥去嬖臣，瘫坐在宝座上，呆若木鸡。

王后姒婷进来，捡起弃简展阅，劝道："吴人既要犯越，大王不集百官商议退兵之策，为什么独自叹息？"

勾践叹道："朝中文武，我怎能不知道他们的主意。文种主守，灵姑浮、石买主战。寡人难决啊。"

姒婷和颜悦色劝道："臣妾听说，范蠡是当世贤才。大王为什么不召他来请教？"

勾践又是长叹一声，跺脚道："寡人后悔听信石买谗言，驱逐范蠡不用！现在范蠡不知去向，寡人还怎么召？"

姒婷道："范蠡还没有走。"

勾践惊问道："范蠡没走？他人在哪里？"

姒婷道："臣妾见范蠡是个贤才，认为大王弃他可惜。臣妾让子禽留住范蠡了。范蠡如今住在会稽山西麓子禽的田庄里。"

勾践喊道："来人。"见璧臣入，命令道，"快召范蠡进宫。"

姒婷伸手拦住璧臣，说道："且慢。"转身对勾践道，"妾听说，齐国人鲍叔牙荐管仲，对齐侯说，臣轻则君轻。大王如果重用范蠡，为什么不驾大辂，亲自去迎接？"

勾践听从姒婷的建议，召来文种，命令璧臣备好辂车，亲自驾驭，连夜赶奔会稽山西麓田庄。范蠡见越王亲到，伏地行礼。勾践俯身，亲挽范蠡。勾践落座，命范蠡坐在身侧，问道："吴王夫差拜伍子胥为将，集兵十万，不几天就要伐我越国。寡人前来请教先生。先生有什么良谋，教寡人破敌。"

范蠡道："臣听说，吴王耻丧先君。子胥誓箭图报，三年不亲妻子，饥不饱食，寒不重彩，结心于越。如今夫差以倾国之兵，使子胥为将，其志甚愤，其心甚齐，其势不可挡啊。大王要想越国不灭，不能和吴军战，应当敛兵坚守，静观变化，才是上策。"

勾践见范蠡并无破敌良谋，说的和文种相同，劝他守土不战。勾践心里失望，就反诘道："先生教寡人自守，等待吴军进入越国，攻城掠地？寡人坐以待毙吗？"

文种见勾践不悦，一旁躬身奏道："伍子胥是旷世骁将，英勇善谋。昔年伍子胥率吴师入楚，战无不胜，攻无不克。今天他担任吴军大将军，率十万之师伐我越国，其志必得。依臣之见，大王不如派使入吴，卑词谢罪，以乞和平。等吴师退兵，大王再缓图之。"

范蠡起身离座，曲体奏道："大王如果不愿求和，当依臣之守计。吴兵虽众，一旦入越，兵力必然分散。大王伺机集兵，分别攻击吴军弱部，可以转败为胜。"

勾践拂袖而起，怒道："寡人星夜来此，讨教先生退敌胜吴之策，怎么听到了亡国之音？"

越王勾践愤懑而出，径登大辂，命令璧臣驭驾回宫。文种和范蠡告别，乘轩车紧随王驾而去。范蠡送到庄前，望着逐渐远去的王驾车队，拈须仰天叹道："勾践刚愎自用，难进良言，越国危险了。"

勾践倾全国之兵，集三万余众，分做水陆三军。命令灵姑浮担任大将军，石买为副将。又命令焦脊率六千死士为先锋。勾践亲统大军，直入吴境，抢占吴国太湖边鄙夫椒①，志图先发制人，打击吴军。

伍子胥得知越军屯在夫椒，即请吴王夫差升座王船，和众将商议战事。伍子胥道："越王勾践起倾国壮丁三万余众，编为水陆之师，直入我吴境。现今越军水师泊在夫椒湖面，陵军屯在椒山。勾践怕我大王报先王之仇，伐灭越国，不纳范蠡、文种守计，主动出击，誓志和我吴军一拼，以决生死。从目前形势看来，勾践屯兵夫椒意在坚守，阻止我军进攻。我吴军数倍于越军，又在本土作战，这是优势。我们不必急于和越军决战，用我强大的水师和陵军在太湖周围包围越军，再不断地骚扰越军，以激怒勾践决战。大王以为怎么样？"

夫差沉思片刻，笑道："大将军所谋很好。寡人请大将军下令。"

伍子胥正色道："众将听令。司马椒勇，你亲率陵军一万二千，分做两队，从太湖乘船舰南下，在夫椒西北方登岸。你使两队陆军，轮番袭击越军椒山陆师，不必求胜，打打走走，灵活机动。你要不断地向越军挑衅，使之不得安宁，以期激怒勾践。当我军主力和越军决战之时，你率两队陵军从越军侧后夹击。注意，要留一条退路给越军溃逃，不让其困兽犹斗。"

椒勇道："末将遵命。"

伍子胥又道："水师督领宗岌将军。"

宗岌按剑挺胸出班道："末将在。"

伍子胥命令道："在勾践出营和我军会战之时，你率舟师一部，直驱西南，取越军夫椒大营。"

宗岌道："末将遵命。"

伍子胥又道："众将听令。夫椒之役，本将军意在击溃越军，而不让他和我垂死相拼。那样会造成两败俱伤。我军击溃越军以后，各路水师、陵军，要奋起追击，在途中逐个歼灭越军，然后攻克越都会稽，以绝后患。"

众将齐声应道："谨遵大将军命令。"

司马椒勇当夜趁着黑暗，率一万二千陵军乘水师船舰，远远绕开越军，从夫椒西南偷偷登陆。椒勇距椒山五十里扎下营寨，亲自率领一队六千人马袭击椒山越军。椒勇登高眺望，看见山上有数百名越兵在伐薪砍柴，山下正有一队越军押解辎重，就把兵马伏于山谷。椒勇命一千兵士徒步袭击伐薪越兵，两千兵马袭击越军辎重，留下半数人马。

山上的越兵正忙着砍柴，突然听到山下人喊马嘶。朝山下一看，车尘大起，吴兵如潮水般杀向山下运粮越兵，顿时喊杀声、戟戈撞击声，震撼山谷。伐薪越兵正

---

① 今江苏省吴县太湖西山。

不知所措，有一人瞅见无数的吴兵手持矛钩徒步包抄上山，发一声喊："吴兵来了！"

越兵纷纷弃了柴薪，四散奔逃，哪里逃得出去，吴兵一千徒人已把伐薪越兵团团围住，一阵砍瓜切菜，没有一个活口。山下激战也已经结束。椒勇命令把越军粮食及马匹掳获，死伤马匹只砍下马腿，余下和车辆尽数焚毁。等到越军椒山守将胥犴、曾俧率兵追下山来，吴兵早已不见踪影，只见漫山遍野都是越兵的尸体。山谷中浓烟弥天，散发出刺鼻的焦尸气味。

曾俧道："吴军已经杀到我椒山，断我越军后路了。此事应当从速奏报越王。"

胥犴顿戟道："越王命令你我屯守椒山，以保全军粮草供给，万一有失动摇军心。现在不明吴军寡众而奏告越王，大王能不责罪你我无能吗？"

胥犴命令士兵寻来一个伤兵，亲自询道："你见吴兵多少？"

伤兵道："回禀将军，吴兵不多，徒人一千余众，战车数十乘，总计三千来人。"

胥犴对曾俧道："小股吴兵，不足担忧。暂且不要奏报大王。明天待我下山捉拿吴兵。"

第二天椒勇命令前日下山的六千人马在大营歇息，仅率领三千人马前往椒山骚扰。走到山下，正遇见胥犴率领越军兵车迎面开来。椒勇命令兵士停住，驱车到前扶轼观看，只见领先战车上站立一员越将，头大如釜。再细瞅这人，高人一头，乍人一肩，粗腿，大胳膊，大脑袋，大屁股，手持一杆丈八大戟。

椒勇看见越将凶悍，心中暗自喝彩，手拍长矛喝道："来将请赏下名姓。椒某矛下不死无名之鬼。"

胥犴顿戟大笑道："你这个细腰乍背的白脸吴娃，老腿站稳当，听俺通名！某，越将胥犴。"

椒勇也不通名，驱车上前，挺矛便刺。胥犴不慌不忙，操戟来拨。椒勇不等戟到，挥矛从空中劈下。胥犴大喝一声"好"，横戟担挡。椒勇力出难收，一矛砸在戟上，铛啷一声振到半空，大矛撒手而飞。椒勇双臂酸麻，回辕便走。胥犴率兵追杀一阵，才退回山上。

当夜。椒勇命兵士在山下路中掘一个陷坑，盖上树枝和尘土。第三天。椒勇又领兵三千，来椒山叫战。胥犴听说吴兵又来骚扰，披挂登车。曾俧劝道："你我受大王命令，守住山上粮草重要，不必因小股吴兵骚扰出战？"

胥犴道："这个小小白面吴娃，昨天得幸逃生。今天等我把他生擒活拿，报给大王请功。"

椒勇事先命令两千兵士伏在陷坑左右的林中，只带一千人马去山下叫战。椒勇见胥犴率领越兵来到，拍戟叫道："昨天你戟沉，我矛轻，让你占着便宜。今天你能赢我掌中大戟，才有能耐。"

胥犴大笑道："好，很好！我今天和你分个雌雄。"

两人驱车靠前，挥戟战在一处。打了二十个回合，椒勇鬓发淋汗。胥犴且战且勇。

椒勇眼看处在下风，虚晃一戟，回辕便逃。

胥犴在车上大乐，驱车追赶。椒勇绕过陷坑逃进林中。胥犴不知是计，竟然疾驱战车取大道超前拦截，连车带人栽入陷坑。这胥犴不愧是猛将，一撑大戟竟然从坑中跃出。椒勇急令两旁伏兵放箭，顿时飞箭如蝗，纷纷射向胥犴，把一个宠大躯体，扎得如同刺猬一般，当即毙命。

曾侔不敢耽搁，立即派人把吴兵从后方骚扰和胥犴战亡奏报越王勾践。勾践在水师大营中升王船大帐，召文武百官商议。

大夫文种奏道：“大王虽入吴境，屯兵在夫椒，然而吴师以十万之众，布在夫椒周围。臣观眼下状况，我越军是处在吴兵的包围之中了。伍子胥骁勇善谋，用兵神鬼莫测。他如果派一部断我后路，或夺我椒山粮草，我军不战自危。吴军再乘势水陆并攻，我越军有全军覆灭的危险。为今之计，大王应当派军使和伍子胥议和，为时未晚。”

大将灵姑浮骄纵狂傲，心中不服伍子胥，听到文种的话气得胡须乱颤，嗷嗷叫道：“子禽为什么畏吴人如虎？三年前吴人伐越，阖闾不是死在我手中吗！善战者，兵不在多，将不在广。兵法云，‘兵贵胜，不贵久’。大王应当趁我军士气正锐，速和吴军决战。如果持久不战，士气必怠。”

石买也进言道：“臣以为，椒山之敌是伍子胥的疑兵，大王不必为虑。大王箭已在弦，不得不发了。大王如果听从文种的话而求和吴人，然而吴人狡诈无信，伍子胥趁大王退兵之际，挥师追杀，大王将遭全军覆没。臣请大王三思。”

勾践被灵姑浮、石买说动。文种刚要进谏，勾践挥袖止住道：“寡人意已决，子禽不要多言。”命令石买道，“大夫即刻下战书给吴军，明天寡人率兵在夫椒和吴军决战！”

石买道：“臣遵命。”

伍子胥接到越军战书，即刻在将舰升帐，命令陵军从陆路包抄越军侧翼，又命令水师明天在太湖布阵，中军“大翼”后撤，诱敌深入。左右水师“中翼”、“小翼”船舰，从两侧包围越军水师，等待中军进击，从两边同时拼杀。

第二天天刚亮，吴军水师各类船舰按部排列成阵，等候越军水师会战。但见“大翼”舰居中，“中翼”居左右，“小翼”又居“中翼”左右。各大、中、小船舰又配备“突冒”、“桥船”，好比战车的徒人。四艘王船高悬王旗①，分别泊在左、中、右及后军阵中。八艘将舰，又分别泊在舰阵四面八方。吴王夫差手按宝剑站在中军王船上，对嬖臣道：“你给寡人书写。”见嬖臣展简濡墨，述道，“敬王二十六年春二月，吴夫差命子胥为大将军，率水陆之师十万，和越勾践会战在太湖夫椒。记下了吗？”

嬖臣躬身道：“记下了。”又道，“大王这次夫椒之战，是亘古未有的水战。大王统帅吴军水师，是天下第一水师。这些，要不不要记？”

---

① 绘有图腾的王旗。

夫差道："要记，当然要记。"又道，"你要加上一笔，吴国水师是大将军伍子胥组建统领。"

嬖臣怔住，问道："子胥有功，他是臣下啊。"

夫差怒道："让你记你就记！寡人不愿意冒子胥之功。"

嬖臣躬身道："臣遵命。"

太阳从太湖东岸冉冉升起，照射着湖中水师船舰，折射出弥天的彩霞。越军水师船舰也依序驶出水营寨栅，居南面北对着吴军水师列成阵势。越王勾践在王船上远眺吴军船舰，拈须叹道："寡人听说伍子胥建造吴军水师，称为天下第一水师。今观吴军船舰，传说不谬。"

石买一旁进言道："俗话说，擒贼先擒王。大王应当命令灵姑浮和焦眘，分别袭击吴军王船和将舰，吴军无主自乱。大王再挥师掩杀，一战可夺。"

勾践摇头道："你不见吴军王船有四艘、将舰有八艘吗？这是伍子胥布下的疑船。"回身喊道，"灵姑浮！"

灵姑浮行礼道："臣在。"

勾践命道："你率中军船舰为前锋，攻击吴军中军。"

灵姑浮道："臣遵命！"

灵姑浮起身，下了王船，乘"突冒"驶向中军将舰。

文种对越王勾践道："灵姑浮心粗气傲，不宜担任中军主将。大王应当派焦眘，替下灵姑浮。"

勾践瞪圆鼠目，怒道："你休多言！"又道，"你去将右军，石买将左军。无寡人的命令，不得擅自进攻。"

文种、石买领命各归本部。文种登上右军将舰，暗自叹道："勾践轻敌，妄用灵姑浮，越军未战已败了！"

伍子胥登上楼舰观察越军水师阵势，只见中军一艘巨舰领先，率"大翼"百艘朝吴军冲来，命令宗发道："下令中军各舰，守住阵脚，以强弓硬弩射击敌舰。再命令泅卒潜水，把越军领先的那艘大舰凿沉！"

宗发领命而去，召集泅卒五十人，个个赤裸上身，只穿短裆。每人手持一把利斧，潜水摸向越军前锋大舰。

越将灵姑浮率领中军舰队冲击吴军舰队，被吴兵弓箭射住，前进不得。越舰士兵中箭无数，纷纷呼叫落水。灵姑浮暴跳如雷，举剑刚要下令冲杀，突然间舰底一阵轰响，兵士胡乱奔跑，喊叫道："不好了！吴兵潜入水底，凿穿将舰了！"

船舰灌水倾斜。灵姑浮立足不稳，一个踉歪，落入水中，立时被吴兵乱箭射死。

伍子胥在将舰上看得清楚，立即命令弘湦挥动旗帜。宗发见大将军发下号令，举剑喊道："全队冲击！"

宗发率领水师中军冲向越军舰队，杀在一处。伍子胥又命令左右军从两边越过越军左右军，从侧后夹击越军舰队。不多时，越军中军舰队已乱。吴军左右二军舰队已从越军后方杀入。越军数千只船舰挤做一团，被动挨打。吴兵纷纷登上越舰，和越兵肉搏。吴王夫差在王船上亲自秉桴击鼓。吴军将士勇气倍增，更加奋勇拼杀。

忽然湖面北风大起。伍子胥命令将舰冲向越军王船，让兵士都用弓箭射敌。箭如飞蝗骤雨，顺风射向敌船，越兵死伤无数。

越舰迎风而战，难抵吴军攻击，眼看全军覆没。勾践听说灵姑浮已死，又有后军将领来报，吴军水师从侧后包围了越军水师。勾践眼见大势已去，急命焦瘁、石买率"大翼"冲杀一条血路，乘王船仓惶往西南逃去。刚到椒山，只见岸上逃来一队越兵，个个盔歪甲斜，人人狼狈不堪。越兵见了勾践，伏地痛哭。勾践让嬖臣问询，才知道椒山已经丢失，守将胥犴、曾偋先后战亡。

勾践哀叹道："天灭越国了。寡人后悔不听范蠡的话。"

文种一旁劝道："大王不要悲伤。臣知道西南有一座孤山，可以屯驻兵马。大王不如占山固守自保，收罗散兵船舰，徐图再战。"

勾践听从文种的话，命令焦瘁率兵登孤山，垒石筑城；又命令石买把船舰泊在山下，建立水寨，安下寨栅，防备吴军来攻。

这边吴军已经在太湖上大败越军船舰，击毙万人，掳获船舰一千余只。太湖水面，浮尸累累，湖水也被鲜血染红。吴军众将聚集在王船上。伯嚭对吴王夫差道："勾践仅余数百船舰，兵士所剩不到万数，现屯踞孤山。大王为何不亲自率兵攻打，一战可擒勾践？"

伍子胥道："不可，不可！孤山险要，山下河港狭窄，不利于船舰作战。如果急攻，越兵必然拼死相抗，恐怕一时难下，而且伤亡巨大，不如派遣船舰和陵军团团围困孤山，不出十日，越军粮草俱绝，到那时一战可胜。"

夫差喜道："寡人依大将军计谋。请大将军行令。"

伍子胥即命吴军围困孤山，又令椒勇亲率一万人马，随同前行两支兵马分三路进入越境，去攻取越都会稽。

越王勾践听到间谍来报，吴军分三路入越，进攻越都会稽，顿时瘫软。大夫文种劝道："吴军入我后方，志在陷我都城会稽。大王眼下占一座孤山，军中粮草已经断绝，山上泉水已涸，军心已乱了。臣料伍子胥明天必攻孤山，那时凶多吉少。大王不如趁夜率师回国，以图再举。"

勾践无计可使，只得依从文种劝谏。勾践命令水师弃船登山，计点人数，已不足五千。勾践命令焦瘁率一千壮卒为前锋，自统后军，连夜悄悄逃出孤山。

越王勾践逃到半途，突然看见前面尘土大起，十余乘战车疾驰而来。勾践大惊，回头又见吴军追兵快到，叹道："前截后追，寡人命绝在此了。"

勾践拔剑横颈，刚要自刎，文种一把拦住劝道："大王休要寻短。大王请看，前方所来人马，并不是吴兵。"

勾践抬眼观瞧，果然看见车上兵士都穿着短裤，都是越人装束。眼见战车驰到近前停住，从车上跃下一员将领，跪在勾践车前禀道："臣是会稽守将属下百夫长岑盾。吴军已经攻陷会稽。臣冒死来见大王。"说完以颅触地，大哭号啕。

勾践听了如遭雷击，手中宝剑铛啷落地。勾践仰面哀叹道："越国从先君传到寡人，三十年来未尝有此惨败。寡人不听范蠡和子禽的话，才有今天。"

勾践擂胸大哭，涕泗滂沱。文种等人也掩面而泣。过了一会儿，勾践才止住悲伤，问岑盾道："王后现在哪里？"

岑盾道："王后率领残兵千人，退到会稽山上，亲自和兵士垒石固城。王后特命小臣来寻请大王。"

勾践听了又悲，泣道："寡人不识贤愚，未从王后劝告，逐范蠡而不用，罪大啊。"

文种劝道："前事已过，大王后悔无益了。后面吴兵眼看追到，大王应当命令兵士速行，赶奔会稽山和王后合兵。"

勾践俯身捡起宝剑，命令岑盾归队，兵士加速南行。沿途之上又遇到几股败兵，勾践并不责罪，好言抚慰，收在队中。

姒婳身穿粗裙大练，绾袖到肘，和兵士搬石垒砌城垣。一个兵士跪禀道："王后，军中粮草仅够三日了。"又道，"马匹还有数百。可以杀马充饥。"

姒婳道："马匹是战车力士，怎么能吃马？"扭身命令身边兵士们道，"你领百人上山伐薪。你领二百人在周围猎取野兽。你们不要下山和吴兵遭遇。还有你，带领老小妇女，去采挖野菜。"

兵士们个个应诺，领命而去。姒婳又对刚才禀报的兵士道："每天早晚饭两次，以兽肉野菜为主，掺进少许粮食。"又道，"分派要平均，不要厚此薄彼。等待大王回来，自有办法。"

兵士躬身道："遵命。"

姒婳见兵士走后，把散在面前的头发捋到耳后，弯腰搬起一块沉重的石头，艰难地举上垣墙。她顿时感觉晕眩，踉跄几步才扶住城墙站稳。一个兵士奔来报道："王后，大王回来了。"

姒婳一阵惊喜，泪流两行。她伏住城垣朝山下张望，见到数千人马正朝会稽山上开来。为首一乘大辂，正是越王勾践的王驾。姒婳慌忙整衣抹袖，碎步小跑，迎下山去。勾践见姒婳粗衣布服迎下山来，下了辂车抢步前迎，夫妻二人相拥大恸。

勾践止悲问道："王后可好？"

姒婳道："臣妾率八百残兵，已经修固城垣，等待夫君回来。"

勾践叹道："寡人回来了。寡人兵败，丢失了三万将士，丢失了都城会稽。如果没有王后，我勾践连这一座藏身的石城也不会有了。"

姒婳道："两国交兵，胜负常事。夫君虽败，还有六千将士、一座山城。夫君可以振作精神，卷土重来。"

勾践道："王后说的极是。"一边和姒婢朝山上走去，一边问道，"山上的粮食，还有多少？"

姒婢道："剩粮不足三日了。妾已经命令兵士伐薪打猎，采挖野菜。只是马匹还有数百。马是不能宰杀的！"

勾践大声说好，回头命令将士们道："你们以百人为队，以百夫长为首，自建营地，打猎伐薪。"

众将士齐声应命，分散而去。

姒婢领着勾践进了山洞。几名女奴行完跪礼，曲体退出。

姒婢亲奉泉水一碗，说道："洞中已无酒浆，只有泉水，祝贺夫君平安回来。"

勾践一仰脖颈，尽饮泉水，不由得潸然泪下，悲道："越国亡了。天不容我勾践啊。越国亡了。"

姒婢大吃一惊，慌忙抓起洞边的一根竹竿拄住，望着勾践道："炎执，炎执！你还是不是咱们越国的汉子？"见勾践抓发悲号，怒喝道，"炎执！你要还是越国的汉子，就要像这根竹竿一样，断了，折了，插进土里，明年还要长出竹子来。"

勾践止住悲声，叹道："伍子胥即将率兵前来。寡人仅剩这一座山城、六千残兵，怎么能拒挡吴国十万之师。"

姒婢道："几十年来，越国一直遭受吴国的欺凌。先王允常也不是经常败给吴王阖闾？可是先王不甘心失败，最后还是战胜了阖闾。炎执，你是一国之主，不可因为一时兵败而失去理智。你应该刚强起来。只有君王刚强，士兵才有信心，才能和强大的敌人拼死作战。"

姒婢稍停片刻，又说道："炎执，你记住妾的话。自古泊今，凡是成功者和失败者，不是别人所为，是成于自己也败于自己。妾住这山洞几天，已经为夫君谋下两条复国之计。"

勾践睁开鼠目，闪烁出莹莹之光，急切地问道："王后，哪两条复国良策？请快快说给寡人。"

姒婢笑道："其实妾的计策，人人知道。其一，疏佞臣。其二，用贤良。石买性贪心狭，对君王阿谀奉承，对属下骄横凶霸，这个人大王不能用。范蠡是当世贤人，请大王任用范蠡。"

勾践听了犹如拨雾见日，喝叫道："来人。"

一内官入内应道："臣在。"

勾践命道："传寡人命令，让文种大夫、焦睿将军，代寡人迎请范蠡先生来会稽山。"又道，"等等！你让文种、焦睿，驭我王驾前去。"

内官应道："是。"

勾践见内官走后，倚住洞壁躺卧，一会儿鼾声如雷。姒婢打着火石，点燃油盏。她取了针线，坐在勾践身傍，缝补勾践破烂的战袍。

约摸过去一个时辰，一个兵士慌张进洞，跪禀道："大王、王后，不好了。"

勾践闻声坐起，拄剑站立，厉声问道："吴兵上山了吗？"

兵士道："不是。石买将军抢夺兵士烤肉，杀了百夫长，激起兵变。大王，数千名兵士下山投降吴军了。"

勾践只觉眼前一黑，訇然倒地。

姒婹大叫道："炎执，炎执。"

第三十九章

伍子胥攻占会稽，越王被迫投降

石买率领本部残兵在山谷中扎营。兵士们饥疲不堪，东倒西歪地躺睡在草地上。十几匹瘦马散在山谷中，悠闲地啃吃树叶和山草。卫兵把几辆战车排在山崖，作为挡风的屏障。贴近岩壁铺了一张马皮，石买仰卧在上面，口中咬着一根草梗，忧心忡忡地仰望天际的浮云。

这时从邻近的营地里传来一阵兵士的欢笑，接着随风飘来诱人的烤肉香味。石买已经是几天没有吃东西，正在饥饿难忍，命令卫士道："你去看看什么人烤肉？取些来给我吃。"

卫士领兵而去，不一刻，转回来回禀道："禀报将军，烤肉的是王后的部属。那位百夫长蛮横无理，说是大王有令，各自猎食自给。还说将军要吃烤肉，自己去山中猎取。"

石买怒火顿起，吐掉口中草梗，骂道："小小百夫长，竟敢目中无我石买。"从马皮上爬起，操刀在手，命令兵士们道，"要吃烤肉的，随我来。"

兵士们早就馋不可待，听到石买命令，个个操起戟戈刀剑，踽踽而去。

邻近营地上有一群衣衫褴褛的兵士，正围住火堆烧烤着一头肥大的野猪。石买率领兵士气势汹汹赶到，命令兵士道："把这烤猪，抬到我的营地去。"

几名兵士正要去抢夺烤猪，一位瘦长的兵士拦住，对石买道："我是百夫长。这是我们的食物，将军为什么抢夺？"

石买道："老子今天就要抢夺，看你能怎么办？"

百夫长拔出佩剑，怒道："那就让我的长剑和你论理了。"转身命令身后兵士道，

"兄弟们，上。"

两拨兵士立时杀在一处。石买一跃上前，挥刀劈翻百夫长，喝道："谁再抵抗，全部斩首。"

营地兵士见百夫长被石买杀死，都气哼哼地退出圈外站立，眼睁睁瞅住石买指使卫兵把烤猪抬走。一个兵士突然骂道："他石买身为大将军，竟然以势压人，抢夺兵士食物，还杀死我们的百夫长。"

又一个兵士道："这个石买比强盗还狠毒。吴兵还不掳夺，不杀俘虏败兵。他竟然为了抢夺食物，杀我们自家兄弟。弟兄们，我们不干了。"

先前骂娘的兵士喊道："对，我们不干了！我们下山投降伍子胥。伍子胥不杀败兵。"

兵士们纷纷扔掉戟戈刀剑，簇拥着奔下山去。刚到山下，正巧遇见范蠡乘坐越王大辂迎面而来。范蠡看见一群盔甲不整的散兵徒手而来，大惊。范蠡急令停车，和文种、焦脊下了辂车。

范蠡迎上前去，问兵士们道："弟兄们，你们去哪里？"

一个兵士道："我们去投降吴军，投奔伍子胥。"

文种不等范蠡再问，喝道："大胆！你们竟敢投降敌军？"

焦脊虬髯倒竖，锵啷抽出长剑，怒道："谁人再说投敌，看我砍他头颅。"

范蠡止住焦脊，问兵士道："我是范蠡。你们有话可以对我说。你们为什么要投降吴军？"

一个兵士哭道："我们都是会稽的败兵，跟随王后上山筑城。王后命令我们打猎挖菜为食，省下粮食留给前方的兵士。刚才我们猎了一头野猪，还没烤熟，石买带人把烤猪抢走，还杀了我们的百夫长。小人请先生做主。"

那兵士说完倒身下跪。身后兵士也都伏地，跪成一片，齐道："请先生做主。"

范蠡听了额上青筋暴起，浑身激颤，一时竟然口不能言。焦脊在一旁早已气得嗷嗷怪叫，斥道："那石买脖颈也是肉的，你们手中有的是刀剑，为什么不砍他狗头？"

兵士泣道："他是大夫，又是将军，他能杀我们。我们如果反抗，就是以小犯上，死罪了。"

范蠡俯身把兵士们一一搀起，说道："你们不要走，不要离开大王。我范蠡今天和文种大夫、焦脊将军，还你们一个公道。如果我范蠡不能给你们做主，你们再走不迟。"

兵士们都噙泪跟随范蠡上山。石买正在手握一块野猪肉撕啃，满口流油。他看见范蠡、文种、焦脊一行人来到近前，咧嘴笑道："有福之人不着忙，无福之人跑断肠。我石买刚刚吃上烤肉，三位就不请自到了。来，来，来，请坐下吃烤肉。"

范蠡道："请问石买将军，肉从何来？"

石买道："你这是什么话？山上来的。野猪野猪，不在山上在哪里？"

范蠡怒斥道："你强夺兵士烤猪，滥杀百夫长，激起兵变，该当何罪？"

石买蛮横道："该当何罪？笑话！兵士敬奉官长，理所当然。百夫长犯上作乱，该杀。我石买何罪之有？"

范蠡怒不可遏，命令焦夼道："焦夼将军，你替我把这贼人砍掉！我范蠡向越王领罪。"

焦夼早已操刀在手，听到范蠡发话，蹿上去一把提了石买。石买叫道："你焦夼，胆敢不奉大王旨命，擅杀大臣？大王灭你九族！"

文种一旁喝道："砍掉他的脑颅，天塌了我顶。"

石买绝望地嚎叫道："没有大王的旨命，你们不能杀我！"

焦夼冷笑道："我焦夼今天杀你一回试试！"

焦夼说完手起刀落。石买头颅轱辘在地，兀自眦目咧齿，竟然狠狠地咬住地上的草茎。

焦夼道："这个王八蛋，恁歹毒！头颅落地，还死啃一口地皮。"一脚踢飞石买脑袋。

范蠡对兵士们道："你们把石买头颅挑了，号令三军。就说大王有令，凡是将领强夺兵士财物，或者无故笞击兵士，都如同石买！"

兵士们喜笑颜开，齐声喝好，用竹竿挑了石买头颅，往营地奔跑喊叫。

山洞内。越王勾践从昏迷中醒来，觉着洞里挤满了人，问道："王后，叛兵下山了吗？吴兵上山了吗？"

姒婻道："大王不要忧虑。范蠡先生已经劝回下山的兵士，命令焦夼杀了石买。又以大王命令，挑了石买的头颅号令三军。"

勾践听了大喜，连声叫好，问道："范蠡先生来了吗？快请范蠡先生！"

范蠡躬身道："大王，臣在。"

勾践命令卫士道："快，快扶寡人起身。"

文种上前止住道："大王虚弱，不必起身。"

勾践道："好，好，我不起来。你们都坐下。子禽、焦夼，你们都坐下。范蠡先生，你坐到寡人近前。"又问姒婻道，"王后，有没有食物款待范蠡先生？"

姒婻道："有，有。刚才卫士们猎的野兔已经烤熟，还有野菜，就是无酒。大王就用泉水代酒吧。"

勾践喜道："好，好。寡人今天以此山洞为宫，以泉水代酒，和众位爱卿同吃野兔肉。"

姒婻亲手把兔肉野菜放在地上，又给每人碗中倒满泉水。

勾践艰难地爬起，曲膝跪伏，双手捧起水碗说道："寡人今天拜范蠡先生为宰相。谨以此泉水代酒，恭敬宰相。"

范蠡曲膝捧碗，说道："臣受命。谢大王。"

勾践和范蠡三碗饮尽，对众臣道："卿等不必拘束，吃，吃兔肉！"

勾践见众人吃得尽兴，才摆手问范蠡道："越国存亡在际，宰相有什么计策救越国？"

范蠡道："臣要听大王的意见。"

勾践叹道："会稽已陷，吴人已经围困会稽山。寡人所剩只有这个孤城和六千兵士。寡人已经无路可走了！只有率领六千士兵，和吴军一战决存亡了。"

范蠡道："圣人说，天命无常，有德者王。臣所知道，大王并非无道于百姓。大王承位以来，刻苦自励，除民之害，兴民之利，强过吴王夫差百倍。大王虽遭战败，但是百姓尚存。大王有百姓在，怎么能说亡国呢？臣以为，大王只要持志图存，吴国是不能灭掉越国的。"

勾践又叹道："眼下国势，危如累卵，恐怕难以扭转了。"

范蠡道："臣听说，吴国前将军孙武孙长卿兵法云，'知彼知己，百胜不殆'。吴王好战喜功，喜淫为恶。今天吴国已经失去孙武，只有宰相伍子胥善政善兵。然而伍子胥功高自负，前番率兵进宫杀女巫阉奴，夫差已经暗衔私怨恨他了。太宰伯嚭贪利嫉贤，善阿谀，得到夫差宠信。夫差愚而不仁，勇而无智，对伍子胥早有畏怕之心，敬而不亲。夫差近伯嚭而疏子胥，这是吴国的祸患啊。臣料到吴国的形势，好比过午的太阳，骄炎没有几时了。"

勾践睁开细小的鼠目，问道："寡人眼下的危厄，应当怎么解决？"

范蠡沉默许久，才道："我要使大王恢复越国，只有一个计策，不知大王能不能听从？"

勾践道："只要宰相能使越国不灭，寡人听从。"

范蠡道："臣请大王向吴王纳降称臣。"

勾践吃了一惊，问道："宰相要寡人向夫差投降称臣？"

文种一旁说道："少伯的计谋，是忍计。大王，臣以为很好。"

范蠡又道："只要夫差允许大王称臣纳贡，大王就赢得了时机，可以徐图复国灭吴了。要实现这个计策，大王要忍其辱，待其时。如果用六千士兵和吴军一拼，犹如灯蛾扑火，自取灭亡。大王如果是当今贤君，必能忍受不忍之忍，才可以为其不能为之为。臣请大王慎思。"

姒婵见勾践双眉紧锁，犹豫不决，一边劝道："炎执，妾以为宰相计谋，是存越求强的良策。大王，你不要再犹豫了。"

勾践长吁一气，叹道："寡人忧虑的，是夫差未必允许我投降。伍子胥这次领兵，志在灭我越国。"

范蠡笑道："大王不要以伍子胥为虑。臣会使伍子胥赍志而没。"又道，"臣还有三个计谋。大王可以派人日夜兼程，赶奔吴都姑苏，广布齐国人攻伐吴国的谣言。这是第一计。第二计，派子禽带一个善辩之士，赍珍宝诸物往会稽伯嚭营中，先贿赂伯嚭，用他劝谏吴王许越纳降。第三计，倾国库重宝，贡献给夫差，许割北方之地归吴国所有。大王只要一方之土，暂以栖身。夫差如果允许越国做吴国的属国，大王可以纳贡称臣。这是第三计，是上策。"

勾践即刻采纳范蠡计策，派人星夜赶奔吴都姑苏，散布齐国伐吴的谣言，又让文种赍珍宝下山贿赂伯嚭。文种把随行辩士诸稽郢带来面见范蠡。范蠡见这人身材瘦小，却头颅奇大如斗，眉广盈尺，二目如炬，阔口腴腮，唇红齿玉，暗自惊叹道："真是个奇人啊。"

范蠡笑问诸稽郢道："先生用什么话，能说服伯嚭？"

诸稽郢手捋几根狗狸胡须，笑道："下臣没有好办法，只有投其所好吧。"说完躬立一边，瞑目不语。

范蠡放心不下，一直把文种、诸稽郢一行人送下会稽山。诸稽郢见范蠡伫立山下不回，说道："宰相不回，是对我诸稽郢不信任吧？俗话说，官不打送礼的，狗不咬拉屎的。伯嚭是个贪利负义的小人，不能和伍子胥相比。宰相如果让下官去贿赂伍子胥，下官无能为力。"

范蠡突然摇头道："你们此行私贿伯嚭，许成不许败。我恐怕贿赂珍宝，不能打动伯嚭。吴军所缺者，是美女啊。你们等候一会儿，我请王后选宫奴美女数人，让你们献给伯嚭。"

范蠡转回山上，对王后姒婞奏明原由。姒婞立即从宫奴中选择俊美秀女八人，盛装容饰，跟随文种、诸稽郢下山。临行，范蠡朝文种、诸稽郢一躬到地，嘱咐道："越国的存亡，全靠二位了。慎之，慎之。"

文种、诸稽郢一行十数人，扮做楚国商贾，赍黄金千镒、白璧二十双、美女八人，连夜进入会稽城，寻到伯嚭大营。

门前守营将官王孙熊拦住问道："你们是什么人，敢闯伯将军大营？"

文种躬身施礼道："我们是楚商，和伯将军是乡党故旧。这次途经会稽，听说将军在这里，特来拜见。"说到这里，把一镒黄金塞进王孙熊手中，说道，"烦劳将军，代为通禀。"

王孙熊见金颜开，躬身笑道："小人不知道先生是将军的故人，小有得罪了。请几位稍候，容小人入内通禀将军。"

伯嚭听说有故人来访，即命王孙熊领入。文种、诸稽郢把其他人等留在帐外，二人入内拜见伯嚭。伯嚭见二人面生，问道："我和二位素不相识，怎么称做故旧？请二位报上名姓。"

文种道："我是越国大夫文种，这位是越王使臣诸稽郢，特来拜见太宰。"

伯嚭听了大惊，勃然怒道："你们是我的敌人，竟敢前来送死吗？"

文种慌忙跪伏在地，哀求道："寡君勾践，年少无知，不能善待上国君王，劳累吴王亲率大军千里入越问罪。如今寡君已经悔恨。寡君愿意投降吴王，请为吴臣，担心吴王不肯接受。寡君深知太宰功德巍巍，内作吴王心膂，外为吴国干城，故使下臣文种、诸稽郢先拜见太宰。求借太宰一言，收寡君在宇下。寡君有不腆之仪，聊效薄贽，请太宰笑纳。如果太宰允许寡君投降，以后应当源源奉进。"

文种说完起身击掌。从人从门外抬进千镒黄金，献上白璧二十双。

伯嚭高倨不动，突然仰天大笑，笑完怒道："你越都会稽已经被我攻克，勾践仅有会稽山孤城一座，早晚也要被我拿下。那时，你越国宝物，无不归我吴国拥有。你等今天以此区区之物，贿赂我伯嚭，也太小看我了！"

诸稽郢一直挺胸站在一旁，这时勃然大怒，喝斥道："伯嚭你休要猖狂！越兵虽败，还有山城一座，精兵六千，可以和你们拼死一战。即使战而不捷，可以尽焚府库珍宝，不让你吴人得到分毫。我们保护大王投奔楚王，联楚敌吴，吴国又能得到什么利益？太宰请想，即使吴国得到我越国珍宝，大半归属吴王，太宰和众将不过得到毫末。太宰如果成全越王降吴，越王明处委身吴王，实则委身你太宰啊。越国的贡献，未进王宫，先进宰府，太宰将独赚越国的利益。如果太宰不肯帮忙，逼我寡君作困兽犹斗，我们背城一战，胜负难测！"

文种看见伯嚭听了诸稽郢的话脸上变色，躬身说道："刚才诸稽郢说的，是寡君的话。寡君给太宰还有奉献。"

文种说完击掌。随后一阵环佩声响，八名美女抠衣进来，婷婷站在一边。伯嚭见这八名美女，个个妖艳，人人绝色，已经是魂摇魄荡，喜不自禁。

文种又道："这八名女子，都是寡君王后亲自从内宫挑选的，献给太宰执其箕帚。太宰能在吴王近前美言，允许寡君投降，往后越国美女，还要献给太宰。"

伯嚭听了文种的话心花怒放，连声说道："好，好，我收下了。"立即命令王孙熊收下黄金玉璧，把美女领进后帐。

伯嚭离座朝文种、诸稽郢拱手施礼道："二位使臣舍伍子胥而就伯嚭，是信我伯嚭无趁人之危啊。"命令仆奴道，"置宴，款待二位使臣！"

酒宴排下。伯嚭邀文种、诸稽郢入席，亲自把瓻斟酒，欢饮甚悦。宴完，伯嚭道："二位使臣今夜就宿在我帐内。明天，我领二位去中军大帐，觐见吴王。"

第二天一早，伯嚭领着文种、诸稽郢二人来到吴王中军帐外。伯嚭对二人道："你们先在帐外等候，待我入内奏禀吴王。"

吴王夫差梳洗已完，刚用过早饭，看见伯嚭进来，笑道："太宰这么早！"

伯嚭道："臣有要事奏请大王，所以早到。"

夫差道："卿有什么事，请讲。"

伯嚭道："越王勾践愿意投降大王称臣。勾践已经派使臣文种、诸稽郢前来求降。"

夫差听了勃然大怒，斥道："你不知道寡人和勾践有不共戴天之仇吗？寡人今天打败越军，占领越国都城，怎能容忍勾践投降！"

伯嚭慌忙撩衣跪倒，奏道："大王不记得孙武的话吗？孙武曾经说：'兵者，凶器也。可暂用，而不可久也。'越国虽然仇于大王，然而大王今天已经打败越国，大仇已经报了。眼下勾践请降，愿在大王阶下称臣，越国愿为大王属国。越国珍宝财货，尽贡献给大王，仅求存留宗祀一线。大王允许越国投降，得利。大王赦勾践罪，扬名。大王名利都得，扬德威于万国，何愁不称霸天下？大王如果不纳其降，勾践必会尽焚珍宝财货，率六千死士和大王一搏。大王即使尽数屠杀，又有什么收获呢？臣请大王三思。大王杀一人头颅和得到一国，孰失孰利？”

夫差沉思了一会儿，想到伯嚭说的不谬，要杀一人之头、不如得到一国。夫差问伯嚭道：“越使在哪里？”

伯嚭道：“越使文种、诸稽郢，现在帐外候宣。”

夫差道：“命令他们入见。”

文种、诸稽郢进帐，朝夫差行礼道：“臣，文种、诸稽郢，叩见大王。”

夫差见二人行礼称臣，心花怒放，拈须乐道：“寡人已经允许勾践投降吴国了。你二人回复勾践，他既然归降寡人，应当率他妻妇跟随寡人回到吴国，做寡人的臣妾。寡人不知勾践肯不肯顺从？”

文种、诸稽郢二人膝行说道：“寡君既然归降大王，生死都要从命大王，怎敢不服事大王左右？”

伯嚭在一旁趁机进言道：“勾践夫妇如果愿随大王来吴国做臣妾，大王名义上纳越国投降，实质上已经得到越国了！”

伯嚭领文种、诸稽郢来见夫差，早有人赶奔右营大帐报知大将军伍子胥。吴王夫差刚要命令在中军大帐置宴款待越使，伍子胥怒气冲冲进来，朝夫差礼毕，问道：“大王允许勾践投降了吗？”

夫差道：“寡人已经允许了。”

伍子胥听了须发俱张，按剑跺脚道：“不可，不可以。”又道，“越国和吴国毗邻，是世仇。两国多年征战未息，势不两立。这次大王不灭越国，以后吴国必被越国灭。秦晋诸国，我攻而胜之，得其地而不能居，得其车而不能乘，许降可以。然而大王攻越国而胜，得其地可居，得其船可乘，这是吴国的利益，怎能放弃？何况越国有先王之仇，大王不灭越国，百年之后怎么面对先王？”

文种、诸稽郢听了伍子胥的话，吓得冷汗披淋，连连后退。吴王夫差一时无言以对，目视伯嚭。伯嚭知道夫差的意思，上前奏道：“宰相的话错了。臣以为，先王立国，水陆并封，吴越宜水，秦晋宜陆。若以其地可居，其船可乘，谓吴越必不可共存。则秦、晋、齐、鲁都是陆国，其地也可居，其车也可乘，彼四国者，也将并其为一吗？宰相说先王之仇，越不可赦。然而宰相和楚国之仇更深，宰相昔年为什么不灭楚国而许其和？宰相存楚国而显忠厚之名，使大王灭越国而行刻薄之事，这难道是忠臣所为吗？”

吴王夫差听了伯嚭谲诈狡辩，喜上眉稍，对伍子胥道：“太宰言之有理。宰相且退，待勾践贡献珍宝美女，寡人分给宰相。”

伍子胥又跪下，以头触地，奏道：“大王如果不听老臣的话，允许越国投降，越国必会忍辱图强，以后吴宫必成沼泽了。"

夫差听了大惊，正在犹豫，内官进来奏道："启禀大王。都城姑苏和会稽四处传言，齐国人趁大王拥兵在外，不几天就要举兵伐吴了。"

伯嚭趁机道："大王如果不许越国投降，就要腹背受敌，吴国危险了。"

伍子胥道："齐国人伐吴，肯定是谣传。大王未见其实，不可妄信。"

夫差击案怒道："寡人主意已决，允许越国投降，不几天班师回都。"喝令卫士道，"送宰相回营。"

几名卫士过来搀扶伍子胥，强行架出中军大帐。伍子胥跺脚擂胸，嚎叫道："我伍子胥后悔未听被离、孙武的话，杀此奸贼伯嚭，让他祸害吴国了。"

伍子胥回到右营大帐，咯血数斗，一病不起。醒来，伍子胥叹道："先王曾经说过，夫差愚而不仁，勇而无智，果然是这样啊。"

皇甫胥一旁劝道："相爷明知夫差不可辅，何不听从孙武伯伯和我义父的话，解甲弃爵，退归田原？"

伍子胥长叹一声，说道："我在吴国几乎倾注了我半生心血，才使吴国这样强大。我不甘心看到吴国遭到灭亡。我的好友专诸、要离，以及老夫爱子伍侲，他们都为吴国而死。先王于我有知遇之恩，又嘱我辅佐夫差。我也在先王床前发过誓言。眼见吴国将有大难，我怎能背誓退归田原？"

皇甫胥泣道："相爷对待奴才如同亲子，奴才不知天高地厚，再斗胆劝相爷一句，请相爷不要责罪奴才。"

伍子胥和蔼说道："皇甫胥，你我爷俩不外道。你有话尽管说。"

皇甫胥道："奴才观察大王，亲伯嚭而疏相爷。伯嚭是奸诈小人。相爷如果不从奴才劝告，仍然留在吴国，恐怕久后必被伯嚭陷害。"

伍子胥思虑了一会儿，突然变色，怒道："好大胆奴才！竟敢妄言国事，讥谤君王。"朝帐外叫道，"来人，把这个狗奴才拖出去，责杖五十。"

弘渥率卫兵进帐，把皇甫胥拉出帐外，虚张声势，重举轻下，把皇甫胥抽打了一顿。弘渥进帐禀道："相爷，已遵令责过皇甫胥。请示相爷，把皇甫胥如何处置？"

伍子胥叹道："皇甫胥刚才劝我弃爵退归田原，免遭后患，他的心意是好的。他的父亲皇甫讷对我有救命之恩。我不忍心让他跟我遭遇祸患。你传我命令，让他明天回棠邑士林，奉养他的义父。你多给他金钱物品，给他一乘车马，送他上路，让他不必前来向我辞行了。"

伍子胥说完，已经是老泪横流。弘渥目睹宰相伤心之状，也潸然泪下，许久才蹀足退出。

第二天天不亮，一乘车马驰出会稽城外五里处停住。皇甫胥、弘渥先后跳下车来。皇甫胥朝着城阙倒身跪拜，口中泣道："相爷保重，奴才去了。"

弘渥俯身把皇甫胥扶起，劝道："你不要悲伤。你昨天走后，相爷哭了半天。"

皇甫胥泣道："我知道相爷是借故赶我走，是不让我皇甫家和仇家两门断绝香火。相爷，相爷你是天下好人。"说完又伏地跪拜弘涅道，"我此去，不能早晚侍候相爷了。我拜托弘涅兄代劳了。"

弘涅慌忙拉起皇甫胥，说道："你放心，我弘涅尽心尽力侍候相爷。弘涅若有差池，胥兄以后可取我项上人头。"

皇甫胥道："有弘涅兄这句话，我放心上路了。"

临别，弘涅嘱道："胥兄经过姑苏，要向主妇和少主人辞行。你千万不要说相爷生病，以免主妇和少主人担心。相爷是急火攻心，不几天就要痊愈了。"

皇甫胥在车上拱手道："兄长放心，我知道深浅。"

弘涅回到右军大营，卫兵说道："相爷让你进帐。"

弘涅来到帐中，刚要施礼，被伍子胥招到床前，问道："皇甫胥走了？"

弘涅点点头。伍子胥叹道："迟早我也要你回归故里。但是，你现在还不能走，还未到时候。"

弘涅跪道："奴才愿意终身伺候相爷。"

伍子胥笑道："起来，起身。傻话。我已经年过半百，怎能让你伴我终身。早晚我也要让你和皇甫胥一样，决不留你。你扶我起身梳洗吃饭。我还不想死。吴国不愿意我死。勾践也不让我死。"

吴王夫差恐怕齐国乘虚举兵伐吴，决定班师回国，行前命令伯嚭召越使文种、诸稽郢来中军大帐。

夫差问文种、诸稽郢二人道："寡人已经允许越国投降，命令越王夫妇去吴国做寡人三年奴仆。三年期满，寡人允许勾践回国称臣。寡人不几天班师回国。越王夫妇是否能随寡人同行？"

不等文种答话，诸稽郢行礼道："大王既赦寡君不杀，臣请大王宽限寡君时日。待寡君收拾府库财宝玉帛，择选国内秀色美女，携住姑苏。臣请大王宽限五月之期。寡君既然投降大王，怎敢负心背约？"

夫差拈须笑道："寡人谅勾践不敢。假如勾践失约，寡人率军杀回，叫你越国不留一人。"又命道，"司马椒勇。"

椒勇出班应道："臣在。"

夫差道："你率士兵三千留在会稽，催促勾践夫妇如期赴吴。"

椒勇道："臣，遵命。"

夫差又命令道："太宰伯嚭，你屯兵一万，驻扎在吴山，等候勾践夫妇入吴为奴。如果勾践逾期不到，你率兵把越国灭掉，砍下勾践头颅，回禀寡人。"

伯嚭跪应道："臣，遵命。"

不几天，吴王夫差率三军班师回国。太宰伯嚭率士兵一万，在吴山安营扎寨，等候越王勾践入吴。司马椒勇留在越都会稽，催促文种、诸稽郢二人回会稽山禀报勾践，命令其准备入吴。

文种、诸稽郢二人回到山上，把夫差准降、命越王夫妇入吴为奴三年——禀报。勾践听了面色阴沉，一言不发。许久，他才挥手让文种、诸稽郢退下。

王后姒婹看出勾践不悦，劝道："炎执，范蠡请降之计是缓兵之计。只要吴国不灭越国，越国就有复兴之日。忍得眼下之辱，才有来日的希望。"

勾践圆睁鼠目，怒道："这个夫差不知天高地厚，竟然命令我夫妇入吴三年为奴。我勾践为了越国，可以忍辱为奴。我舍不得你随我受辱。"

姒婹道："大王如果为了我一个妇人，失约于夫差，伯嚭一万士兵就要灭我越国了。到那时，大王和妾有什么脸面面对越国人？"

勾践痛爱地抚摸着姒婹的肩头，说道："我是担心你啊。那个夫差，是头喜淫好色的恶狼，怕你受辱。"

姒婹推开勾践，正色道："大王如果为了我，不惜越国和臣民，妾有什么脸面做越国的王后？"又回头悲泣道，"炎执，你如果担心我受夫差污辱，我此刻就让你消除此念。"

姒婹说罢，一头朝岩壁撞去。勾践慌上前抱住姒婹，夫妇相拥恸哭。许久，姒婹才仰起泪脸说道："炎执，你要是真心爱我，就带我去吴国为奴。我夫妻二人有福同享，患难与共。"又道，"炎执，你放心。夫差如果对我心生邪念，妾自有办法对付。"

勾践被姒婹的高风亮节深深地打动，不禁失声痛哭。姒婹安慰道："甭哭了，大王。你的臣民都在看着你。你赶快带领大臣和兵士们回到会稽。还有好多的事情，要你和范蠡、文种他们商议哩。"

越王勾践率领人马下了会稽山，回到会稽城中。吴兵已经退走，市井如故，却是一派萧条。到处都是断足残臂衣衫褴褛的兵士。成群的孤儿蓬头垢面地光脚追逐、争夺乞讨的食物。勾践目睹此景，面有惭色，叹道："我勾践，愧对越国的臣民啊。"

勾践回到王宫，问内官道："宰相和文种大夫，到哪里去了？"

内官道："宰相率领百官去收养孤寡老人和孤儿。文种大夫和诸稽郢大夫去馆驿慰问吴国司马椒勇将军和兵士。"

勾践听了如释重负，坐在宝座上瞌目说道："寡人倦了，小睡片刻。宰相来了，你叫醒寡人。"说完，沉沉睡去。

村前。兵士把一块木板钉在土墙上。范蠡提笔在木板上写下"孤老村"三个字。弃了笔，范蠡问身旁的焦贪道："老人和孩子们，来了多少？"

焦贪道："禀宰相。现已收容孤寡老人一千八百二十一人。孤儿三千七百九十三人。"

范蠡道："你把城中所有孤独老人和孤儿全部集中在孤老村。当然，住不下可以再建几个孤老村。使他们有家住，有饭吃，有衣穿。最主要的，是让他们有国可依，使他们知道我们越国没有亡，我们的国君还在爱护着他们。"又道，"还要拨出田地给他们耕种，力取自食，不能长期依赖国库赈渡。你带领你的兵士留下来，办好

355

这件事。"

焦眷躬身道:"宰相,我是将军,你还是让我领兵和吴国人打仗吧。"

范蠡叹道:"现在无仗可打了,越国已经投降吴国了。大王夫妇要入吴三年为奴。你记住,仗是有你打的。但是,三年五年,甚至十年,我们不提打仗。我们不说打仗,把报仇二字刻在心上。"又道,"我让你留下来,照顾保护这些老人孤儿,这比打仗重要。你要明白,这是民心。只要大王不失去民心,越国就永远不会灭亡。越国就迟早有振兴的希望。"

焦眷俯首道:"请宰相容焦眷想想。"

范蠡道:"走,我们去看看这些在战争中失去亲人的孤儿。"回头对卫兵道,"把蔬瓜送来,这是大王给孩子们的礼物。"

几名卫兵担了几筐蔬瓜紧紧跟着范蠡,走进村中。一群孩子们换了新衣,正在玩耍。焦凰率领几名女奴,在一旁溪边涮洗孩子们的衣衫。焦眷大步上前,伸出大手招呼道:"孩子们,宰相来看望你们了。"

孩子们簇拥而来,齐齐跪下,呼道:"宰相大人好。"

范蠡伸手扶起一个孩子,笑道:"你们都起来。"见孩子们起立,又道,"孩子们!你们记住了。我以宰相的名义命令你们,今后不许下跪,尤其不许向吴国人下跪!记住吗?"

孩子们齐声道:"记住了,不许给吴国人下跪。"

焦眷道:"宰相给你们带来蔬瓜,每人一个。你们必须像兵士一样,排队。"

孩子们排成一行,个个挺胸而立。兵士们在每个孩子们的脚前放上一个蔬瓜。范蠡见蔬瓜分派完毕,命令兵士们道:"把你们的刀,给他们。"

兵士们纷纷拔出佩刀,递到孩子们手中。孩子们个个手持长刀,神色茫然地看着范蠡。

范蠡正色道:"孩子们,放在你们面前的蔬瓜是吴国的瓜。你们手中拿着刀,看你们怎么把它吃掉?"

一个孩子领头喊道:"杀瓜,杀吴国人!"

孩子们齐声怒喊,纷纷举刀劈向蔬瓜。范蠡转身离去,泪水已经止不住流下脸庞。焦眷紧跟左右,连声叫道:"宰相,宰相。"

范蠡仰面朝天,问道:"焦眷,我问你。你说,我们越国会亡吗?"

焦眷道:"宰相,不会亡!我们有这些孩子,越国就不会灭亡,决不会灭亡。"

范蠡又问道:"那你,还愿不愿意留下来?还是要跟随大王去吴国?"

焦眷道:"我遵宰相之命,带领我的兵士留在越国。我要保护这些老人和孩子,和他们一同种地垦荒。"说完抓住范蠡的手,又道,"宰相,我们原来是朋友。你说是吗?"

范蠡道:"我们今后还是朋友。"

焦脣道："少伯兄，你随大王入吴，千万保重。"

范蠡动情说道："谢谢，焦脣兄弟。我要劝谏大王，让子禽和诸稽郢大夫留在越国。你是武将，往后凡事多和他们商量。"

焦脣已是泪流满面，口不能言，只有不住地点头。

第四十章

文种贿赂伯嚭，勾践入吴为奴

这天天不亮，越王勾践在王宫召集百官朝会。这次朝会是越国战败后的第一次朝会，也是勾践入吴为奴之前的最后一次朝会。

越王勾践坐在宝座之上。一向不干政事的王后姒婞，这次也坐在勾践的侧旁。文武百官依官职位序分立两旁。勾践面带忧戚，环视众人道："今天朝会，不同以往了。众位爱卿，都坐下吧。"

百官齐声道："谢大王。"

勾践道："近来宰相连日操劳，代寡人秉政，建孤老村数十个，收养数千孤寡老人和孩子。使寡人深感肺腑，也使寡人增添图强复国的信心。吴王允许寡人五月期限，偕王后入吴为奴。眼看限期届满，司马椒勇也再三催行。逾期不能成行，太宰伯嚭要率兵从吴山杀回，灭我越国了。眼下越国是国破家损，诸事繁如乱麻。这次朝会，是寡人战败后首次朝会，也是寡人入吴为奴前的最后朝会。寡人请众位爱卿为越国的未来复兴，为寡人成行吴国，献谋献计。"

将军焦脣离座，跪道："臣请大王和王后不要入吴。吴王夫差、太宰伯嚭，都是虎狼。大王入吴为奴，凶多吉少。"

勾践道："将军请起，归座。"又道，"寡人听俗人言，世上有两种人没有凶险，一是生陷绝境，二是无生存能力之人。这两种，寡人兼有，还怕什么凶险？寡人入吴，越国可存。寡人不入吴，越国灭亡，寡人何生！寡人入吴之事已定，不必再议。需议者，什么人随我入吴？什么人留在国内？国内军政诸事怎么料理？请众卿无所顾忌，畅所直言。"

范蠡奏道："臣请大王允许臣随大王入吴，留文种、诸稽郢等人在国内。"

诸稽郢奏道："国内诸事繁杂，离不开宰相。臣请随侍大王左右。"

勾践为难，小声问姒婵道："王后以为怎么样？"

姒婵道："范蠡、文种都是越国的栋梁。范蠡性柔善谋，利于和吴王周旋，随大王入吴无虞。文种忠厚廉洁，还是留在国内为好。"

勾践细眉微舒，鼠目放光，大声道："诸稽郢大夫归座。"又道，"众卿不必再争。寡人意已决，宰相随我入吴。文种大夫和众卿留下，替寡人操劳国政。寡人走后，国内诸事，都以子禽为主。寡人委子禽秉政，众卿听命于子禽，如同听命于寡人。"

众臣齐应道："谨遵大王之命。"

勾践又问范蠡道："宰相还有什么话说？"

范蠡道："臣谏大王降吴，是缓兵之计，实是麻痹吴人，争得时间，自励图强，以后复国灭吴。此举臣以为，瞒得住吴王夫差、太宰伯嚭，却瞒不过伍子胥。所以，臣随大王入吴以后，臣请文种遣散国内士兵，命令他们归田为民，消除吴人的顾忌。府库财货宝物，大王带半数贡吴，半数留在国内。留守百官，要廉洁自律，带领百姓垦荒耕种，兴工商，图自强，使百姓存粮窖满，使府库财货充盈。这是后计。"

范蠡说到这里，勾践伸手止住道："宰相且住。"问文种道，"子禽听清吗？"

文种俯身道："宰相的话，臣字字在心。"

勾践大声说好，对范蠡道："宰相请说，眼下之计。"

范蠡道："眼下之计，是大王成行入吴。大王所贡吴王珍宝财货，臣已准备就绪。只有所贡美女，从后宫选择不到了。臣以为，高飞之鸟，死于美食。深渊之鱼，死于香饵。夫差荒淫好色，大王应当投其所好，使他衰志废政。这次贡给吴王美女，应当从民间选择秀美者，计足三百之数才妥。再从美女中选择绝色上佳者，教她间谍之术，媚惑吴王，为我败吴兴越所用。"

勾践击节叫好。诸稽郢道："选美之事，请大王交臣办理。"

勾践若有所思，半天才道："寡人又有罪于百姓了。卿这次从民间择女，切不要强拉硬捕，要晓以大义，赠其父母财货，使她自觉自愿才好。"

诸稽郢道："臣遵命。"

诸稽郢深知选女很难速办，立即用越王的名义，草书一道严苛的诏令，命廷理抄写，传到各乡里游宗。诏令曰：

凡年满十六之女，都进宫选秀，中者随大王赴吴，其家终身免税赋徭役。知有女而不报者，处以墨刑[1]；藏匿者，处以劓刑[2]；奔逃者，处以剕刑[3]；私嫁者，处以

---

[1] 刺刻面、额，染以黑色。

[2] 割鼻。

[3] 砍脚。

宫刑 ④；抗命不遵者，处以大辟 ⑤。

西施、郑旦自从和范蠡在苎萝溪边对天盟誓定下婚约，一别三年音空信渺。二人思恋范蠡，早晚翘首盼望范蠡早日归来迎娶。西施、郑旦也多方托人去会稽打听，得知越王朝中并无范蠡这人，更是忧心忡忡，寝食不安。这天天刚亮，郑旦来寻西施，一见面就说道："西施姐，不好了。我听会稽来的商人说，吴国人打败了越王。越王投降吴王夫差，要选三百秀女送给吴王。"

西施吃了一惊，急问："这事当真？"

郑旦道："天上有日，地上有影，既有传言，怎会有假！"又叹道，"范蠡君和我姐妹二人订下婚约，一走三年，音信渺绝。万一，万一官家把你我选进宫中，带去吴国，怎么是好？"

西施是个沉稳的女子，听了郑旦这话，竟然也吓得娇容失色。手中的针刺了手指，冒出鲜红的血珠。西施吮了指血，长叹一声，低头道："我昨夜做了一个梦。"

郑旦问道："姐姐梦到什么了？"

西施道："这个梦甚怪。我梦见伸手触天，天如肌肤滑溜。"

郑旦听了大惊失色，红唇几番开合，竟然吐不出言语。西施惊问道："妹妹为什么惊恐？"

郑旦说道："姐姐，我昨天也做了一梦，竟然和姐姐的梦大同小异。"

西施问道："妹妹梦见什么？"

郑旦道："我梦见天如乳房，天上星辰像乳头。梦中我伸了嘴，吮吸天上的乳头了！"

二人正在惊骇无状，突然听到街巷中传来卜人叫喊占卜。郑旦道："姐姐，不如请卜人占一卦，问问梦兆凶吉？"

郑旦见西施点头，出门招来卜人，细说梦境。这个卜人长得一副怪相：三角眼、斗鸡眉、尖嘴猴腮、狸子胡须。卜人听了西施、郑旦所述之梦，躬身拱手说道："恭喜！贺喜！"

西施问道："我姐妹二人所梦促怪。先生道喜，请说喜从何来？"

卜人道："某曾听说，尧帝梦中攀天而上。汤帝梦天而吞。这二人以后都成了千古帝王。你二人所梦，是帝王前占，兆大吉。"

西施赏了卜金。卜人击板喊叫离去。二人正在为卜人的话疑惑，一个断足汉子拄着双拐慌张进院，见西施、郑旦怒道："你们二人尚在悠闲，还不快走？"

这个断足汉子是郑旦的哥哥郑奇，昔年跟随越王在檇李作战，被吴兵砍了双腿，成了残人。郑旦问郑奇道："哥哥为什么慌张？"

郑奇道："越王投降了吴国人，要选三百秀女献给吴王。官差已经到了里司，

---

④ 残害生殖器。
⑤ 刀劈处死。

正在挨门挨户搜寻女子。你姐妹二人，赶快去后山躲一躲！"

西施、郑旦惊慌失措。这时西施老父亲施迣也慌张进院，大呼道："不可，不可躲避。大王有令，凡年满十六之女都要选秀进宫，跟随大王去吴国。去者全家终身免除税赋徭役。凡是知女不报者处以墨刑，藏匿者处劓刑，奔逃者处刖刑，私嫁者处宫刑，抗命不遵者大辟。"转脸责问郑奋道，"郑奋，你这小子亏是当过兵，不知道大王刑罚厉害吗？你让她们躲避，不但害了她们受刑，你我也难逃死罪。"

郑奋道："眼睁睁瞅着把她们送给吴王做妃，你身为父亲，于心何忍？"

施迣道："给吴王做妃，享不尽的荣华富贵，求之不得哩！人生在世，无非吃穿二字。进了王宫，住的是楼，穿的是绸，喝得是油。你小子想也想不得哩。"

郑奋还要和施迣争辩，镇长率领十几名士兵拥进院内。镇长瞅见西施、郑旦一阵大笑，对施迣、郑奋二人道："施老头、郑奋，我给你们二人贺喜了。西施、郑旦是百里挑一的美人，不用选，保准被吴王纳为宫妃。你施、郑两家，祖坟冒了青烟了！怎的，还不谢谢本官？"

郑奋唾了一口，背转身去抹泪。施迣跪下，叩头道："草民，叩谢镇长大人抬举。"

西施、郑旦已经抖做一团，不知怎么是好。镇长叫道："西施、郑旦，即刻随本官去里所。本官派车送你二人去都城会稽，进宫候选。"

西施躬身道："妾请镇长稍候。容妾稍事收拾，和老父亲作别。"

镇长道："上官有令，什么物件都不许携带，只去你本人就可以了。你二人父兄都在这里，要作别三言两语，不可久待。王命不遵，立即处死。"

西施、郑旦二人各自扑向父兄，相拥大恸。镇长等得不耐烦，喝令士兵道："哭哭啼啼，何时是了？又不是去死，何悲之有？你们把二人拉上车，直接押送王宫。"

兵士们不由分说，把西施、郑旦硬拉强拖，押上车去。车马出了街巷，还听到二人撕心裂肺地叫喊。

西施、郑旦二人到了越王后宫，和众美女住在一屋。二人不饮不食，啼哭不止。西施悲伤过度，又受了惊吓，体热发烧，半昏半睡。郑旦不知所措，守在西施床前饮泣。

这天女史来到秀女寝屋宣道："王后驾到。众秀女迎驾。"

郑旦慌忙把西施从床上搀扶下地，二人跟随众秀女跪伏在地。王后姒婳在女史导引下走进房间。

一个大胆的秀女领头叩道："妾等叩拜王后娘娘！"

姒婳和蔼说道："都起来，起来说话。"

姒婳看见郑旦搀扶西施站立，走过来关切问道："她有病吗？"

郑旦低头道："回禀王后娘娘。她是我姐姐，名叫西施，得了热疾了。"

姒婳一惊，伸手亲拭西施额头，说道："果然热疾，好烫。"回头对女史道，"你去叫医官来，替西施医疾。"

女史道："小臣遵命。"说完曲体退出。

姒婵仔细打量西施，见她身材稍瘦，苗条清秀，说道："西施，你抬起头来。"

西施道："奴妾遵命，"稍稍侧身曲体，微微抬头。

姒婵一见西施容貌，惊得轻叫一声，叹道："清秀苗条，面如桃花，真的美如仙子啊。"

姒婵又看郑旦，见她丰腴白嫩，面容秀美，和西施一般妖媚动人，亲切问道："你叫什么名字？和西施是亲姐妹吗？家居哪里？家中有什么人？"

郑旦道："奴妾贱名郑旦。奴妾和西施姐姐同村，是异姓姐妹。奴妾父母早逝，有一个哥哥名叫郑奋，昔年跟随大王征吴，失去双腿。"

姒婵叹道："原来是这样啊。"又问西施道，"你家中还有什么人？"

西施躬身道："奴妾回王后娘娘。奴妾自幼丧母，只有一个六旬老父亲。"

姒婵皱眉问道："可有兄弟？"

西施道："有一个哥哥施栌，在槜李战亡了。"

姒婵又叹息了一声，问道："你父亲叫什么名姓？"

西施道："家父名叫施逴"。

姒婵突然笑问："你们看，我问了这么多的话，却忘掉问你们家住哪里了。"

西施道："奴妾和郑旦妹子同村，苎萝人。"

姒婵感慨道："苎萝山水灵秀，难怪造化出这样绝世美女。"命女史道，"你把西施、郑旦二人名列众秀女册首，报呈大王和宰相。让内官取府库黄金各二十镒，赐给施逴、郑奋，使老残衣食有着。"

女史应道："臣妾遵命。"

姒婵对西施、郑旦和众秀女说道："你们这次去吴国，是做吴王的嫔妃宫女。大王和我也随你们一道去吴国。大王和我做吴王的奴仆。我们受辱受罪，都是为了越国不被吴国灭亡。只要越国不灭，越国就会有强大的希望。你们去了吴国，要怂恿吴王荒淫废政，维护大王的安全，保卫国家的和平。有国才有家，国灭家何存？为了不使更多的姐妹像西施、郑旦的兄长战亡和伤残，你们就要忍辱负重，做好我们越国的卫士。用你们的肉体和灵魂，保卫大王，保卫越国！你们不是妓女。你们是为了大王和百姓而献身。你们是我们越国的和平使者。大王已经诏令，免除你们家人的税赋徭役，终身免除。你们挺起胸来，打起精神，跟随大王去吴国。"

众秀女跪应道："谨遵王后之命。"

姒婵亲手搀起西施、郑旦，对二人道："你二人容貌出众，如果被吴王纳为嫔妃，一定要让他不要伤害大王、伤害越国。此外，要促使夫差亲伯嚭而疏伍子胥。如有机会，你二人力争促使夫差诛杀伍子胥。"又道，"越国最可怕的敌人，不是夫差，也不是吴国的十万士兵，而是吴国的宰相伍子胥。你二人听明白了吗？"

西施、郑旦应道："奴妾明白。奴妾谨遵王后吩咐。"

众秀女见王后、女史离开，纷纷议论。一个秀女说道："王后说我们是用身体保卫国家的使者，是不拿戟戈、用肉身抗击吴王的战士。"

又一个秀女不以为然，怒道："老爷子们打不过吴国人，用我们女人的身子去抵挡吴国人的家伙。这是什么人出的馊主意？"

一个秀女说道："我听说是宰相出的主意。宰相劝越王投降吴王，贿赂伯嚭。吴王听从伯嚭的话，才准许大王投降，让大王和王后去吴国做三年奴仆。大王把府库珍宝和我们三百秀女带去吴国，是贡献给吴王夫差的。我还听说，吴国的宰相伍子胥不愿意越国投降，要灭掉我们越国，遭到吴王和伯嚭的反对，都气病了。"

另一个秀女道："这个吴国宰相，还是斗不过我们越国的宰相。"

又一个秀女道："不是伍子胥没有本事，是吴王贪淫好色，又重用贪利嫉贤的赃官伯嚭。吴王要是听信伍子胥，我们越国就被灭了。"

一个秀女问道："你们说东道西，究竟我们越国的宰相是个什么人？"

一个秀女道："我听说宰相是楚国人。他曾经在楚国王宫击鼓辱骂过楚王，名叫范蠡。"

郑旦听了对西施道："姐姐，你听清了吗？范蠡当了越国的宰相！"又道，"范蠡和我姐妹有约在前，为什么不来苎罗找我们？是不是他当了宰相，嫌弃咱俩了？"

西施道："妹子，你甭胡思乱想了。越国处在生死存亡，他身为相国，怎么能以私废公？"

郑旦道："以私废公？我们是他的未婚妻妾！国王还有王后的。他为什么失约毁盟？"又道，"我们就要被送往吴国，成为吴王的玩物了。这还是他出的计谋，天啊！"

郑旦说完悲啼不止。西施劝道："妹子不要悲伤。男女嫁娶是缘定，富贵在命，生死在天，不由人做主。妹子你想开些。"

郑旦怒道："我要见他。我要跟他论理！"

这时一名女史进来，问道："哪位是西施？请随我来，医官在候你医疾。"

郑旦一边饮泣，一边扶持西施跟随女史去了。

内史把所选民间秀女简册呈交范蠡。范蠡看见排首二人姓名是西施、郑旦，问内史道："西施，郑旦，这二女是什么地方人？"

内史道："回禀宰相。西施、郑旦貌若天仙，王后要把她俩献给吴王做嫔妃，所以排名榜首。她俩是苎罗人氏。"

范蠡听了如遭雷击，半天才回过神来，对内史道："你让西施、郑旦二人独居一屋，让宫奴精心侍候。"

内史领命离去。范蠡把简册放在案前，剪背低头在屋里踅来踅去。他忘不掉在苎罗溪边和西施、郑旦的婚约盟誓。他想不到西施、郑旦却被选秀进宫，又被王后指定贡献给吴王。他想去向王后说明原由，王后一定会允许他和西施、郑旦成婚。但是他不能这么做。选美贡吴，是他范蠡提出的媚吴害吴的计谋。他身为宰相，在国难当头怎么能因私废公？他也可以奏请越王，释西施、郑旦二人回家，侍奉老父残兄。想想也不可行。释放西施、郑旦二人，其他秀女又怎么看他范蠡？他身为越国的百官之长，利用职权释放自己的未婚妻妾，而让别人的女子去吴宫做宫奴，这不是宰相干的事。

范蠡思虑再三，决心忍痛割爱。为了大王，为了越国的复兴，他必须舍小家保大家。范蠡主意既定，即刻进宫去见西施、郑旦。

西施、郑旦正在灯下织鞋。女史进来，说道："宰相来了。"

西施、郑旦吃了一惊，还没回神，范蠡已经进屋。女史一旁喝道："还不给宰相下跪！"

西施、郑旦慌忙丢下麻鞋，抠衣下跪。范蠡慌忙伸手拦住，说道："不要跪，不要跪。"回头对女史道，"你回避。"

范蠡见女史出去，才对西施、郑旦说道："你姐妹二人，一向可好？"

郑旦气汹汹地剜一眼范蠡，低头不语。西施问道："夫君一向可好？"

范蠡叹道："我从苎罗别后，来会稽投奔越王。越王听信石买谗言，不用我。王后挽留，让我隐住在文种大夫庄园。这次越王战败，才拜我为相。为使越国不亡，我请大王降吴，贡献珍宝美女。万万想不到，你二人也被选中了。"

西施低头不语。郑旦责斥道："你当上宰相，就忘掉了婚约盟誓。你把未婚妻妾献给吴王，是不是为了你的宰相官职？"

范蠡道："我不是为了我，也不是为了官，是为了越国。我如果不这样做，吴国会灭掉越国。越国所有的百姓都会成为吴国的奴隶，包括你姐妹二人。"又道，"我可以奏请大王和王后，请求和你姐妹二人成婚。大王和王后一定会恩准。但是，我不能这么做。我不能因私废公，因小家而毁国家。我范蠡有负二位，请你姐妹二人宽宥。"

范蠡说到这里，已经是声泪俱下，撩衣跪伏在西施、郑旦的面前。西施慌忙俯身把范蠡拉起，一边责怪郑旦道："妹妹不要责怪夫君。你不要为难夫君了！"

西施又对范蠡道："我姐妹二人已经和夫君对天盟誓，虽然不能圆房成婚，也是夫君妻妾了。我姐妹二人受王命去伺奉吴王，身子是吴王的身子，心却只有夫君一人有。他年夫君能兴越败吴，请夫君救我姐妹于水火，和夫君再续百年之好。"

范蠡含泪应允。夫妇三人拥抱大恸。西施见范蠡葛衫多处开花绽线，和郑旦穿针引线，二人在灯下缝补。西施一边补衫，一边嘱道："这次夫君随大王和王后入吴为奴，定有万般辛苦。妾请夫君千万保重。"

范蠡也嘱道："你姐妹二人也要珍重。你们伺奉吴王心悦，大王无恙，我也无恙。只求吴王早日释放越王回国。我范蠡定当振兴越国，早日发兵灭吴，接你姐妹回家。"

说到这里，三人又拥抱痛哭。范蠡要离去。西施、郑旦把所织麻鞋递给范蠡。范蠡把一双麻鞋塞进怀中，啼哭而去。

越王勾践入吴的五月期限转眼就到了。吴国司马椒勇将军催促勾践起程。

勾践请椒勇先行。他命令内官收拾府库财宝，装满五十余车。又把宫中所征秀女三百三十人，以三百人献吴王，三十人送给太宰，分别用帷车乘坐。勾践诸事完毕，择吉日出了王宫，经由会稽北门去吴国。百姓沿途跪伏道旁，为越王夫妇送行。

越王勾践身穿葛衫，发髻上只缚了一条红巾。王后妼婷身穿自织大练，上身是黑色短绡，下穿白色长裙，用竹枝为簪，别住脑后的发鬃。宰相范蠡穿布袍芒鞋，随乘王驾后面。百官各乘轩车，送出城外三十里。勾践下车对众臣泣道："寡人先君辛劳经营，才有越国。传到寡人，夫椒一役，败至国破家亡，千里做囚。寡人此去有日，回来无日了。"

群臣听了无不哭泣。文种奏道："大王不要悲伤。昔者汤王囚在夏台，文王囚在羑里，后来都一举成王。齐小白奔莒，晋重耳逃翟，然后也成就霸业。自古圣贤，莫不从水火中苦熬求生。臣请大王顺应天意，越国自有兴期，切不要悲伤气馁，自损其志。"

勾践听了文种的话，才止住悲伤。文种让内官摆下案席，斟酒为越王饯行。

文种举杯，敬勾践道："子禽奉大王之命，暂主国事。子禽力使耕战足备，百姓亲睦，百业兴旺，等待大王回来，复国复仇。"

太宰苦成也敬酒道："大王此去，臣当谨遵王命，发君之令，明君之德。请大王放心。"

司马诸稽郢道："臣当集兵搜乘，厉兵秣马，以等待大王回国。"

将军焦脊道："末将率领兵士，辟地耕种，操锄当戈，盼望大王早回。"

行人曳庸、司直皓进、司农皋如、太史计倪等众臣，都一一和越王饯行。

越王和王后辞别百官，由范蠡随从，走到江口，弃车登船。勾践站在船头，面对越境，垂泪无语。范蠡在一旁劝道："臣听说'居不幽者志不广，形不愁者思不远'。古今圣贤遇困厄磨难，蒙兵败失国之耻，也不是大王一个人。臣请大王宽怀。"

勾践仰天叹道："死者，人都畏惧。我之说死，心中绝无惧怕了。"

船舰循江西去。勾践见越国山河渐远，无限悲怆，引吭唱道：

高飞兮乌鸢，
凌云兮翩翩。
集洲渚兮优游，
奋健翮兮云间。
啄鱼虾兮戏水，
任厥性兮往还。
我无罪兮负地，
有何辜兮谴天？
风萧萧兮西往，

知复返兮何年?

心辗辗兮若割,

泪泫泫兮双悬。

　　王后姒婳听勾践唱完,强作笑颜,劝慰道:"大王此行,高飞有日,何必悲伤?"
　　这天船行吴境,不远处就是吴山。范蠡对勾践道:"前面是吴山,驻扎着吴国太宰伯嚭的大营。大王不如弃船登岸,安下营寨。待臣先行,去见太宰伯嚭。"
　　勾践允应,下了船舰,依山傍水安扎营寨。范蠡命令随从数十人,用车载珍宝和三十名美女,率领上山。伯嚭听报越王勾践已到山下,越使范蠡求见,迎出营门。
　　范蠡躬身施礼道:"越臣,给太宰请安。"
　　伯嚭瞪目喝道:"你越王已降我大王,如今入吴为奴,当称吴奴,怎敢口称越臣!"又问道,"你是什么人?文种为什么不来?"
　　范蠡道:"子禽有恙,未能成行。某是范蠡,字少伯。"又道,"少伯久闻子余大名,今天得见,是三生有幸。"说完,又伏地跪拜。
　　伯嚭听范蠡呼他字子余,大喜,连声道:"少伯请起,少伯请起。"又道,"我也久闻少伯兄大名。少伯击鼓骂楚王,名播遐迩。少伯家乡哪里?"
　　范蠡道:"某是楚国宛人。"
　　伯嚭道:"这样说来,你我是同乡了。"又问道,"楚王既逐少伯,少伯为什么不投奔吴国,而屈从勾践?"
　　范蠡叹道:"某怎么不想投靠吴王?吴国有子胥、子余,何少一个范蠡?"
　　伯嚭被范蠡说得心花怒放,就和范蠡携手揽腕,走进大帐。范蠡命令从人抬进珍宝,又令三十名美女进帐,对伯嚭道:"些许珍宝和三十名美女,是寡君奉敬太宰的礼物。请太宰笑纳。"
　　伯嚭喜笑眉开,瞅住美女和珍宝不住叫好。范蠡趁机道:"范蠡这次跟随寡君和君夫人入吴为奴,敢请子余看在乡党情面,给以庇荫。"又道:"子禽临行吩咐转告太宰,越国年年贡吴,先贡太宰,决不食言。"
　　伯嚭道:"少伯放心,有我伯嚭,可保你君臣无恙了。三年期满,放你君臣回越。"
　　第二天,伯嚭下令拔营起寨,率领大军押解勾践夫妇到吴都姑苏。吴王夫差听报勾践已到,命令士兵都穿五色衣甲,由蛇门循城内大街一直排列到王宫大殿。勾践夫妇在城外换乘槛车。范蠡散发光脚,步行在车侧。槛车走到王宫门外,士兵把勾践夫妇押下车来。伯嚭先行入报夫差。不一刻,内廷传唤道:"勾践觐见!"
　　勾践前行,夫人姒婳、范蠡随后步入大殿。只见夫差高坐宝座,手握剑柄。两旁文武百官,人人衣甲鲜亮。范蠡偷眼观瞧,只见伍子胥横眉怒目,按剑站在夫差侧旁,心中忐忑不安。
　　勾践伏地膝行,到阶下磕头说道:"东海役臣勾践,叩拜大王。"拜完又道,"勾

365

践不自量力，骚扰吴境，得大王赦罪，承蒙厚恩，保全性命，不胜感戴。今勾践悔罪，诚为大王奴仆，使执箕帚。"

夫差见勾践诚惶诚恐，王后、范蠡都是蓬头垢面伏跪阶下，心生怜悯，怒气顿消。宰相伍子胥一旁奏道："大王忘记了先君之仇吗？"

夫差听问，机械答道："未忘。杀父之仇，未敢忘。"

勾践、姒婕、范蠡三人在阶下听见，都吓得汗流浃背，匍伏在地，不敢抬头。范蠡爬前两步，以头触勾践之臀。勾践有悟，磕头触地道："罪臣着实该死，只求大王垂怜。"

伍子胥大声喝道："大王不可赦勾践之罪！先王之仇，不可不报！"

夫差被伍子胥喝叫惊得激颤，不由自主地从宝座上站起。一会儿，夫差回过神来，怒视勾践叫道："勾践，你抬起头来！"

勾践艰难地抬起瘦长的头颅，一对鼠眼朝夫差、伯嚭闪烁着哀怜的目光。

伯嚭刚要开口，夫差铠铛拔出宝剑，喝道："勾践，你杀死我的父王，此仇不可不报。寡人念你也是一国之君，不忍亲戮！"把宝剑掷在勾践面前，说道："你自刭吧。"

勾践伸手抓剑。范蠡匍匐上前，抢先抓着剑柄，对吴王夫差道："大王可曾听说，君辱臣死？今天大王令寡君自戕，臣当先死。然而，臣死前有一言进大王。大王许寡君投降，命令寡君入吴为奴。今天寡君践约而来，大王却毁约而杀寡君。寡君和臣，生死事小，大王失信于天下事大。请大王三思！"

范蠡说完站起，横剑要刎。伯嚭一旁大呼道："慢！"

伯嚭出班，跪奏道："大王允诺不杀勾践，不灭其国，让他入吴为奴，三年放回。大王此诺，天下人都知道了。今天勾践夫妇践约入吴为奴，又携国中珍宝和美女三百人，贡献给大王。大王要令他死，不但失信于越国，也是失信于天下。大王已经打败了越国，使勾践成为大王臣奴，先王之仇已经报了。臣的话，请大王三思。"

夫差听说勾践贡献倾国珍宝，又献三百美女，心有所动，刚要开口，伍子胥怒目叫道："飞鸟在天，尚且弯弓射之，何况勾践伏在阶下？勾践阴险，谄词令色，图求免死。大王如果怜悯，犹如放虎归山，不可再擒了。"

夫差已经决意不杀勾践，对伍子胥道："寡人不是不听宰相的话，是怕天下人说寡人无信无义。宰相难道没有听说过，诛降杀服，祸及三世吗？"

伍子胥气得须发倒竖，拔出沥镂宝剑道："大王怕祸，老臣不怕。老臣代大王杀他！"

夫差见伍子胥要杀勾践，喝叫道："大胆！寡人是一国君主，宰相你敢废我吗？"

伍子胥听到夫差呵斥，急火攻心，张口吐出鲜血。他顿时觉得天旋地转，挂剑立定。夫差见状，也惊慌叫道："快，快送宰相回府。"

几名卫士听命，上前揿伍子胥。伍子胥弃剑在地，由卫士扶持走出宫门。伍子胥仰天叹道："夫差今天不杀勾践，以后必当死在勾践手上了！"

366

夫差望着伍子胥远去，一时不知所措。伯嚭在一旁谏道："子胥只明眼前之计，不谋长远之道。大王要图霸于天下，诚信是仁君之举。"

夫差听了伯嚭的话，十分高兴，就命令卫士道："把勾践等人，囚在石牢。"

夫差见卫士押下勾践夫妇和范蠡，走下宝座，在阶下捡起伍子胥的宝剑，说道："寡人早就听说，子胥有这把宝剑名叫沥镂，锋比'干将'、'莫邪'，果然不假。"把剑递给嚭臣道，"替寡人代宰相收藏。"

吴王夫差回到后宫，命令召见勾践所献美女。嚭臣手捧名册，令众美女排列在阶下，呼道："西施，郑旦，觐见！"

西施、郑旦抠衣碎步，走到夫差座前，曲体躬立，齐声道："妾西施、郑旦，叩见大王。"

夫差抬眼一瞅，立时被二人美貌惊呆。但见西施、郑旦，前者苗条，后者丰腴，二人都是雪肤花貌，娇艳无比。夫差陶醉，无心再看其他美女，挥手让她们退下，留下西施、郑旦。

夫差命令嚭臣摆宴。西施、郑旦在夫差左右侍酒，使夫差尽欢而饮。当夜夫差让西施、郑旦二人一同侍寝。

第二天天亮，便唤内史封西施、郑旦二人为妃。赐西施住长乐宫，郑旦住华阳宫，各拨阉奴、宫女伺候。

这天，宫女禀报西施道："禀报王妃娘娘，太宰主妇宓娇求见。"

西施正因为不知道越王夫妇和范蠡的处境而焦急，听到伯嚭主妇来访，立即迎入。二人礼毕，分宾主落座。西施见宓娇年逾四旬，仍然容颜娇嫩，风韵楚楚，笑道："主妇青春常驻，养容有术啊。"

宓娇也笑道："承蒙王妃娘娘夸赞，臣妾哪如王妃娘娘天姿国色。王妃娘娘美貌，无矫饰造作，是天成之美。臣妾之美，是养颜之术。"

西施问道："是什么养颜之术？请主妇说说。"

宓娇道："臣妾前夫是楚国左尹沈尹戍。臣妾是楚国人。昔年有楚夫人媳妘，生有二子，年有六旬，容艳如处子，楚王称她桃花夫人。楚夫人得以养颜秘术，是用黄鸟之睪，火焙研末，掺以香草，入蜂蜜调制，名叫'雀膏霜'，早晚敷面，容颜不老。"

西施惊叹道："这真是个宝物。"

宓娇道："臣妾有自配'雀膏霜'，明天给王妃娘娘送些过来。"

西施听到宓娇声声称她王妃娘娘，如针扎心，说道："请主妇往后叫我西施，不要用王妃称我。"

宓娇躬身抠衣道："臣妾遵命。"

西施早就知道伯嚭和宓娇都是贪利之辈，并且屡受越王贿赂。入吴之前，范蠡曾经嘱咐她尽量接触宓娇，用她做耳目。宓娇前来正中西施心意。西施让侍女取来一粒宝珠，赐给宓娇。宓娇见宝珠硕如雀卵，光华夺目，跪道："越王已赠太宰珍宝，臣妾也有份。这颗宝珠，臣妾不敢受。"

西施笑道："此珠是天月之精，暗中可以光照三尺，如灯如炬。这是我的一点心意，请主妇笑纳。"见宓娇谢恩，俯身问道，"主妇你是否知道，越王夫妇安好？"

宓娇得知吴王宠爱西施、郑旦才进宫拜见，讨好二人。她见西施探问越王，回道："昨天伍子胥要杀越王，亏得太宰劝谏吴王，斥退伍子胥，越王才得以免死。如今越王夫妇和范蠡，都囚在石室，生死未卜。"

西施心里稍安，又道："越王入吴为奴，得到吴王免死，是依靠太宰出力。越国人感怀太宰和主妇恩德，永铭肺腑。请主妇说给太宰，请他保全越王夫妇和范蠡的性命。"

宓娇听到西施求她传话给伯嚭，要保全勾践性命，心想何不借西施之力，怂恿吴王诛杀伍子胥，以雪杀夫之仇？宓娇笑道："西施娘娘命令，臣妾敢有不从？不过，吴国有伍子胥，越王生命难保啊。"

西施点头道："我知道了。主妇请退。"

第四十一章

伍子胥犯颜强谏，夫差三番杀勾践

西施送走宓娇，想到越王夫妇和范蠡的安危，坐卧不宁，立即让宫奴去华阳宫请来郑旦商议。

西施把宓娇说的话又说了一遍，又道："吴王囚越王在石牢。宰相伍子胥不会放弃诛杀越王的主张。越王夫妇和范蠡随时有性命之忧。太宰主妇说，要保越王无恙，必须怂恿吴王杀掉伍子胥。你以为怎么样？"

郑旦沉思了一会儿，摇头道："不可，不可以。姐姐不听说，贫不役富，贵不临贱，疏不间亲吗？吴王虽然对伍子胥又怕又恨，然而伍子胥是吴王先父挚友，有恩于吴王，有大功于吴国，又是宰相。我姐妹侍奉吴王刚有一夜之欢，怎能谏杀吴王辅臣？弄不好，不但使越王夫妇和范蠡君遭受杀身之祸，你我生死也不保了。"

西施吓得娇容变色，嗫嚅道："行前内史嘱告我等越女，承欢吴王，暗保越王。如今越王有倒悬之危，怎么是好？"

郑旦道："姐姐不要忧虑。如果今夜吴王临幸姐姐长乐宫，或去我的华阳宫，我们尽力让他欢愉。吴王应允越王夫妇入吴为奴三年，释放回国，世人都知道。我姐妹请求吴王把越王放出石牢，用他做奴仆。"

西施点头道："对，对！只要吴王允许越王做奴仆，伍子胥要杀越王就没有了借口。他伍子胥虽然是百官之长，总不能违抗王命。"

姐妹俩正在低语，内官入报道："臣奴禀报西施娘娘、郑旦娘娘。大王今晚临幸长乐宫，请西施娘娘备妆接驾。"

西施道："我知道了。你下去吧。"

郑旦朝西施使了个眼色，也起身告辞。走不几步，又转回附耳道："姐姐往后小心了。太宰主妇宓娇，前夫沈尹戍死在雍澨战役，和伍子胥有杀夫之仇。太宰也和伍子胥势不两立，都要杀伍子胥为快。我们姐妹切不可受他利用。我们只要让吴王开心，促使他荒淫废政，让越王夫妇安然无恙如期回国，就是你我不负越国君臣百姓的嘱托了。"

西施道："妹妹说的很对。我铭记在心了。"

西施送走郑旦，让宫女侍她备妆。先用香汤洗浴，澡豆摩体，香茶漱口，香草熏衣，又遍施九曲沉香水膏，弄卷发为新髻，描薄眉成远山黛，佩小朱成慵来妆。西施刚妆完，吴王夫差喜洋洋走进了寝宫。

夫差见西施光彩照人，近前顿觉奇芬异馥，沁心入脾。是夜，西施极力侍奉夫差。天亮，夫差见西施，柳眉微蹙，泪眼莹莹，惊问道："爱妃为什么悲伤？"

西施道："臣妾是越国苎罗人。臣妾有幸伺奉大王，是越王的恩惠。俗人能饮水思源，臣妾是大王之妃，怎能忘恩负义？刚才臣妾想到和大王快乐，越王夫妇却因在石室生死未卜，所以悲伤。"

夫差听了大受感动，把西施搂入怀中，说道："爱妃这样高义，是寡人的福气。"又道，"寡人既然应允勾践夫妇入吴为奴，怎能杀一个降服之人而失信于天下？我夫差不是无信不义之人，等会儿就命令释放勾践夫妇。"

西施无语，只朝夫差杏眼含睇。夫差不胜怜爱。

朝会上，太宰伯嚭奏请吴王夫差道："大王既然命令勾践做奴仆，为什么不命令他夫妇为大王养马？"

夫差大喜，说道："寡人正有此意。"命令司马椒勇道，"司马椒勇，你在虎丘山先王陵侧凿一个石室，让勾践夫妇居住。把寡人的马匹圈在那里，让他夫妇给寡人养马。"

越王勾践被囚在吴王宫内石牢里度日如年。左边石牢囚着王后姒婕。右旁囚着范蠡。勾践蜷曲在石牢一角，睁眼闭眼都是伍子胥举剑要劈他。他有些后悔听从范蠡降吴的劝谏。伍子胥决不会饶他勾践不死。吴王和伯嚭收受了珍宝和美女，会不会守信？勾践也对夫差和伯嚭产生了怀疑。他想到夫差和伯嚭已经得到好处，是不会为他一个亡国之君和吴国功臣宰相伍子胥反目的。现在夫差把他囚在石牢，杀他是早晚的事。勾践想到自己身为越国君王，就要被夫差押在市曹凌辱处死，倒不如碰壁自尽。勾践于是下定了自尽的决心，不由得悲从心中来，嘤嘤哭泣。

这座石牢是吴王囚禁宫女的囚室，中间只有一堵一丈来高的石壁相隔。勾践的哭泣声，姒婥和范蠡都听进耳中。士兵在牢外橐橐走动，不住地叫骂喝斥。姒婥和范蠡虽然和勾践一墙相隔，也不好言语劝慰。范蠡担心勾践寻短自杀，慌忙撕下袍衫一片，破指沥血，写道"君子无时且耐时"，写完捡了一粒石子裹了，抛过石壁。

勾践正要撞壁自杀，突然看见抛落一物，拾来观看，是范蠡血书"君子无时且耐时"七个字。勾践猛然清醒，为自己刚才的短见羞惭。勾践想到夫人姒婥为自己担忧，就把范蠡血书展平，咬指写上"天不灭越，我当不死"八个字，抛进姒婥的囚室。

姒婥忧心如焚，担心勾践自戕，见了血书才放下心来。门外士兵大声吼道："勾践，你们听着，大王赦你等不死，命令你等去虎丘为大王养马！"

狱卒打开大锁，把勾践、姒婥、范蠡三人押出石牢。士兵们又把三人押上槛车，出了宫门，赶奔城外虎丘山。

车出城外。勾践手握槛栅，看到荒郊漫野，青山绿水，脸上愁云才有舒展。范蠡看见越王表情轻松，望着空中苍鹰，引吭唱道：

> 昔有管仲兮囚歌黄鹄，
> 今有范蠡兮歌我雄鹰。
> 雄鹰落地兮不如雉鸡，
> 雄鹰袭天兮雉鸡奈何？

勾践听到范蠡的歌唱，纵情大笑，笑完也唱道：

> 勾践去国兮沦为吴囚，
> 问彼苍天兮不肯我顾。
> 漫漫长夜兮我心悲苦，
> 持志以忍兮我心不死。
> 越山越水兮听我盟誓，
> 勾践回越兮天不存吴。

姒婥在槛车中听到勾践、范蠡对歌，脸上露出欣慰的笑容。这是她自从越国战败、入吴以来的第一次绽开的笑脸。

槛车走到虎丘山阖闾陵墓东侧，司马椒勇喝令停下，命令兵士打开槛车，又替勾践、姒婹、范蠡三人开启了镣铐。椒勇上前对勾践道："吴王命令你君臣在此养马，所需饮食将由守陵兵士供给。"指点那一排石墙草顶的马厩说道，"这里几十匹良骏，都是大王爱骑，交给你们饲养了。"

　　勾践躬身道："臣仆请将军禀告大王，勾践不敢怠惰。"

　　椒勇又命兵士道："你等好生看管三人。"又道，"他们虽然是大王奴仆，你们没有大王命令，不能对他们笞责和不恭。"

　　士兵们应道："遵命！"

　　勾践等椒勇离去，才直起腰来，和姒婹、范蠡步入石室。这石室阔仅二丈，高不到一丈，出入碰头，要伛偻身体。范蠡替勾践夫妇铺好床铺，又在石室门旁为自己铺了草铺，才躬身说道："臣请大王、王后歇息。臣去烧饭。"

　　勾践道："寡人今为亡国之君，养马为奴。宰相往后，不要多礼了。"

　　范蠡道："亡国君臣，也不能丢失君臣礼节。"说完躬身退出，在洞外垒石成灶，取薪点火，烧锅做饭。

　　姒婹摘去勾践头发上的草屑，说道："夫君有范蠡，是夫君之福，越国之福。"

　　范蠡烧好稀饭，跪献勾践、姒婹饮食。等越王夫妇吃完，才退出洞外自吃。未吃几口，突然听见山道上马嘶，范蠡慌忙张望，只见一乘车马直奔石室而来。近前，一个锦衣武士跃下马车，手执马鞭朝范蠡走来。范蠡垂头曲体，站在石室门旁。

　　锦衣武士近前问道："你是越国宰相，范蠡吗？"

　　范蠡道："臣仆不敢。臣仆是吴王马奴，范蠡。"

　　锦衣武士仰天大笑道："宰相为什么这样卑恭胆小？"又道，"我是太宰府家臣，王孙熊。我奉太宰命令，给你君臣送些粮黍肉食。"

　　范蠡把陶钵放在地上，伏跪道："谢太宰厚赐。"

　　王孙熊命仆奴把粮黍肉食放在石室门旁，低声对范蠡道："太宰劝谏吴王，才许你君臣养马。还有，西施娘娘也和吴王美言，才使你君臣免死。太宰嘱你君臣好自为之。所需衣食，太宰私馈，保你等不致冻饿。"

　　范蠡佯做哭泣道："寡君和臣仆，不敢忘记太宰大恩！"

　　越王勾践和王后姒婹、宰相范蠡，从此在虎丘山下为吴王夫差饲养马匹。日月如梭，时光如箭，一晃将近三年。

　　文种从越国派人车载财货珍宝，进贡给吴王，又贿赂伯嚭。越使探知，越王夫妇和宰相因在虎丘养马，禀报给文种。文种激励百官廉洁自律，鼓励百姓垦种，富民强兵。文种又不断派人去吴国贿赂伯嚭，让他在吴王面前美言，早日释越王回国。西施、郑旦也在枕边吹风，请求夫差释放勾践夫妇和范蠡。

　　这天夫差出游，经过虎丘山下，看见一个瘦长汉子身穿褴褛衣衫，蓬头垢面，仰睡在草地上守住一群牧马。司马椒勇对夫差道："大王，你认识那个牧马人吗？"

夫差朝道旁那个汉子瞅了片刻，摇头道："寡人不认识。"问司马椒勇道，"他是什么人？"

司马椒勇道："他是越王勾践。"

夫差拈须叹道："寡人怎么能相信他是越王？明明是个马伕奴仆。"又道，"你去叫他来，替寡人牵马。"

椒勇驱车上前，对勾践道："勾践，吴王命令你牵马！"

勾践听到吴王夫差命令他牵马，一骨碌爬起，连奔带跑来到夫差车前，跪道："奴仆勾践，叩见大王。奴仆遵命为大王牵马。"

夫差在车中大笑，命令驭卒把缰绳交给勾践，接过马鞭击打辕马。马儿拉车狂奔，勾践反而被马车拖住了奔跑。勾践气喘吁吁，草鞋跑丢了，足趾被山石撞裂，鲜血淋滴。跑不多远，勾践气败力衰，不敢松开缰绳，任由车马拖着狂奔。

这时打山上奔来一个瘦长汉子，拦住了夫差的车马，把勾践从地上扶起，接过缰绳跪奏夫差道："臣仆范蠡，请代寡君为大王牵马。"

夫差起先恼怒，见范蠡要代替勾践牵马，火气全消。夫差见范蠡衣衫破损，散发披肩，光脚无鞋，破衫被风掀起，躯体瘦骨嶙峋。夫差心生怜悯，对范蠡道："你请起。扶你君，回去吧。"

第二天，夫差命令内官到虎丘山宣范蠡进宫。范蠡走后，勾践对姒婥叹道："昨天，少伯代寡人为吴王牵马，夫差怜少伯惨状，爱少伯贤良了。今天宣少伯进宫，恐怕要授少伯高爵厚禄。少伯，他不会回来了。"说完，伤心恸哭。

姒婥安慰道："炎执为什么无缘生悲？无故怀疑少伯？少伯伺奉我夫妇三年，从未僭越君臣之礼。他忠心耿耿，感人泪下，怎能弃我夫妻而仕吴王？"

勾践止泣，叹道："深渊可测，人心难测。三年为奴，备受艰辛，铁石都磨损了，何况乎人志？"

姒婥道："天下人都可能背负夫君，只有少伯不会负你。"

勾践瞪着鼠目问道："王后你怎么说出这话？"

姒婥道："三年前入吴之前，臣妾得女史禀报，大王所贡吴王之妃西施、郑旦，都是范蠡的未婚妻妾。"

勾践听了大惊，问道："真有此事？"

姒婥从范蠡草铺底下摸出一双麻鞋，对勾践道："这鞋是西施、郑旦二人，入吴之前一夜织成。三年来少伯光脚踏冰，都舍不得穿这双新鞋。"

勾践一边接过麻鞋，一边小心抚摩，流下泪来。

姒婥道："少伯为了越国，为了你，竟然忍痛舍弃未婚妻妾。这样的忠臣，世上什么样的高爵厚禄，能打动他的心？"

勾践痛心疾首，泣道："寡人心脏！寡人有罪，错怪少伯了。"

范蠡跟随内官进宫。夫差对范蠡道："寡人听说，'哲妇不嫁破亡之家，名贤不仕灭绝之国'。你和勾践夫妇都是寡人奴仆，羁囚一室，你不觉得委屈吗？寡人欣你才德，要赦你的罪。你如果弃越从吴，寡人必当重用。只要你答应，就可以去忧患，取富贵了！"

范蠡行礼道："臣听说'亡国之臣，不敢语政。败军之将，不敢言勇'。臣在越不忠不信，不能辅越王为善，以致获罪于大王。幸得大王不加诛戮，入吴做大王奴仆，得以君臣相保，臣愿已足。臣不敢奢望富贵。"

夫差见范蠡坚辞不从，叹道："你既然不移其志，仍回石室，和勾践为寡人养马吧。"

夫差见范蠡走后，召司马椒勇进宫，嘱道："你去虎丘山石室，窥探勾践君臣可有怨言。如果有怨言，立即杀掉他们。"

椒勇去后回返，禀道："臣奉王命，去虎丘山探知。勾践服犊鼻，著樵头，斫莝养马。其妇奻婢着无缘之裳，施左关之襦，整日汲水除粪洒扫。范蠡拾薪炊锅，面目枯槁。臣命人深夜窥听，勾践君臣绝无些微怨恨之色，终夜也不听叹息之声。"

夫差听了椒勇禀报，拈须叹道："这样看来，勾践夫妇和范蠡，已经无志思归了。"又对椒勇道，"寡人近日想到伍子胥的话，有所道理。子胥曾经说，寡人不杀勾践，以后必死于勾践。寡人要明天亲自去虎丘山，如果发现勾践君臣有异志，当即杀掉。"

太宰伯嚭听说吴王要去虎丘山，早早进宫随王伴驾。夫差在伯嚭、椒勇随侍下，登上虎丘山，居高往下看。只见勾践坐在马粪旁边宽衣捉虱。奻婢一旁缝补衣衫。范蠡手持扫帚，躬身站在勾践侧后。夫差大为感动，朝伯嚭、椒勇叹道："勾践是小国之君，范蠡是一介之士，虽处穷厄潦倒，尚不失君臣之礼。寡人不亲眼目睹，怎能相信！甚敬，甚敬。"

伯嚭趁机进言道："大王说的极是。臣以为，勾践夫妇君臣，不只是可敬，也很可怜。"

夫差拈须道："诚如太宰说的，寡人甚怜。夫妇住在粪渚，夫捉虱，妇织衫，臣执帚，此情此景，寡人目不忍睹。"又问伯嚭道，"如果他君臣能够悔过自新，甘为吴臣，太宰以为能赦吗？"

伯嚭躬身道："臣听说'无德不复'。大王以圣贤之心，哀孤穷之士，加恩于越，越国怎会不图厚报？"

椒勇一旁谏道："大王要赦越王，应当和宰相商议才妥。"

夫差怒斥道："寡人是一国君主，还要听命于伍子胥吗？"

椒勇见夫差发怒，就不敢言语，退到一旁。伯嚭又道："昔年齐桓公，行管仲扶危救亡谋霸之术，存卫救邢，得到诸侯崇敬，成就霸业。大王如能存越，也是霸王之举了。臣，请大王决意。"

夫差一心想成为霸主，听到伯嚭的话很高兴，当即命令道："太宰可以命令太史卜吉日，赦勾践回国去吧。"

伯嚭当夜派家臣王孙熊去虎丘山石室，把吴王要赦勾践夫妇回国的消息告知勾践。勾践待王孙熊走罢，对范蠡道："三年为奴，终于要见天日了。"

范蠡道："大王先不要欢喜。臣为大王卜其吉凶。"

范蠡得到勾践允许，占得繇辞"天网四张，万物尽伤，祥反为殃"卜辞。

勾践不理解，问道："这个卜辞，怎么说？"

范蠡道："今天是戊寅，以卯时听信，戊为囚日，而卯复克戊。虽有信，不足喜。"

勾践听了，长叹一声，仰卧在地铺上，忧心忡忡。

伍子胥自从劝谏吴王夫差诛杀勾践，夫差不从，子胥拔沥镂宝剑要亲戮勾践，被夫差呵责，咯血斗余，大病一场。然后夫差命令宗嵏去相府探视，并把越国所贡珍宝，赐一半给伍子胥。夫差又命令华元传话给伍子胥，让他居家养病，不必过问国政。

伍子胥对华元道："大王专宠伯嚭，厌恶我伍子胥了。"又叹道，"国之将亡，人力不可为。我痛悔当初，没有听从长卿、被离的劝告，早杀奸贼伯嚭，以致有今天。"

伍子胥把相印交给华元，请他奉还吴王。又命令弘渥把吴王所赐珍宝，悉数以车装载，退还王宫府库。主妇甘媭劝伍子胥道："夫君退金还印，这不是又要得罪大王吗？"

伍子胥道："他不听忠言，不纳我谏，亲奸佞而疏忠良，我留相印又有什么用？他宠信奸佞，贪恋女色，连国家都不要了，还要我这个宰相吗？"又对甘媭道，"你让家奴收拾收拾，明天我们就搬出相府，去阳山田庄居住。"

甘媭耐心劝道："你退印还金也罢，最好还是不要离开相府。你出了相府，离开都城姑苏，就是疏远吴王了。妾以为此举不妥，恐招祸患。"

伍子胥听不进甘媭的劝告，怒道："我是吴国的功臣，有恩于先王，有功于吴国。夫差没有我伍子胥，又怎么能登上吴国的王位？我量他还不敢杀我伍子胥！"

甘媭深知伍子胥脾性倔犟，劝说不通，命令家奴收拾所需之物，以车载之，举家搬往郊外阳山田庄。伍子胥自从居住阳山，咯血之疾渐愈。因为阳山荒远幽静，不听市声，伍子胥性情也变得温和柔顺了。

伍子胥深居简出，或钓鱼打猎，或和家奴荷锄种稼，大半时间却在书房读史写书。伍子胥把他历年率领吴国水师征战的经验，加以总结。又把吴越夫椒水师大战的战术谋略，全都写进书中，重新取名为《水师兵法内经》，洋洋一十二卷。

这天天亮，伍子胥在庄院里教授伍封击剑。弘渥入院禀报道："老爷，庄外有一乘车马，从姑苏而来。"

伍子胥惊道："老夫闲居阳山三年，还没有客来。今天什么人来访？待我亲往迎接。"

伍子胥把宝剑交给伍封，跟随弘渥迎出庄外。

伍子胥葛袍麻鞋，站在道旁，等候那乘豪华的轩车驰近。眼见着大夫华元从车上下来。伍子胥迎上前去，拱手道："老夫万万没有想到，华元大夫能来我这阳山田庄。"

华元拱手道："宰相一向可好？司马椒勇、宗嵏将军，让我代他们向宰相问安。"

伍子胥笑道："多谢，多谢！请大夫进屋。"

伍子胥和华元携手揽腕，走进书房，分宾主落座。弘涅奉上茶饮，退出门外。

伍子胥道："老夫归田养疾，一晃三年，不闻朝中之事。阳庄通往都城的路上长满荒草，大夫车马行走不方便吧？"

华元起身拱手道："三年来，众大夫、将军都要来阳庄看望宰相，都被下官阻挡。大王为伯嚭所惑，对宰相既怕又恨。我们私访宰相，只会使宰相遭受大王、伯嚭的猜忌，招来灾祸。"

伍子胥冷笑道："大夫今天私访，不怕替老夫招来患祸吗？"

华元叹道："宰相未听说'国难思贤相'吗？大王宠幸越国人贡献的美女西施、郑旦，用她二人为妃，居住长乐、华阳二宫，出入仪驾隆盛。大王久不临朝，百官不奉召不得进入禁中。只有伯嚭和家臣王孙熊、伯嚭主妇宓娇，出入自由。昨天听司马椒勇说，大王近日要释放越王勾践夫妇和越相范蠡回国。下官知道此事重大，特来阳山禀告宰相。"

伍子胥叹息道："大王亲伯嚭，疏百官，荒淫废政，又要放虎归山，是自取灭亡了。老夫已经奉还相印，空有宰相之名。大王为女色所迷，为奸佞所惑，即有忠言，也难以入耳了。"

华元问道："难道宰相，你就眼睁睁着勾践被放回越国，让他兴兵灭吴吗？"

伍子胥仰天叹道："不是我坐视不管，是夫差不听老夫忠言。"

华元劝道："如今大王骄横自傲，百官都不敢进谏。宰相有大功于吴国，有大恩于大王，前为先王挚友，今为大王辅臣，也只有宰相你能劝谏大王了。宰相为什么不进宫一次，尽人事而由天命？"

伍子胥苦笑道："为了吴国不亡，我伍子胥也只能再卖一次老脸了。"说完命令弘涅取来官服，穿戴齐整。

伍子胥穿着官服在书房内行走几步，若有所思道："不妥，不妥。"

华元惊问道："宰相虽然退还相印，大王并未夺你宰相官职。宰相如今还是吴国的宰相，有什么不妥？"

伍子胥道："诚如大夫说的，我是宰相，是百官之长，大王一人之下。我如果穿官服，以臣下劝谏夫差，夫差必以君上视我，难听我的忠言。我穿布衣见他，他必以我为先王之友敬重，言而无忌了。"

华元大悟，笑道："宰相所虑极是。"

伍子胥让弘涅帮他脱去官服，重新穿上布袍葛衫，脚穿麻鞋，发髻上别了一枝竹簪，俨然是一个农夫。收拾完，伍子胥跟随华元同车，赶奔都城王宫。

吴王夫差这天宿在西施宫中。太阳早已爬上宫墙，二人这才起床。夫差迷恋西施，亲自为西施梳理秀发。

嬖臣入内，跪禀道："禀大王，伍子胥求见。"

夫差听报笑道："这倔老儿，把相印一扔，归田养疾。这三年寡人不见他，耳边少了聒噪，倒觉着憋闷得慌。"对嬖臣道，"你领他去青阳宫候驾。"

西施听说伍子胥求见吴王，心中暗惊，说道："子胥养疾三年不朝，如今求见大王，是否和大王要释放越王有关系？"

夫差笑道："爱妃放心。寡人要释放勾践，子胥怎能阻挡？"又道，"寡人听说郑妃有恙。你今天去华阳宫代寡人探视，让医官好生医治。"

西施道："臣妾遵命。"

夫差来到青阳宫。伍子胥行礼道："老臣拜见大王。"

夫差俯身把伍子胥扶起，说道："宰相请起。"又命嬖臣道，"给子胥置座。"

夫差见伍子胥布袍麻鞋，竹枝为簪，白发银须，老态龙钟，心生怜悯，问道："宰相高寿几何？"

伍子胥道："老臣老了。老臣来吴国数十年，眼下六十有七了。"

夫差叹道："寡人幼时曾听王叔说，宰相昔年在秦国举鼎，力敌嬴颐、庆忌，冠勇盖世。想不到，转瞬间时光飞逝。"

伍子胥也叹道："俗话说，日月无痕杀人刀啊。"又道，"老臣行乞在梅里，得到先王赏识为友。臣先荐专诸，后荐要离，诛杀王僚、庆忌，以定先王君位。此后，臣又荐孙武，率三万之师，六战入郢，得报杀父戮兄之仇。如今专诸、要离、专毅等人先逝，被离、孙武也远遁他乡，只有老臣受先王托付，辅佐大王，不忍心离去。老臣并非贪图官职，实是不敢有负先王知遇之恩。"

伍子胥说到这里，已经是老泪纵横。夫差听了大为感动，也泣道："寡人待宰相有不敬之处，请宰相宽宥。"

伍子胥见夫差说的诚恳，便道："老臣今天穿布衣见大王，斗胆以先王之友，劝谏大王。不知大王愿意听吗？"

夫差道："宰相肝胆照人，铁面无私，说的是为吴国为寡人。寡人恭听宰相金石之言。"

伍子胥道："老臣听说，昔桀囚汤而不诛，纣囚文王而不杀，天道还返，转祸成福，所以桀为汤所放，商为周所灭。今天大王既囚勾践而不杀，老臣诚恐夏殷之患，又到了。"

夫差听到伍子胥的话，皱眉不语。伍子胥知道已经说动夫差，起身道："老臣说的话，前不负先王，今不负大王。老臣告退。"

夫差回过神来，命令嬖臣道："你用寡人大辂，送宰相回府。"又道，"把相印，奉还宰相。"

夫差见伍子胥走后，把伍子胥说的话仔细斟酌，觉得有理，决心诛杀勾践，喝令卫士道："传司马椒勇觐见。"

不一刻，司马椒勇来到。夫差命令道："你去虎丘山，把勾践押进宫来，候寡人处置。"

椒勇领命刚走，内官入奏道："西施娘娘请大王驾临华阳宫。郑旦娘娘病重。"

夫差听报大惊，即刻起身赶奔华阳宫。

郑旦自从进入吴宫以来，因为思念范蠡而忧郁成疾，以致饮食半废，奄奄待毙。西施听到伍子胥求见吴王，料到宰相必谏夫差诛杀勾践、范蠡。夫差走后，西施火急慌忙，赶奔华阳宫和郑旦商议。

郑旦睡在床上，容颜消损，形状骇人。西施见状，潸然泪下。郑旦口不能言，示意西施坐在床前。郑旦心知西施前来定有要事，努力张开焦干的嘴唇，却无半点声息。

西施对宫奴道："快取浆水来。"

宫奴取来浆水，西施亲自喂郑旦。郑旦小饮两口，问道："夫君，可好？"

西施道："听太宰说，夫君随大王夫妇在虎丘山养马，安好。"又道，"听说，吴王要释放大王和夫君回国了。"

郑旦脸上浮起笑容，哑声道："我是不能随夫君回国了。姐姐以后，若能和夫君团聚，代妹妹好生侍奉夫君。"

西施点头，扭过身去拭泪。郑旦又道："越王和夫君一天在吴，灾祸还在。姐姐要劝说吴王，保全越王和夫君性命，尽早释放君臣回国。"

西施已经是泣不成声。郑旦问道："姐姐是不是有话瞒我？"

西施见郑旦已经察觉，便道："刚才嬖臣奏报，宰相伍子胥求见吴王。我怕伍子胥劝谏吴王诛杀越王和夫君，所以担忧。"

郑旦听了大惊，喘咳不息，强从床上坐起。西施轻摩其背，安慰道："妹妹不要急。太宰伯嚭屡受越贿，他不会坐视不管。越王和夫君无忧。"

郑旦终于缓过气来，说道："我已经命不长久了。我要等待夫君跟随越王回国，才能瞑目。姐姐速告内官，我要面见吴王。"

宫内有一个嬖臣名叫闵绅，早被伯嚭收买使为心腹。宫中但有大情小事，闵绅就私报给伯嚭。闵绅听说吴王要杀勾践，慌忙溜出青阳宫，直奔太宰府，对伯嚭道："刚才伍子胥进宫，劝谏大王诛杀勾践。大王已经被说动，命令司马椒勇往虎丘山押勾践进宫了。"

伯嚭听了心急如焚，让闵绅进宫。又让王孙熊乘劲马辂车，取捷径直奔虎丘山报信给越王勾践。勾践正捧钵喝着浆水，见王孙熊驾车赶来，问道："将军火急而来，太宰有什么话，嘱告小王？"

王孙熊道："吴王听信伍子胥的话，决意杀你，已派司马椒勇前来押你。太宰让我前来告知越王，请越王好自为之。"

王孙熊说完挥鞭打马，慌忙奔荒僻小道回返城内。勾践呆呆地望着王孙熊绝尘而去，两手一松，瓦钵落地裂成数瓣。勾践回过神来，急忙奔向马厩，一边高声叫道：

"少伯，少伯！"

范蠡正在喂马，听唤整衣出来，一边摘除草屑，一边躬身问道："大王唤臣，何事？"

勾践道："刚才太宰命人传话，夫差听信伍子胥的话，已决意杀我。司马椒勇即来押我进宫了。"

范蠡冷静思虑片刻，安慰道："大王不要怕。吴王囚我君臣三年，哪天不是命在悬丝？"又道，"我君臣，忍辱担惊三年了，就不能忍耐今天一天吗？臣料伯嚭、西施，一定会劝谏夫差赦我君臣。夫差是耳软短见之人，必不会信子胥一言而杀我君臣。大王放心前去，臣料此行无事。"

这时王后姒婷也到，也劝道："炎执不要忧虑，我夫妇三年隐忍不死，全赖少伯计策。"

说时，大道上车尘弥空，司马椒勇率领一队士兵驰到山下。椒勇也不下车，手扶车轼，顿戟道："吴王有诏，命令勾践进宫！"

勾践被押进王宫。嬖臣闵绅对椒勇道："司马的事情已经完了。大王命令小臣暂囚勾践，等候大王处置。"

勾践被囚在牢槛。闵绅附勾践之耳说道："郑旦娘娘有病，大王已经驾往华阳宫。越王不要怕，太宰和西施娘娘，一定会劝谏吴王赦你君臣。"

勾践已经知道西施、郑旦是范蠡的未婚妻妾，听到郑旦有病，惊问道："郑旦病得怎么样？"

闵绅低语道："郑旦娘娘，病危了。"

勾践"啊"了一声，跌坐在地。

吴王夫差赶到华阳宫，郑旦已经是气若游丝。夫差站在床前，神色悲哀，执郑旦之手连声呼唤。

西施率宫奴退出门外。

夫差想到郑旦进宫三年，精心侍奉承欢，眼看即将弃世，悲道："爱妃不可丢弃寡人啊。"

郑旦吃力地张口，说道："妾要去了，有姐姐侍奉大王。大王怀念妾的恩爱，请满足妾的心愿。"

夫差道："爱妃你说，寡人应允。"

郑旦道："妾是越国人，应当饮水思源。越王君臣入吴为奴，三年期满，大王应当践诺，释放回国，不要失信于天下。越国是小国，不足以和大王为敌。大王要称雄天下，应当对敌齐国、晋国，何患于一个小国？"

夫差听了郑旦的话虽有情理，但是未能忘记伍子胥的话。夫差心想，释勾践回越，如同纵虎归山，然后必为虎伤，就安慰道："爱妃安心养病。越王夫妇君臣，如何处置，寡人会慎重思虑。"

郑旦见夫差不答允释放勾践、范蠡，一口气喘接不上，立时死亡。

第四十二章

勾践尝粪问疾，子胥威慑晁豹

　　范蠡见勾践进宫三日不回，对王后姒婞道："大王进宫三日，音信绝无。臣请王后许臣进城，亲自去太宰处探听消息。"

　　姒婞道："宰相进城见伯嚭，要千万小心。"

　　范蠡得到王后允准，乘坐运送马料的马车，进入姑苏破楚门。范蠡弃车徒步，径奔太宰府。伯嚭听报范蠡求见，吃了一惊，就让王孙熊领入。

　　范蠡见到伯嚭，行礼道："罪臣，叩见太宰。"

　　伯嚭挥退家奴，伸手虚扶道："少伯请起。落座说话。"

　　范蠡躬身道："罪臣是囚奴，不敢坐。"

　　伯嚭道："少伯怎么说这话？今天少伯来我家中，是私。俗话说，是私便有弊。少伯坐下，坐下好说话。"

　　范蠡谢过，侧身落座。伯嚭又让王孙熊奉过浆水。范蠡小饮一口，放下，起身垂手，问道："罪臣，斗胆探听。寡君三日未回，太宰知道吗？"

　　伯嚭道："少伯坐下，越王无恙。吴王信伍子胥的话，有意杀越王，故使囚在王宫。恰逢郑旦娘娘疾故，未及处置。"

　　范蠡听到郑旦已死，顿觉天旋地转，晕倒在地。伯嚭忙让王孙熊扶起，问道："少伯，你有病吗？"

　　范蠡仰起面孔，任凭悲泪长流。伯嚭不知缘故，以为担心勾践安危，劝道："少伯不要忧虑。明天我进宫觐见吴王，劝吴王释你君臣回国。"

　　范蠡叹道："吴国有伍子胥在，我君臣一天无安啊。"又道，"太宰要保我君臣回国，应当让伍子胥出使他国才行。"

　　伯嚭道："少伯此计很好。一旦有机会，我当奏请吴王，命令子胥出使诸侯。只要子胥出国，你君臣就无忧了。"

　　第二天伯嚭进宫，见夫差得患寒疾，愁眉不展，郁郁寡欢，进言道："大王曾经允许勾践入吴为奴，三年放回。现如今勾践君臣三年已经期满，大王不但不践前言，听信伍子胥的话，囚勾践要杀他。勾践匍匐待诛于阙下，其怨苦之气，上干于天，以致大王疾病。臣以为，大王宜保重，暂时放勾践回虎丘山养马，待大王疾愈，再杀他不迟。"

夫差因郑旦之死，夜不成寐，得患寒疾。听到伯嚭的话，惧怕杀勾践遭到天怒，就命令伯嚭把勾践放回虎丘山石室。

吴王夫差因患寒疾，三月未愈。勾践对范蠡问道："夫差患疾，三月不愈。是不是，他的寿数到了？"

范蠡道："待臣卜其吉凶。"立即布卦，卜成便道，"卜示，吴王不死。其疾到已巳日当减，壬申日必痊愈。"

勾践叹道："夫差不死，必信伍子胥的话，必要杀我君臣。寡人复国之愿，今生难酬了。"

范蠡道："臣有一计，可以让夫差不杀我君臣。"

勾践惊问道："少伯有什么良谋，寡人愿听。"

范蠡道："大王明天进宫请求问疾。如果夫差准见，大王可求他粪便尝之，观其颜色。然后再拜贺夫差，说他疾病痊愈日期。夫差到期疾愈，必然感怀大王。这样，我君臣生还才有希望。"

勾践低头流泪，半天才叹道："寡人虽然无德无能，虽然是败国之君，怎么能含污忍辱，尝他人粪便？"

姒婳见勾践悲愤，不纳范蠡计谋，和颜悦色地劝道："炎执，你知道纣囚西伯在羑里，杀其子伯邑考，烹而飨之，西伯忍悲而食子肉吗？凡是古今要成大事者，都不矜细行。吴王夫差有妇人之仁，而无丈夫之气。他先已赦我们越国，忽又纳伍子胥的话毁诺。你如果不从少伯计谋，怎能取怜于夫差？"

勾践被姒婳说服，即日离开虎丘山，径往姑苏城内的太宰府，求见伯嚭。

勾践躬身，对伯嚭道："勾践入吴为奴，是吴王之囚臣。人臣之道，主疾则臣忧。今勾践听说主公抱疴不瘳，食不甘味，寝不安枕。勾践请从太宰进宫问疾，以尽奴臣之礼。"

伯嚭刚刚收受文种差人送来的贿礼，应允劝谏夫差早释勾践回国。他听说勾践请求进宫探问吴王之疾，心下大喜。伯嚭道："刚才文种派人来，问越王归期，要我早日劝谏吴王，释你君臣回国。我正愁无法。你既然有此美意，定能感动吴王。我再趁便美言。"

伯嚭当晚带领勾践进宫。伯嚭让勾践候在吴王寝宫门外，先进去奏请夫差道："大王近日可好？"

夫差睡在床上，面容憔悴，有气无力地说道："寡人身负沉疴，不见起色，哪能说好？"

伯嚭又道："勾践听说大王偶疾未愈，心极忧虑。再三请求臣领他进宫，来探问大王之疾。"

夫差道："勾践忧寡人之疾，心肠很好。勾践现在哪里？"

伯嚭道："他候在宫外。"

夫差即命伯嚭让勾践入见。勾践入内，行礼道："囚臣听说大王疾，寝食难安，特求探视，愿大王早愈。"

夫差道："勾践你有此美意，寡人欣慰了。"

勾践又道："囚臣听说大王龙体失调，如摧肝肺。今观大王之色，囚臣心安了。"

夫差苦笑道："寡人面如枯蒿，你心何安？"

夫差话刚完，顿觉腹胀要便，命嬖臣闵绅道："寡人要便，快取净桶。"

闵绅亲提净桶放在床前。伯嚭和闵绅扶持夫差下床，坐在净桶之上解便。咕咕嘟嘟一阵下气作响，夫差便完。闵绅把净桶拎出门外。伯嚭扶夫差躺在床上。

勾践躬身在床前道："囚臣往昔在东海，曾经结交医师，观人泄便能知疾病瘥剧。囚臣请观大王粪便，辨大王疾病愈期。"

夫差未曾开口，伯嚭道："勾践既能观便知疾，大王应当允许。"

伯嚭见夫差点头，让宫人把净桶提来。勾践跪在桶前，揭开桶盖，用手指抠取桶中粪便，送进嘴里品尝。伯嚭、闵绅和宫人见状，都大惊失色，举袖掩口。

勾践尝罢吴王粪便，跪伏在夫差床前奏道："囚臣刚才尝了大王粪便，已经知道大王己巳日有瘳，交三月壬申痊愈。囚臣恭贺大王。"

夫差在床上探头问道："你何以见得？"

勾践道："囚臣听医师说'凡粪者，是五谷之味。顺时气则生，逆时气则死。'刚才囚臣尝大王粪便，味苦且酸，正应春夏发生之气，故而知道大王疾病快要痊愈了。"

夫差听了既惊又喜，竟然坐起，说道："勾践，你心地仁慈啊。臣子事君父，自古洎今，没有肯尝粪而决疾者！"又问伯嚭道，"太宰，你能吗？"

伯嚭跪道："臣虽爱大王，然而此事不能。"

夫差笑道："太宰起身。勾践，你也起身。"又道，"此事不只有太宰不能，寡人儿子也不能够。"

夫差对勾践道："勾践对寡人忠心，寡人今天才知道。寡人几乎听了宰相的话，把你君臣杀了。"

勾践听了心中大惊，低头不语。

夫差又道："勾践，你回虎丘山不必再住石室了，夫妇可择室居住，以利方便。所需粮肉，由太宰派人送往。"见勾践跪伏谢恩，又道，"待寡人疾瘳，即当派人送你夫妇君臣还国。"

勾践回到虎丘山，把夫差说的话告诉姒婞、范蠡。范蠡道："大王回国之期不会远了。臣所顾虑，是伍子胥啊。大王忍辱为奴，存复国灭吴之志，瞒得了吴王夫差和伯嚭一帮庸臣，却难障伍子胥的眼睛。"

勾践皱眉问道："这怎么是好？"

范蠡道："臣已经请太宰伯嚭，伺机劝谏吴王派伍子胥出使他国了。臣料想，只要伍子胥不在姑苏，就无人可以阻挡大王回国了。"

勾践听到范蠡有了安排，就放下心来。

勾践和姒婙搬出石室，在马厩一旁清理出一间宽敞草屋住下。范蠡仍住在石室。伯嚭派人送来粮黍肉食，供应丰足。君臣依旧喂马放牧，并不喜形于色。

吴王夫差果然疾病渐愈。一天西施对夫差道："勾践尝粪问疾，其心至诚，感动上天，使大王疾愈。大王如果听从伍子胥的话诛杀勾践，妾恐大王罪及天神，徒招患祸了。"

夫差道："勾践忠心，令寡人感佩，怎能忍心加害他。明天寡人置宴，赐饮勾践。"

第二天夫差命令嬖臣闵绅在文台置宴。伯嚭派王孙熊去虎丘山召勾践赴饮。王孙熊赶到马厩，看见勾践君臣身穿囚服扫除马粪，须发和衣衫都沾满草屑屎尿。

王孙熊道："越王快快更衣，太宰请你进宫。吴王疾愈，在文台置酒，请你去赴宴。"

勾践慌忙弃帚梳洗。姒婙拿来一套新衣，要替勾践更换。范蠡劝阻道："不可，不可。吴王疾愈，感激大王尝粪的忠心，才置酒招待。大王如果穿新衣去，忘了罪囚的身份，反而让夫差猜忌。"

勾践、姒婙听了大惊。勾践穿着囚衣，和范蠡跟随王孙熊往赴文台。夫差早已在文台等候，见勾践君臣身穿囚服，满身粪迹，问道："寡人赐饮于君，君为什么不更衣着冠？"

勾践伏跪行礼道："臣，不敢忘记罪囚身份。"

夫差听了心生怜爱，慌忙离座，俯身扶起勾践道："寡人从今天始，不以罪囚待君，请君沐浴更衣。寡人已令群臣赴宴，即刻就到了。"

勾践拜谢再三，才和范蠡随闵绅离去，沐浴更衣后，来拜谢吴王。夫差让勾践、范蠡面北而坐。大筵置完，群臣分列两旁落座，夫差问道："今天寡人在文台置宴，赐饮越王，什么人未到？"

嬖臣闵绅奏道："奏禀大王，宰相伍子胥托疾未到。"

夫差道："子胥有恙，不来也罢。"又朝百官道，"越王入吴为奴，三年期满。三年来，寡人观越王君臣，服罪养马，勤勉任劳，毫无言怨。越王实是仁德之人，怎能久辱？寡人主意已决，释越王夫妇君臣囚役，免罪放还。今天，寡人在文台为越王设北面之坐，众卿应当以客礼对待。"

酒过三杯。范蠡朝勾践施了眼色。勾践举杯躬身，对夫差道："囚臣敬酒，为大王寿。"说完唱道：

皇天在上，
恩如春阳。
仁乎无比，
德乎日新。
传德无极，
延寿万岁。
四海咸承，
万国宾服。
杯酒既升，
永受万福。

　　吴王夫差听勾践歌唱，心情大悦，和众臣举杯畅饮，尽醉方休。宴散，夫差对伯嚭道："太宰传寡人命令，勾践夫妇和范蠡，不必再住虎丘山，先在馆驿歇息。寡人三天内，应当送其君臣回国。"

　　伯嚭向勾践道喜，当下亲自送三人在馆驿住下。

　　大夫华元得知吴王要释放勾践，忧心如焚，连夜驾车赶奔阳山田庄面见宰相伍子胥。伍子胥得知吴王要释放勾践，第二天进宫觐见吴王。夫差早已料到伍子胥会来劝谏他不释勾践，命令嬖臣闵绅守在宫门，阻挡伍子胥入见。

　　伍子胥懊恨回返，书写奏章一册，命令弘湜送入王宫。吴王夫差正在长乐宫和西施娘娘观看倡优歌舞，闵绅拿着奏章慌张入见。夫差斥道："这样慌张失措，无非伍子胥又来了？"

　　闵绅道："伍子胥已经被臣拒在宫门外，回去写信一函派家臣送来，呈大王阅。"

　　夫差道："呈上，寡人阅。"

　　西施见夫差阅奏章，挥手命令优人退去。夫差展简，文云：

　　勾践是大王杀父仇人，大王昨天何以客礼待之？勾践内怀虎狼之心，外饰温恭之貌，大王为什么爱其片刻之谀，不虑后日之患？大王弃臣之忠直，而听伯嚭之谗言，溺小仁而养大仇，犹如纵毛于炉炭之上而幸其不焦；投卵于千钧之下，而企其必全，怎能得耶？夫虎卑其势，其将有击；狸缩其身，其将有取。勾践入吴为奴，怨恨在心，其忍辱含仇，大王何不思之？勾践下尝大王之粪，实为上食大王之心。大王今天若执迷不悟，中范蠡奸谋，释勾践返越国，以后吴国必为越国所灭，大王必为勾践所擒！

　　夫差阅简大怒，拍简叫道："胡言，一派胡言！"

　　西施道："大王既悉宰相胡言，何不斥驳？"

　　夫差命闵绅道："取笔墨，寡人写信斥驳！"

闵绅研墨铺简。夫差握笔沉思片刻，濡墨写道：

寡人卧疾三月余，相国并无一语慰问，是相国不忠也；不进一物贡献，是相国不仁也。相国是一人之下，百官之上，不忠不仁，寡人要相国何用？勾践弃其家国，千里投寡人为奴，献其财货珍宝，是其忠也。寡人负疾，勾践亲尝寡人之粪，毫无怨恨之心，是其仁也。相国欲寡人诛杀勾践，是陷寡人于不仁不义，皇天必不佑寡人了。

夫差写完刚搁笔，闵绅报太宰求见。夫差命令伯嚭入见，把所书让伯嚭阅读。伯嚭阅罢道："大王所斥很好。伍子胥老而孤傲，臣料他必不进大王的话。子胥为先王委政辅臣，如果他坚持为先王复仇为名，决心诛杀勾践君臣，臣恐大王也无可奈何啊。"

夫差瞪目，怒问道："难道寡人一国之君，是为宰相所左右吗？"

伯嚭道："大王为先王守志三年，每天出宫，卫士叱问大王曾忘先王之仇，那就是子胥命令卫士说的。大王每问必答未忘，其言可畏吗？"又道，"子胥是大王之臣，并不可畏。子胥如果以先王之友、先王委政辅臣，以为先王复仇之名诛杀勾践，大王你怎么能够阻拦？"

夫差一时语塞，痴怔半天，说道："太宰以为，寡人怎么办才好？"

伯嚭趁机进言道："臣听说，齐景公杵臼已薨，齐国不振。大王不如命令伍子胥出使齐国，探知齐国虚实，以便以后大王举兵北伐齐、晋，争霸天下。只要伍子胥一走，吴国就无人能够阻挡大王释放勾践了。"

夫差听计说好，亲写诏令，命令伍子胥明天离都，出使齐国。

伍子胥不敢违抗王命，第二天立即率领弘涅驾车出了望齐门，赶奔齐国。伍子胥望着远逝的吴都姑苏，叹道："夫差派我出使齐国是虚，释放勾践为实。"又道，"夫差今天释放勾践，明天必死于勾践。天命如此，人力不可为啊。"

伍子胥离开姑苏的第二天，夫差命令太宰伯嚭置酒在蛇门城外，亲自送越王勾践、王后姁婟、越相范蠡出城回越国。伯嚭、椒勇、宗苃等百官，也跟随吴王捧杯，为勾践等人饯行。只有大夫华元不来。

吴王夫差执杯对勾践道："寡人今天赦君返国，君当思念吴国之恩，不要记吴国之怨。"

勾践听了，行礼道："臣怎敢忘大王之恩而负义生怨？大王哀勾践孤穷，使臣等得以生还故国，应当生生世世竭力报效大王。"又以头触地，发誓道，"苍天在上，实鉴臣心。勾践以后如果辜负大王，人神共戮！"

勾践一边口中盟誓，心内连呼"不算，不算"。夫差相信勾践真诚，说道："寡人信君之仁德，请君夫妇登程吧。"

姒婳、范蠡也过来朝夫差伏跪辞行。勾践泪流满面，很有依恋不舍。夫差也动以真情，亲自挽扶勾践上车。范蠡等勾践夫妇在车中坐稳，才牵马执鞭，驾车南行。

　　伯嚭送走勾践，又送吴王夫差回宫，然后回到太宰府中。伯嚭如释重负，对主妇宓娇道："勾践走了，伍子胥也走了，我心安了。"

　　宓娇道："勾践囚吴三年，夫君捞取不少好处，财宝美女应有尽有。夫君没有听说，非份之财取之不义，以后必遭祸患吗？"

　　伯嚭笑道："勾践贿我财宝美女，我保他夫妇君臣活命不死，以利易利，何为不义？"又道，"我伯嚭无怕于祸患，只怕伍子胥一人。"

　　宓娇冷笑道："夫君不畏吴王，为什么怕伍子胥？"又道，"妾前夫沈尹戍在雍澨战役，被伍子胥逼死。妾不死，就是要为前夫报仇。妾嫁给夫君，时刻未忘前夫之仇，时刻希望借夫君之手，报前夫之仇。妾万万想不到，夫君竟然怕伍子胥如虎，令妾大失所望。"说完，掩面而泣。

　　伯嚭听了又恼又羞，强作笑颜，劝慰宓娇道："我畏子胥，早要杀他而后快。无奈他是先王委国辅臣，连大王拿他也无可奈何。他要杀勾践，连大王也犯难。还是我出了主意，让大王命令他出使齐国，勾践君臣才得以生还越国。要杀伍子胥，必以计谋图之，怎能凭一时之愤，而鲁莽从事？"

　　宓娇道："我有一计，可以杀伍子胥，不知夫君肯不肯做？"

　　伯嚭大喜，问道："主妇何计可杀伍子胥，快对我说！"

　　宓娇道："妾曾经听钭置说过，他有一个朋友，名叫晁豹，武艺高强，如今聚众盘踞淮泗为匪。夫君可以让王孙熊带上财宝，趋近道赶往淮泗，贿买晁豹，中途暗杀伍子胥。伍子胥虽然骁勇冠世，如今已经年过六旬，年老不言筋骨为能，怎会是晁豹的敌手。再说，夫君可以嘱咐王孙熊，不露夫君名讳，只谎称某仇家相托。万一晁豹失败，夫君也牵连不上。"

　　伯嚭道："我也曾经听说，晁豹是庆忌手下死士，这人骁勇。"唤过王孙熊嘱道，"你去贿赂晁豹，让他截杀伍子胥。不管事成与否，都不要暴露身份。"

　　王孙熊道："老爷放心，奴才脑颅落地，也不会吐露半句真话。"

　　伯嚭道："如果事成，伍子胥的阳山田庄，我就赏赐给你了。"

　　王孙熊伏地磕头，说道："谢老爷恩赏。"

　　王孙熊走后，伯嚭叹道："匪人无信。假如晁豹不杀伍子胥，如之奈何？"

　　宓娇道："妾已经料到，既使晁豹不杀伍子胥，伍子胥也不得生还了。"

　　伯嚭问道："何以见得？"

　　宓娇道："齐国人怕吴王举兵伐齐。伍子胥轻车简从，齐国人肯定心生疑忌，必定会杀他。"

　　伯嚭笑道："主妇高见，主妇高见。"

王孙熊带上黄金百镒和珍宝若干，乘双马轺传，取近道日夜兼程赶往淮泗。这天来到淮河岸边的东阳城，寻到一家名为"八方客栈"的旅店住下。王孙熊叫来客栈老板，问道："听说有位江湖豪杰，名叫晁豹。店主可曾听说？"

店主见问晁豹，吓得浑身暴起鸡皮疙瘩，嗫嚅道："未听说。小人未曾听说。"

王孙熊又问道："老板知道淮泗在哪里？"

店主道："淮泗是统名了。客官自此处渡河，就进入淮泗了。"又道，"从这里北到钟吾，数百里方圆，统称淮泗。"

王孙熊道："照你这一说，这里也算淮泗吗？"

店主道："也算，也不算。"

王孙熊见打听不出眉目，就把车马寄在客栈，把黄金珠宝装进皮囊，背负在肩后，手提宝剑来到船坞。王孙熊穿着锦衣绣履，一派富商打扮，朝河边一站，立时有五六位船主拥了过来。

一位船主问道："客官雇船吗？我的船是三桅上下仓，可载货也可以住人。"

一个贼眉鼠眼的瘦小汉子抢道："你不见人家单身渡河，有啥货物？"又对王孙熊道，"客官要是单身渡河，还是雇我的小船保险。小船速快，大船太招风抢眼了。"

王孙熊一听有门道，就问道："大船怎么会招风惹眼？"

那瘦汉子道："客官你是南方人，不知道北地故事。"把王孙熊拉到一旁，耳语道，"这淮河之间数十里滩涂，芦苇遮天蔽日，经常有一伙土匪出入，专门拦劫行商客旅。抢了钱财还不算，杀人抛尸叫'滚刀面'，活的扔进河里的叫'下馄饨'。为首的名叫晁豹，杀人不眨眼。客官你还是雇我的小船保险。"

原先的那个船主在一旁讥讽道："要是果真遇到晁豹，一个屁就把你那个小划子崩翻！"

瘦小子拉住王孙熊道："你甭听他瞎胡说。我和晁豹手下人相识，他们不劫我的船。客官你尽管放宽心，要坑你我李小万不是人生父母养的崽子！"

王孙熊瞅出李小万不是个正经货色，心中暗喜，说好价钱，就登上了李小万的木船。这船说小也不算小，中间竖了一根桅杆，船中有仓，船头有锅灶。王孙熊上了船，李小万撤了跳板，起了锚，用竹篙把船撑出船坞。船出了港，李小万弃了篙，扯起篷帆，坐在船尾，一手扣住帆索，一手扳摇舵柄，扯嗓子唱道：

> 彼泽之陂，
> 有蒲有荷。
> 有一美女，
> 思之若何？
> 寤寐无为，
> 涕泗滂沱。

唱着唱着，小船驶进芦荡。但见周围港汊纵横，河道渐窄，两旁洲滩芦苇蔽日，只有鸟雀喳喳啾啾，很是瘆人。小船无风不行，李小万弃舵操篙，撑船而行。刚行三二里，河道愈窄，小船在芦苇丛中挤擦穿过。李小万汗流浃背，又弃了篙，一边举袖擦汗，一边对王孙熊道："客官甭着急，我有唤风秘术。我一打唿哨，风就来了。"

王孙熊心下明白，也笑道："我正要寻'风'，请便。"

李小万阴笑，把二根手指塞进口中，吹出一长串尖锐哨响。哨音刚落，就见周围港汊里驶出十数只快船，船头都立有持刀大汉，个个凶神恶煞。为首大汉豹头环眼，满面虬须，手持一杆大戟，很是勇猛。李小万朝王孙熊挤个眼色道："客官，晁豹来了。"说完纵身跃进河里，潜水而逃。

那个持戟大汉正是匪首晁豹，朝王孙熊拍戟叫道："我说你那小子，吃滚刀面还是下馄饨？任由你二者择一。"

王孙熊仰天大笑，笑完朝晁豹拱手道："请问晁豹兄，可曾听说官不打送礼的？狗不咬拉屎的？"又道，"在下是楚国商人王孙。今天来到淮泗，送财宝给晁兄。"

晁豹听了一怔，继而笑道："我晁豹是个水匪，一向劫财，未听说送财。"又道，"你何以为信？"

王孙熊把皮囊扔到晁豹船中，又摘下宝剑扔给晁豹。晁豹接剑在手，伸脚踢了踢皮囊，朝匪徒们叫道："弟兄们，接这位王孙朋友，回水寨喝酒！"

王孙熊跟随晁豹来到岛上水寨。晁豹排摆酒宴。三碗酒尽，晁豹捋须问王孙熊道："俗话说，黄鼠狼给鸡拜年，必有原因。王孙兄送我黄金珍宝，必有所求。在下请王孙兄直言。"

王孙熊深知匪性喜直，说道："我家兄行商在养邑，昔年被伍子胥烧死。伍子胥是我杀兄的仇人。我今天来求晁豹兄，替我报杀兄之仇。"

晁豹道："伍子胥火攻养邑，是攻打掩余。你兄误死在战火，和伍子胥何仇之有？"

王孙熊道："伍子胥不火攻养邑，我兄怎么会死？"

晁豹道："也是，也是。"又道，"伍子胥是吴国宰相，手掌兵将。我晁豹是淮泗水寇，怎么能给你报仇？王孙兄，请恕晁豹无能。喝罢酒，拿上你的财宝，走人。"

王孙熊一阵大笑，笑完叹道："我原以为，晁豹兄是一个顶天立地的豪杰，虚名啊。"又道，"我听说，晁豹兄是公子庆忌部属。庆忌之父王僚死在伍子胥之手，庆忌也死在伍子胥之手，晁豹兄为什么不想为旧主报仇？"

晁豹圆睁怒目，喝道："休得胡言！王僚被专诸所杀，庆忌又死在要离之手，和伍子胥无关。"

王孙熊道："专诸是伍子胥荐给公子姬光，后又荐要离刺杀庆忌，怎么说和伍子胥无关？"

晁豹听了思虑片刻，讷讷道："你说的也有理。只是，伍子胥勇武盖世，我不是敌手。

他又在吴都姑苏，我又怎能为你报仇？"

王孙熊见已经说动了晁豹，又道："伍子胥已老，不是当年力举巨鼎的伍子胥了。我听说，伍子胥近日轻车简从，出使齐国，正要从淮泗路过。晁兄如果要为旧主报仇，这是千载难逢的机会。"

王孙熊见晁豹还在犹豫，又道："晁豹兄如果能诛杀伍子胥，将留英名于后世，强似一个匪贼。"

晁豹受到王孙熊的怂恿，就收下黄金珍宝，应允截杀伍子胥。晁豹有一个朋友名叫尹箴，当时也在岛上，宴罢对晁豹道："伍子胥是英雄。晁兄怎能相信一个陌生人的话，而不自量力去杀一个当世贤人，留骂名于千古！"又道，"我看王孙这个人，不像是商贾之辈，其中必有隐情。"

晁豹道："尹兄不说，我也有顾虑了。我晁豹虽然沦为匪贼，还知道仁义二字。"又道，"我虽然跟随庆忌多年，从未和伍子胥交过手，只想会一会这位名播天下的武宰相。"

第二天，晁豹派船送王孙熊到东阳；又密派李小万尾随王孙熊，打探根由细底；一边又派小匪，穿梭在东阳各个馆栈码头，留意往来旅客，一旦伍子胥到来，立刻禀报。

这次伍子胥出使齐国，明知是吴王夫差故意支他离开吴国，好赦放勾践君臣回国。伍子胥心灰意冷，不乘辇车，不率士兵护卫，只叫弘湿随行，乘轩车北上。这天来到东阳城内，但见东阳古城倚山面淮，景色秀美，就不急于渡淮，寻着馆驿住下了。主奴二人身穿便装，行走在山间街道，观赏远近的山光水色。迎面走来一个卜人，沿街叫道："占卦，占卦！知穷达而洞凶吉，明隐迹而断未来。"

弘湿见那个卜人形貌古怪，很是好奇，对伍子胥道："主人为什么不卜一卦？"

伍子胥叹道："数十年来，我遇卜者无数，未见如椒丘、被离善卜。可惜，可惜，这二人一死一隐。"

那个卜人正是尹箴，听见伍子胥说话，搭道："先生为什么只夸椒丘、被离，怎知世间再无善卜者吗？"

伍子胥拱手道："先生既有这句话，那就为老夫卜一卦吧。"

尹箴卜卦，先得乾卦，变而为观卦，对伍子胥说道："乾卦是'观国之光，利用宾于王。'先生此行应当是大吉。可是变观卦即兆不妙了。观卦变四不到五，五为君位，不及九五就难得'利见大人'了。"见伍子胥笑而不语，又道，"我再卜一卦。"

尹箴又卜了一卦，得观卦变而为涣卦。尹箴击掌笑道："妙哉，妙哉！观卦初六爻辞为'小人无咎，君子吝'。暗示先生中途有灾。然而，涣卦为'离披解散之象'，巽上坎下，风行水上，都为涣散之意。以此卦象，先生此行虽有灾难，是一场虚惊。"

伍子胥淡淡一笑，让弘湿付了卜资，二人继续沿街游览。走到船坞，但见港内泊了数百只帆船，桅杆如林。夕阳西射，船桅倒映在水中，如同万条金蛇游荡不息。

弘涅对伍子胥道："既然来到船坞，不如订下渡河船只，择日北行。"

伍子胥准许。弘涅来到船坞雇船，问了许多，没有一个船主肯渡，都摇头如同拨浪鼓。弘涅很是奇怪。他走到塘头，看见一只单桨大船，一个虬须大汉在船头弯腰烧饭。弘涅过去问道："请问老大。我要雇一只船渡河，有雇吗？"

大汉回转身来，正是晁豹。晁豹问道："你载有什么货物？"

弘涅道："我主奴二人、两马一车，无货。"

晁豹打量弘涅，笑道："雇！几时开船？"

弘涅道："几时开船，我得问我家主人。"

晁豹道："你等会儿再来回话，先付定金。"

弘涅来到伍子胥面前，说好明天渡河，又去付了船资。第二天一早，主奴二人和车马上船。晁豹撤了跳板，操起一杆黑黝黝鸭蛋粗细的长篙，光着脚板把船撑进河中。晁豹也不张帆，深则使桨，浅则使篙。船行半天，到了淮河中间，前后白茫茫不见彼岸。晁豹发一声喊，只见篙杆扦入河底，拽拔不出。晁豹朝伍子胥、弘涅抱拳说道："篙扦河底，某拽拔不出来。请二位帮忙拔出。"

弘涅道："我来试试！"绾袖拔篙，触篙惊叫道，"怪哉，铁篙！"

伍子胥见弘涅拽拔不出，又见晁豹相貌凶猛，知道他不是善辈，上前对弘涅道："老大要试我老夫。还是我来拔吧。"

伍子胥把葛衫提起，系在腰间，绾起衣袖，双膀一较力，把铁篙拔起。铁篙提出水面，弘涅大吃一惊，只见铁篙已被扭曲如同麻花一般。伍子胥双手攥住铁篙左拧右撅，摆弄面条儿一般，把铁篙捋直，递还晁豹。晁豹早已惊吓得目张如卵，弃篙倒身下拜道："小人早就听说将军大名，如雷贯耳，今天得见身手，果然名实。小人叩拜宰相，请相爷恕罪。"

伍子胥伸手把晁豹扶起，问道："壮士是什么人？"

晁豹道："小人是庆忌家奴晁豹。庆忌死后，小人畏罪，率领老残奴人住在淮泗洲涂，捕鱼捉虾，也打劫贪官奸商，为匪做盗了。"

伍子胥道："待老夫使齐回国，自当奏请吴王，赦你等无罪。你等可以自耕为食，不可为匪做盗。"

晁豹听了感激涕零，跪伏再拜。晁豹把伍子胥、弘涅二人请上水寨，置席款待。伍子胥见寨中都是年老伤残，都是庆忌家奴旧属，想起昔年要离刺杀庆忌的事，心下感伤凄凉，对晁豹道："你能怜残悯老，把他们聚在一处，同甘共苦，是义士所为，也是善举。我自当奏请吴王，赦你等旧罪。你们要善为良民。"

晁豹誓道："只要相爷和大王赦我等旧罪，决不再做匪盗。晁豹若负宰相，人神共戮！"

晁豹要留伍子胥歇息几天，伍子胥不允。晁豹船载酒肉，把伍子胥主奴二人和车马，一直送到齐国边境登陆，才洒泪回去。

晃豹刚回到水寨，就得到李小万禀报。王孙是太宰伯嚭家臣王孙熊。晃豹叹道："幸好我听从尹箴的话，不然枉杀宰相，中了奸人伯嚭的奸计了！"

第四十三章

勾践回国誓志复仇，子胥遇刺有惊无险

越王勾践和王后姒婕、宰相范蠡一行出了吴国边境，弃车登船，行在浙江之上。范蠡举目北望，泪流两行。勾践安慰道："少伯不要悲伤。寡人回国了。国中美女，少伯尽可随意择娶。"

姒婕道："少伯心里只有西施、郑旦。"

勾践握拳怒视吴境道："寡人立誓伐灭吴国，替少伯夺回西施。"

这时江上行过一只木船，但听渔翁击桨唱道：

越王已作釜中鱼，
可笑夫差无远虑。
疏恶子胥亲伯嚭，
荒淫女色仁且愚。
纵使虎豹出虎丘，
撞开金锁走鲸鲵。

勾践目送渔人驶船远逝，举头眺望越国清山绿水，叹道："寡人昔年入吴为奴，已经决意埋骨异乡，不想今天又临故国了。"

勾践说完恸哭。姒婕、范蠡悲愤饮泣。随行人众，无不伤感流泪。

船舰走到会稽山下，只见岸上黑鸦鸦人群。近前，就见文种、诸稽郢、焦睿等一帮文武百官和数千百姓，伫立河岸相迎。船傍岸，官民都伏跪，呼声雷动。勾践一边流泪，一边把百官一一扶起，又请百姓起身。

文种道："臣等请大王进城。"

勾践抬头看一眼会稽城墙，叹道："寡人难忘会稽之耻，不忍心居住。子禽先在山上安寨，寡人暂住会稽山。"

范蠡道："大王且居山上。待臣替大王筑造新都，再迁居不晚。"

勾践从此住在会稽山上，和兵士垦荒植稼，苦身劳心，目倦欲合，尝之以椒，冬握冰，夏近火，睡在柴薪上。勾践又让卫士取猪胆挂在屋檐下，每天晨起暮居，必尝苦汁，不忘亡国为奴的耻辱。姒婳也和宫女采桑养蚕，浣纱织布，身穿大练，白帛罩头，全无修饰。百官见越王夫妇卧薪尝胆，励志复仇，全都廉洁自律，一心奉公。

勾践在吴国为奴三年期间，文种率领百官勤于国政，使越国稍有起色。百姓温饱，府库财货日渐充盈。自吴越夫椒战败之后，越国壮男多有伤亡，壮丁缺少，寡妇孤儿众多。勾践回国之后，和范蠡、文种商议，发布政令，鼓励生养。命令百姓壮男不准娶纳老妇，老男不准娶少妇为妻。如果男子20不娶、女子17不嫁，责其父母之罪。孕妇将产，都要禀告里长，让医人守候，生男生女都有赏赐。如果一胎产三子，官养其二；生二子，官养其一。勾践夫妇外出，都备饭食和浆水。路遇儿童，勾践都亲抚其头，问其名姓，赠以浆食，每每都由姒婳亲手餔之。

范蠡取府库财货，规划建造新都。新都包括会稽旧城在城内，仍旧名叫会稽。范蠡观天文，察地理，西北立飞翼楼在卧龙山，以象天门；东南伏漏石窦，以象地户。外城周围，独留西方方向不筑城垣，铺设通衢大道，远达吴都姑苏。范蠡为麻痹吴国，让人广布谣言，"越王造城，独留西北无郭，不塞贡吴之道"。

这天范蠡来到会稽山，请勾践夫妇移居新都。王后姒婳率领宫女卫士上山采葛，亲织黄丝细布。勾践正在山下扶犁耕田，看见范蠡来到，才弃犁登陌。礼毕，君臣二人坐在陌上。

范蠡道："新都会稽城已经筑成，臣等请大王、王后移驾城内王宫居住。"

勾践道："眼下吴强越弱，夫差虽赦寡人回国，心下还有猜疑，必使间谍打探。越国一天未强，吴国一天未灭，寡人怎敢安居新都王宫？"

范蠡道："大王所虑极是。臣以为，要打消夫差猜忌，应当派使臣去吴国觐见吴王夫差，贡献财货。臣听说，夫差近日大造宫室，大王何不趁机派使臣朝吴？"

勾践道："宰相所谋很好。寡人托劳宰相，筹措财货，还有工匠人物，择日跟随使臣贡吴。"

范蠡跪道："臣遵命。"

勾践慌忙把范蠡扶起，笑道："寡人今天是一个耕夫。宰相不要多礼了。"

范蠡躬立垂手道："臣昔日随大王入吴为奴，还不忘君臣之礼。今天我君臣回国，范蠡身为百官之长，怎敢越礼？管仲曾经说，立国者，是礼、义、廉、耻之四柱。"又道，"文种治国有道，诸稽郢治军有方，焦莶练兵有术，都是国家之福啊。大王尊贤礼士，敬老恤贫，爱幼抚孤，百姓大悦，复仇之心人人都有。但是臣以为，越国百姓遭遇连年征战，贫困不堪，虽经二年免减税赋，稍生养息，仅有温饱，却瓮无余粮。臣请大王诏令，继续免赋三年。越国今天之民，犹初植之树，不可摇其根；犹初飞之鸟，不可拔其羽，须修生养息啊。"

勾践听从范蠡的建议，即刻命道："传寡人诏令，续免税赋四年，续免四年。"

范蠡奉勾践命令，筹集葛布十万匹、甘蜜二百坛、狐皮百张、毛竹满载十船；又让奴工伐梓楠两株，粗十围，长五十寻。范蠡命令工匠雕以五彩龙蛇之纹，下江入水，以船舰拖拽，运往吴国。勾践命令文种为使臣，率领能工巧匠三千余人，带上贡物，乘船往吴都姑苏朝贡吴王。行前勾践对文种道："寡人所畏者，不是夫差和伯嚭，是畏惧伍子胥。前者若犬，易饲。伍子胥不受贿赂，不贪女色，是寡人心腹大患。"又道，"寡人回国之前，伯嚭担心伍子胥阻拦寡人回越，奏请吴王派伍子胥出使齐国。子禽你这次入吴，要趁便打探伍子胥行踪。寡人复仇灭吴之心，瞒得住夫差、伯嚭，难障伍子胥眼睛。"

文种带着越国的贡物刚刚离开会稽，伍子胥主奴二人已经到达了齐国都城临淄。刚到南门，伍子胥喝叫停车。弘涅问道："相爷喝叫停车，不进城吗？"

伍子胥道："我听说去年齐景公、齐相晏婴都薨，料想齐国必有变故。我不明细底，怎能贸然入城？"又命弘涅道，"就近在这城外寻一家馆栈住下，明天进城。"

弘涅牵马拉车，沿城墙根小街走不多远，看见一座青瓦门楼，上悬"古棠客栈"牌匾。伍子胥在车内挑帷瞅见，对弘涅道："这家客栈看来是楚国棠邑人所开，是我的乡党了。弘涅，就住这家古棠客栈。"

车马进了院内，小二接过马匹拉去饲饮。店主也小跑来到，把伍子胥主奴二人迎入客屋，奉敬浆水。伍子胥见店主年逾五旬，慈眉善目，和蔼问道："请问店主，你是棠邑人吗？"

店主躬身道："小人祖代都是棠邑人氏。小人三十年前跟随父亲来齐国经商，父亲疾故在临淄。小人就在临淄城外开了这家古棠客栈了。"

伍子胥又问道："店主贵姓高名？"

店主道："小人不敢自言高贵，卑姓柳，贱名九斤。"

伍子胥沉思片刻，低语道："棠邑柳氏？我且问你，棠城南门浮桥头，有家柳氏大乾仓粮行，你知道吗？"

柳九斤喜道："客官看来也是棠邑人。大乾仓粮行是我家祖业，后被我大伯父继承。敢问客官名讳？"

伍子胥笑道："我也是棠邑人氏，伍员，伍子胥。"

柳九斤瞪大双眼，问道："你就是，吴国的宰相，伍子胥？"

伍子胥点头道："正是老夫。"

柳九斤听了倒身下拜，叩地有声，说道："小人有眼无珠，不知宰相驾临。小人给二爷磕头了。"

伍子胥慌忙伸手，扶起柳九斤道："柳老弟，老夫还是爱听你叫我二爷。快快请起。"

柳九斤站在一旁，揉着泪眼道："你果真是二爷？我不是白日做梦吧？"

伍子胥笑道："谁人敢冒充我伍子胥诓你？"捋着白须道，"你瞅瞅，九斤。老夫这白发白须，是当年在昭关愁白的，不假吧？"

柳九斤一边抹泪，一边笑道："我信，二爷。"又叫店伙道，"快快拾当酒宴，为二爷接风洗尘。"

柳九斤像招待亲人一样对待伍子胥。请伍子胥上首落座，弘涅侧座，自己坐在下首侍酒。柳九斤一声一个"二爷"地呼唤，叫得伍子胥心里暖乎乎地。仿佛这里不是齐国都城下的客栈，而是回到了阔别多年的家乡棠邑，心潮翻涌，双眼濡湿。酒过三巡，柳九斤问道："二爷身为宰相，这次出使齐国，为什么不乘使臣车驾，没有随从士兵护卫？"

伍子胥长叹一声，不想把吴王夫差故意命令他出使齐国，好借机释放越王勾践回国的情由诉说，随口应付道："老夫这次出使齐国，并无要紧国事，只是随便走走看看。"又道，"老夫已经知道去岁齐景公薨，齐相晏婴也病故了。九斤可曾听到，齐国有什么变故吗？"

柳九斤叹道："何止齐国有变故？我这个客栈开在临淄城外，虽然背静，各国使臣商贾无不先在敝店歇脚，尔后进城。故此我这个小店能知道天下人不知道的事。二爷问我，可算问着人了。二爷请饮酒，九斤我慢慢说给你听。"

伍子胥很是开心，一边小饮，一边道："好，好。我饮酒，你说给我听。"

柳九斤道："我听说今年楚昭王熊轸也薨，其子熊章继位为楚王。楚国自从被二爷领兵五战入郢，战败之后，国内多故，日渐衰败。国政衰败者，不仅是楚国，晋国、鲁国、齐国都如此。鲁国自从孔丘辞官，国势不振。齐国先逝宰相晏婴，后薨景公，内乱不断，也衰败了。天下强者，莫过于吴国了。二爷劝谏吴王称霸，北吞齐、晋，可以兵甲天下了。"

伍子胥拈须沉思，一忽点头，一忽摇头，对柳九斤道："你不说吴国的事，只说说齐国。"

柳九斤道："好，我从齐景公薨前说起，二爷你听好。齐景公夫人燕姬，生有一子早夭。景公有六子，都是庶出，公子阳生年长，公子荼最幼。荼母鬻姒出身低贱，但受景公宠爱。景公也爱荼，号其为安孺子。景公在位五十七年，年已七十余岁，还不肯立世子，要等安孺子成人，立他为世子。无奈去年景公一病不起，死前嘱托世卿国夏、高张二人，辅佐安孺子荼为君。大夫陈乞，一向和公子阳生投缘，担心阳生被杀，劝阳生出逃。阳生就听从陈乞的话，率领其子壬及家臣阚止，逃奔鲁国。国、高二氏立安孺子荼即位，逐群公子迁居莱邑。安孺子荼年幼，由国夏、高张二人执掌国柄。陈乞私往鲍府，对大夫鲍牧说：'高、国二氏伪奉君命，废长立幼，先逐众公子，然后就要诛杀先君旧臣，改用安孺子私党了。'鲍牧于是率领家兵，联合众大夫齐攻高、国二府。高张被杀，国夏逃奔莒国。鲍牧、陈乞得胜，二人就任为左、右相。安孺子年幼无知，陈乞要改立公子阳生为君，暗中派人去鲁国接他回齐国。阳生夜里来到临淄城外，留阚止和其子壬暂住在我这客栈，自己单身进城，藏在陈乞府中。陈乞第二天布宴，请众大夫聚饮，鲍牧后到。陈乞和众人酒过三杯，说道：'我新得精甲，请诸位观赏。'召卫士负巨囊呈在堂前，陈乞解囊，从囊中伸出一颗头来。众大夫一见是阳生公子，都吃惊。陈乞扶阳生面南而立道：'立子为长，古今通典。今安孺子年幼无知，不堪为君。我今天奉鲍相国之命，改立长公子阳生为君。'鲍牧听了，墩杯喝道：'我无此谋，陈乞欺我醉吗？'阳生朝鲍牧揖道：'废兴之事，哪国没有？相国唯度义行，不用问谋之有无？'陈乞不等鲍牧发话，强拉下拜，众大夫也朝阳生行礼。陈乞奉阳生入朝，即位为君，即是齐悼公。当天就把安孺子推出宫外杀了。齐悼公恨鲍牧不想立他为君，和陈乞等私谋，杀了鲍牧。"

伍子胥听到这里，不禁扼腕叹息道："鲍牧这人忠直，不料死于非命。老夫这次来齐国，少了一个老朋友了。"又问柳九斤道，"鲍氏还有什么人？"

柳九斤道："齐悼公顾忌鲍氏名望，不敢绝鲍氏之祀，让鲍牧儿子鲍息承袭其父官职了。"

伍子胥听了舒出一口气来，说道："鲍氏还有鲍息，其祖鲍叔牙之祀未绝啊。"又问柳九斤道，"齐悼公即位为君，齐国安定吗？"

柳九斤道："现今陈乞独为齐国宰相，大权独揽。百官和百姓虽然对齐悼公滥杀无辜心存不满，也是敢怒不敢言。"

伍子胥第二天辞别柳九斤，要进宫去觐见齐悼公。柳九斤送进城门，还不放心，拦住马车对伍子胥附耳说道："齐悼公虽然年轻，他阴狠毒辣倍于吴王，宰相你要多加小心。"

伍子胥笑道："九斤你宽心。如今是吴强而齐弱，量他不敢对我怎么样。"

齐悼公大排盛宴，集百官隆重迎接伍子胥。宴罢，齐悼公命令相国陈乞送伍子胥到宫馆歇息。陈乞又回到王宫，对齐悼公道："伍子胥身为吴国宰相，这次出使齐国，不乘辎车，不率士兵护卫，轻车羸马，很是可疑。"

齐悼公沉吟半天，问道："莫不是吴王夫差图谋攻伐我齐国，派伍子胥前来打探齐国国政军情？"

陈乞道："主公所虑极是。"

齐悼公道："如果是这样，寡人杀了伍子胥？"

陈乞道："不可，不可以。"

齐悼公怒问道："为什么不可以？"

陈乞道："如今吴强而齐弱，夫差如果想攻取齐国，主公杀了伍子胥，这不是成就吴国出兵的理由吗？"

齐悼公道："吴国败楚入郢，全仰仗伍子胥、孙武二人之力。吴国强盛，也是伍子胥之力。如今孙武已隐,夫差勇而无智,伯嚭贪而无能,吴国全靠伍子胥一人之力。寡人趁机诛杀伍子胥,吴国就没有什么可怕的了。"

陈乞沉思片刻,谏道:"主公如果要杀伍子胥,应当有杀他的理由。臣以为,伍子胥如果有所图,必会有所行动。臣暗使心腹之人,留心他的行踪言语,拿得证据,再杀他不迟。伍子胥是吴国宰相,忠勇盖世,名播天下。大王如果无罪而杀他,臣恐大王将失信于万国。"

齐悼公从陈乞谏言,命令暗中窥视伍子胥言行。

伍子胥主奴二人住在宫馆月余,闭门不出。这天伍子胥想起老友鲍牧,便和弘涅往鲍府探访鲍牧之子鲍息。鲍息已经听说齐悼公要杀伍子胥,见他来访,十分惊恐,慌忙把他迎入厅内,撩衣行了跪礼。礼毕分宾主落座。鲍息让奴仆奉上浆水,才开口问道:"宰相这次来齐国,有什么作为?"

伍子胥淡淡笑道:"无为。"又道,"吴、齐二国是邻邦。吴王使我入齐,是和齐国亲好。"

鲍息问道:"愚侄曾听传言,宰相这次使齐,吴国就要伐齐,是吗?"

伍子胥笑道:"吴国之敌,在南不在北,在越不在齐。老夫曾谏吴王不释越王回国,灭越以绝后患。吴王使我出使齐国,是恶我劝谏。我刚离姑苏,勾践就被赦罪放回越国了。老夫料到,越王必会伐吴国复仇。如果吴国举兵向齐国,越国必然挥戟向北,吴国就有大患了。吴国只要有老夫当担宰相,老夫应当劝谏吴王亲齐而灭越国。"

鲍息听到伍子胥的话大喜,击掌道:"宰相的话,未说于主公之耳,可惜,可惜!"说完命家臣置宴,款待伍子胥。

伍子胥和鲍息的话,被陈乞打探得一清二楚。陈乞进宫禀报齐悼公。齐悼公叹道:"伍子胥真是忠直之臣。"又道,"吴王夫差不纳子胥建议,趁子胥使齐,释勾践回国,是自招祸患啊。勾践心胸狭窄,阴险歹毒,怎能不雪囚吴尝粪之耻?"

陈乞道:"主公所料不假。臣以为,勾践必当举兵伐吴复仇。到那时,越国人北上,大王可以率齐师南进,得吴国江淮之地,如探囊取物了。"

齐悼公开怀大笑,笑完道:"相国代寡人去宫馆慰问吴相伍子胥。吴使所需粮肉,不可短缺。"

伍子胥对吴王夫差很为失望,对吴国的前途忧心忡忡。尽管齐悼公常派陈乞、鲍息等人慰问,粮肉供应甚丰,仍是闷闷不乐,愁眉不展。齐悼公听到伍子胥状况,召鲍息进宫道:"寡人料到夫差必要称霸。夫差称霸必灭我齐国。寡人不怕夫差,是怕伍子胥。今天伍子胥在齐国,如同砧上之肉。寡人决意杀伍子胥,大夫以为怎么样?"

鲍息吓出一身冷汗,行礼道:"伍子胥是吴国忠臣。他屡谏吴王亲齐灭越,夫差不纳,君臣已成水火。夫差派子胥使齐,是奸贼伯嚭之计,要借主公之手杀子胥。臣以为,主公无罪杀子胥,必失信义于天下,要招到诸侯指责。"

齐悼公道："我听说子胥心仁而性骄，善音律。寡人召他进宫听歌，他如果有狂言，寡人杀他就有了名头。"说完命令内官布置士兵暗藏在屏后，又命令鲍息去宫馆请伍子胥进宫。

鲍息来到宫馆，对伍子胥道："悼公听说宰相不乐，派我请子胥进宫赏乐。"又低嘱道，"宰相慎言。"

伍子胥应允，随鲍息进宫觐见齐悼公。礼毕，悼公赐座，命内官摆上酒宴，又命乐师奏乐助饮。但听乐师演奏《郑风》，倡优唱道：

青青子衿，
悠悠我心。
纵我不往，
子宁不嗣音？

青青子佩，
悠悠我思。
纵我不往，
子宁不来？

挑兮达兮，
在城阙兮。
一天不见，
如三月兮！

倡优唱罢《子衿》，又唱《风雨》《东门》《蔓草》《牵裳》《狡童》《清风》等十数首。齐悼公抚杯问伍子胥道："寡人听说，宰相昔日吹箫行乞于吴市，甚谙音律。宰相听此歌，有什么感怀吗？"

伍子胥拈须沉思，说道："外臣听此歌，是《郑风》。郑人之歌很美。然而外臣听歌，心为郑人悲哀。"

齐悼公惊愕，问道："宰相为什么替郑人悲哀？"

伍子胥道："外臣从歌中听得，郑国的政令过于苛刻，百姓哀怨之声凄苦。外臣以为，郑国如果长此以往，命当先灭了。"

齐悼公和百官听了，心都怅然。齐悼公怔了半天，才对伍子胥道："寡人请宰相继续听《齐风》。"说完击掌，乐师、倡优重鼓琴瑟，击钟鸣磬，奏起《齐风》之曲。一个宫女漫舞唱道：

东方未明，

396

颠倒衣裳。
颠之倒之，
自公召之。

东方未晞，
颠倒衣裳。
倒之颠之，
自公令之。

折柳樊圃，
狂夫瞿瞿。
不能辰夜，
不夙则莫。

　　宫女歌罢《东方》，又歌《鸡鸣》《甫田》《卢令》。齐悼公眯着醉眼，问伍子胥道："宰相听到这歌，感觉怎么样？"

　　伍子胥叹道："美呀，好啊！"又道，"外臣从未听过如此宏大之歌，气荡神往，壮人心志。外臣猜测，此歌一定是大国所有了。"

　　齐悼公又问道："宰相以为此歌，是哪国之歌？"

　　伍子胥道："外臣以为，此歌是大国之歌，只有太公子孙，才能歌之。贵国贵有此歌，应当为东方诸侯之表率。"又感叹道，"外臣听歌，感叹齐国前途无量啊。"

　　齐悼公听伍子胥的话无懈可击，瞑目沉思，怎么寻找借口杀伍子胥。大夫鲍息低声对陈乞道："主公倦了。相国何不劝说主公罢宴？"

　　陈乞已经知道屏后埋伏有士兵，齐悼公要杀伍子胥，有心劝谏，又怕得罪悼公。陈乞听鲍息的话正在为难，突然宫门外一阵大乱，一个人挥剑驱开门前卫兵，闯进宫来。伍子胥举目一看，见是弘渥，就捧杯自饮，放下心来。

　　弘渥还剑入鞘，朝齐悼公行礼道："外臣曾听说，君和臣饮，酒不过三杯。如今齐侯三杯已尽，歌也歌罢，怎么还不罢宴？"说完起身，手握剑柄，站在伍子胥身后。

　　齐悼公见弘渥身高九尺，面如冠玉，目若朗星，一身凛然正气，问左右道："这是什么人，敢闯寡人内宫？"

　　鲍息道："臣知道，这个人是伍子胥卫士弘渥，骁勇异常，百步之外可取上将头颅。"

　　齐悼公听了心内惊悸，正不知所措，陈乞进言道："主公酒已过量，应当罢宴歇息了。"

　　齐悼公就坡下驴，对伍子胥道："今天寡人招待不周，请使臣宽宥。明天，寡人和使臣再饮。"

　　伍子胥离席朝齐悼公揖礼道："外臣来贵国已经数月。外臣明天回吴国了，就此向贤君告辞。"

齐悼公听说伍子胥辞行，心下着慌，忙道："宰相宽住几天，寡人给宰相饯行。"

伍子胥捧起金杯道："外臣借贤君之酒，祝贤君寿。外臣尽饮此杯，向贤君辞行。"说完尽饮，躬身退出宫门。弘淉手握剑柄，寸步不离左右。

伍子胥回到宫馆，柳九斤迎接，说道："宰相醉了。宰相快进屋歇息。"

伍子胥道："我没醉。九斤找老夫，肯定有话说。快说给老夫。"

柳九斤道："刚才我听从姑苏回齐国的商人说，越王勾践派文种为使臣，到姑苏贡献吴王珍宝、美女，特告禀宰相。"

伍子胥一边接过弘淉递来的浆水，一边把浆水递给柳九斤道："九斤，你还是叫我二爷，我听了心里舒坦。说说，还有什么消息？"

柳九斤又道："我听说，越王勾践一边装做臣服吴国，月月进贡，一边暗里使司马诸稽郢、大将焦容练兵。听说，勾践纳范蠡计谋，诏令百姓免税七年。"

伍子胥大吃一惊，沉思半天又问道："你是否听说，吴国有什么消息？"

柳九斤道："传言吴王不问政事，日夜和西施娘娘饮酒淫乐。越国进贡吴王神木二株，大二十围，长五十寻，刻有龙蛟之纹，文种率奴工浮江运到姑苏。吴王夫差大乐，要用这一双神木造姑苏台。勾践又派三千能工巧匠入吴，为吴王造台，拟造台高三百丈，广八十四丈，已发奴工十万人。轮番劳役，昼夜不停，死于疲饥者，不计其数。"

伍子胥听到跺脚击掌，切齿道："伯嚭奸人，贪贿害国。夫差贪淫好色，中了范蠡、文种的奸计了。"又叹道，"范蠡、文种用神木和工匠贡吴，使夫差大造宫室，以耗尽府库之财。以女色诱惑夫差，乱其心智。如果不悬崖勒马，吴国就要灭亡了。弘淉赶快收拾行囊，我们即刻离开临淄，回吴都姑苏。"

弘淉收拾了车马，伍子胥和柳九斤登车，车马通过临淄大街，直出南门。柳九斤下车，站在道旁目送伍子胥车马远去。柳九斤刚要回转古棠客栈，只见城门口又驰出一乘车马，驭者扬鞭策马，一溜烟尘直往南奔。柳九斤自语道："怪哉，这是什么人的车马？"

那乘车马正是齐国大夫鲍息所乘。鲍息听说伍子胥离开临淄回归吴国，追赶出城，要给伍子胥送行。车马只追出三十里开外，才追了个车头接车尾。鲍息把脑袋伸出车窗外喊道："相爷，请停车小驻。鲍息为宰相送行来了！"

伍子胥在车内听得呼喊，对弘淉道："鲍息赶来，快快停车。"

弘淉不听伍子胥的话，在马腔上狠加一鞭，抽得马儿蹶蹄狂奔。伍子胥急叫停车。弘淉道："相爷，这里离临淄不远，未出险境。"

伍子胥道："我和鲍牧是挚友。鲍息怎么会杀我？停车！"

弘淉无奈，停下马车。伍子胥下车，站在路旁边等候后面的鲍息车马。弘淉紧握剑柄，站在伍子胥身侧。

鲍息车到停驻。鲍息从车上跳下，朝伍子胥躬身施礼道："宰相为什么此去匆匆？"

伍子胥还礼道："我来贵国已经数月，牵挂国中诸事，食不甘味，寝不安枕，故而速去了。"

鲍息伏地叩道："宰相和先父是至交，是鲍息的伯父啊。伯父这次出使齐国，小侄有不周之处，万望伯父大人宽宥。"

伍子胥连忙俯身搀起鲍息，笑道："贤侄不必谦疚。"又叹息道，"老夫这次出使齐国，令尊已逝，令我悲伤。"

鲍息道："伯父身为吴国宰相，手秉国柄。小侄敢请伯父念与先父友好，使齐、吴两国友善相亲，不要以戟戈相见。"

伍子胥叹道："老夫和令尊为友，各事一国，各为一主。眼下吴国祸患，不在齐、晋，而在越国。但吴王不纳老夫的话，内受奸贼伯嚭所讦，外受勾践、范蠡所惑，认敌为友，以友为敌了。"

鲍息问道："伯父不能制止吗？"

伍子胥拈须沉思半天，才道："吴王要霸天下，自当举兵向齐、鲁了。"又道，"贤侄，你好自为之吧。"

鲍息道："伯父既然不被夫差信任，何必辅佐夫差？夫差荒淫女色，听信讦言，小侄料到伯父回到吴国凶多吉少。伯父不如留在齐国，担任齐国的宰相，怎么样？"又道，"小侄是奉齐侯的命令，前来挽留伯父大人。"

伍子胥道："老夫为了吴国强盛，付出了一生的心血。我的好友专诸、要离，我的儿子伍佴，都是为了吴国而死。我是吴国先王委国之臣。我答应过吴王阖闾辅佐夫差。夫差虽然负我，我伍子胥决不能有负先王之托，不能有负于吴国和吴国的百姓。"停了片刻又道，"吴国也许攻伐齐国，打败齐国，但是不可能灭掉齐国。如果吴国举兵向齐，吴国的末日也就不远了。"

伍子胥和鲍息边说边登上路旁的土岗。二人并肩南眺，伍子胥道："贤侄。老夫有一事相求，不知贤侄能否应允？"

鲍息道："伯父怎说这话？"又道，"先父临终之前嘱咐我，'以后你伍员伯父有所嘱托，你要尽力而为。'鲍息怎敢有辱父命？伯父，你有什么事要小侄尽力，请伯父吩咐。"

伍子胥长叹一声，潸然泪下，对鲍息道："老夫这次回国，应当犯颜强谏吴王灭越。我料吴王定不从谏，老夫也命不久长了。我死后，我儿伍封应当投奔齐国，请贤侄庇护。"

伍子胥说完要倒身下拜，鲍息慌忙扶住道："伯父折杀小侄。伯父放心，伍封贤弟就是我鲍息亲弟。只要我鲍氏存在，齐国就有伍氏的立足之地。"

伍子胥十分感动，和鲍息携手揽腕，走下高岗，才拱手告别。

鲍息远眺伍子胥车马尽逝，才揉目叹道："伍氏一门，真是忠义。"又道，"天下君王，为什么恶如虎狼？天下忠良，又为什么命蹇荒凉？"

第四十四章

勾践卧薪尝胆，范蠡巧施空谷计

鲍息送走伍子胥，驱车回到临淄府中，家臣禀告："齐侯命令大人即刻进宫。"

鲍息又登车，赶奔齐悼公宫中。鲍息见齐悼公怒容满面，怀疑悼公要派兵追杀伍子胥，心中大惊，撩衣跪奏道："臣奏主公，吴相伍子胥已经出了齐国边境。"

齐悼公叹道："卿请起。"又道，"卿不要忧虑。寡人知道卿和伍子胥是世交，怎能加害伍子胥？寡人之怒，是怒鲁国。寡人妹妹嫁给邾子益为夫人，益素和鲁国不睦。近日鲁哀公命上卿季孙斯领兵伐邾，破其国都，囚寡人妹夫邾子益在负瑕。鲁人囚邾君，实是欺侮寡人。今寡人召卿，是问谋的。"

鲍息见陈乞站在一旁，问悼公道："臣愿听，相国所谋怎样？"

齐悼公道："相国劝寡人借吴兵伐鲁。寡人意未决，愿听卿一言。"

鲍息道："吴王夫差早有伐齐、鲁问霸中原之野心。夫差不举兵，因有伍子胥劝谏缘故。伍子胥志要灭越，而夫差、伯嚭赦勾践之罪，贪其贡奉，攻伐我齐国是早晚的事。如果主公请夫差出兵助齐伐鲁，犹如引狼入室。"又道，"大王没有听说，晋献公假途伐虢吗？"

齐悼公听了低头不语，不一会儿抬头怒道："鲁国囚寡人妹夫，骑在寡人头顶拉屎撒尿，寡人怎能宁受其辱？"

陈乞一旁道："鲍大夫多虑了。吴国助齐国伐鲁国，鲁国灭，齐吴二国分鲁之地。吴得鲁半国，还贪齐国吗？"

鲍息还要进言，齐悼公挥手道："卿且退，寡人不愿听你的话了。"

鲍息退出宫门，望天长叹道："吴王夫差久图伐齐，未得方便。主公听信陈乞的话，引狼入室，齐国的灾祸要到了。"

齐悼公不纳鲍息的建议，依陈乞计谋，派使臣赍重礼赶往吴都姑苏，请吴王夫差出兵助齐伐鲁。

这天吴都姑苏大街上，一队车马招摇过市，往吴王宫殿逶迤而行。越国大夫文种乘坐輶车前行，随后帷车数十乘，饰以珠幌，载着越国美女娇娃，个个红颜花貌，艳若芙蓉，香风袭人。吴人争相观看，一时街道壅塞，车马不行。伯嚭早听说文种来吴进贡，报给吴王。夫差命令司马椒勇率领士兵，驱散围观人众，把文种一行迎进王宫。

夫差偕西施登楼观瞧。但见所贡越女连袂登楼，飘飘如仙子临凡。夫差魂魄陶醉。文种抢步上前，跪禀道："臣奉寡君之命，率美女一百，献给大王为后宫之用。寡君从民间择此娇娃，使乐师授其歌舞之技，艺已有成。"

夫差大笑，命令伯嚭道："收在后宫，以充国用。"又对文种道，"子禽请起。"

文种起身道："寡君夫人姒婞，亲率宫女奴仆，进山采葛，亲织黄丝之布百匹，献给大王。还有香花貍皮袍两件，也是寡君夫人亲手缝制，一件献给大王，另一件献给西施娘娘。"

夫差大乐，叫道："快拿来，拿来，寡人观赏。"

文种命令随从取过两领香花貍皮袍，双手奉上。嬖臣闵绅接过，侍奉夫差、西施试穿。夫差、西施穿上皮袍，但见艳红如火炭，香气袭人，二人大悦。文种见夫差高兴，趁机道："越国鄙小，难得更多珍物贡献大王。寡君和臣，深感内疚。"

西施趁机道："越王臣服于大王，待大王这样忠诚，大王为何不把越国的土地还给越王，让他有更多的珍物贡献给大王。"

吴王夫差大声说好，就对文种道："卿转告勾践。寡人把所夺越国土地，东到句甬，西到檇李，南到姑蔑，北到平原，纵横八百里，尽归越壤。"

文种行礼道："臣，代寡君谢恩。"

伍子胥听说文种贡献美女给吴王，慌忙进宫劝谏夫差道："老臣曾听说，夏亡于妹喜，殷亡于旦己，周亡于褒姒。勾践贡献美女给大王，是从范蠡计谋，授大王亡国之物。大王不可受之。"

夫差笑道："宰相的话错了。昔年齐侯小白问管仲：'寡人好酒色，害霸乎？'管仲说：'无害。'好色之心，人都有之，怎么能说女色是亡国之物？勾践得美女而不自用，贡进给寡人，是对寡人的忠诚。"说完拂袖而去。

文种从吴国返回越国，说到夫差退还越国的土地，君臣都大喜。

范蠡对勾践道："吴王夫差，已经被女色惑智。太宰伯嚭，也被珍宝迷目。伍子胥虽然头脑清醒，然而夫差不听他的话。吴国的灭亡不远了。臣听说'国以民为本，民以食为天'，今年越国稻谷欠收，粟米要贵，大王为什么不派使臣去吴国，向吴王借粮，以救饥民？天若灭吴助越，夫差应当借粮给我越国。"

勾践采纳范蠡计谋，又让文种出使吴国。文种赍重宝先贿伯嚭。伯嚭引文种进宫觐见夫差。文种跪拜佯泣道："越国是大王的属国。今年水旱两灾，年谷不登，百姓饥困难堪。寡君拜求大王怜悯，请借谷万石，待明年谷熟，加倍奉偿。"

夫差虚扶文种道："子禽请起。勾践臣服于寡人，越民之饥，就是吴民之饥。寡人怎么会坐视不管。"

伍子胥一旁谏道："不可，不可。如今天下之势，不是吴灭越，就是越灭吴。文种借粮，是勾践从范蠡计谋，要空我吴国太仓。"

夫差正在犹豫，嬖臣闵绅进来奏道："禀大王，齐国使臣求见。"

夫差对文种道："子禽先在宫馆歇息，静候寡人答复。"

文种退下。齐使入内叩见夫差，呈上齐悼公致夫差信函。夫差阅罢，命令闵绅引领齐使回馆驿候信，才对伍子胥、伯嚭说道："齐悼公的妹夫邾子益，被鲁君囚在负瑕。齐侯要帮邾子益复国，约寡人出兵联齐伐鲁，和齐国共分鲁地。宰相太宰，以为怎么样？"

伍子胥道："老臣以为，吴国的祸患在越国，而不在齐、鲁。大王不可以出兵助齐犯鲁。"

伯嚭道："臣以为，大王要称霸，必先取齐、鲁，再谋晋国。今天齐、鲁相争，大王不如坐山观虎，等他们两败惧伤，再出兵坐收渔翁之利。"

夫差大悦，从计暂不出兵，打发齐使回国。

文种见夫差听伍子胥的话，不允借粮，就暗中派人进后宫拜见西施，嘱她趁便劝说夫差借粮给越国。来人对西施道："越王这次向吴王借粮，是范蠡宰相败吴兴越的计谋。如果成功，吴国灭亡不远。吴国一灭，娘娘和宰相可续前缘，夫妻团聚了。"

西施道："你转告宰相范蠡，吴王虽得西施之身，未得西施之心。西施之心之情，到死只有夫君所有。妾盼夫君早发大兵，扫荡姑苏，早日团圆。借粮之事，请文种大夫不要忧虑，妾自会便当从事。"

来人走后，西施命令宫人请吴王夫差临幸长乐宫。西施见宫女走后，沐浴梳妆，用"雀膏霜"敷面，香茶漱口，静候吴王到来。

吴王夫差在姑苏台和勾践新贡越女戏耍，用罢夜宴，才记起西施，慌忙乘车赶往长乐宫。夫差进了寝宫，见西施端坐在锦墩上，如雕如画。夫差凝眸观瞧，但见西施长眉入鬓，玉颐笼羞，朱唇一点，赛若樱桃，艳丽动人。夫差转往西施后背，但见玉琢粉颈，青丝长垂，光洁浓亮。又转到面前，又见西施双手十指嫩如葱白，玲珑纤洁。夫差不禁赞叹西施仪容高洁，秀美天成。

女史见西施端坐，见吴王到来不行礼，斥道："大王驾临，娘娘为什么不伏跪迎接？"

夫差见西施泪眼莹莹,对女史道:"西施娘娘是越国人,不必苛求。"又命令女史、宫女道, "你等退下。"

夫差见西施凄哀情状,不便多问,当夜相拥而眠。第二天日照宫墙。夫差想让西施开心,对西施道: "日前文种贡献寡人许多越国工匠,太宰让他们为寡人造了一只合欢船,已经造成。寡人今天携娘娘登船儿去太湖采莲,娘娘愿意去吗?"

西施不说话,只朝夫差含笑点头。

吴王夫差携西施乘车往太湖,登合欢船泛在湖上。二人站在船头,但见碧波万顷,水浪浩淼。西施身穿越国进贡的黄丝细布长裙,罩碧绡轻绡,站在夫差身边,楚楚动人。夫差携西施回到仓中,命令宫人划船在湖中游动,乐师鼓琴。西施面南而眺,思念范蠡,且舞且唱道:

彼采葛兮,
一天不见,
如三月兮。

彼采萧兮,
一天不见,
如三秋兮。

彼采艾兮,
一天不见,
如三岁兮。

西施唱完《采葛》, 又唱道:

隰桑有阿,
其叶则难。
既见君子,
其乐如何?

隰桑有阿,
其叶有沃,
既见君子,
云何不乐!

隰桑有阿，

其叶有幽。

既见君子，

德音孔胶。

心乎爱矣，

遐不谓矣？

中心藏之，

何日忘之？

西施且悲且戚，歌之动情，夫差听了不禁伤感。这时船行湖心，歌舞正酣，突然大风刮起。西施迎风展转歌喉，纵情歌唱。倡优都摇头晃脑，奋力鼓琴吹奏，以为奉和。夫差听见歌唱声、乐器声、风啸声、浪涛声融和一体，西施又如痴如狂，不禁失声叹道："仙呀，仙啊，怎能忘怀？"

一阵狂风把西施的裙衫掀起，身子在船板上旋了个趔趄，不由自主地随风飘到船头。夫差眼见西施要随大风飞走，急呼道："闵绅，快快抓住娘娘。"

嬖臣闵绅冲上前去，双手死死地拽住西施的裙衫，双膝跪在船板上，不敢松手。夫差也赶上来，抱住西施。西施倒在夫差怀中，嚎啕大哭。

风停船稳，夫差安慰道："爱妃不要惊怕，有寡人在这里，没有事。"

西施泣道："妾难忘大王宠爱。大王为什么不让妾随风而去？"

夫差道："寡人愿和爱妃相爱百年，爱妃为什么要弃寡人而去？"

西施又泣道："妾是越国人。妾的老父亲在越国！妾听说越国水旱两灾，颗粒无收，妾的老父亲和家乡父老饥饿待毙，妾痛不欲生了。"又道，"妾已无颜享乐在世，请大王许妾一死。"

西施说完，挣脱夫差，要纵身跳进太湖。夫差慌忙扑上前去，抓住西施一只脚，喝叫闵绅道："快，拽住娘娘。"

夫差紧紧抱住西施，已是泪流满面，泣道："爱妃惦念越人受饥，寡人也怜悯。勾践已经称臣降吴，越国人也是寡人的子民啊。文种到了姑苏，向寡人借粮，寡人今天许借。"

吴王夫差回到王宫，命令内官传话给文种，允许借给越国稻谷十万石。文种立即准备车马船舰，运载吴国太仓稻谷。大夫华元听讯，慌忙驱车赶往相府，对伍子胥道："吴王已经借给文种稻谷十万石，正要车载船运。"

伍子胥问道："大王借给越国十万石，我吴国太仓余粮还有多少？"

华元跺脚道："太仓几乎去粮大半了。"

伍子胥急命令弘涅备车,赶奔王宫,对吴王夫差道:"臣料到越国受灾无粮是个谎言。文种借粮,是范蠡用空吴存粮计谋。大王倾太仓之粮借给勾践,不考虑勾践饱腹伐吴吗?"

夫差笑道:"勾践囚役在吴国,光脚为寡人牵马拉车,天下人无有不知。寡人赦他回国,恩同再造。勾践君臣不忘寡人,月月来朝,贡献不绝,怎么会背叛寡人?"

伍子胥又道:"老臣已经听说,勾践卧薪尝胆,不忘亡国之耻,恤民养士,志在复仇。今大王不思警戒,反以稻谷助他,臣恐不用几天,勾践就要马踏姑苏都城了!"

夫差大怒,斥道:"勾践已经向寡人称臣。寡人未听说有臣伐君!"

伍子胥跺脚怒道:"汤伐桀,武王伐纣,不是臣伐君吗?"

夫差见伍子胥咆哮王廷,竟然训斥他,又恼又怒,喝叫道:"宰相竟敢拿寡人和桀纣相比!这,这……"

夫差一时不知道怎么说是好,气急败坏地瘫坐在宝座上。太宰伯嚭趁机进言道:"宰相一片忠心,为大王为吴国作想。但是,宰相言语过头了。臣听说,昔年齐桓公葵丘之盟,遏籴有禁,为恤邻。越国今为吴国的属国,大王的贡献都出自于越国。今天大王借谷给越国,越国明年谷熟,责其如数偿还。大王借谷给越,不但无损吴国,有恩越国,何乐而不为?"

夫差听了伯嚭的话,怒气才消,狠狠瞪了伍子胥一眼,拂袖而去。伍子胥长叹一声,出宫回府。

伯嚭亲自到码头送文种,说道:"大王逆伍子胥建议,借谷给越国。子禽转告越王,此谷待明年越国丰年,应当如数偿还,不可失信啊。"

文种跪伏在地,泣道:"吴王和太宰哀我越国人饥馁,我越国人怎能忘恩负义,敢不如约。"

文种载谷十万石回返越国。伯嚭对吴王夫差道:"前日齐使赍重礼请大王出兵伐鲁救邾,大王虑及子胥的话而未允。今天大王借粮给越国,越人感恩,子胥忧越复仇是荒谬的。臣听说鲁哀公囚邾子益未释,齐国人盼大王出兵犹久旱而盼甘霖。大王不如趁机举兵北上,助齐伐鲁,以振大王之威,争霸于诸侯。"

夫差听了大喜,笑道:"寡人正要试兵齐、鲁,今天有名了。"

夫差亲自率领大军六万,驻扎在鲁国边境。鲁哀公得知吴王大军压境,即刻释放邾子益回归邾国。鲁哀公又派使臣赍重礼,赶赴边境吴军大营,请求吴王夫差回师。

齐悼公听说鲁哀公犒劳吴师,恐怕夫差助鲁伐齐,命令大夫孟绰前往鲁境,说吴王退兵。孟绰对吴王夫差道:"大王之师威振汶水,鲁国已经服罪了。寡君不敢再劳大王军旅,故使外臣前来,请大王率军回国。"

夫差听了大怒,击案吼道:"吴国不是你齐国的属国,为什么受你齐国支使,招之即来，挥之即去？寡人应当亲往临淄，责问齐悼公为什么出尔反尔。"说完喝叫卫士，把齐使孟绰轰出大营。

鲁哀公听说吴王夫差斥退齐使，要去齐都责罪齐侯，又命令使臣赍重金和大批粮草到鲁境犒劳吴军，约请吴王夫差和鲁国一同举兵伐齐。夫差欣然应允，第二天移师到齐国南方边境驻扎。

齐国人听说吴师兵进南鄙，朝野惊惶。百官以为齐悼公无端激怒夫差，招到兵患，都有怨言。其时齐国宰相陈乞已逝，其子陈恒袭爵，掌握齐国相印。陈恒见百官埋怨悼公招寇，私下对大夫鲍息道："悼公请吴王出兵伐鲁，吴师到，又请其不战班师，出尔反尔，激怒吴王。如今吴王率师压境，载戈问罪，大夫何不趁此千载难逢之机，行其大事，外以化解吴怨，内报家门之仇？"

鲍息道："我鲍氏世代忠臣，君可命臣死，臣怎能弑君？相国的话，鲍息万万不能做。"

陈恒冷笑道："大夫不愿意做，我陈恒替大夫去做。"又道，"我成全大夫忠名，自为恶人吧。"

第二天．陈恒调集大军在校场，请齐悼公亲临检阅。陈恒奉鸩酒递给齐悼公道："主公请以此酒，给兵士们壮行。"

齐悼公不知有诈，把酒饮尽，即毙。陈恒拔剑高举，对百官兵士们说道："昏君无信，招来兵灾。如今昏君已死，某当请吴王退兵，消除齐国患祸。"又道，"某为相国，执掌国政，今悼公薨，国不可一天无君。某立悼公之子壬为君，敢有不从者，斩。"

百官都怕死，依陈恒立壬为齐君，是为简公。陈恒派使臣到南鄙吴军大营，讣告于吴王夫差道："上国膺受天命，寡君得罪，就遭暴疾，上天代大王行诛。乞大王幸赐矜恤，不陨社稷，愿世世代代服事上国。"

伯嚭对夫差道："齐悼公已死，新君刚立，伐之不义。大王不如班师。"

夫差从伯嚭劝谏，率大军回归吴都姑苏。齐相陈恒久怀擅国之志，虑及高、国二氏党羽很多，想要除掉异己。陈恒见齐军已退，奏禀齐简公道："鲁国世和齐亲，又是齐国近邻。鲁哀公不顾近亲邻好，竟然约吴伐齐。今吴师虽退，但是鲁仇不能不报。"

齐简公道："寡人也厌恶鲁人所为，想要举兵灭鲁。相国给寡人谋划，用什么人为将，出兵多少？"

陈恒道："可使国书为大将军，高无平、宗楼为副将。大夫公孙夏、公孙挥、闾丘明从之，率兵车千乘，灭鲁才返。"

齐简公从谏，命令国书等人率兵伐鲁。齐简公亲送出临淄城外。国书命令齐军扎营在鲁国边境汶水之上，连绵百里。

在齐国通往鲁国的大道上，一乘轺车绝尘而驰，直奔鲁都曲阜孔府。从车上跃下一个壮汉，是孔丘学生琴牢，字子张。子贡迎上问道："子张风尘仆仆，从何而来？"

琴牢道："我从齐国来，有要事要见老师。老师可在府中？"

子贡道："老师正在书房，删述《诗》《书》。"

琴牢道："速引我面见老师。"

二人刚到书屋门前，听见孔丘在屋里发话道："子贡，你和什么人说话？是不是子张回来了？"

琴牢慌忙进门，伏跪说道："学生琴牢，叩见恩师。"

孔丘弃简虚扶道："子张起身。"又对子贡道，"子贡，给你师兄奉水。"

孔丘剪背踱步，见琴牢喝完浆水，才问道："你从齐国来，知道吴兵退了吗？"

琴牢道："吴师已退。然而齐兵已到汶上，要灭我鲁国了。"

孔丘吃了一惊，又问道："齐师什么人为将，车乘多少？"

琴牢道："齐军大将军是国书，率千乘之军，兵营连绵百里。"

孔丘听了徘徊许久，才抬头说道："鲁国是我的母国啊。如今齐兵压境，国有危亡，我孔丘怎能坐视不管？"巡视众学生，问道，"你等什么人可以出使齐国，让齐侯息兵罢战？"

琴牢道："学生愿往。"

孔丘摇头道："你性躁易愤，难以成事，况且你又旅途劳顿，在家中歇息吧。"

子贡俯身道："学生愿往，行吗？"

孔丘笑道："子贡使齐，行了。"

子贡来到鲁境齐军大营，求见齐相陈恒。陈恒听说孔丘高徒子贡来访，笑道："孔丘用他徒弟子贡前来，定用三寸不烂之舌说我罢兵。我为什么不用兵威接待他。"就命令士兵穿戴盔甲，持戟戈列在大帐两旁。

子贡进了兵营，看见士兵鹰瞵鹗视，淡淡一笑，抠衣坦然入帐。陈恒起座相迎，礼毕分宾主落座。

陈恒问道："先生此来，为鲁侯做说客吗？"

子贡笑道："我不是为鲁国，是为齐国啊。"又道，"鲁国是难伐之国，相国为什么伐它？"

陈恒问道："先生怎么说鲁国难伐？"

子贡道："鲁国君弱，大臣都无能，兵士不习战，而且城薄陴陋，池狭壕浅，故而'难伐'了。我为相国计，不如弃鲁而伐吴。吴国城高池广，兵甲坚利，而且有良将守陴，易攻啊。"

陈恒听了勃然大怒，斥道："你说的是难易颠倒，讥讽我吗？"

子贡拱手道："请相国屏退左右，子贡为相国解释。"

陈恒挥退左右卫士，朝子贡拱手道："请教。"

子贡道："我听说'忧在外者攻击弱，忧在内者攻击强'。窃窥相国眼下的处境，难和齐国众臣同心。今天相国如果攻破弱鲁，是以大功授众大臣，则使他们势力日盛，而相国你危险了。依我之见，不如移师和吴国交战，大臣外困于强敌，而相国专制于齐国，这不是良策吗？"

陈恒觉着子贡的话正合情势，思虑一会儿，才问道："先生的话，彻我肺腑。然而，如今齐师屯在汶上，如果移师攻吴，君臣会疑我，怎么办？"

子贡道："相国先按兵不动，我去姑苏见吴王，用他举兵伐齐救鲁。吴军到，相国移师和吴军交战，无忧了。"

陈恒拜谢子贡，厚贶川资，请他去吴国。陈恒见子贡成行，对大将军国书道："我听说吴王夫差要伐齐救鲁，将军暂且驻兵汶上，不可妄动。等探得吴军动静，先败吴军，然后攻打鲁国。"

国书依照命令行事。陈恒返回齐都临淄。

吴王夫差这天正和西施在姑苏台游乐，听到嬖臣闵绅禀报，鲁国人孔丘的弟子子贡求见，大笑道："孔丘志以管仲为楷模。管仲执相印四十年，辅齐桓公九合诸侯三匡天下。孔丘只做了三个月司寇，并未使鲁国强大。他的才能和管仲相比，是天壤之别啊。我听说子贡是孔丘的高足，今天寡人见识见识。"命令闵绅传见子贡。

子贡入见吴王夫差。礼毕，夫差赐座，问道："你从鲁国来，是受鲁侯的差使吗？还是受你老师的差使？"

子贡道："不是。"又道，"大王昔日联鲁国伐齐国，齐国怕吴国而恨鲁国。如今齐兵屯在汶上，志图灭鲁，及次灭吴。大王何不趁机举兵伐齐救鲁？"

夫差笑道："寡人救鲁国，利在哪里？"

子贡道："大王利大了。大王打败万乘齐国，又收千乘鲁国，然后威加晋国，称霸天下。大王你说，这个利益怎么样？"

夫差拈须叹道："寡人前番攻伐齐国，齐国许以世代事吴，方才班师。若寡人听你话，起兵伐齐国，是寡人无信无义啊。"又道，"先生先在馆驿歇息。先生的话，容寡人三思。"

伍子胥听说子贡劝吴王伐齐救鲁，急忙进宫劝谏夫差道："老臣已经听说，勾践在越国勤政训武，有谋吴复仇之心了。大王听从子贡的话，倾兵北上伐齐，勾践必趁机伐吴。大王胜没有事，打败了吴国就亡了。依老臣之见，大王应当起兵灭越，然后伐齐不晚。"

夫差听了惊问道："勾践集兵训武，真有此事？"

伯嚭一旁道："大王归还越国土地，非兵莫守。勾践集兵守土，是治国常事，有什么可怀疑的？"

伍子胥又道："大王不要相信勾践臣服。臣听说，勾践用范蠡、文种、诸稽郢、焦脊等一帮贤臣良将，恤民抚孤，免赋七年，日夜训练士卒，所造剑戟弓箭无一不精良。大王掉以轻心，一旦勾践乘虚而入，吴国祸不单行。大王不相信，为什么不派人去越国察看？"

伯嚭道："勾践对大王忠心耿耿，月月派使来朝，贡献不绝。而且越国败弱，已堪于楚国，怎么会是吴国的祸患呢？宰相的话，危言耸听啊。"

伍子胥正要反驳，嬖臣闵绅进来奏道："禀大王，越臣文种求见。"

伯嚭笑道："文种又来贡献了。宰相是否去亲自察知，越王真有叛反吗？"

伍子胥长叹一声，退出宫去。

夫差传文种觐见。文种行礼完毕，让人献上珍宝，奏道："臣文种奉寡君吩咐，把先王所藏精甲二十领，另有'屈卢'之矛、'步光'之剑，献给大王。大王去岁所贷稻谷，俟今年稻熟，即当奉还。"

夫差大悦，又问道："寡人听说，勾践集兵训武，可有此事？"

文种听了心内里一惊，镇静奏道："寡君集老小兵卒三千人，都是孤儿老寡，无收无养的贫民，用他们守境安民，别无他用。大王如果不允许，臣回国应当劝寡君遣散。"

夫差听了心生疑虑，佯笑道："既然是抚老养孤，守土安民，就不必遣散了。"

夫差命令收下贡物，送文种去宫馆歇息。文种回到宫馆，把一车珍宝送去太宰府中。伯嚭对文种道："伍子胥已经劝谏大王灭你越国，亏得我巧言开脱。子禽你不可久留，速回会稽。"又道，"欠谷之事，当速偿还，千万不要让吴王生疑。"

文种依言，当夜离开姑苏。吴王夫差觉察文种的话含糊其辞，伍子胥所谏属实，对勾践集兵训武产生疑忌。夫差当晚传见子贡。夫差对子贡道："先生可以回鲁国复命了。"

子贡问道："大王已经答允伐齐吗？"

夫差道："寡人已经察知越王勾践集兵训武，有谋吴之心了。寡人意已决，先举兵灭越，然后伐齐。"

子贡跺脚道："大王不可，不可啊。"又道，"越弱而齐强，大王灭越利小，纵齐是祸大。大王伐弱越而畏强齐，非勇。逐小利而忘大患，非智。大王智勇都失，何以称霸于诸侯？大王若虑越国，臣请为大王走一趟会稽，让勾践倾兵做大王先锋，怎么样？"

夫差道："勾践如果能派兵为寡人用，寡人何忧之有？寡人有劳先生玉趾了。"

天不亮越王勾践就已经醒来，辗转反侧，弄得身下的柴薪吱吱作响。姒婧也醒了，问道："天色还早，夫君为什么不睡？"

勾践道："几天不见宰相了。范蠡去了哪里？"

姒婧道："少伯前日奏禀大王，前往苎罗。夫君你忘了？"

勾践击额叹道："寡人忘了。"又道，"西施的老父亲，施逴病故了！少伯前去安葬，已经几天了。"

姒婧道："子禽这次去吴国进贡，要把施逴病逝告诉西施，西施要伤心欲绝了。"

勾践道："我想子禽不会告诉西施。"又叹道，"西施与狼同寝，献身受辱，是为了寡人，为了越国啊。寡人未能让她的父亲安享晚年，寡人愧疚。"说完饮泣。

姒婧安慰道："生老病死，人之自然，夫君不要负疚。"又道，"少伯、子禽近日都要回返会稽了。诸稽郢、焦眷训练精兵三千，今天在会稽山演阵，夫君去观看吗？"

勾践道："我今天去山上耕地，可以居高观看，不必亲临阵前了。"

勾践起身穿衣，把挂在床旁的猪苦胆取下，挤出胆汁，放入嘴里漱尝。他走出宫门，举头北望，形如木雕，只到卫士备好车马，姒婧伫立身旁，才说道："寡人自从尝了吴王粪便，嘴里异味难除，不知是什么原因？"

姒婧道："大王以后举兵灭吴，雪其耻，复其仇，异味自然会消除。"

勾践夫妇率领卫士宫奴乘车来到会稽山下。姒婧和宫奴上山采葛。勾践扶犁耕田，日上三竿才歇，一边坐在陌头饮浆，一边观赏山下兵士演阵。但见兵士盔明甲亮，个个气宇轩昂，勾践喜道："寡人雪耻有希望了。"

这时嬖臣上山禀报道："边关奏报大王，鲁人孔丘之徒子贡入越，就要到会稽了。"

勾践听了把壶浆墩在地头，喜道："孔丘是圣人。圣人高徒来到越国，是寡人之福。"命道，"快快使人清扫街闾道途，备好上等馆舍。寡人出城迎接。"

勾践乘车出会稽城三十里，把子贡迎进城中宫馆，置宴款待。三杯酒尽，勾践离席，躬身问子贡道："越国地僻东海，高贤光临敝邑，是越国之福。不知先生如何教寡人？"

子贡正色道："子贡此来，是吊祭越王来的。"

勾践听了大惊，铛啷一声，酒杯落地。

第四十五章

伍子胥临危托孤，鲍息庇荫伍封

越王勾践听了子贡的话，大惊失色，慌忙伏地跪拜子贡道："寡人是二世之人了。寡人听说'祸福同源'。先生既吊寡人，不仅只有寡人之祸，也是寡人之福了。勾践愿听先生说。"

子贡俯身相搀道："大王请起。"又道，"臣前番在姑苏见吴王，劝他伐齐救鲁。吴王听伍子胥话，顾虑大王图吴，要举兵灭越国。臣以为，如果无报人之志，而使人疑者，拙也。有报人之志，而使人知者，危也。"

勾践愕然，拱手长揖道："勾践求先生救我越国。"

子贡道："吴王骄而佞。伯嚭受大王重贿，美言于吴王，又有西施善谀，理当吴王不会对大王生疑。然而，伍子胥双眼难障。这人忠心耿直，屡谏于吴王，吴王不能不信。大王如果要使吴王不疑，光以珍宝重器悦其心而不足。大王如果要除吴王之疑，消越国之祸，应当派一军随从吴王伐齐。吴王如果伐齐不胜，吴力尽损。如果胜，必生图霸诸侯之心，将要举兵谋伐强晋。如果这样，吴王重兵在外，胜负难料，吴国空虚，大王趁机可图雪辱了。"

勾践听到子贡一番言语，欣喜若狂，连忙倒身再拜，说道："先生之来，是天赐越国之福啊。先生的话，起死人而肉白骨，勾践怎不奉教！"

越王勾践感激子贡说教，命令内官取黄金百镒、宝剑一口、良马二匹，赠给子贡。子贡坚辞不受，驱羸马破车，回奔鲁国。

子贡刚走，文种从吴国返回会稽。文种对越王勾践诉说夫差听信伍子胥的话，迁怒越国集兵训武，要起师灭越，亏得伯嚭和子贡周全，才释疑心。勾践听罢，又吓出一身冷汗。恰好范蠡从苎罗回来，拜见勾践。范蠡细听勾践说了子贡所说，又听了文种诉说吴国细由，笑道："大王无忧了。"从囊中取出茎叶一束，递给勾践道，"大王你看，这是什么？"

勾践接过茎叶闻了闻，问道："此物甚香。宰相给寡人茎叶，有用吗？"

411

范蠡道："此物名蕺，可食。大王食之，口中异味即除。"

勾践举蕺而吃，吃完呵气而闻，果然没有了口臭，喜道："此物神了。哪里产蕺？"

范蠡道："臣刚才从城北山上经过，看见漫山都是蕺，故为大王采摘。"

勾践命嬖臣道："你派人替寡人采摘。寡人每天早起，尝胆吃蕺。"

范蠡道："臣已听说，子贡劝大王举兵，随吴王伐齐。臣以为，大王应当从之。一者为了消除伍子胥、吴王疑心，再者可以窥探吴军胜负虚实，为大王伐吴复仇早做准备。"

勾践道："子禽刚才说，伍子胥劝吴王夫差举兵灭越，吓出寡人一身冷汗。寡人集兵训武，瞒得吴王，瞒不得伍子胥。亏得伯嚭和子贡好言周全，夫差才未信伍子胥的话。吴王夫差如果举兵伐齐，寡人不亲率越兵从他征齐，他必疑虑，必会举兵南下，先灭越国而后伐齐国。到那时，越国危亡难救了。宰相的见解，很合寡人心意。寡人已经应允子贡，出兵附吴伐齐。子禽，你以为怎么样？"

文种听勾践问，躬身答道："大王若领兵随吴王伐齐，可消夫差对大王猜忌。臣当复使姑苏，将大王之意先禀告吴王夫差，以免夫差纳伍子胥建议，举兵南下，先灭越后伐齐。"

勾践频频点头，又问范蠡道："子禽要复使吴国，少伯以为怎么样？"

范蠡道："子禽再出使姑苏，可安吴王之心。然而，子禽这次去吴国，也不能空手去。可赍珍宝美女，大半贡给吴王，小半贿给伯嚭。去年所借吴国稻谷，今年要还。子禽这次用船舰载运稻谷十万石去姑苏，对吴王说，明年再偿还。吴王一者得到加倍偿谷，二者知道大王出兵从他伐齐，必然不会听从伍子胥建议灭我越国了。"

勾践听到范蠡要文种偿还吴国稻谷，惊问道："宰相去年让文种去吴国借谷，是空吴谷之计。怎么又偿还了？"

文种也道："少伯要偿也罢，消除吴王疑越之心。然而，不能答允明年加倍偿还。这不是，助吴粮而空越谷吗？"

范蠡笑道："大王、子禽，都不要着急。我料到今年夫差伐齐，明年是大王灭吴的良机。吴、越二国，存亡尽在今明两年，怎会再有偿谷之事？"

文种喜道："既然这样，这次所偿吴谷，也不能给吴国得到。为何不把所偿稻谷蒸熟，再用精粟少许让夫差查验。他爱我越国精谷，必让吴人布种，来年吴国颗粒无收，可以助我消灭吴国了。"

勾践、范蠡听了文种蒸谷计谋，都说好。文种即命奴工船载蒸谷，携美女三十人和珍宝重货，赶往吴都姑苏。文种到了姑苏，让船舰泊在蛇门外，携美女十人，先去太宰府。伯嚭见文种又来献美女，喜笑颜开。文种道："臣奉寡君之命，载谷十万石，已经泊在蛇门外了。寡君说，今年先偿十万石，明年加倍偿还。"

伯嚭感慨道："越王真是言而有信啊。"

伯嚭引领文种进宫，觐见吴王夫差。文种献上珍宝和美女二十人，行礼道："寡君听子贡说，大王要举兵伐齐，特派臣来请问大王出师日期。寡君要悉四境之内，选士三千，跟从大王伐齐。寡君愿披坚执锐，为大王前锋，亲受箭石，死而无怕。"

夫差听了文种的话，深受感动，叹道："勾践对寡人这样忠心赤胆。寡人几乎误听子胥的话，起兵灭越，错杀忠良了。"

伯嚭趁机进言道："越王自请为大王前锋，是信义之人。臣以为，大王如果役其众，又役其君，太过分了。大王不如许其师而辞其君，以示大王恩德。"

夫差道："太宰的话，正合寡人心意。"对文种道，"子禽传寡人话，勾践可派一名将军率兵，随寡人伐讨齐国。"

文种行礼道："臣遵命。"又道，"臣这次奉寡君之命，船载精谷十万石偿还大王。明年加倍偿还。"

夫差听了又惊又疑，问伯嚭道："越国偿谷，是真的吗？"

伯嚭道："越王言而有信。子禽押载十万石稻谷，泊在蛇门外，等待大王派人验收入库。"

文种奏道："臣已经带来样谷，请大王验察。"说完让随从递上所选精谷，交给伯嚭，又呈夫差观看。夫差看见精谷金黄灿烂，颗粒饱满，啧啧赞道："越王偿还寡人稻谷，真是精谷。"

伯嚭道："越国土地肥沃，善植嘉谷。大王何不把越王所偿稻谷，散给百姓，用为子种，耕种广植，定获丰收。"

夫差听从伯嚭的话，命令把越国所偿蒸谷当做种子，散给百姓种植。又排宴赐饮文种，命令他传话给勾践，让他派一名将军率兵明年孟春入吴，会同吴师伐齐。

文种回越国的前日，太宰伯嚭置家宴为文种送行。席间，让主妇宓娇侍酒，命倡伎歌舞助兴。文种酒酣，对伯嚭道："子禽有一句话，不知太宰愿不愿听？"

伯嚭道："我和子禽、少伯，以至越王，相交多年。如果弃公言私，都是好朋友了。子禽有话，但说无妨，不要见外。"

文种道："既然这样，我可要直说了。"和伯嚭邀饮一杯，说道，"越王贡献，都是先送太宰，后贡吴王，从未送给伍子胥。伍子胥恨越王，也恨太宰。我料，伍子胥不会善罢甘休，必会伺机劝谏吴王，先灭越王，后灭太宰。这次亏得太宰美言，才使吴王不纳伍子胥建议，否则越国危亡，太宰也危亡了。"

文种说完，察观伯嚭颜色，只见伯嚭若有所思，低眉不语。宓娇一边斟酒，一边说道："子禽说的极是。伍子胥一天不死，不光是越王的祸患，也是夫君的祸患。"

伯嚭仰面吐气，许久才叹道："诛杀伍子胥，不是我伯嚭能办到的。要杀伍子胥，要借吴王之手。如今吴王心在齐国，不在伍子胥。吴王屡遭伍子胥犯颜强谏，厌恶伍子胥已久。我听说，子胥之妻甘媭，已经病入膏肓，不久于人世。子胥有咯血的内疾，而且年事已高，即使不杀他，他也活不长了。"

文种道："太宰是否顾虑和伍子胥同为楚国人，念他昔日收留之恩，不忍下手？"

宓娇也道："伍子胥和妾有不共戴天之仇，妾恨不能吃其肉而寝其皮。夫君为什么不替妾报仇泄恨，反而容他善终？"

伯嚭冷笑道："不是，不是！不是我伯嚭不忍心下手，也不是念他当初收留之恩而善待其终。伍子胥是先王委国之臣，有恩于先王，有大功于吴国，既使大王要杀他，也不得不有所顾忌。子胥一天不死，我伯嚭食不甘味，寝不安枕。圣人云：'时不到，不可强谋。事未竟，不可强成。'要杀伍子胥，必须伺机而行，方保无虞。"

伯嚭为了探听甘嫫的病情，派家臣王孙熊前往相府问疾。

伍子胥正坐在甘嫫的床前，饲喂甘嫫服饮汤药。甘嫫喝完叹道："妾和夫君成婚二十余载，心愿和夫君白头偕老，想不到妾要弃夫君先去了。"说完，泪如雨下。

伍子胥安慰道："人吃五谷，生五疾，是天道啊。你宽心养病，过了冬天，开春病就会好了。"

甘嫫道："夫君不要诓妾。妾已经病入膏肓，治不好了。妾早晚撒手离去，有一句话，不知夫君能听吗？"

伍子胥道："你我老夫老妻，我依你。你说，我一定依你。"

甘嫫道："妾听说，自古洎今，王侯无信，可共患难，不共富贵。夫君昔日从楚奔吴，荐专诸、要离，刺王僚，诛庆忌，才有吴王阖闾的君位。先王待夫君不薄，爵宰相，委以国政。夫君和孙武，五战败楚入郢，有大恩于先王，有大功于吴国。然后夫君又受先王之托，辅佐夫差即位，大败越王于夫椒。然而，大王不念夫君位重功高，不纳夫君忠言，荒淫酒色，宠信奸佞。夫君屡谏吴王灭越，大王已经厌恶夫君了。妾料到，夫君如果不放弃官职，学孙武隐遁异乡，久后必被大王和伯嚭杀害。妾劝夫君，听从孙武的劝告，为时还不晚。"

伍子胥低头思虑半天，才长叹一声，握住甘嫫的手说道："我毕生的心血，都流在了吴国。先王昔年收留我，爵我高位，让我举兵伐楚报仇。这是高天厚地之恩，我伍子胥怎能背忘？先王临终之时，说夫差愚而不仁，勇而无谋，托国于我。我如果看着越国人灭亡吴国，有什么面目得见先王于地下？史鶤、渔丈人为救我丧身而死。专诸、要离为我也为了吴国，先赴黄泉。如今吴国面临危亡，我若贪生而隐遁，不但被世人唾骂，也被死人耻笑。主妇，请你宽宥老夫，悖你之情了。我不能走。我不能眼看着吴国亡在昏王奸佞之手而坐视不管。纵然夫差恶我忠言，杀我伍子胥，我也无悔。我伍子胥只要对得起先王，对得起那些为我付出生命的先人，对得起吴国的百姓，死而无憾。"

伍子胥说到这里，涕泗滂沱，声不能言。甘嫫努力举起枯瘦的手，替伍子胥抹泪，一边叹道："妾明明知道劝你徒劳，但是又不能不劝。夫君誓志为吴国而死，妾也无怨言。只有一件事，夫君万万要依妾。"

伍子胥双手摩抚着甘嫫手背，说道："除却劝我归隐而外，我都依你。"

甘嫫道："大儿子伍佷，是伍氏的长孙，后来嗣给专诸，更名专毅。毅儿死在淮汭战役了。小儿子伍封,是伍氏一根独苗,妾将弃人世,不忍心伍氏将来断嗣绝祀。我请夫君,给封儿留一条生路。"

甘媶说完,爬起身来抱住伍子胥恸哭。伍子胥抚摸着甘媶的脊背,说道:"主妇不要悲伤,不要悲伤。我已经为封儿安排好退路了。"

甘媶问道:"夫君要让封儿去哪里?"

伍子胥道:"我去年出使齐国,已经把封儿托付给齐国大夫鲍息。鲍息先父鲍牧,是我的挚友。鲍息是鲍叔牙的后代。鲍氏是齐国的旺族。封儿有鲍氏庇荫,十分安全。"

甘媶松了一口气,叹道:"既然是这样,我就走得心安了。"

甘媶话刚落音,突然听见有人说道:"谋而无行,形同无谋。"

伍子胥夫妇大吃一惊,抬头一看,正是大夫华元。

华元拱手道:"华元来到多时了。听宰相和主妇说话,不敢打扰。宰相既然把贤侄托付给鲍息,为什么不让他早走?吴王已经决意起兵伐齐。越王勾践派文种朝吴,应允率三千精甲,跟随大王伐齐了。贤侄不立即去齐国,就去不了啦。"

伍子胥犹豫不决。甘媶说道:"夫君趁妾还有一口气在,让妾亲眼见着封儿离开吴国,妾才死得闭眼。"

伍子胥噙泪点头,唤过伍封道:"封儿,你即刻离开吴国,前往齐都临淄投奔鲍息。你过来,给你娘磕头辞行。"

伍封听了大惊,慌忙跪倒在地,膝行到甘媶床前,以头击地,哭道:"娘,孩儿不愿离开娘。娘,孩儿不走,哪儿也不去。"

甘媶伸出手来,抚摸着伍封的头颅,说道:"封儿,听娘话,听爹的话。让你去齐国,是娘的主意。"

伍封哭叫道:"娘啊,你为啥让儿走?儿哪儿也不去。儿要守着你,娘啊。"

甘媶泣道:"封儿,你是伍氏一族的独根孤苗,娘和你爹不能让你待在吴国。姑苏是个是非之地,离则生,留则死。"

伍封道:"娘,爹,你们为什么不随孩儿一齐走?"

甘媶叹道:"你爹是相国,怎能弃国而去。娘也是将死之人,就让娘在地下和你阿香姨、卞玕姨,还有你史鹣姑姑,做个伴吧。封儿你去了齐国,要尊鲍息为兄。伍、鲍是世交,到了齐国,就到了家了。"

伍子胥道:"封儿,你寄居齐国鲍氏,不可用伍姓,暂且用王孙封名姓存世。等待齐、吴太平之后,才可以复归伍氏。切记。"

伍封朝伍子胥行礼,说道:"儿,遵嘱。"

伍子胥叫过弘湦道:"弘湦,你是专毅的卫士。自从毅儿死在淮汭,你跟随我车前马后数十载,老夫一直以儿子待你。你今天护卫你小弟伍封,去齐国临淄。从今往后,你二人名为主仆,实以兄弟相敬。你兄弟俩身在异邦他乡,务要患难与共。"又命令伍封道,"伍封。你过来,给你弘湦大哥磕头。"

伍封倒身朝弘渥下拜。弘渥惊恐万状，慌忙跪倒，双手抱住伍封道："小主人，使不得，使不得。"边说一边抱住伍封，二人嚎啕大哭。

华元站在一旁，也止不住流下老泪两行，对伍子胥道："宰相让孩儿们速走，迟则生变。"

伍子胥对伍封、弘渥道："你们即刻动身，驾劲马辑车，出望齐门，经淮泗一路去齐国。快，给你娘、华伯父，辞行。"

伍封、弘渥向甘嫄、华元下跪辞行。家奴已经备下车马行囊，二人腰悬宝剑，上车出府。伍子胥、华元送到门口。伍子胥叫道："封儿、弘渥，等等！"回身命令奴仆马悠崽道，"悠崽，取我大戟来。"

伍封、弘渥下了辑车，垂手而立。片刻，马悠崽扛来一支铁戟，伍子胥接过对弘渥道："这杆大戟，随我征战多年了。弘渥，我今天把这个老伙计送给你，留个念想。"

弘渥跪伏尘埃，哭道："相爷。你放心，有大戟在，有弘渥在，当保小主人无恙。"

伍子胥一手拉起弘渥，又十分痛爱地抚摸手中的铁戟，双手递给弘渥，扭转身泣道："走，你们快走。"

伍封大恸，朝着伍子胥后背行礼。弘渥把伍封拉到车上，扬鞭驱车，驰往望齐门而去。

伍子胥邀华元回到书屋，让马悠崽奉敬茶浆。二人相视无语。过了一会儿，华元才叹道："宰相一颗忠心，系在吴国存亡，屡屡强谏大王，已经深深得罪大王了。大王疏宰相而亲伯嚭，这是天祸吴国，人力不能逆转了。下官和宰相同朝称臣，多年相交，也情如手足。下官斗胆请宰相自保，缄口不要说话吧。"

伍子胥仰起脸来，任凭涕泪横流，悲道："国若不存，何存子胥？"

华元安慰了一番，告辞而去。伍子胥送到滴水檐下，望着华元乘车远去，才回转书房。

王孙熊奉太宰伯嚭命令，携带礼品乘车前往相府，探视宰相主妇甘嫄。途中正遇见弘渥驾车往望齐门驰去。王孙熊瞅见车上正是伍封，心生狐疑。车到相府门前，恰巧马悠崽撞着。王孙熊朝马悠崽拱手说道："我是太宰府家臣王孙熊。奉太宰和主妇指派，前来问候宰相主妇。请小哥行个方便，通禀引见。"

马悠崽憎恨伯嚭，见了王孙熊气不打一处来，故意问道："我咋就不认识你？你莫不是假冒太宰家臣，来骗我家相爷？"

王孙熊强压怒火，躬身道："小哥不认识我，我可认识小哥。小哥不就是宰相马奴马悠崽吗？"

马悠崽怒道："你狗眼睛看人低，牛眼睛瞅人大。我马悠崽是相爷的徒人，不是马奴。"命令守门卫士道，"这家伙是个骗子，竟然胆敢冒充太宰府家臣！给我打，死劲打。"

卫士们听到马悠崽叫打，一拥而上，把王孙熊摁倒在地，挥舞戟柄戈杆击打。这时华元从府里出来，问马悠崽道："你们打的什么人？"

马悠崽躬身笑道："小人在教训一个骗子。"

王孙熊听到华元问话，扭脸求道："大人救我。我是太宰府家臣王孙熊，求大人救我。"

马悠崽问华元道："大人，你认识这个人吗？"

华元瞅了一眼王孙熊，冷笑道："不认识。"

王孙熊见华元故意不认，气得骂道："华元老贼，我王孙熊不死，定报此仇！"

华元对马悠崽道："这贼恁横，给老夫好生教训他。"

马悠崽躬身道："奴才遵命。"

马悠崽见华元登车离去，喝叫卫士狠揍王孙熊，只打得衣袍粉碎，皮开肉绽，方才歇手。

王孙熊回到太宰府。伯嚭见他鲜血淋漓，听说被伍子胥家奴毒打，勃然大怒，却又不知怎么办是好。王孙熊道："华元大夫看见小人被打。小人求救，华元装作不认识我，扬长而去。"

伯嚭愤道："华元老贼，素来和伍子胥一个鼻孔出气。我伯嚭，迟早要收拾这个老匹夫。"又对王孙熊道，"你下去，好生养伤。"

王孙熊伏跪不起来，抬头道："小人还有一件事，要禀报老爷。"

伯嚭问道："什么事？你说。"

王孙熊道："小人去相府，走到半途，看见相府家将弘滰车载伍子胥儿子伍封奔望齐门出城了。小人怀疑，伍子胥是不是让他儿子投奔他国了。"

伯嚭大惊，瞪眼问道："果真有这事？你没有看错人？"

王孙熊道："小人有半句谎言，老爷割小人舌头。"

宓娇一旁道："这样的大事，夫君怎么不进宫奏报吴王？"

伯嚭剪背徘徊，过了一会儿，叹道："要说伍子胥让伍封投奔别国，并无实据。伍子胥反咬一口，告我欺君之罪，怎么办？"

王孙熊道："小人眼见伍封出城，有半点不实，老爷把小人眼珠抠了，当鱼泡踩！"

伯嚭挥手道："罢了，你的眼珠不值钱。老夫的头颅当紧。弘滰如果携伍封出城打猎，你怎么辩解？"

宓娇咬牙切齿道："他伍子胥家奴，打了太宰家奴，这件事不能算了。他能明打，夫君怎么就不能暗杀？伍封出城打猎也好，私奔也罢，夫君为什么不派家奴异装改扮，在荒野中击杀，泄我心头之恨。"

伯嚭道："主妇此计很好。但是无人可派啊。"

王孙熊道："小人愿往。"又道，"小人伤，是皮肉伤，没有伤筋动骨，不碍事。"

伯嚭摇头叹道："弘滰过去是专毅的帐下猛将，有万夫之勇，你不是他的敌手。"

宓娇冷笑道："弘滰匹夫之勇，不足骇怕。俗话说，好汉难敌众勇，恶虎还怕群狼。夫君多派家兵，管保打赢。妾的马奴胥陀随王孙熊同去，杀弘滰和小儿伍封，如同儿戏。”

伯嚭大喜，让王孙熊、胥陀率领精壮家兵二十人，装扮成商贾力夫，内穿软甲，出望齐门尾追伍封而去。行前伯嚭嘱咐王孙熊、胥陀二人道：“我料到伍封此去，十有八九是投奔齐国鲍氏。你们可以在淮泗之地击杀。”

伍封、弘渥主仆二人晓行夜宿，这天来到滨淮古城东阳。伍封见古城依山傍水，风光秀美，欢悦非常。

弘渥道：“这是古城东阳。从这里弃车登船，就进了淮泗，经过钟吾，取道去齐国。我们找一家馆栈住下来，明天再雇船渡河。”

伍封凡事都依弘渥安排。二人牵马拉车，步行在街道上。弘渥看见前边山崖前有一家旅店，面朝淮水，檐下飘一面旗幌，上书“古棠客栈”。弘渥惊喜，说道：“少爷，我们住这家客栈。”

伍封道：“这家客栈名叫古棠，和我家祖地同名。”应允住下。

店主是个二十五六岁的汉子，亲自迎接伍封主仆进店，让店伙计牵过马匹喂饮，又帮弘渥把行囊搬进客屋。屋里宽敞明亮，一面推窗面山，一壁临窗近水。店主叫过店伙计，给伍封二人打水洗脸，又奉进浆水。

弘渥问店主道：“请问店主，尊姓大名？”

店主躬身道：“鄙人姓柳，贱名魁。”

弘渥惊愕，问道：“临淄南门，古棠客栈店主柳九斤，是你什么人？”

柳魁道：“那是家父。”又道，“家父去年去棠邑省亲，途经此地。家父见东阳是齐、吴、楚、郑诸国通商要旅，命小人在这里开了一家分号，仍旧名叫‘古棠客栈’。敢问二位爷，怎么认识家父的？”

弘渥道：“我昔年跟随相爷出使齐国，就歇在临淄贵店。”

柳魁大惊，瞪目问道：“你是伍相爷的家将弘渥大人？”又躬身问伍封道，“在下斗胆请问，这位小爷是谁？”

伍封腼腆，笑而不答。弘渥道：“这是小主人，伍封。”

柳魁听了，慌忙撩衣跪倒，行礼道：“柳魁，给少爷叩头。”

伍封吓一惊，也慌忙俯身，拉起柳魁。柳魁即命店伙摆酒置席，款待伍封主仆，亲自侍酒。伍封邀柳魁入席同饮。柳魁遵命，在下首坐了。酒过数巡，柳魁问道：“少主人此行，要去哪里？”

伍封道：“我奉家父之命，去齐国访友。”

弘渥又道：“我主仆二人，先在贵店歇息一天，后天雇船渡河，入淮泗，经钟吾，奔齐国。”又问道，“昔日淮泗多匪，现在还有吗？”

柳魁道：“过去庆忌部属晁豹，纠集一帮老小残兵，盘踞淮泗为匪做寇，打劫官吏富商。昔年相爷奏请吴王赦晁豹之罪，赏赐近淮滩田百顷，让他们垦种为民。现今淮泗百里方圆，没有匪寇了。”

弘涅道："昔年我跟随相爷入齐，和晁豹见过一面。"就说起旧事，众人听了，都嗟叹不已。

第二天，柳魁携酒肉，陪伴伍封、弘涅二人游览东阳，攀"天下第一山"，观"瓢儿泉"、"水母井"，到晚才回。柳魁又让店伙计雇下船只，当晚又置宴为伍封主仆钱行。第三天，又摆酒席，喝完送伍封、弘涅登船。

柳魁刚回到古棠客栈，就见店院里来了二十多人马，都是商贾装扮，又不像商贾。为首二人，一高一矬。高者白净俊俏。矬者尖脑顶，尖下巴，宽腮帮，鹰勾鼻，棱角嘴，哭丧脸，不怒自威。店伙计已经安顿这帮人住下。柳魁问过店伙计，才知道是从吴都姑苏来的，去往齐鲁经商，高者名叫王孙熊，矬者名叫觺陀。

柳魁吩咐店伙计，留意这帮人的言语动静。当夜，店伙计来禀告柳魁道："小人窃听，这伙人议论伍少爷行踪，又说明天雇几桅大船追赶，要在去钟吾的中途行事。"又道，"小人留意察看了，这伙人声称商贾，并无财货，个个暗藏刀剑兵刃，很是蹊跷。"

柳魁大吃一惊，自语道："这伙人，是冲伍少爷来的。伍少爷有难了。"叫过心腹店伙计，吩咐道，"你雇一只快船，连夜去淮泗寻见晁豹。晁豹和我交厚。你传我话，请他护送伍少爷。"

伍封所乘木船渡到淮河北岸，因为水浅河窄，不能再行。船主道："这里是滩地，可以行车，不能使船。你主仆二人，不如弃船走旱，乘马车前行四五十里，就有通衢大道，可往钟吾了。"

弘涅问道："这滩涂洲岛，能有车道吗？"

船主道："岛上居民，旱年种地，涝时捕鱼捉虾，或采莲挖藕，都出岛往集市换取粮米油盐。这是枯水旱季，岛上都有车道，相互通达。"

弘涅付了船资，把车马弄上滩岸，请小主人伍封登车，自己牵马车穿过芦苇小道，缓缓北行。但见周匝芦苇遮天蔽日，不见人影，不听人声。走到天晚，才看见一处洲岗，散落有五六户人家。房屋都用成捆的芦苇挤扎成墙，屋顶上也用芦苇、红草覆盖。家家门前晒有鱼虾鱼网，地上乱扔着鱼篓鱼罩。

弘涅寻了一户人家借宿。主人慷慨应允，把主仆迎进草屋，置酒款待。第二天早起，主人煮了一锅鱼虾，在锅沿贴了麦面硬饼。那鱼虾汤汁浸入饼中，伍封吃得分外味美。弘涅付给主人宿钱。主人坚辞不收，又赠给干鱼数尾，帮助套了车马，送出洲岛，说道："打这里往北行，不许下道，三二十里就出了芦荡，上了平原大道了。"

主仆二人驱马走车，走到晌午，还是走不出芦苇荡。日毒无风，十分闷热。蚊虻成群如雾，寻了汗气朝人马袭来。弘涅撅了一束芦苇，一边驾车，一边驱打蚊虻。伍封埋怨道："这岛上土人，说的话有信无实，说是三二十里就出芦荡，如今走了多半天，还见不着天地。"

弘涅道："滩涂地僻人稀，所谓里数，都是肚算估猜，言无实际。说的三二十里，也或七八十里不止哩。我估摸，日落之前能走出芦荡，寻一处干净客栈住下才好。"

二人前行不到二里，就有一片开阔去处，方圆十余亩不生芦苇，只长有人高的河柳。地上有一大片水洼沼泽，成群的水鸟在寻食鱼虾。弘湦停车，让伍封下车坐在树下歇息，牵了马匹放牧。

突然水鸟惊起。弘湦叫道"有人"。就见对面芦荡中窜出二十余人，个个手持刀剑。为首一个人个头高大，蒙了面罩，正是王孙熊。矮个子斝陀，也手执长剑，指挥众人围拢过来。

伍封、弘湦认不出王孙熊，以为是遇着匪寇。弘湦不慌不忙，把马匹拴在树下，从车中抽出大戟，飞身冲去挡住匪徒。伍封也拔剑在手，站在车旁。

弘湦喝道："你们是什么人？晴天白日，竟敢劫道？我们是赶路人，没有财货！"

斝陀笑道："我们不要财货，只要你二人脑袋！"

王孙熊不等弘湦再说，挥剑杀来。弘湦挥戟迎战，只数合，一戟刺中王孙熊臀部。

斝陀见王孙熊受伤，喝令众人一齐围杀弘湦。伍封也冲上前去，加入厮杀。斝陀见弘湦骁勇，伍封剑技不俗，料难取胜，取了弓箭一箭射中弘湦右臂。弘湦大叫一声，大戟失手落地。众匪乘机蜂拥上来，围住弘湦、伍封厮杀。弘湦、伍封眼见落败，突然从芦荡中杀出一群人来，个个手持鱼叉锄杠。为首的虬髯大汉叫道："伍少爷莫要慌张。俺晁豹来了。"

王孙熊大惊，忙朝斝陀挥手示意。斝陀命令两名壮汉背了王孙熊，打一声呼哨，率领众人仓皇逃去。

晁豹见众贼已经逃跑，也不追赶，和伍封扶住弘湦，拔箭敷药。伍封朝晁豹躬身施礼，说道："伍封，谢壮士援手相救。"

晁豹道："少爷快快免礼。我得到柳魁报信，赶来帮手。晁豹来迟了，让少爷受惊，让弘湦将军受伤。晁豹谢罪了。"说完要倒身下拜，被伍封拉住。

弘湦道："晁寨主不要自责。晁寨主救我主仆，相爷以后自当报答。"

晁豹道："弘将军，别叫晁某寨主。相爷昔年奏请吴王，赦我晁某罪，我烧了山寨，安心为民了。"命令随从道，"快扶少爷、弘将军上车。"又对伍封、弘湦道，"你主仆二人，先在敝舍小住两日。我晁豹亲自送你主仆到齐国边境。"

伍封应允，带领弘湦和随从跟随晁豹而去。

第四十六章

伯嚭阴谋害忠臣，华元解梦遭诛杀

王孙熊、帑陀刺杀伍封失败，狼狈回到姑苏，面见伯嚭请罪。伯嚭安慰道："你二人不必愧疚。老夫不怪罪你们。大王这几天要举兵攻伐齐国。伍封如果投奔齐国，到时再杀他也不迟。"

王孙熊道："小人痛恨华元。请老爷替小人泄愤。"

伯嚭道："你下去好生养伤。华元匹夫，我也恨不能食其肉、寝其皮。容老夫伺机，替你泄恨。"

王孙熊、帑陀告退。家兵禀报，王宫内官到。伯嚭迎到滴水檐下，见闵绅下车走来，一边拱手道："大王召太宰即刻进宫。"

伯嚭不敢多问，另乘轩车，跟随闵绅车后，直奔王宫。

这天吴王夫差宿在姑苏台，让嬖臣闵绅从后宫把文种献来的越国美女挑选了十人侍寝。夫差夜御十女，天亮神智恍惚，梦见伍子胥站在面前，手握剑柄，目眦俱裂，厉声喝道："夫差，你这个愚而不仁、勇而无智的昏君！老夫扶你登上吴国的王位，失策了。先王托我辅佐你，你却专宠伯嚭，不进我伍子胥一句忠言。圣人言：安不忘危，存不忘亡，胜不忘败。少康以十里之邑，五百之众，能灭寒浞，复兴夏国。你赦勾践回越，如今越国集兵训武。勾践又有范蠡、文种、诸稽郢、计倪等人相辅，志在灭吴复仇。你还不知警觉，竟然做起举兵伐齐称霸诸侯的美梦！可笑，夫差！吴国灭亡在即，勾践的刀已经架在你的颈上了！"

伍子胥银髯飘拂，一阵狂笑，忽然消逝。夫差惊醒，衣衫湿透。西施赶到姑苏台，看见夫差梦魇，一边给夫差拭汗，一边问道："大王，你为什么惊恐？"

夫差骂道："伍子胥老贼，竟然目无君王，在梦中辱骂寡人。他竟然指责我，赦越伐齐是亡国之举。"

西施笑道："伍子胥目无君王，大王何不责他犯上之罪？"

夫差道："寡人早就要杀这老贼，以清静耳目。"

西施搂住夫差道:"妾听说,大王昨天辛劳,体虚神疲,特地烹鹿血羹,给大王饮。"说完叫宫女献上鹿血羹,西施接过,亲自喂给夫差。

夫差梦进章明宫,只见宫里空无一人。殿角有两只釜,烟火已烬,釜中米饭未熟。宫壁之上,插有两把铁锹。殿堂遍地流水,汤汤而泄,湿其绣鞋。夫差茫然无措。昔日宫女如云、莺声燕语的章明宫,怎么这样荒凉。夫差不由得又往宫院走去,又看见院里梧桐横生,枯蒿遍地,狐走兔奔。耳听到后房传来似钟似鼓的声音,又好像匠人锻铁击砧的声音。夫差不由得朝后房蹑行。近前,声音消逝,只听见有个女子在凄泣。夫差凝神细听,听出是郑旦的啼哭声,才要抬脚前去探个究竟,突然间从南北两边蹿来黑白二犬,朝夫差狂噂。夫差吓得一个趔趄,栽倒在地,顿觉脑颅生疼,耳目俱盲。

西施突然感觉锦床震动,惊得醒来,就看见夫差头触床沿,脑门上隆起了大瘤。西施慌忙抱过夫差,叫道:"大王,大王,你咋啦?怎么磕着了床沿。"又呼宫女道,"快唤医师。"

医师挟箧来到,替夫差敷了药,退出寝宫。夫差长叹一声,对西施道:"寡人刚才做了一个怪梦,因为躲避犬咬,跌在地上,磕了头颅。想不到竟然是自己撞在床沿上了,吓死寡人了。"又道,"这个梦怪异。寡人难料吉凶。"

西施问道:"大王为什么不召太宰进宫,来为大王解梦?"

夫差命令嬖臣闵绅,往召伯嚭进宫解梦。伯嚭随闵绅来到姑苏台寝宫,细听夫差说梦,行礼贺道:"大王所梦,吉啊,美啊!臣恭贺大王,得此吉兆。"

夫差惊喜,问道:"何吉之有,请太宰说给寡人。"

伯嚭道:"臣听说,章明者,是破敌成功,其声朗朗。两釜炊而不熟者,是显示大王德盛,气有余。两犬噂南噂北者,是示意四夷宾服,诸侯朝吴。两锹插在宫墙,是喻农工尽力,国富民庶。殿堂溢水者,是示意朝贡不绝,府库财货充盈。后房钟、鼓、锻声者,是宫女悦乐,声相和谐。前院梧桐者,以表示桐作琴瑟,音调娱悦。臣以为,大王此梦,美不可言。"

夫差听了伯嚭谀言,又喜又快然,又道,"寡人听说,被离善卜,也善解梦。可惜,被离隐居了。"

伯嚭心念一动,想到华元性倔,说话直率,为什么不让他来为大王解梦?让华元讽刺大王,再让大王杀华元。只要华元一死,伍子胥折断一臂,再杀伍子胥就容易多了。伯嚭想到这里,满脸堆笑,对夫差道:"大王为什么只想到被离?臣听说,华元大夫不但善解梦,也善卜,不逊于被离。大王召华元进宫解梦,能释大王疑惑。"

夫差听从伯嚭建议,让闵绅召华元进宫。闵绅到华元府中,说到大王召他进宫解梦。华元道:"华元请闵绅兄先行。老夫更衣,即刻进宫。"

闵绅躬身道:"大夫消停更衣。我在门外等候大夫,同车进宫。"说完出门。

华元见闵绅退出,一边更衣,一边涕泪横流。其妻拓氏讥笑道:"大王召你解梦,你为什么悲伤？"

华元仰头叹道："我为什么悲伤？你怎么能知道。"又道，"我料到今天进宫，决无善终，所以悲伤。"

华元更衣完毕，上了闵绅的辂车，驰到姑苏台。华元朝夫差行礼，礼毕站在一旁，听夫差细说梦境。

华元等夫差说完，笑道："怪啊！大王的梦，是兆兴师兵伐齐国。"

夫差惊问道："寡人的梦，和兵伐齐国有什么关系？"

华元道："臣以为，大王梦走章明宫，章者，是喻战之不胜，走章皇。明者，去昭昭，走冥冥。两釜不熟者，是大王败走，不吃火食。白犬北到，黑犬南来，比喻齐国和越国。黑犬喻越，黑为阴类，喻大王败在越国。两锹插进宫墙，是越兵入吴，掘社稷。流水入殿，波涛涤荡，是王室已空。后房声泣，是宫女为俘，凄泣。院横梧桐，桐作棺椁，以待殉葬。臣以为，大王如果要破解恶梦凶兆，应当取消伐齐。大王命令太宰伯嚭解冠肉袒，行礼谢罪于越王勾践，则大王国可安，身可保。"

伯嚭一旁听了，又惊又恼，慌忙行礼奏道："大王不要听信华元妖言。华元受伍子胥指使，编此谎言，阻挠大王出兵伐齐。华元匹夫，目无君王，竟然毁谤大王伐齐是亡国之举，应该斩首。"

华元跺脚骂道："伯嚭奸贼，你忘了当初逃亡吴国，无依无靠，是伍子胥收留了你！你军祥兵败，先王和孙武都要杀你，是伍子胥替你说情，才赦你不死。你这个忘恩负义的小人。你今天居高官，食重禄，不思报恩，不思忠心事主，谄谀惑君。以后勾践灭吴，怎能留你狗头？"

夫差大怒，喝令道："石番在哪？"

石番跪道："臣在！"

夫差指着华元道："这个匹夫，和伍子胥串通一气，一味胡言，不杀他必然惑我军心。你取铁锤，给寡人击杀这个老匹夫！"

石番道："臣，遵命。"

石番率领众卫士，把华元架出宫门。

华元扭回头，朝夫差骂道："夫差，你这个无知的昏王！吴国就要断送在你的手里了。你是一个千古罪人！"

夫差狂笑道："这匹夫自以为忠，身死无辜！把他抛尸荒野，让狼吃其肉，风扬其骨。"

华元被石番用铜锤击杀，抛尸阳山。

夫差命令太宰伯嚭为大将军，司马椒勇、水师督领宗岦为副将，分别统帅吴国陵军和水师，准备起兵伐齐。

伍子胥主妇甘嫄病逝。出殡之日，吴王夫差命令嬖臣闵绅前来送殡。朝中百官，除了太宰伯嚭，文武百官都来送到破楚门外。引发之日，送殡车乘计有百辆。百官都跟随棺椁步行。棺前有仪仗数十人，又有二十四对身穿孝袍的奴仆，手捧甘媟生前的用物。棺椁之后是送殡的人众，除了相府和田庄的家奴，大多数是平民百姓。

送殡的人愈走愈多，街道道途壅塞。辒车出破楚门谢棺。伍子胥请送殡人众回城。百官都到甘媟棺前行礼，又和伍子胥行礼，然后跨火①回城。

伍子胥身穿粗麻哀服，步行在辒车之后，直到太湖边上的一座小山下停住。山下有数座坟丘倚山面湖，中间有新掘一圹。奴仆们抬下棺椁，落在圹中，覆土成丘。伍子胥倒身拜在坟前，泣道："甘媟，老夫不能带你回棠邑老家了。你就安歇在这里了。有毅儿伺奉，又有阿香、卞玕相伴，你不会寂寞了。待老夫后死，再来和你早晚厮守。"

伍子胥伏在甘媟坟前，涕泗滂沱，哀痛不已。马悠崴跪在一边，好言劝慰许久，才把伍子胥搀起，扶进车中，返回城里。

伍子胥回到相府，想起送殡的人中没有伯嚭、华元，问马悠崴道："你看见有太宰和华元大夫吗？"

马悠崴道："没有看见。"又道，"太宰伯嚭派家臣王孙熊来吊孝。"

伍子胥正在纳闷，门人来报道："司马椒勇、宗崴将军，求见相爷。"

伍子胥道："请见。"

椒勇、宗崴入见，和伍子胥礼毕，分宾主落座。

伍子胥问："怎么不见华元大夫？"

椒勇和宗崴对视片刻，说道："华元大夫，他死了。"

伍子胥吃一惊，问道："华元怎么死的？"

宗崴道："华元大夫为大王解梦，说大王所梦，兆伐齐不吉。太宰一旁诬言，激怒吴王。吴王命令卫士石番，用铁锤击碎华元头颅，抛尸阳山了。"

伍子胥听了惨呼一声，昏厥过去。椒勇、宗崴、马悠崴都惊呼"相爷"，慌做一团。呼唤了一会儿，伍子胥才苏醒过来，叹道："老夫后悔未听被离、孙武的话，杀匹夫伯嚭。"又问椒勇、宗崴道，"大王伐齐国，决定了吗？"

椒勇道："大王已经拜伯嚭为伐齐大将军，命下官和宗将军为副将，不几天就起师了。"

伍子胥长叹一声，说道："螳螂捕蝉，黄雀在后。这次吴国伐齐国，越国必灭吴国了。你二人为什么不谏止？"

椒勇道："大王如今只信太宰和嬖臣闵绅，又有西施内惑，忠言难进了。"

宗崴又道："大王杀华元，以儆百官忠谏。我二人不是贪生畏死，只怕劝谏无益。"

椒勇见伍子胥瞑目不语，离座躬身，问道："君命难违。我二人就要跟随大王伐齐了，宰相你有什么吩咐？"

宗崴也离座，曲体说道："我二人都是宰相的部属，唯相爷之命是从。"

伍子胥道："大王这次伐齐，老夫已有所料，可以败齐国，不能灭齐国。"又道，

---

① 送殡的人从火堆上跨过，以驱邪气。

“齐国大夫鲍息，是鲍叔牙后裔，和老夫是世交，请二位照顾。”

椒勇、宗岌答道：“下官遵命。”

伍子胥等椒勇、宗岌走后，沉思了一会儿，才对马悠崽道：“备车，送我进宫。”

马悠崽劝道：“相爷，小人斗胆劝相爷一句。大王杀华元大夫，满朝文武百官，嘴上都贴了封条，不敢进一句忠言。大王已经厌恶相爷说话，相爷再谏，恐遭大王责罪了。”

伍子胥怒道：“老夫是先王委政之臣。吴国面临危亡，别人不说，老夫怎能畏死不说？”

马悠崽又道：“小人听说，王眼无恩，翻脸无情。相爷不如辞官归田，免得和昏王奸臣致气。”

伍子胥喝叫道：“大胆奴才！你再胡唚，我割你舌头！快给我备车。”

伍子胥上了轩车，想理理思绪，命令马悠崽驾车出城，绕城一圈。轩车走到蛇门外，看见驻有兵马。伍子胥大惊，朝马悠崽道：“马悠崽，停车，停车。你去问问，这里兵马是什么人所部？为什么驻扎在这里？”

马悠崽去问了，回禀道：“这是越国的兵马。越国司马诸稽郢，率领三千精甲驻扎在这里，要跟随大王伐齐。”

伍子胥自语道：“诸稽郢率兵跟随吴军伐齐？这是范蠡、文种的计谋了。一者迷惑吴王，再者试探吴军虚实。可恨，勾践灭吴之心昭然若揭了。”命令马悠崽道，“即速驱车进宫，老夫要觐见大王，”

轩车在宫门外停下。伍子胥下车，马悠崽上前搀扶。伍子胥甩开马悠崽，昂首挺胸，直奔吴王寝宫。宫门卫士顶盔贯甲，持戟执戈，鹄立两旁，看见伍子胥来到，横戟阻挡。伍子胥拔开戟戈，直进宫门。马悠崽手握剑柄，紧随身后。

吴王卫士石番，迎面挡住伍子胥，说道：“大王有令，不见宰相。请宰相回府。”

伍子胥须眉直竖，怒喝道：“放肆！老夫有国事面奏大王。什么人敢挡！”

马悠崽也怒喝道：“阻挡宰相面君者，罪当死！”

石番也恼羞成怒，铛啷一声抽出宝剑，横剑叫道：“我奉大王命令，守卫寝宫。凡不奉召，擅闯禁中者，斩。”

伍子胥冷笑一声，命令马悠崽道：“替我杀了这个匹夫！”

马悠崽挺身向前，对石番道：“你再不让道，我奉相爷命令，杀你这条拦路恶犬。”

石番并不答话，一剑直奔马悠崽胸前刺来。马悠崽手一挥，只听铿锵脆响，石番手中长剑已被斫为两截，只握住剑柄呆立一旁。

嬖臣闵绅突然跑来，朝石番斥道：“退去一旁！”又朝伍子胥拱手施礼，说道，“相爷不要恼怒。宰相要见大王，待下官入内通禀。请相爷稍候。”

吴王夫差正在寝宫和西施、伯嚭赏乐饮酒。闵绅慌张进门奏道：“禀大王，伍子胥觐见。”

夫差挥手道："不见，不见。"又道，"他又来劝谏寡人，亲齐伐越。寡人厌烦。不见，让他走。"

闵绅道："石番横剑阻挡，已被伍子胥家奴马悠崽打败了。"

夫差大惊，问伯嚭道："马悠崽是什么人？竟然打败寡人力士石番？"

伯嚭道："这个马悠崽，是伍子胥的徒人，和弘渥一般，都有万夫之勇。"又道，"大王不如召见伍子胥，敷衍使还。"

夫差惧怕，命令闵绅道："罢，罢，传他来见。"

伍子胥入见吴王，礼毕奏道："臣听说，大王要出兵伐齐，是吗？"

夫差点点头，抚杯不语。

伍子胥又道："老臣的话屡忤大王！大王已经厌恶老臣了。老臣受先王托付，辅佐大王。老臣自当以吴国存亡为重，对得起先王，对得起大王。今天见大王伐齐，吴国危亡在即，老臣能坐视不管吗？"

伯嚭道："宰相这话错了！大王伐齐，是取霸于诸侯，怎么会是亡国之举？荒唐！"

伍子胥怒斥道："你这个惑君害国的匹夫！我深悔当初没有治你败军之罪！我和大王谈国事，你休要多嘴。"又对夫差道，"大王兴十万之师，出千里之外，得齐国犹如得一片石地，吴国人既不能耕种，又无收获。即使齐国是吴国的祸患，以老臣看来，也不过是癣疥之疾，无以害命。吴国当今大疾，是越国。越国是吴国的心腹之患。勾践屡贡财货，又派兵跟随大王伐齐，臣服于吴国，这都是范蠡、文种的计谋，麻痹大王。鸟亡于食，鱼亡于饵，大王轻信勾践，吴国将要灭亡了。"

伍子胥见夫差瞑目沉思，又道："老臣听说，勾践卧薪尝胆，未忘亡国役吴之耻。勾践用范蠡、文种、诸稽郢、计倪一帮贤臣，内政有治，集兵训武，灭吴之心昭然若揭。大王如果用兵，不如伐越。臣虽老迈，愿为大王前锋。"伍子胥说到这里，潸然泪下，泣道，"老臣老了。老臣耳目失聪，言语狂悖，事大王之日不多了。老臣但有三寸气在，不敢不忠于大王，不敢不舍命尽忠于吴国。老臣的话，请大王慎思。"

夫差被伍子胥言情打动，起身朝伍子胥拱手道："宰相的话，容寡人三思。"命闵绅道，"用寡人大辂，送宰相回府。"

西施一旁听到伍子胥劝谏吴王举兵伐越，早已惊吓得芳心激颤，朝伯嚭频使眼色。伯嚭会意，跪在夫差近前道："臣有一言，不知大王愿听吗？"

夫差道："卿请起。说无妨。"

伯嚭道："谢大王。"直立躬身道，"臣听说，先王在位之时，曾经许诺和伍子胥共国而治，是吗？"

夫差惊愕，说道："寡人听说过，是的。"

伯嚭道："先王薨，大王嗣位。先王委政于伍子胥，辅佐大王。伍子胥身为相国，位居大王一人之下，百官之上。臣以为，伍子胥并未如愿。"

夫差问道："此话怎说？"

伯嚭道："臣以为，伍子胥屡谏大王举兵伐越，他必有所图。"

夫差瞪眼问道："子胥有什么图谋？"

伯嚭道："臣以为，伍子胥请兵伐越，志必灭越。伍子胥灭越，必定要掌握越国，谋求和大王'分国而治'。伍子胥既然得到越国，握有重兵，而且骁勇善战，然后必当谋吴。臣的见解，大王不得不三思，不得不防范。"

西施一旁道："太宰的话，说得很好。越国已经臣服大王了，何须伐灭？大王伐齐，是称霸诸侯的伟业。大王万万不可弃霸主壮志，而依从伍子胥的不轨之谋。"

伯嚭一旁谄媚道："娘娘是巾帼豪杰，说的在理。"

夫差被伯嚭告讦激怒，骂道："子胥老匹夫，竟然隐志，图谋寡人。"

伯嚭道："大王！深渊可测，人心难测啊。"

夫差击杯道："寡人志已决，不可更改。等寡人伐齐回来，再和匹夫计较。"

几天以后，吴王夫差率领伯嚭、椒勇、宗岌等将领，起水陆之师十万、越兵三千，攻伐齐国。命令宗岌率领水师船舰，取海道北上。夫差、伯嚭率领陵军取道淮泗、钟吾和鲁军会合。又命令司马椒勇另率一军，掘邗沟[1]，北通射阳湖，使江淮水合，以船舰运载粮草直达齐境，和夫差，宗岌会合。

齐国将军国书屯兵鲁境汶上，听报吴、鲁联军伐齐，急召众将军商议迎战。门将入报道："禀报将军，陈相国派他弟弟陈逆求见。"

国书请陈逆入见，礼毕问道："先生来到军中，相国有什么指示？"

陈逆道："吴王夫差率兵十万，分水陆两路攻伐我齐国，国势危险。相国恐诸将不肯用力，派我前来督战。这次齐吴之战，有进无退，有死无生。"

国书对众将道："兵为战死，将为国亡。我们都是齐国的将领，誓死和吴军一战！"

国书下令拔营起兵迎敌，在艾陵[2]恰遇吴军伯嚭所部。国书问众将道："什么人给我打败奸人伯嚭？"

齐将公孙挥拍戟叫道："末将愿往，取伯嚭奸贼首级！"

国书应允。公孙挥驱车出阵。伯嚭也驰车迎战。二人战到三十余合，胜负难下。国书喝令齐军擂鼓助威，自率中军杀出。伯嚭抵抗不住，大败而走。吴王夫差见伯嚭首战兵败，斥道："你自负本事不逊伍子胥，子胥战无不胜，你为什么一战就败？"

伯嚭行礼道："臣未探得齐军虚实，首战偶挫。臣请大王息怒。臣再战不胜，甘伏军法。"

夫差命令齐军，退离艾陵五里外下寨安营。第二天，齐军讨战。夫差命令吴军摆下阵势，让伯嚭引兵出战，自己和椒勇、越将诸稽郢站在高岗观敌。

齐将国书见伯嚭出战，对公孙挥道："伯嚭是将军手下败将，你为什么不擒他？"

公孙挥拍戟驱车，迎战伯嚭。伯嚭怕败，拼命厮杀。国书见公孙挥一时难胜伯嚭，喝令公孙夏驱车助战。

---

[1] 今江苏仪征市。

[2] 今山东济南陵县。

427

吴王夫差看见齐军二将围战伯嚭，恐怕伯嚭有失，命令椒勇出战。椒勇驱车下了高岗，横戟截住公孙夏，杀在一处。

齐将国书见吴兵英勇，喝令齐军众将率兵冲杀，亲自执桴击鼓，激励齐兵。

吴王夫差见齐兵亡命拼杀，吴兵渐落败势，又命令诸稽郢率领越兵杀入。夫差亲自率领精兵三万，分成三股，反以鸣金为进，从三面杀入齐阵。吴兵见吴王亲自临阵，人人奋勇，个个当先，只杀得齐军土崩瓦解，旗倒兵散。

伯嚭一戟刺死公孙挥。椒勇生擒公孙夏。夫差也在阵中挑翻齐将宗楼。齐军大败。国书也死在乱战之中。吴军大胜，掳获战车八百乘，斩杀无数，只逃脱高无平和陈逆二人。

夫差在中军大帐盛排筵宴，和众将贺捷。席间夫差执杯，问越将诸稽郢道："将军观看吴军作战，和越军比较怎么样？"

诸稽郢知道夫差是在试探他，装做慌张，弃杯跪奏道："臣观大王之师，天下无敌。吴军神勇，前败楚，今败齐，无人自当，怎么能拿弱越相论。"

夫差听了大悦，伸手虚扶道："将军请起"。又道，"将军率领越兵跟随寡人千里征齐，也有劳苦。寡人赐千金，犒赏越兵。将军宴完，可以率领越兵先回报捷了。"

齐简公听说齐兵大败，骇怕吴王灭齐，连夜召集百官议事。简公道："今天吴师大败我齐军，其气正盛，如果直逼临淄，齐国危亡。寡人召集众卿，商议退吴之策，望众卿给寡人良谋。"

相国陈恒奏道："臣以为，吴王夫差起兵伐齐，意在救鲁扬威，志在图霸诸侯，不在灭齐。吴军既胜，夫差必骄。主公不如派使臣去吴军大营，贡献金币财宝，谢罪请和。夫差必然退兵回吴。"

齐简公道："相国的话，正合寡人心意。然而，不知道什么人可以出使吴军？"

大夫鲍息，持笏奏道："臣，愿往。"

齐简公命令鲍息赍重金珍宝、粮黍牛肉百车，前往吴军议和。鲍息见到夫差，叩道："寡君前番伐鲁，罪及大王。今天又不自量力，和大王交兵于艾陵，以致兵败。今天寡君悔悟，特派外臣赍金币珍宝和牛羊粮黍，前来犒军。寡君向大王谢罪求和，请大王恩准。"说完，命人献上黄金珍宝。

吴王夫差高踞宝座，畅怀大笑道："齐侯早有今天之举，何劳寡人千里奔波。"

夫差刚要言和，伯嚭一旁低声道："这人是齐大夫鲍息，鲍牧之子。臣听说，伍子胥和鲍牧交厚，已经把儿子伍封托付给这个人了。"

夫差听了脸色陡然变怒，喝道："你是鲍息？"

鲍息道："外臣，正是鲍息。"

夫差问道："寡人曾经听说，伍子胥把儿子伍封托付给你，藏匿在你府中，可有此事？"

鲍息行礼道："外臣先父，虽然和上国宰相伍子胥有交往，至于伍封托付给外臣，

428

纯是讹传。大王不信，可以派人去临淄，搜查敝府。如果查有伍封，外臣一族甘受大王之戮。"

宗岌一旁对夫差道："鲍息是鲍叔牙的后人，至孝至忠至诚。他的话可信。"

伯嚭却道："臣以为，宁可信其有，不可信其无。大王为何不派人去临淄察看？"

夫差采纳伯嚭的建议，派司马椒勇跟随鲍息赴齐都临淄，去鲍府查看。刚进鲍府，椒勇命令随从五十名士兵，守住府门和通道，不许人员出入。鲍府家臣胥门忾，看见齐兵簇拥鲍息进府，慌张迎道："老爷，你回来了。"

鲍息道："你纠集家兵，款待吴国客人。"

胥门忾会意，高声喝叫道："众家兵，听令待客！"

只见数百名家兵各持戟戈，从府门通道排立两旁，把齐兵夹持中间。椒勇吃了一惊，问鲍息道："大夫，你想干什么？"

鲍息笑道："我没有歹意。将军请进。"

鲍息把椒勇请进客厅，命令家臣胥门忾拿来籍册，递给椒勇道："这是我鲍府人丁籍册，请将军过目。"

椒勇手持籍册翻看，指点道："这个王孙封，是大夫的什么人？"

鲍息笑道："这个人是我的表弟。将军，你要见见他吗？"

椒勇把籍册放在案头，拱手道："大夫如果方便，请王孙封和椒某一见。"

鲍息道："将军稍候。"命令胥门忾道，"请少爷来，拜见椒勇将军。"

胥门忾才要进里间传唤，只见屏后走出二人，其中一人说道："不要请，我来了！"

鲍息、椒勇举目一看，正是伍封、弘涅。

伍封朝椒勇拱手施礼道："伍封，拜见椒勇司马大人。"

椒勇也揖礼道："少爷一向可好？"

伍封道："司马前来，是否奉吴王之命，缉捕伍封回归吴国？"

椒勇道："是。"

弘涅一旁怒目圆睁，铿锵拔剑。伍封伸手拦住弘涅，笑问椒勇道："我不想为难司马。这就随你去见吴王。"伸手让道，"司马请！"

鲍息上前，挡住道："慢！"

椒勇问道："大夫还有什么话？"

鲍息道："伍封是我义弟。将军要带我弟，必须先取我鲍息项上人头才行！"

椒勇问道："吴王率兵十万，压在齐境。今日齐军已败，齐侯求和。大夫宁为伍封一人生死，而置齐国和鲍氏一族于不顾吗？"

鲍息正色道："鲍息受上国宰相之托，庇护我弟伍封，虽死无憾。况且，将军又有什么本领，能在我鲍息眼下带走伍封？"喝令胥门忾道，"传我命令，府中人等，尽操戟戈，以决生死！"

胥门忾刚要出外传令，椒勇伸手拦住道："且慢。"又问鲍息道，"末将带不走伍封，吴王必会率兵踏平临淄，抄杀鲍氏满门。大夫不会后悔吧？"

鲍息道："吴王要灭齐国，我鲍息自当引兵死战。孰胜孰负，自有天定，何悔之有？"

椒勇听了仰面大笑，笑完朝鲍息深施一礼，说道："久听鲍氏满门忠信，今天亲历，甚敬。刚才是椒勇试探大夫。请大夫宽宥。"

椒勇转身携伍封之手，说道："我临行之时，相爷嘱咐我照看齐国鲍氏。我这次回吴国，相爷就放心了。少爷，你有鲍息仁兄庇荫，安全了。"又嘱道，"记住，从今往后，你是王孙封。"

椒勇回到吴军大营，奏禀吴王夫差道："臣查对鲍府人丁，没有伍封。臣听说，伍封由弘淠护卫，奔楚国、晋国，寻投被离或孙武去了。"

夫差听报扫兴，独自走出大帐，望天长叹道："伍子胥让伍封投奔他国，是对寡人的疑忌了。"

伯嚭进言道："伍子胥让他的儿子伍封离开吴国，肯定另有阴谋。"

夫差问道："太宰，你以为，子胥能有什么阴谋？"

伯嚭道："子胥必谏大王起兵伐越。"又道，"大王如果伐越，子胥必定胜越国，和大王分国而治。如果大王不纳其言，子胥必定投奔他国，借兵攻打吴国。"

夫差攥紧拳头，骨节一阵喀巴脆响，咬牙切齿骂道："这样看来，老匹夫不可留了。"回头对伯嚭道，"传寡人命令，大军班师回国。"

第四十七章

伍子胥抱志自刎，夫差葬身胥元山

吴王夫差率领大军凯旋姑苏，在华阳宫盛排筵宴庆功。伍子胥持杯自饮，默默无言。

夫差问道："寡人得胜回国，百官都乐，宰相为什么不乐？"见伍子胥低头叹息，讥讽道，"宰相劝谏寡人不应当攻伐齐国，而今寡人得胜回国。众将有功，唯独宰相无功。宰相，你不知道惭愧吗？"

伍子胥听了大怒，墩杯喝道："天要灭亡吴国，必授小喜，而后授以大忧。大王胜齐国，不过是小喜。臣恐怕，大忧随即就要到了。"

夫差怒道："寡人久不见相国，耳边颇觉清净。今天寡人是自讨无趣了。"持杯遥邀百官道，"众卿不要因为宰相的话扫兴，开怀畅饮，尽兴方休。"

百官不敢扫吴王兴致，都捧杯相敬。夫差也连饮数杯，在宝座上瞌目假寐。过了一会儿，夫差睁眼说道："奇怪，奇怪！刚才寡人假寐，得一梦。"

伯嚭问道："大王梦见什么了？"

夫差说道："寡人梦中，看见有四个人相背而倚，一会儿四分而走。又见殿下有两人相对，北向人杀南向人。寡人刚才瞌目所见，也不知是梦非梦？众卿刚才看见了吗？"

百官都道"没有看见"。伍子胥却抚杯笑道："大王所梦，老臣替你解，行吗？"

夫差道："宰相请解。寡人愿听。"

椒勇的座位和伍子胥靠近，低声劝道："大王已经对宰相的话有反感。请宰相慎言。"

伍子胥不听椒勇的劝告，借为夫差解梦，奏道："老臣以为，大王的梦是不吉之兆。四人相背而走，是呈四方离散之象。北向人杀南向人，北上南下，是下贼反上，是臣弑君。老臣请大王慎思。大王如果不知儆省，就要遭到身弑国亡之祸了。"

夫差听了大怒，击案骂道："匹夫，大胆！"

宗嚭见吴王震怒，慌忙劝谏道："宰相醉了。宰相为大王解梦是戏言。臣请大王息怒。"

司马椒勇也趁机奏道："宰相的话，大王不愿意听。臣知道太宰也会解梦。太宰，你怎么不为大王解？"见伯嚭不言，又朝百官道，"下官请太宰为大王解梦，众位以为行吗？"

百官都欢言说好，一派谀媚景象。伍子胥厌恶，弃杯离座，踉跄而去。夫差见伍子胥不辞而别，不但不怒，反而长舒了一口气，对伯嚭道："宰相老颟，言不足采。太宰，你为寡人解梦。"

伯嚭不理睬椒勇，但是不敢违抗王命，奏道："臣以为，大王的梦吉兆。大王所梦四方离散，是奔走吴庭，兆大王称霸诸侯，将有代周之事了。"

夫差听了伯嚭的话，心花怒放，又问道："殿下北向人杀南向人，太宰有什么解释？"

伯嚭听问暗自欢喜，这正是谗杀伍子胥的良机，说道："上为君，下为臣。南向人为君，北向人为臣。北向人杀南向人，当兆当朝有下贼犯君。"

夫差听了，暗自吃惊，想到伍子胥目无君王，怀疑他有犯君之举。夫差不动声色，敷衍道："宰相的话不吉祥，寡人不想听。太宰所解，正合寡人心意。寡人敬太宰一杯。"

太宰伯嚭酒醉，宴罢回到府中，宓娇扶入寝室，对伯嚭道："王孙熊打听到，司马椒勇在齐都鲍息府中，见到了伍子胥儿子伍封。司马不遵王命，庇护鲍息、伍封，夫君为什么不奏禀吴王？"

伯嚭听了大吃一惊，酒醒过半，叫来王孙熊问道："司马庇护伍封，瞒而不奏。这件事，是不是事实？"

王孙熊道："奴才有一个乡党，是司马部将。他曾经随从司马去临淄鲍府，亲眼见到伍封、弘涅窝藏在鲍府。"

伯嚭道："椒勇、宗岌、华元，都是伍子胥匹夫的心腹。今天华元已死，再除掉椒勇，剩下宗岌一人，我无忧了。"

伯嚭命令王孙熊驱车，连夜进宫觐见吴王夫差，奏道："臣探知，伍子胥把他的儿子伍封，托付给齐国大夫鲍息，确有此事。司马椒勇奉王命去鲍府查看，明明见着伍封，谎奏伍封不在齐国。臣以为，伍子胥托子在齐国，他有亲齐背吴之嫌，大王应当加罪。司马椒勇对大王不忠，大王应当黜他官职。"

夫差大怒，立即命令闵绅前往司马府传令，罢黜椒勇司马之职，让他回到封邑，永为庶民。

夫差又问伯嚭道："寡人想不到伍子胥老贼，竟然这样多诈，托子给齐国人！太宰你思量，寡人应当用什么罪名惩罚他？"

伯嚭道："不用罪名，杀。"

西施坐在一旁，听伯嚭说杀，吃了一惊，慌忙笑对夫差道："妾听说，伍子胥已到耄耋之年，对先王对大王都有立国定位之功。大王如果杀伍子胥，会留不义之名于后世。大王要责罚伍子胥，不如罢他相国之职，命令他永不入朝。大王可以心宁耳静了。"

夫差采纳西施的话，命令闵绅去相府颁诏，收回相印。

伍子胥中途退宴，回到相府，深知言语屡恶吴王，大祸将到。伍子胥让马悠崀唤来家中奴仆，废除奴籍，让他们回归家乡为民，把府中财物分给众人。奴仆们跪伏当院，号哭不走。伍子胥再三劝慰，这才散去。

伍子胥又问马悠崀道："你怎么不走？"

马悠崀伏跪，泣道："我是个孤儿，自幼被相爷收养，情同父子。相爷一天在世，我马悠崀应当孝敬在相爷膝前。"

伍子胥伸出枯瘦的大手，抚摸马悠崀头颅，说道："悠崀，你知道，老夫此刻，最想念什么人吗？"

马悠崀道："相爷思念主妇，思念少爷。"

伍子胥叹道："不是，不是。老夫想念皇甫胥、弘涅。"

伍子胥说到这里，落下泪来。马悠崀也泣不成声。

这时门外有人轻咳一声，问道："堂堂相府，怎么空无一人？"

伍子胥听出是椒勇声音，说道："司马，请进。"

椒勇身穿葛布袍衫，头梳发髻，铜簪别顶，跨入书房，朝伍子胥伏跪施礼道："草民椒勇，向宰相辞行。"

伍子胥慌忙拉起椒勇，问道："将军，这话说的？"

椒勇道："伯嚭告讦，吴王责怪我见伍封藏在鲍府不报，已经罢我司马官职。椒勇已经是庶民了，特来向相爷辞行，回归封邑了。"

伍子胥感动落泪，拱手道："将军是为老夫获罪。"又问道，"伍封可好？"

椒勇叹道："椒勇欣佩相爷识人。鲍息无愧是鲍叔后人，忠诚仗义，待伍封亲同手足。伍封已遵相爷之命，易名王孙封，入了鲍氏族籍了。"

伍子胥让马悠崽置酒，为椒勇饯行。椒勇见府内无人，问道："相爷府中家丁奴仆，怎么不见一人？"

伍子胥抚杯不语。马悠崽道："相爷废除家奴奴籍，让他们回家了。"

椒勇惊问道："相爷，你要干什么？"

伍子胥仰面叹道："夫差昏聩，喜谀恶直，以致忠臣掩口，谗夫得宠。国君养乱畜奸，祸及灭国。老夫已经料到，吴国将要庙社为墟，殿生荆棘了。"又道，"将军罢官归田，是件幸事。老夫是先王委国之臣，不能弃国而去，只有抱志和吴国共亡了。"

椒勇要劝伍子胥弃官归隐，想到劝也无用，哀叹不已。椒勇临行再拜，饮泣而去。

伍子胥目送椒勇出了府门，才从滴水檐下返回书房，对马悠崽道："悠崽，去，把我相印拿来。"

马悠崽惊问道："相爷，拿相印干什么？"

伍子胥叹道："我料想吴王必要罢我宰相官职。你把相印拿来，准备大王派人索取。"

马悠崽道："相爷，你不干这个宰相也罢，省得受昏王奸贼的气。"一边取来相印，放在案头道，"相爷不当宰相，不如投奔齐国，或是去寻找被离、孙武，隐居山林，自由自在。"

伍子胥斥道："不许胡言。"

门外传来嬖臣闵绅的声音："这么大的相府，怎么不见一个人影。相府家丁家奴，都在哪呢？怎的守门报信的人，也没有？"

伍子胥端坐不动。马悠崽迎出门外，朝闵绅拱手道："内官大人下驾相府，有失远迎，恕罪，恕罪。"

闵绅问道："你家相爷在吗？"

马悠崽道："相爷在书房恭候。大人请进。"

马悠崽侧身导引，把闵绅请进书房。闵绅朝伍子胥拱手揖礼，说道："下官闵绅有礼。"

伍子胥端坐案前，瞌目不语。闵绅见伍子胥傲慢无礼，勃然大怒，变色厉声宣道："大王诏命，罢黜伍子胥宰相官职，使归封邑，不奉召不得进宫。"

闵绅宣罢，再瞅伍子胥已酣然入睡，鼾声如雷。

闵绅又羞又怒，嗫嚅无言。马悠崀指着案上的相印，说道："相爷已把相印备好，请内官大人奉还吴王。"

闵绅苦笑着奉印而去，进宫复命。吴王夫差问闵绅道："伍子胥，说有什么话？"

闵绅道："伍子胥瞌目酣睡，无话。"又道，"伍子胥已经料到大王要罢黜他，封印在案上。"

伯嚭一旁奏道："伍子胥既然料到大王罢黜，他必定另有计谋了。"

夫差惊问道："伍子胥能有什么计谋？太宰请说给寡人。"

伯嚭道："伍子胥既然把他儿子伍封，托付给齐国鲍氏，必定有弃吴投齐之志。大王如果放他投奔齐国，齐国必然爵伍子胥为卿相。伍子胥必然走借吴伐楚的老路，率领齐兵攻打吴国。"

夫差听了十分惊恐，嗫嚅道："这，这怎么是好？"

伯嚭道："臣以为，大王既然罢他宰相，不如杀他一了百了。"

夫差犹豫道："伍子胥专权擅威，倾覆寡人，当杀。然而，老贼是先王故交，有大功于吴国，民气甚旺，寡人不忍心杀他。"

伯嚭道："大王既然不愿意亲自杀他，为什么不赐他自杀？"见夫差未允，又道，"大王犹豫不断，难道要学勾践，想入齐为奴，甘愿为齐侯尝粪问疾吗？"

伯嚭这一句话，犹如惊雷炸耳，使夫差激凛而起，喝叫闵绅道："闵绅，取沥镂剑来！"

闵绅取来沥镂剑，奉给夫差。夫差抽剑出鞘，拭剑锋芒，赞道："好剑，好剑，不逊'莫邪'、'湛卢'。"又道，"此剑是伍子胥的宝剑。"大笑道，"伍子胥当年咆哮王廷，拔此剑要杀勾践。今天，寡人就用此剑，赐他自杀吧。"说完命令闵绅奉剑诏命伍子胥自刎。

闵绅拿了相印离去，伍子胥就让马悠崀侍候他沐浴更衣。伍子胥穿上他一生喜爱的白色葛布袍衫，穿上甘嬺生前亲手编织的麻袜、麻鞋。马悠崀噙泪，替伍子胥梳理长发，结髻以白帛扎牢，又取过金簪别顶。

伍子胥说道："人死就要和草木同朽，还用什么金簪？悠崀，你去院园取一截竹枝给老夫别顶。"

马悠崀奔进后院花园，扶住竹子痛哭一阵，才抹干泪水，折了竹枝回来，替伍子胥别在发髻上。

伍子胥让马悠崀拿来铜镜，临镜自观，拈须叹道："镜中老者，你是什么人啊？"又道，"这是我。我是楚国棠邑人氏，姓伍名员，字子胥。"凝视半天，对镜问道，"你果真是伍员，伍子胥吗？你这个白发白髯的老耄老人，就是那个力举巨鼎的伍子胥吗？就是那个驰骋淮沔、血战豫章、率三万之众、五战破楚入郢的伍子胥吗？你，就是那个指挥吴国十万水陆之师，大败越军于夫椒、攻占越都会稽的伍子胥吗？"

伍子胥面对镜中的白发老人，涕泗滂沱，叹道："你不是！你不是他了！"摇着头，缓慢地、轻轻地把铜镜反过来，扣在案头。

伍子胥恢复常态，笑对马悠崽道："悠崽，你去做一顿丰盛的酒肴。今天咱爷俩吃一顿团圆饭。"

马悠崽听了头皮发麻，心里发怵，慌乱地备下酒肴，站立持壶侍酒。

伍子胥却道："坐下，一道吃。我吃你看，这叫啥团圆饭？你坐下。"

马悠崽不敢抗命，在下首侧坐，又站起来替伍子胥斟酒。马悠崽斟罢，举杯道："相爷，奴才敬相爷一杯。"

伍子胥道："这酒，老夫不喝。你叫错了！"

马悠崽又道："小人，敬老爷一杯。"

伍子胥道："错。"

马悠崽道："悠崽，敬老爷一杯。"

伍子胥道："还是错。"

马悠崽泣道："悠崽，实不知错在哪里？"

伍子胥笑道："老夫今天，不是宰相，不是老爷。老夫是伍子胥，伍员，伍二爷。"

马悠崽"哇"地一声哭叫着跪道："我马悠崽，敬二爷一杯。"

伍子胥一手持杯，一手拉起马悠崽，笑道："起来，起身。你跪着敬酒，这不公平。"又道，"你这一声'二爷'老夫不饮自醉了。昔日要离、史鶒、专诸、阿香、卜玕，还有甘嫚、孙武，都是这么叫我'二爷'。'二爷'，我听了亲近、亲切。"

主仆二人喝完，马悠崽撤去碗盘杯盏，泡了一壶茶水，倒了一碗，奉给伍子胥道："二爷，这是主妇在日，替你采制的茶叶。"又道，"仅有一壶了。"

伍子胥平静地说道："主妇的茶，好啊。"又道，"仅此一壶，平生满足了。"

伍子胥正襟危坐，一边品茶，一边似乎在等待大事的来临。许久，才对马悠崽道："一会儿来人，你千万不要阻挡。不管天塌地陷，你都甭管。"

马悠崽躬身道："悠崽，遵命。"

天晚。姑苏城内，万家灯火。数十里方圆的天际，一片煞白。周围的宅院也都光明泄射，只有昔日繁华的相府漆黑一团，像一丘瘆人的古墓。马悠崽预感到灾难的降临，左手紧握剑柄，如同柱石一般地立在书房门外的滴水檐下。

这时，突然府门外一阵大乱，无数个士兵手持戟戈和灯球火把，如长蛇一般地把相府团团围住。府门被冲开，两队士兵依序进入，分两列站在府门到书房的甬道两边。

马悠崽退到书房门前站定，把宝剑挪到胸前，右手抓住剑柄，虎视着突如其来的士兵。

府门一前一后走进两个人来。前面是吴王夫差的嬖臣闵绅，手捧一柄宝剑。马悠崽一眼认出，那宝剑正是相爷的沥镂剑。闵绅身后，紧随手握佩剑的王孙熊。马悠崽待闵绅近前，铿啷一声拔剑出鞘，挡住闵绅。闵绅喝叫道："大胆。"又道，"我奉吴王命令宣谕。你敢阻挡？"

伍子胥在书房里说道："悠崽，让他进来。"

马悠崽剑指王孙熊道："你退后！只许进他一人。"

王孙熊要拔佩剑，闵绅回身斥道："大胆！你退下。"

闵绅奉剑进了书房，见伍子胥端坐案前，就把沥镂剑捧过头顶，躬身曲体，说道："下官奉大王诏命，奉还子胥沥镂宝剑。大王命子胥，用此剑自裁。"

闵绅说完，把剑放在案头，退一步低头问道："子胥，你还有什么话？请说。"

伍子胥仰面大笑，泪花飞溅，想到昔年齐相晏婴说的，"良臣不食暴君之禄，不居乱国之位，见兆即退，不可和乱国俱灭，不可和暴君偕亡"。伍子胥后悔未从，于是悲道："老夫，料到有今天。"又道，"老夫今天归宿，犹龙逢逢桀，比干逢纣。老夫今天死，明天吴国要灭，夫差要灭。"

闵绅道："下官请子胥速决。下官退在门外，等子胥走后，回宫复命。"说完，退出书房。

马悠崽在书房外听得真切，一边举剑狂叫道："我杀掉这帮昏王奸贼。"一边扑奔闵绅，挥剑要砍。两旁士兵架起戟戈拦住。

伍子胥在书房里厉声喝道："悠崽，不许胡为。"又命道，"你进来，我有话嘱告。"

马悠崽还剑入鞘，走进书房，大放悲声，泣道："相爷，二爷！这昏王忘恩负义，你就让我杀进王宫，除掉这个无道昏君！"又跺脚瞪目叫道，"相爷，这个昏王，当初先王不想传他王位，是相爷说服先王，才让他得到王位。你为了吴国破楚败越，使昏王威加诸侯，夫差不念你定位之恩，不念你有恩于先王，有功于吴国，竟然恶你忠言，令你自裁。相爷，难道你真的听从昏王的诏令，要自裁吗？"

伍子胥平静地说道："我伍子胥，为了吴国，丧亲丧友，耗尽毕生精力和心血。生为吴国生，死为吴国死。悠崽，你说，老夫能为一命残喘，而留不忠之名于后世吗？"

马悠崽听了跪伏大恸，以头触地，惨呼道："相爷，二爷。"

伍子胥和蔼地嘱咐道："我死后，你保存我的头颅。等以后越国人进攻吴国，你把我的头颅悬挂在蛇门上头，让我亲眼看到越兵是怎么进入姑苏的。"又道，"然后你持我沥镂剑，去投奔齐国。你，出去吧。"

马悠崽悲愤欲绝，又不敢违命，跟跄出门。伍子胥抽出沥镂宝剑，从容地横在颈下，右手用力一拉，倒身气绝。

马悠崽在门外惨呼"相爷"。几名士兵冲上前来，摁住了马悠崽。闵绅、王孙熊进入书房，看见伍子胥已死，抽剑断头。闵绅对王孙熊道："大王有令，把伍子胥尸身投入江中，以饲鱼鳖。"

马悠崽听到闵绅命令王孙熊把伍子胥尸体抛进江河，怒吼一声，挣脱士兵，持剑逼退闵绅、王孙熊，用衣袍裹起伍子胥头颅，提了沥镂剑，冲出府门逃去。

闵绅命令王孙熊把伍子胥尸身装进皮囊，抛进江中，率兵回王宫复命。

皮囊漂浮在江中，不沉不去。一叶渔船从下水溯流而上，老者撑篙，壮者摇桨。近前，正是仇狗儿、皇甫胥二人。船到皮囊近旁，仇狗儿双手捞起皮囊，哭道："二爷，狗儿接你来了。"

皇甫胥跪伏船头，头击船板，号哭道："相爷，皇甫胥来迟了。"

一老一少把伍子胥葬在太湖岸边。皇甫胥跪在坟前，一边哭泣，一边焚化衣物。仇狗儿举杯敬酒，边洒边道："二爷，仇狗儿敬你一杯酒。你喝完，英魂不要散。等寻回你的头颅，我和皇甫胥再来祭奠。"

闵绅回奏吴王夫差，伍子胥已死，尸身投进江中。夫差大喜，封伯嚭为相国。恰逢文种到姑苏朝见吴王，贡奉金钱珍宝。夫差在王宫内盛排筵宴，集百官欢饮，款待文种。文种代勾践敬酒。

夫差要增封越国土地。文种辞道："大王封越国土地，已经足够越人衣食了。臣及寡君，怎敢贪心不足。大王增封，实不敢受。"

夫差感叹道："勾践君臣知足不贪。伍子胥说勾践有亡吴之心，简直危言耸听。"

夫差就厚觊财物，命文种回国。

宰相伯嚭奏请夫差道："大王已经败楚服越，新近又和齐、鲁和盟，为什么不率领精兵北上，大会诸侯，和晋国一争盟主地位？"

夫差大悦，答允，择时挥师北上。这天，夫差儿子姬友得知父王从伯嚭劝谏要北上会盟，心生一计讥讽夫差。夫差看见太子姬友手执弹弓，衣衫俱湿，惊问道："我儿从哪儿来？衣鞋都湿透了？"

姬友道："儿刚才在后园，听蝉鸣于树。但见其蝉趋风长鸣得意，却不见螳螂攀柯缘枝，张口伸刀要捕蝉吃它。那螳螂一心顾蝉，却不知有一只黄雀窥在树荫，要吃螳螂。黄雀一心要吃螳螂，却不防孩儿我持弓夹弹，要打黄雀。"

夫差急问："你，打到黄雀了吗？"

姬友道："孩儿一心要打黄雀，却不防备跌进近旁沟坎，衣鞋都湿水了。"

夫差讥笑道："你贪图眼前小利，不顾后患。天下愚蠢，莫过于此了。"

姬友道："儿臣听说，天下愚蠢，还更有甚者。"

夫差问道："还有什么人，愚蠢胜过你吗？"

姬友道："儿臣以为，鲁国承周公之后，有孔子之教，不犯邻国。齐国所以伐鲁，以为一举可得，却不知父王率师千里而攻。父王打败齐军，以为一举可得齐国，却不知勾践将起越国之兵，出三江之口，入五湖之中，屠我吴民，灭我吴国。儿臣斗胆敢问父王，天下之愚，有过于此吗？"

夫差听了勃然大怒，手指姬友斥道："你这些胡言，都是伍子胥的余唾，寡人久已恶听。寡人已赐伍子胥自杀。你竟敢拾他狂语，以扰我伐齐谋霸大计。你如果多言胡语，寡人废你太子之位。"

姬友见夫差不听忠言，长叹退出门去。

夫差命令姬友、姬地、王孙弥庸等人留守姑苏，亲率水陆之师，取邗沟水道北上。吴军直抵橐皋。吴王夫差和鲁哀公相会。然后夫差又到发阳，和卫出公相会。夫差见鲁、卫二君已经诚服吴国，踌躇满志，行檄遍约诸侯，限日大会在黄池，要和晋国一争霸主地位。

前年，吴王夫差命令百姓用越国偿还的稻谷做种子，却不知道中了范蠡、文种计谋。那稻谷都是蒸煮的熟谷。是年秋，吴国稻谷颗粒无收。百姓存粮已绝，大批饥民朝邻国边境逃亡。

文种从姑苏回到会稽，把大差赐死伍子胥、率兵北上、国内粮荒、民心不稳，一一奏告越王勾践。范蠡击掌道："伍子胥已死，夫差拥兵在外，吴国又遭粮荒，正是大王灭吴雪耻的千载良机。"

勾践兴奋异常，叹道："寡人卧薪尝胆，已经十年了。越国用血肉和屈辱，终于换来了今天。寡人这次不灭吴国，誓不生还会稽。"

勾践和范蠡、文种商议，命令计倪守国，诸稽郢率精甲六千，焦夤率四千童子军，取陆路直驱吴国边境。勾践和范蠡、文种率兵四万，乘船舰由海道入江，进袭姑苏。

勾践择吉日起师。王后姒婹率领女兵送到应天山麓。姒婹亲自和焦凰抬来一坛米酒，对勾践道："臣妾祝大王和众将士出征大捷。臣妾请大王和众将士们共饮此酒，以壮行色。"

勾践手拈胡须，为难道："王后酒少，寡人将多兵众，怎么够饮？"

范蠡笑道："这有什么难。王后把酒倒进河里，众人都可以尽饮。"

勾践大声叫好。姒婹道："还是宰相高智。"就把一坛美酒，倒进山脚下的箪河里。

勾践俯下身来，双手掬水而饮，想起昔日赴吴为奴时的悲壮情景，不由得泪水奔流，悲喜交加。

范蠡、文种、诸稽郢、焦夤和众将士都掬水而饮。

勾践直起身来，噙泪呼道："不灭吴国，誓不回越！"

众将士都高声呼喊道："不灭吴国，誓不回越！"

呼喊声惊天骇地，在山麓河畔间回响，经久不息。

诸稽郢、焦夤率领陵军起程。焦凰把一双麻鞋递给焦夤道："哥哥，你们先行一步。我们女兵跟随王后随后就到。"又道，"诸将军年高，哥哥要好生看顾。"

这边勾践、范蠡、文种等人，率领水师登船。姒婹送到船旁，对范蠡道："少伯，你这次跟随大王征吴，到了姑苏，一定得把西施接回来。西施为了越国，蒙羞忍辱，你千万不能嫌弃她。"

范蠡躬身道："西施其身受污，其心高洁，少伯爱她如初。少伯谢王后叮嘱。"

诸稽郢、焦夤所率陵军，直抵姑苏城郊。吴公子姬地领兵出城迎战。诸稽郢驱车和姬地大战数十回，二人势均力敌，一时胜负难分。焦夤驻车阵前，瞅见诸稽郢年高力衰，久战难下，况且姬地血气方刚，愈战愈勇。焦夤恐怕诸稽郢有失，想起

438

妹妹焦凰临行所嘱，就在战车上张弓搭箭，一箭射中姬地右臂。姬地在车上一个趔趄，被诸稽郢一戈扫在车下，喝令兵士把他头颅割下示众。焦眘乘机命令童子军冲杀过去。吴军大败，退回城中，高悬吊桥。

诸稽郢急要攻城。焦眘劝道："姑苏城是伍子胥当年所造，城隍坚厚，攻城伤亡巨大，而且久攻难下。我料城中粮草不多。不几天大王水路大军就到。我你不如围而不战，等待大王兵到，再定胜策。"

诸稽郢听从焦眘的建议，命令六千精兵和四千童子军在蛇门城外安下营寨。不几天，越王勾践和宰相范蠡、大夫文种率领四万越兵取海道入江，到达姑苏城外，和诸稽郢、焦眘会合。大军安下营寨，第二天列阵攻城。

吴太子姬友听说勾践大军来到，在蛇门外列阵攻城，急和王孙弥庸商议道："前番我弟弟被杀。今天勾践又来攻城。将军你有什么计策退敌？"

王孙弥庸反问道："太子，你有什么打算？"

姬友叹道："越兵势众，其志雪耻，勇不可挡了。父王拥兵在外，城里兵少粮乏。以我之见，不如一边派人奏报大王回师，一边坚守不战。"

王孙弥庸笑道："太子的谋略欠周全。派人奏请大王回师，可以。但是，王师在千里之外，不可能一天抵达姑苏。旷日持久，城中粮尽，不攻自破了。"

姬友跺脚挠头，叹道："这怎么是好？"

王孙弥庸道："太子不必忧虑。末将以为，我吴军屡败越兵，越人畏吴之心仍在。越军从水陆两路远道而来，疲惫不堪。今天末将出城和他们拼死一战，如果胜，越军必退。如果不胜，再退守王城不迟。"

姬友允许王孙弥庸出战。命令卫士叔让出城，去报信给吴王。王孙弥庸率领城里守兵两万，出城列阵。阵刚合，越军左军由范蠡率领，右军由诸稽郢率领，从两边冲杀过来，势如破竹，把吴兵大阵杀得乱如散沙。

王孙弥庸死命抵挡，才使败兵退回城中。姬友见越兵潮水般地随着吴兵涌向蛇门，急忙命令守兵闭关吊桥。王孙弥庸被关在了城外，率领残兵绕城而走，不防备被范蠡一箭射落车下。诸稽郢驱车赶上，一戈砍下王孙弥庸的头颅。

范蠡率兵攻下城外姑苏台，救出西施，留在军中，又命令兵士，火焚姑苏台。大火冲霄，百里之外犹见天朗如昼。范蠡当晚去后营大帐探望西施。西施临镜梳妆，见范蠡来到，伏地而跪，掩面泣道："妾身已污，不能再事夫君。妾愿随郑旦去了，来世再和夫君结连理吧。"

范蠡听了大恸，抱住西施放声大哭。范蠡哭罢多时，才对西施道："你为了越国，为了越国万千百姓，才身陷囹圄，和禽兽共寝。你心地高洁，天下女子都不能相比，何污之有？我今天能和你团聚，是上天赐福。你为什么寻此短识，弃今世而求来生？"

文种得知范蠡和西施破镜重圆，奏请越王勾践道："少伯原和西施、郑旦二人，在苎罗誓有婚约。如今郑旦虽死，西施得释，大王为何不成其良姻？"

勾践大悦，欣为范蠡、西施主婚，大排筵宴，众将都来祝贺。

吴王夫差约定诸侯会盟在黄池[1]，鲁、卫二君都来了，只有晋定公不到。夫差大怒，起大兵伐晋。吴军刚到晋国边境，晋定公派大夫赵鞅出使吴营。夫差责斥赵鞅道："寡人请晋君会盟，为什么不来？"

赵鞅道："寡君不是不来，是因为大王要当盟主，晋君已经是诸侯公认的盟主，怎么能让位给大王？"

夫差怒道："晋祖叔虞，是成王之弟。吴祖太伯，是武王伯祖。晋吴尊卑，隔绝数辈。况且晋虽主盟，会宋会虢，已出楚下，今天还要居在吴国之上吗？"

赵鞅道："贤君的话，轶会回奏寡君。鞅请贤君屯兵晋境，等候寡君答复。"

赵鞅出了吴军大营，刚行十数里，正遇见叔让驾双马轺车绝尘而到。赵鞅命令从人取了浆壶，拦住叔让道："将军何行太急，喝完浆水，再走不迟。"

叔让正渴得口中冒火，喝完谢了赵鞅，拱手问道："请问吴王大营，扎在哪里？"

赵鞅举手指道："由此往彼，东北方向十数里就是。"又问叔让道，"将军从哪里来，有什么事情着急要见吴王？"

叔让道："越王勾践兵围姑苏，已经杀了公子姬地和大夫王孙弥庸，火焚姑苏台。吴都姑苏，早晚难保了。"

叔让说完，扬鞭策马，驱车狂驰而去。赵鞅大笑道："夫差亡国在即，还要做盟主的美梦。"命令卫士驱车，急奔晋都。

叔让驱车直入吴军大营，下了车奔进吴王大帐，跪奏道："勾践起兵五万，从水陆入吴，已经围困姑苏。公子姬地、大夫王孙弥庸双双战亡。范蠡火焚姑苏台，劫走西施娘娘。姑苏城内守兵全都是老小病残，而且粮草缺短，早晚不保。太子命臣奏请大王，回师解救姑苏。"

夫差听了如雷击顶，怔忪无状。只见伯嚭面露凶色，猛然拔剑，把叔让头颅砍落在地。夫差大骇，惊问道："相国，你为什么杀信使？"

伯嚭拭剑入鞘，躬身奏道："叔让所报，虚实不知。如果留他活口，臣恐怕泄露机密，齐、晋二国必乘吴国之危举兵生事，大王你怎么能全身而退？"

夫差叹道："相国所虑极是。今天晋、吴争盟未定，如果泄露越人攻吴，不但寡人失盟主于晋，而且难以晏然而归了。"

嬖臣闵绅道："臣以为，大王如果不会盟诸侯退走，就要丢失盟主给晋国。吴国从此就要听命于晋国了。"

伯嚭道："大王为今之计，必求主盟，方保无虞。"

夫差问道："寡人要主持会盟，用什么计策才能完美？"

伯嚭道："今天事在危急，进退两难。大王兵压晋境，不如进兵挑战，威逼晋人妥协。"

---

[1] 今河南省封丘南。

夫差听从伯嚭计谋，命令吴军连夜起营，饱食秣马，悄悄开拔。吴军距离晋军数里，夫差才下令列阵。阵势分左、中、右三军，每军百二十行，每行百人，竖一大旗。中军都是白车、白马、白旗、白旄，兵士都着白衣、白甲。吴王夫差手执大铖，站在中军大辂上。左军面右，也是百二十行，都是红车、赤马、红旗、朱旄，兵士穿红衣红甲。伯嚭手持大戟，站在左军阵前战车上。右军面左，也是百二十行，都是黑车、黑马、黑旗、黑旄，兵士穿黑衣黑甲。宗赏手执长戈，站在右军阵前战车上。三阵布定，计有士兵三万六千人众。

东天刚亮，吴王夫差命令兵士击鼓。夫差站在大辂上，振铖呼道："周王有旨，夫差主盟，晋侯不从，阵前受戮。"

吴军三军将士同声呼喊，震天撼地。晋军听到丧胆，不敢出营列阵。晋定公急召大夫董褐、赵鞅商议。

董褐道："夫差诈奉王命，要图盟主。主公不从，夫差要和主公一战以决雌雄。为今之计，主公从盟则可不战。不从盟，必有一战了。"

晋定公叹道："夫差有备而来，孤注一掷，志在必得，寡人战而难胜啊。"问赵鞅道，"卿昨天出使吴营，知道夫差的意图。寡人听卿的意见。"

赵鞅道："臣昨天回来途中，巧遇吴使，说越王勾践已经围困了姑苏。夫差着急要得到盟主之位，然后回师姑苏。今天夫差以一战定盟，主公如果不从，他必然逞毒于我。以臣之见，主公不如让他主盟，不可示我晋弱，必使夫差去其王号才可。"

晋定公喜道："夫差亡国在即，还要争盟主虚名。可叹，可笑。"又命令赵鞅道，"卿再去吴军阵前，传话给夫差。"

赵鞅驱车出营，来到吴军阵前，朝夫差拜道："君奉周王之命宣于诸侯，寡君不敢不敬奉。然而，上国以伯肇封，却号称吴王，还有周王吗？贤君如果去掉王号而称公，寡君应当敬贤君为盟主，唯君所命。"

夫差听了赵鞅的话，喜道："晋侯既然尊寡人为盟主，寡人就去掉王号，称吴公吧。"

夫差罢阵，置幕帐，和诸侯相见。杀朱牛白马，歃血为盟。夫差称吴公先歃，晋侯随后，鲁侯、卫侯又随后。

夫差会盟完毕，立即命令大军，取江淮水路星夜班师。兵士往返奔命，疲惫不堪，又听说越兵打败了吴军，围困了姑苏，全无斗志。

越王勾践听说夫差率领大军从江淮班师，紧急召见范蠡、文种、诸稽郢、焦容商议军事。

诸稽郢道："我军已经围困姑苏数月，城内粮草告罄，不如悉起大军攻城，一举拿下姑苏。"

文种道："不可，不可。姑苏城郭坚巨，吴太子姬友亲自率领兵士、百姓死守。我军强攻，他必拼死战守。如果旷日不下，夫差大军再回师，我军就腹背受敌了。"

焦容怒道："这也不可，那也不可，不得姑苏，难不成坐等夫差回师。"又对越王道，

"臣愿率四千童子军，为攻城先锋。"

勾践见范蠡瞑目沉思，问道："少伯，你有什么计谋？请说给寡人。"

范蠡道："臣以为，子禽说的有理。我军攻姑苏，久攻不下，兵士已疲。夫差大军又到，我军战之难胜，退之无功。以臣之见，不如使诸稽郢六千精甲和焦眷四千童子军，围困姑苏。大王尽起三万兵马，开往江淮，迎击夫差。吴军人数虽然和我军相当，然而吴军往返奔波，兵士疲惫，而且听说姑苏被围，军心涣散。我军先到江淮，以逸待劳，一战可胜。"

勾践和文种众人都说范蠡好计。勾践立即命令诸稽郢、焦眷率部继续围困姑苏，悉起大军三万，日夜兼程，开往江淮。大军走到中途，越王勾践看见道路中间有一只绿皮巨蛙，腹鼓目胀，怒视车马。勾践喝令大辂停住，下车朝绿蛙躬身礼拜，说道："蛙儿虽弱，不怕车马，可敬，可敬。"回头对众将士道，"绿蛙不畏死，敢和车马斗。寡人和你们受夫差十年之辱，怎么能不如蛙？"

众将士听了勾践的话，群情激愤，振戟高呼道："誓灭夫差，雪我耻辱！"

越军开到长江南岸，立营驻扎。勾践把水师船舰两千余艘，沿江排开。范蠡派间谍往江北探得，吴军已从淮河取道邗沟，在江北瓜洲古渡①扎营，和越军隔江对峙。

范蠡奏请勾践道："吴军刚到瓜洲，立足未稳。大王不如尽起大兵，乘水师船舰，连夜突袭瓜洲，一战可胜。"

勾践大喜，命令全军将士饱食，登船乘舰，在江中布阵。范蠡率右军，文种率左军，勾践亲自率领中军。日落之时，勾践命令文种率左军船舰，溯江西上五里，等待攻击吴军。又命令范蠡率右军逾江东下十里，等待左军和吴军接战，在溯江夹攻。

到了半夜，勾践亲自率领中军船舰，攻击吴军江北水寨。夫差听到江上战鼓震天，登上王船观瞧，只见越军船舰黑压压列在江面，朝吴营袭来。夫差急令吴军船舰出寨迎战。不料吴军船舰刚出，越军船舰却后退到江南。

伯嚭对夫差道："勾践已经害怕了。大王你怎么不命令舟师进击，一举灭敌于江南。"

夫差大喜，立即命令吴军舟师全部渡江南进。刚到江中，突然听到身后瓜洲大营杀声震天。原来越军二千水兵乘坐五百只"突冒"，灭灯熄火，趁夜绕到吴军背后，劫了吴军瓜洲大营。夫差见大营丢失，惊慌失措，一时不知进退。

文种所率越军船舰，又从上流杀下来。下游的范蠡又率领越军溯江杀上。勾践又率领船舰，从江南杀奔江中。吴军水师被越军三面围住，兵士胆颤心惊，斗志全无。越军船舰猛冲猛打，把吴军的阵势冲得七零八落，杀戮吴兵无数，血染江赤，尸如浮萍。

夫差见大势已去，和伯嚭率领残兵趁夜杀出重围，仓惶逃奔江南。夫差弃船登岸，逃进姑苏城里，紧闭城门，坚守不战。

越王勾践率领大军追到姑苏城外，和诸稽郢、焦眷两路兵马会合，把姑苏四面

---

① 今江苏省仪征市南。

层层围住。勾践趁夜率领范蠡、文种、诸稽郢、焦容等众将，登高丘观看姑苏城陴。

勾践叹道："兵法云，兵不可用久，久则生疲，疲则不敌。姑苏城坚壕广，急攻难下，怎么是好？"

诸稽郢道："以臣之见，攻城并非良策。如果能够引诱吴军出城决战，胜有希望。"

范蠡朝姑苏城观望了一会儿，突然笑道："大王不要忧虑。我有计谋了。"

勾践惊喜，问道："少伯有什么好计谋，快快说来。"

范蠡道："臣听说，伍子胥当年火攻养邑，灭烛庸、掩余在高城阙内。今天，大王为什么不借用伍子胥的战术，佯以火攻姑苏，逼夫差出城？"

勾践击掌，连声说好，又叹道："吴国如果有伍子胥在，寡人怎敢兵临吴境。"

勾践采用范蠡的计谋，命令兵士靠近城墙堆土筑高台。又命令四处购买雄鸡，准备火油。

夫差在城内听到越兵在城外挑灯夜战，堆土筑台，慌忙登城观看。只见越兵沿着城外护城壕旁，堆筑数十丘高台，两台相距百丈，有的台高已经超过城垣。夫差惊异，问身旁伯嚭道："相国是否知道，越兵筑高台，做什么用途？"

伯嚭道："当年伍子胥兵伐养邑，见城陴高峻难攻，命令兵士筑台，施放火鸡进城，又命令兵士在高台上射火箭进城，火攻养邑。是役城里叛兵十有八九都被烧死。烛庸、掩余都毙命在城里。时过一二十年，但凡说起伍子胥火攻养邑，莫不毛骨悚然。城外越兵筑台，臣料到是范蠡的计谋，仿效伍子胥故伎，火攻姑苏了。"

夫差大吃一惊，慌道："这怎么是好？越兵火攻姑苏，又使众兵困守城门，寡人这不是要葬身火海了吗？"回头对伯嚭、姬友道，"你们快谋良策，不要让寡人束手待毙。"

姬友道："如果死守姑苏束手待毙，不如出城和越兵决一死战。儿臣见望齐门外守兵，都是未凿门齿的童子。越将焦容，有勇无谋。儿臣领五千死士为先锋，出城交战。父王率兵乘机出城，退往城外倚山踞守，再和勾践决战。"

夫差听了心下稍宽，问伯嚭道："太子所谋，相国以为怎么样？"

伯嚭道："臣以为，眼下已经是无路可走，只有依从太子计谋，还可以活命。"

夫差当下命令太子姬友集兵五千，约好夜半出城。又命令伯嚭、闵绅收集老小残兵一万余人，带上府库财宝，准备就绪，跟随太子姬友后队出城。

伯嚭见时辰还早，去府中携带主妇宓娇。伯嚭进家，两名女奴在外室床上假寐，看见伯嚭来到，吓得二人慌忙伏地跪倒，举手掩口，面无人色。伯嚭惊诧，抬腿进了寝室，撩帘就看见床上一男一女赤裸相拥，淫乱无状。伯嚭大怒，拔剑出鞘，一手揪住那男人的发髻，瞅见是家臣王孙熊，怒骂道："好你个下贱奴才，竟敢奸污主妇。"手起剑落，砍下王孙熊头颅。

宓娇吓得失声惊叫，鲜血点点溅在宓娇脂玉般的肚皮上，绚烂夺目，娇艳无比。伯嚭在王孙熊尸身上拭净剑上血渍，还入鞘中，对宓娇斥道："好你个贱妾，竟然委身于奴！我要留你活命，你肯定要委身于越夷。我念你和我夫妻一场，不忍亲戮。你自裁，我在屋外等候收尸。"

伯嚭在屋外听到宓娇啼哭，过了一会儿，才无声息。他让女奴进屋探视，宓娇已经用白帛悬颈吊死。伯嚭命令家奴把王孙熊尸体抛进府后河里。把宓娇尸体沉入井中。事刚完，就听到街道上兵车囊囊，人马奔走。伯嚭这才出府，跟随吴王兵马出城。

越王勾践听报姑苏城里人马喧哗，急忙和范蠡、文种、诸稽郢登上高台观瞧。只见城里灯火通明，市声如昼。勾践拈须道："是不是夫差要出城，和寡人决死一战？"

范蠡道："不是。我料到，夫差已经窥见大王筑高台，要火攻姑苏。夫差是要弃城逃走。"

范蠡话音刚落，城北望齐门外越军大将焦脊派人来报，吴兵已经冲出望齐门，和越军童子军血战。越王大惊。范蠡道："大王应当派诸稽郢增援焦脊，下令攻城。"

勾践立即命令诸稽郢率领六千精兵，杀奔望齐门。这边命令兵士从高台上向城里施放火鸡、火箭。蛇门内房舍顿时大火冲天。越兵把事前准备好的几百乘战车推出来，连同车中土石，填塞壕沟。数百人扛抱巨木，撞开城门。勾践举剑，命令越兵进城。

这时，突然出现一个人攀上蛇门城头，把一只木笼悬挂在城门头上。勾践见木笼里是一颗头颅，惊问范蠡道："城门顶上是什么人？缘何悬挂一颗人头？"

范蠡也惊诧，命令卫兵押来吴军守门兵卒问询。

吴兵说道："城头那人是伍子胥的家奴马悠崽。悬挂的是伍子胥的头颅。"

勾践又问道："他为什么要悬挂伍子胥的头颅？"

吴兵道："伍子胥有遗言，要亲眼看到大王和越国的兵马是怎样开进姑苏城门的。"

勾践听了大骇，浑身颤抖，一阵晕眩，险些栽下车来。范蠡慌忙扶住，问道："大王，大王，你为什么慌张？"

勾践举袖拭汗，叹道："寡人刚才想起昔日伍子胥在王殿之上，执沥镂剑要杀寡人。寡人丧胆。"又叹道，"如果没有昏王夫差、奸贼伯嚭，寡人早已死在伍子胥的剑下了，怎么会有今天灭吴的壮举。"

勾践说完，整肃衣冠，站在辂车上，面朝城门上的伍子胥头颅深鞠一躬。范蠡、文种，也都朝城头躬身揖礼。

越王勾践跟随大军开进吴都姑苏，住在吴王宫中。焦脊派人来报，已经斩杀吴太子姬友，生擒伯嚭。吴王夫差率领残兵逃遁。焦脊、诸稽郢正在率兵追赶，已经把夫差围困在胥元山。

勾践大悦，笑道："夫差已经成了寡人瓮中之鳖，不急于今天抓他。"立即命令在吴王宫里大排筵宴，和百官众将欢饮庆功。酒刚酣，勾践兴起，喝令士兵道："给寡人带伯嚭。"

士兵在廊下传呼，一会儿把伯嚭押上来。伯嚭双手缚背，跪道："外臣伯嚭，愿降大王。请大王赦罪。"

勾践抚杯笑道："来人，给伯相国解缚。赐坐。"

士兵替伯嚭松绑，在厅下置一案，呈上酒肴。伯嚭行礼谢过越王，席地而坐。

勾践举杯朝伯嚭遥敬道："寡人当年如果没有伯相国美言于吴王，伍子胥肯定诛杀寡人、灭越国，寡人又怎能入吴为奴？为此，寡人敬伯相国一杯。"

勾践待伯嚭饮尽，又道："寡人和王后、宰相范蠡，在虎丘养马三年，承蒙伯相国多番看顾，又美言于吴王，赦寡人回国。因此，才有寡人十年卧薪尝胆，才有今天和百官众将欢饮在吴王内宫。这都是伯相国的功劳，寡人怎敢忘怀。寡人再敬伯相国一杯。"

勾践两杯酒敬完，又端起第三杯酒，对伯嚭道："寡人这第三杯酒，是给伯相国饯行了。伯相国，请尽饮。"

伯嚭听了大惧，继而狂饮，掷杯大怒道："勾践！你这个忘恩负义、卑劣小人。你杀我伯嚭，将让天下人唾骂！"

勾践仰面大笑，笑完怒斥道："你不念当初伍子胥收留你的大恩，告讦吴王杀他，恩吗？义吗？你贪图寡人金钱财宝美女，惑君害国，恩吗？义吗？今天吴国灭亡，不是亡在寡人手上，而是亡在你吴国昏君奸臣之手。寡人如果赦你不死，以后你必会祸害他国。"喝令士兵道，"拉出宫门，砍下头颅！"

士兵推拉伯嚭出门。伯嚭狂骂不绝。士兵斩讫，用木盘托着伯嚭头颅复命。范蠡离席，奏道："臣念当年从大王入吴为奴，伯嚭有看顾之恩。臣请大王，厚葬伯嚭。"

文种见勾践低头不语，也离席跪奏道："臣以为，宰相所请甚合情理，请大王允准。"

勾践抬起头来，叹道："寡人敬伍子胥是当世豪杰。伯嚭如果不杀伍子胥，寡人又何忍杀伯嚭。"

勾践允准了范蠡的请求，厚葬伯嚭。

一个兵士入奏越王勾践，说道："吴王夫差派嬖臣闵绅，肉袒负荆，来向大王请罪。"

勾践道："带上来。"

闵绅赤背负荆，被押上殿来。

闵绅行礼道："罪臣闵绅，代寡君向大王请罪。寡君请大王赦罪，吴国从今往后，愿做越国的属国。"

勾践笑问道："寡人如果不允，又能怎样？"

闵绅道："寡君愿把吴国交给大王。请大王赏给寡君三百奴仆和甬东[1]土地。寡君归隐甬东，以祀姬姓一族。"

勾践拈须微笑，再问道："寡人如果不允，夫差又能怎样？"

闵绅头颅磕地，泣道："大王不念昔日入吴为奴吗？罪臣请大王赦寡君罪。罪

---

[1] 今浙江省定海县海中。

臣愿随寡君入越为奴，给大王养马。"

勾践听闵绅悲言，想起昔年和王后姒婕、宰相范蠡共居虎丘石室，潜然泪下。勾践正要允准闵绅的请求，有内臣报道："王后有信函，奏请大王阅。"

勾践拭泪，说道："传来。"

内臣奉上信函。勾践启函，抽出一帛，展开看见上写三行血字："石室罪囚，尝粪耻辱，君忘了吗？"

勾践阅罢王后血书，对闵绅道："夫差大罪有六：其一，无罪戮杀伍子胥；其二，恶直言滥杀忠臣华元；其三，宠信伯嚭谗佞；其四，齐、晋无罪，数伐其国；其五，吴、越同壤，是毗邻之邦，夫差屡举侵伐；其六，我越国杀你吴国先王阖闾，夫差不知报仇，反而赦寡人之罪，使寡人为奴又释放，以致有今天寡人灭吴之患。夫差有此六罪，要免于死，行吗？"又道，"昔日吴要亡越，而夫差存越而不亡。今天越国要灭吴，是天赐良机，寡人怎能违天命不受吗？"

勾践说完，喝令士兵，逐出闵绅。又命令范蠡、文种前往胥元山，率兵攻打夫差。

闵绅回到胥元山，把勾践的话奏给夫差。夫差垂泪叹道："寡人昔日没有听伍子胥的话，不杀勾践，忘先王之仇，是不孝之子。今天勾践灭吴，是天弃寡人了。"

天已晚。山下越军已经把胥元山团团围住。越兵的层层营寨，绵延数十里，把一座数里方圆的胥元山箍在铁桶之中。山上光秃秃没有草木，乱石嶙峋，只有一条小溪从山巅泉眼流淌不竭。夫差已经几天不进饮食，倍感饥疲。他看见兵士坐在山石上吃喝，对闵绅道："寡人饥饿了，有没有食物？"

闵绅从兵士那里要来一些稻谷，奉献给夫差。夫差惊问道："这是生稻！怎么能吃？"

闵绅道："山上没柴薪，兵士们都吃生稻了。"

夫差叹道："寡人屈杀华元，罪大了。"又道，"今天吃生稻，正是应验了华元说的，寡人败走'章皇'，不吃'火食'了。"

闵绅搀扶夫差，往山顶攀行。一个兵士看见山道旁有瓜，惊喜叫道："有瓜。"闵绅命令兵士采来，奉给夫差吃。夫差吃完问道："怪事，这山坡怎么会有瓜？是天赐寡人的吗？"

闵绅躬身道："这是粪瓜。"

夫差惊问道："怎么叫粪瓜？"

闵绅道："粪瓜，是路人粪便中的瓜籽所长，故名粪瓜。"

夫差跺脚擂胸，涕泗滂沱,泣道:"寡人不听伍子胥的话,不杀勾践,用他入吴为奴,为寡人尝粪卜疾。寡人今天吃粪瓜，这不是报应吗？"

夫差啼哭了一会儿，又问闵绅道，"这山，叫什么名字？"

闵绅道："当地土人想念伍子胥、华元，在山傍筑祠奉祀，名叫'胥元山'。"

夫差长叹道："寡人戮杀忠良，天怒人怨了。"又泣道，"寡人就死在此山了。"

闵绅道："臣听说，勾践命令范蠡、文种二人率兵攻胥元山。范蠡、文种和伍子胥都是楚国人，他俩结营不攻，其心必有顾虑。大王为什么不写信，请他们宽放一条生路？"

　　夫差沉思一会儿，写信一函，命令兵士趁夜下山，投送越营，交给范蠡、文种。

　　范蠡、文种正在中军大帐相对而坐。文种问范蠡道："吴军被困在胥元山，吃生稻，饮泉水，斗志全无，一战可灭。少伯为什么迟迟不下令进攻？"

　　范蠡叹道："不是我不攻，是我有所顾忌，所以迟疑不决。"

　　文种惊愕，问道："你我诛杀夫差，是大功一件，少伯你哪来的顾忌？"

　　范蠡道："我你二人，都是楚国人。昔日投奔越王，是要借越国之力，助楚灭吴。今天吴国灭亡在即，你我的路也走到尽头了。"

　　文种大惊，问道："少伯你想功成身退吗？"

　　范蠡道："我之所以想退，是考虑到越国灭掉了吴国，势必要攻伐楚国。我是不愿意跟从勾践去征伐母国啊。"又叹道，"勾践这个人，褊狭多忌，残毒阴挚。如果以后，你我不顺从他攻打楚国，必死无疑。我是不愿意步伍子胥的后尘啊。"

　　一个兵士拿看信函进帐，禀报道："禀报宰相，吴王有信函。"

　　范蠡启函读信。信文：

　　寡人听说，蜚鸟尽，良弓藏；狡兔绝，良犬烹；敌国灭，谋臣必亡。寡人请宰相、大夫，存吴一线生路，以自为余地。

　　范蠡看了夫差信文，又给文种阅。文种阅完，问范蠡道："少伯，你看怎么处置？"

　　范蠡面色铁青，厉声喝令兵士道："传我的话给吴王。吴王如果自死，我赦吴军将士不死。吴王如果贪生，天亮我越军攻山，全部杀尽！"

　　夫差得到范蠡的回话，让他自裁，畏死不决。天刚亮，山下的越兵从四面八方杀上山来。宗岌率兵拼命抵抗，被越将焦岑一箭射死。吴兵全无斗志，如同蝗蚁一般地朝山顶溃退。夫差眼见大势已去，对闵绅泣道："寡人死后，你用衣袍把寡人盖脸埋葬。寡人已经没有脸面去见伍子胥了。"

　　夫差说完，拔剑自刭而死。闵绅遵嘱，用白帛扎住夫差的双眼，覆盖了脸面，掘坑埋葬。闵绅刚葬完夫差，越兵已经杀上了山顶，见人便砍。闵绅长叹一声，自刎在夫差的墓旁。

　　范蠡得知吴王已死，下令禁屠吴兵。

　　范蠡和文种攀石登山，看见山脚下有一座祠庙，有石碣，上镌"伍员祠"三字。范蠡整肃衣冠，倒身下拜。文种也随后跪拜。

　　范蠡在伍员祠前伫立，过了一会儿，才对文种叹道："自古豪杰，难有功成身退者。伍子胥昔日如果听从孙武之劝，退归田园，哪有今天？"又对文种道，"我要全身。我也劝子禽兄全身。"说完下山，飘然而去。

范蠡留下相印，携西施在太湖登船。

西施问道："夫君携妾，要去哪里啊？"

范蠡拥住西施，目视远天，笑道："我携主妇，出五湖，下三江。天下之大，哪里不容我夫妇之身！"

范蠡、西施乘船刚行。突然有一只船从南往北驶来。船头伫立三人，一老二少。老者正是仇狗儿。少者就是皇甫胥和马悠崽。三个人把伍子胥的头颅葬进墓丘，同船回返棠邑。马悠崽再取道邗沟，奔往齐国。

只听仇狗儿在船头唱道：

秦丘举鼎兮勇冠世，
磊落雄才兮越千古。
昭关锁月兮鬓如雪，
父兄仇高兮志吞楚。
史鳜投水兮渔丈死，
弹铗吹箫兮乞吴市。
专诸要离兮定君王，
七荐孙武兮时未迟。
五战败楚兮居郢宫，
掘墓鞭尸兮气如虹。
披肝沥胆兮匡吴业，
夫椒大捷兮败夷越。
可叹夫差兮昏且聩，
西施伯嚭兮吊亡魂。
沥镂无辜兮含愤死，
忠魂无归兮万古恨。